BISS ZUM ENDE DER NACHT

STEPHENIE MEYER

Biss

ZUM ENDE DER NACHT

Aus dem Englischen von Sylke Hachmeister

CARLSEN

Von Stephenie Meyer im Carlsen Verlag erschienen:
Biss zum Morgengrauen
Biss zur Mittagsstunde
Biss zum Abendrot
Biss zum Ende der Nacht
Seelen

Wir danken der Stiftung Lyrik Kabinett für die freundliche
Abdruckgenehmigung der ersten Zeilen des Gedichts
Childhood is the Kingdom where nobody dies von Edna St. Vincent Millay
in der Übersetzung von Rudolf Borchardt in *Rudolf Borchardt und
Edna St. Vincent Millay, Die Entdeckung Amerikas,*
Stiftung Lyrik Kabinett München, 2004

Wir danken Matthias Jendis für die Übersetzung aus:
William Shakespeare, *Ein Sommernachtstraum* (3. Akt, 1. Szene) und
Alfred Lord Tennyson, *The Lotos-Eaters.*

Dieses Buch ist meiner Ninja/Agentin Jodi Reamer gewidmet.
Danke, dass du mich vor dem Abgrund bewahrt hast.

Außerdem ein Dank an meine Lieblingsband mit dem
so treffenden Namen Muse, für die Inspiration,
die für eine ganze Saga reicht.

ERSTES BUCH – BELLA

Kindheit ist nicht von Geburt bis soundsoviel,
und von soundsoviel an
Sind Kinder groß und räumen Kindisches weg.
Kindheit ist das Reich, darin niemand Dir stirbt.

Edna St. Vincent Millay
Childhood is the Kingdom where nobody dies

VORWORT

Ich war dem Tod schon allzu oft nah gewesen, doch an so etwas gewöhnt man sich nicht.

Dennoch schien es seltsam unausweichlich, sich ihm noch einmal zu stellen. Als wäre ich tatsächlich zum Unglück verdammt. Immer wieder war ich gerade noch davongekommen, doch es verfolgte mich.

Aber diesmal war es ganz anders als sonst.

Wenn man vor jemandem Angst hat, kann man fliehen; wenn man jemanden hasst, kann man versuchen ihn zu bekämpfen. Alles in mir war auf diese Sorte Mörder eingestellt – auf die Monster, die Feinde.

Wenn man von jemandem getötet wird, den man liebt, hat man keine Wahl. Wie kann man fliehen, wie kämpfen, wenn man damit dem Liebsten wehtun würde? Wenn das eigene Leben das Einzige ist, was man dem Liebsten geben kann, wie kann man es ihm dann verweigern?

Wenn es jemand ist, den man wirklich liebt?

Verlobt

Keiner starrt mich an, versicherte ich mir. *Keiner starrt mich an. Keiner starrt mich an.*

Aber weil ich nicht einmal mir selbst überzeugend etwas vormachen konnte, musste ich nachsehen.

Während ich darauf wartete, dass die eine der drei Ampeln in Forks auf Grün schaltete, spähte ich nach rechts – Mrs Weber in ihrem Minivan wandte sich mit dem ganzen Oberkörper in meine Richtung. Ihr Blick bohrte sich in meinen, ich zuckte zurück und fragte mich, wieso sie nicht wegschaute oder wenigstens peinlich berührt aussah. Schließlich galt es doch gemeinhin als unhöflich, andere Leute anzustarren. Oder war ich davon neuerdings ausgenommen?

Dann erst fiel mir wieder ein, dass sie durch die dunkel getönten Scheiben meines Wagens vermutlich gar nicht sehen konnte, dass ich darin saß, geschweige denn, dass ich sie beim Starren ertappt hatte. Ich versuchte mich damit zu trösten, dass sie gar nicht mich anschaute, sondern nur den Wagen.

Meinen Wagen. Seufz.

Ich spähte nach links und stöhnte. Zwei Fußgänger standen wie angewurzelt auf dem Gehweg, sie gafften zu mir herüber und vergaßen ganz, die Straße zu überqueren. Hinter ihnen glotzte Mr Marshall durch das Schaufenster seines kleinen Souvenirladens. Immerhin hatte er nicht die Nase an die Scheibe gedrückt. Noch nicht.

Die Ampel sprang auf Grün, und ich hatte es so eilig wegzukommen, dass ich, ohne nachzudenken, mit voller Wucht aufs Gaspedal trat – wie ich es von meinem alten Chevy gewohnt war.

Während der Motor knurrte wie ein Panther auf dem Sprung, machte der Wagen einen so schnellen Satz nach vorn, dass ich tief in den schwarzen Ledersitz gedrückt wurde und mein Magen sich an die Wirbelsäule presste.

»Ah!«, rief ich erschrocken und tastete nach der Bremse. Diesmal war ich so schlau, das Pedal nur leicht anzutippen. Auch so kam der Wagen mit einem Ruck zum Stehen.

Ich wollte gar nicht wissen, wie die Leute guckten. Falls sie vorher noch irgendeinen Zweifel gehabt hatten, wer am Steuer des Wagens saß, dürfte er jetzt ausgeräumt sein. Mit der Schuhspitze tippte ich das Gaspedal einen halben Millimeter hinunter, und schon schoss der Wagen wieder nach vorn.

Irgendwie erreichte ich mein Ziel, die Tankstelle. Hätte ich nicht zwingend Benzin gebraucht, wäre ich überhaupt nicht in die Stadt gefahren. In den letzten Tagen war mir so einiges ausgegangen, Pop Tarts zum Beispiel und Schnürsenkel; ich wollte mich so wenig wie möglich in der Öffentlichkeit zeigen.

Ich kam mir vor wie bei einem Autorennen, in wenigen Sekunden war die Tankklappe geöffnet, der Deckel abgeschraubt, die Karte unterm Scanner, die Zapfpistole im Tank. Die Zahlen auf der Zapfsäule konnte ich natürlich nicht antreiben. Träge krochen sie dahin, fast als wollten sie mich ärgern.

Es war kein sonniger Tag – sondern das für Forks typische Nieselwetter –, doch es kam mir immer noch so vor, als wäre ein Scheinwerfer auf mich gerichtet, der die Aufmerksamkeit auf den grazilen Ring an meiner linken Hand lenkte. In solchen Momenten, da ich die Blicke anderer Leute im Rücken spürte, war es, als würde der Ring blinken wie ein Neonschild: *Schaut her, schaut her.*

Meine Befangenheit war idiotisch, das wusste ich wohl. Wen kratzte es, was die Leute – meine Mutter und mein Vater ausgenommen – zu meiner Verlobung sagten? Oder zu meinem neuen Wagen? Zu meiner mysteriösen Aufnahme an einer Eliteuni? Zu der glänzenden schwarzen Kreditkarte, die jetzt gerade in meiner hinteren Hosentasche brannte?

»Ja, sollen sie doch denken, was sie wollen«, murmelte ich leise.

»Hm, Miss?«, rief eine männliche Stimme.

Ich drehte mich um und bereute es sofort.

Zwei Männer standen neben einem schicken Geländewagen mit nagelneuen Kajaks auf dem Dachgepäckträger. Keiner der beiden Männer schaute mich an, sie starrten auf das Auto.

Ich persönlich konnte das gar nicht nachvollziehen. Aber ich war ja auch schon stolz darauf, dass ich die Markenzeichen von Toyota, Ford und Chevy auseinanderhalten konnte. Das hier war ein schönes Auto, glänzend schwarz und schnittig, aber für mich war es trotzdem nur ein Auto.

»Entschuldigen Sie die Frage, aber könnten Sie mir sagen, was für einen Wagen Sie da fahren?«, fragte der Größere der beiden.

»Einen Mercedes, oder?«

»Ja«, sagte der Mann höflich, während sein etwas kleinerer Freund bei meiner Antwort die Augen verdrehte. »Ich weiß. Aber ich hab mich gefragt, ob das … fahren Sie da einen Mercedes *Guardian*?« Der Mann sprach den Namen voller Ehrfurcht aus. Ich hatte das Gefühl, dass der Typ sich gut mit Edward verstehen würde, meinem … meinem Verlobten (die Wahrheit ließ sich nicht länger verleugnen, bis zur Hochzeit waren es nur noch wenige Tage). »Ich dachte, der wär in Europa noch gar nicht auf dem Markt«, fuhr der Mann fort. »Geschweige denn hier.«

Während er mit dem Blick die Konturen meines Wagens nachzeichnete, der für mich nicht viel anders aussah als jede andere Mercedes-Limousine, aber was wusste ich schon, dachte ich kurz über meine Probleme mit Wörtern wie *Verlobter*, *Hochzeit*, *Ehemann* und so weiter nach.

Ich bekam es einfach nicht zusammen.

Erstens war ich dazu erzogen worden, schon bei dem bloßen Gedanken an weiße Tüllkleider und Blumenbuketts das kalte Grausen zu kriegen. Aber vor allem konnte ich so etwas Gesetztes, Seriöses und Ödes wie *Ehemann* nicht mit meinem Bild von *Edward* in Einklang bringen. Das war so, als sollte ein Erzengel einen Buchhalter spielen; in so einer banalen Rolle konnte ich ihn mir einfach nicht vorstellen.

Wie immer, wenn ich anfing an Edward zu denken, war ich sofort in einem wirbelnden Reigen von Traumbildern gefangen. Der Fremde musste sich räuspern, damit ich ihn wieder beachtete; er wartete immer noch darauf, dass ich seine Frage nach dem Modell des Wagens beantwortete.

»Ich weiß nicht«, sagte ich aufrichtig.

»Haben Sie etwas dagegen, wenn ich ein Foto davon mache?«

Es dauerte einen Moment, bis ich kapierte. »Echt? Sie wollen den Wagen fotografieren?«

»Na klar – ohne Beweis glaubt mir das doch keiner.«

»Hm. Okay. Na gut.«

Schnell steckte ich die Zapfpistole zurück und versteckte mich auf dem Fahrersitz, während der Autonarr eine riesige professionell wirkende Kamera aus dem Rucksack holte. Er und sein Freund posierten abwechselnd neben der Motorhaube, dann machten sie Aufnahmen am Heck.

»Ich will meinen Transporter wiederhaben!«, jammerte ich.

Wie passend – viel zu passend –, dass mein Transporter, nur wenige Wochen nachdem Edward und ich diesen faulen Kompromiss geschlossen hatten, der unter anderem beinhaltete, dass er meinen Transporter ersetzen durfte, falls der den Geist aufgab, dann auch tatsächlich seinen letzten Ächzer ausgestoßen hatte. Hinterher schwor Edward, dass das längst absehbar gewesen sei; mein Transporter hatte ein langes, erfülltes Leben gehabt und war dann eines natürlichen Todes gestorben. Laut Edward. Und natürlich konnte ich das ohne Hilfe weder überprüfen noch meinen Transporter von den Toten wiederauferstehen lassen. Mein Lieblingsmechaniker …

Ich verbot mir den Gedanken, weigerte mich, ihn zu Ende zu denken. Stattdessen hörte ich den Männern zu, deren Stimmen gedämpft durch die dicken Wände des Autos drangen.

»… ist in dem Online-Video mit einem Flammenwerfer darauf losgegangen. Da hat sich nicht mal die Farbe gekräuselt.«

»Logisch. Über das Schätzchen hier könnte man einen Panzer fahren lassen. Ist vor allem für Diplomaten im Nahen Osten konstruiert worden, für Waffenhändler und Drogenbarone.«

»Glaubst du, *sie* ist irgend so was?«, fragte der Kleinere von beiden mit leiser Stimme. Ich duckte mich, meine Wangen wurden heiß.

»Hm«, machte der Größere. »Möglich. Kann mir nicht vorstellen, wozu man hier in dieser Gegend raketensicheres Glas und zweitausend Kilo Panzerung brauchen sollte. Die ist sicher auf dem Weg in ein gefährlicheres Gebiet.«

Panzerung. Zweitausend Kilo Panzerung. Und *raketen*sicheres Glas? Wie schön. Hätte es das gute alte kugelsichere Glas nicht auch getan?

Tja, irgendwie passte das schon – wenn man einen ziemlich schrägen Humor hatte.

Es überraschte mich eigentlich nicht, dass Edward unsere Abmachung ausnutzte, dass er mehr gab, als er bekommen würde. Ich hatte ihm erlaubt, mir einen neuen Wagen zu schenken, wenn es notwendig war, aber natürlich hatte ich nicht damit gerechnet, dass es schon so bald notwendig sein würde. Als ich zugeben musste, dass der Transporter vor unserem Haus nur noch ein Stillleben war, allenfalls noch gut für eine Oldtimer-Ausstellung, war mir schon klar, dass Edward mich mit dem neuen Wagen vermutlich in Verlegenheit bringen würde. Dass ich gaffende Blicke und Geflüster würde ertragen müssen. Damit lag ich richtig. Aber selbst in meinen düstersten Vorstellungen wäre ich nicht darauf gekommen, dass er mir *zwei* Autos besorgen würde.

»Das Vorher-Auto und das Nachher-Auto«, hatte er erklärt, als ich ausgeflippt war.

Das hier war nur das Vorher-Auto. Er hatte mir gesagt, es sei nur ein Leihwagen, und versprochen, ihn nach der Hochzeit zurückzugeben. Ich war aus alldem überhaupt nicht schlau geworden. Bis jetzt.

Haha. Weil ich so ein zerbrechlicher Mensch war, so unfallgefährdet, weil ich mich mit meinem Pech andauernd selbst in Gefahr brachte, brauchte ich also ein raketensicheres Auto, damit mir nichts zustieß. Urkomisch. Bestimmt hatten er und seine Brüder hinter meinem Rücken herzlich darüber gelacht.

Oder vielleicht, ganz vielleicht, flüsterte eine kleine Stimme in meinem Kopf, *vielleicht ist es gar kein Witz, du Dummchen. Vielleicht macht er sich wirklich solche Sorgen um dich. Es wäre nicht das*

erste Mal, dass er in dem Versuch, dich zu beschützen, übers Ziel hi-
nausschießt.

Ich seufzte.

Das Nachher-Auto hatte ich noch nicht gesehen. Es war bei den Cullens im hintersten Winkel der Garage unter einem Laken versteckt. Ich wusste, dass die meisten an meiner Stelle inzwischen daruntergespäht hätten, aber ich wollte es wirklich nicht wissen.

Das Nachher-Auto hatte vermutlich keine Panzerung – denn die würde ich nach den Flitterwochen nicht mehr brauchen. Unverwundbarkeit war nur einer der vielen Vorteile, auf die ich mich freute. Zur Familie Cullen zu gehören, beinhaltete Besseres als teure Autos und beeindruckende Kreditkarten.

»Hey«, rief der große Mann und legte die Hände an die Schläfen, um durch die Scheibe schauen zu können. »Wir sind fertig. Vielen Dank!«

»Gern geschehen«, rief ich zurück, dann verkrampfte ich mich, als ich den Motor anließ und langsam das Gaspedal heruntertrat …

Ganz gleich, wie oft ich die vertraute Strecke nach Hause fuhr, ich konnte die ausgewaschenen Plakate immer noch nicht ausblenden. Sie waren an Telegrafenmasten geheftet und an Straßenschilder geklebt, und jedes einzelne war immer aufs Neue wie ein Schlag ins Gesicht. Ein verdienter Schlag. Sofort war der Gedanke von vorhin wieder da – den ich mir so streng verboten hatte. Auf dieser Straße konnte ich ihm nicht ausweichen. Nicht, wenn das Foto von meinem *Lieblingsmechaniker* in regelmäßigen Abständen an mir vorbeizuckte.

Mein bester Freund. Mein Jacob.

Die Plakate mit der Aufschrift WER HAT DIESEN JUNGEN GESEHEN? waren nicht die Idee von Jacobs Vater. Mein eigener Vater, Charlie, hatte die Plakate drucken und überall in der Stadt aufhängen lassen. Nicht nur in Forks, sondern auch in Port Angeles, Sequim, Hoquiam, Aberdeen und jeder anderen Stadt auf der Halbinsel Olympic ... Und er hatte dafür gesorgt, dass das Plakat auch in jeder Polizeiwache des Staates Washington hing. Seine eigene Polizeiwache hatte der Suche nach Jacob eine ganze Pinnwand gewidmet. Eine Pinnwand, die zu Charlies Ärger und Enttäuschung weitgehend leer war.

Mein Vater war nicht nur enttäuscht, weil kaum Hinweise eingingen. Vor allem war er enttäuscht von Billy, Jacobs Vater – und Charlies bestem Freund.

Enttäuscht, weil Billy sich bei der Suche nach seinem sechzehnjährigen »Ausreißer« nicht mehr ins Zeug legte. Weil Billy sich weigerte, die Plakate in La Push aufzuhängen, dem Reservat an der Küste, wo Jacob zu Hause war. Weil er sich mit Jacobs Verschwinden offenbar abgefunden hatte, als könne er sowieso nichts dagegen tun. Weil er sagte: »Jacob ist jetzt alt genug. Er wird schon wieder nach Hause kommen, wenn er will.«

Und es ärgerte ihn, dass ich mich Billys Meinung anschloss. Auch ich wollte keine Plakate aufhängen. Denn Billy und ich wussten beide, wo Jacob war, ungefähr jedenfalls, und wir wussten auch, dass niemand diesen *Jungen* gesehen hatte.

Von den Plakaten bekam ich wie üblich einen dicken, fetten Kloß im Hals, wie immer brannten meine Augen, und ich war froh, dass Edward an diesem Samstag auf der Jagd war. Wenn er sehen würde, wie es mir ging, würde er sich auch schlecht fühlen.

Es hatte allerdings auch seine Nachteile, dass heute Samstag war. Als ich langsam und vorsichtig in unsere Straße einbog, sah ich den Streifenwagen meines Vaters in der Auffahrt vor unserem Haus stehen. Er war heute schon wieder nicht fischen gegangen. Hatte immer noch schlechte Laune wegen der Hochzeit.

Also konnte ich zu Hause nicht telefonieren. Aber ich musste unbedingt noch jemanden anrufen …

Ich parkte am Straßenrand hinter dem Denkmal meines Transporters und nahm das Handy, das Edward mir für den Notfall gegeben hatte, aus dem Handschuhfach. Ich wählte, und während es am anderen Ende klingelte, hielt ich den Finger über der Aus-Taste. Sicherheitshalber.

»Hallo?«, sagte Seth Clearwater, und ich atmete erleichtert auf. Ich hätte mich nie getraut, mit seiner älteren Schwester Leah zu sprechen. Den Ausdruck »Jemandem den Kopf abreißen« konnte man bei Leah durchaus wörtlich verstehen.

»Hallo, Seth, hier ist Bella.«

»Oh, hi, Bella! Wie geht's?«

Ich hatte immer noch einen dicken Kloß im Hals und brauchte dringend Aufmunterung. »Gut.«

»Willst du den neuesten Stand wissen?«

»Du kannst wohl hellsehen.«

»Nö. Ich heiße ja nicht Alice – du bist nur leicht zu durchschauen«, scherzte er. Er war der Einzige aus dem Quileute-Rudel in La Push, dem es nichts ausmachte, die Cullens zu erwähnen, und der sogar Witze über sie machte, wie jetzt über meine fast allwissende Schwägerin in spe.

»Ich weiß.« Ich zögerte einen Augenblick. »Wie geht es ihm?«

Seth seufzte. »Wie immer. Er will nicht reden, obwohl wir wissen, dass er uns hören kann. Er versucht, nicht *menschlich* zu denken, weißt du. Überlässt sich ganz seinen Instinkten.«

»Weißt du, wo er jetzt ist?«

»Irgendwo in Nordkanada. Weiß nicht genau, in welcher Provinz. Um Grenzen schert er sich nicht sonderlich.«

»Gibt es irgendwelche Anzeichen dafür, dass …«

»Er kommt nicht zurück, Bella. Tut mir leid.«

Ich schluckte. »Schon gut, Seth. Eigentlich wusste ich das schon, bevor ich gefragt hab. Aber ich wünsche es mir so sehr.«

»Ja. Das geht uns allen so.«

»Danke, dass du mich erträgst, Seth. Ich weiß, dass die anderen dir das übelnehmen.«

»Sie sind nicht gerade deine größten Fans«, stimmte er fröhlich zu. »Aber ich finde das ziemlich schwach. Jacob hat sich entschieden, du hast dich entschieden. Er findet es auch nicht gut, wie sie dazu stehen. Natürlich ist er auch nicht gerade begeistert, dass du ihm nachspionierst.«

Ich schnappte nach Luft. »Ich dachte, er redet nicht mit euch!«

»Alles kann er nicht vor uns verbergen, obwohl er sich sehr anstrengt.«

Dann wusste Jacob also, dass ich mir Sorgen machte. Ich war mir nicht sicher, wie ich das finden sollte. Na ja, immerhin wusste er dann auch, dass ich nicht einfach wie im Film in den Sonnenuntergang entschwunden war und ihn völlig vergessen hatte. Womöglich hätte er mir das sogar zugetraut.

»Dann sehen wir uns also auf der … Hochzeit«, sagte ich und brachte das Wort kaum heraus.

»Ja, meine Mom und ich kommen auf jeden Fall. War super von dir, uns einzuladen.«

Ich lächelte über die Begeisterung in seiner Stimme. Es war Edwards Idee gewesen, die Clearwaters einzuladen, und jetzt war ich froh, dass er daran gedacht hatte. Es würde schön sein, Seth dabeizuhaben – eine wenn auch noch so dünne Verbindung zu meinem abwesenden Trauzeugen. »Ohne dich würde mir was fehlen.«

»Grüß Edward von mir, ja?«

»Klar.«

Ich schüttelte den Kopf. Die Freundschaft, die zwischen Edward und Seth entstanden war, verblüffte mich immer noch. Jedenfalls war sie ein Beweis dafür, dass es auch anders ging. Dass Werwölfe und Vampire miteinander auskommen konnten, wenn sie es nur wollten.

Diese Erkenntnis passte nicht allen.

»Oh«, sagte Seth und seine Stimme sprang eine Oktave höher. » Leah kommt grad nach Hause.«

»Oh! Tschüss!«

Die Verbindung brach ab. Ich legte das Handy auf den Sitz und bereitete mich innerlich darauf vor, ins Haus zu gehen, wo Charlie auf mich wartete.

Mein armer Vater hatte es in dieser Zeit wahrlich nicht leicht. Jacob der Ausreißer war nur eines der vielen Päckchen, die er zu tragen hatte. Fast ebenso besorgt war er um mich, seine nur knapp volljährige Tochter, die in wenigen Tagen unter die Haube kam.

Langsam ging ich durch den Nieselregen und dachte zurück an den Abend, an dem wir es ihm erzählt hatten …

Als das Geräusch des Streifenwagens uns verriet, dass Charlie zurückkam, wog der Ring an meinem Finger plötzlich hundert Pfund. Am liebsten hätte ich die linke Hand in die Tasche gesteckt oder mich draufgesetzt, aber Edward hielt sie mit seinem kühlen, festen Griff auf meinem Schoß fest.

»Bella, hör auf so herumzuzappeln. Bitte denk daran, dass du hier keinen Mord zu gestehen hast.«

»Du hast gut reden.«

Ich lauschte auf das unheilvolle Stapfen von Charlies Stiefeln auf dem Gehweg. Der Schlüssel rasselte unnötigerweise in der bereits offenen Tür. Das Geräusch erinnerte mich an die Stelle in Horrorfilmen, wo der verfolgten Frau bewusst wird, dass sie vergessen hat die Tür zu verriegeln …

»Ganz ruhig, Bella«, flüsterte Edward, als er hörte, wie schnell mein Herz schlug. Die Tür knallte an die Wand, und ich zuckte zusammen, als hätte ich einen elektrischen Schlag bekommen.

»Hi, Charlie«, rief Edward, er war ganz ungezwungen.

»Nein!«, zischte ich leise.

»Was ist?«, flüsterte Edward.

»Warte, bis er seine Pistole weggehängt hat!«

Edward kicherte und fuhr sich mit der Hand durch das zerzauste bronzefarbene Haar.

Charlie kam um die Ecke, immer noch in Uniform, immer noch bewaffnet, und er versuchte, nicht allzu unfreundlich zu gucken, als er uns zusammen auf dem kleinen Sofa sitzen sah. In letzter Zeit gab er sich große Mühe, Edward ein wenig sympathischer zu finden. Was wir ihm zu sagen hatten, würde diese Anstrengungen natürlich sofort zunichtemachen.

»Hallo, ihr zwei. Was gibt's?«

»Wir möchten gern mit dir sprechen«, sagte Edward, ganz gelassen. »Wir haben gute Neuigkeiten.«

In Sekundenschnelle wechselte Charlies Gesichtsausdruck von angestrengt freundlich zu höchst misstrauisch.

»Gute Neuigkeiten?«, brummte er und sah mir ins Gesicht.

»Setz dich doch, Dad.«

Er hob eine Augenbraue, starrte mich fünf Sekunden lang an, stapfte dann zum Sessel und setzte sich ganz vorn auf den Rand, den Rücken stocksteif.

»Reg dich nicht auf, Dad«, sagte ich nach einem kurzen, spannungsgeladenen Schweigen. »Es ist alles okay.«

Edward verzog das Gesicht, und ich wusste, dass ihm das Wort »okay« gegen den Strich ging. Er hätte wahrscheinlich eher etwas wie »wundervoll« oder »großartig« oder »himmlisch« gesagt.

»Na klar, Bella. Wenn alles prima ist, wieso schwitzt du dann so?«

»Ich schwitze doch gar nicht«, log ich.

Ich drehte mich so, dass ich seine wütende Miene nicht mehr sah, drängte mich an Edward und wischte mir automatisch mit der rechten Hand über die Stirn, um den Beweis zu entfernen.

»Du bist schwanger!«, platzte Charlie heraus. »Du bist schwanger, hab ich Recht?«

Obwohl die Frage vermutlich an mich gerichtet war, starrte er jetzt Edward an, und ich hätte schwören können, dass seine Hand zur Pistole hinzuckte.

»Nein! Natürlich nicht!« Ich hätte Edward gern in die Rippen gestoßen, aber ich wusste, dass mir das nur einen blauen Fleck eingebracht hätte. Ich hatte Edward prophezeit, dass die Leute genau diesen Schluss ziehen würden. Weshalb sonst sollte ein vernünftiger Mensch mit achtzehn heiraten? (Bei seiner Antwort hatte ich die Augen verdreht. *Aus Liebe.* Ja, sicher.)

Charlies finstere Miene hellte sich ein kleines bisschen auf. Man konnte es mir immer ziemlich genau ansehen, ob ich die Wahrheit sagte oder nicht, und er glaubte mir. »Ach so. Entschuldigung.«

»Angenommen.«

Lange Zeit sagte niemand etwas. Nach einer Weile begriff ich, dass Edward und Charlie darauf warteten, dass *ich* etwas sagte. Panisch schaute ich zu Edward. Es war ausgeschlossen, dass ich die Worte herausbringen würde.

Er lächelte mich an, dann straffte er die Schultern und wandte sich zu meinem Vater.

»Charlie, ich bin diese Sache nicht so angegangen, wie es sich gehört. Der Tradition gemäß hätte ich zuerst dich fragen müssen. Und ich möchte dich keineswegs übergehen, doch da Bella bereits ja gesagt hat und ich die Entscheidung ganz ihr überlassen wollte, bitte ich dich nicht um die Hand deiner Tochter, sondern um deinen Segen. Charlie, wir werden heiraten. Ich liebe Bella mehr als alles auf der Welt, mehr als mein Leben, und wie durch ein Wunder liebt sie mich ebenso. Gibst du uns deinen Segen?«

Er sagte es so selbstsicher, so ruhig. Als ich die vollkommene Zuversicht in seiner Stimme hörte, hatte ich einen seltenen Moment der Erkenntnis. Ich sah die Welt mit seinen Augen. Einen Herzschlag lang erschienen mir seine Worte vollkommen logisch.

Und dann sah ich Charlies Gesichtsausdruck, er starrte auf meinen Ring.

Ich hielt den Atem an, während sein Gesicht die Farbe wechselte – von Blass zu Rot, von Rot zu Purpur, von Purpur zu Dunkelblau. Ich wollte schon aufstehen – ich weiß nicht genau, was ich vorhatte, vielleicht den Heimlich-Handgriff anwenden, damit er nicht erstickte –, aber Edward drückte meine Hand und sagte so leise, dass nur ich es hören konnte, »Lass ihm ein wenig Zeit«.

Diesmal blieb es wesentlich länger still. Dann wurde Charlies Gesichtsfarbe nach und nach wieder normal. Er schürzte die Lippen und runzelte die Brauen; sein typischer Denkerblick. Er sah Edward und mich lange an, und ich spürte, wie Edward neben mir noch gelassener wurde.

»So richtig überrascht mich das ja nicht«, grummelte Charlie. »Dachte mir schon, dass mir so was in der Art bald bevorsteht.«

Ich atmete aus.

»Bist du dir sicher?«, sagte Charlie und starrte mich an.

»Ich bin mir hundertprozentig sicher, was Edward angeht«, sagte ich unerschrocken.

»Aber gleich heiraten? Warum die Eile?« Jetzt schaute er mich wieder argwöhnisch an.

Die Eile kam daher, dass für mich mit jedem verdammten Tag die Neunzehn näher rückte, während Edward in der Vollkommenheit eines Siebzehnjährigen verharrte. Nicht dass das für mich ein Grund zum Heiraten gewesen wäre, aber es musste sein, weil ich mit Edward einen verzwickten Kompromiss geschlossen hatte, um endlich ans Ziel zu gelangen – um von einer Sterblichen in eine Unsterbliche verwandelt zu werden.

Aber das konnte ich Charlie nicht erklären.

»Wir werden doch im Herbst zusammen nach Dartmouth gehen, Charlie«, erinnerte Edward ihn. »Und ich würde das gern, nun ja, so machen, wie es sich gehört. So bin ich erzogen worden.« Er zuckte die Achseln.

Da übertrieb er nicht, die Moralvorstellungen waren zu Edwards Zeit wirklich ziemlich streng gewesen.

Charlie verzog ein wenig den Mund. Als suchte er nach einem möglichen Gegenargument. Aber was hätte er sagen sollen? *Mir wäre es lieber, ihr würdet erst noch ein bisschen in Sünde leben?* Er war mein Vater, ihm waren die Hände gebunden.

»Ich wusste, dass es so kommen würde«, murmelte er vor sich hin und runzelte die Stirn. Dann wurde seine Miene plötzlich ganz ruhig und ausdruckslos.

»Dad?«, fragte ich ängstlich. Ich schaute verstohlen zu Edward, der ebenfalls Charlie ansah, doch auch seine Miene konnte ich nicht deuten.

»Ha!«, machte Charlie unvermittelt. Ich fuhr auf dem Sofa in die Höhe. »Hahaha!«

Fassungslos starrte ich Charlie an, der sich vor Lachen krümmte, sein ganzer Körper schüttelte sich.

Ich schaute zu Edward, der natürlich schon wusste, warum Charlie so lachte, aber Edward hatte die Lippen fest zusammengepresst, als müsste er selbst ein Lachen unterdrücken.

»Okay, na gut«, stieß Charlie hervor. »Heirate.« Ein weiterer Lachkrampf schüttelte ihn. »Aber ...«

»Was aber?«, sagte ich.

»Aber *du* sagst es deiner Mutter! Von mir erfährt Renée kein Wort! Das überlasse ich gern dir!« Er brach in schallendes Gelächter aus.

Mit der Hand am Türgriff hielt ich lächelnd inne. Keine Frage, damals hatten seine Worte mir Angst gemacht. Das war wie ein Todesurteil: es Renée erzählen zu müssen. Früh zu heiraten stand auf ihrer Liste möglicher Schandtaten noch weiter oben, als Hundebabys in kochendes Wasser zu werfen.

Wer hätte ahnen können, wie sie reagieren würde? Ich bestimmt nicht. Und Charlie ganz sicher auch nicht. Alice vielleicht, aber ich hatte nicht daran gedacht, sie zu fragen.

»Tja, Bella«, hatte Renée gesagt, nachdem ich die Worte »*Mom, ich werde Edward heiraten*« mühsam herausgestammelt hatte. »Ich bin fast ein bisschen beleidigt, dass du so lange damit gewartet hast, es mir zu sagen. Die Flüge werden doch immer teurer, je später man bucht. Oooh«, sagte sie dann besorgt. »Ob Phil bis dahin wohl den Gips abhat? Wenn er nicht im Smoking kommen kann, sind die Fotos ruiniert ...«

»Moment mal, Mom.« Ich schnappte nach Luft. »Was soll das heißen, lange gewartet? Ich hab mich gerade erst verl-l...« – das Wort »verlobt« kam mir einfach nicht über die Lippen –, »es ist alles erst seit heute klar, weißt du.«

»Heute? Echt? Das ist wirklich eine Überraschung. Ich hatte gedacht ...«

»Was hattest du gedacht? Und *wann*?«

»Na ja, als ihr uns im April besucht habt, da wirkte es so, als sei alles schon beschlossene Sache, wenn du weißt, was ich meine. Du bist nicht so schwer zu durchschauen, mein Schatz. Aber ich hab nichts gesagt, denn das hätte ja doch nichts genützt. Du bist genau wie dein Vater.« Sie seufzte resigniert. »Wenn du dir einmal etwas in den Kopf gesetzt hast, dann ist mit dir nicht mehr zu reden. Und natürlich bleibst du deinen Entschlüssen treu, genau wie Charlie.«

Und dann sagte sie etwas, das ich meiner Mutter niemals zugetraut hätte.

»Bella, du machst nicht meine Fehler. Du klingst so, als hättest du einen Riesenbammel, und ich nehme an, du hast Bammel vor *mir*.« Sie kicherte. »Davor, was ich wohl denke. Und ich weiß, dass ich viel darüber gesagt habe, wie dumm es ist zu heiraten – und das werd ich auch nicht zurücknehmen –, aber das alles galt natürlich nur für *mich*. Du bist ganz anders als ich. Du machst deine eigenen Fehler, und bestimmt wirst du im Leben auch das eine oder andere zu bereuen haben. Aber du hattest nie ein Problem damit, dich auf etwas einzulassen, Schatz. Du hast bessere Chancen, dass die Geschichte gut ausgeht, als die meisten Vierzigjährigen, die ich kenne.« Renée lachte wieder. »Mein kleines altes Kind. Wie gut, dass du offenbar eine verwandte alte Seele gefunden hast.«

»Du bist gar nicht ... sauer? Du glaubst nicht, dass ich einen gigantischen Fehler mache?«

»Klar fände ich es gut, wenn du noch ein paar Jahre warten würdest. Ich meine, sehe ich etwa alt genug aus, um irgendjemandes Schwiegermutter zu sein? Bitte sag jetzt nichts. Aber

hier geht es ja nicht um mich, sondern um dich. Bist du glücklich?«

»Ich weiß nicht. Jetzt gerade steh ich total neben mir.«

Renée gluckste. »Macht er dich glücklich, Bella?«

»Ja, aber ...«

»Glaubst du, dass du jemals einen anderen willst?«

»Nein, aber ...«

»Was aber?«

»Aber wirst du nicht gleich sagen, dass alle verknallten Teenager seit Anbeginn der Zeiten so reden?«

»Du bist nie ein Teenager gewesen, Schatz. Du weißt, was das
Beste für dich ist.«

In den letzten Wochen hatte Renée sich dann sogar noch
mit in die Hochzeitsvorbereitungen gestürzt. Jeden Tag hing sie
stundenlang mit Esme am Telefon – die Schwiegermütter kamen also schon mal gut miteinander aus. Renée fand Esme *hinreißend*, allerdings konnte ich mir auch kaum vorstellen, dass
irgendjemand nicht so für meine zukünftige Schwiegermutter
empfinden könnte.

Damit war ich aus dem Schneider. Edwards und meine Familie kümmerten sich gemeinsam um die Hochzeit, und ich musste
mir nicht groß den Kopf zerbrechen.

Charlie war natürlich stocksauer, aber das Schöne war, dass
er nicht auf mich sauer war. Renée war die Verräterin. Er hatte
sich darauf verlassen, dass sie sich querstellen würde. Was
konnte er jetzt noch machen, da sich seine schlimmste Drohung – dass *ich* es meiner Mutter erzählen müsste – als völlig
harmlos erwiesen hatte? Rein gar nichts, und das wusste er
auch. Also lief er mit Leichenbittermiene herum und murmelte vor sich hin, dass auch auf überhaupt niemanden mehr
Verlass sei ...

»Dad?«, rief ich, als ich die Haustür geöffnet hatte. »Ich bin da.«

»Wart mal, Bella, bleib, wo du bist.«

»Hä?«, sagte ich und blieb automatisch stehen.

»Einen Moment. Aua, Alice, das war ich.«

Alice?

»Tut mir leid, Charlie«, trällerte Alice. »Wie ist das?«

»Ich blute ihn voll.«

»Ach was. Deine Haut ist nicht mal angekratzt – vertrau mir.«

»Was ist denn hier los?«, fragte ich und blieb immer noch zögernd im Eingang stehen.

»Dreißig Sekunden, Bella, bitte«, sagte Alice. »Deine Geduld wird belohnt werden.«

»Umpf«, machte Charlie.

Ich tippte mit dem Fuß auf den Boden und zählte jeden Schlag. Kurz bevor ich bei dreißig war, sagte Alice: »Bella, du kannst kommen!«

Vorsichtig bog ich um die Ecke und trat ins Wohnzimmer.

»Oh«, keuchte ich. »Mann, Dad. Du siehst ja …«

»Affig aus?«, fiel er mir ins Wort.

»Ich hätte jetzt eher todschick gesagt.«

Charlie wurde rot. Alice fasste ihn am Ellbogen und führte ihn in einer langsamen Drehung herum, um seinen blassgrauen Smoking vorzuführen.

»Nun lass mal gut sein, Alice. Ich sehe aus wie ein Trottel.«

»Niemand, der von mir eingekleidet wird, sieht aus wie ein Trottel.«

»Sie hat Recht, Dad. Du siehst spitzenmäßig aus. Gibt's einen besonderen Anlass?«

Alice verdrehte die Augen. »Das ist die letzte Anprobe. Für euch beide.«

Jetzt erst löste ich den Blick von dem ungewöhnlich eleganten Charlie und sah die gefürchtete weiße Kleiderhülle, die sorgfältig über das Sofa gelegt worden war.

»Aaah.«

»Denk an was Schönes, Bella. Es dauert nicht lange.«

Ich atmete einmal tief durch und schloss die Augen. Ich hielt sie geschlossen und stolperte so die Treppe hoch in mein Zimmer. Ich entkleidete mich bis auf die Unterwäsche und streckte die Arme aus.

»Man könnte meinen, ich wollte dir Bambusspäne unter die Fingernägel treiben«, murmelte Alice, während sie mir hinterherkam.

Ich achtete nicht auf sie. Ich dachte an etwas Schönes. Ich dachte an mein Paradies.

In meinem Paradies war das ganze Hochzeitstheater schon längst vorbei. Lag hinter mir. Verdrängt und vergessen.

Wir waren allein, Edward und ich. Wo wir uns befanden, war unklar – mal sah es aus wie in einem nebligen Wald, dann wieder wie in einer bewölkten Stadt, dann wie in arktischer Nacht –, denn Edward wollte mir noch nicht verraten, wohin es in die Flitterwochen ging; es sollte eine Überraschung werden. Aber über das Wo machte ich mir keine großen Gedanken.

Edward und ich waren zusammen und ich hatte meinen Teil der Abmachung erfüllt. Ich hatte ihn geheiratet. Das war die Hauptsache. Außerdem hatte ich alle seine absurden Geschenke angenommen und mich, so sinnlos es war, für den Herbst an der Uni in Dartmouth eingeschrieben. Jetzt war er dran.

Bevor er mich in einen Vampir verwandelte – sein großes Zugeständnis –, hatte er noch eine andere Bedingung zu erfüllen.

Edward war geradezu besessen von der Sorge, dass ich so viel Menschliches aufgeben musste und dass es Erfahrungen gab, die ich mir nicht entgehen lassen durfte. Die meisten – wie zum Beispiel der Abschlussball – kamen mir ziemlich lächerlich vor. Dabei gab es nur eine einzige Erfahrung, die ich unbedingt machen wollte. Und gerade auf die sollte ich, ginge es nach ihm, am liebsten verzichten.

Aber genau das war der springende Punkt. Ich wusste, wie ich sein würde, wenn alles vorbei war. Ich hatte neugeborene Vampire hautnah erlebt, und ich hatte von meiner zukünftigen Familie alle Geschichten über diese wilde Anfangszeit gehört. Mehrere Jahre lang würde meine hervorstechendste Charaktereigenschaft »Durst« heißen. Es würde eine Weile dauern, bis ich wieder ich selbst sein konnte. Und auch wenn ich mich wieder im Griff hatte, würde ich doch nie wieder ganz genauso empfinden wie jetzt.

Menschlich … und leidenschaftlich verliebt.

Ich wollte diese eine Erfahrung machen, ehe ich meinen warmen, zerbrechlichen, hormongebeutelten Körper gegen etwas Schönes, Starkes … und Unbekanntes eintauschte. Ich wollte *richtige* Flitterwochen mit Edward. Und obwohl er befürchtete, mich damit in Gefahr zu bringen, hatte er eingewilligt, es zu versuchen.

Ich nahm Alice und das Gefühl von Satin auf meiner Haut nur am Rande wahr. In diesem Moment kümmerte es mich nicht, dass die ganze Stadt über mich sprach. Ich dachte nicht an das Schauspiel, in dem ich schon allzu bald die Hauptrolle spielen musste. Ich dachte nicht daran, dass ich über meine Schleppe stolpern oder im falschen Augenblick kichern könnte, dass ich zu jung war oder dass alle mich anstarren würden, ich dachte nicht einmal an den leeren Platz, auf dem mein bester Freund hätte sitzen sollen.

Ich war mit Edward in meinem Paradies.

EINE LANGE NACHT

»Du fehlst mir jetzt schon.«

»Ich muss nicht gehen. Ich kann auch bleiben ...«

»Mmm.«

Eine Weile blieb es still bis auf das Hämmern meines Herzens, den unregelmäßigen Rhythmus unseres rauen Atems und das Flüstern unserer Lippen, die sich in vollkommener Harmonie bewegten.

Manchmal war es ganz leicht zu vergessen, dass ich einen Vampir küsste. Nicht weil er gewöhnlich oder menschlich gewirkt hätte – nie vergaß ich auch nur eine Sekunde lang, dass der, den ich in den Armen hielt, mehr Engel war als Mensch –, sondern weil er mir das Gefühl gab, es sei das Selbstverständlichste von der Welt, dass seine Lippen meine berührten, mein Gesicht, meinen Hals. Er behauptete, er sei über die Versuchung, die mein Blut einmal für ihn bedeutet hatte, längst hinweg, und die Vorstellung, mich zu verlieren, habe ihn von jedem Verlangen danach geheilt. Doch ich wusste, dass der Geruch meines Bluts ihn immer noch quälte – ihm in der Kehle brannte, als würde er Flammen einatmen.

Ich schlug die Augen auf und sah, dass er mich ansah. Es war verrückt, dass er mich so anschaute. Als wäre ich der Hauptgewinn, nicht diejenige, die das große Los gezogen hatte.

Einen Moment lang trafen sich unsere Blicke; und ich meinte durch seine goldenen Augen bis auf den Grund seiner Seele schauen zu können. Es kam mir lächerlich vor, dass die Existenz seiner Seele je in Frage gestanden hatte, auch wenn er ein Vampir war. Er hatte die schönste Seele der Welt, sie war noch schöner als sein funkelnder Verstand, sein unvergleichliches Gesicht, sein göttlicher Körper.

Er erwiderte meinen Blick, als könnte auch er meine Seele sehen und als gefiele ihm das, was er sah.

Doch meine Gedanken konnte er nicht lesen, anders als die aller anderen. Ich wusste nicht, woran es lag – irgendein seltsamer Defekt schien mein Gehirn immun zu machen gegen die außergewöhnlichen und schrecklichen Sachen, zu denen manche Vampire fähig waren. (Allerdings war nur mein Geist immun; mein Körper war nicht gefeit gegen die besonderen Fähigkeiten von Vampiren.) Doch ich war sehr dankbar für diese wie auch immer geartete Störung in meinem Gehirn, die meine Gedanken vor Edward verbarg. Allein die Vorstellung, es könnte anders sein, war zu peinlich.

Ich zog sein Gesicht zu mir heran.

»Ich bleibe«, murmelte er kurz darauf.

»Nein, nein. Es ist dein Junggesellenabschied. Da musst du hin.«

Während ich das sagte, fasste ich gleichzeitig mit der rechten Hand fest in sein bronzefarbenes Haar und verstärkte mit der linken den Griff in seinem Nacken. Seine kühlen Hände streichelten mein Gesicht.

»Junggesellenabschiede sind etwas für jene, die ihrer Zeit als Alleinstehende nachtrauern. Ich dagegen könnte es gar nicht eiliger haben, meine hinter mir zu lassen. Es ist also ganz sinnlos.«

»Stimmt.« Mein Atem strömte gegen die winterkalte Haut seiner Kehle.

Das hier kam meinem Paradies schon ziemlich nahe. Charlie schlief nichtsahnend in seinem Zimmer, was fast so gut war wie allein zu sein. Edward und ich lagen zusammen auf meinem Bett, so sehr ineinander verschlungen, wie es die dicke Decke zuließ, in die ich eingemummelt war wie in einen Kokon. Ich fand es grässlich, dass wir die Decke brauchten, aber es zerstörte die Romantik, wenn ich anfing mit den Zähnen zu klappern. Und wenn ich mitten im August die Heizung einschaltete, würde es Charlie auffallen ...

Nun ja, auch wenn *ich* dick eingepackt sein musste, Edwards T-Shirt lag jedenfalls auf dem Boden. Ich konnte es immer noch nicht fassen, wie vollkommen sein Körper war – weiß, kühl und glatt wie Marmor. Ich ließ meine Hand über seine steinharte Brust wandern, fuhr über seinen flachen Bauch und gab mich meinem Staunen hin. Ein leichter Schauer lief über seinen Körper und wieder fand sein Mund meinen. Vorsichtig stieß ich mit der Zungenspitze gegen seine spiegelglatte Lippe, und er seufzte. Kalt und köstlich strömte sein süßer Atem über mein Gesicht.

Ich spürte, wie er sich langsam von mir löste – das war seine automatische Reaktion, sobald er fürchtete, wir würden zu weit gehen, eine Art Reflex, wenn er eigentlich am liebsten weitermachen würde. Den größten Teil seines Lebens hatte Edward auf körperliche Lust verzichtet. Wenn er es jetzt zu ändern versuchte, machte ihm das große Angst, das wusste ich.

»Warte«, sagte ich, fasste seine Schultern und schmiegte mich fest an ihn. Ich befreite ein Bein aus der Decke und schlang es um seine Taille. »Übung macht den Meister.«

Er schmunzelte. »Nun, dann dürften wir jetzt schon beinahe

Meister sein, oder? Hast du im letzten Monat überhaupt geschlafen?«

»Aber das ist jetzt doch die Generalprobe«, erinnerte ich ihn, »und wir haben erst ein paar Szenen geübt. Jetzt müssen wir auch den Rest proben.«

Ich hatte damit gerechnet, dass er lachen würde, aber er gab keine Antwort und sein Körper war plötzlich starr vor Anspannung. Das Gold in seinen Augen wirkte auf einmal fest statt flüssig.

Ich dachte über meine Worte nach und begriff, was er darin gehört hatte.

»Bella …«, flüsterte er.

»Fang nicht wieder damit an«, sagte ich. »Versprochen ist versprochen.«

»Ich weiß nicht. Ich kann mich nicht konzentrieren, wenn wir so zusammen sind. Ich … ich kann nicht klar denken. Ich werde mich nicht beherrschen können. Ich werde dir wehtun.«

»Mir passiert schon nichts.«

»Bella …«

»Scht!« Ich drückte meine Lippen auf seine, um seine Panik zu ersticken. Ich kannte das alles. Aber er würde aus der Geschichte nicht herauskommen. Nicht, nachdem ich seiner Bedingung zugestimmt hatte, dass ich ihn vorher heirate.

Er erwiderte meinen Kuss eine Weile, aber ich merkte, dass er nicht mehr ganz bei der Sache war. Immer machte er sich Sorgen, immer. Wie anders würde es sein, wenn er sich um mich keine Sorgen mehr zu machen brauchte. Was würde er dann mit all der Zeit anfangen? Er müsste sich ein neues Hobby suchen.

»Wie geht es deinen Füßen?«, fragte er.

Ich verstand die Anspielung und sagte: »Angenehm warm.«

»Wirklich? Möchtest du es dir nicht noch einmal überlegen? Noch ist es nicht zu spät.«

»Willst du mich loswerden?«

Er lachte leise. »Ich will nur sichergehen. Du sollst nichts tun, was du nicht ganz bestimmt willst.«

»Was dich betrifft, bin ich mir sicher. Den Rest werd ich schon überleben.«

Er zögerte und ich fragte mich, ob ich schon wieder ins Fettnäpfchen getreten war.

»Wirklich?«, fragte er ruhig. »Ich meine nicht die Hochzeit – ich habe keinen Zweifel, dass du sie überleben wirst, trotz deiner Bedenken –, aber danach ... was ist mit Renée, mit Charlie?«

Ich seufzte. »Sie werden mir fehlen.« Schlimmer noch war, dass ich ihnen fehlen würde, aber ich wollte kein Öl ins Feuer gießen.

»Angela und Ben und Jessica und Mike.«

»Auch meine Freunde werden mir fehlen.« Ich lächelte in die Dunkelheit. »Vor allem Mike. Oh, Mike! Wie soll ich nur ohne ihn leben?«

Er knurrte.

Ich lachte, aber dann wurde ich ernst. »Edward, wir haben das doch schon so oft besprochen. Ich weiß, dass es schwer wird, aber ich will es so. Ich will dich, und zwar für immer. Ein Leben lang ist mir einfach nicht genug.«

»Mit achtzehn erstarrt«, flüsterte er.

»Der Traum einer jeden Frau«, scherzte ich.

»Keine Veränderung mehr ... keine Entwicklung.«

»Was soll das heißen?«

Seine Antwort kam langsam. »Weißt du noch, als wir Charlie erzählt haben, dass wir heiraten werden? Und er dachte, du seist ... schwanger?«

»Und er hat dich in Gedanken erschossen«, sagte ich lachend.

»Gib's zu, einen kurzen Augenblick hat er daran gedacht.«

Er sagte nichts.

»Edward, was ist?«

»Ich denke nur ... na ja, es wäre schön, wenn er Recht gehabt hätte.«

»O Gott«, sagte ich.

»Oder vielleicht eher, wenn es wenigstens hätte sein können. Wenn wir diese Möglichkeit hätten. Es ist furchtbar für mich, dir das zu rauben.«

Es dauerte einen Moment, bis ich etwas sagen konnte. »Ich weiß schon, was ich tue.«

»Wie kannst du das wissen, Bella? Sieh dir meine Mutter an oder meine Schwester. Es ist kein so leichtes Opfer, wie du denkst.«

»Esme und Rosalie kommen doch gut damit klar. Falls es später mal zum Problem wird, machen wir es einfach so wie Esme – wir adoptieren ein Kind.«

Er seufzte, dann wurde sein Ton heftig. »Es ist nicht *richtig*! Ich will nicht, dass du für mich Opfer bringst. Ich will dir etwas geben, nicht dir etwas wegnehmen – schon gar nicht deine Zukunft. Wäre ich ein Mensch ...«

Ich legte ihm eine Hand auf die Lippen. »*Du* bist meine Zukunft. Jetzt hör auf damit. Hier wird kein Trübsal geblasen, sonst rufe ich deine Brüder an und sag ihnen, sie sollen dich abholen. Vielleicht brauchst du doch einen Junggesellenabschied.«

»Entschuldige. Ich blase wirklich Trübsal, was? Das sind sicher die Nerven.«

»Hast *du* etwa kalte Füße?«

»Nicht in diesem Sinn. Schließlich habe ich ein Jahrhundert darauf gewartet, dich zu heiraten, Miss Swan. Ich kann es gar nicht abwarten, bis …« Mitten im Satz brach er ab. »Oh, um Himmels willen!«

»Was ist?«

Er biss die Zähne zusammen. »Du brauchst niemanden anzurufen. Offenbar haben Emmett und Jasper nicht vor, mich heute Abend davonkommen zu lassen.«

Ich zog ihn noch einmal fest an mich, dann gab ich ihn frei. Bei einem Tauziehen mit Emmett hatte ich nicht die geringste Chance. »Viel Spaß.«

Am Fenster quietschte es – jemand kratzte voller Absicht mit Fingernägeln wie Stahl über die Scheibe, nur um ein ohrenbetäubendes Gänsehautgeräusch zu produzieren. Ich schauderte.

»Wenn du Edward nicht rausschickst«, zischte Emmett, der in der Dunkelheit immer noch unsichtbar war, drohend, »dann kommen wir rein und holen ihn!«

»Geh«, sagte ich lachend zu Edward. »Bevor sie das Haus zertrümmern.«

Edward verdrehte die Augen, aber mit einer einzigen fließenden Bewegung kam er auf die Füße und zog sich gleichzeitig das T-Shirt an. Er beugte sich zu mir herab und küsste mich auf die Stirn.

»Schlaf jetzt. Morgen ist dein großer Tag.«

»Danke! Das macht mich bestimmt ruhiger.«

»Wir sehen uns vorm Altar.«

»Ich bin die im weißen Kleid.« Ich lächelte darüber, wie wunderbar gleichgültig das klang.

»Sehr überzeugend.« Er kicherte und ging in die Hocke, die Muskeln gespannt wie eine Sprungfeder. Und dann verschwand er – schneller, als ich gucken konnte, war er zum Fenster hinaus.

Draußen ertönte ein dumpfer Schlag und ich hörte Emmett fluchen.

»Wehe, ihr bringt ihn zu spät zurück«, murmelte ich, wohl wissend, dass sie mich hören konnten.

Da tauchte Jasper vor meinem Fenster auf, sein honigfarbenes Haar glänzte silbern in dem schwachen Mondlicht, das durch die Wolken brach.

»Sei unbesorgt, Bella. Wir bringen ihn rechtzeitig wieder nach Hause.«

Plötzlich war ich ganz ruhig und all meine Sorgen kamen mir belanglos vor. Auf seine Art war Jasper ebenso begabt wie Alice mit ihren geradezu unheimlich genauen Visionen. Jaspers Talent hatte mit Stimmungen zu tun, und wenn er wollte, dass man etwas Bestimmtes fühlte, konnte man sich ihm einfach nicht entziehen.

Ich setzte mich ungeschickt auf, ich war immer noch in die Decke gewickelt. »Jasper? Was machen Vampire beim Junggesellenabschied? Ihr geht doch nicht mit ihm in ein Striplokal, oder?«

»Nichts verraten!«, knurrte Emmett von unten. Ich hörte noch einen dumpfen Schlag, dann Edwards leises Lachen.

»Keine Panik«, sagte Jasper und augenblicklich wurde ich ruhig. »Wir Cullens haben unsere eigene Variante. Nur ein paar Pumas und ein oder zwei Grizzlybären. Also eigentlich eine ganz gewöhnliche Nacht auf der Piste.«

Ich fragte mich, ob ich wohl je so lässig von der »vegetarischen« Vampirkost sprechen würde.

»Danke, Jasper.«

Er zwinkerte mir zu, dann verschwand er aus meinem Blickfeld.

Draußen war es vollkommen still. Charlies gedämpftes Schnarchen dröhnte durch die Wand.

Ich ließ mich wieder ins Kissen sinken, jetzt war ich doch

müde. Mit schweren Lidern starrte ich an die Wände meines kleinen Zimmers, die im Mondlicht fahl leuchteten.

Die letzte Nacht in meinem Zimmer. Meine letzte Nacht als Isabella Swan. Morgen Nacht würde ich Bella Cullen sein. Obwohl mir die ganze Hochzeitszeremonie gegen den Strich ging, musste ich zugeben, dass das gut klang.

Ich ließ den Gedanken eine Weile freien Lauf und wartete darauf, dass der Schlaf mich übermannte. Doch nach ein paar Minuten merkte ich, dass ich wieder munterer war, die Aufregung schlich sich wieder in meinen Magen und er zog sich unangenehm zusammen. Ohne Edward kam mir das Bett zu weich und zu warm vor. Jasper war weit weg und hatte die Ruhe wieder mitgenommen.

Morgen würde ein langer Tag werden.

Mir war bewusst, dass die meisten meiner Ängste albern waren – ich musste mich einfach überwinden. Es gehörte nun mal zum Leben, dass man hin und wieder im Mittelpunkt stand. Ich konnte mich nicht immer verstecken. Dennoch hatte ich einige ganz berechtigte Sorgen.

Da war zunächst mal die Schleppe des Brautkleids, die Alice entworfen hatte. Das Aussehen war ihr dabei eindeutig wichtiger gewesen als praktische Erwägungen. Ich konnte mir nicht vorstellen, wie ich die Treppe der Cullens mit hochhackigen Schuhen und Schleppe bewältigen sollte. Ich hätte üben sollen.

Dann die Gästeliste.

Tanyas Familie, der Denali-Clan, würde vor den Feierlichkeiten eintreffen.

Es könnte ziemlich heikel sein, Tanyas Familie und unsere Gäste aus dem Quileute-Reservat, Jacobs Vater und die Clearwaters, im selben Raum zu haben. Die Denalis waren nicht gerade begeistert von den Werwölfen. Tanyas Schwester Irina kam aus diesem Grund gar nicht erst zur Hochzeit. Sie hegte immer noch Rachegelüste gegen die Werwölfe, weil sie ihren Freund Laurent getötet hatten (als er gerade versuchte mich zu töten). Wegen dieser Geschichte hatten die Denalis Edwards Familie in der Stunde der größten Not im Stich gelassen. Nur das überraschende Bündnis mit den Quileute-Wölfen hatte uns allen das Leben gerettet, als eine Horde neugeborener Vampire angegriffen hatte ...

Edward hatte mir versichert, es sei nicht gefährlich, wenn die Denalis in der Nähe der Quileute wären. Tanya und ihre ganze Familie – außer Irina – hatten ein furchtbar schlechtes Gewissen, weil sie die Cullens damals im Stich gelassen hatten. Ein Waffenstillstand mit den Werwölfen war nur ein geringer Preis, um das wiedergutzumachen, ein Preis, den sie gern bereit waren zu zahlen.

Das war das eigentliche Problem, aber es gab noch ein weiteres kleines Problem: mein zerbrechliches Selbstbewusstsein.

Ich hatte Tanya noch nie gesehen, aber ich war mir sicher, dass die Begegnung mit ihr für mein Ego nicht sehr angenehm sein würde. Vor langer Zeit, wahrscheinlich noch ehe ich auf der Welt war, hatte sie sich mal an Edward herangemacht – nicht dass ich es ihr oder irgendeiner anderen Frau verdenken könnte, dass sie ihn attraktiv fand. Trotzdem, bestimmt war sie mindestens schön, wenn nicht gar umwerfend. Und obwohl Edward eindeutig – wenn auch unbegreiflicherweise – mich lieber hatte, würde ich mich automatisch mit ihr vergleichen.

Ich hatte ein bisschen gemurrt, bis Edward, der meine Schwächen kannte, mir ein schlechtes Gewissen gemacht hatte.

»Wir sind die Einzigen, die für sie so etwas wie Verwandtschaft sind, Bella«, hatte er gesagt. »Sie fühlen sich immer noch als Waisen, selbst nach all der Zeit.«

Also hatte ich mich geschlagen gegeben und gute Miene zum bösen Spiel gemacht.

Tanya hatte inzwischen auch eine große Familie, fast so groß wie die der Cullens. Sie waren zu fünft: zu Tanya, Kate und Irina waren Carmen und Eleazar gestoßen, so wie Alice und Jasper zu den Cullens gestoßen waren; sie alle verband der Wunsch, ein humaneres Leben zu führen als gewöhnliche Vampire.

Doch obwohl Tanya und ihre Schwestern nun also eine große Familie hatten, waren sie in einer Hinsicht immer noch allein. Immer noch in Trauer. Denn vor sehr langer Zeit hatten auch sie eine Mutter gehabt.

Ich ahnte, was für eine Lücke dieser Verlust gerissen haben musste, selbst nach tausend Jahren noch; ich versuchte mir die Cullens ohne ihren Schöpfer und Mittelpunkt vorzustellen – ihren Vater, Carlisle. Es war unmöglich.

Carlisle hatte mir Tanyas Geschichte erzählt, an einem der vielen Abende, an denen ich bis spät bei den Cullens geblieben war, um so viel wie möglich zu erfahren und mich, so gut es ging, auf die Zukunft vorzubereiten, für die ich mich entschieden hatte. Die Geschichte von Tanyas Mutter war nur eine von vielen, ein warnendes Beispiel für eine der Regeln, die ich beachten musste, wenn ich in die Welt der Unsterblichen eintrat. Eigentlich gab es nur eine einzige Regel – ein Gesetz, das sich in tausend verschiedenen Facetten zeigte: *Hüte das Geheimnis.*

Das Geheimnis zu hüten, beinhaltete eine ganze Menge: ein so unauffälliges Leben zu führen wie die Cullens, den Wohnort zu wechseln, bevor die Menschen merkten, dass man nicht alterte. Oder ein Nomadenleben zu führen und sich ganz von den Menschen fernzuhalten – außer zu den Mahlzeiten –, wie James und Victoria es getan hatten und wie es Jaspers Freunde, Peter und Charlotte, noch immer taten. Außerdem musste man die neuen Vampire, wenn man welche schuf, im Griff haben, wie Jasper und Maria damals. Während es Victoria mit ihren Neugeborenen nicht gelungen war.

Und es bedeutete auch, gewisse Dinge gar nicht erst zu erschaffen, denn manche Schöpfungen ließen sich nicht beherrschen.

»Ich weiß nicht, wie Tanyas Mutter hieß«, hatte Carlisle gesagt, und der Blick seiner goldenen Augen, die fast dieselbe Farbe hatten wie sein helles Haar, wurde bekümmert bei der Erinnerung an Tanyas Trauer. »Sie vermeiden es, über sie zu sprechen, denken niemals absichtlich an sie. Die Frau, die Tanya, Kate und Irina schuf – und die sie liebte, wie ich glaube –, lebte viele Jahre vor meiner Geburt, in einer Zeit, in der eine Seuche umging, die Seuche der unsterblichen Kinder. Was sie sich damals dabei dachten, verstehe ich noch immer nicht. Aus Kindern schufen sie Vampire.«

Ich musste die Wut herunterschlucken, die in mir aufstieg, als ich mir vorstellte, was er beschrieb.

»Sie waren sehr schön«, erklärte Carlisle schnell, als er meine Reaktion sah. »So liebreizend, so bezaubernd, du kannst es dir nicht vorstellen. Man konnte nicht anders, als sie zu lieben, sobald man sie sah. Doch man konnte ihnen nichts beibringen. Sie waren an dem Punkt ihrer Entwicklung stehengeblieben, an dem sie sich befunden hatten, bevor sie gebissen wurden. Niedliche Zweijährige, die Grübchen hatten und lispelten und die in einem einzigen Trotzanfall ein halbes Dorf zerstören konnten. Wenn sie Durst hatten, tranken sie und nichts konnte sie zurückhalten. Menschen sahen sie, Geschichten machten die Runde, Angst breitete sich aus wie ein Buschfeuer … Auch Tanyas Mutter erschuf ein solches Kind. Ihre Gründe sind mir ebenso schleierhaft wie die der anderen.« Er atmete tief durch. »Und dann griffen natürlich die Volturi ein.«

Wie immer, wenn ich diesen Namen hörte, zuckte ich zusammen, aber natürlich waren jene italienischen Vampire – die sich selbst als königlich betrachteten – von zentraler Bedeutung für diese Geschichte. Es konnte kein Gesetz geben ohne Strafe und keine Strafe, wenn da nicht jemand war, der sie vollstreckte. Die Ältesten Aro, Caius und Marcus hatten die Befehlsgewalt über die Truppen der Volturi; ich war ihnen nur einmal begegnet, und bei dieser kurzen Begegnung hatte ich den Eindruck gewonnen, dass Aro mit seiner mächtigen Gabe, Gedanken zu lesen – eine Berührung und er kannte alle Gedanken, die ein anderer je gedacht hatte –, der wahre Anführer war.

»Die Volturi beobachteten die unsterblichen Kinder eine Weile, zu Hause in Volterra und überall auf der Welt, bis Caius entschied, dass die Kinder nicht in der Lage waren, unser Geheimnis zu bewahren. Und deshalb mussten sie zerstört werden. Wie ich bereits sagte, sie waren voller Liebreiz. Die einzelnen Zirkel kämpften bis zum letzten Mann, um sie zu beschützen. Das Gemetzel zog nicht so weite Kreise wie die Kriege im Süden des Kontinents, war jedoch auf seine Weise fast noch verheerender. Alteingesessene Zirkel, alte Traditionen, Freundschaften … es ging so vieles verloren. Am Ende durften überhaupt keine unsterblichen Kinder mehr erschaffen werden. Es wurde nicht einmal mehr über sie gesprochen, sie wurden ein Tabu.

Als ich bei den Volturi lebte, lernte ich selbst zwei unsterbliche Kinder kennen, ich weiß also aus eigener Erfahrung, wie reizend sie waren. Aro erforschte die Kleinen noch viele Jahre, nachdem die Katastrophe, die sie ausgelöst hatten, vorüber war. Du weißt, wie wissbegierig er ist; er hoffte, man könnte sie zähmen. Doch schließlich war die Entscheidung einstimmig: Es durfte die unsterblichen Kinder nicht mehr geben.«

Ich hatte gar nicht mehr an die Mutter der Denali-Schwestern gedacht, als Carlisle auf sie zurückkam.

»Was genau mit Tanyas Mutter geschah, wissen wir nicht«, sagte er. »Tanya, Kate und Irina waren jedenfalls völlig ahnungslos bis zu jenem Tag, als die Volturi zu ihnen kamen; ihre Mutter und deren unerlaubte Schöpfung hatten sie bereits gefangen genommen. Nur ihre Unwissenheit rettete Tanya und ihren Schwestern das Leben. Aro berührte sie und sah, dass sie unschuldig waren, deshalb wurden sie nicht zusammen mit ihrer Mutter bestraft. Keine von ihnen hatte den Jungen zuvor gesehen oder seine Existenz auch nur geahnt, bis zu dem Tag, als sie mit ansehen mussten, wie er in den Armen ihrer Mutter verbrannte. Ihre Mutter hatte ihn wohl deshalb vor ihnen geheim gehalten, um sie vor dem zu beschützen, was dann geschah. Doch weshalb hatte sie ihn überhaupt erschaffen? Wer war er und was hatte er ihr bedeutet, dass sie diese unüberschreitbare Grenze doch überschritten hatte? Tanya und ihre Schwestern fanden nie eine Antwort auf diese Fragen. Doch es gab keinen Zweifel an der Schuld ihrer Mutter, und ich glaube, sie haben ihr nie ganz vergeben.

Obgleich Aro wusste, dass Tanya, Kate und Irina unschuldig waren, wollte Caius sie verbrennen. Sippenhaft. Sie hatten Glück, dass Aro an jenem Tag gnädig gestimmt war. Tanya und ihre Schwestern kamen davon, doch sie hatten von da an ein gebrochenes Herz und einen sehr gesunden Respekt vor dem Gesetz ...«

Ich weiß nicht genau, an welchem Punkt die Erinnerung in einen Traum überging. Eben noch hatte ich in meiner Erinnerung Carlisle zugehört und ihm ins Gesicht geschaut, einen Augenblick später schaute ich auf ein graues, dürres Feld und hatte den schweren Geruch von brennendem Weihrauch in der Nase. Ich war nicht allein.

Das Gewirr der Gestalten auf dem Feld, alle in aschfarbene Umhänge gehüllt, hätte mich ängstigen müssen – es konnten nur die Volturi sein und ich war, entgegen dem, was sie bei unserer letzten Begegnung befohlen hatten, immer noch ein Mensch. Doch ich wusste, wie manchmal in meinen Träumen, dass ich für sie unsichtbar war.

Überall um mich herum waren qualmende Haufen. Ich roch etwas Süßliches und schaute die Haufen nicht allzu genau an. Ich wollte die Gesichter der Vampire, die sie hingerichtet hatten, gar nicht sehen, denn ich befürchtete, ich könnte in den glühenden Scheiterhaufen jemanden erkennen.

Die Krieger der Volturi standen in einem Kreis um etwas oder jemanden herum, ich hörte ihr aufgeregtes Geflüster. Ich konnte nicht anders, als mich näher an die Umhänge heranzuschleichen, um zu sehen, wen oder was sie da so eingehend betrachteten. Ich kroch vorsichtig zwischen zwei der hohen wispernden Gestalten, und da sah ich auf einem kleinen Hügel über ihnen, was sie so aufregte.

Er war wunderschön, hinreißend, genau wie Carlisle gesagt hatte. Es war ein kleiner Junge, vielleicht zwei Jahre alt. Hellbraune Locken umrahmten das Engelsgesicht mit den Pausbacken und den vollen Lippen. Und er zitterte, er hatte die Augen geschlossen, als hätte er zu große Angst zuzuschauen, wie der Tod mit jeder Sekunde näher kam.

Ich verspürte einen so unwiderstehlichen Drang, dieses reizende, verängstigte Kind zu retten, dass die fürchterliche Bedrohung der Volturi mich auf einmal nicht mehr schrecken konnte. Ich zwängte mich an ihnen vorbei und es kümmerte mich nicht, ob sie mich bemerkten. Ich rannte zu dem Jungen hin.

Taumelnd blieb ich stehen, als ich erkannte, auf was für einem Hügel der Junge saß. Es war kein Hügel aus Erde und Stein, sondern aus menschlichen Körpern, die übereinanderlagen, ausgezehrt und leblos. Ich kannte sie alle – Angela, Ben, Jessica, Mike … Und genau unter dem liebreizenden Jungen lagen die Körper meines Vaters und meiner Mutter.

Der Junge öffnete die leuchtenden, blutroten Augen.

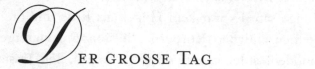

DER GROSSE TAG

Ich riss die Augen auf.

Zitternd und keuchend lag ich in meinem warmen Bett, und es dauerte einige Minuten, bis ich mich von dem Traum befreit hatte. Der Himmel vor meinem Fenster wurde erst grau, dann blassrosa, während ich darauf wartete, dass sich mein Herz beruhigte.

Zurück in der Wirklichkeit meines unordentlichen, vertrauten Zimmers, ärgerte ich mich ein bisschen über mich selbst. Musste ich in der Nacht vor meiner Hochzeit ausgerechnet so etwas träumen! Das kam davon, wenn man sich mitten in der Nacht in solche Geschichten hineinsteigerte.

Um den Albtraum möglichst schnell abzuschütteln, zog ich mich an und ging früher als nötig hinunter. Erst räumte ich die ohnehin schon ordentlichen Zimmer auf, und als Charlie aufstand, machte ich ihm Pfannkuchen. Ich selbst war viel zu aufgeregt, um zu frühstücken – ich rutschte auf dem Stuhl hin und her, während er aß.

»Um drei holst du Mr Weber ab«, erinnerte ich ihn.

»Ich hab heute nicht viel anderes zu tun, Bella, als den Geistlichen zu chauffieren. Es ist unwahrscheinlich, dass ich meine einzige Aufgabe vergesse.« Charlie hatte sich für die Hochzeit den ganzen Tag freigenommen, und jetzt wusste er nichts mit sich anzufangen. Hin und wieder blickte er verstohlen zu dem Schrank unter der Treppe, wo er seine Angelgeräte aufbewahrte.

»Das ist nicht deine einzige Aufgabe. Du musst außerdem ordentlich angezogen sein und vorzeigbar aussehen.«

Brummig schaute er in seine Cornflakesschale und murmelte leise etwas von »Pinguinen«.

Jemand klopfte forsch an die Haustür.

»Und du meinst, du hast es schwer.« Ich stand auf und schnitt eine Grimasse. »Alice wird sich ganzen Tag an mir zu schaffen machen.«

Charlie nickte nachdenklich, er musste zugeben, dass er nicht ganz so schlimm dran war. Ich beugte mich zu ihm hinab und küsste ihn auf den Kopf – er wurde rot und machte *hmpf* –, dann ging ich zur Tür und ließ meine beste Freundin und zukünftige Schwägerin herein.

Alice' kurze schwarze Haare waren nicht stachlig wie sonst – sie fielen ihr in seidig glänzenden Locken um das Elfengesicht, auf dem im Gegensatz dazu ein sehr geschäftsmäßiger Ausdruck lag. Sie rief nur flüchtig »Hi, Charlie« über die Schulter und zog mich aus dem Haus.

Alice taxierte mich, während ich in ihren Porsche stieg.

»Himmel, wie sehen denn deine Augen aus! Tsss«, machte sie vorwurfsvoll. »Was hast du angestellt? Warst du die ganze Nacht auf?«

»Fast.«

Sie funkelte mich an. »Ich habe nicht alle Zeit der Welt, um eine umwerfende Braut aus dir zu machen, Bella – du hättest ruhig etwas besser mit meinem Rohmaterial umgehen können.«

»Keiner erwartet, dass ich umwerfend aussehe. Das größere Problem wird sein, dass ich womöglich während der Zeremonie einschlafe und nicht an der richtigen Stelle ›Ich will‹ sage, und dann nimmt Edward Reißaus.«

Sie lachte. »Ich bewerfe dich mit meinem Blumenstrauß, wenn es so weit ist.«

»Danke.«

»Morgen im Flugzeug hast du jede Menge Zeit zu schlafen.«

Ich zog eine Augenbraue hoch. *Morgen*, überlegte ich. Wenn es heute Abend nach dem Empfang losging und wir morgen immer noch im Flugzeug waren … dann ging es jedenfalls nicht nach Boise in Idaho. Edward hatte kein Sterbenswörtchen verraten. Ich machte mir darüber nicht allzu viele Gedanken, aber es war schon merkwürdig, nicht zu wissen, wo ich morgen Nacht schlafen würde. Oder hoffentlich nicht schlafen …

Alice merkte, dass sie sich verplappert hatte, und runzelte die Stirn.

»Deine Koffer sind schon gepackt«, sagte sie, um mich abzulenken.

Es funktionierte. »Alice, ich hätte meine Sachen lieber selbst gepackt!«

»Das hätte zu viel verraten.«

»Und dir wär eine Gelegenheit zum Shoppen entgangen.«

»In nur zehn Stunden wirst du meine Schwägerin sein … diese Abneigung gegen neue Kleider musst du jetzt langsam mal überwinden.«

Finster schaute ich aus dem Fenster, bis wir fast beim Haus der Cullens waren.

»Ist er schon wieder zurück?«, fragte ich.

»Keine Sorge, er wird da sein, ehe die Musik beginnt. Aber du kriegst ihn nicht zu sehen, ganz gleich, wann er kommt. Wir machen es auf die traditionelle Weise.«

Ich schnaubte. »Traditionell!«

»Na gut, abgesehen von Braut und Bräutigam.«

»Du weißt, dass er schon gelinst hat.«

»O nein – deshalb bin ich auch die Einzige, die dich in dem Kleid gesehen hat. Und ich habe mich gehütet daran zu denken, wenn er in der Nähe war.«

»Ach«, sagte ich, als wir in die Auffahrt einbogen. »Wie ich sehe, hast du die Deko von der Abschlussfeier wieder ausgegraben.« Wieder waren fünf Kilometer der Auffahrt mit Abertausenden von funkelnden Lichtern versehen. Diesmal hatte sie noch weiße Satinschleifen hinzugefügt.

»Spare in der Zeit, so hast du in der Not. Du solltest den Anblick genießen; die Innendekoration bekommst du nämlich erst zu sehen, wenn es so weit ist.« Sie fuhr in die riesige Garage nördlich vom Haupthaus; Emmetts großer Jeep war noch nicht zurück.

»Seit wann darf die Braut die Dekoration nicht sehen?«, protestierte ich.

»Seit sie mir die Verantwortung übertragen hat. Ich möchte, dass es dich richtig umhaut, wenn du die Treppe herunterkommst.«

Sie legte mir eine Hand über die Augen und führte mich in die Küche. Der Duft überwältigte mich augenblicklich.

»Was ist das denn?«, fragte ich, während sie mich ins Haus führte.

»Ist es zu viel?« Alice klang sofort besorgt. »Du bist der erste Mensch hier drin, ich hoffe, es ist gelungen.«

»Es riecht himmlisch!«, versicherte ich ihr – fast berauschend, aber nicht erdrückend, das Gleichgewicht der verschiedenen Duftnoten war dezent und vollkommen. »Orangenblüten ... Flieder ... und noch irgendwas anderes, hab ich Recht?«

»Sehr gut, Bella. Nur die Freesien und die Rosen hast du vergessen.«

Erst als wir in ihrem übergroßen Badezimmer waren, nahm sie die Hand von meinen Augen. Ich starrte auf den langen Waschtisch, der überfüllt war mit Utensilien wie in einem Schönheitssalon, und allmählich machte sich die schlaflose Nacht bemerkbar.

»Muss das wirklich sein? Neben ihm sehe ich so oder so unscheinbar aus.«

Sie drückte mich auf einen niedrigen rosa Stuhl. »Niemand wird es wagen, dich unscheinbar zu nennen, wenn ich mit dir fertig bin.«

»Aber nur weil sie Angst haben, dass du ihnen das Blut aussaugst«, murmelte ich. Ich lehnte mich zurück und machte die Augen zu in der Hoffnung, die Prozedur verschlafen zu können. Tatsächlich döste ich ein bisschen ein, während sie Masken auflegte, puderte und feilte.

Es war schon nach zwölf, als Rosalie in einem silberschimmernden Abendkleid am Bad vorüberschwebte, das goldene Haar locker hochgesteckt. Sie war so schön, dass ich am liebsten geweint hätte. Was hatte es für einen Sinn, sich schick zu machen, wenn Rosalie dabei war?

»Sie sind wieder da«, sagte Rosalie und sofort legte sich meine kindische Panik. Edward war zu Hause.

»Sieh zu, dass er nicht hier reinkommt!«

»Er wird dir heute keinen Ärger machen«, versicherte Rosalie ihr. »Dafür ist ihm sein Leben zu lieb. Im Moment hält Esme sie alle noch beschäftigt. Kann ich dir vielleicht helfen? Ich könnte ihr die Haare machen.«

Mir klappte die Kinnlade herunter. Verzweifelt überlegte ich, wie man sie wieder zuklappte.

Rosalie hatte mich noch nie besonders ins Herz geschlossen. Und dass sie sich durch die Entscheidung, die ich jetzt traf, persönlich verletzt fühlte, belastete unser Verhältnis zusätzlich. Obwohl sie so unglaublich schön war, eine Familie hatte, die sie liebte, und Emmett als ihren Seelenverwandten, hätte sie alles dafür gegeben, ein Mensch zu sein. Und jetzt kam ich daher und warf mir nichts, dir nichts, all das weg, was sie sich wünschte. Das nahm sie nicht gerade für mich ein.

»Klar«, sagte Alice leichthin. »Du kannst schon mal anfangen zu flechten. Am liebsten etwas Aufwendiges. Der Schleier kommt hier unten hin.« Sie kämmte meine Haare mit den Händen, hob sie hoch, zeigte Rosalie genau, wie sie es sich vorstellte. Rosalies Hände traten an ihre Stelle, flochten meine Haare mit federleichter Berührung. Alice wandte sich wieder meinem Gesicht zu.

Alice lobte Rosalie für meine Frisur, dann gab sie ihr den Auftrag, mein Kleid zu holen, dann Jasper ausfindig zu machen, der losgeschickt worden war, um meine Mutter und ihren Mann Phil in ihrem Hotel abzuholen. Ich hörte undeutlich, wie unten immer wieder die Tür auf- und zuging. Stimmen strömten zu uns herauf.

Dann sagte Alice zu mir, ich solle aufstehen, damit sie mir das Kleid anziehen konnte, ohne Frisur und Make-up zu zerstören. Als sie die lange Reihe Perlmuttknöpfe an meinem Rücken zuknöpfte, zitterten meine Knie so heftig, dass der Satin kleine Wellen bis zum Boden schlug.

»Tief durchatmen, Bella«, sagte Alice. »Und versuch deinen Herzschlag zu verlangsamen. Sonst fängst du an zu schwitzen und dein neues Gesicht fließt davon.«

Ich warf ihr einen sarkastischen Blick zu. »Ich werd mein Bestes tun.«

»Jetzt muss ich mich anziehen. Kannst du dich zwei Minuten zusammenreißen?«

»Hm ... vielleicht?«

Sie verdrehte die Augen und flitzte hinaus.

Ich konzentrierte mich auf meinen Atem, zählte jeden Atemzug und starrte auf die Muster, die das Badezimmerlicht auf den glänzenden Stoff meines Kleides warf. Ich traute mich nicht, in den Spiegel zu schauen – ich hatte Angst, eine richtige Panikattacke zu bekommen, wenn ich mich im Hochzeitskleid sähe.

Bevor ich zweihundertmal geatmet hatte, war Alice wieder da, ihr Kleid floss an ihrem schlanken Körper herab wie ein silbriger Wasserfall.

»Alice – wow.«

»Das ist nichts. Niemand wird heute auf mich achten. Nicht solange du im Raum bist.«

»Haha.«

»Und, hast du dich jetzt im Griff, oder soll ich Jasper holen?«

»Sind sie schon zurück? Ist meine Mom da?«

»Sie ist gerade zur Tür hereingekommen. Jetzt kommt sie hoch.«

Renée war vor zwei Tagen angekommen, und ich hatte so viel Zeit wie möglich mit ihr verbracht – das heißt, wenn ich sie mal von Esme und den Vorbereitungen loseisen konnte. Ganz offensichtlich hatte sie bei der Sache mehr Spaß als ein Kind, das über Nacht in Disneyland bleiben darf. In gewisser Hinsicht fühlte ich mich genauso hintergangen wie Charlie. Wie hatte ich mich vor ihrer Reaktion gefürchtet, ganz umsonst ...

»Oh Bella!«, rief sie jetzt und platzte los, noch ehe sie ganz im Zimmer war. »Oh, Schatz, du bist so wunderschön! Oh, ich muss gleich weinen! Alice, du bist unglaublich! Du und Esme, ihr solltet euch als Hochzeitsplaner selbständig machen! Wo hast du dieses Kleid aufgetrieben? Es ist hinreißend! So anmutig, so elegant. Bella, du siehst aus, als wärst du einem Jane-Austen-Film entsprungen.« Die Stimme meiner Mutter drang wie durch Watte zu mir und alles im Raum wirkte leicht verschwommen. »Was für eine tolle Idee, alles auf Bellas Ring abzustimmen. Wie romantisch! Die Vorstellung, dass er schon seit dem neunzehnten Jahrhundert in Edwards Familie ist!«

Alice und ich wechselten einen kurzen verschwörerischen Blick. Meine Mutter lag, was den Stil des Kleids anging, um mehr als hundert Jahre daneben. Die Hochzeit war nicht auf den Ring abgestimmt, sondern auf Edward.

Vom Flur her kam ein lautes, schroffes Räuspern.

»Renée, Esme sagt, es ist an der Zeit, dass ihr runterkommt«, sagte Charlie.

»Charlie, du siehst ja umwerfend aus!«, sagte Renée, und das klang regelrecht bestürzt. Vielleicht fiel Charlies Antwort deshalb so barsch aus.

»Ich bin Alice in die Fänge geraten.«

»Ist es wirklich schon so weit?«, sagte Renée zu sich selbst; sie schien fast so nervös zu sein wie ich. »Das ging alles so schnell. Mir ist ganz schwindelig.«

Damit war sie nicht allein.

»Umarm mich noch mal, bevor ich runtergehe«, sagte Renée. »Vorsichtig, dass du nichts kaputt machst.«

Meine Mutter fasste mich behutsam um die Taille und drückte mich leicht, dann wirbelte sie zur Tür herum, wirbelte jedoch einfach weiter, bis sie mich wieder anschaute.

»Oh, nein, das hätte ich fast vergessen! Charlie, wo ist die Schachtel?«

Mein Vater kramte eine Weile in seinen Taschen, dann holte

er eine kleine weiße Schachtel hervor und reichte sie Renée. Renée hob den Deckel ab und hielt mir die Schachtel hin.

»Etwas Blaues«, sagte sie.

»Und auch etwas Altes. Sie haben deiner Oma Swan gehört«, fügte Charlie hinzu. »Wir haben die Strasssteine beim Juwelier durch Saphire ersetzen lassen.«

In der Schachtel lagen zwei schwere silberne Kämme. Dunkelblaue Saphire waren über den Zähnen der Kämme zu einem Blumenmuster gesteckt.

Ich hatte plötzlich einen Kloß im Hals. »Mom, Dad … das war doch nicht nötig.«

»Etwas anderes hat Alice nicht erlaubt«, sagte Renée. »Immer wenn wir es versucht haben, wär sie uns fast an die Gurgel gesprungen.«

Ich konnte ein hysterisches Kichern nicht zurückhalten.

Alice kam herbei und steckte mir mit einer schnellen Bewegung beide Kämme unter den Rand der dicken Zöpfe. »Damit hätten wir etwas Altes und etwas Blaues«, sagte sie nachdenklich und ging ein paar Schritte zurück, um mich zu bewundern. »Und dein Kleid ist neu, dann also hier …«

Sie warf mir etwas zu. Automatisch streckte ich die Hände aus, und ein hauchdünnes weißes Strumpfband landete darin.

»Das gehört mir, und ich möchte es zurückhaben«, sagte Alice.

Ich wurde rot.

»Na bitte«, sagte Alice beglückt. »Ein wenig Farbe – das hat dir gefehlt. Jetzt bist du offiziell vollkommen.« Mit einem kleinen selbstzufriedenen Lächeln wandte sie sich zu meinen Eltern. »Renée, du musst jetzt nach unten.«

»Zu Diensten, Ma'am.« Renée pustete mir einen Kuss zu und ging schnell hinaus.

»Charlie, holst du bitte die Blumen?«

Als Charlie draußen war, schnappte Alice sich das Strumpfband aus meiner Hand und tauchte unter mein Kleid. Ich zog die Luft ein und schwankte, als sie mit ihrer kalten Hand meinen Knöchel packte und das Strumpfband an die richtige Stelle schob.

Ehe Charlie mit den beiden duftenden weißen Blumensträußen zurückkam, stand sie schon wieder. Der Geruch von Rosen, Orangenblüten und Freesien umgab mich mit einem leichten Nebel.

Rosalie – neben Edward die beste Musikerin der Familie – begann unten Klavier zu spielen. Pachelbels Kanon. Ich begann zu hyperventilieren.

»Ganz locker, Bella«, sagte Charlie. Beunruhigt wandte er sich zu Alice. »Sie sieht aus, als ob ihr übel wäre. Meinst du, sie schafft es?«

Seine Stimme klang weit weg. Ich spürte meine Beine nicht mehr.

»Das will ich ihr doch geraten haben.«

Alice stellte sich vor mich hin, ging auf die Zehenspitzen, um mir besser in die Augen sehen zu können, und packte mit ihren harten Händen meine Handgelenke.

»Bella, Konzentration. Edward wartet unten auf dich.«

Ich atmete tief durch und zwang mich, die Fassung zu bewahren.

Die Musik ging langsam in ein anderes Stück über. Charlie stieß mich an. »Bella, unser Einsatz.«

»Bella?«, sagte Alice und schaute mir fest in die Augen.

»Ja«, piepste ich. »Edward. Okay.« Ich ließ mich von ihr mitziehen, Charlie an meinem Ellbogen.

Im Flur war die Musik lauter. Zusammen mit dem Duft von

hunderttausend Blumen strömte sie die Treppe hinauf. Ich konzentrierte mich darauf, dass Edward unten wartete, und zwang mich weiterzugehen.

Die Musik kam mir bekannt vor, eine Variation von Wagners Hochzeitsmarsch.

»Ich bin dran«, flötete Alice. »Zählt bis fünf, dann kommt mir nach.« Langsam und anmutig tanzte sie die Treppe hinunter. Es war ein Fehler, Alice als einzige Brautjungfer zu haben. Im Vergleich zu ihr musste ich aussehen wie ein Trampel.

Plötzlich ertönte eine Fanfare durch die Musik. Ich erkannte meinen Einsatz.

»Lass mich nicht fallen, Dad«, flüsterte ich. Charlie zog meine Hand durch seinen Arm und hielt sie ganz fest.

Einen Schritt nach dem anderen, ermahnte ich mich, während ich zu dem langsamen Marsch die Treppe hinunterging. Erst als ich wieder sicheren Boden unter den Füßen hatte, hob ich den Blick, obwohl ich das Raunen und Rascheln unter den Zuschauern gehört hatte, als ich ins Blickfeld kam. Das Blut strömte mir in die Wangen; es war ja klar, dass ich eine errötende Braut sein würde.

Kaum hatte ich die tückische Treppe hinter mir, hielt ich nach ihm Ausschau. Einen kurzen Augenblick war ich von der Überfülle weißer Blüten abgelenkt, die als Girlanden den ganzen Raum schmückten, weiße Seidenbänder hingen von ihnen herab. Dann riss ich mich von der dekorierten Zimmerdecke los und suchte in den Reihen der mit Satin geschmückten Stühle – und errötete noch mehr, als ich sah, dass alle Blicke auf mich gerichtet waren –, bis ich ihn endlich sah, er stand vor einem Bogen mit noch mehr Blumen, noch mehr Seidenbändern.

Ich nahm kaum wahr, dass Carlisle neben ihm stand und dahinter Angelas Vater. Ich sah auch meine Mutter nicht, die in der ersten Reihe sitzen musste, oder meine neue Familie oder die Gäste – sie mussten bis später warten.

Das Einzige, was ich sah, war Edwards Gesicht; es erfüllte meinen Blick und überwältigte mein Denken. Seine Augen waren von einem brennenden Gold, in seinem makellosen Gesicht spiegelte sich die Tiefe seiner Gefühle. Und dann, als er meinen scheuen Blick sah, breitete sich ein atemberaubendes, glückstrahlendes Lächeln auf seinem Gesicht aus.

Plötzlich war es nur der Druck von Charlies Hand, der mich davon abhielt, den Gang entlangzurennen.

Der Marsch schien viel zu langsam, und ich hatte Mühe, im Takt zu bleiben. Zum Glück war es ein sehr kurzer Gang. Und dann war ich endlich, endlich da. Edward streckte die Hand aus. Charlie nahm meine Hand und legte sie als ein Symbol, das so alt ist wie die Welt, in Edwards. Ich berührte das kühle Wunder seiner Haut und war zu Hause.

Unsere Eheversprechen waren die einfachen, traditionellen Worte, die schon unzählige Male gesagt worden waren, wenn auch noch nie von einem Paar, wie wir es waren. Wir hatten Mr Weber gebeten, nur eine kleine Änderung vorzunehmen. Bereitwillig änderte er die Zeile »bis dass der Tod uns scheide« in das passendere »solange wir beide leben«.

In dem Moment, als der Pfarrer seine Worte sprach, schien sich meine Welt, die so lange kopfgestanden hatte, endlich zu richten. Jetzt sah ich ein, wie albern es gewesen war, hiervor Angst zu haben – als wäre es ein unerwünschtes Geburtstagsgeschenk oder so etwas Peinliches wie der Abschlussball. Ich schaute in Edwards leuchtende, triumphierende Augen und wusste, dass auch ich gewonnen hatte. Denn nur eines zählte – dass ich mit ihm zusammenbleiben konnte.

Erst als ich das Jawort sprechen sollte, merkte ich, dass ich weinte.

»Ich will«, brachte ich mühsam heraus, ein fast unverständliches Flüstern, und ich blinzelte, damit ich sein Gesicht sehen konnte.

Als er dran war, klangen die Worte klar und glückselig.

»Ich will«, schwor er.

Mr Weber erklärte uns zu Mann und Frau, und dann nahm Edward mein Gesicht in seine Hände, vorsichtig, als wäre es so zart wie die weißen Blüten über unseren Köpfen. Ich versuchte zu verstehen, durch den Tränenschleier, der mich blind machte, dass dieser wunderbare Mann mir gehörte. Es sah so aus, als stünden auch ihm die Tränen in den goldenen Augen, doch das war unmöglich. Er beugte den Kopf zu mir herab, ich stellte mich auf die Zehenspitzen und schlang ihm die Arme – inklusive Blumenstrauß – um den Hals.

Er küsste mich zärtlich, ehrfürchtig; ich vergaß die Leute um uns herum, den Ort, die Zeit, den Anlass … dachte nur noch daran, dass er mich liebte, dass er mich wollte, dass ich sein war.

Er hatte den Kuss begonnen und er musste ihn auch beenden; ich klammerte mich an ihn, kümmerte mich nicht um das Kichern und Räuspern unter den Zuschauern. Schließlich bremste er mich und wich zurück – allzu schnell –, um mich anzuschauen. An der Oberfläche wirkte sein plötzliches Lächeln amüsiert, fast grinste er. Doch unter der Belustigung über meine Schamlosigkeit lag eine tiefe Freude, die meine eigene widerspiegelte.

Die Zuschauer begannen wild zu klatschen, und er drehte mich so herum, dass wir beide unsere Freunde und Verwandten anschauten. Doch ich konnte den Blick nicht von seinem Gesicht wenden.

Die Arme meiner Mutter fanden mich zuerst, Renées tränenüberströmtes Gesicht war das Erste, was ich sah, als ich den Blick schließlich widerstrebend von Edward löste. Und dann wurde ich durch die Menge gereicht, wanderte von Umarmung zu Umarmung, nahm kaum wahr, wer mich gerade festhielt, all meine Gedanken waren bei Edwards Hand in meiner. Was ich wohl spürte, war der Unterschied zwischen den weichen, warmen Umarmungen meiner menschlichen Freunde und den sanften, kühlen Umarmungen meiner neuen Familie.

Eine glühend heiße Umarmung unterschied sich von allen anderen – Seth Clearwater hatte sich an den Vampiren vorbeigedrängt, um für meinen verlorenen Werwolffreund einzuspringen.

Ein überaschendes Geschenk

Die Hochzeit ging nahtlos in den anschließenden Empfang über – ein Beweis für Alice' perfekte Planung. Die Abenddämmerung lag über dem Fluss; die Zeremonie endete genau zur richtigen Zeit, als die Sonne hinter den Bäumen versank. Die Lichter in den Bäumen funkelten, als Edward mich durch die gläserne Terrassentür führte, und die weißen Blumen leuchteten. Draußen gab es noch einmal unzählige Blumen, sie bildeten ein duftendes, luftiges Zelt über dem Tanzboden, der unter zwei alten Zedern auf dem Gras aufgebaut worden war.

Alles wurde ruhiger, entspannter, als der milde Augustabend uns umgab. Die Gästeschar verteilte sich im weichen Schein der funkelnden Lichter, und die Freunde, die wir gerade umarmt hatten, begrüßten uns aufs Neue. Jetzt hatten wir Zeit, zu reden und zu lachen.

»Herzlichen Glückwunsch, ihr zwei«, sagte Seth Clearwater und tauchte unter einer Blumengirlande hindurch. Seine Mutter Sue stand dicht neben ihm, misstrauisch beäugte sie die Gäste. Sie hatte ein spitzes, verdrießliches Gesicht, und dieser Eindruck wurde noch verstärkt durch den kurzen strengen Haarschnitt; sie trug die Haare so kurz wie ihre Tochter Leah – ich fragte mich, ob das ein Zeichen von Solidarität war. Billy Black, der auf der anderen Seite von Seth stand, wirkte weit weniger angestrengt als Sue.

Wenn ich Jacobs Vater anschaute, kam es mir immer so vor, als sähe ich zwei Menschen, nicht nur einen. Da war der alte Mann im Rollstuhl mit dem faltigen Gesicht und dem strahlend weißen Lächeln, den alle sehen konnten. Und dann war da der direkte Nachfahre einer langen Reihe mächtiger Stammesführer mit magischen Kräften, den eine angeborene Autorität umgab.

Obwohl die Magie – da der Katalysator fehlte – seine Generation übersprungen hatte, war Billy doch Teil der Macht und der Legende. Sie durchströmte ihn, ging über auf seinen Sohn, den Erben der Magie, der sich von ihr abgewandt hatte. So musste Sam Uley nun die Rolle des Häuptlings von Legende und Magie einnehmen …

Billy wirkte seltsam gelöst trotz der Gesellschaft und des Anlasses – seine schwarzen Augen leuchteten, als hätte er soeben gute Neuigkeiten erhalten. Seine Gemütsruhe beeindruckte mich. Diese Heirat musste für ihn doch etwas Schreckliches sein, das Schlimmste, was der Tochter seines besten Freundes widerfahren konnte.

Ich wusste, dass es ihm nicht leichtfiel, seine Gefühle zu beherrschen; schließlich stand mit diesem Ereignis der alte Vertrag zwischen den Cullens und den Quileute auf dem Spiel – der Vertrag, der es den Cullens verbot, jemals wieder einen neuen Vampir zu erschaffen. Die Wölfe wussten, dass ein Vertragsbruch bevorstand, doch die Cullens hatten keine Ahnung, wie sie reagieren würden. Vor dem Bündnis hätte das sofort einen Angriff zur Folge gehabt. Einen Krieg. War jetzt, da sie einander besser kannten, Vergebung möglich?

Wie als Antwort auf diesen Gedanken kam Seth auf Edward zu und breitete die Arme aus. Edward erwiderte die Umarmung mit seinem freien Arm.

Ich sah, wie Sue leise schauderte.

»Hey, gut zu sehen, dass alles so gekommen ist, wie du es dir gewünscht hast«, sagte Seth. »Ich freu mich für dich.«

»Danke, Seth. Das bedeutet mir sehr viel.« Edward schaute zu Sue und Billy. »Auch euch möchte ich danken. Dafür, dass Seth kommen durfte. Und dass ihr Bella heute zur Seite steht.«

»Keine Ursache«, sagte Billy mit seiner tiefen, rauen Stimme, und ich wunderte mich, wie optimistisch er wirkte. Vielleicht war eine anhaltende Waffenruhe in Sicht.

Jetzt begann sich eine Schlange zu bilden, deshalb winkte Seth uns zu und schob Billy zum Essen. Sue hielt beide an der Hand.

Die Nächsten, die uns in Anspruch nahmen, waren Angela und Ben, gefolgt von Angelas Eltern und dann Mike und Jessica – die zu meiner Überraschung Hand in Hand gingen. Ich hatte noch nicht mitbekommen, dass sie wieder zusammen waren. Das freute mich für die beiden.

Hinter meinen menschlichen Freunden kamen meine neuen, angeheirateten Verwandten aus dem Denali-Clan. Ich merkte, wie ich die Luft anhielt, als die Vampirfrau ganz vorn – vermutlich Tanya, denn ihre blonden Haare hatten einen leichten Rotstich – Edward umarmte. Drei weitere Vampire neben ihr starrten mich aus ihren goldenen Augen mit unverhohlener Neugier an. Eine Frau hatte lange hellblonde Haare, glatt wie Schnittlauch. Die andere Frau und der Mann neben ihr waren beide schwarzhaarig, ihre weiße Haut hatte einen Stich ins Olivfarbene.

Und alle vier waren so schön, dass sich mein Magen zusammenzog.

Tanya hielt immer noch Edward im Arm.

»Ah, Edward«, sagte sie. »Du hast mir gefehlt.«

Edward lachte leise und wand sich geschickt aus der Umarmung, legte ihr leicht eine Hand auf die Schulter und trat einen Schritt zurück, als wollte er sie besser anschauen können. »Es ist lange her, Tanya. Du siehst gut aus.«

»Du auch.«

»Komm, ich stelle dir meine Frau vor.« Es war das erste Mal, dass Edward es aussprach, seit es offiziell war; er schien fast zu platzen vor Stolz. Die Denalis lachten alle ein wenig. »Tanya, das ist meine Bella.«

Tanya war genauso hinreißend, wie ich es in meinen schlimmsten Albträumen befürchtet hatte. Der Blick, mit dem sie mich ansah, war eher forschend als gleichgültig, dann reichte sie mir die Hand.

»Willkommen in unserer Familie, Bella.« Sie lächelte, ein wenig bedauernd. »Wir betrachten uns als Carlisles erweiterte Familie, und dieser, dieser Vorfall neulich, bei dem wir uns nicht entsprechend verhalten haben, tut mir aufrichtig leid. Wir hätten dich eher kennenlernen sollen. Kannst du uns verzeihen?«

»Natürlich«, sagte ich atemlos. »Ich freue mich so, euch kennenzulernen.«

»Jetzt haben alle Cullens ihren Partner gefunden. Vielleicht sind wir als Nächstes dran, was, Kate?« Sie grinste die Blonde an.

»Träum weiter«, sagte Kate und verdrehte die goldenen Augen. Jetzt nahm sie meine Hand und drückte sie leicht. »Willkommen, Bella.«

Die dunkelhaarige Frau legte ihre Hand auf Kates. »Ich bin Carmen, und das ist Eleazar. Wir freuen uns alle so, endlich deine Bekanntschaft zu machen.«

»I-ich auch«, stammelte ich.

Tanya warf einen Blick auf die Leute hinter ihr – Charlies Hilfssheriff Mark und seine Frau, die die Denalis mit großen Augen ansahen.

»Wir können uns später noch kennenlernen. Wir haben ja ewig Zeit!« Tanya lachte, als sie und ihre Familie weitergingen.

Kein Brauch wurde ausgelassen. Blitzlichter blendeten mich, als wir das Messer über die spektakuläre Torte hielten – fast zu bombastisch, dachte ich, für unsere doch recht intime Runde von Freunden und Verwandten. Abwechselnd schoben wir uns gegenseitig Torte in den Mund; Edward verspeiste seine Portion mannhaft, während ich ungläubig zusah. Ich warf meinen Brautstrauß mit geradezu untypischem Geschick direkt in die Hände der überraschten Angela. Emmett und Jasper brüllten vor Lachen, weil ich knallrot wurde, als Edward mir das geliehene Strumpfband – das ich fast bis zum Knöchel heruntergeschoben hatte – *ganz* vorsichtig mit den Zähnen abzog. Er blinzelte mir schnell zu, dann ließ er es Mike Newton direkt ins Gesicht sausen.

Und als die Musik einsetzte, zog Edward mich zum traditionellen Eröffnungstanz in seine Arme; trotz meiner Angst zu tanzen – und dann noch vor Publikum – ging ich bereitwillig mit, ich war einfach nur froh, in seinen Armen zu sein. Ich überließ mich seiner Führung und wirbelte unter dem Glanz eines Baldachins aus Lichtern und den Blitzlichtern der Kameras mühelos herum.

»Amüsieren Sie sich, Mrs Cullen?«, flüsterte er mir ins Ohr.

Ich lachte. »Es wird noch einige Zeit dauern, bis ich mich daran gewöhnt habe.«

»Zeit haben wir reichlich«, erinnerte er mich, es klang frohlockend, und er beugte sich herab und küsste mich, während wir tanzten. Kameras klickten wie wild.

Ein neues Stück wurde gespielt, und Charlie tippte Edward auf die Schulter.

Mit Charlie zu tanzen, war längst nicht so einfach. Er tanzte kein bisschen besser als ich, deshalb schoben wir uns lieber nur ein bisschen hin und her. Edward und Esme wirbelten um uns herum wie Fred Astaire und Ginger Rogers.

»Du wirst mir zu Hause fehlen, Bella. Ich fühl mich jetzt schon einsam.«

Meine Kehle war wie zugeschnürt, ich versuchte es ins Lustige zu ziehen. »Ich habe ein furchtbar schlechtes Gewissen, weil du jetzt selber kochen musst – das ist fast schon grobe Fahrlässigkeit. Du könntest mich deshalb verhaften.«

Er grinste. »Das Essen werd ich schon überleben. Ruf mich an, sooft du kannst.«

»Versprochen.«

Ich tanzte mit allen, so kam es mir zumindest vor; es war schön, alle meine alten Freunde zu treffen, aber eigentlich wollte ich vor allem mit Edward zusammen sein. Ich war froh, als er mich schließlich erlöste, nur eine halbe Minute nachdem ein neuer Tanz begonnen hatte.

»Mike ist immer noch nicht dein bester Freund, was?«, bemerkte ich, als Edward mich wirbelnd von ihm wegzog.

»Nicht wenn ich seine Gedanken hören muss. Er hat noch Glück, dass ich ihn nicht hinausgeworfen habe. Oder Schlimmeres.«

»Ach ja?«

»Hast du dich überhaupt mal angesehen?«

»Hm. Nein, ich glaub nicht. Wieso?«

»Dann ist dir wohl nicht bewusst, wie unglaublich, wie umwerfend schön du heute Abend bist. Es wundert mich nicht, dass Mike seine unziemlichen Gedanken nicht im Zaum halten kann, obgleich du jetzt verheiratet bist. Doch es enttäuscht mich, dass Alice dich nicht gezwungen hat, in den Spiegel zu schauen.«

»Du bist voreingenommen.«

Er seufzte, dann blieb er stehen und drehte mich zum Haus. In der Glaswand sah ich die Party wie in einem langen Spiegel. Edward zeigte auf das Paar uns direkt gegenüber.

»Ja, bin ich voreingenommen?«

Ganz kurz sah ich Edwards Spiegelbild – eine vollkommene Dublette seines vollkommenen Gesichts – mit einer brünetten Schönheit an seiner Seite. Ihre Haut war wie Pfirsich und Rosen, ihre Augen waren groß vor Erwartung und von dichten Wimpern umrahmt. Der schmal geschnittene Rock ihres glänzenden weißes Kleides war an der Schärpe leicht gewölbt, fast wie eine umgedrehte Calla, so gekonnt geschnitten, dass sie elegant und anmutig wirkte – jedenfalls wenn sie sich nicht bewegte.

Ehe ich blinzeln und die Schönheit in mich selbst zurückverwandeln konnte, erstarrte Edward plötzlich und wandte sich unwillkürlich um, als hätte ihn jemand gerufen.

»Oh!«, sagte er. Ganz kurz runzelte er die Stirn, um sie ebenso schnell wieder zu glätten.

Plötzlich lächelte er ein strahlendes Lächeln.

»Was ist?«, fragte ich.

»Ein überraschendes Hochzeitsgeschenk.«

»Wie bitte?«

Er gab keine Antwort, begann nur wieder zu tanzen und wirbelte mich in die entgegengesetzte Richtung herum als zuvor, fort von den Lichtern und in die Nacht hinein, die den erleuchteten Tanzboden umgab.

Er machte erst Halt, als wir in der Dunkelheit der riesigen Zedern angelangt waren. Dort schaute Edward geradewegs in den schwärzesten Schatten.

»Danke«, sagte Edward zu der Dunkelheit. »Das ist sehr ... freundlich von dir.«

»Freundlich ist mein zweiter Vorname«, antwortete eine vertraute heisere Stimme aus der Finsternis. »Darf ich dich ablösen?«

Ich fasste mir an den Hals, und hätte Edward mich nicht festgehalten, wäre ich umgefallen.

»Jacob!«, stieß ich mühsam hervor, als ich wieder Luft bekam. »Jacob!«

»Hi, Bella.«

Ich taumelte auf seine Stimme zu. Edward hielt mich am Ellbogen, bis zwei andere starke Hände mich in der Dunkelheit umfassten. Die Hitze von Jacobs Haut brannte durch das dünne Satinkleid, als er mich an sich zog. Er machte keine Anstalten zu tanzen, er umarmte mich nur, während ich das Gesicht an seiner Brust barg. Er beugte sich herab und legte die Wange auf meinen Kopf.

»Rosalie wird es mir nie verzeihen, wenn ich ihr den Tanz mit dem Bräutigam vorenthalte«, murmelte Edward, und ich wusste, dass er uns allein ließ – sein Geschenk an mich, dieser Augenblick mit Jacob.

»Oh, Jacob.« Jetzt weinte ich, ich konnte nicht richtig sprechen. »Danke.«

»Hör auf zu heulen, Bella. Du ruinierst dir dein Kleid. Ich bin's doch nur.«

»Nur? Oh, Jake! Jetzt ist alles perfekt.«

Er schnaubte. »Ja – jetzt kann die Party losgehen. Der Trauzeuge hat es doch noch geschafft.«

»Jetzt sind *alle* hier, die ich liebe.«

Ich spürte, wie seine Lippen mein Haar streiften. »Tut mir leid, dass ich zu spät komme, Schatz.«

»Ich bin so glücklich, dass du da bist!«

»Das war der Sinn der Sache.«

Ich schaute zu den Gästen, doch die Tanzenden versperrten mir den Blick auf die Stelle, wo ich Jacobs Vater zuletzt gesehen hatte. Ich wusste nicht, ob er noch dort war. »Weiß Billy, dass du hier bist?« Kaum hatte ich es gesagt, war mir auch schon klar, dass er es wissen musste – nur so war seine gute Laune zu erklären.

»Bestimmt hat Sam es ihm erzählt. Ich gehe zu ihm, wenn … wenn die Party vorbei ist.«

»Er wird sich wahnsinnig freuen, dass du wieder zu Hause bist.«

Jacob trat einen kleinen Schritt zurück und straffte sich. Er ließ eine Hand auf meinem Rücken liegen, mit der anderen fasste er meine rechte Hand. Er legte unsere Hände an seine Brust; ich spürte seinen Herzschlag unter meiner Hand und nahm an, dass er sie nicht zufällig dort hingelegt hatte.

»Ich weiß nicht, ob ich mehr bekomme als diesen einen Tanz«, sagte er und begann mich in einem kleinen Kreis herumzuführen, der nicht zu dem Rhythmus der Musik passte, die hinter uns erklang. »Ich mache lieber das Beste draus.«

Wir bewegten uns im Takt seines Herzens unter meiner Hand.

»Ich bin froh, dass ich gekommen bin«, sagte Jacob nach einer Weile ruhig. »Das hätte ich nicht gedacht. Aber es tut gut, dich zu sehen … ein letztes Mal. Es ist nicht so traurig, wie ich erwartet hätte.«

»Ich will nicht, dass du traurig bist.«

»Ich weiß. Und ich bin heute nicht gekommen, um dir ein schlechtes Gewissen zu machen.«

»Nein … ich freue mich so, dass du hier bist. Das ist das schönste Geschenk, das du mir machen konntest.«

Er lachte. »Das ist gut, ich hatte nämlich keine Zeit, dir ein richtiges Geschenk zu besorgen.«

Meine Augen gewöhnten sich an die Dunkelheit und jetzt sah ich sein Gesicht, höher als erwartet. Konnte es sein, dass er immer noch wuchs? Er musste über zwei Meter sein. Es war eine Erleichterung, nach so langer Zeit sein vertrautes Gesicht wiederzusehen – die tiefliegenden Augen unter den wilden schwarzen Brauen, die hohen Wangenknochen, die vollen Lippen, die über den strahlenden Zähnen zu einem sarkastischen Lächeln verzogen waren, passend zu seinem Ton. Um die Augenwinkel herum wirkte er angespannt – vorsichtig; ich sah, dass er heute Abend sehr vorsichtig war. Er gab sein Bestes, um mich glücklich zu machen, keinen Fehler zu begehen, bloß nicht zu zeigen, wie viel es ihn kostete.

So einen Freund wie Jacob hatte ich überhaupt nicht verdient.

»Wann hast du beschlossen zurückzukommen?«

»Bewusst oder unbewusst?« Er holte tief Luft, bevor er seine eigene Frage beantwortete. »Ich weiß nicht genau. Ich bin wohl schon eine ganze Weile in diese Richtung gestreift, vielleicht, weil das hier mein Ziel war. Aber erst heute Morgen bin ich losgerannt. Ich wusste nicht, ob ich es schaffen würde.« Er lachte. »Du kannst dir gar nicht vorstellen, wie merkwürdig sich das anfühlt – wieder auf zwei Beinen rumzulaufen! Und mit Klamotten am Leib! Und es ist umso abgedrehter, gerade *weil* es sich merkwürdig anfühlt. Das hätte ich nicht gedacht. Das ganze Menschsein ist mir fremd geworden.«

Wir drehten uns unaufhörlich.

»Aber es wäre zu schade gewesen, wenn ich dich so nicht gesehen hätte. Allein das war schon die Reise wert. Du siehst unglaublich aus, Bella. So wunderschön.«

»Alice hat heute alles bei mir gegeben. Und die Dunkelheit hilft auch.«

»Für mich ist es gar nicht so dunkel.«

»Ach ja, stimmt.« Die Sinne der Werwölfe. Es war einfach, zu vergessen, was er alles konnte, er wirkte so menschlich. Vor allem in diesem Moment.

»Du hast dir die Haare geschnitten«, bemerkte ich.

»Ja. Ist praktischer so, weißt du. Ich dachte mir, wenn ich schon mal Hände hab, muss ich das ausnutzen.«

»Sieht gut aus«, log ich.

Er schnaubte. »Ganz bestimmt. Ich hab es selbst gemacht, mit einer rostigen Küchenschere.« Er grinste breit, dann schwand sein Lächeln. Seine Miene wurde ernst. »Bist du glücklich, Bella?«

»Ja.«

»Gut.« Ich merkte, wie er die Achseln zuckte. »Das ist die Hauptsache.«

»Wie geht es dir, Jacob? Ehrlich?«

»Mir geht es gut, Bella, wirklich. Du brauchst dir meinetwegen keine Sorgen mehr zu machen. Du kannst aufhören Seth zu nerven.«

»Ich nerve ihn nicht nur deinetwegen. Ich mag Seth.«

»Er ist ein feiner Kerl. Bessere Gesellschaft als so manch anderer. Also, wenn ich die Stimmen in meinem Kopf loswerden könnte, wäre es ziemlich optimal, ein Wolf zu sein.«

Ich lachte, weil es sich so komisch anhörte. »Ja, ich kann meine auch nicht zum Schweigen bringen.«

»In deinem Fall würde das heißen, dass du verrückt bist. Aber das hab ich ja immer schon gewusst«, neckte er mich.

»Vielen Dank.«

»Verrückt zu sein, ist wahrscheinlich leichter, als die Gedanken eines Rudels zu teilen. Verrückte Menschen bekommen von ihren Stimmen jedenfalls keine Babysitter hinterhergeschickt, die auf sie aufpassen sollen.«

»Wie bitte?«

»Sam ist da draußen. Und ein paar von den anderen. Für alle Fälle, weißt du.«

»Für alle Fälle?«

»Zum Beispiel für den Fall, dass ich es nicht packe, so was in der Art. Falls ich beschließe, die Party zu sprengen.« Er lächelte kurz, weil die Vorstellung offenbar einen gewissen Reiz für ihn hatte. »Aber ich bin nicht hier, um dir die Hochzeitsfeier kaputt zu machen, Bella. Ich bin hier, um …« Er verstummte.

»Um sie perfekt zu machen.«

»Na, das ist vielleicht eine Nummer zu groß.«

»Aber du bist doch so groß.«

Er stöhnte über meinen schwachen Witz, dann seufzte er. »Ich bin nur hier, weil ich dein Freund bin. Dein bester Freund, ein letztes Mal.«

»Sam sollte dir mehr vertrauen.«

»Tja, vielleicht bin ich überempfindlich. Vielleicht wären sie so oder so da, um ein Auge auf Seth zu haben. Hier sind ja echt viele Vampire. Seth nimmt das nicht so ernst, wie er sollte.«

»Seth weiß, dass ihm keine Gefahr droht. Er versteht die Cullens besser als Sam.«

»Jaja, klar«, sagte Jacob friedfertig, bevor wir anfangen konnten zu streiten.

Es war seltsam, dass er auf einmal so diplomatisch war.

»Tut mir leid, das mit den Stimmen«, sagte ich. »Ich würde dir gern helfen.« In so vielerlei Hinsicht.

»Es ist nicht so schlimm. Ich jammere nur ein bisschen rum.«

»Bist du … glücklich?«

»So gut wie. Aber reden wir nicht mehr von mir. Du bist heute der Star.« Er kicherte. »Das gefällt dir doch bestimmt. Endlich mal so richtig im Mittelpunkt zu stehen.«

»O ja. Das ist das Allerschönste für mich.«

Er lachte, dann starrte er über meinen Kopf hinweg. Mit geschürzten Lippen schaute er zu den Lichtern der Party, den anmutig wirbelnden Tänzern, den Blütenblättern, die von den Girlanden rieselten. Ich folgte seinem Blick. Es schien alles sehr weit weg zu sein von diesem schwarzen, stillen Fleck. Fast so, als sähe man die weißen Flocken in einer Schneekugel herumwirbeln.

»Das muss man ihnen lassen«, sagte er. »Partys feiern können sie.«

»Alice ist eine unbezwingbare Naturgewalt.«

Er seufzte. »Der Tanz ist vorbei. Was meinst du, kriege ich noch einen? Oder ist das zu viel verlangt?«

Ich hielt seine Hand fester. »Du kannst so viele Tänze haben, wie du willst.«

Er lachte. »Das wär einen Versuch wert. Aber ich glaube, ich bleibe lieber bei zweien. Nicht dass es noch Gerede gibt.«

Wieder begannen wir uns zu drehen.

»Eigentlich müsste ich es ja inzwischen gewohnt sein, von dir Abschied zu nehmen«, murmelte er.

Ich versuchte den Kloß hinunterzuschlucken, den ich im Hals hatte, aber es ging nicht.

Jacob schaute mich an und runzelte die Stirn. Er fuhr mir mit den Fingern über die Wange und fing ein paar Tränen auf.

»*Du* solltest heute nicht weinen, Bella.«

»Bei Hochzeiten weinen doch immer alle«, sagte ich mit belegter Stimme.

»Du willst es doch so, oder?«

»Ja.«

»Dann lächle.«

Ich versuchte es. Er lachte über meine Grimasse.

»Ich werde versuchen, dich so in Erinnerung zu behalten. Und so tun, als ob ...«

»Als ob was? Als ob ich tot wäre?«

Er biss die Zähne zusammen. Er kämpfte mit sich – mit seinem Vorsatz, dass sein Kommen ein Geschenk sein sollte, kein Vorwurf. Ich konnte mir denken, was er sagen wollte.

»Nein«, antwortete er schließlich. »Aber so werde ich dich vor mir sehen. Rosa Wangen. Herzschlag. Zwei linke Füße. Genau so.«

Mit voller Absicht trat ich ihm fest auf den Fuß.

Er lächelte. »So kenne ich mein Mädchen.«

Er wollte noch etwas anderes sagen, aber er klappte den Mund zu. Wieder kämpfte er, biss die Zähne zusammen, damit die Worte nicht hinauskonnten.

Meine Freundschaft mit Jacob war so leicht gewesen. So natürlich wie atmen. Doch seit Edward wieder in mein Leben getreten war, war unser Verhältnis gespannt. Denn durch meine Entscheidung für Edward wählte ich – in Jacobs Augen – ein Schicksal, das schlimmer war als der Tod oder mindestens genauso schlimm.

»Was ist, Jake? Sag es mir einfach. Du kannst mir alles sagen.«

»Ich ... ich ... ich hab dir nichts zu sagen.«

»Ach, komm schon. Raus mit der Sprache.«

»Du hast Recht. Es ist nicht ... es ist ... es ist eine Frage. Etwas, das ich gern von dir wüsste.«

»Dann frag mich.«

Er rang noch einen Moment mit sich, dann atmete er aus.

»Ich dürfte das eigentlich nicht fragen. Es geht mich nichts an. Aber ich sterbe vor Neugier.«

Ich kannte ihn so gut, dass ich begriff.

»Es ist nicht heute Nacht, Jacob«, flüsterte ich.

Jacob war noch besessener von dem Wunsch, dass ich ein Mensch bleiben sollte, als Edward. Er liebte jeden einzelnen meiner Herzschläge, weil er wusste, dass sie gezählt waren.

»Ach so«, sagte er und versuchte seine Erleichterung zu verbergen. »Ach so.«

Ein neues Lied begann, aber das bemerkte er diesmal gar nicht.

»Wann?«, flüsterte er.

»Ich weiß es nicht genau. In ein oder zwei Wochen vielleicht.«

Jetzt nahm seine Stimme einen anderen Ton an, trotzig, spöttisch. »Warum der Aufschub?«

»Ich wollte meine Flitterwochen nicht mit quälenden Schmerzen verbringen.«

»Wie willst du sie dann verbringen? Mit Damespielen? Haha.«

»Sehr witzig.«

»War nur ein Scherz, Bella. Aber im Ernst, das kapier ich nicht ganz. Richtige Flitterwochen kannst du mit deinem Vampir doch sowieso nicht haben, warum also so tun, als ob? Sag doch einfach, wie es ist. Das ist ja nicht das erste Mal, dass du es aufgeschoben hast. Und das ist doch auch richtig so«, sagte er, plötzlich ernst. »Du brauchst dich deswegen nicht zu schämen.«

»Ich schiebe überhaupt nichts auf«, sagte ich heftig. »Und klar kann ich richtige Flitterwochen haben! Ich kann alles machen, was ich will! Halt du dich da raus!«

Abrupt beendete er unseren langsamen Tanz. Einen kurzen

Moment fragte mich, ob er jetzt doch gemerkt hatte, dass ein anderes Lied gespielt wurde, und zerbrach mir den Kopf, wie ich unseren kleinen Streit beilegen könnte, bevor Jacob sich verabschiedete. Es wäre nicht schön, so auseinanderzugehen.

Da traten plötzlich seine Augen hervor, er schaute mich an, gleichermaßen verwirrt und entsetzt.

»Was?«, stieß er hervor. »Was sagst du da?«

»Was meinst du …? Jake? Was ist?«

»Was soll das heißen? Richtige Flitterwochen? Solange du noch ein Mensch bist? Das meinst du nicht ernst. Das ist ein geschmackloser Witz, Bella!«

Wütend starrte ich ihn an. »Halt dich da raus, habe ich gesagt. Das geht dich absolut nichts an. Ich hätte überhaupt nicht … Wir hätten darüber gar nicht reden sollen. Das ist eine intime …«

Mit seinen riesigen Pranken packte er mich an den Oberarmen, umfasste sie ganz, seine Finger griffen übereinander.

»Aua, Jake! Lass mich los!«

Er schüttelte mich.

»Bella! Hast du den Verstand verloren? So dumm kannst du doch nicht sein! Sag mir, dass das ein Witz ist!«

Er schüttelte mich wieder. Fest wie ein Druckverband lagen seine Hände um meine Arme, zitterten, ließen mich bis in die Knochen erbeben.

»Jake – hör auf!«

Plötzlich tat sich etwas in der Dunkelheit.

»Lass sie sofort los!« Edwards Stimme war eiskalt, rasiermesserscharf.

Hinter Jacob erklang ein leises Knurren in der schwarzen Nacht, dann noch eins, das das erste überlagerte.

»Jake, Mann, halt dich zurück. Du vergisst dich.«

Jacob war wie erstarrt, die Augen hatte er vor Entsetzen weit aufgerissen.

»Du tust ihr weh«, flüsterte Seth. »Lass sie los.«

»Sofort!«, knurrte Edward.

Jacob ließ die Hände sinken, und es schmerzte fast, als endlich wieder Blut in meine Adern strömte. Bevor ich irgendetwas anderes wahrnehmen konnte, traten kalte Hände an die Stelle der heißen, und plötzlich zischte die Luft an mir vorbei.

Ich blinzelte und stand auf einmal zwei Meter weiter hinten als gerade eben noch, Edward in angespannter Haltung vor mir. Zwischen ihm und Jacob standen zwei gigantische Wölfe, doch sie wirkten nicht angriffslustig. Eher, als wollten sie einen Kampf verhindern.

Und Seth – der schlaksige, fünfzehnjährige Seth – hatte die langen Arme um Jacobs bebenden Körper geschlungen, er zog ihn fort. Wenn Jacob sich jetzt verwandelte, mit Seth so nah …

»Komm schon, Jake. Wir gehen.«

»Ich bring dich um«, sagte Jake, seine Stimme vor Wut so erstickt, dass sie nicht lauter als ein Flüstern war. Der Blick, mit dem er Edward ansah, loderte vor Zorn. »Ich bring dich eigenhändig um! Jetzt sofort!« Krampfhafte Schauder durchfuhren ihn.

Der größte Wolf, der schwarze, knurrte heftig.

»Seth, geh mir aus dem Weg«, zischte Edward.

Wieder versuchte Seth Jacob wegzuziehen. Jacob war in seinem Zorn so durcheinander, dass Seth ihn ein paar Meter zurückzerren konnte. »Tu's nicht, Jake. Komm mit. Los.«

Sam – der größere, schwarze Wolf – sprang Seth zur Seite. Er drückte seinen gewaltigen Kopf gegen Jacobs Brust und schob ihn zurück.

Und dann verschwanden die drei in der Finsternis – Seth zog, Jake zitterte und Sam schob.

Der andere Wolf starrte ihnen nach. In dem schwachen Licht konnte ich die Farbe seines Fells nicht genau erkennen – schokoladenbraun vielleicht? War es Quil?

»Es tut mir leid«, flüsterte ich dem Wolf zu.

»Es ist alles gut jetzt, Bella«, murmelte Edward.

Der Wolf schaute zu Edward. Sein Blick war nicht gerade freundlich. Edward nickte ihm kalt zu. Der Wolf schnaubte, dann drehte er sich um, folgte den anderen und war verschwunden.

»So«, sagte Edward wie zu sich selbst, dann sah er mich an. »Lass uns zurückgehen.«

»Aber Jake …«

»Sam hat ihn im Griff. Er ist fort.«

»Edward, es tut mir so leid. Ich war dumm …«

»Es war nicht deine Schuld …«

»Warum muss ich immer so viel quatschen! Wieso … Ich hätte gar nicht darauf eingehen dürfen. Was habe ich mir bloß dabei gedacht?«

»Mach dir keine Sorgen.« Er berührte mein Gesicht. »Wir müssen zurück zu unserem Fest, ehe jemand merkt, dass wir verschwunden sind.«

Ich schüttelte den Kopf und versuchte mich wieder zu orientieren. Bevor jemand es merkte? War das hier irgendwem entgangen?

Doch als ich darüber nachdachte, wurde mir klar, dass die Auseinandersetzung, die mir so schrecklich vorgekommen war, sich in Wirklichkeit ganz leise und kurz hier im Schatten abgespielt hatte.

»Lass mir zwei Sekunden Zeit«, bat ich.

In meinem Innern herrschte ein Durcheinander von Panik

und Kummer, aber das spielte keine Rolle – jetzt zählte nur das Äußere. Ich wusste, dass ich das durchstehen musste.

»Mein Kleid?«

»Du siehst gut aus. Wie aus dem Ei gepellt.«

Ich atmete zweimal tief durch. »Okay. Jetzt können wir.«

Er legte die Arme um mich und führte mich wieder ins Licht. Als wir unter den funkelnden Lichtern hindurchkamen, zog er mich sanft in Richtung Tanzboden. Wir mischten uns unter die anderen Tänzer, als hätten wir die ganze Zeit nichts anderes getan.

Ich schaute mich um, aber niemand sah erschrocken oder ängstlich aus. Nur in den blassesten unter den Gesichtern waren Anzeichen von Stress zu erkennen, jedoch gut verborgen. Jasper und Emmett standen nah beieinander am Rand der Tanzfläche, und ich nahm an, dass auch sie während der Auseinandersetzung in unserer Nähe gewesen waren.

»Bist du …«

»Alles in Ordnung«, versicherte ich. »Ich fass es nicht, dass ich das getan habe. Was ist bloß mit mir?«

»Mit *dir* ist gar nichts.«

Ich hatte mich so gefreut, Jacob hier zu sehen. Ich wusste, was für ein Opfer das für ihn bedeutete. Und dann hatte ich alles kaputt gemacht, hatte sein Geschenk in eine Katastrophe verwandelt. Ich gehörte eingesperrt.

Aber ich würde mich hüten heute noch mehr Schaden anzurichten. Ich würde den Vorfall in eine Schublade packen und bis auf weiteres wegschließen. Ich hatte später noch genug Zeit, mich dafür zu geißeln, und im Augenblick konnte ich nichts tun, um es wiedergutzumachen.

»Es ist vorbei«, sagte ich. »Heute Abend wollen wir nicht mehr daran denken.«

Ich rechnete damit, dass Edward sofort zustimmen würde, aber er blieb still.

»Edward?«

Er schloss die Augen und legte seine Stirn an meine. »Jacob hat Recht«, flüsterte er. »Was denke ich mir nur dabei?«

»Hat er nicht.« Ich versuchte keine Miene zu verziehen, damit unsere Freunde nichts merkten. »Jacob ist viel zu voreingenommen, um die Dinge klar zu sehen.«

Edward murmelte etwas, das so klang wie: »Sollte mich wirklich dafür umbringen, dass ich auch nur daran denke ...«

»Hör auf damit«, sagte ich heftig. Ich umfasste sein Gesicht und wartete, bis er die Augen öffnete. »Du und ich. Das ist alles, was zählt. Alles, woran du denken sollst. Hörst du?«

»Ja«, sagte er und seufzte.

»Vergiss, dass Jacob hier war.« Ich würde es vergessen. Ich konnte das. »Mir zuliebe. Versprich mir, dass du nicht mehr daran denkst.«

Er schaute mir einen Moment lang in die Augen, ehe er antwortete. »Ich verspreche es.«

»Danke, Edward. Ich hab keine Angst.«

»Ich aber«, flüsterte er.

»Das brauchst du nicht.« Ich holte tief Luft und lächelte. »Übrigens, ich liebe dich.«

Er lächelte ein kleines Lächeln. »Deshalb sind wir hier.«

»Du nimmst die Braut in Beschlag«, sagte Emmett, der hinter Edward auftauchte. »Lass mich mit meiner kleinen Schwägerin tanzen. Vielleicht ist es meine letzte Chance, ihr die Röte ins Gesicht zu treiben.« Er lachte laut, ernste Stimmungen perlten einfach von ihm ab.

Wie ich feststellte, gab es doch viele, mit denen ich noch nicht getanzt hatte, und während ich das nachholte, konnte ich mich fangen. Als Edward mich wieder aufforderte, stellte ich fest, dass die Jacob-Schublade schön ordentlich verschlossen war. Edward schlang die Arme um mich, und ich konnte das Glücksgefühl wieder hervorholen, die Gewissheit, dass heute Abend alles in meinem Leben am richtigen Platz war. Ich lächelte und legte den Kopf an seine Brust. Seine Arme umschlangen mich fester.

»Daran könnte ich mich gewöhnen«, sagte ich.

»Erzähl mir nicht, dass du deine Abneigung gegen das Tanzen überwunden hast!«

»Tanzen ist gar nicht so übel – mit dir. Aber ich dachte eigentlich eher daran« – ich presste mich noch enger an ihn –, »dass ich dich nie wieder hergeben muss.«

»Niemals«, versprach er, beugte sich herab und küsste mich. Es war ein richtiger Kuss – sehr innig, der langsam anfing ...

Ich wusste nicht mehr so ganz, wo ich war, als Alice plötzlich rief: »Bella! Es ist so weit!«

Ich ärgerte mich kurz über die Unterbrechung.

Edward beachtete Alice gar nicht, seine Lippen lagen hart auf meinen, drängender als zuvor. Mein Herz begann zu rasen und meine Hände an seinem Marmorhals wurden feucht.

»Wollt ihr euren Flug verpassen?«, sagte Alice, jetzt direkt neben mir. »Das werden bestimmt schöne Flitterwochen, wenn ihr auf dem Flughafen kampiert und auf den nächsten Flieger warten müsst.«

Edward wandte nur leicht das Gesicht und murmelte: »Geh weg, Alice«, dann presste er wieder seine Lippen auf meine.

»Bella, willst du mit dem Kleid im Flieger sitzen?«, fragte sie.

Ich achtete nicht sonderlich auf sie. In diesem Moment war es mir wirklich egal.

Alice knurrte leise. »Ich sag ihr gleich, wohin die Reise geht, Edward. Und wenn es das Letzte ist, was ich tue!«

Er erstarrte. Dann löste er sich von meinen Lippen und starrte seine Lieblingsschwester wütend an. »Dafür, dass du so klein bist, bist du wirklich eine riesengroße Nervensäge.«

»Ich hab das perfekte Reisekostüm nicht dafür ausgesucht, dass es im Schrank hängen bleibt«, schimpfte sie und nahm mich an der Hand. »Komm mit, Bella.«

Ich zog in die andere Richtung und stellte mich auf die Zehenspitzen, um ihn ein letztes Mal zu küssen. Sie zerrte mich ungeduldig am Arm und schleifte mich von ihm weg. Ein paar Gäste, die uns zugeschaut hatten, kicherten. Da gab ich auf und ließ mich von ihr in das leere Haus führen.

Sie sah ärgerlich aus.

»Tut mir leid, Alice«, sagte ich.

»Auf dich bin ich nicht sauer, Bella.« Sie seufzte. »Du scheinst ja völlig wehrlos zu sein.«

Ich kicherte über ihre gequälte Miene, aber sie schaute weiter finster drein.

»Danke, Alice. Das war das schönste Hochzeitsfest der Welt«, sagte ich aufrichtig. »Und du bist die beste, klügste und geschickteste Schwägerin, die man sich nur wünschen kann.«

Jetzt schmolz sie dahin, sie strahlte übers ganze Gesicht. »Ich freue mich, dass es dir gefallen hat.«

Renée und Esme warteten oben. Schnell zogen die drei mir das Brautkleid aus und steckten mich in Alice' tiefblaues Reisekostüm. Ich war dankbar, als mir jemand die Nadeln aus dem Haar zog und es mir offen auf den Rücken fiel, so bekam ich jedenfalls keine Haarnadelkopfschmerzen. Bei meiner Mutter flossen die ganze Zeit die Tränen.

»Ich rufe dich an, sobald ich weiß, wohin die Reise geht«,

versprach ich ihr, als ich sie zum Abschied umarmte. Ich wusste, dass das Geheimnis um meine Flitterwochen sie verrückt machte; meine Mutter hasste Geheimnisse, es sei denn, sie war eingeweiht.

»Ich verrate es dir, sobald sie außer Hörweite ist«, übertrumpfte mich Alice und lachte über mein beleidigtes Gesicht. Wie unfair, dass ich die Letzte sein sollte, die es erfuhr.

»Ihr müsst Phil und mich ganz, ganz bald besuchen kommen. Nächstes Mal kommt ihr in den Süden – einmal die Sonne sehen«, sagte Renée.

»Heute hat es nicht geregnet«, sagte ich und vermied es, auf ihre Einladung zu antworten.

»Ein Wunder.«

»Alles ist bereit«, sagte Alice. »Deine Koffer sind im Wagen – Jasper fährt ihn gerade vor.« Sie zog mich zurück zur Treppe, Renée lief hinterher, wobei sie mich immer noch halb umarmte.

»Ich hab dich lieb, Mom«, flüsterte ich, als wir hinuntergingen. »Ich bin so froh, dass du Phil hast. Passt gut aufeinander auf.«

»Ich hab dich auch lieb, Bella, mein Schatz.«

»Tschüss, Mom. Ich hab dich lieb«, sagte ich wieder, ich hatte einen Kloß im Hals.

Edward wartete am Fuß der Treppe. Ich nahm die Hand, die er mir hinhielt, drehte mich jedoch noch einmal um und ließ den Blick über die Gruppe schweifen, die darauf wartete, uns zu verabschieden.

»Dad?«, fragte ich mit suchendem Blick.

»Dort drüben«, murmelte Edward. Er zog mich durch die Schar der Gäste, die uns Platz machten. Wir fanden Charlie, der weitab von den anderen unbeholfen an einer Wand lehnte, es sah fast so aus, als würde er sich verstecken. Die roten Ränder um seine Augen verrieten mir, warum.

»Oh, Dad!«

Ich schlang ihm die Arme um die Mitte und wieder flossen die Tränen – ich weinte heute Abend eindeutig zu viel. Er tätschelte mir den Rücken.

»Na, komm. Du willst doch nicht deinen Flug verpassen.«

Es war schwer, mit Charlie über Gefühle zu reden – wir waren uns so ähnlich, beide neigten wir dazu, uns in Nichtigkeiten zu flüchten, um peinliche Gefühlsdramen zu vermeiden. Aber in diesem Moment warf ich alle Hemmungen über Bord.

»Ich hab dich lieb, Dad, für immer und ewig«, sagte ich. »Vergiss das nie.«

»Ich dich auch, Bella. So war's immer und so wird's immer sein.«

Wir küssten uns beide gleichzeitig auf die Wange.

»Ruf an«, sagte er.

»Bald«, versprach ich und wusste, dass das alles war, was ich versprechen konnte. Mein Vater und meine Mutter durften mich nie wieder sehen; ich würde zu anders sein und viel, viel zu gefährlich.

»Nun mach schon«, sagte er schroff. »Sonst kommst du zu spät.«

Wieder ließen die Gäste uns durch. Edward zog mich nah an sich, als wir davongingen.

»Bist du bereit?«, fragte er.

»Ja«, sagte ich, und ich wusste, dass es die Wahrheit war.

Alle klatschten, als Edward mich auf der Schwelle küsste. Dann lief er schnell mit mir zum Wagen, als der Reis auf uns niederprasselte. Das meiste ging daneben, aber irgendjemand, vermutlich Emmett, warf ganz gezielt, und ich bekam viele der Körner ab, die von Edwards Rücken abprallten.

Das Auto war über und über mit Blumen geschmückt, die wie

Luftschlangen flatterten, und an der Stoßstange war mit Seidenbändern ein Dutzend Schuhe befestigt – Designerschuhe, vermutlich nagelneu.

Edward schützte mich vor dem Reis, während ich einstieg,
und dann saß auch er und wir sausten davon, ich winkte durchs
Fenster und rief »Ich hab euch lieb« in Richtung Veranda, wo
meine beiden Familien standen und zurückwinkten.

Das letzte Bild war eines von meinen Eltern. Phil hatte beide
Arme zärtlich um Renée geschlungen. Sie umarmte mit einem
Arm fest seine Mitte, doch ihre andere Hand hielt Charlies
Hand. So viele verschiedene Arten von Liebe, harmonisch ver-
eint in diesem einen Moment. Es war ein Bild voller Hoffnung
für mich.

Edward drückte meine Hand.

»Ich liebe dich«, sagte er.

Ich lehnte den Kopf an seinen Arm. »Deshalb sind wir hier«,
wiederholte ich seine Worte von vorhin.

Er küsste mich aufs Haar.

Als wir auf den schwarzen Highway fuhren und Edward richtig Gas gab, hörte ich über das Schnurren des Motors hinweg
ein Geräusch, das aus dem Wald hinter uns kam. Wenn ich es
hören konnte, hörte er es erst recht. Aber er sagte nichts, als das
Geräusch sich langsam in der Ferne verlor. Und ich sagte auch
nichts.

Das durchdringende, todunglückliche Heulen wurde immer
leiser, bis es nicht mehr zu hören war.

Esmes Insel

»Houston?«, fragte ich mit hochgezogenen Augenbrauen, als wir am Flughafen in Seattle ankamen.

»Nur ein kleiner Zwischenstopp«, versicherte Edward mir grinsend.

Als er mich weckte, fühlte ich mich, als wäre ich gerade erst eingeschlafen. Mit wackligen Beinen ließ ich mich von ihm durch die Terminals führen und musste mich nach jedem Blinzeln wieder neu erinnern, wie man die Augen öffnete. Erst als wir am Schalter für die internationalen Flüge standen, um für den nächsten Flug einzuchecken, war ich wieder ganz da.

»Rio de Janeiro?«, fragte ich, jetzt schon etwas ängstlicher.

»Ein weiterer Zwischenstopp«, sagte er.

Der Flug nach Südamerika war lang, aber bequem in dem breiten Sitz der ersten Klasse und mit Edwards Armen um mich. Ich schlief die ganze Zeit und erwachte ungewöhnlich munter, als wir über dem Flughafen kreisten, das Licht der untergehenden Sonne fiel schräg durch die Fenster des Flugzeugs.

Anstatt im Flughafen auf einen Anschlussflug zu warten, wie ich gedacht hatte, nahmen wir ein Taxi durch die dunklen Straßen von Rio, wo es von Menschen nur so wimmelte. Ich verstand kein Wort von den Anweisungen, die Edward dem Fahrer auf Portugiesisch gab, und vermutete, dass er uns ein Hotel suchte, bevor der nächste Abschnitt der Reise begann. Ich spürte ein heftiges Stechen im Magen, ganz ähnlich wie Lampenfieber, als ich daran dachte. Das Taxi fuhr weiter durch das Gewusel, bis es etwas ruhiger wurde und wir in den äußersten Westen der Stadt fuhren, zum Ozean.

Am Hafen hielten wir an.

Edward führte mich an der langen Reihe weißer Yachten vorbei, die im nachtschwarzen Wasser vertäut waren. Das Schiff, bei dem er stehen blieb, war kleiner als die übrigen, schnittiger, es sah eher schnell aus als geräumig. Trotzdem war es luxuriös und sogar noch eleganter als die anderen. Edward sprang hinein, leichtfüßig trotz der schweren Koffer, die er trug. Er stellte die Koffer auf dem Deck ab, dann half er mir vorsichtig an Bord.

Schweigend sah ich zu, während er das Boot startklar machte, er wirkte dabei erstaunlich geschickt und geübt – er hatte noch nie erwähnt, dass er sich für Wassersport interessierte. Aber er konnte ja so ziemlich alles gut.

Als wir ostwärts auf den Ozean hinausfuhren, führte ich mir eine grobe Weltkarte vor Augen. Soweit ich mich erinnern konnte, lag hinter Brasilien nicht mehr viel … bis man nach Afrika kam.

Doch Edward sauste weiter, bis die Lichter von Rio verblassten und schließlich ganz verschwunden waren. Auf seinem Gesicht lag das vertraute gelöste Lächeln, das hohe Geschwindigkeit immer bei ihm hervorrief. Das Boot stieß durch die Wellen und ich wurde mit Gischt bespritzt.

Schließlich kam ich nicht mehr gegen die Neugier an, die ich so lange unterdrückt hatte.

»Fahren wir noch viel weiter?«, fragte ich.

Es sah ihm eigentlich nicht ähnlich zu vergessen, dass ich ein

Mensch war, doch ich fragte mich langsam, ob er längere Zeit mit mir auf diesem Bötchen leben wollte.

»Noch etwa eine halbe Stunde.« Sein Blick fiel auf meine Hände, die den Sitz umklammerten, und er grinste.

Na gut, dachte ich. Er ist schließlich ein Vampir. Vielleicht geht die Reise nach Atlantis.

Zwanzig Minuten später rief er über den dröhnenden Motor hinweg meinen Namen.

»Bella, schau mal.« Er zeigte nach vorn.

Zuerst sah ich nur schwarze Nacht und die weiße Spiegelung des Mondes auf dem Wasser. Dann schaute ich genauer in die Richtung, in die er zeigte, und erkannte im Mondschein etwas Flaches, Schwarzes in den Wellen. Als ich in die Dunkelheit blinzelte, wurde die Silhouette deutlicher. Sie nahm die Form eines gedrungenen, unregelmäßigen Dreiecks an, eine Seite streckte sich länger als die andere, ehe sie in den Wellen versank. Wir kamen näher heran und ich sah fedrige Konturen, die in der leichten Brise sacht schwankten.

Dann schaute ich noch einmal genau hin, und die Teile fügten sich zusammen: Vor uns im Wasser erhob sich eine kleine Insel, winkte mit Palmwedeln, ein blassglänzender Strand lag im Mondlicht.

»Wo sind wir?«, murmelte ich verwundert, während Edward den Kurs änderte und um die Insel herum zu ihrem nördlichen Ufer fuhr.

Er hatte meine Frage über den Lärm des Motors hinweg gehört und lächelte ein breites Lächeln, das im Mondschein leuchtete.

»Das ist Esmes Insel.«

Das Boot verlangsamte plötzlich die Fahrt und kam genau an der richtigen Stelle zum Stehen, vor einem kleinen Anlegesteg aus Holzbohlen, fahlweiß im Mondlicht. Der Motor erstarb, eine tiefe Stille folgte. Da waren nur die Wellen, die sanft an das Boot leckten, und das Rascheln der Brise in den Palmen. Die Luft war warm, feucht und duftend – wie der Dampf nach einer heißen Dusche.

»Esmes Insel?« Ich sprach leise, und doch erschien es mir zu laut, als ich die Stille der Nacht durchbrach.

»Ein Geschenk von Carlisle – Esme bot an, sie uns zur Verfügung zu stellen.«

Ein Geschenk. Wer verschenkt schon eine Insel? Ich runzelte die Stirn. Jetzt wurde mir klar, dass Edward seine außergewöhnliche Großzügigkeit von seinen Eltern hatte.

Er stellte die Koffer auf den Steg, dann lächelte er mich mit seinem himmlischen Lächeln an. Anstatt die Hand zu nehmen, die ich ihm reichte, hob er mich hoch und trug mich in den Armen.

»Willst du nicht lieber bis zur Schwelle warten?«, fragte ich atemlos, als er behände aus dem Boot sprang.

Er grinste. »Wenn ich eines bin, dann gründlich.«

Er packte die Griffe der beiden riesigen Koffer mit einer Hand und hielt mich in dem anderen Arm, so trug er mich über den Steg und einen blassen, sandigen Weg entlang durch die dunkle Vegetation.

Eine kurze Zeit war es stockfinster in dem dschungelartigen Gestrüpp, dann sah ich ein warmes Licht vor uns. Ungefähr in dem Moment, als ich begriff, dass das Licht ein Haus war – die beiden leuchtenden Vierecke waren große Fenster zu beiden Seiten einer Tür –, schlug das Lampenfieber wieder zu, heftiger noch als vorhin bei dem Gedanken an eine Nacht im Hotel.

Mein Herz hämmerte hörbar gegen meine Rippen und mein Atem schien mir in der Kehle stecken zu bleiben. Ich spürte Edwards Blick auf meinem Gesicht, doch ich wich ihm aus. Ich starrte geradeaus, ohne etwas zu sehen.

Er fragte nicht, was ich dachte, ganz untypisch für ihn. Vielleicht war er genauso aufgeregt wie ich.

Er stellte die Koffer auf die breite Veranda, um die Tür zu öffnen – sie war unverschlossen.

Edward schaute zu mir herab und wartete, bis ich ihn ansah, dann erst schritt er über die Schwelle.

Er trug mich durch das Haus, wir waren beide ganz still, während er im Gehen die Lichter einschaltete. Ich hatte den vagen Eindruck, dass das Haus ziemlich groß war für eine so winzige Insel und merkwürdig vertraut. Ich hatte mich an die blassen Farben gewöhnt, die bei den Cullens vorherrschten, ich fühlte mich wie zu Hause. Doch ich nahm keine Einzelheiten wahr. Durch das heftige Pulsieren in meinen Ohren wirkte alles etwas verschwommen.

Dann blieb Edward stehen und schaltete das letzte Licht an.

Das Zimmer war groß und weiß und die gegenüberliegende Wand bestand größtenteils aus Glas – offensichtlich sah es bei meinen Vampiren überall so aus. Draußen schien der Mond hell auf den weißen Sand und die glitzernden Wellen nur wenige Meter vor dem Haus. Doch das nahm ich kaum wahr. Ich sah vor allem das absolut gigantische weiße Bett, das mitten im Zimmer stand, umweht von wogenden Moskitonetzen.

Edward stellte mich auf die Füße.

»Ich … hole dann mal das Gepäck.«

Es war zu warm im Zimmer, stickiger als die tropische Nacht draußen. Schweißperlen bildeten sich in meinem Nacken. Langsam ging ich zu dem Bett, bis ich das luftige Netz berühren konnte. Aus irgendeinem Grund hatte ich das Bedürfnis, mich zu vergewissern, dass alles echt war.

Ich hörte Edward nicht zurückkommen. Plötzlich liebkoste er mit einem kühlen Finger meinen Hals und wischte mir den Schweiß weg.

»Es ist ein wenig heiß hier«, sagte er entschuldigend. »Ich dachte mir ... das wäre am besten so.«

»Gründlich«, murmelte ich leise und er kicherte. Es klang nervös, ungewöhnlich für Edward.

»Ich habe versucht alles zu bedenken, was es ... einfacher machen könnte«, gab er zu.

Ich schluckte laut, ich sah ihn immer noch nicht an. Hatte es jemals Flitterwochen wie diese gegeben?

Ich kannte die Antwort. Nein. Noch nie.

»Ich habe mir gedacht«, sagte Edward langsam, »ob ... du vielleicht ... erst ein nächtliches Bad im Meer mit mir nehmen möchtest?« Er atmete tief durch, und als er weitersprach, klang er gelassener. »Das Wasser ist bestimmt ganz warm. Der Strand wird dir gefallen.«

»Klingt gut.« Meine Stimme versagte.

»Bestimmt hättest du jetzt gern ein paar Minuten für dich ... es war eine lange Reise.«

Ich nickte hölzern. Vielleicht konnte ich wirklich ein paar Minuten für mich gebrauchen.

Seine Lippen streiften meinen Hals, knapp unter meinem Ohr. Er lachte kurz und sein kühler Atem kitzelte an meiner überhitzten Haut. »Aber lassen Sie mich nicht *zu* lange warten, Mrs Cullen.«

Beim Klang meines neuen Namens zuckte ich leicht zusammen.

Seine Lippen fuhren an meinem Hals hinab bis zu meiner Schulter. »Ich warte im Wasser auf dich.«

Er ging an mir vorbei zu der Glastür, die direkt auf den Sandstrand hinausging. Im Gehen zog er sein T-Shirt aus und ließ es zu Boden fallen, dann huschte er zur Tür hinaus in die Mondnacht. Die schwüle, salzige Luft strömte hinter ihm ins Zimmer. Ging meine Haut in Flammen auf? Sicherheitshalber schaute ich an mir hinunter. Nein, da brannte nichts. Jedenfalls war nichts zu sehen.

Ich musste mich daran erinnern zu atmen, dann stolperte ich zu dem riesigen Koffer, den Edward auf einer niedrigen weißen Kommode geöffnet hatte. Es musste meiner sein, denn obenauf lag meine Kulturtasche und ich sah viel Rosa, doch ich erkannte kein einziges Kleidungsstück. Als ich die ordentlich gefalteten Stapel durchwühlte – auf der Suche nach etwas Vertrautem, Bequemem, einer alten Jogginghose zum Beispiel –, merkte ich, dass ich furchtbar viel Spitze und Satinfähnchen in den Händen hatte. Dessous. Sehr dessousmäßige Dessous, lauter französische Marken.

Ich wusste noch nicht, wie und wann, aber eines Tages würde Alice dafür büßen.

Resigniert ging ich ins Bad und spähte durch eins der langen Fenster, die auf denselben Strand hinausgingen wie die Glastür. Ich konnte ihn nicht sehen; wahrscheinlich war er im Wasser, er brauchte ja nicht hochzukommen, um nach Luft zu schnappen. Der Mond hing schief am Himmel, er war fast rund, und der Sand leuchtete strahlend weiß in seinem Schein. Eine kleine Bewegung stach mir ins Auge – über dem Stamm einer der Palmen, die den Strand säumten, schwangen seine restlichen Kleider in der leichten Brise.

Wieder durchströmte es mich heiß.

Ich atmete ein paarmal durch, dann ging ich zu den Spiegeln über dem langen Waschtisch. Ich sah so aus, wie man eben aussieht, wenn man den ganzen Tag im Flugzeug geschlafen hat.

Ich holte meine Bürste aus dem Koffer und fuhr unsanft durch die Zotteln in meinem Nacken, bis sie glatt und die Borsten voller Haare waren. Ich putzte mir akribisch die Zähne, zweimal. Dann wusch ich mein Gesicht und spritzte mir Wasser in den fieberheißen Nacken. Das war so angenehm, dass ich mir auch die Arme wusch und schließlich kapitulierte und in die Dusche stieg. Ich wusste, dass es albern war, vor dem Schwimmen zu duschen, aber ich musste mich beruhigen, und mit heißem Wasser gelang mir das immer.

Außerdem konnten meine Beine mal wieder eine Rasur vertragen.

Als ich fertig war, schnappte ich mir ein großes weißes Handtuch vom Waschtisch und knotete es vor der Brust zusammen.

Dann sah ich mich einem Problem gegenüber, mit dem ich nicht gerechnet hatte. Was sollte ich jetzt anziehen? Ein Badeanzug schied aus. Aber ebenso albern kam es mir vor, meine Klamotten wieder anzuziehen. An die Sachen, die Alice mir eingepackt hatte, wollte ich lieber gar nicht erst denken.

Mein Atem ging wieder schneller und meine Hände zitterten – so weit zu der beruhigenden Wirkung der Dusche. Mir wurde ein wenig schwindelig, offenbar drohte eine ausgewachsene Panikattacke. Ich setzte mich mit meinem großen Handtuch auf den kühlen Fliesenboden und legte den Kopf zwischen die Knie. Ich betete, dass er nicht kam, um nach mir zu sehen, bevor ich mich wieder in der Gewalt hatte. Ich konnte mir vorstellen, was er denken würde, wenn er mich so sähe. Er würde sofort zu dem Schluss kommen, dass wir einen Fehler machten.

Aber ich geriet nicht deshalb in Panik, weil wir einen Fehler machten. Ganz und gar nicht. Ich geriet in Panik, weil ich keine Ahnung hatte, was ich jetzt tun sollte, weil ich Angst hatte, das Zimmer zu verlassen und mich dem Unbekannten zu stellen.

Insbesondere den französischen Dessous. Ich wusste, dass ich *dafür* noch nicht bereit war.

So musste es sich anfühlen, wenn man vor Tausenden von Zuschauern auf die Bühne muss und den Text vergessen hat.

Wie machten die Leute das nur – alle Ängste hinunterzuschlucken und einem anderen blind zu vertrauen, den eigenen Unsicherheiten und Unzulänglichkeiten zum Trotz? Und die meisten hatten vermutlich noch nicht einmal jemanden wie Edward mit seiner bedingungslosen Hingabe. Wäre nicht Edward dort draußen gewesen, hätte ich nicht mit jeder Faser meines Wesens gewusst, dass er mich ebenso liebte wie ich ihn – absolut und unwiderruflich und, offen gesagt, gegen alle Vernunft –, hätte ich es nie geschafft, vom Fußboden wieder aufzustehen.

Doch Edward *war* dort draußen, also sagte ich mir leise »Sei kein Frosch« und rappelte mich auf. Ich klemmte mir das Handtuch fester unter die Achseln und marschierte entschlossen aus dem Bad. Ohne nach links und rechts zu schauen, vorbei an dem Koffer mit Spitzenfähnchen und dem riesigen Bett. Durch die Glastür auf den feinen Pudersand.

Alles war schwarzweiß, wie vom Mondlicht ausgewaschen. Langsam ging ich über den warmen Pudersand, verharrte an der gebogenen Palme, wo er seine Kleider abgelegt hatte. Ich hielt die Hand an die raue Rinde und konzentrierte mich darauf, gleichmäßig zu atmen. So gut es eben ging.

Ich schaute über das gekräuselte Wasser, schwarz in der Dunkelheit, und hielt nach ihm Ausschau.

Er war nicht schwer zu finden. Er stand mit dem Rücken zu mir bis zur Taille im Wasser und schaute zum Oval des Mondes. Das fahle Licht verlieh seiner Haut ein makelloses Weiß, weiß wie der Sand, wie der Mond selbst, und sein nasses Haar war schwarz wie der Ozean. Regungslos stand er da, die Hände mit der Handfläche nach unten auf dem Wasser, die niedrigen Wellen brachen sich an ihm, als wäre er ein Fels. Ich schaute auf die weichen Linien seines Rückens, seiner Schultern, seiner Arme, seines Halses, auf seine makellose Gestalt …

Jetzt war das Feuer nicht mehr wie ein Blitz, der meine Haut durchzuckte – es brannte langsam und intensiv, ließ meine Unbeholfenheit und Schüchternheit verglühen. Ohne zu zögern, nahm ich das Handtuch ab und hängte es zu seinen Kleidern in die Palme, dann trat ich hinaus in das weiße Licht, das auch mich blass machte wie den schneeweißen Sand.

Ich hörte meine eigenen Schritte nicht, als ich ans Wasser ging, doch ich nahm an, dass Edward sie hörte. Er drehte sich nicht um. Ich ließ die sanften Wellen über meine Zehen schwappen und stellte fest, dass er Recht hatte – das Wasser war sehr warm, wie in der Badewanne. Ich ging hinein, lief vorsichtig über den unsichtbaren Grund, doch meine Vorsicht erwies sich als unnötig; der Sand blieb vollkommen glatt, langsam wurde das Wasser tiefer. Ich watete durch die schwerelose Strömung, bis ich bei Edward war, dann legte ich meine Hand leicht über seine kühle Hand, die auf dem Wasser lag.

»Wie schön es ist«, sagte ich und schaute wie er zum Mond.

»Ja, nicht schlecht«, gab er unbeeindruckt zurück. Langsam wandte er sich zu mir; seine Bewegung setzte kleine Wellen in Gang, sie brachen sich an meiner Haut. Er drehte die Hand um, so dass er unsere Finger unter der Wasseroberfläche miteinander verschränken konnte. Es war so warm, dass seine kühle Hand mir keine Gänsehaut verursachte.

»Aber ich würde nicht das Wort *schön* gebrauchen«, fuhr er fort. »Nicht mit dir vor Augen.«

Ich lächelte leicht, dann hob ich die freie Hand – die jetzt nicht mehr zitterte – und legte sie auf sein Herz. Weiß auf Weiß, ausnahmsweise einmal passten wir zusammen. Er erschauerte ein kleines bisschen unter meiner warmen Berührung. Sein Atem ging jetzt rauer.

»Ich habe versprochen, dass wir es *versuchen*«, flüsterte er, plötzlich angespannt. »Wenn ... wenn ich etwas falsch mache, wenn ich dir wehtue, dann musst du es mir sofort sagen.«

Ich nickte ernst, ohne den Blick von ihm zu wenden. Ich machte noch einen Schritt durch die Wellen auf ihn zu und legte den Kopf an seine Brust.

»Hab keine Angst«, murmelte ich. »Wir gehören zusammen.«

Auf einmal war ich überwältigt von der Wahrheit meiner eigenen Worte. Dieser Augenblick war so vollkommen, so richtig, dass es keinen Zweifel gab.

Er schlang die Arme um mich, hielt mich fest, Sommer und Winter. Es fühlte sich an, als stünden all meine Nervenenden unter Strom.

»Für immer«, sagte er, dann zog er uns sanft in tieferes Wasser.

Die Sonne, heiß auf meinem nackten Rücken, weckte mich am nächsten Morgen. Oder auch am späten Vormittag, vielleicht schon Nachmittag, ich wusste es nicht. Doch abgesehen von der Tageszeit war alles ganz klar; ich wusste genau, wo ich war – das helle Zimmer mit dem großen weißen Bett, blendendes Sonnenlicht, das durch die geöffnete Tür strömte, gedämpft von den Wolken aus Moskitonetzen.

Ich schlug die Augen nicht auf, ich war zu glücklich, um irgendetwas zu verändern, wie klein es auch sein mochte. Nur die Wellen draußen waren zu hören, unser Atem, mein Herzschlag ...

Ich fühlte mich wohl, trotz der gleißenden Sonne. Seine kühle Haut war ein perfekter Kontrast zu der Hitze. Es fühlte sich so angenehm und natürlich an, auf seiner eisigen Brust zu liegen, seine Arme um meinen Körper. Ich überlegte müßig, weshalb ich letzte Nacht solche Panik gehabt hatte. Jetzt kamen mir diese Ängste albern vor.

Langsam fuhren seine Finger über mein Rückgrat, und ich wusste, dass er wusste, dass ich wach war.

Ich ließ die Augen geschlossen und umfasste seinen Hals fester, schmiegte mich enger an ihn.

Er sagte nichts, seine Finger fuhren meinen Rücken hinauf und hinab, berührten mich kaum, während er Muster auf meine Haut zeichnete.

Ich hätte ewig so daliegen können, um diesen Moment niemals zu zerstören, doch mein Körper wollte etwas anderes. Ich lachte über meinen ungeduldigen Magen. Es kam mir ziemlich prosaisch vor, Hunger zu haben nach allem, was in der letzten Nacht passiert war. Als würde ich aus großer Höhe wieder auf der Erde landen.

»Was ist so lustig?«, fragte er leise, während er immer noch meinen Rücken streichelte. Der Klang seiner Stimme, ernst und heiser, brachte eine Flut von Erinnerungen an die letzte Nacht mit sich, und ich merkte, wie mir die Röte über Gesicht und Hals fuhr.

Als Antwort auf seine Frage knurrte mein Magen. Ich lachte wieder. »Man kann der menschlichen Natur nicht sehr lange entkommen.«

Ich wartete, doch er stimmte nicht in mein Lachen ein. Langsam sank ich durch die vielen Schichten der Glückseligkeit, die meinen Kopf umwölkten, und merkte, dass außerhalb meiner eigenen Wonne eine ganz andere Stimmung herrschte.

Ich schlug die Augen auf; das Erste, was ich sah, war die blasse, fast silbrige Haut seiner Kehle, die Linie seines Kinns über meinem Gesicht. Sein Kiefer war angespannt. Ich stützte mich auf den Ellbogen, damit ich sein Gesicht sehen konnte.

Er starrte auf den luftigen Baldachin über uns und schaute mich nicht an, als ich sein ernstes Gesicht betrachtete. Seine Miene erschreckte mich zutiefst – ich zuckte unwillkürlich zusammen.

»Edward«, sagte ich mit einem merkwürdigen kleinen Knacken in der Stimme. »Was hast du? Was ist los?«

»Das fragst du?« Seine Stimme war hart, zynisch.

In einem ersten Impuls, Folge lebenslanger Unsicherheit, überlegte ich, was ich falsch gemacht haben könnte. Ich ließ alles Revue passieren, was geschehen war, stieß jedoch auf nichts, was die Erinnerung trübte. Es war alles einfacher gewesen, als ich gedacht hatte; wir passten zueinander wie zwei Teile eines Puzzles, die zusammengehörten. Ich hatte eine heimliche Genugtuung verspürt – wir harmonierten körperlich ebenso wie in jeder anderen Hinsicht. Feuer und Eis, die zusammen existieren konnten, ohne einander zu zerstören. Noch ein Beweis dafür, dass ich zu ihm gehörte.

Mir fiel nichts ein, was dazu hätte führen können, dass er jetzt so aussah – so streng und kalt. Was war mir entgangen?

Er glättete mit dem Finger die Sorgenfalten auf meiner Stirn. »Woran denkst du?«, flüsterte er.

»Du bist aufgebracht, und ich verstehe nicht, warum. Hab ich …?« Ich konnte nicht weitersprechen.

Seine Augen wurden schmal. »Wie schlimm bist du verletzt, Bella? Die Wahrheit – versuche nicht es herunterzuspielen.«

»Verletzt?«, wiederholte ich; meine Stimme war höher als gewöhnlich, weil das Wort mich so verblüffte.

Er zog eine Augenbraue hoch, seine Lippen waren ein schmaler Strich.

Ich machte einen Schnelltest, streckte den Körper, dehnte und beugte die Muskeln. Ich war steif und hatte ziemliche Schmerzen, das schon, aber vor allem hatte ich das eigenartige Gefühl, dass meine Knochen nicht mehr richtig in den Gelenken saßen und dass ich in etwa die Konsistenz einer Qualle hatte. Es war kein unangenehmes Gefühl.

Und dann wurde ich fast wütend, weil er diesen wunderbaren Morgen mit seinen schrecklichen Unterstellungen verdüsterte.

»Wie kommst du denn darauf? Es ist mir noch nie bessergegangen als jetzt.«

Er schloss die Augen. »Hör damit auf.«

»*Womit* soll ich aufhören?«

»Hör auf so zu tun, als wäre ich kein Monster, weil ich mich auf diese Geschichte eingelassen habe.«

»Edward!«, flüsterte ich, jetzt war ich wirklich bestürzt. Er zog meine strahlende Erinnerung in den Dreck, beschmutzte sie. »Sag so etwas nie wieder.«

Er schlug die Augen nicht auf, als wollte er mich nicht mehr sehen.

»Sieh dich doch an, Bella. Und dann sage mir, dass ich kein Monster bin.«

Verletzt und erschrocken tat ich automatisch, was er gesagt hatte, und schnappte nach Luft.

Was war mit mir passiert? Ich verstand nicht, was der weiße Flaumschnee sollte, der an meiner Haut klebte. Ich schüttelte den Kopf und ein weißer Wasserfall schwebte aus meinen Haaren.

Ich drückte ein weiches weißes Etwas zwischen den Fingern. Es war eine Daune.

»Wieso bin ich mit Federn bedeckt?«, fragte ich verwirrt.

Er atmete ungeduldig aus. »Ich habe in ein Kopfkissen gebissen. Oder in zwei. Aber das meine ich nicht.«

»Du ... hast in ein Kissen gebissen? Wieso?«

»Schau, Bella!« Er knurrte es fast. Er nahm meine Hand – sehr behutsam – und streckte meinen Arm. »Schau dir das an.« Jetzt sah ich, was er meinte.

Unter dem Federstaub breiteten sich große lilafarbene Blutergüsse über meinen blassen Arm aus. Mein Blick folgte der Spur, die sich bis zu meiner Schulter zog, dann wieder herunter zu den Rippen. Ich befreite meine Hand, um eine Verfärbung auf dem linken Unterarm zu betasten, sah, wie sie verschwand, wenn ich sie berührte, und dann wiederauftauchte. Darunter pochte es ein wenig.

So sacht, dass er mich kaum berührte, legte Edward die Hand auf meine blauen Flecken, einen nach dem anderen, seine langen Finger füllten die Abdrücke genau aus.

»Oh«, sagte ich.

Ich versuchte mich daran zu erinnern, mich an den Schmerz zu erinnern, aber da war nichts. Sein Griff war in keinem Moment zu fest gewesen oder seine Hände zu hart auf meinem Körper. Ich wusste nur noch, dass ich mir wünschte, er würde mich noch fester halten, und wie schön es war, als er es tat ...

»Es ... tut mir so leid, Bella«, flüsterte er, während ich auf die blauen Flecken starrte. »Ich hätte es wissen müssen. Ich hätte nicht ...« Er stieß einen leisen, angewiderten Laut aus. »Ich kann dir gar nicht sagen, wie leid es mir tut.«

Er bedeckte das Gesicht mit dem Arm und lag ganz still.

Einen langen Augenblick saß ich völlig verwundert da und versuchte mit seiner Qual, jetzt, da ich sie verstand, zurechtzukommen. Es war so völlig anders als das, was ich empfand, dass ich es kaum nachvollziehen konnte.

Nur langsam legte sich der Schreck, und an seine Stelle trat nichts. Leere. Ich wusste rein gar nichts mehr. Mir fiel nichts ein, was ich hätte sagen können. Wie sollte ich es ihm erklären? Wie konnte ich ihn so glücklich machen, wie ich war – oder *gewesen* war, eben gerade noch?

Ich berührte ihn am Arm, aber es kam keine Reaktion. Ich umfasste sein Handgelenk und versuchte ihm den Arm vom Gesicht zu ziehen, aber ich hätte ebenso gut an einer Statue ziehen können.

»Edward.«

Er rührte sich nicht.

»Edward?«

Nichts. Dann musste es also ein Monolog werden.

»*Mir* tut es nicht leid, Edward. Ich bin ... ich kann es dir gar nicht sagen. Ich bin *so* glücklich. Das ist gar kein Ausdruck. Sei nicht böse. Bitte. Mir geht es wirklich g...«

»Sag bitte nicht *gut*.« Seine Stimme war eiskalt. »Wenn du mich nicht in den Wahnsinn treiben willst, dann sage bitte nicht, es gehe dir *gut*.«

»Aber es geht mir gut«, flüsterte ich.

»Bella.« Das war fast ein Stöhnen. »Hör auf damit.«

»Nein. Hör du damit auf, Edward.«

Er bewegte seinen Arm, seine goldenen Augen schauten mich misstrauisch an.

»Mach es nicht kaputt«, sagte ich. »Ich. Bin. Glücklich.«

»Ich habe es schon kaputt gemacht«, flüsterte er.

»Hör auf damit«, schimpfte ich.

Ich hörte, wie er mit den Zähnen knirschte.

»Ah!«, stöhnte ich. »Warum kannst du jetzt nicht meine Gedanken lesen? Es ist so lästig, dass sie stumm für dich sind!«

Er riss die Augen ein kleines bisschen auf, wider Willen ließ er sich ablenken.

»Das ist ja etwas ganz Neues. Du bist doch immer so froh darüber, dass ich deine Gedanken nicht lesen kann.«

»Heute nicht.«

Er starrte mich an. »Warum?«

Ich hob entnervt die Hände, wobei ein Schmerz meine Schulter durchzuckte, doch ich achtete nicht darauf. Mit einem lauten Knall ließ ich die Hände wieder auf seine Brust fallen. »Weil deine Panik ganz überflüssig wäre, wenn du sehen könntest, wie es mir in diesem Moment geht! Oder jedenfalls vor fünf Minuten. Ich *war* überglücklich. Im siebten Himmel. Jetzt – tja, jetzt bin ich ziemlich sauer, ehrlich gesagt.«

»Du *solltest* auch wütend auf mich sein.«

»Ja, bin ich auch. Geht's dir jetzt besser?«

Er seufzte. »Nein. Nein, ich glaube nicht, dass mich im Augenblick irgendetwas aufheitern kann.«

»Genau das«, sagte ich wütend. »Das ist es, was mich so sauer macht. Du machst meine ganze Freude zunichte, Edward.«

Er verdrehte die Augen und schüttelte den Kopf.

Ich holte tief Luft. Jetzt spürte ich den Schmerz schon deutlicher, aber es war nicht so schlimm. So ungefähr wie am Tag nach dem Hanteltraining. Das hatte ich mit Renée mal gemacht, als sie gerade mal wieder auf einem Fitness-Trip war. Fünfundsechzig Ausfallschritte mit fünf Kilo Gewicht in jeder Hand. Am Tag danach hatte ich nicht laufen können. Das heute war nicht halb so schlimm.

Ich schluckte meinen Ärger hinunter und versuchte einen besänftigenden Ton anzuschlagen. »Wir wussten doch, dass es nicht einfach wird. Ich dachte, das wäre klar. Und dafür – na ja, es war viel leichter, als ich gedacht hatte. Und das hier ist echt nicht der Rede wert.« Ich fuhr mit den Fingern über meinen Arm. »Ich finde, fürs erste Mal, dafür, dass wir nicht wussten, womit wir rechnen mussten, haben wir uns super geschlagen. Mit ein bisschen Übung ...«

Auf einmal sah er so wütend aus, dass ich mitten im Satz verstummte.

»Klar? Hast du das erwartet, Bella? Hast du damit gerechnet, dass ich dich verletzen würde? Glaubtest du, es würde noch schlimmer werden? Betrachtest du es als erfolgreiches Experiment, weil du es überlebt hast? Keine Knochenbrüche – ist das schon ein Sieg?«

Ich wartete, ich ließ ihn zu Ende schimpfen. Dann wartete ich noch eine Weile, bis sein Atem wieder gleichmäßig ging. Als sein Blick wieder ruhig war, antwortete ich, langsam und deutlich.

»Ich wusste nicht, was ich erwarten sollte – aber ganz bestimmt habe ich nicht erwartet, dass es so ... so ... wundervoll und vollkommen sein würde.« Meine Stimme wurde zu einem Flüstern, mein Blick glitt von seinem Gesicht hinab zu seinen Händen. »Ich meine, ich weiß ja nicht, wie es für dich war, aber für mich war es so.«

Ein kühler Finger hob mein Kinn wieder hoch.

»Machst du dir deswegen Sorgen?«, fragte er grimmig. »Dass es mir keinen *Spaß* gemacht hat?«

Ich hielt den Blick gesenkt. »Ich weiß, dass es nicht dasselbe ist. Du bist kein Mensch. Ich hab nur versucht zu erklären, dass es für einen Menschen, na ja, ich kann mir nicht vorstellen, dass es für einen Menschen etwas Schöneres im Leben geben kann.«

Er blieb so lange still, dass ich schließlich aufschauen musste. Sein Gesicht war jetzt weicher, nachdenklich.

»Es scheint, als müsste ich mich für einiges entschuldigen.« Er zog die Augenbrauen zusammen. »Nie hätte ich gedacht, du könntest aus meiner Reaktion den Schluss ziehen, die letzte

Nacht sei für mich nicht ... na ja, nicht die schönste Nacht meines Daseins gewesen. Aber ich darf nicht so darüber denken, nicht, wenn du ...«

Meine Mundwinkel zogen sich leicht nach oben. »Wirklich? Die allerschönste Nacht?«, fragte ich mit schwacher Stimme.

Er nahm mein Gesicht in seine Hände, immer noch nachdenklich. »Ich sprach mit Carlisle, nachdem du und ich unser Abkommen getroffen hatten; ich hoffte, er könnte mir helfen. Natürlich warnte er mich, dass es für dich sehr gefährlich sein könnte.« Ein Schatten huschte über sein Gesicht. »Doch er hatte Vertrauen in mich – ein Vertrauen, das ich nicht verdient habe.«

Ich setzte zum Widerspruch an, doch er legte mir zwei Finger auf die Lippen.

»Ich fragte ihn auch, was ich erwarten könne. Ich wusste nicht, wie es für mich sein würde – ich meine, als Vampir.« Er lächelte halbherzig. »Carlisle sagte mir, es sei etwas sehr Mächtiges, unvergleichlich. Er sagte, die körperliche Liebe sei etwas, was ich nicht auf die leichte Schulter nehmen dürfe. Unser Wesen ändert sich kaum je, starke Gefühle jedoch können zu bleibenden Veränderungen führen. Doch er sagte, darüber brauchte ich mir keine Gedanken zu machen – du habest mich bereits vollkommen verändert.« An dieser Stelle wirkte sein Lächeln aufrichtiger.

»Ich sprach auch mit meinen Brüdern. Sie sagten, es sei ein sehr großes Vergnügen. Nur übertroffen von dem Genuss menschlichen Bluts.« Eine Falte trat auf seine Stirn. »Doch ich habe dein Blut geschmeckt und etwas Stärkeres kann es für mich nicht geben. Ich glaube eigentlich nicht, dass sie irrten. Nur, dass es bei uns anders war. Noch mehr.«

»Es *war* mehr. Es war alles.«

»Das ändert nichts daran, dass es falsch war. Selbst wenn es möglich wäre, dass du tatsächlich auf diese Weise empfindest.«

»Was soll das heißen? Glaubst du, ich denke mir das nur aus? Warum sollte ich?«

»Um mich von meiner Schuld zu befreien. Ich kann die Beweise nicht ignorieren, Bella. Und auch nicht deine Neigung, mich zu entlasten, wenn ich Fehler begehe.«

Ich fasste ihn am Kinn und beugte mich vor, so dass unsere Gesichter nur wenige Zentimeter voneinander entfernt waren. »Jetzt hör mir mal gut zu, Edward Cullen. Ich spiele dir nicht um deinetwillen irgendwas vor, klar? Ich wusste noch nicht mal, dass es dafür einen Grund gibt, bis du anfingst zu jammern. Ich bin noch nie in meinem Leben so glücklich gewesen, nichts reicht da heran – nicht der Augenblick, als du beschlossen hast, dass deine Liebe zu mir größer ist als dein Appetit auf mich, nicht der erste Morgen, als ich aufwachte und dich sah, wie du auf mich wartetest … nicht der Moment, als ich deine Stimme im Ballettstudio hörte« – bei der Erinnerung daran, wie ich beinahe dem Tracker James zum Opfer gefallen wäre, zuckte er zusammen, aber ich redete einfach weiter –, »oder als du sagtest ›Ich will‹ und ich begriff, dass ich dich tatsächlich für immer bei mir haben werde. Das sind meine glücklichsten Erinnerungen, und das hier ist besser als alle zusammen. Damit musst du jetzt leben.«

Er fuhr über die senkrechte Linie zwischen meinen Augenbrauen. »Jetzt mache ich dich unglücklich. Das wollte ich nicht.«

»Dann hör *du* auf unglücklich zu sein. Das ist das Einzige, was hier nicht stimmt.«

Er kniff die Augen zusammen, dann atmete er tief durch und nickte. »Du hast Recht. Was geschehen ist, ist geschehen, und ich kann es nicht mehr ändern. Es hat keinen Sinn, dass ich dir mit meiner trüben Stimmung die Laune verderbe. Jetzt werde ich alles tun, um dich glücklich zu machen.«

Ich betrachtete argwöhnisch sein Gesicht, aber er lächelte mich ruhig an.

»Wirklich alles?«

Im selben Moment knurrte mein Magen.

»Du hast Hunger«, sagte er schnell. Im Nu war er aus dem Bett und wirbelte dabei eine Federwolke auf.

»Und wieso genau hast du nun beschlossen, Esmes Kissen zu zerstören?«, fragte ich, setzte mich auf und schüttelte noch mehr Federn aus dem Haar.

Er hatte schon eine bequeme Khakihose angezogen und stand an der Tür, zauste sich das Haar und schüttelte noch ein paar Federn heraus.

»Ich weiß nicht, ob ich letzte Nacht irgendetwas *beschlossen* habe«, murmelte er. »Wir haben nur Glück, dass es die Kissen waren und nicht du.« Er holte tief Luft und schüttelte den Kopf, als wollte er die düsteren Gedanken vertreiben. Ein sehr echt aussehendes Lächeln breitete sich auf seinem Gesicht aus, aber bestimmt kostete es ihn große Anstrengung.

Ich rutschte vorsichtig von dem hohen Bett und streckte mich wieder, jetzt spürte ich die Schmerzen und die wunden Stellen stärker. Ich hörte, wie er nach Luft schnappte. Er wandte sich ab und ballte die Fäuste, dass die Knöchel weiß hervortraten.

»Seh ich so hässlich aus?«, fragte ich und gab mir Mühe, locker zu klingen. Er atmete wieder regelmäßig, aber er wandte sich nicht um, wohl um sein Gesicht vor mir zu verbergen. Ich ging ins Bad, um mich zu betrachten.

In dem großen Spiegel hinter der Tür begutachtete ich meinen nackten Körper.

Ich hatte auf jeden Fall schon schlimmer ausgesehen. Über einem Wangenknochen war ein undeutlicher Schatten, und die Lippen waren leicht geschwollen, aber abgesehen davon war mein Gesicht unversehrt. Mein Körper war mit blauen und lila Flecken übersät. Ich konzentrierte mich auf die Flecken, die am schwersten zu verbergen waren – die an den Armen und Schultern. Sie waren halb so wild. Ich kriegte immer schnell blaue Flecken. Wenn ich einen Bluterguss bekam, hatte ich meistens schon vergessen, wo ich ihn mir geholt hatte. Allerdings waren diese ja noch dabei, sich zu entwickeln. Morgen sah ich bestimmt noch schlimmer aus. Das machte es nicht gerade einfacher.

Dann schaute ich auf meine Haare und stöhnte.

»Bella?« Kaum hatte ich einen Laut von mir gegeben, stand er schon hinter mir.

»Das krieg ich nie alles aus den Haaren!« Ich zeigte auf meinen Kopf, der aussah, als hätte ein Huhn darauf genistet.

»Das sicht dir ähnlich, dass du dich wegen deiner Haare aufregst«, murmelte er, aber er stellte sich hinter mich und zupfte schnell die Federn heraus.

»Wie hast du es geschafft, nicht über mich zu lachen? Ich sehe total albern aus.«

Er gab keine Antwort, er zupfte weiter Federn. Aber ich kannte die Antwort sowieso – wenn er in dieser Stimmung war, fand er gar nichts komisch.

»Das wird nichts«, sagte ich nach einer Weile und seufzte. »Die sind alle eingetrocknet. Ich werde sie rauswaschen.« Ich drehte mich herum und schlang die Arme um seine kühle Mitte. »Willst du mir helfen?«

»Ich mache dir lieber etwas zu essen«, sagte er ruhig und befreite sich sanft aus meiner Umarmung. Ich seufzte, als er mit viel zu schnellen Schritten verschwand.

Es sah ganz so aus, als wären meine Flitterwochen vorbei. Der Gedanke schnürte mir die Kehle zu.

Als ich weitgehend federfrei war und ein mir fremdes weißes Baumwollkleid übergezogen hatte, das die schlimmsten blauen Flecken verdeckte, tapste ich barfuß in die Richtung, aus der ein Duft von Ei mit Schinken und Cheddarkäse kam.

Edward stand vor dem glänzenden Stahlherd und hob ein Omelett auf den hellblauen Teller, der auf der Arbeitsplatte bereitstand. Der Essensduft überwältigte mich. Ich hatte das Gefühl, den Teller und die Pfanne gleich mitessen zu können, so sehr knurrte mein Magen.

»Bitte«, sagte er. Lächelnd wandte er sich um und stellte den Teller auf ein Mosaiktischchen.

Ich setzte mich auf einen der beiden Eisenstühle und begann das Omelett zu verschlingen. Es brannte im Hals, aber das war mir egal.

Er setzte sich mir gegenüber. »Ich mache dir nicht oft genug etwas zu essen.«

Ich schluckte. »Ich hab geschlafen«, erinnerte ich ihn. »Das ist übrigens echt lecker. Beeindruckend für jemanden, der selbst nichts isst.«

»Ich habe mir viele Kochsendungen angeschaut«, sagte er und lächelte mein geliebtes schiefes Lächeln.

Ich war froh, es zu sehen, froh, dass er wieder mehr er selbst war. »Woher hast du die Eier?«

»Ich hab die Putzleute gebeten, uns mit Vorräten zu versorgen. Eine Premiere in diesem Haus. Ich werde sie bitten müssen, sich um die Federn zu kümmern ...« Er verstummte und starrte auf einen Punkt über meinem Kopf. Ich schwieg, ich wollte nichts sagen, was ihn erneut aufregen könnte.

Ich aß alles auf, obwohl er genug für zwei gemacht hatte.

»Danke«, sagte ich. Ich beugte mich über den Tisch und küsste ihn. Er erwiderte den Kuss unwillkürlich, aber dann verkrampfte er sich plötzlich und wandte sich ab.

Ich biss die Zähne zusammen, und die Frage, die ich stellen wollte, kam als Vorwurf heraus. »Du wirst mich nicht wieder anfassen, solange wir hier sind, stimmt's?«

Er zögerte, dann lächelte er halb, hob die Hand und streichelte meine Wange. Seine Finger verharrten sanft auf meiner Haut und ich schmiegte das Gesicht in seine Hand.

»Du weißt, dass ich *das* nicht gemeint habe.«

Er seufzte und ließ die Hand sinken. »Ich weiß. Und du hast Recht.« Er schwieg einen Augenblick und hob leicht das Kinn. Als er wieder sprach, klang es unerschütterlich. »Ich werde nicht wieder mit dir schlafen, solange du nicht verwandelt bist. Ich werde dir nie wieder wehtun.«

ABLENKUNGEN

Mich abzulenken, wurde zur obersten Priorität auf Esmes Insel. Wir schnorchelten (na ja, ich schnorchelte, während Edward mit seiner Fähigkeit protzte, unendlich lange ohne Sauerstoff auszukommen). Wir erkundeten den kleinen Dschungel, der den Felsgipfel der Insel umgab. Wir besuchten die Papageien, die in den Baumkronen auf der Südseite der Insel lebten. Wir schwammen mit den Delfinen, die in dem warmen, seichten Wasser dort spielten. Jedenfalls tat ich das; als Edward ins Wasser kam, verschwanden die Delfine, als wäre ein Hai gekommen.

Ich wusste, was los war. Er versuchte mich zu unterhalten, mich abzulenken, damit ich ihn nicht mit dem Thema Sex bedrängte. Immer wenn ich ihn überreden wollte, mal mit einer der zigtausend DVDs vor dem gigantischen Plasmafernseher abzuhängen, lockte er mich mit Zauberworten wie *Korallenriffe*, *Grotten* und *Wasserschildkröten* aus dem Haus. Den ganzen Tag waren wir auf den Beinen, von früh bis spät, so dass ich bei Sonnenuntergang regelmäßig ausgehungert und erschöpft war.

Jeden Abend hing ich nach dem Essen über meinem Teller, einmal schlief ich tatsächlich am Tisch ein und er musste mich ins Bett tragen. Zum Teil lag es daran, dass Edward immer viel zu viel zu essen machte für eine Person, ich jedoch, nachdem ich den ganzen Tag geschwommen und geklettert war, immer so ausgehungert war, dass ich das meiste davon aß. Dann war ich so satt und erschöpft, dass ich kaum die Augen offen halten konnte. Was natürlich auch der Sinn der Sache war.

Meine Erschöpfung trug nicht gerade zum Erfolg meiner Verführungsversuche bei. Doch ich gab nicht auf. Ich versuchte es mit Argumenten, mit Bitten und Quengeln – alles vergebens. Und ehe ich die Sache weiter vorantreiben konnte, war ich meistens schon im Reich der Träume. Meine Träume fühlten sich so echt an – vor allem Albträume, die durch die allzu leuchtenden Farben der Insel umso lebhafter wurden –, dass ich immer müde erwachte, wie lange ich auch geschlafen hatte.

Nach rund einer Woche auf der Insel versuchte ich es mit einem Kompromiss. Das hatte in der Vergangenheit auch schon funktioniert.

Ich schlief jetzt im blauen Zimmer. Die Putzkolonne sollte erst am nächsten Tag wieder kommen, deshalb lag das weiße Zimmer immer noch unter einer Decke aus Daunenflocken. Das blaue Zimmer war kleiner, das Bett nicht so überdimensioniert. Die Wände waren dunkel, mit Teakholz vertäfelt und alles war in edler blauer Seide gehalten.

Ich hatte mich daran gewöhnt, in einigen von Alice' Dessous zu schlafen – die immerhin weniger gewagt waren als die knappen Bikinis, die sie mir eingepackt hatte. Ich fragte mich, ob sie in einer Vision gesehen hatte, warum ich solche Sachen haben wollte, und schauderte; die Vorstellung war zu peinlich.

Ich hatte es langsam angehen lassen mit unschuldigem elfenbeinfarbenem Satin. Ich dachte mir, dass es in meinem Fall eher kontraproduktiv wäre, mehr Haut zu zeigen, war jedoch zu allem bereit. Edward schien nichts zu merken, als würde ich dieselben schäbigen alten Jogginghosen tragen wie zu Hause.

Die Blutergüsse sahen schon viel besser aus – manche waren gelblich, andere ganz verschwunden –, also holte ich an diesem Abend, als ich mich in dem vertäfelten Badezimmer umzog, eins der gewagteren Teile hervor. Es war aus schwarzer Spitze und selbst unangezogen eine einzige Peinlichkeit. Ich achtete darauf, nicht in den Spiegel zu gucken, bevor ich wieder ins Schlafzimmer ging. Ich wollte nicht die Nerven verlieren.

Zu meiner Genugtuung sah ich, dass sich seine Augen ganz kurz weiteten, bevor er seine Gesichtszüge wieder unter Kontrolle brachte.

»Was sagst du dazu?«, fragte ich und drehte eine Pirouette, damit er mich von allen Seiten sehen konnte.

Er räusperte sich. »Du siehst wunderschön aus. Wie immer.«

»Danke«, sagte ich leicht pikiert.

Ich war so müde, dass ich dem weichen Bett nicht widerstehen konnte und mich schnell hinlegte. Er nahm mich in die Arme und zog mich an seine Brust, aber das war nicht mehr, als er üblicherweise tat – es war so heiß, dass ich ohne seinen kühlen Körper nicht schlafen konnte.

»Ich schlage dir einen Handel vor.«

»Mit dir mache ich keinen Handel«, antwortete er.

»Du hast ja noch gar nicht gehört, was ich dir anbiete.«

»Das spielt keine Rolle.«

Ich seufzte. »Verflixt. Dabei wollte ich so gern … Na ja.«

Er verdrehte die Augen.

Ich schloss meine und wartete, dass er anbeißen würde. Ich gähnte.

Es dauerte nur eine Minute – nicht lange genug, als dass ich eingeschlafen wäre.

»Also gut. Was willst du?«

Ich biss kurz die Zähne zusammen, damit ich nicht lächeln

musste. Wenn es eins gab, dem er nicht widerstehen konnte, dann die Gelegenheit, mir etwas zu schenken.

»Tja, also, ich dachte mir ... Ich weiß ja, dass die Sache mit Dartmouth nur eine Schutzbehauptung ist, aber ganz ehrlich, ein oder zwei Semester am College würden mir sicher gefallen«, sagte ich und gebrauchte dabei dieselben Worte wie er vor langer Zeit, als er mich überreden wollte, meine Verwandlung in einen Vampir aufzuschieben. »Charlie wäre ganz verrückt nach Geschichten aus Dartmouth, jede Wette. Es könnte natürlich blamabel werden, wenn ich mit all den Intelligenzbestien nicht mithalten kann. Trotzdem ... achtzehn oder neunzehn, so ein großer Unterschied ist das ja nicht. Ich krieg ja nicht nächstes Jahr auf einmal Krähenfüße.«

Eine ganze Zeit sagte er gar nichts. Dann sagte er leise: »Du würdest warten. Du würdest ein Mensch bleiben.«

Ich hielt den Mund, ließ das Angebot wirken.

»Warum tust du mir das an?«, sagte er mit zusammengebissenen Zähnen, er klang auf einmal wütend. »Ist es nicht so schon schwer genug, ohne das hier?« Er packte die Spitze, die sich auf meinem Oberschenkel kräuselte. Einen Moment lang dachte ich, er würde sie zerreißen. Dann ließ er sie los. »Es spielt keine Rolle. Ich mache keinen Handel mit dir.«

»Ich will aufs College.«

»Nein, das willst du nicht. Und es gibt nichts, was wichtig genug ist, um noch einmal dein Leben aufs Spiel zu setzen. Wichtig genug, um dir wehzutun.«

»Natürlich will ich. Das heißt, eigentlich geht es weniger ums College als um etwas anderes – ich möchte gern noch eine Weile ein Mensch bleiben.«

Er schloss die Augen und atmete durch die Nase aus. »Bella, du machst mich wahnsinnig. Haben wir diese Diskussion nicht

schon tausendmal geführt und hast du mich nicht immer angefleht, ohne weiteren Aufschub ein Vampir werden zu dürfen?«

»Ja, aber ... na ja, jetzt habe ich einen Grund, ein Mensch
bleiben zu wollen, den ich vorher nicht hatte.«

»Und der wäre?«

»Rate mal«, sagte ich und erhob mich mühsam vom Kissen,
um ihn zu küssen.

Er erwiderte meinen Kuss, aber nicht so, dass ich dachte, ich
hätte gewonnen. Eher schien er darauf bedacht zu sein, meine
Gefühle nicht zu verletzen; er hatte sich ganz und gar im Griff,
zum Verrücktwerden war das. Nach einer Weile löste er sich
sanft und drückte mich an seine Brust.

»Du bist *so* menschlich, Bella. Vollkommen deinen Hormo-
nen ausgeliefert.« Er kicherte.

»Das ist es ja gerade, Edward. Genau das gefällt mir am
Menschsein. Ich möchte es noch nicht aufgeben. Ich möchte
nicht als blutrünstige Neugeborene jahrelang darauf warten
müssen, dass ein Teil dieser Gefühle wiederkommt.«

Ich gähnte und er lächelte.

»Du bist müde. Schlaf, Liebste.« Er begann das Schlaflied zu
summen, das er komponiert hatte, als wir uns kennenlernten.

»Ich frage mich, weshalb ich so müde bin«, murmelte ich sarkastisch. »Das ist nicht zufällig Teil deines Plans, oder?«

Er lachte nur kurz auf und summte dann weiter.

»So müde, wie ich bin, müsste ich eigentlich besser schlafen.«

Er hörte auf zu summen. »Du hast geschlafen wie eine Tote,
Bella. Seit wir hier sind, hast du kein einziges Mal im Schlaf geredet. Würdest du nicht so schnarchen, hätte ich Sorge, dass du
ins Koma abgleitest.«

Ich überging seine Stichelei; ich wusste, dass ich nicht
schnarchte. »Hab ich mich nicht herumgewälzt? Das ist ko-

misch. Normalerweise liege ich quer im Bett, wenn ich Albträume habe. Und ich schreie im Schlaf.«

»Du hattest Albträume?«

»Und wie. Die machen mich so müde.« Ich gähnte. »Ich wundere mich, dass ich nicht die ganze Nacht im Schlaf rede.«

»Wovon handeln sie?«

»Unterschiedlich – und doch gleich, wegen der Farben.«

»Farben?«

»Es ist alles so grell und realistisch. Normalerweise weiß ich im Traum immer, dass ich träume. Aber hier weiß ich nicht, ob ich schlafe. Das macht die Träume so unheimlich.«

Er klang beunruhigt, als er wieder sprach. »Was ängstigt dich so?«

Ich schauderte leicht. »Vor allem ...« Ich zögerte.

»Vor allem?«, half er nach.

Ich wusste nicht, weshalb, aber ich wollte ihm nicht von dem Kind erzählen, das in meinen Träumen immer wiederkehrte; in diesem speziellen Grauen lag etwas sehr Intimes. Anstatt den ganzen Traum zu erzählen, verriet ich ihm nur eine Einzelheit. Die ganz sicher ausreichte, um mich und alle anderen in Schrecken zu versetzen.

»Die Volturi«, flüsterte ich.

Er zog mich fester an seine Brust. »Sie werden uns nichts mehr tun. Bald bist du unsterblich, und dann haben sie keinen Grund mehr.«

Ich ließ mich von ihm trösten und hatte ein etwas schlechtes Gewissen, weil er mich missverstanden hatte. Die Albträume waren nicht so, wie er dachte. Das Problem war nicht, dass ich Angst um mein Leben hatte – ich hatte Angst um den Jungen.

Es war nicht derselbe Junge wie in dem ersten Traum – das

Vampirkind mit den blutroten Augen, das auf einem Haufen toter Menschen saß, die ich liebte. Dieser Junge, von dem ich in der letzten Woche viermal geträumt hatte, war eindeutig ein Menschenkind, mit rosigen Wangen und großen, zartgrünen Augen. Doch genau wie das andere Kind bebte er vor Angst und Verzweiflung, weil die Volturi uns auf den Fersen waren.

In diesem Traum, der neu und alt zugleich war, *musste* ich das unbekannte Kind einfach beschützen. Ich hatte keine Wahl. Gleichzeitig wusste ich, dass ich es nicht schaffen würde.

Er sah die Trauer in meinem Gesicht. »Wie kann ich dir helfen?«

Ich schüttelte es ab. »Es sind nur Träume, Edward.«

»Soll ich dir vorsingen? Ich singe die ganze Nacht, wenn ich damit die bösen Träume verscheuchen kann.«

»Sie sind nicht alle böse. Manche sind auch schön. So ... bunt. Unter Wasser, mit den Fischen und Korallen. Und es ist so, als würde alles wirklich passieren – ich weiß nicht, dass ich träume. Vielleicht liegt es an der Insel. Die Farben hier sind so leuchtend.«

»Möchtest du nach Hause?«

»Nein. Nein, noch nicht. Können wir nicht noch eine Weile bleiben?«

»Wir können bleiben, so lange du willst, Bella«, versprach er.

»Wann fängt das Semester an? Ich habe mich gar nicht darum gekümmert.«

Er seufzte. Vielleicht fing er wieder zu summen an, aber ich schlief so schnell ein, dass ich nichts mehr hörte.

Später erwachte ich mit einem Schreck in der Dunkelheit. Der Traum war so echt gewesen ... so heftig, so sinnlich ... Ich keuchte laut, ich wusste in dem dunklen Zimmer nicht, wo ich war. Es kam mir vor, als wäre ich noch vor einer Sekunde in der strahlenden Sonne gewesen.

»Bella?«, flüsterte Edward, die Arme fest um meinen Körper, er schüttelte mich leicht. »Geht es dir gut, mein Schatz?«

»Oh!«, keuchte ich wieder. Nur ein Traum. Nicht in Wirklichkeit. Zu meinem Entsetzen stürzten mir ohne Vorwarnung die Tränen aus den Augen und liefen mir übers Gesicht.

»Bella!«, sagte er, lauter jetzt und voller Sorge. »Was hast du?« Mit kalten Fingern wischte er mir schnell die Tränen von den Wangen, doch immer neue Tränen kamen.

»Es war nur ein Traum.« Ich konnte das leise Schluchzen nicht zurückhalten, das in meiner Stimme lag. Die dummen Tränen störten mich, doch ich konnte nichts gegen den heftigen Kummer tun, der mich ergriffen hatte. Ich wünschte mir so sehr, der Traum wäre wahr.

»Es ist alles gut, Liebste, alles gut. Ich bin da.« Er schaukelte mich hin und her, ein bisschen zu schnell, um mich zu beruhigen. »Hattest du wieder einen Albtraum? Es ist nichts passiert, nichts passiert.«

»Kein Albtraum.« Ich schüttelte den Kopf und rieb mir mit dem Handrücken über die Augen. »Es war ein *schöner* Traum.« Wieder versagte meine Stimme.

»Warum weinst du dann?«, fragte er verwirrt.

»Weil ich aufgewacht bin«, jammerte ich, klammerte mich an seinen Hals und schluchzte an seiner Kehle.

Er lachte kurz über meine Logik, doch es klang nervös vor Sorge.

»Es ist alles gut, Bella. Atme tief ein und aus.«

»Es war so echt«, sagte ich weinend. »Ich wollte so sehr, dass es Wirklichkeit war.«

»Erzähl mir davon«, drängte er. »Vielleicht hilft das.«

»Wir waren am Strand ...« Ich verstummte, wich zurück, um mit tränennassen Augen in sein besorgtes Engelsgesicht zu schauen, matt in der Dunkelheit. Ich starrte ihn nachdenklich an, während der unvernünftige Kummer allmählich nachließ.

»Und?«, sagte er schließlich.

Ich blinzelte die Tränen aus den Augen, hin- und hergerissen.

»Oh, Edward ...«

»Sag es mir, Bella«, bat er, sein Blick rasend vor Sorge, als er den Schmerz in meiner Stimme hörte.

Aber ich konnte es nicht erzählen. Stattdessen schlang ich wieder die Arme um seinen Hals und drückte meinen Mund wild auf seinen. Das war keine Begierde – es war ein Bedürfnis, so heftig, dass es wehtat. Er erwiderte meinen Kuss sofort, doch ebenso schnell kam seine Abfuhr.

Er wehrte sich, so sanft es ihm in seiner Verwirrung möglich war, hielt mich auf Abstand, fasste mich an den Schultern.

»Nein, Bella«, sagte er und schaute mich an, als hätte er Angst, dass ich den Verstand verloren hatte.

Ich ließ die Arme sinken, gab auf, die dummen Tränen strömten erneut über mein Gesicht, wieder stieg ein Schluchzen in meiner Kehle auf. Er hatte Recht – ich musste verrückt sein.

Er starrte mich an, verwirrt und gepeinigt.

»Es tut mir l-l-leid«, stammelte ich.

Doch da zog er mich an sich, drückte mich fest an seine Marmorbrust.

»Ich kann nicht, Bella, ich kann nicht!« Er stöhnte voller Qual.

»Bitte«, sagte ich, und meine Stimme wurde von seiner Haut gedämpft. »Bitte, Edward?«

Ich wusste nicht, ob ihn die Tränen rührten, die in meiner Stimme bebten, ob ich ihn überrumpelt hatte oder ob sein Verlangen in diesem Moment ganz einfach ebenso unerträglich war wie meins. Warum auch immer, er legte seine Lippen wieder auf meine und ergab sich mit einem Stöhnen.

Und dann begannen wir dort, wo mein Traum geendet hatte.

Als ich am nächsten Morgen erwachte, rührte ich mich nicht und versuchte ganz regelmäßig zu atmen. Ich hatte Angst, die Augen zu öffnen.

Ich lag über Edwards Brust, aber er bewegte sich nicht und hielt mich nicht in den Armen. Das war ein schlechtes Zeichen. Ich hatte Angst, zuzugeben, dass ich wach war, und mich seiner Wut zu stellen – ganz gleich, gegen wen sie sich diesmal richtete.

Vorsichtig linste ich durch die Wimpern. Er starrte an die dunkle Zimmerdecke, die Arme unter dem Kopf verschränkt. Ich stützte mich auf einen Ellbogen, damit ich sein Gesicht besser sehen konnte. Es war glatt und ausdruckslos.

»Wie viel Ärger kriege ich?«, fragte ich kleinlaut.

»Großen Ärger«, sagte er, doch er wandte den Kopf und grinste mich an.

Ich seufzte erleichtert. »Es tut mir wirklich leid«, sagte ich. »Ich wollte nicht … Also, ich weiß auch nicht genau, was das letzte Nacht war.« Ich schüttelte den Kopf bei der Erinnerung an die irrationalen Tränen, den furchtbaren Kummer.

»Du hast mir immer noch nicht erzählt, wovon dein Traum handelte.«

»Stimmt, hab ich nicht – aber ich hab dir *gezeigt*, wovon er handelte.« Ich lachte unsicher.

»Ach so«, sagte er. Seine Augen wurden groß, dann kniff er sie zusammen. »Interessant.«

»Es war ein sehr schöner Traum«, sagte ich leise. Als er nicht antwortete, fragte ich ein paar Sekunden später: »Verzeihst du mir?«

»Ich werde es mir überlegen.«

Ich setzte mich auf, um mich zu untersuchen – wenigstens gab es diesmal keine Federn. Doch als ich mich bewegte, schlug ein eigenartiges Schwindelgefühl zu. Ich schwankte und sank zurück aufs Kissen. »Huch … bei mir dreht sich alles.«

Da nahm er mich in die Arme. »Du hast lange geschlafen. Zwölf Stunden.«

»*Zwölf?*« Wie merkwürdig.

Ich schaute so unauffällig wie möglich einmal schnell an mir herunter, während ich sprach. Ich sah ganz gut aus. Die Blutergüsse an meinen Armen waren eine Woche alt und gelblich. Ich reckte mich versuchsweise. Ich fühlte mich auch ganz gut. Sogar besser als ganz gut.

»Alles in Ordnung?«

Ich nickte verlegen. »Die Kopfkissen scheinen alle überlebt zu haben.«

»Was man von deinem, äh, Nachthemd leider nicht behaupten kann.« Er machte eine Kopfbewegung zum Fußende des Betts, wo mehrere Fetzen schwarzer Spitze über die seidenen Bettbezüge verstreut waren.

»Wie schade«, sagte ich. »Ich fand es ganz schön.«

»Ich auch.«

»Sonst noch irgendwelche Verluste?«, fragte ich ängstlich.

»Ich werde Esme ein neues Bettgestell kaufen müssen«, gestand er mit einem Blick über die Schulter. Ich folgte seinem Blick und sah mit Entsetzen, dass aus der linken Seite des Kopfendes riesige Stücke Holz herausgerissen waren.

»Hmm.« Ich runzelte die Stirn. »Das hätte ich doch eigentlich hören müssen.«

»Dir scheint so einiges zu entgehen, wenn deine Aufmerksamkeit anderweitig in Anspruch genommen ist.«

»Ich war ziemlich vertieft«, gab ich zu und merkte, dass ich knallrot wurde.

Er berührte meine glühende Wange und seufzte. »Das werde ich wirklich vermissen.«

Ich starrte ihn an und suchte nach Anzeichen für die Wut oder Zerknirschtheit, die ich gefürchtet hatte. Gleichmütig erwiderte er meinen Blick, die Miene gelassen, aber undurchdringlich.

»Und wie geht es dir?«

Er lachte.

»Was ist?«, sagte ich.

»Du siehst so schuldbewusst aus – als hättest du ein Verbrechen begangen.«

»Ich fühle mich auch schuldig«, murmelte ich.

»Du hast deinen nur allzu willigen Ehemann verführt. Das ist kein Kapitalverbrechen.«

Offenbar wollte er mich aufziehen.

Meine Wangen wurden noch heißer. »Das Wort *verführen* unterstellt einen gewissen Vorsatz.«

»Vielleicht war es der falsche Ausdruck«, lenkte er ein.

»Du bist mir nicht böse?«

Er lächelte kläglich. »Ich bin dir nicht böse.«

»Warum nicht?«

»Nun ja …« Er hielt inne. »Erstens habe ich dir nicht wehgetan. Es fiel mir diesmal leichter, mich zu beherrschen, meine Leidenschaft zu steuern.« Sein Blick huschte wieder zu dem kaputten Bettgestell. »Vielleicht weil ich schon in etwa wusste, was mich erwartet.«

Ein hoffnungsvolles Lächeln breitete sich auf meinem Gesicht aus. »Ich hab dir doch gesagt, es ist reine Übungssache.«

Er verdrehte die Augen.

Mein Magen knurrte und Edward lachte. »Brauchen die Menschen unter uns jetzt ihr Frühstück?«

»Ja, bitte«, sagte ich und sprang aus dem Bett. Doch ich hatte mich zu schnell bewegt und torkelte wie eine Betrunkene, um das Gleichgewicht wiederzufinden. Er fing mich auf, bevor ich gegen die Kommode stolperte.

»Geht es dir gut?«

»Wenn ich in meinem nächsten Leben keinen besseren Gleichgewichtssinn hab, tausche ich es wieder um.«

An diesem Morgen bereitete ich das Frühstück, ich brutzelte ein paar Eier – der Hunger war zu groß, um irgendetwas Komplizierteres zu bewerkstelligen. Ungeduldig warf ich sie schon nach wenigen Minuten auf einen Teller.

»Seit wann brätst du die Spiegeleier nur auf einer Seite?«, fragte er.

»Seit heute.«

»Weißt du, wie viele Eier du in der letzten Woche vertilgt hast?« Er zog den Mülleimer unter der Spüle hervor – er war voller leerer blauer Kartons.

»Verrückt«, sagte ich, nachdem ich einen glühend heißen Bissen hinuntergeschluckt hatte. »Dieser Ort bringt meinen Appetit durcheinander.« Und meine Träume und meinen ohnehin schon fragwürdigen Gleichgewichtssinn. »Trotzdem, hier gefällt es mir. Aber wir müssen wohl bald wieder abreisen, oder, wenn wir rechtzeitig in Dartmouth sein wollen? Mann, dann müssen wir ja auch noch eine Wohnung suchen und so.«

Er setzte sich neben mich. »Du kannst jetzt mit dem College-Theater aufhören – du hast deinen Willen bekommen. Und wir haben keinen Handel geschlossen, es gibt also keine weiteren Bedingungen.«

Ich schnaubte. »Das war kein Theater, Edward. Ich verbringe meine Freizeit nicht damit, Pläne auszuhecken, wie gewisse andere Leute das tun. ›Was können wir heute tun, um Bella müde zu kriegen?‹«, sagte ich und versuchte dabei seine Stimme nachzumachen. Er lachte schamlos über meine armselige Imitation. »Ich hätte wirklich gern noch ein bisschen mehr Zeit als Mensch.« Ich beugte mich zu ihm und fuhr ihm mit der Hand über die nackte Brust. »Ich habe noch nicht genug davon.«

Er sah mich zweifelnd an. »Darum geht's dir?«, fragte er und packte meine Hand, als sie an seinem Bauch hinabwanderte. »Sex war die ganze Zeit die Lösung? Warum bin ich darauf nicht eher gekommen?«, murmelte er sarkastisch. »Das hätte mir einige Auseinandersetzungen erspart.«

Ich lachte. »Ja, kann schon sein.«

»Du bist so menschlich«, sagte er wieder.

»Ich weiß.«

Die Andeutung eines Lächelns umspielte seine Lippen. »Wir gehen nach Dartmouth? Wirklich?«

»Bestimmt komme ich nicht mal durch das erste Semester.«

»Ich gebe dir Nachhilfe.« Jetzt war sein Lächeln breit. »Du wirst großen Spaß an der Uni haben.«

»Glaubst du, wir finden jetzt noch eine Wohnung?«

Er verzog das Gesicht, seine Miene war schuldbewusst. »Na ja, eigentlich haben wir dort bereits ein Haus. Für alle Fälle, weißt du.«

»Du hast ein Haus gekauft?«

»Immobilien sind immer eine gute Geldanlage.«

Ich zog eine Augenbraue hoch und ließ es dabei bewenden. »Dann kann es ja losgehen.«

»Ich werde versuchen, dein Vorher-Auto noch etwas länger zu behalten ...«

»Ja, wehe, ich bin nicht vor Raketen geschützt.«

Er grinste.

»Wie lange können wir noch bleiben?«, fragte ich.

»Wir haben genug Zeit. Noch ein paar Wochen, wenn du möchtest. Und dann können wir Charlie besuchen, bevor wir nach New Hampshire gehen. Wir könnten Weihnachten bei Renée verbringen ...«

Seine Worte zeichneten eine sehr glückliche nahe Zukunft, eine Zukunft ohne Leid für alle Beteiligten. Die Jacob-Schublade, fast vergessen, klapperte, und ich korrigierte den Gedanken – für *fast* alle Beteiligten.

Die Sache würde nicht leichter werden. Jetzt, da ich erst richtig entdeckt hatte, wie schön es sein konnte, ein Mensch zu sein, war es sehr verlockend, meine Pläne schleifenzulassen. Achtzehn oder neunzehn, neunzehn oder zwanzig, kam es darauf überhaupt an? In einem Jahr würde ich mich nicht so sehr verändern. Und ein Mensch zu sein mit Edward ... Die Entscheidung würde mit jedem Tag schwieriger werden.

»Ein paar Wochen«, stimmte ich zu. Und dann, weil wir nie genug Zeit zu haben schienen, fügte ich hinzu: »Also dachte ich mir – weißt du noch, was ich vorhin mit der Übung gesagt habe?«

Er lachte. »Kannst du dir das merken? Ich höre ein Boot. Das müssen die Putzleute sein.«

Er wollte, dass ich mir das merkte. Hieß das, er hatte nichts mehr dagegen zu üben? Ich lächelte.

»Ich möchte Gustavo nur eben das Durcheinander im weißen Zimmer erklären, dann können wir gehen. Es gibt da eine Stelle im Dschungel im Süden ...«

»Ich möchte nicht weg. Heute will ich mal nicht quer über die ganze Insel wandern. Ich will hierbleiben und einen Film anschauen.«

Er schürzte die Lippen und versuchte, nicht über meinen mürrischen Ton zu lachen. »Na gut, wie du möchtest. Such dir doch schon mal einen aus, während ich zur Tür gehe.«

»Ich hab es gar nicht klopfen hören.«

Er legte den Kopf schief und lauschte. Eine halbe Sekunde später ertönte ein schwaches, schüchternes Pochen an der Tür. Er grinste und ging in den Flur.

Ich schlenderte zum Regal unter dem großen Fernseher und begann die Titel der Filme durchzugehen. Ich wusste gar nicht, wo ich anfangen sollte. Hier gab es mehr DVDs als in einer Videothek.

Ich hörte Edwards leise Samtstimme, als er durch den Flur zurückkam; er unterhielt sich fließend in einer Sprache, die vermutlich Portugiesisch war. Eine andere, herbere menschliche Stimme antwortete in derselben Sprache.

Edward führte zwei Leute in das Zimmer und zeigte unterwegs auf die Küche. Neben ihm wirkten sie unglaublich klein und dunkel. Es waren ein rundlicher Mann und eine zierliche Frau, beide mit faltiger Haut. Edward zeigte mit einem stolzen Lächeln auf mich und ich hörte meinen Namen in einem Schwall unbekannter Wörter. Ich wurde ein bisschen rot, als ich an das Daunenchaos in dem weißen Zimmer dachte, das sie gleich sehen würden. Der kleine Mann lächelte mir höflich zu.

Doch die kleine kaffeebraune Frau lächelte nicht. Sie starrte mich mit einer Mischung aus Entsetzen, Sorge und vor allem schrecklicher Angst an. Bevor ich etwas sagen konnte, bedeutete Edward ihnen, ihm in den Hühnerstall zu folgen, und weg waren sie.

Als er zurückkehrte, war er allein. Er kam sofort zu mir und nahm mich in die Arme.

»Was ist mit ihr?«, flüsterte ich eindringlich, ich dachte wieder an ihren panischen Gesichtsausdruck.

Er zuckte unbeeindruckt die Achseln. »Kaure ist zum Teil Ticuna-Indianerin. Sie ist zu stärkerem Aberglauben erzogen worden – oder auch zu größerer Wachsamkeit – als jene, die in der modernen Welt leben. Sie hat eine Ahnung, was ich bin, jedenfalls ist sie nahe dran.« Er klang immer noch nicht besorgt. »Die Leute hier haben ihre eigenen Legenden. Den *Lobishomen* – einen bluttrinkenden Dämon, der ausschließlich Jagd auf schöne Frauen macht.« Er sah mich von der Seite an.

Nur schöne Frauen? Das war ja ganz schmeichelhaft.

»Sie sah entsetzt aus«, sagte ich.

»Das ist sie auch – doch vor allem macht sie sich Sorgen um dich.«

»Um mich?«

»Sie fragt sich voller Angst, weshalb du hier bist, so ganz allein.« Er kicherte düster, dann schaute er zu dem Regal mit den Filmen. »Nun, warum suchst du uns nicht einen Film aus? Das ist doch ein sehr menschlicher Zeitvertreib.«

»Ja, bestimmt wird ein Film sie überzeugen, dass du ein Mensch bist.« Ich lachte und klammerte mich an seinen Hals, wobei ich mich auf die Zehenspitzen stellte. Er beugte sich herab, damit ich ihn küssen konnte, dann umarmte er mich fester und hob mich hoch.

»Ach, vergiss den Film«, murmelte ich, als seine Lippen an meinem Hals hinabwanderten, ich krallte die Finger in sein bronzefarbenes Haar.

Dann hörte ich, wie jemand nach Luft schnappte, und er setzte mich abrupt ab. Kaure stand wie erstarrt und mit entgeistertem Gesichtsausdruck im Flur, Federn im schwarzen Haar und einen großen Sack Federn im Arm. Sie starrte mich an und ihre Augen traten hervor, bis ich rot wurde und den Blick senkte. Dann fand sie die Fassung wieder und murmelte etwas, das ich, auch ohne ihre Sprache zu verstehen, als Entschuldigung erkannte. Edward lächelte und antwortete in freundlichem Ton. Sie wandte den Blick ab und ging weiter den Flur entlang.

»Hat sie gedacht, was ich denke, dass sie gedacht hat?«

Er lachte über mein Satzungetüm. »Ja.«

»Hier«, sagte ich, griff wahllos ins Regal und zog einen Film heraus. »Leg den ein, dann können wir so tun, als ob wir ihn uns anschauen.«

Es war ein altes Musical mit lächelnden Gesichtern und wallenden Kleidern auf dem Cover.

»Wie passend für die Flitterwochen«, sagte Edward beifällig.

Während die Schauspieler sich durch eine flotte Titelmelodie tanzten, lümmelte ich mich auf dem Sofa und kuschelte mich in Edwards Arme.

»Ziehen wir jetzt wieder in das weiße Zimmer?«, fragte ich träge.

»Ich weiß nicht recht ... Das Kopfteil des Bettes in dem anderen Zimmer habe ich ja bereits unwiderruflich zerstört – vielleicht ... wenn wir den Schaden auf ein Zimmer begrenzen, lädt Esme uns irgendwann noch einmal ein.«

Ich grinste breit. »Dann gehst du also davon aus, dass du noch weiteren Schaden anrichtest?«

Er lachte über mein Gesicht. »Ich glaube, es ist sicherer, wenn wir es planen, als wenn ich darauf warte, dass du mich wieder überfällst.«

»Das wäre nur eine Frage der Zeit«, stimmte ich beiläufig zu, doch mein Puls raste.

»Ist etwas mit deinem Herzen?«

»Nein, ich fühl mich kerngesund.« Ich schwieg einen Augenblick. »Wollen wir rübergehen und das Ausmaß der Zerstörung begutachten?«

»Vielleicht wäre es höflicher zu warten, bis wir allein sind. Auch wenn *du* nicht merkst, wie ich die Möbel auseinandernehme, *sie* würde es vermutlich erschrecken.«

Tatsächlich hatte ich die beiden Leute in dem anderen Zimmer ganz vergessen. »Stimmt. Verflixt.«

Gustavo und Kaure bewegten sich leise durch das Haus, während ich ungeduldig darauf wartete, dass sie fertig wurden, und mich auf die Schnulze im Fernsehen zu konzentrieren versuchte. Ich wurde gerade schläfrig – obwohl ich laut Edward den halben Tag geschlafen hatte –, als eine raue Stimme mich aufschreckte. Edward setzte sich auf, ohne mich loszulassen, und antwortete Gustavo in fließendem Portugiesisch. Gustavo nickte und ging leise zur Haustür.

»Sie sind fertig«, sagte Edward.

»Dann sind wir jetzt also allein?«

»Was hältst du davon, wenn wir erst etwas essen?«

Ich biss mir auf die Lippe, hin- und hergerissen. Ich hatte wirklich ganz schön großen Hunger.

Lächelnd nahm er meine Hand und führte mich in die Küche. Er kannte mein Gesicht so gut, dass es fast so war, als könnte er meine Gedanken lesen.

»Das nimmt langsam überhand«, klagte ich, als ich endlich satt war.

»Möchtest du heute Nachmittag mit den Delfinen schwimmen – ein paar Kalorien verbrennen?«, fragte er.

»Vielleicht später. Ich hätte eine andere Idee, wie ich Kalorien verbrennen könnte.«

»Wie denn?«

»Hm, von dem Kopfteil des Betts ist noch so furchtbar viel übrig ...«

Ich konnte nicht ausreden. Er hatte mich schon hochgehoben und brachte mich mit seinen Lippen zum Schweigen, während er mich mit übermenschlicher Geschwindigkeit in das blaue Zimmer trug.

UNERWARTET

Die schwarze Reihe kam durch den Nebelschleier auf mich zu. Ich sah ihre dunklen, rubinroten Augen vor Mordlust glitzern. Sie fletschten die spitzen, nassen Zähne – manche knurrten, andere lächelten.

Ich hörte das Kind hinter mir wimmern, doch ich konnte mich nicht umdrehen, um nach ihm zu sehen. Ich wollte unbedingt wissen, dass es nicht in Gefahr war, aber ich konnte mir keinen Moment der Unaufmerksamkeit erlauben.

Sie schwebten näher heran, ihre schwarzen Umhänge blähten sich leicht. Ich sah, wie sie die Hände zu knochenfarbenen Klauen krümmten. Sie strömten auseinander, wollten uns von allen Seiten gleichzeitig angreifen. Wir waren umzingelt. Wir würden sterben.

Und dann war die Szene blitzartig ganz anders. Eigentlich hatte sich nichts verändert – die Volturi schlichen immer noch auf uns zu, zum Töten bereit. Aber das Bild hatte auf einmal eine vollkommen andere Wirkung auf mich. Ich war jetzt ganz wild darauf. Ich *wollte*, dass sie angriffen. Die Panik verwandelte sich in Mordlust, als ich mich lächelnd duckte und mit gebleckten Zähnen knurrte.

Ich fuhr hoch, mit einem Ruck war ich wach.

Im Zimmer war es schwarz. Und es dampfte vor Hitze. Die

Haare klebten mir an den Schläfen, der Schweiß perlte an meinem Hals herunter.

Ich tastete über das warme Laken und merkte, dass der Platz neben mir leer war.

»Edward?«

In diesem Moment ertastete ich etwas Flaches, Glattes. Ein Blatt Papier, in der Mitte gefaltet. Mit dem Blatt in der Hand tapste ich durch den Raum zum Lichtschalter.

Der Brief war an Mrs Cullen adressiert.

Ich hoffe, Du wachst nicht auf und bemerkst meine Abwesenheit; falls doch, so sei gewiss, dass ich sehr bald zurück sein werde. Ich bin nur auf dem Festland, um zu jagen. Lege Dich wieder schlafen, und wenn Du erwachst, werde ich da sein. Ich liebe Dich.

Ich seufzte. Wir waren jetzt seit zwei Wochen hier, ich hätte damit rechnen müssen, dass er bald jagen musste, aber ich hatte die Zeit vergessen. Wir schienen uns hier außerhalb der Zeit zu bewegen, trieben in einem vollkommenen Zustand dahin.

Ich wischte mir den Schweiß von der Stirn. Obwohl die Uhr auf der Kommode erst kurz nach eins anzeigte, war ich hellwach. Ich wusste, dass ich nicht wieder einschlafen konnte, so verschwitzt und klebrig, wie ich mich fühlte. Ganz abgesehen davon, dass sich, wenn ich das Licht löschte und die Augen schloss, bestimmt wieder die schwarzen Gestalten in meinen Kopf schleichen würden.

Ich stand auf, wanderte ziellos durch das dunkle Haus und schaltete die Lichter ein. Ohne Edward kam es mir so groß und leer vor. Ganz anders.

Ich landete in der Küche und dachte mir, dass ich mich vielleicht mit etwas zu essen trösten könnte.

Ich suchte im Kühlschrank herum, bis ich alle Zutaten für Brathähnchen zusammenhatte. Das Brutzeln und Zischen des Hähnchens in der Pfanne war ein schönes, anheimelndes Geräusch; während es die Stille füllte, legte sich meine Nervosität. Es roch so gut, dass ich es geradewegs aus der Pfanne aß und mir dabei die Zunge verbrannte. Bis zum fünften oder sechsten Bissen war es so weit abgekühlt, dass ich es auch schmecken konnte. Ich kaute langsamer. Schmeckte es nicht irgendwie komisch? Ich inspizierte das Fleisch, es war ganz weiß, und doch war ich nicht sicher, ob es richtig durch war. Vorsichtig nahm ich noch einen Bissen und kaute zweimal. Igitt – es war eindeutig verdorben. Ich sprang auf und spuckte den Bissen in die Spüle. Auf einmal war mir der Geruch von Hähnchen und Öl widerwärtig. Ich nahm den Teller und kippte alles in den Müll, dann riss ich die Fenster auf, um den Geruch zu vertreiben. Draußen ging jetzt eine kühle Brise. Sie fühlte sich angenehm auf der Haut an.

Plötzlich war ich erschöpft, aber ich wollte nicht wieder in das überhitzte Schlafzimmer gehen. Ich öffnete im Fernsehzimmer die Fenster und legte mich direkt darunter auf das Sofa. Ich schaltete denselben Film ein, den wir zuvor gesehen hatten, und schlief bei der heiteren Titelmelodie schnell ein.

Als ich die Augen wieder aufschlug, stand die Sonne schon halb am Himmel, aber ich war nicht von dem Licht aufgewacht. Kühle Arme umfassten mich, er zog mich an sich. Im selben Augenblick spürte ich plötzlich einen Schmerz im Magen, fast als hätte ich einen Schlag in die Magengrube bekommen.

»Es tut mir leid«, murmelte Edward und strich mir mit einer eisigen Hand über die schweißnasse Stirn. »So viel zu meiner Gründlichkeit. Ich habe nicht bedacht, wie heiß es für dich sein würde, wenn ich fort bin. Ehe ich das nächste Mal gehe, lasse ich eine Klimaanlage einbauen.«

Ich konnte mich nicht auf seine Worte konzentrieren. »Entschuldige!«, rief ich erstickt und befreite mich aus seiner Umarmung.

Automatisch ließ er mich los. »Bella?«

Mit der Hand vor dem Mund stürzte ich ins Badezimmer. Es ging mir so schlecht, dass es mich nicht einmal kümmerte – jedenfalls im ersten Moment –, dass er bei mir war, während ich mich über die Toilette beugte und mich heftig erbrach.

»Bella? Was ist los?«

Ich konnte noch nicht antworten. Ängstlich hielt er mich fest, strich mir die Haare aus dem Gesicht, wartete, bis ich wieder atmen konnte.

»Dieses blöde vergammelte Huhn«, stöhnte ich.

»Geht es jetzt besser?« Seine Stimme war angespannt.

»Prima«, sagte ich keuchend. »Nur eine Lebensmittelvergiftung. Du musst dir das nicht angucken. Geh weg.«

»Bestimmt nicht, Bella.«

»Geh weg«, stöhnte ich wieder und rappelte mich mühsam hoch, um mir den Mund auszuspülen. Er half mir sanft auf, obwohl ich kraftlos versuchte ihn wegzustoßen.

Als mein Mund sauber war, trug er mich zum Bett und setzte mich vorsichtig hin, er stützte mich mit den Armen.

»Eine Lebensmittelvergiftung?«

»Ja«, krächzte ich. »Ich hab mir in der Nacht ein Hähnchen gebraten. Es schmeckte nicht mehr gut, da hab ich es weggeworfen. Aber vorher hab ich ein paar Bissen davon gegessen.«

Er legte mir eine kalte Hand auf die Stirn. Das tat gut. »Wie geht es dir jetzt?«

Ich dachte einen Augenblick darüber nach. Die Übelkeit war so schnell verflogen, wie sie gekommen war, und ich fühlte mich wie jeden Morgen. »Ziemlich normal. Ein bisschen hungrig, ehrlich gesagt.«

Er gab mir ein großes Glas Wasser zu trinken und wartete eine Stunde, bevor er ein paar Eier briet. Ich fühlte mich völlig normal, nur ein wenig müde, weil ich mitten in der Nacht auf gewesen war. Er schaltete CNN ein – wir waren so weitab von allem gewesen, der Dritte Weltkrieg hätte ausbrechen können, ohne dass wir es mitbekommen hätten – und ich legte mich träge auf seinen Schoß.

Die Nachrichten begannen mich zu langweilen, ich drehte mich herum, um ihn zu küssen. Genau wie am Morgen spürte ich bei der Bewegung einen stechenden Schmerz im Magen. Schnell wandte ich mich von ihm ab, die Hand vor dem Mund. Ich wusste, dass ich es diesmal nicht bis ins Bad schaffen würde, deshalb rannte ich zur Spüle in der Küche.

Wieder hielt er mein Haar.

»Vielleicht sollten wir zurück nach Rio fahren und zum Arzt gehen«, sagte er besorgt, als ich mir den Mund ausspülte.

Ich schüttelte den Kopf und ging langsam in den Flur. Ärzte waren für mich gleichbedeutend mit Nadeln. »Wenn ich mir die Zähne geputzt hab, geht es mir wieder gut.«

Als ich einen besseren Geschmack im Mund hatte, suchte ich in meinem Koffer nach dem Erste-Hilfe-Täschchen, das Alice mir eingepackt hatte. Darin waren lauter Menschensachen wie Verbände, Schmerzmittel und – worauf ich es jetzt abgesehen hatte – Vomex. Vielleicht konnte ich meinen Magen zur Ruhe bringen, damit Edward sich abregte.

Doch bevor ich das Medikament fand, stolperte ich über etwas anderes, das Alice mir eingepackt hatte. Ich nahm die kleine blaue Schachtel und starrte sie lange an, während ich alles andere vergaß.

Dann fing ich im Kopf an zu rechnen. Einmal. Zweimal. Noch einmal.

Ich zuckte zusammen, als es klopfte; die kleine Schachtel fiel wieder in den Koffer.

»Alles in Ordnung?«, fragte Edward durch die Tür. »Ist dir wieder übel geworden?«

»Ja und nein«, sagte ich, aber meine Stimme klang wie abgeschnürt.

»Bella? Kann ich bitte reinkommen?« Das klang besorgt.

»Na ... gut.«

Er kam herein und sah mich an, wie ich im Schneidersitz neben dem Koffer auf dem Boden saß, mit starrem Gesichtsausdruck.

»Was ist los?« Er setzte sich zu mir.

»Wie viele Tage ist die Hochzeit jetzt her?«, flüsterte ich.

»Siebzehn«, antwortete er automatisch. »Bella, was ist?«

Wieder rechnete ich nach. Ich hob einen Finger, bedeutete ihm, still zu sein, und zählte stumm vor mich hin. Ich hatte mich vorhin verzählt. Wir waren schon länger hier, als ich dachte.

»Bella!«, flüsterte er drängend. »Ich verliere gleich den Verstand!«

Ich versuchte zu schlucken. Es ging nicht. Also fasste ich in den Koffer, bis ich die kleine Schachtel mit den Tampons wiedergefunden hatte. Wortlos hielt ich sie hoch.

Er starrte mich verwirrt an. »Was ist? Willst du diese Krankheit als PMS abtun?«

»Nein«, brachte ich mühsam heraus. »Ich will dir sagen, dass meine Periode fünf Tage überfällig ist.«

Sein Gesichtsausdruck blieb unverändert. Es war, als hätte ich nichts gesagt.

»Ich glaube nicht, dass ich eine Lebensmittelvergiftung habe«, sagte ich.

Er gab keine Antwort. Er hatte sich in eine Statue verwandelt.

»Die Träume«, murmelte ich tonlos vor mich hin. »Dass ich so viel schlafe. Das Weinen. Das viele Essen. Oh. Oh. *Oh.*«

Edwards Blick wirkte glasig, als könnte er mich nicht mehr sehen.

Im Reflex, fast unwillkürlich, fuhr meine Hand an meinen Bauch.

»Oh!«, kreischte ich wieder.

Ich sprang auf, entwand mich Edwards reglosen Händen. Ich hatte immer noch die Seidenshorts und das Hemdchen an, mit denen ich ins Bett gegangen war. Ich riss den blauen Stoff weg und starrte auf meinen Bauch.

»Das ist unmöglich«, flüsterte ich.

Ich hatte absolut keine Erfahrung mit Schwangerschaft und Babys und alldem, aber ich war nicht blöd. Ich hatte genug Filme im Kino und im Fernsehen gesehen, um zu wissen, dass es so nicht ablief. Ich war erst fünf Tage über die Zeit. Falls ich wirklich schwanger war, dann dürfte mein Körper noch gar nichts davon wissen. Mir dürfte morgens nicht übel sein. Meine Ess- und Schlafgewohnheiten dürften sich noch nicht verändert haben.

Und ganz sicher dürfte ich nicht diese kleine, aber deutlich erkennbare Wölbung im Unterleib haben.

Ich drehte den Oberkörper hin und her, betrachtete ihn von allen Seiten, als würde die Wölbung im richtigen Licht wieder verschwinden. Ich strich mit den Fingern darüber und war überrascht, dass es sich steinhart unter meiner Haut anfühlte.

»Unmöglich«, sagte ich wieder, denn, Wölbung hin oder her, Periode ja oder nein (und ich hatte meine Periode eindeutig nicht bekommen, obwohl sie sonst immer, *immer* pünktlich kam), es war ganz ausgeschlossen, dass ich schwanger war. Der Einzige, mit dem ich je Sex gehabt hatte, war ein Vampir, verdammt noch mal!

Ein Vampir, der immer noch wie erstarrt auf dem Boden saß und nicht zu erkennen gab, dass er sich jemals wieder bewegen würde.

Dann musste es also eine andere Erklärung geben. Irgendetwas stimmte nicht mit mir. Eine seltsame südamerikanische Krankheit mit allen Symptomen einer Schwangerschaft, nur in beschleunigter Form ...

Und da fiel mir etwas ein – ein Morgen im Internet, es schien ein ganzes Leben her zu sein. Ich saß an dem alten Schreibtisch zu Hause, graues Licht drang trübe durch mein Fenster, und ich starrte auf meinen altersschwachen, schnaufenden Computer und las begierig eine Website mit dem Titel »Vampire A–Z«. Keine vierundzwanzig Stunden zuvor hatte Jacob Black, um mich mit den Legenden der Quileute zu unterhalten, an die er zu der Zeit selbst noch nicht glaubte, mir erzählt, Edward sei ein Vampir. Aufgeregt hatte ich die ersten Einträge auf der Website überflogen, die den Vampirmythen in aller Welt gewidmet waren. Der philippinische *Danag*, der hebräische *Estrie*, der rumänische *Varacolaci*, der italienische *Stregoni benefici* (eine Legende, die auf den frühen Erlebnissen meines Schwiegervaters bei den Volturi basierte, nicht dass ich damals etwas davon geahnt hätte) ... Ich hatte die Geschichten, die immer abstruser wurden, immer unaufmerksamer gelesen. An die späteren Einträge hatte ich nur verschwommene Erinnerungen. Die meisten wirkten wie zusammengesponnene Erklärungen für solche Phänomene wie Kindersterblichkeit – und Untreue. *Nein, Schatz, ich habe keine Affäre! Die sexy Frau, die du aus dem Haus schleichen sahst, war ein böser Sukkubus. Ich kann von Glück sagen, dass ich mit dem Leben davongekommen bin!* (Jetzt, da ich über Tanya und ihre Schwestern Bescheid wusste, nahm ich an, dass einige dieser Ausreden die nackte Wahrheit gewesen waren.) Für die Damen war auch etwas dabei. *Wie kannst du mir vorwerfen, ich hätte dich betrogen – nur weil du von einer zweijährigen Schiffsreise heimkommst und ich schwanger bin? Das war der Inkubus. Er hat mich mit seinen mystischen Vampirkräften hypnotisiert ...*

Das hatte zu der Definition des Inkubus gehört – die Fähigkeit, mit seinem unglückseligen Opfer Kinder zu zeugen.

Ich schüttelte benommen den Kopf. Aber ...

Ich dachte an Esme und vor allem an Rosalie. Vampire konnten keine Kinder bekommen. Wenn das ginge, hätte Rosalie schon längst eine Möglichkeit gefunden. Der Inkubus-Mythos war nur ein Märchen.

Allerdings ... na ja, das war vielleicht doch etwas anderes. Natürlich konnte Rosalie kein Kind bekommen, weil sie beim Übergang vom Menschen zum Vampir erstarrt war. Für immer unveränderlich. Und der Körper einer Frau musste sich verändern, um ein Kind zur Welt zu bringen. Einmal der stetige Wandel durch den Monatszyklus, und dann die größeren Veränderungen, die notwendig waren, um ein Kind im Leib zu tragen. Rosalies Körper konnte sich nicht verändern.

Aber meiner konnte das. Er tat es. Ich berührte die Wölbung meines Bauchs, die gestern noch nicht da gewesen war.

Und Männer – nun ja, sie veränderten sich nicht großartig von der Pubertät bis zum Tod. Schließlich hatte Charlie Chaplin noch mit über siebzig ein Kind gezeugt. Bei Männern war der Zeitraum, in dem sie zeugungsfähig waren, nicht beschränkt, es gab keine Fruchtbarkeitszyklen.

Und wie sollte man wissen, ob männliche Vampire Kinder

zeugen konnten, wenn ihre Partnerinnen ohnehin nicht frucht-
bar waren? Welcher Vampir auf Erden hätte schon die notwen-
dige Zurückhaltung, diese Theorie mit einer menschlichen Frau
zu testen? Oder den Wunsch?

Mir fiel nur einer ein.

Der eine Teil meines Gehirns grübelte und analysierte, während der andere Teil – der normalerweise auch die kleinsten
Muskeln kontrolliert – zu perplex für die selbstverständlichsten
Bewegungen war. Ich konnte nicht die Lippen bewegen, um zu
sprechen, obwohl ich Edward bitten wollte, mir zu erklären, was
los war. Ich wollte unbedingt zu ihm hingehen, ihn berühren,
doch mein Körper befolgte keine Anweisungen. Ich konnte nur
meine erschrockenen Augen im Spiegel ansehen, während ich
die Hände behutsam auf die Wölbung meines Leibes hielt.

Und dann veränderte sich die Szene ganz plötzlich, genau
wie in meinem lebhaften Albtraum letzte Nacht. Alles, was ich
im Spiegel sah, schien auf einmal ganz anders, obwohl sich in
Wirklichkeit nichts verändert hatte.

Das Einzige, was passierte, war, dass etwas ganz leicht gegen
meine Hand stupste – aus dem Innern meines Körpers.

Im selben Moment klingelte Edwards Mobiltelefon, schrill
und fordernd. Keiner von uns beiden rührte sich. Es klingelte
wieder und wieder. Ich versuchte es auszublenden, während ich
die Hände auf dem Bauch hielt und wartete. Meine Miene im
Spiegel war jetzt nicht mehr verwirrt, sondern verwundert. Ich
merkte es kaum, als die seltsamen, stillen Tränen über meine
Wangen rannen.

Das Telefon klingelte immer weiter. Ich wünschte, Edward
würde drangehen – dies war ein besonderer Moment. Vielleicht
der bedeutsamste Moment meines Lebens.

Schließlich überwog der Ärger alles andere. Ich kniete mich

neben Edward – ich bewegte mich jetzt viel vorsichtiger, nahm tausendmal mehr wahr, wie sich jede Bewegung anfühlte – und suchte in seinen Taschen, bis ich das Telefon gefunden hatte. Halb erwartete ich, dass er sich wieder bewegte und selbst dranginge, aber er blieb vollkommen reglos.

Ich erkannte die Nummer und ahnte den Grund für den Anruf.

»Hallo, Alice«, sagte ich. Meine Stimme war nicht viel besser als vorher. Ich räusperte mich.

»Bella? Bella, geht es dir gut?«

»Ja. Ist Carlisle da?«

»Ja. Wieso?«

»Ich bin mir nicht … hundertprozentig … sicher …«

»Ist mit Edward alles in Ordnung?«, fragte sie argwöhnisch. Sie wandte sich vom Telefon ab und rief Carlisles Namen, dann fragte sie mich: »Warum ist er nicht selbst ans Telefon gegangen?«, noch ehe ich ihre erste Frage beantworten konnte.

»Ich weiß nicht genau.«

»Bella, was ist los? Ich hab gerade gesehen …«

»Was hast du gesehen?«

Es blieb still. »Hier ist Carlisle«, sagte sie schließlich.

Es war ein Gefühl, als hätte man mir Eiswasser in die Adern gespritzt. Wenn Alice eine Vision gehabt hätte, wie ich ein Kind mit grünen Augen und Engelsgesicht in den Armen hielt, dann hätte sie mir doch geantwortet, oder?

In dem Sekundenbruchteil, den ich auf Carlisle gewartet hatte, tanzte die Vision, die ich mir für Alice gewünscht hatte, hinter meinen Lidern. Ein winziges, wunderschönes Baby, noch schöner als ein kleiner Edward in meinen Armen. Wärme schoss mir durch die Adern und vertrieb das Eis.

»Bella, hier ist Carlisle. Was gibt es?«

»Ich …« Ich wusste nicht, wie ich es sagen sollte. Würde er über meine Schlussfolgerungen lachen, mich für verrückt erklären? Hatte ich schon wieder einen besonders lebhaften Traum? »Ich mache mir ein bisschen Sorgen wegen Edward … Können Vampire einen Schock bekommen?«

»Ist ihm etwas passiert?« Carlisles Stimme klang plötzlich dringlich.

»Nein, nein«, versicherte ich ihm. »Er ist nur … überrascht.«

»Ich verstehe nicht, Bella.«

»Ich glaube … na ja, ich glaube, dass … ich … vielleicht bin ich …« Ich holte tief Luft. »Schwanger.«

Wie zur Bestätigung spürte ich wieder einen kleinen Stupser im Unterleib. Sofort fuhr ich mir mit der Hand an den Bauch.

Nach einer langen Pause kam der Arzt in Carlisle durch.

»Wann war der erste Tag deines letzten Zyklus?«

»Sechzehn Tage vor der Hochzeit.« Ich hatte es oft genug nachgerechnet, um jetzt mit Gewissheit antworten zu können.

»Wie fühlst du dich?«

»Merkwürdig«, sagte ich, und meine Stimme versagte. Wieder liefen mir Tränen über die Wangen. »Ich weiß, dass es verrückt klingt – weißt du, es geht alles viel zu schnell. Vielleicht bin ich ja wirklich verrückt. Aber ich habe abstruse Träume und ich esse ununterbrochen und muss andauernd weinen und mich übergeben und … und … ich schwöre dir, dass sich gerade etwas in mir *bewegt* hat.«

Edward riss den Kopf hoch.

Ich seufzte erleichtert.

Edward streckte die Hand nach dem Telefon aus, sein Gesicht weiß und hart.

»Ich glaube, Edward möchte dich sprechen.«

»Dann gib ihn mir«, sagte Carlisle mit gepresster Stimme.

Ich war mir nicht sicher, dass Edward wirklich sprechen konnte, doch ich legte ihm das Telefon in die ausgestreckte Hand.

Er drückte es ans Ohr. »Ist das möglich?«, flüsterte er.

Er hörte lange Zeit zu und starrte ins Leere.

»Und Bella?«, fragte er. Er schlang den Arm um mich, während er sprach, und zog mich an sich.

Dann hörte er wieder lange zu und sagte schließlich: »Ja. Ja, das mache ich.«

Er nahm das Telefon vom Ohr und wählte sofort eine andere Nummer.

»Was hat Carlisle gesagt?«, fragte ich ungeduldig.

Edward antwortete mit lebloser Stimme: »Er glaubt, dass du schwanger bist.«

Die Worte jagten mir einen warmen Schauer über den Rücken. Der kleine Stupser in mir flatterte.

»Wen rufst du jetzt an?«, fragte ich, als er das Telefon wieder ans Ohr legte.

»Den Flughafen. Wir fliegen nach Hause.«

Edward hing über eine Stunde ununterbrochen am Telefon. Ich nahm an, dass er unseren Rückflug organisierte, aber ich konnte mir nicht sicher sein, denn er sprach nicht englisch. Es hörte sich so an, als stritte er mit jemandem, er sprach in barschem Ton.

Während er telefonierte, packte er. Wie ein wütender Tornado wirbelte er durchs Zimmer, nur dass er Ordnung statt Verwüstung hinterließ. Er warf mir Kleidungsstücke auf das Bett, ohne sie anzusehen, offenbar sollte ich mich anziehen. Während ich mich umzog, diskutierte er weiter am Telefon, wild und hektisch gestikulierend.

Als ich die ungeheure Energie, die von ihm ausging, nicht länger ertragen konnte, ging ich leise aus dem Zimmer. Seine manische Konzentration verursachte mir Übelkeit – nicht wie die morgendliche Übelkeit, aber doch so, dass ich mich unwohl fühlte. Ich wollte irgendwo anders warten, bis seine Stimmung sich geändert hatte. Mit diesem kalten, zielstrebigen Edward konnte ich nicht reden, er machte mir sogar ein wenig Angst.

Wieder einmal landete ich in der Küche. Im Schrank fand ich eine Tüte mit Brezeln. Gedankenverloren begann ich sie zu kauen, starrte aus dem Fenster zum Sand, zu den Felsen, den Palmen und dem Ozean, alles glitzerte in der Sonne.

Jemand stupste mich.

»Ich weiß«, sagte ich. »Ich möchte auch nicht von hier weg.«

Ich starrte eine Weile aus dem Fenster, aber der Stupser gab keine Antwort.

»Ich verstehe das nicht«, flüsterte ich. »Was ist denn daran *verkehrt*?«

Es war überraschend, ganz klar. Sogar höchst erstaunlich. Aber *verkehrt*?

Nein.

Weshalb war Edward dann so aufgebracht? Hatte er es sich nicht selbst gewünscht?

Ich versuchte alles logisch zu durchdenken.

Vielleicht war es gar nicht so abwegig, dass Edward auf der Stelle abreisen wollte. Bestimmt wollte er, dass Carlisle mich untersuchte, um eine Bestätigung für meine Vermutung zu erhalten – obwohl ich nicht den leisesten Zweifel hatte. Wahrscheinlich wollten sie herausfinden, warum ich schon *so* schwanger war, mit der Wölbung und dem Stupsen und so weiter. Das war nicht normal.

Als ich bei diesem Gedanken angelangt war, war ich mir sicher, alles zu verstehen. Bestimmt machte er sich große Sorgen um das Baby. So hysterisch war ja noch nicht mal ich. Mein Gehirn arbeitete nur langsamer als seins; es bestaunte noch immer das Bild, das es schon vorher heraufbeschworen hatte: das winzige Kind mit Edwards Augen, grün, so wie seine gewesen waren, als er noch ein Mensch war, wie es schön und friedlich in meinen Armen lag. Ich hoffte, es würde Edwards Gesicht haben, ohne eine Spur von meinem.

Es war merkwürdig, wie unausweichlich diese Vision auf einmal geworden war. Durch diese erste kleine Bewegung hatte sich die ganze Welt verändert. Hatte es vorher nur einen gegeben, ohne den ich nicht leben konnte, so gab es jetzt zwei. Es gab keine Trennung, ich hatte meine Liebe zwischen den beiden nicht aufgeteilt, ganz und gar nicht. Es war eher so, als wäre mein Herz gewachsen, von einem Augenblick zum anderen auf die doppelte Größe angewachsen. So viel zusätzlicher Raum, der bereits erfüllt war. Von diesem Mehr an Liebe wurde mir beinahe schwindelig.

Bis dahin hatte ich Rosalies Kummer und Groll nicht so richtig verstanden. Ich hatte mich nie als Mutter gesehen, hatte es mir nie gewünscht. Es war eine Kleinigkeit gewesen, Edward zu versprechen, dass es mir nichts ausmachte, für ihn auf Kinder zu verzichten, denn es hatte mir wirklich nichts ausgemacht. Kinder, ganz abstrakt betrachtet, hatten mich nie besonders gereizt. Für mich waren sie laute Wesen, sabbernd und klebrig. Ich hatte nie viel mit Kindern zu tun gehabt. Wenn ich früher davon träumte, noch einen Bruder zu bekommen, hatte ich mir immer einen *großen* Bruder vorgestellt. Jemanden, der sich um mich kümmerte, nicht umgekehrt.

Aber mit diesem Kind, Edwards Kind, war es etwas ganz anderes.

Ich wollte es wie die Luft zum Atmen. Das war keine Entscheidung, sondern eine Notwendigkeit.

Vielleicht fehlte es mir einfach an Phantasie. Vielleicht konnte ich mir deshalb erst vorstellen, wie es sein würde, verheiratet zu sein, als ich es tatsächlich war – und ich wusste erst, dass ich mir ein Baby wünschte, als schon eins unterwegs war …

Als ich die Hand auf meinen Bauch legte und auf den nächsten Stups wartete, liefen mir schon wieder die Tränen über die Wangen.

»Bella?« Ich drehte mich um, der Klang seiner Stimme machte mich misstrauisch. Zu kalt, zu vorsichtig. Sein Gesicht passte dazu, es war hart und ausdruckslos.

Da sah er, dass ich weinte.

»Bella!« Sofort kam er durch das Zimmer auf mich zu und nahm mein Gesicht in seine Hände. »Hast du Schmerzen?«

»Nein, nein …«

Er zog mich an seine Brust. »Hab keine Angst. In sechzehn Stunden sind wir zu Hause. Es wird alles gut. Carlisle wird schon bereit sein, wenn wir ankommen. Wir werden uns darum kümmern, und alles wird gut.«

»Darum kümmern? Wie meinst du das?«

Er beugte sich zurück und schaute mir in die Augen. »Wir werden das Ding herausholen, bevor es dir wehtun kann. Du brauchst keine Angst zu haben. Ich lasse nicht zu, dass es dir wehtut.«

»Das *Ding*?«, stieß ich hervor.

Er wandte den Blick von mir und schaute zur Haustür. »Verflixt! Ich habe ganz vergessen, dass Gustavo heute kommen sollte. Ich werde ihn abwimmeln und bin sofort zurück.« Er sauste aus dem Zimmer.

Ich suchte an der Arbeitsplatte Halt. Meine Knie wurden weich.

Edward hatte meinen kleinen Stupser gerade als Ding bezeichnet. Er hatte gesagt, Carlisle würde ihn herausholen.

»Nein«, flüsterte ich.

Ich hatte alles vollkommen falsch verstanden. Das Baby war ihm ganz egal. Er wollte ihm wehtun. Das schöne Bild in meinem Kopf veränderte sich schlagartig, wurde zu etwas Düsterem. Mein süßes Baby, wie es weinte, meine schwachen Arme reichten nicht aus, um es zu beschützen …

Was konnte ich tun? Ob ich sie überzeugen konnte? Und wenn nicht? War das die Erklärung für Alice' merkwürdiges Schweigen am Telefon? Hatte sie das gesehen? Edward und Carlisle, wie sie das blasse, wunderbare Kind töteten, bevor es leben konnte?

»Nein«, flüsterte ich wieder, jetzt mit kräftigerer Stimme. Das durfte nicht passieren. Ich würde es nicht zulassen.

Ich hörte, wie Edward etwas auf Portugiesisch sagte. Es klang wieder nach einer Meinungsverschiedenheit. Seine Stimme kam näher und ich hörte ihn genervt aufstöhnen. Dann hörte ich eine zweite Stimme, leise und schüchtern. Die Stimme einer Frau.

Er kam vor ihr in die Küche, direkt auf mich zu. Er wischte mir die Tränen von den Wangen und flüsterte mir durch den dünnen, harten Strich seiner Lippen etwas ins Ohr.

»Sie besteht darauf, das Essen hierzulassen, das sie mitgebracht hat – sie hat uns Abendessen bereitet.« Wäre er nicht so angespannt gewesen, nicht so wütend, dann hätte er jetzt garantiert die Augen verdreht. »Es ist eine Ausrede – sie will nur sichergehen, dass ich dich noch nicht umgebracht habe.« Am Ende des Satzes wurde seine Stimme eiskalt.

Kaure kam nervös um die Ecke, sie hielt einen zugedeckten Teller in den Händen. Jetzt hätte ich viel darum gegeben, Por tugiesisch sprechen zu können oder etwas weniger rudimentäres Spanisch, dann hätte ich der Frau danken können, die sich getraut hatte einen Vampir gegen sich aufzubringen, nur um nach mir zu sehen.

Ihr Blick ging zwischen uns hin und her. Ich sah, wie sie meine Gesichtsfarbe kritisch betrachtete, meine feuchten Augen. Sie murmelte etwas, das ich nicht verstand, und stellte den Teller auf die Arbeitsplatte.

Edward fuhr sie an; ich hatte ihn noch nie so unfreundlich erlebt. Schnell wandte sie sich zum Gehen, dabei wirbelte ihr Rock auf und wehte mir den Essensgeruch ins Gesicht. Es roch stark – nach Zwiebeln und Fisch. Ich würgte und stürzte zur Spüle. Ich spürte Edwards Hände auf der Stirn und hörte durch das Rauschen in meinen Ohren sein beruhigendes Gemurmel. Dann verschwanden seine Hände für eine Sekunde und ich hörte, wie die Kühlschranktür zuschlug. Zum Glück verschwand der Geruch mit dem Geräusch, und Edwards Hände kühlten wieder mein verschwitztes Gesicht. Es war schnell vorbei.

Ich spülte den Mund am Wasserhahn aus, während er meine Wange streichelte.

Etwas stupste zaghaft in meinem Leib.

Es ist gut. Uns geht es gut, sagte ich in Gedanken zu dem kleinen Stupser.

Edward drehte mich herum und nahm mich in die Arme. Ich legte den Kopf an seine Schulter. Intuitiv faltete ich die Hände über dem Bauch.

Ich hörte, wie jemand nach Luft schnappte, und blickte auf.

Die Frau war immer noch da, sie stand zögernd in der Küchentür und hatte die Arme halb ausgestreckt, als wollte sie helfen. Ihr Blick blieb an meinen Händen hängen, sie hatte die Augen weit aufgerissen. Mit offenem Mund starrte sie mich an.

Dann schnappte auch Edward nach Luft, er wandte sich ganz plötzlich zu der Frau um und schob mich leicht hinter sich. Er legte den Arm um mich, als wollte er mich zurückhalten.

Plötzlich schrie Kaure ihn an – laut und wütend sausten ihre unverständlichen Worte wie Messer durch die Küche. Sie erhob die kleine Faust und trat zwei Schritte vor, sie schüttelte die Faust vor seiner Nase. Obwohl sie so außer sich war, sah ich das Entsetzen in ihrem Blick.

Auch Edward machte einen Schritt auf sie zu, und ich hielt ihn am Arm fest, weil ich Angst hatte, er könnte ihr etwas tun. Doch als er ihre Tirade unterbrach, überraschte mich seine Stimme, vor allem wenn ich bedachte, wie wütend er auf sie gewesen war, bevor sie ihn angeschrien hatte. Jetzt sprach er leise, bittend. Nicht nur das, es klang jetzt ganz anders, kehliger, die Satzmelodie war anders. Das war bestimmt kein Portugiesisch.

Einen Augenblick lang starrte die Frau ihn verwundert an, dann wurden ihre Augen schmal, als sie eine lange Frage in derselben fremden Sprache hervorstieß.

Ich sah, wie seine Miene traurig und ernst wurde, er nickte kurz. Sie trat einen Schritt zurück und bekreuzigte sich.

Er streckte die Hände nach ihr aus, zeigte auf mich und legte eine Hand an meine Wange. Sie antwortete wieder in wütendem Ton, fuchtelte anklagend mit den Händen und zeigte auf ihn. Als sie fertig war, bat er wieder mit derselben leisen, dringlichen Stimme.

Ihr Ausdruck veränderte sich – sie sah ihn mit offensichtlichem Zweifel an, während er sprach, ihr Blick huschte immer wieder zu meinem verständnislosen Gesicht. Er verstummte, und sie schien über etwas nachzudenken. Sie schaute von ihm zu mir und wieder zurück und trat dann, unbewusst, wie es schien, einen Schritt vor.

Sie machte mit den Händen eine Bewegung, als würde ein Ballon aus ihrem Bauch ragen. Ich zuckte zusammen – passte das hier zu ihren Legenden über den räuberischen Blutsauger? Wusste sie etwa etwas über das, was in mir wuchs?

Wieder trat sie ein paar Schritte vor, diesmal absichtlich, und stellte einige kurze Fragen, die er nervös beantwortete. Dann fragte er sie etwas, es war nur ein einziger kurzer Satz. Sie zögerte und schüttelte dann langsam den Kopf. Als er wieder sprach, klang es so gequält, dass ich ihn erschrocken ansah. Sein Gesicht war schmerzverzerrt.

Zur Antwort kam sie langsam weiter auf mich zu, bis sie ihre kleine Hand auf meine legen konnte, auf meinen Bauch. Sie sagte ein einziges Wort auf Portugiesisch.

»*Morte*«, sagte sie mit einem leisen Seufzen. Dann wandte sie sich um, die Schultern gebeugt, als wäre sie durch das Gespräch gealtert, und ging aus dem Zimmer.

Mein Spanisch reichte, um das zu verstehen.

Edward war wieder wie erstarrt, er blickte ihr immer noch mit schmerzverzerrtem Gesicht nach. Kurz darauf hörte ich, wie der Motor eines Boots zu tuckern begann, dann verschwand das Geräusch in der Ferne.

Edward rührte sich nicht, bis ich in Richtung Badezimmer ging. Dann fasste er mir an die Schulter.

»Wo willst du hin?« Seine Stimme war ein verzweifeltes Flüstern.

»Ich putze mir noch mal die Zähne.«

»Mach dir keine Sorgen über das, was sie gesagt hat. Das sind nur Legenden, uralte Lügen zur Volksbelustigung.«

»Ich hab kein Wort verstanden«, sagte ich, obwohl das nicht

ganz der Wahrheit entsprach. Als ob ich etwas ignorieren könnte, nur weil es eine Legende war. Mein Leben war von Legenden umgeben. Und sie waren alle wahr.

»Ich habe deine Zahnbürste schon eingepackt. Ich hole sie dir.«

Er ging mir voraus ins Badezimmer.

»Fahren wir bald?«, rief ich ihm nach.

»Sobald du fertig bist.«

Er wartete darauf, meine Zahnbürste wieder einpacken zu können, und ging im Schlafzimmer auf und ab. Ich gab sie ihm, als ich fertig war.

»Ich bringe die Koffer ins Boot.«

»Edward ...«

Er drehte sich um. »Ja?«

Ich zögerte, überlegte, wie ich es schaffen könnte, ein paar Sekunden allein zu sein. »Könntest du mir ... ein bisschen von dem Essen einpacken? Du weißt schon, falls ich wieder Hunger kriege.«

»Natürlich«, sagte er, und sein Blick wurde auf einmal weich. »Mach dir keine Sorgen. In wenigen Stunden sind wir schon bei Carlisle. Bald ist alles überstanden.«

Ich nickte, ich traute meiner Stimme nicht.

Er wandte sich um und ging aus dem Zimmer, in jeder Hand einen großen Koffer.

Ich wirbelte herum und schnappte mir das Telefon, das er auf dem Nachttisch hatte liegenlassen. Es sah ihm gar nicht ähnlich, so viel zu vergessen – erst dass Gustavo kommen sollte, dann sein Telefon. Er war so nervös, dass er kaum noch er selbst war.

Ich klappte es auf und ging die einprogrammierten Nummern durch. Ich war froh, dass er den Ton ausgeschaltet hatte, ich wollte nicht ertappt werden. War er jetzt noch beim Boot? Oder schon wieder zurück? Konnte er mich von der Küche aus hören, wenn ich flüsterte?

Ich fand die Nummer, die ich suchte, eine Nummer, die ich noch nie zuvor gewählt hatte. Ich drückte die Wahltaste und hielt die Daumen.

»Hallo?«, antwortete eine Stimme wie ein goldenes Windspiel.

»Rosalie?«, flüsterte ich. »Hier ist Bella. Bitte. Du musst mir helfen.«

ZWEITES BUCH – JACOB

Und dennoch, wahrlich: Vernunft und Liebe gehen dieser Tage gern getrennte Wege.

William Shakespeare
Ein Sommernachtstraum
Dritter Akt, erste Szene

VORWORT

Das Leben ist beschissen, und dann stirbt man.

Ja, schön wär's.

Warten, bis der blöde Kampf endlich losgeht

»Mann, Paul, hast du eigentlich kein Zuhause?«

Paul, der sich auf *meinem* Sofa ganz ausgestreckt hatte, um irgendein bescheuertes Baseballspiel auf *meinem* Fernseher zu sehen, grinste mich nur an und zog dann – ganz langsam – einen Nacho aus der Tüte auf seinem Schoß und steckte ihn sich ganz in den Mund.

»Die hast du ja wohl hoffentlich mitgebracht.«

Knusper. »Nö«, sagte er kauend. »Deine Schwester hat gesagt, ich soll mir ruhig alles nehmen, was ich möchte.«

Ich versuchte, nicht durchklingen zu lassen, dass ich im Begriff war, ihm eine reinzuhauen. »Ist Rachel jetzt da?«

Es klappte nicht. Er merkte, worauf ich hinauswollte, und schob die Tüte hinter seinen Rücken. Es knisterte, als er sie in ein Kissen quetschte. Die Nachos zerbröselten. Paul hob die geballten Fäuste und hielt sie sich nah vor das Gesicht, wie ein Boxer.

»Versuch's doch mal, Kleiner. Rachel braucht mich nicht zu beschützen.«

Ich schnaubte. »Ha. Als ob du nicht bei der ersten Gelegenheit flennend zu ihr rennen würdest.«

Er lachte und lümmelte sich weiter auf dem Sofa, die Hände ließ er sinken. »Ich würde dich nie bei einem Mädchen verpetzen. Wenn du einen Glückstreffer landest, bleibt das unter uns. Und umgekehrt genauso, oder?«

Na, wenn er mich schon dazu aufforderte. Ich ließ mich zusammensacken, als hätte ich aufgegeben. »Klar.«

Sein Blick schweifte zum Fernseher.

Ich holte aus.

Seine Nase gab ein sehr befriedigendes knackendes Geräusch von sich, als meine Faust sie traf. Er versuchte mich zu packen, aber ich tänzelte zurück, bevor er mich erwischen konnte, die zerknüllte Nachotüte in der linken Hand.

»Du hast mir die Nase gebrochen, du Idiot.«

»Das bleibt unter uns, okay, Paul?«

Ich ging die Nachos wegpacken. Als ich mich umdrehte, richtete Paul seine Nase, bevor sie schief anwachsen konnte. Sie blutete schon nicht mehr; das Blut, das an seinen Lippen und seinem Kinn heruntertropfte, schien aus dem Nichts zu kommen. Er fluchte und zuckte zusammen, als er am Knorpel riss.

»Du gehst mir so auf die Nerven, Jacob, da hänge ich noch lieber mit Leah rum.«

»Aua. Hey, Leah freut sich bestimmt, wenn sie hört, dass du gern ein paar schöne Stunden mit ihr verbringen möchtest. Das wird ihr Herz zum Schmelzen bringen.«

»Vergiss, dass ich das gesagt hab.«

»Na klar. Ich werd mich bestimmt nicht verplappern.«

»Bah!«, grunzte er, dann machte er es sich wieder auf dem Sofa gemütlich und wischte das restliche Blut vom Bund seines T-Shirts. »Schnell bist du ja, Kleiner, das muss man dir lassen.« Er wandte sich wieder dem Spiel zu.

Ich blieb kurz stehen, dann ging ich in mein Zimmer und murmelte etwas von Entführung durch Außerirdische.

In früheren Jahren war Paul eigentlich immer für eine Rauferei zu haben gewesen. Man brauchte ihn nicht mal zu schlagen – schon die kleinste Beleidigung genügte. Bei jeder Kleinigkeit flippte er aus. Aber gerade jetzt, wo ich mich nach einer ordentlichen Prügelei sehnte, mit Fauchen, Reißen und Bäumekrachen, da musste er auf Friede, Freude, Eierkuchen machen.

Reichte es nicht, dass noch ein Mitglied des Rudels geprägt worden war – jetzt waren es schon vier von zehn! Wo sollte das hinführen? Wenn man dieser bescheuerten Legende glaubte, kam es angeblich *selten* vor, Himmelherrgott! Diese unausweichliche Liebe auf den ersten Blick war absolut unerträglich!

Warum ausgerechnet *meine* Schwester? Und warum ausgerechnet *Paul*?

Als Rachel zum Ende des Sommersemesters von der Washington State University zurück nach Hause gekommen war – hatte einen superschnellen Abschluss hingelegt, die alte Streberin –, da war meine größte Sorge gewesen, dass ich mein Geheimnis kaum vor ihr würde bewahren können. Ich war es nicht gewohnt, mich zu Hause zu verstellen. Ich empfand tiefes Mitgefühl für Embry und Collin, deren Eltern nicht wussten, dass ihre Söhne Werwölfe waren. Embrys Mom dachte, er mache eine rebellische Phase durch. Er bekam andauernd Hausarrest dafür, dass er heimlich abhaute, aber natürlich konnte er daran nicht groß was ändern. Jede Nacht machte sie einen Kontrollgang in sein Zimmer, und jede Nacht war es wieder leer. Sie schrie ihn an und er ließ es stumm über sich ergehen, und am nächsten Tag ging das Theater wieder von vorn los. Wir wollten Sam überreden, mit Embry etwas nachsichtiger zu sein und ihm zu erlauben, seine Mom einzuweihen, aber Embry sagte, es mache ihm nichts aus. Das Geheimnis gehe vor.

Ich war also ganz darauf eingestellt gewesen, das Geheimnis zu bewahren. Und dann, zwei Tage nach Rachels Ankunft, lief

Paul ihr am Strand über den Weg. Schwuppdiwupp, die große Liebe! Geheimnisse waren überflüssig, wenn man seine andere Hälfte fand, dieser ganze Müll mit dem Prägen von Werwölfen eben.

Rachel erfuhr also die ganze Geschichte. Und ich erfuhr, dass ich eines Tages Paul als Schwager haben würde. Ich wusste, dass Billy davon auch nicht begeistert war. Aber er konnte besser damit umgehen als ich. Trotzdem flüchtete er in diesen Tagen häufiger als gewöhnlich zu den Clearwaters. Ich verstand nicht recht, was daran besser sein sollte. Kein Paul, dafür Leah satt.

Ich überlegte – würde mich eine Kugel in den Kopf wohl wirklich umbringen oder nur eine Riesenschweinerei hinterlassen, die ich selbst wegwischen musste?

Ich warf mich aufs Bett. Ich war müde – seit der letzten Patrouille hatte ich kein Auge zugemacht –, aber ich wusste, dass ich nicht würde schlafen können. Ich war viel zu durcheinander. Die Gedanken jagten in meinem Kopf herum wie ein orientierungsloser Bienenschwarm. Lärmend. Ab und zu ein Stich. Vermutlich Hornissen, keine Bienen. Bienen starben nach einem Stich. Und mich stachen dieselben Gedanken immer wieder.

Dieses Warten machte mich wahnsinnig. Es war jetzt fast vier Wochen her. Ich hätte gedacht, dass die Neuigkeit inzwischen irgendwie zu mir hätte durchdringen müssen. Nächtelang hatte ich wach gesessen und mir vorgestellt, wie ich es erfahren würde.

Charlie schluchzend am Telefon – Bella und ihr Mann bei einem Unfall ums Leben gekommen. Ein Flugzeugabsturz? Das wäre schwer zu inszenieren. Es sei denn, die Blutsauger wären bereit, einen Haufen Zuschauer umzubringen, um es glaubwürdiger zu machen, aber wieso sollten sie das tun? Vielleicht lieber ein kleines Flugzeug. So eins konnten sie bestimmt erübrigen.

Oder kam der Mörder allein nach Hause zurück, gescheitert bei dem Versuch, sie in eine von ihnen zu verwandeln? Aber vielleicht war er gar nicht so weit gekommen. Vielleicht hatte er sie zerdrückt wie eine Tüte Nachos, weil er so scharf auf sie war? Weil ihr Leben ihm weniger bedeutete als sein Vergnügen ... Was für eine tragische Geschichte. Bella bei einem schrecklichen Unfall ums Leben gekommen. Opfer eines missglückten Straßenraubs. Beim Abendessen an einem Bissen erstickt. Ein Autounfall, wie meine Mutter. So alltäglich. Passierte andauernd.

Ob er sie mit nach Hause bringen würde? Sie um Charlies willen hier beerdigte? Der Sarg dürfte dann natürlich nicht mehr geöffnet werden. Der Sarg meiner Mutter war zugenagelt gewesen ...

Ich konnte nur hoffen, dass er wieder hierher kommen würde, in meine Reichweite.

Vielleicht würde es aber auch gar keine Geschichte geben. Vielleicht rief Charlie irgendwann meinen Dad an und fragte ihn, ob er etwas von Dr. Cullen gehört habe, der eines Tages einfach nicht mehr zur Arbeit erschienen sei. Das Haus verlassen. Keiner der Cullens telefonisch zu erreichen. Irgendwann ging dann ein zweitklassiger Nachrichtensender dem Rätsel nach, man vermutete ein falsches Spiel ...

Oder vielleicht brannte das große weiße Haus einfach nieder, während alle darin gefangen waren. Dafür brauchten sie natürlich Leichen. Acht Menschen, die in etwa die passende Größe hatten. Bis zur Unkenntlichkeit verbrannt – so dass man sie nicht mal anhand der Zähne identifizieren konnte.

Jede dieser Varianten wäre vertrackt – für mich. Wenn sie nicht entdeckt werden wollten, würde es schwierig sein, sie ausfindig zu machen. Obwohl ich natürlich alle Zeit der Welt hatte, sie zu suchen. Wenn man alle Zeit der Welt hatte, konnte man jeden einzelnen Halm in einem Heuhaufen umdrehen, um zu gucken, ob die Nadel dort irgendwo war.

In diesem Moment hätte ich nichts dagegen gehabt, einen Heuhaufen auseinanderzunehmen. Dann hätte ich wenigstens *etwas* zu tun. Es war grässlich zu wissen, dass ich vielleicht meine Chance verpasste. Dass ich den Blutsaugern Zeit zur Flucht ließ, falls das ihr Plan war.

Wir könnten einfach heute Nacht losziehen. Wir könnten jeden Einzelnen von ihnen ermorden, der uns über den Weg lief.

Die Vorstellung gefiel mir, denn so, wie ich Edward kannte, hätte ich eine Chance, ihn zu erwischen, wenn ich jemanden aus seinem Zirkel töten würde. Er würde versuchen sich zu rächen. Und ich würde ihn mir selbst vorknöpfen – ich würde es nicht zulassen, dass meine Brüder sich im Rudel auf ihn stürzten. Es musste ein Kampf Mann gegen Mann sein, und der Bessere sollte gewinnen.

Aber Sam wollte nichts davon hören. *Wir werden den Vertrag nicht brechen. Warten wir ab, ob sie ihn brechen.* Nur weil wir keinen Beweis dafür hatten, dass die Cullens einen Verstoß begangen hatten. Noch nicht. Das musste man hinzufügen, denn wir wussten alle, dass es unausweichlich war. Bella würde entweder als eine von ihnen zurückkehren oder gar nicht. So oder so wäre ein Menschenleben verloren. Und damit wäre die Jagd eröffnet.

Im anderen Zimmer brüllte Paul wie ein Esel. Vielleicht hatte er zu einer Comedy umgeschaltet. Vielleicht war die Werbung lustig. Was auch immer. Es zerrte an meinen Nerven.

Ich überlegte, ob ich ihm noch mal die Nase brechen sollte. Aber eigentlich war es gar nicht Paul, gegen den ich kämpfen wollte.

Ich versuchte auf andere Geräusche zu lauschen, auf den

Wind in den Bäumen. Es war nicht dasselbe, nicht mit menschlichen Ohren. Der Wind hatte tausend Stimmen, die ich in dieser Gestalt nicht hören konnte.

Doch auch so waren meine Ohren noch empfänglich genug. Ich konnte weiter hören als nur bis zu den Bäumen. Ich konnte bis zur Straße hören, die Geräusche der Autos, die um die letzte Kurve bogen, von wo aus man schließlich den Strand sehen konnte – das Panorama der Inseln und der Felsen und den riesigen blauen Ozean, der sich bis zum Horizont erstreckte. Dort hingen die Bullen von La Push immer gern herum. Die Touristen übersahen nämlich regelmäßig das Schild mit der Geschwindigkeitsbegrenzung auf der anderen Straßenseite.

Ich hörte die Stimmen vor dem Souvenirladen am Strand. Ich hörte die Kuhglocke bimmeln, wenn die Tür auf- und zuging. Ich hörte Embrys Mutter an der Kasse, wie sie einen Bon ausdruckte.

Ich hörte, wie die Wellen sich am steinigen Ufer brachen. Ich hörte die Kinder schreien, als das eiskalte Wasser sie erwischte, bevor sie davonlaufen konnten. Ich hörte die Mütter, die über die nassen Klamotten schimpften. Und ich hörte eine vertraute Stimme …

Ich lauschte so konzentriert, dass ich bei dem nächsten Ausbruch von Pauls Eselslachen fast vom Bett geflogen wäre.

»Verschwinde aus unserem Haus«, knurrte ich. Mir war klar, dass er nicht darauf reagieren würde, also befolgte ich meinen eigenen Rat. Ich riss das Fenster auf und kletterte hinten hinaus, um Paul nicht mehr sehen zu müssen. Die Versuchung wäre zu groß. Ich wusste, dass ich ihn wieder schlagen würde, und Rachel würde bestimmt so schon sauer genug sein. Wenn sie das Blut auf seinem T-Shirt sah, würde sie sofort auf mich losgehen, ohne groß zu fragen. Sie hatte natürlich Recht, aber trotzdem.

Ich ging zum Ufer, die Fäuste in den Taschen. Niemand beachtete mich sonderlich, als ich über den unbefestigten Parkplatz am First Beach ging. Das war einer der Vorteile des Sommers – niemand fand etwas dabei, wenn man nur Shorts trug.

Ich folgte der vertrauten Stimme, die ich gehört hatte, und sah Quil sofort. Er war am Südende des Strandes, abseits des Touristenstroms. Er sprach in einem fort Warnungen aus.

»Nicht ins Wasser, Claire. Na komm. Nein, nicht. Oh! Sehr schön, Kleine. Im Ernst, willst du, dass Emily mit mir schimpft? Ich gehe nicht noch mal mit dir an den Strand, wenn du nicht ... Ach ja? Lass das ... bah. Das findest du wohl lustig, was? Ha! Das hast du jetzt davon!«

Als ich zu ihnen kam, hatte er die kichernde Kleine am Knöchel gepackt. Sie hatte einen Eimer in einer Hand und ihre Jeans war klatschnass. Sein T-Shirt hatte vorn einen riesigen nassen Fleck.

»Fünf Dollar auf die Kleine«, sagte ich.

»Hi, Jake.«

Claire quiekte und schleuderte ihren Eimer gegen Quils Knie. »Runter, runter!«

Er setzte sie vorsichtig auf die Füße und sie kam zu mir gerannt.

»Onka Jay!«

»Wie geht's, Claire?«

Sie kicherte. »Quil ist gaaanz nass.«

»Das seh ich. Wo ist deine Mama?«

»Weg, weg, weg«, sagte Claire. »Claire den ganzen Tag mit Quil pielen. Claire nicht nach Hause gehen.« Sie ließ mich los und rannte wieder zu Quil. Er hob sie hoch und setzte sie mit Schwung auf seine Schultern.

»Tja, zwei ist ein anstrengendes Alter, was?«

»Sie ist schon drei«, verbesserte Quil mich. »Du hast die Feier verpasst. Prinzessinnenparty. Ich musste eine Krone aufsetzen, und dann hat Emily vorgeschlagen, dass alle Claires neue Kinderschminke an mir ausprobieren.«

»Oh, wie schade, dass ich da nicht dabei war.«

»Keine Sorge, Emily hat Fotos gemacht. Ehrlich gesagt, seh ich ziemlich cool aus.«

»Du bist echt ein Kindskopf.«

Quil zuckte die Achseln. »Claire hatte ihren Spaß. Das war die Hauptsache.«

Ich verdrehte die Augen. Diese geprägten Leute waren schon nervig. In welcher Phase sie auch gerade waren – ob kurz vor der Heirat wie Sam oder geschundener Babysitter wie Quil –, die Zufriedenheit und Gewissheit, die sie permanent ausstrahlten, waren einfach abstoßend.

Claire begann auf seinen Schultern zu quieken und auf den Boden zu zeigen. »Schöner Stein, Quil! Haben, haben!«

»Welchen, Kleine? Den roten?«

»Nicht rot!«

Quil kniete sich hin – Claire kreischte und zog an seinen Haaren, als wären es Zügel.

»Der blaue hier?«

»Nein, nein, nein …«, sang die Kleine, ganz begeistert von dem neuen Spiel.

Das Verrückte war, dass Quil genauso viel Spaß hatte wie sie. Er zog nicht so ein Gesicht wie viele der Touristenmütter und -väter – das Wann-ist-endlich-Mittagsschlaf-Gesicht. Keine Mutter und kein Vater spielte mit solcher Hingabe bei allem mit, was ihrem kleinen Quälgeist gerade in den Kopf kam. Einmal sah ich, wie Quil eine geschlagene Stunde »Kuckuck« mit Claire spielte, ohne sich zu langweilen.

Und ich konnte mich noch nicht mal über ihn lustig machen – dafür beneidete ich ihn zu sehr.

Obwohl ich es ziemlich übel für ihn fand, dass er jetzt noch rund vierzehn alberne Jahre vor sich hatte, bis sie in seinem Alter war – für Quil hatte es jedenfalls seine Vorteile, dass Werwölfe nicht älter wurden. Und all die Jahre schienen für ihn gar kein Problem zu sein.

»Quil, denkst du nie daran, dir mal eine Freundin zu suchen?«, fragte ich.

»Hä?«

»Nein, nicht gelb!«, krähte Claire.

»Du weißt schon. Ein richtiges Mädchen. Ich meine, nur vorübergehend, weißt du? Für die Nächte, in denen du nicht babysitten musst.«

Quil starrte mich mit offenem Mund an.

»Schöner Stein! Schöner Stein!«, schrie Claire, als er nicht weiterriet. Sie schlug ihm mit ihrer kleinen Faust auf den Kopf.

»Tut mir leid, Claire-Bär. Wie wär's mit dem lila Stein hier?«

»Nein«, kicherte sie. »Nicht lila.«

»Gib mir mal einen Tipp. Bitte, Kleine.«

Claire überlegte. »Grün«, sagte sie schließlich.

Quil starrte auf die Steine und suchte. Er hob vier Steine in unterschiedlichen Grüntönen auf und hielt sie ihr hin.

»Ist er dabei?«

»Ja!«

»Welcher?«

»Alle!«

Sie formte die Hände zu einer Mulde und er schüttete die Steine hinein. Sie lachte und ließ sie ihm auf den Kopf fallen. Er krümmte sich übertrieben, dann stand er auf und ging zum Parkplatz hinauf. Wahrscheinlich befürchtete er, sie könnte in den nassen Sachen anfangen zu frieren. Er war schlimmer als eine überbesorgte Mutter.

»Tut mir leid, wenn ich vorhin aufdringlich war, als ich die Bemerkung mit der Freundin gemacht hab«, sagte ich.

»Nein, das ist schon in Ordnung«, sagte Quil. »Ich war nur irgendwie überrascht. Ich hatte noch gar nicht daran gedacht.«

»Das würde sie bestimmt verstehen. Ich meine, wenn sie erwachsen ist. Sie wäre sicher nicht sauer darüber, dass du ein Leben hattest, als sie noch in den Windeln lag.«

»Nein, ich weiß. Bestimmt würde sie das verstehen.«

Weiter sagte er nichts.

»Aber du wirst es nicht machen, oder?«, sagte ich.

»Ich sehe es nicht«, sagte er leise. »Ich kann es mir nicht vorstellen. Ich … nehme einfach niemanden auf diese Weise wahr. Die Mädchen fallen mir gar nicht mehr auf, weißt du? Ich sehe ihre Gesichter nicht.«

»Dann noch die Krone und die Schminke, vielleicht muss Claire sich um ganz andere Konkurrenz Sorgen machen.«

Quil lachte und warf mir Küsschen zu. »Bist du diesen Freitag frei, Jacob?«

»Das hättest du wohl gern«, sagte ich und schnitt eine Grimasse. »Ja, bin ich aber wirklich.«

Er zögerte einen Augenblick, dann sagte er: »Denkst du je daran, dir eine Freundin zu suchen?«

Ich seufzte. Diese Frage hatte ich wohl selbst herausgefordert.

»Jake, vielleicht solltest du echt mal darüber nachdenken, dein Leben zu leben.«

Das war nicht als Witz gemeint. Seine Stimme klang mitfühlend. Umso schlimmer.

»Ich nehme sie auch nicht wahr, Quil. Ich sehe ihre Gesichter nicht.«

Quil stimmte in mein Seufzen ein.

In weiter Ferne, so leise, dass nur wir beide es über die Wellen hinweg hören konnten, stieg ein Heulen aus dem Wald auf.

»Mist, das ist Sam«, sagte Quil. Seine Hände fuhren hoch zu Claire, als wollte er sich vergewissern, dass sie noch da war. »Ich weiß nicht, wo ihre Mutter steckt!«

»Ich gucke mal, was los ist. Wenn wir dich brauchen, geb ich dir Bescheid.« Ich ratterte die Worte nur so herunter. »He, bring sie doch zu den Clearwaters! Wenn nötig, können Sue und Billy auf sie aufpassen. Vielleicht wissen die ja auch, was los ist.«

»Okay – zisch ab, Jake!«

Ich rannte los, nicht zu dem unbefestigten Weg durch die Büsche, sondern auf kürzestem Weg in den Wald. Ich sprang über das Treibholz, dann raste ich durch die Dornensträucher. Ich spürte die kleinen Risse, als die Dornen mir in die Haut stachen, doch ich achtete nicht darauf. Sie würden verheilt sein, noch ehe ich die Bäume erreicht hatte.

Ich nahm eine Abkürzung hinter dem Laden vorbei und sauste über den Highway. Jemand hupte mich an. Als ich erst einmal im Schutz der Bäume war, rannte ich schneller, mit größeren Schritten. Wäre ich jetzt auf freiem Feld, würden die Leute mich anstarren. So konnte kein normaler Mensch rennen. Manchmal dachte ich, es wäre vielleicht witzig, an einem Rennen teilzunehmen – an den Vorausscheidungen für Olympia oder so. Es hätte was, die Gesichter der Spitzenathleten zu sehen, wenn ich sie abhängte. Aber bestimmt würden sie beim Dopingtest irgendwas Gruseliges in meinem Blut finden.

Sobald ich tiefer im Wald war, ohne Straßen und Häuser in der Nähe, blieb ich stehen und stieg aus meinen Shorts. Mit schnellen, geübten Bewegungen rollte ich sie zusammen und befestigte sie an dem Lederband, das ich um den Knöchel trug. Noch während ich es zuband, begann ich mich zu verwandeln. Das Feuer lief bebend meinen Rücken hinunter, ließ meine Arme und Beine zittern. Es dauerte nur eine Sekunde. Die Hitze durchströmte mich, und ich spürte das leise Flirren, das mich in etwas anderes verwandelte. Ich schlug die schweren Pfoten in die überwucherte Erde und streckte in einer einzigen fließenden Bewegung den Rücken.

Wenn ich so ausgeglichen war wie jetzt, war die Verwandlung ein Kinderspiel. Meine Wut machte mir keine Probleme mehr. Außer wenn sie mir in die Quere kam.

Eine halbe Sekunde lang erinnerte ich mich an den schrecklichen Moment auf dieser grauenhaften Hochzeit. Da war ich so rasend vor Wut gewesen, dass ich meinen Körper nicht richtig im Griff gehabt hatte. Ich saß in der Falle, zitternd und brennend, unfähig, mich zu verwandeln und das Monster wenige Meter von mir entfernt zu töten. Es war so verwirrend gewesen. Der unbändige Drang, ihn zu töten. Die Angst, sie zu verletzen. Meine Freunde dazwischen. Und als ich dann endlich die gewünschte Gestalt annehmen konnte, hielt der Befehl meines Anführers mich zurück. Die Anordnung des Leitwolfs. Wenn in jener Nacht nur Embry und Quil da gewesen wären, ohne Sam ... hätte ich den Mörder dann töten können?

Ich konnte es nicht ausstehen, wenn Sam mir auf diese Weise Vorschriften machte. Wenn ich gehorchen musste.

Und dann merkte ich, dass ich Zuhörer hatte. Ich war mit meinen Gedanken nicht allein.

Kreist die ganze Zeit nur um sich selbst, dachte Leah.

Nicht so heuchlerisch, Leah, erwiderte ich in Gedanken.

Klappe, Jungs, sagte Sam.

Wir verstummten, und ich merkte, wie Leah bei dem Wort »Jungs« zusammenzuckte. Überempfindlich, wie immer.

Sam tat so, als ob er es nicht merkte. *Wo sind Quil und Jared? Quil hat Claire. Er bringt sie zu den Clearwaters.*

Gut, Sue wird sie nehmen.

Jared war auf dem Weg zu Kim, dachte Embry. *Kann gut sein, dass er dich nicht gehört hat.*

Ein leises Grollen ging durch das Rudel. Ich stimmte in ihr Stöhnen ein. Wenn Jared endlich auftauchte, dachte er bestimmt immer noch an Kim. Und keiner wollte sich anhören, was sie gerade trieben.

Sam setzte sich hin und stieß noch ein Heulen aus. Es war Signal und Befehl zugleich.

Das Rudel hatte sich einige Meilen östlich von mir versammelt. Ich lief durch das Dickicht zu ihnen. Auch Leah, Embry und Paul waren zu ihnen unterwegs. Leah war ganz in der Nähe. Schon bald hörte ich ihre Schritte nicht weit entfernt im Wald. Wir liefen parallel zueinander weiter, wir wollten lieber nicht zusammen laufen.

Also, wir werden nicht den ganzen Tag auf ihn warten. Muss er eben später dazustoßen.

Was gibt's, Chef?, wollte Paul wissen.

Wir müssen reden. Es ist etwas passiert.

Ich spürte, wie Sams Gedanken zu mir flackerten – und nicht nur Sams, auch die von Seth, Collin und Brady. Collin und Brady – die beiden Neuen – waren heute mit Sam auf Patrouille gewesen, sie wussten also, was er wusste. Ich hatte keine Ahnung, weshalb Seth schon hier war und weshalb er auf dem Laufenden war. Er war nicht dran.

Seth, erzähl ihnen, was du erfahren hast.

Ich beeilte mich, wollte so schnell wie möglich dort sein. Ich hörte, wie auch Leah ihre Schritte beschleunigte. Sie hasste es, beim Rennen von jemandem besiegt zu werden. Die Schnellste zu sein, war das Einzige, was sie für sich beanspruchte.

Mach mir das mal nach, du Idiot, zischte sie, und dann kam sie richtig in Fahrt. Ich grub meine Krallen in die Erde und schoss davon.

Sam schien nicht in der Stimmung zu sein, unser übliches Geplänkel zu ertragen. *Jake, Leah, macht mal halblang.*

Keiner von uns drosselte das Tempo.

Sam knurrte, beließ es dann aber dabei. *Seth?*

Charlie hat rumtelefoniert, bis er Billy bei uns erreicht hat.

Ja, erst hat er mich erreicht, fügte Paul hinzu.

Als Seth Charlies Namen dachte, durchzuckte es mich. Jetzt also. Die Warterei hatte ein Ende. Ich rannte noch schneller, zwang mich zu atmen, obwohl meine Lunge sich plötzlich steif anfühlte.

Welche Geschichte würde es wohl sein?

Also, er ist total durch den Wind. Edward und Bella sind wohl letzte Woche zurückgekommen und …

Meine Brust entspannte sich.

Sie lebte. Jedenfalls war sie nicht mausetot.

Ich hätte nicht gedacht, dass das für mich so ein Unterschied wäre. Die ganze Zeit war ich davon ausgegangen, dass sie tot war, das wurde mir erst jetzt klar. Ich hatte überhaupt nicht damit gerechnet, dass er sie lebend nach Hause bringen würde. Das dürfte keine Rolle spielen, denn ich wusste, was als Nächstes kommen würde.

Ja, und jetzt die schlechte Nachricht. Charlie hat mit ihr gesprochen, er sagt, sie hat sich gar nicht gut angehört. Sie hat ihm erzählt, sie wär krank. Dann hat Carlisle weitergeredet und gesagt, Bella hätte sich in Südamerika mit irgendeiner seltenen Krankheit ange-

steckt. Er sagt, sie steht unter Quarantäne. Charlie wird fast wahn-
sinnig, denn nicht mal er darf zu ihr. Er sagt, es ist ihm egal, wenn er
krank wird, aber Carlisle gibt nicht nach. Kein Besuch. Er hat Char-
lie gesagt, es sei ziemlich ernst, aber er würde alles tun, was er könnte.
Charlie hat tagelang gegrübelt und erst jetzt hat er Billy angerufen.
Er sagte, heute hat sie sich noch schlechter angehört.

Kein Gedanke war zu hören, als Seth zu Ende gesprochen hatte. Wir hatten alle verstanden.

Dann würde sie, soweit Charlie wusste, an dieser Krankheit also sterben. Würde er die Leiche zu sehen bekommen? Den bleichen, vollkommen reglosen weißen Körper, durch den kein Atemzug ging? Sie konnten ihn die weiße Haut nicht berühren lassen – er könnte bemerken, wie hart sie war. Sie mussten warten, bis sie stillhalten konnte, bis sie sich so weit beherrschen konnte, dass sie Charlie und die anderen Trauergäste nicht umbrachte. Wie lange würde das dauern?

Würden sie sie beerdigen? Und grub sie sich dann selbst wieder aus oder kamen die Blutsauger ihr zu Hilfe?

Die anderen hörten sich meine Überlegungen schweigend an. Ich hatte mir darüber sehr viel mehr Gedanken gemacht als sie.

Beinahe gleichzeitig kamen Leah und ich auf der Lichtung an. Sie war jedoch davon überzeugt, dass sie mir um eine Nasenlänge voraus war. Sie ließ sich neben ihrem Bruder nieder, während ich zu Sam trottete und mich rechts neben ihn stellte. Paul ging um Sam herum und räumte mir den Platz.

Ich hab dich wieder geschlagen, dachte Leah, doch ich hörte sie kaum.

Ich fragte mich, warum ich als Einziger bereitstand. Mein Fell sträubte sich an den Schultern vor Ungeduld.

Worauf warten wir denn noch?, fragte ich.

Niemand sagte etwas, aber ich hörte ihr Zögern.

Na kommt schon! Der Vertrag ist gebrochen!

Wir haben keinen Beweis – vielleicht ist sie wirklich krank ...

ALSO BITTE!

Okay, es klingt ziemlich eindeutig. Trotzdem ... Jacob. Sams Gedanken kamen langsam, zögerlich. *Bist du sicher, dass du das willst? Ist das wirklich richtig? Wir wissen alle, was sie wollte.*

Im Vertrag steht nichts von den Wünschen des Opfers, Sam!

Ist sie wirklich ein Opfer? Würdest du sie so bezeichnen?

Ja!

Jake, dachte Seth, *sie sind nicht unsere Feinde.*

Halt die Klappe, Kleiner! Nur weil du irgendeine kranke Heldenverehrung für den Blutsauger laufen hast, ändert das nichts an dem Gesetz. Sie sind unsere Feinde. Sie befinden sich auf unserem Territorium. Wir müssen sie erledigen. Es kümmert mich nicht, ob du irgendwann mal begeistert an der Seite von Edward Cullen gekämpft hast.

Und was machst du, wenn Bella mit ihnen zusammen kämpft, Jacob? Hm?, fragte Seth.

Sie ist nicht mehr Bella.

Willst du derjenige sein, der sie tötet?

Automatisch zuckte ich zusammen.

Nein, willst du nicht. Was dann? Willst du einen von uns dazu zwingen? Und gegen denjenigen dann bis in alle Ewigkeit einen Groll hegen?

Ich würde nicht ...

Nein, nein, ganz bestimmt nicht. Jacob, du bist nicht bereit für diesen Kampf.

Der Instinkt gewann die Oberhand, ich duckte mich und knurrte den schlaksigen sandfarbenen Wolf an, der mir im Kreis gegenübersaß.

Jacob!, rief Sam. *Seth, halt dich mal einen Moment zurück.*

Seth nickte mit seinem großen Kopf.

Mist, was hab ich verpasst?, dachte Quil. So schnell er konnte, rannte er zum Treffpunkt. *Ich hab von Charlies Anruf gehört …*

Wir machen uns bereit, erzählte ich ihm. *Lauf doch schnell bei Kim vorbei und zerr Jared wenn nötig mit den Zähnen heraus. Wir brauchen jeden Einzelnen.*

Komm auf direktem Weg hierher, befahl Sam. *Wir haben noch nichts entschieden.*

Ich knurrte.

Jacob, ich muss überlegen, was das Beste für das Rudel ist. Ich muss den Weg einschlagen, der euch alle am besten schützt. Die Zeiten haben sich geändert, seit unsere Vorfahren den Vertrag geschlossen haben. Ich … also, ich glaube, ehrlich gesagt, nicht, dass die Cullens eine Gefahr für uns darstellen. Und wir wissen, dass sie nicht mehr sehr lange hier sein werden. Wenn sie erst ihre Geschichte erzählt haben, werden sie sicherlich verschwinden. Wir können wieder zum Alltag übergehen.

Alltag?

Jacob, wenn wir sie herausfordern, dann werden sie sich zu verteidigen wissen.

Hast du etwa Angst?

Bist du bereit, einen Bruder zu verlieren? Er schwieg kurz. *Oder eine Schwester?*, fügte er dann noch hinzu.

Ich habe keine Angst zu sterben.

Das weiß ich, Jacob. Genau deshalb bezweifle ich auch, dass du die Lage richtig einschätzen kannst.

Ich starrte in seine schwarzen Augen. *Willst du den Vertrag unserer Väter achten oder nicht?*

Ich achte mein Rudel. Ich tue, was das Beste für uns alle ist.

Feigling.

Um sein Maul zuckte es, er fletschte die Zähne.

Es reicht, Jacob. Du bist überstimmt. Sams Gedankenstimme klang jetzt anders, nahm den eigenartigen Doppelklang an, dem wir uns nicht widersetzen konnten. Die Stimme des Leitwolfs. Er schaute jedem einzelnen Wolf der Reihe nach in die Augen. *Das Rudel wird die Cullens nicht ohne Anlass angreifen. Der Geist des Vertrags bleibt unberührt. Sie bedeuten nicht länger eine Gefahr für unser Volk noch bedeuten sie eine Gefahr für die Bewohner von Forks. Bella Swan hat eine bewusste Entscheidung getroffen, und wir werden unsere früheren Verbündeten nicht für Bellas Entscheidung bestrafen.*

Hört, hört, dachte Seth begeistert.

Hatte ich nicht gesagt, du sollst die Klappe halten, Seth?

Huch. Tut mir leid, Sam.

Jacob, wo willst du hin?

Ich verließ den Kreis und ging in Richtung Westen, damit ich ihm den Rücken zuwenden konnte. *Ich werde mich von meinem Vater verabschieden. Offenbar war es sinnlos, dass ich so lange hiergeblieben bin.*

He, Jake – nicht schon wieder!

Halt's Maul, Seth, dachten mehrere Stimmen durcheinander.

Wir wollen nicht, dass du gehst, sagte Sam zu mir, und jetzt waren seine Gedanken sanfter als zuvor.

Dann zwing mich zu bleiben, Sam. Nimm mir meinen Willen. Mach mich zum Sklaven.

Du weißt, dass ich das nicht tun werde.

Dann gibt es nichts mehr zu sagen.

Ich rannte fort von ihnen und versuchte mit aller Kraft, nicht an das zu denken, was nun bevorstand. Stattdessen konzentrierte ich mich auf meine Erinnerungen an die langen Monate als Wolf, in denen ich das Menschliche langsam aus mir hatte herauströpfeln lassen, bis ich mehr Tier als Mensch war. In denen ich nur für den Augenblick gelebt hatte – fraß, wenn ich Hunger hatte, schlief, wenn ich müde war, trank, wenn ich Durst hatte, und rannte nur um des Rennens willen. Einfache Bedürfnisse, einfache Antworten auf diese Bedürfnisse. Der Schmerz in jener Zeit war so, dass er leicht zu bewältigen war. Der Schmerz des Hungers. Der Schmerz von kaltem Eis unter den Pfoten. Der Schmerz reißender Krallen, wenn es beim Essen Streit gab. Auf jeden Schmerz gab es eine einfache Antwort, eine klare Maßnahme, um den Schmerz zu beenden.

Nicht wie beim Menschen.

Doch sobald ich in überschaubarer Entfernung zu unserem Haus war, verwandelte ich mich wieder in Menschengestalt. Nur so konnte ich ungestört nachdenken.

Ich band meine Shorts los und zog sie hastig wieder an, während ich schon zum Haus rannte.

Ich hatte es geschafft. Ich hatte meine Gedanken verborgen und jetzt konnte Sam mich nicht mehr aufhalten. Er konnte mich nicht mehr hören.

Sam hatte eine klare Entscheidung getroffen. Das Rudel würde die Cullens nicht angreifen. Gut.

Aber von einem Alleingang hatte er nichts gesagt.

Nein, das Rudel würde heute niemanden angreifen.

Aber ich.

DAS HAB ICH TODSICHER NICHT ERWARTET

Ich hatte gar nicht vor, mich von meinem Vater zu verabschieden.

Ein kurzer Anruf bei Sam und das Spiel wäre aus. Irgendwie würden sie mich aufhalten und zurückholen. Wahrscheinlich würden sie versuchen mich wütend zu machen, vielleicht sogar mir wehzutun – mich irgendwie zwingen mich zu verwandeln, damit Sam als Leitwolf mir neue Vorschriften machen konnte.

Doch Billy erwartete mich schon, wohl wissend, dass ich außer mir sein würde. Er war im Garten, saß einfach in seinem Rollstuhl und guckte genau auf die Stelle, wo ich zwischen den Bäumen auftauchte. Er ahnte, in welche Richtung ich ging – am Haus vorbei zu meiner selbstgezimmerten Werkstatt.

»Hast du mal kurz Zeit, Jake?«

Ich blieb stehen. Ich schaute erst zu ihm, dann zu der Werkstatt.

»Na komm schon. Hilf mir wenigstens rein.«

Ich biss die Zähne zusammen, aber ich wusste, wenn ich ihn nicht ein paar Minuten bei Laune hielt, würde er mir bestimmt Ärger mit Sam bereiten.

»Seit wann brauchst du denn Hilfe, Alter?«

Er lachte sein polterndes Lachen. »Ich hab müde Arme. Ich bin ganz allein von Sue hierhergefahren.«

»Das geht doch bergab. Da brauchtest du gar nichts zu machen.«

Ich schob den Rollstuhl über die kleine Rampe, die ich gebaut hatte, und dann ins Wohnzimmer.

»Okay, du hast mich erwischt. Ich glaube, ich bin mit fast vierzig Sachen gefahren. Das war super.«

»Du wirst den Rollstuhl noch ruinieren. Und dann musst du mit den Ellbogen vorwärtsrobben.«

»Von wegen. Dann darfst du mich tragen.«

»Dann siehst du aber nicht mehr viel von der Welt.«

Billy legte die Hände auf die Räder und steuerte zum Kühlschrank. »Ist noch was zu essen da?«

»Da bin ich überfragt. Aber Paul war den ganzen Tag hier, also wohl eher nicht.«

Billy seufzte. »Allmählich müssen wir die Einkäufe verstecken, wenn wir dem Hungertod entgehen wollen.«

»Sag Rachel, sie soll zu ihm nach Hause gehen.«

Billys scherzhafter Ton verschwand und sein Blick wurde weich. »Sie ist doch erst ein paar Wochen wieder hier. Das erste Mal seit langem. Es ist nicht leicht – die Mädchen waren älter als du, als eure Mutter starb. Für sie ist es schwerer, in diesem Haus zu sein.«

»Ich weiß.«

Rebecca war seit ihrer Heirat kein einziges Mal nach Hause gekommen. Der Flug von Hawaii war ziemlich teuer. Washington State war zu nah, als dass Rachel dieselbe Ausrede hätte gebrauchen können. Im Sommersemester hatte sie immer die ganze Zeit Seminare besucht und in den Ferien hatte sie in einem Café auf dem Campus doppelte Schichten gearbeitet.

Wenn es Paul nicht gäbe, wäre sie wahrscheinlich ganz schnell wieder abgehauen. Wahrscheinlich war das der Grund dafür, dass Billy ihn nicht rauswarf.

»Also, ich hab jetzt zu arbeiten ...« Ich ging zur Hintertür.

»Warte mal, Jake. Willst du mir nicht erzählen, was passiert ist? Oder muss ich Sam anrufen, damit er mich auf dem Laufenden hält?«

Ich hatte ihm den Rücken zugewandt, ich wollte ihn nicht ansehen.

»Nichts ist passiert. Sam gibt ihnen einen Freibrief. Jetzt sind wir wohl ein Haufen Vampirfreunde.«

»Jake ...«

»Ich möchte nicht darüber sprechen.«

»Wirst du weggehen?«

Es blieb lange still, während ich überlegte, wie ich es sagen sollte.

»Rachel kann ihr Zimmer wiederhaben. Ich weiß, dass sie die Luftmatratze nicht ausstehen kann.«

»Sie würde lieber auf dem Boden schlafen, als dich zu verlieren. Und ich auch.«

Ich schnaubte.

»Jacob, bitte. Wenn du ... eine Auszeit brauchst. Dann nimm sie dir. Aber nicht wieder so lange. Komm zurück.«

»Vielleicht. Vielleicht habe ich jetzt immer bei Hochzeiten meinen Auftritt. Erst einen kurzen Auftritt auf Sams Hochzeit, dann auf Rachels. Aber vielleicht sind auch erst Jared und Kim dran. Ich muss mir wohl mal einen Anzug oder so was zulegen.«

»Jake, sieh mich an.«

Ich drehte mich langsam um. »Was?«

Er schaute mir lange in die Augen. »Wo willst du hin?«

»Ich hab noch keinen festen Plan im Kopf.«

Er legte den Kopf schräg und machte schmale Augen. »Wirklich nicht?«

Wir starrten uns kampfeslustig an. Die Sekunden vergingen.

»Jacob«, sagte er. Seine Stimme war gepresst. »Jacob, tu's nicht. Das ist es nicht wert.«

»Ich weiß nicht, wovon du redest.«

»Lass Bella und die Cullens in Ruhe. Sam hat Recht.«

Ich starrte ihn noch eine Sekunde lang an, dann durchquerte ich mit zwei langen Schritten das Zimmer. Ich schnappte mir das Telefon und riss das Kabel aus dem Anschlusskasten. Ich knüllte das graue Kabel in der Hand zusammen.

»Tschüss, Dad.«

»Jake, warte …«, rief er mir nach, aber da war ich schon zur Tür hinaus und losgerannt.

Mit dem Motorrad ging es langsamer, als wenn ich lief, aber es war unauffälliger. Ich fragte mich, wie lange es dauerte, bis Billy hinunter zum Laden gefahren war und jemanden angerufen hatte, der Sam benachrichtigen konnte. Bestimmt war Sam immer noch in Wolfsgestalt. Ein Problem wäre es, wenn Paul in nächster Zeit zu Billy käme. Er könnte sich in Sekundenschnelle verwandeln und Sam erzählen, was ich vorhatte …

Aber darüber wollte ich mir keine Sorgen machen. Ich würde mich einfach so sehr beeilen, wie ich konnte, und falls sie mich schnappten, würde ich mich darum kümmern, wenn es so weit war.

Ich ließ das Motorrad mit einem Kickstart an, dann raste ich über den matschigen Weg. Ich schaute mich nicht um, als ich an unserem Haus vorbeifuhr.

Der Highway war mit Touristen verstopft; ich fädelte mich zwischen den Autos hindurch, was mir Hupen und ein paar Stinkefinger einbrachte. Mit hundert Sachen und ohne zu gucken, bog ich in den Highway 101 ein. Eine Weile musste ich auf dem Mittelstreifen fahren, um nicht von einem Minivan erwischt zu werden. Nicht dass mich das umgebracht hätte, aber es hätte die Sache verzögert. Knochenbrüche – jedenfalls die großen – brauchten Tage, bis sie wieder ganz verheilt waren, wie ich nur zu gut wusste.

Langsam nahm der Verkehr ein wenig ab und ich trieb die Maschine auf hundertdreißig. Ich berührte die Bremse nicht ein Mal, bis ich fast bei der schmalen Auffahrt war; jetzt wähnte ich mich in Sicherheit. So weit würde Sam mir nicht nachkommen, um mich aufzuhalten. Es war zu spät.

Erst jetzt – als ich sicher sein konnte, dass ich es geschafft hatte – begann ich darüber nachzudenken, was genau ich eigentlich vorhatte. Ich drosselte das Tempo auf dreißig und nahm die Biegungen durch die Bäume vorsichtiger als nötig.

Ich wusste, dass sie mich kommen hörten, mit Motorrad oder ohne, ein Überraschungsangriff war also ausgeschlossen. Ich konnte meine Absichten nicht verbergen. Sobald ich nah genug war, würde Edward hören, was ich vorhatte. Vielleicht konnte er es jetzt schon. Aber ich dachte mir, es könnte trotzdem funktionieren; sein Ego kam mir zu Hilfe. Er würde auf jeden Fall allein gegen mich kämpfen wollen.

Also würde ich einfach hineingehen, um den von Sam so hoch geschätzten Beweis mit eigenen Augen zu sehen und Edward dann zum Duell aufzufordern.

Ich schnaubte. Das Theatralische daran würde dem Blutsauger wahrscheinlich sogar gefallen.

Wenn ich mit ihm fertig war, würde ich mir möglichst viele von den anderen vorknöpfen, bevor sie mich kaltmachten. Hm – ich fragte mich, ob mein Tod für Sam wohl Anlass genug wäre.

Womöglich würde er sagen, es geschähe mir ganz recht. Um seinen Lieblingsblutsauger nicht zu vergrätzen.

Die Auffahrt mündete in die Wiese vor dem Haus und der Geruch schlug mir ins Gesicht wie eine faulige Tomate. Bah. Stinkende Vampire. Mein Magen revoltierte. So konnte ich den Gestank kaum aushalten – ungemildert von Menschengeruch wie letztes Mal, als ich hier war –, wenn es auch weniger schlimm war, als wenn ich ihn mit meiner Wolfsnase riechen müsste.

Ich wusste nicht, was ich erwartet hatte, aber es gab keine Spur von Leben um die große weiße Gruft herum. Obwohl sie natürlich wussten, dass ich hier war.

Ich schaltete den Motor aus und lauschte in die Stille. Jetzt hörte ich angespanntes, wütendes Gemurmel hinter der großen Flügeltür. Es war jemand zu Hause. Ich hörte meinen Namen und lächelte, es freute mich, dass ich sie ein wenig in Aufregung versetzte.

Ich holte einmal ganz tief Luft – drinnen konnte es nur schlimmer werden – und sprang mit einem Satz die Verandatreppe hoch.

Bevor ich an die Tür klopfen konnte, wurde sie schon geöffnet und der Doktor stand vor mir, sein Blick war ernst.

»Hallo, Jacob«, sagte er, ruhiger, als ich erwartet hätte. »Wie geht es dir?«

Ich atmete durch den Mund ein. Der Gestank, der aus dem Haus strömte, war penetrant.

Ich war enttäuscht, dass Carlisle die Tür geöffnet hatte. Es wäre mir lieber gewesen, Edward wäre an die Tür gekommen und hätte seine Reißzähne gezeigt. Carlisle war so ... *menschlich* irgendwie. Vielleicht lag das an den Hausbesuchen, die er im letzten Frühjahr bei mir gemacht hatte, als es mich so schwer erwischt hatte. Jedenfalls war es mir unangenehm, ihm in dem Bewusstsein ins Gesicht zu sehen, dass ich ihn töten würde, wenn ich die Gelegenheit dazu hätte.

»Ich hab gehört, dass Bella lebend zurückgekommen ist«, sagte ich.

»Schon, Jacob, aber der Moment ist ein wenig ungünstig.« Auch Carlisle schien sich in seiner Haut nicht wohl zu fühlen, aber anders, als ich erwartet hatte. »Könntest du ein andermal wiederkommen?«

Ich starrte ihn entgeistert an. Bat er mich, das tödliche Duell auf eine passendere Gelegenheit zu verschieben?

Und da hörte ich Bellas Stimme, brüchig und rau, und ich konnte an nichts anderes mehr denken.

»Warum nicht?«, fragte sie jemanden. »Haben wir auch vor Jacob Geheimnisse? Wozu soll das gut sein?«

Ihre Stimme war anders, als ich erwartet hatte. Ich versuchte mir die Stimmen der jungen Vampire in Erinnerung zu rufen, gegen die wir im Frühjahr gekämpft hatten, aber ich hatte nur ihr Knurren wahrgenommen. Vielleicht hatten die Neugeborenen noch nicht so durchdringende, klingelnde Stimmen wie die älteren. Vielleicht waren junge Vampire immer heiser.

»Komm doch rein, Jacob«, krächzte Bella etwas lauter.

Carlisle machte schmale Augen.

Ich fragte mich, ob Bella wohl Durst hatte. Auch meine Augen wurden schmal.

»Entschuldigen Sie«, sagte ich zum Doktor und ging an ihm vorbei. Das war schwer – es lief all meinen Instinkten zuwider, einem von ihnen den Rücken zuzuwenden. Aber es war nicht unmöglich. Wenn es so etwas wie einen ungefährlichen Vampir gab, dann war es dieser merkwürdig sanfte Anführer.

Ich würde mich von Carlisle fernhalten, wenn der Kampf losging. Es gab auch ohne ihn noch genug, die ich töten konnte. Ich ging seitwärts ins Haus, mit dem Rücken zur Wand. Ich ließ den Blick durch das Zimmer schweifen – es kam mir überhaupt nicht bekannt vor. Als ich das letzte Mal hier war, hatten sie alles für eine Party hergerichtet. Jetzt war es hell und blass. Inklusive der sechs Vampire, die in einer Gruppe am weißen Sofa standen.

Sie waren alle da, alle zusammen, aber daran lag es nicht, dass ich erstarrte und mir die Kinnlade herunterklappte.

Es war Edward. Es war der Ausdruck in seinem Gesicht.

Ich hatte ihn wütend gesehen und arrogant und einmal hatte ich ihn voller Schmerz gesehen. Aber das hier – das war mehr als Leid. Sein Blick war halb wahnsinnig. Er schaute nicht auf, um mich zornig anzusehen. Er starrte auf das Sofa, als hätte ihn jemand angezündet. Die Hände an seinem Körper waren starre Klauen.

Ich konnte mich über seine Qual nicht einmal freuen. Ich konnte mir nur eins denken, was ihm so zusetzen konnte, und ich folgte seinem Blick.

Im selben Moment, in dem ich sie sah, nahm ich auch ihren Duft wahr.

Ihren warmen, sauberen, menschlichen Duft.

Bella war halb hinter einer Armlehne des Sofas versteckt, zusammengerollt wie ein Fötus, die Arme um die Knie geschlungen. Einen langen Augenblick sah ich nur, dass sie immer noch die Bella war, die ich liebte, ihre Haut immer noch weich, blass und pfirsichfarben, ihre Augen von demselben Schokoladenbraun. Mein Herz hämmerte in einem eigenartigen, unregelmäßigen Rhythmus, und ich fragte mich, ob das hier nur ein Trugbild war, das sich gleich auflöste.

Dann sah ich sie richtig.

Unter ihren Augen waren tiefe Ringe, dunkle Ringe, die hervortraten, weil ihr Gesicht ganz ausgezehrt war. Hatte sie abgenommen? Ihre Haut wirkte straff – als könnten ihre Wangenknochen hindurchstoßen. Ihr dunkles Haar war zum größten Teil aus dem Gesicht genommen und zu einem unordentlichen Knoten zusammengebunden, doch ein paar Strähnen fielen ihr lose in die Stirn und in den Nacken, über die schweißbedeckte Haut. Ihre Finger und Handgelenke sahen auf furchterregende Weise zerbrechlich aus.

Sie war wirklich krank. Sehr krank.

Es war keine Lüge. Die Geschichte, die Charlie Billy erzählt hatte, war keine Geschichte. Während ich sie anstarrte und mir die Augen fast aus dem Kopf traten, färbte sich ihre Haut leicht grünlich.

Die blonde Vampirfrau – die Auffällige, Rosalie – beugte sich über sie, schirmte Bella ab, als wollte sie sie beschützen.

Da stimmte etwas nicht. Ich kannte Bellas Gefühle ganz genau – ihre Gedanken waren so offensichtlich, fast als stünden sie ihr auf die Stirn geschrieben. Sie brauchte mir eine Situation nicht in allen Einzelheiten zu erzählen, damit ich sie verstand. Ich wusste, dass Bella Rosalie nicht mochte. Ich hatte es an ihren Lippen gesehen, wenn sie über sie sprach. Nicht nur, dass sie Rosalie nicht mochte. Sie hatte *Angst* vor ihr. So war es jedenfalls früher gewesen.

Als Bella jetzt zu ihr aufschaute, lag keine Angst in ihrem Blick. Ihre Miene war … fast entschuldigend. Dann nahm Rosalie eine Schale vom Boden und hielt sie Bella unter das Kinn, gerade noch rechtzeitig, denn Bella erbrach sich augenblicklich geräuschvoll.

Edward fiel mit elendem Blick neben Bella auf die Knie und

Rosalie hob eine Hand zum Zeichen, dass er zurückbleiben sollte.

Das war alles völlig absurd.

Als Bella den Kopf wieder heben konnte, lächelte sie mich schwach an, sie wirkte verlegen. »Tut mir leid«, flüsterte sie.

Edward stöhnte ganz leise. Er ließ den Kopf an Bellas Knie sinken. Sie legte ihm eine Hand auf die Wange. Als wollte sie *ihn* trösten.

Ich hatte gar nicht bemerkt, dass meine Beine sich auf Bella zu bewegt hatten, bis Rosalie mich anzischte; plötzlich stand sie zwischen mir und dem Sofa. Sie war wie jemand im Fernsehen. Es kümmerte mich nicht, dass sie da war. Sie schien ganz unwirklich.

»Rose, nicht«, flüsterte Bella. »Es ist schon gut.«

Blondie ging mir aus dem Weg, obwohl ich ihr ansah, dass es ihr gegen den Strich ging. Sie schaute mich böse an, und hockte sich sprungbereit neben Bella. Ich hätte mir nicht träumen lassen, dass ich sie so leicht würde ignorieren können.

»Bella, was ist los?«, flüsterte ich. Ohne darüber nachzudenken, war ich plötzlich auch auf den Knien und beugte mich über die Sofalehne, gegenüber von ihrem … Ehemann. Er schien mich nicht zu bemerken und ich schaute ihn kaum an. Ich nahm ihre freie Hand in meine Hände. Sie war eiskalt. »Alles in Ordnung?«

Was für eine dämliche Frage. Sie gab keine Antwort.

»Ich bin so froh, dass du mich heute besuchst, Jacob«, sagte sie.

Ich wusste, dass Edward ihre Gedanken nicht hören konnte, aber er schien irgendeine Bedeutung zu verstehen, die mir entging. Er stöhnte wieder, und sie streichelte seine Wange.

»Was ist los, Bella?«, fragte ich wieder und nahm ihre kalten, zarten Finger fest in meine Hände.

Statt einer Antwort schaute sie sich im Zimmer um, als suchte sie etwas, in ihrem Blick lag eine Mischung aus Bitte und Warnung. Sechs Paar besorgte gelbe Augen starrten zurück. Schließlich wandte sie sich an Rosalie.

»Hilfst du mir auf, Rose?«, fragte sie.

Rosalie fletschte die Zähne und starrte mich an, als wollte sie mir an die Gurgel springen. Bestimmt war es auch so.

»Bitte, Rose.«

Die Blonde schnitt eine Grimasse, aber dann beugte sie sich wieder über Bella, Edward neben ihr rührte sich nicht. Vorsichtig legte sie den Arm um Bellas Schultern.

»Nein«, flüsterte ich. »Steh nicht auf …« Sie sah so schwach aus.

»Ich beantworte nur deine Frage«, sagte sie bissig, und das war schon eher die Bella, die ich kannte.

Rosalie zog sie vom Sofa. Edward blieb, wo er war, er sackte nach vorn, bis er das Gesicht in den Kissen vergraben hatte. Die Decke fiel zu Boden neben Bellas Füße.

Bellas Körper war angeschwollen, ihr Bauch wölbte sich auf eine merkwürdige, krankhafte Weise. Das verwaschene graue Sweatshirt, das ihr an Schultern und Armen viel zu weit war, spannte um die Mitte herum. Ihr übriger Körper schien dünner geworden zu sein, als hätte der große Bauch sie ausgesaugt. Es dauerte einen Moment, bis ich begriff, was der missgestaltete Teil war – ich verstand es erst, als sie die Hände zärtlich um den aufgedunsenen Bauch faltete, eine oben und eine unten. Als wollte sie ihn wiegen.

Da sah ich es, aber ich konnte es immer noch nicht glauben. Es war erst einen Monat her, dass ich sie gesehen hatte. Es war ausgeschlossen, dass sie schwanger war. Jedenfalls *so* schwanger.

Aber so war es.

Ich wollte das nicht sehen, wollte nicht darüber nachdenken. Ich wollte es mir nicht vorstellen, er in ihr. Ich wollte nicht wissen, dass sich etwas, das ich so hasste, in dem Körper eingenistet hatte, den ich liebte. Mein Magen rebellierte, und ich musste Erbrochenes hinunterschlucken.

Aber es war noch schlimmer, so viel schlimmer. Ihr entstellter Körper, die Knochen, die unter ihrer Gesichtshaut hervortraten. Ich konnte nur ahnen, warum sie so aussah – so schwanger, so krank –, weil das, was in ihrem Leib war, ihr das Leben aussaugte, um zu wachsen … Weil es ein Monster war. Genau wie sein Vater.

Ich hatte immer gewusst, dass er sie umbringen würde.

Sein Kopf fuhr hoch, als er die Worte in meinen Gedanken hörte. Eben noch waren wir beide auf den Knien, dann war er plötzlich auf den Füßen, über mir. Seine Augen waren tiefschwarz, die Ringe darunter dunkellila.

»Draußen, Jacob«, fauchte er.

Auch ich war jetzt auf den Füßen. Schaute auf ihn hinab. Deshalb war ich gekommen.

»Einverstanden«, sagte ich.

Der Große, Emmett, drängte sich an Edward vorbei, und der mit dem hungrigen Blick, Jasper, folgte ihm auf dem Fuß. Aber das war mir egal. Vielleicht würde mein Rudel meine Überreste wegräumen, wenn sie mich kaltmachten. Vielleicht auch nicht. Es war egal.

Einen winzigen Sekundenbruchteil lang erhaschte ich einen Blick auf die beiden, die zurückblieben. Esme. Alice. Klein und verwirrend weiblich. Na ja, bestimmt töteten die anderen mich, bevor ich ihnen irgendwas antun musste. Ich wollte keine Mädchen töten … nicht mal, wenn es Vampire waren.

Obwohl ich bei der Blonden vielleicht eine Ausnahme machen könnte.

»Nein«, stieß Bella hervor und taumelte schwankend nach vorn, um Edward am Arm festzuhalten. Rosalie folgte ihr, als wären sie und Bella aneinandergekettet.

»Ich muss nur mit ihm reden, Bella«, sagte Edward leise und nur zu ihr gewandt. Er berührte ihr Gesicht, streichelte es. Plötzlich wurde das Zimmer rot, ich sah Feuer – dass er sie nach allem, was er ihr angetan hatte, noch so berühren durfte. »Streng dich nicht so an«, fuhr er in bittendem Ton fort. »Bitte ruh dich aus. Wir sind gleich zurück.«

Sie sah ihm aufmerksam ins Gesicht. Dann nickte sie und ließ sich wieder aufs Sofa sinken. Rosalie half ihr, sich mit dem Rücken auf die Kissen zu legen. Bella starrte mich an, versuchte meinen Blick festzuhalten.

»Benimm dich«, sagte sie eindringlich. »Und dann komm wieder her.«

Ich gab keine Antwort. Heute machte ich keine Versprechungen. Ich wandte den Blick ab, dann folgte ich Edward zur Tür.

Eine Stimme in meinem Kopf bemerkte beiläufig, zusammenhanglos, dass es nicht besonders schwierig gewesen war, ihn von seinem Zirkel zu trennen.

Er ging weiter, schaute kein einziges Mal hinter sich, um zu sehen, ob ich ihm in den ungeschützten Rücken sprang. Das hatte er nicht nötig. Er wusste auch so, wann ich angreifen würde. Was bedeutete, dass ich mich sehr schnell entschließen musste.

»Ich bin noch nicht bereit, mich von dir töten zu lassen, Jacob Black«, flüsterte er, als er sich mit schnellen Schritten vom Haus entfernte. »Du musst dich noch ein wenig gedulden.«

Als ob mich sein Terminplan interessieren würde. Leise knurrte ich: »Geduld ist nicht gerade meine Stärke.«

Er ging weiter, vielleicht ein paar hundert Meter die Auffahrt entlang, ich die ganze Zeit dicht hinter ihm. Ich glühte förmlich, meine Finger zitterten. Ich war bereit, wartete nur darauf, dass es losging.

Ohne Vorwarnung blieb er stehen und drehte sich zu mir um. Sein Gesichtsausdruck ließ mich erneut erstarren.

Einen Augenblick lang war ich bloß ein Junge – ein Junge, der sein Leben lang in demselben Kaff gelebt hat. Ein Kind. Denn ich wusste, dass ich noch sehr viel erleben und noch sehr viel leiden musste, um den sengenden Schmerz in Edwards Blick zu begreifen.

Er hob eine Hand, wie um sich Schweiß von der Stirn zu wischen, aber seine Finger kratzten übers Gesicht, als wollte er die Granithaut abreißen. Seine schwarzen Augen brannten in den Höhlen, sie starrten ins Nichts oder vielleicht sahen sie Dinge, die nicht da waren. Er öffnete den Mund wie zum Schrei, doch es kam kein Laut heraus.

So musste ein Mensch aussehen, der am Marterpfahl brannte.

Im ersten Moment brachte ich kein Wort heraus. Es war zu echt, dieses Gesicht – einen Schatten der Wahrheit hatte ich im Haus gesehen, in seinen Augen und in ihren, aber jetzt schien es endgültig. Der letzte Nagel zu ihrem Sarg.

»Es bringt sie um, oder? Sie liegt im Sterben.« Und während ich es sagte, wusste ich, dass mein Gesicht ein verwässertes Abbild von seinem war. Schwächer, anders, weil ich immer noch unter Schock stand. Ich hatte es noch nicht kapiert – es ging alles zu schnell. Er hatte Zeit gehabt, an diesen Punkt zu gelangen. Und es war anders, weil ich sie in Gedanken schon so oft verloren hatte, auf so unterschiedliche Weise. Anders auch deshalb, weil sie nie auf diese Weise zu mir gehört hatte und ich sie deshalb auch nicht auf diese Art verlieren konnte.

Und auch deshalb, weil es nicht meine Schuld war.

»Meine Schuld«, flüsterte Edward, und seine Knie gaben nach. Er brach vor mir zusammen, verletzlich, ein leichteres Opfer konnte man sich kaum vorstellen.

Aber ich war kalt wie Schnee – da war kein Feuer in mir.

»Ja«, sagte er stöhnend, das Gesicht am Boden, als würde er der Erde beichten. »Ja, es bringt sie um.«

Seine völlige Hilflosigkeit ärgerte mich. Ich wollte einen Kampf, keine Hinrichtung. Wo war seine selbstgefällige Überlegenheit geblieben?

»Weshalb hat Carlisle dann nichts unternommen?«, knurrte ich. »Er ist doch Arzt, oder? Er hätte es rausholen können.«

Da schaute er auf und antwortete müde, als würde er es einem kleinen Kind zum zehnten Mal erklären: »Sie lässt uns nicht.«

Es dauerte einen Moment, bis ich verstand. Natürlich, das sah ihr ähnlich. Für die Ausgeburt des Monsters sterben. Typisch Bella.

»Du kennst sie gut«, flüsterte er. »Wie schnell du begreifst …

Ich habe es nicht begriffen. Erst als es zu spät war. Auf der Heimreise wollte sie nicht mit mir sprechen, nicht richtig. Ich dachte, es sei aus Angst – das wäre nur natürlich gewesen. Ich dachte, sie sei wütend auf mich, weil ich ihr das angetan, ihr Leben in Gefahr gebracht hatte. Schon wieder. Nie wäre ich darauf gekommen, was sie wirklich dachte, wozu sie sich entschlossen hatte. Nicht, bis meine Familie uns vom Flughafen abholte und sie geradewegs Rosalie in die Arme stürzte. Ausgerechnet Rosalie! Und dann hörte ich, was Rosalie dachte. Bis ich das hörte, hatte ich nichts begriffen. Während du es schon nach einer Sekunde begreifst …«, sagte er und stöhnte.

»Jetzt musst du mir mal kurz was erklären. *Sie lässt euch nicht?*«

Ich merkte, wie ätzend mein Sarkasmus war. »Ist dir schon mal aufgefallen, dass sie nicht stärker ist als jedes andere fünfzig Kilo leichte menschliche Mädchen? Wie blöd seid ihr Vampire eigentlich? Ihr müsst sie doch nur festhalten und betäuben.«

»Das wollte ich«, flüsterte er. »Und Carlisle hätte …«

Was, waren sie zu edelmütig?

»Nein, nicht edelmütig. Ihre Leibwächterin hat die Sache komplizierter gemacht.«

Ach so. Bisher war mir die Geschichte absurd erschienen, aber jetzt fügte sich alles zusammen. Das also führte Blondie im Schilde. Aber was hatte sie davon? Wollte die Schönheitskönigin Bella unbedingt tot sehen?

»Vielleicht«, sagte er. »Obwohl Rosalie das etwas anders sieht.«

»Dann müsst ihr eben erst die Blonde ausschalten. Euresgleichen kann man doch wieder zusammensetzen, oder? Macht ein Puzzle aus ihr und kümmert euch um Bella.«

»Emmett und Esme unterstützen sie. Emmett würde nie zulassen … und Carlisle hilft mir nicht, wenn Esme dagegen ist …« Er verstummte.

»Du hättest Bella bei mir lassen sollen.«

»Ja.«

Aber dafür war es jetzt ein bisschen zu spät. Vielleicht hätte er sich darüber Gedanken machen sollen, *bevor* er ihr dieses parasitäre Monster angehängt hatte.

Aus den Tiefen seiner eigenen Hölle schaute er mich an, und ich sah, dass er mir Recht gab.

»Wir wussten es nicht«, sagte er, und seine Worte waren leise wie ein Atemhauch. »Ich hätte es mir nie träumen lassen. So etwas wie Bella und mich hat es nie zuvor gegeben. Wie hätten wir ahnen sollen, dass ein Mensch von einem von uns ein Kind empfangen kann …«

»Wenn der Mensch doch eigentlich schon bei der Zeugung zerfetzt werden müsste, oder?«

»Ja«, flüsterte er gepresst. »Es gibt sie, die Sadisten, Inkubus und Sukkubus. Sie existieren. Doch die Verführung ist bei ihnen nur der Auftakt zum Festgelage. *Niemand* überlebt.« Er schüttelte den Kopf, als würde ihn die Vorstellung empören. Als ob er auch nur einen Deut besser wäre.

»Ich wusste gar nicht, dass es einen speziellen Namen für das gibt, was du bist«, fauchte ich.

Er schaute mich an mit einem Gesicht, das aussah, als wäre es tausend Jahre alt.

»Selbst du, Jacob Black, kannst mich nicht so sehr hassen, wie ich mich selbst hasse.«

Falsch, dachte ich, zu aufgebracht, um zu sprechen.

»Mich zu töten, rettet sie nicht«, sagte er ruhig.

»Was rettet sie dann?«

»Jacob, du musst etwas für mich tun.«

»Den Teufel werd ich, du Blutsauger!«

Er starrte mich mit diesem halb müden, halb irren Blick an. »Für sie?«

Ich biss die Zähne fest zusammen. »Ich hab getan, was ich konnte, um sie von dir fernzuhalten. Alles. Es ist zu spät.«

»Du kennst sie, Jacob. Du bist mit ihr auf eine Weise verbunden, die ich noch nicht einmal verstehe. Du bist ein Teil von ihr, und sie ist ein Teil von dir. Auf mich hört sie nicht, weil sie glaubt, ich würde sie unterschätzen. Sie glaubt, sie sei stark genug ...« Er würgte, dann schluckte er. »Auf dich hört sie vielleicht.«

»Warum sollte sie?«

Er sprang auf die Füße, und seine Augen brannten jetzt noch stärker als zuvor, noch wilder. Ich fragte mich, ob er womöglich wirklich verrückt wurde. Konnten Vampire den Verstand verlieren?

»Vielleicht«, sagte er als Antwort auf meinen Gedanken. »Ich weiß es nicht. Es kommt mir ganz so vor.« Er schüttelte den Kopf. »Ich muss versuchen, es vor ihr zu verbergen, denn jede Aufregung verschlimmert ihren Zustand. Sie kann ohnehin schon nichts bei sich behalten. Ich muss mich beherrschen; ich darf es nicht noch schwerer für sie machen. Doch das spielt jetzt keine Rolle. Sie muss auf dich hören!«

»Ich kann ihr nichts sagen, was du ihr nicht schon gesagt hast. Was erwartest du von mir? Soll ich ihr sagen, dass sie spinnt? Das weiß sie wahrscheinlich selber. Dass sie sterben wird? Ich wette, auch das weiß sie.«

»Du kannst ihr das anbieten, was sie haben will.«

Das klang völlig wirr. War er wirklich verrückt?

»Mir ist alles gleich, wenn sie nur am Leben bleibt«, sagte er, auf einmal sehr konzentriert. »Wenn es ihr darum geht, ein Kind zu bekommen, dann soll sie es haben. Sie kann ein halbes Dutzend Babys haben. Was sie will.« Er schwieg einen kurzen Augenblick. »Wenn es sein muss, sogar Hundebabys.«

Ganz kurz trafen sich unsere Blicke, und ich sah, wie es unter der hauchdünnen Schicht der Beherrschung in ihm tobte. Meine harte Miene bröckelte, als ich begriff, was er meinte, und ich merkte, wie mir vor Schreck die Kinnlade herunterklappte.

»Aber nicht so!«, zischte er, noch ehe ich mich von dem Schreck erholen konnte. »Nicht dieses *Ding*, das ihr das Leben aussaugt, während ich hilflos danebenstehe! Während ich zusehen muss, wie sie immer kränker und schwächer wird. Zusehen muss, wie es ihr *wehtut*.« Er zog schnell Luft ein, als hätte ihm jemand in den Magen geboxt. »Du *musst* sie zur Vernunft bringen, Jacob. Auf mich hört sie nicht mehr. Rosalie ist ständig da und gibt ihrem Irrsinn Nahrung, ermutigt sie. Beschützt sie. Nein, beschützt *es*. Bellas Leben bedeutet ihr nichts.«

Der Laut, der aus meiner Kehle kam, klang wie ein Würgen. Was sagte er da? Dass Bella – was? Ein Baby bekommen sollte? Von *mir*? Was? Wie? Gab er sie auf? Oder dachte er, es würde ihr nichts ausmachen, wenn er sie mit mir teilte?

»Es ist mir ganz gleich. Wenn sie nur weiterleben kann.«

»Das ist noch verrückter als alles, was du bisher gesagt hast«, murmelte ich.

»Sie liebt dich.«

»Nicht genug.«

»Sie ist bereit zu sterben, um ein Kind zu bekommen. Vielleicht würde sie sich auf etwas weniger Radikales einlassen.«

»Kennst du sie denn gar nicht?«

»Ich weiß, ich weiß. Es wird schwer sein, sie zu überzeugen. Dafür brauche ich dich. Du weißt, wie sie denkt. Versuche sie zur Vernunft zu bringen.«

Ich konnte seinen Vorschlag gar nicht fassen. Es war zu viel. Unmöglich. Verkehrt. Krank. Sollte ich Bella übers Wochenende mitnehmen und sie dann am Montagmorgen zurückbringen wie einen Film, den man sich ausgeliehen hat? Was für ein Chaos.

Was für eine Versuchung.

Ich wollte es nicht in Erwägung ziehen, wollte es mir nicht vorstellen, aber die Bilder kamen ganz automatisch. Ich hatte viel zu oft von Bella geträumt, damals, als ein *Wir* noch denkbar war, und noch lange danach, als es schon klar war, dass die Träume nur offene Wunden hinterlassen würden, weil es keine Hoffnung mehr gab, kein Fünkchen. Selbst damals hatte ich mich nicht davon abhalten können. Und jetzt war es genauso. Bella in *meinen* Armen, Bella, wie sie *meinen* Namen seufzte …

Noch schlimmer war ein neues Bild, das ich bis dahin nie gesehen hatte und das es für mich eigentlich gar nicht geben dürfte. Ein Bild, das mich nie gequält hätte, hätte er es nicht in meinen Kopf geschmuggelt. Aber dort saß es jetzt und grub sich in mein Gehirn wie Unkraut – giftig und unausrottbar. Bella, gesund und strahlend, so anders als jetzt bis auf eins: ihr Körper, nicht verunstaltet, sondern auf natürlichere Weise verändert. Wohlgerundet, weil sie *mein* Kind in sich trug.

Ich versuchte das giftige Kraut aus meinen Gedanken zu reißen. »*Bella* zur Vernunft bringen? In was für einer Welt lebst du eigentlich?«

»Du kannst es wenigstens versuchen.«

Ich schüttelte schnell den Kopf. Er wartete, ging gar nicht darauf ein, weil er den Konflikt in meinen Gedanken hörte.

»Woher kommt diese Psychokacke? Schüttelst du das einfach so aus dem Ärmel?«

»Seit ich begriffen habe, was sie vorhat, wofür sie ihr Leben geben will, denke ich nur noch daran, wie ich sie retten kann. Doch ich wusste nicht, wie ich mich mit dir in Verbindung setzen sollte. Ich wusste, dass du mir nicht zuhören würdest, wenn ich dich angerufen hätte. Wärest du heute nicht gekommen, hätte ich mich bald zu dir aufgemacht. Doch es ist schwer für mich, sie zu verlassen, und sei es nur für wenige Minuten. Ihr Zustand ... verändert sich so schnell. Das Ding ... wächst. Schnell. Ich kann jetzt nicht fort von ihr.«

»Was *ist* es denn?«

»Das weiß niemand von uns. Doch es ist stärker als sie. Schon jetzt.«

In diesem Moment sah ich es plötzlich – sah das wachsende Monster vor mir, das sie von innen her aufbrach.

»Hilf mir es aufzuhalten«, flüsterte er. »Hilf mir zu verhindern, dass das geschieht.«

»Wie denn? Indem ich mich als Zuchthengst anbiete?« Er schien nicht mal mit der Wimper zu zucken, als ich das sagte, ich dagegen schon. »Du bist echt krank. Darauf wird sie nie eingehen.«

»Versuche es. Wir haben nichts mehr zu verlieren. Was kann es schaden?«

Mir würde es schaden. Hatte ich von Bella nicht schon genug Zurückweisung erfahren?

»Ein kleiner Schmerz, um sie zu retten? Ist das ein so hoher Preis?«

»Aber es wird nicht klappen.«

»Schon möglich. Doch vielleicht wird es sie verwirren. Vielleicht wird es ihren Entschluss ins Wanken bringen. Einen Moment des Zweifels, mehr brauche ich nicht.«

»Und dann ziehst du das Angebot wieder zurück? ›War nur Spaß, Bella‹?«

»Wenn sie ein Kind will, wird sie es auch bekommen. Ich werde keinen Rückzieher machen.«

Kaum zu fassen, dass ich überhaupt darüber nachdachte. Bella würde mir ins Gesicht schlagen – nicht dass mir das etwas ausmachen würde, aber sie würde sich wahrscheinlich wieder die Hand brechen. Ich dürfte es gar nicht zulassen, dass er mit mir sprach und mich so durcheinanderbrachte. Es wäre besser, ihn einfach umzubringen.

»Nicht jetzt«, flüsterte er. »Noch nicht. Ob es nun richtig oder falsch ist, es würde sie zerstören, das weißt du. Es besteht kein Grund zur Eile. Wenn sie nicht auf dich hört, wirst du deine Chance bekommen. In dem Moment, da Bellas Herz aufhört zu schlagen, werde ich dich darum bitten, mich zu töten.«

»Da wirst du mich nicht lange bitten müssen.«

Die Andeutung eines müden Lächelns zuckte um seine Mundwinkel. »Ich zähle fest darauf.«

»Dann sind wir uns ja einig.«

Er nickte und hielt mir seine kalte steinerne Hand hin.

Ich schluckte meinen Widerwillen hinunter und nahm seine Hand. Meine Finger schlossen sich um den Stein und ich schüttelte ihn einmal.

»Abgemacht«, sagte er.

Wieso bin ich nicht einfach gegangen? Ach ja, klar, weil ich ein Idiot bin.

Ich kam mir vor – ich weiß nicht, wie ich mir vorkam. Als wäre das alles unwirklich. Als wäre ich Teil einer schlecht gemachten Sitcom, der Monstervariante. Nur dass ich nicht der übliche Trottel war, der die begehrteste Cheerleaderin zum Abschlussball einlädt, sondern der zweitplatzierte Werwolf, der drauf und dran ist, die Angetraute des Vampirs zu einem Seitensprung aufzufordern, Fortpflanzung inklusive. Wie lustig.

Nein, das kam nicht in Frage. Es war verlogen und falsch. Ich würde einfach vergessen, was er gesagt hatte.

Aber mit ihr sprechen wollte ich trotzdem. Wollte versuchen, sie zum Zuhören zu bewegen.

Aber sie würde mir nicht zuhören. Ebenso wenig wie sonst.

Edward erwiderte nichts auf meine Gedanken, als er vor mir her zum Haus zurückging. Ich dachte darüber nach, weshalb er ausgerechnet diesen Ort für unsere Unterredung ausgesucht hatte. Waren wir hier weit genug entfernt vom Haus, dass die anderen ihn nicht hören konnten? Waren wir deshalb dorthin gegangen?

Vielleicht. Als wir zur Tür hereinkamen, sahen die anderen Cullens misstrauisch und verwirrt aus. Niemand wirkte angewidert oder empört. Also hatten sie nicht mitbekommen, wo rum Edward mich gebeten hatte – weder das eine noch das andere.

Zögernd blieb ich in der Türöffnung stehen, unschlüssig, was ich jetzt tun sollte. Am besten hier bleiben, wo ein wenig saubere Luft von draußen hereinwehte.

Edward ging direkt zu der Gruppe am Sofa, die Schultern stocksteif. Bella schaute besorgt zu ihm, dann huschte ihr Blick kurz zu mir, dann wieder zu ihm.

Ihr Gesicht nahm eine gräulich bleiche Farbe an, und ich sah, was er gemeint hatte, als er sagte, jede Aufregung verschlimmere ihren Zustand.

»Wir werden Jacob und Bella jetzt eine Weile allein lassen«, sagte Edward. Er sagte es vollkommen tonlos, wie ein Roboter.

»Nur über meine Asche«, zischte Rosalie ihn an. Sie kauerte immer noch neben Bella, eine kalte Hand besitzergreifend auf Bellas blasser Wange.

Edward würdigte sie keines Blickes. »Bella«, sagte er mit derselben tonlosen Stimme. »Jacob möchte mit dir sprechen. Hast du Angst, mit ihm allein zu sein?«

Bella sah mich verwirrt an. Dann schaute sie zu Rosalie.

»Rose, es ist schon gut. Jake wird uns nichts tun. Geh mit Edward.«

»Es könnte ein Trick sein«, sagte die Blonde warnend.

»Ich wüsste nicht, wie«, sagte Bella.

»Carlisle und ich bleiben in Sichtweite, Rosalie«, sagte Edward. Die tonlose Stimme überschlug sich fast, seine Wut klang hindurch. »Wir sind es, vor denen sie Angst hat.«

»Nein«, flüsterte Bella. Ihre Augen glitzerten, die Wimpern waren nass. »Nein, Edward, ich hab keine …«

Er schüttelte den Kopf und lächelte ein wenig. Es tat weh, dieses Lächeln zu sehen. »So habe ich es nicht gemeint, Bella. Es ist alles in Ordnung. Mach dir um mich keine Sorgen.«

Abartig. Er hatte Recht – es machte sie völlig fertig, dass sie seine Gefühle verletzt haben könnte. Das Mädchen war die geborene Märtyrerin. Sie lebte eindeutig im falschen Jahrhundert. Sie hätte in früheren Zeiten auf die Welt kommen sollen, als man sich für einen guten Zweck den Löwen zum Fraß vorwerfen konnte.

»Bitte«, sagte Edward und zeigte mit steifer Hand zur Tür.

Die Ruhe, die er vor Bella zu bewahren versuchte, konnte jeden Augenblick verlorengehen. Ich sah, wie sehr er jenem Mann von vorhin glich, der bei lebendigem Leib verbrannte. Auch die anderen sahen es. Schweigend gingen sie hinaus, während ich ihnen Platz machte. Sie bewegten sich schnell, zweimal nur schlug mein Herz, schon war das Zimmer leer bis auf Rosalie, die zögernd auf dem Boden verharrte, und Edward, der an der Tür auf sie wartete.

»Rose«, sagte Edward leise. »Ich möchte, dass du gehst.«

Die Blonde sah Edward wütend an und gab ihm dann mit einer Handbewegung zu verstehen, dass er zuerst gehen solle. Er verschwand zur Tür hinaus. Sie warf mir einen langen warnenden Blick zu, dann ging auch sie.

Als wir allein waren, lief ich quer durchs Zimmer und setzte mich neben Bella auf den Boden. Ich nahm ihre kalten Hände in meine und rieb sie behutsam.

»Danke, Jake. Das fühlt sich gut an.«

»Ich werde dich nicht anlügen, Bella. Du siehst scheußlich aus.«

»Ich weiß«, sagte sie. »Ich sehe gruselig aus.«

»Wie das Ding aus dem Sumpf«, stimmte ich zu.

Sie lachte. »Es ist so schön, dass du da bist. Es tut gut, mal zu lächeln. Viel mehr Drama halte ich nicht aus.«

Ich verdrehte die Augen.

»Ja, schon gut«, sagte sie. »Ich bin ja selbst schuld.«

»Ja, das kann man wohl sagen. Was denkst du dir nur, Bella? Im Ernst!«

»Hat er dich gebeten, mir die Meinung zu sagen?«

»So ähnlich. Obwohl ich mir nicht vorstellen kann, wie er darauf kommt, dass du auf mich hören würdest. Das hast du noch nie getan.«

Sie seufzte.

»Ich hab's dir doch gesagt …«, setzte ich an.

»Wusstest du, dass *Ich hab's dir doch gesagt* einen Bruder hat, Jacob?«, fiel sie mir ins Wort. »Sein Name ist *Halt die Klappe.*«

»Der war gut.«

Sie grinste mich an. Ihre Haut spannte über den Knochen. »Ist nicht von mir – hab ich aus einer Wiederholung von den *Simpsons.*«

»Die Folge hab ich verpasst.«

»War witzig.«

Einen Augenblick lang sagten wir nichts. Ihre Hände wurden allmählich ein wenig wärmer.

»Hat er dich wirklich gebeten, mit mir zu reden?«

Ich nickte. »Um dich zur Vernunft zu bringen. Aber *diese* Schlacht ist ja schon verloren, bevor sie überhaupt begonnen hat.«

»Warum hast du dich dann darauf eingelassen?«

Ich gab keine Antwort. Ich war mir nicht sicher, ob ich es überhaupt wusste.

Aber eins wusste ich – jede Sekunde, die ich jetzt mit ihr verbrachte, machte den Schmerz, den ich hinterher zu ertragen hatte, nur noch größer. Der Tag der Abrechnung würde für mich so sicher kommen wie für einen Junkie, der nur einen begrenzten Vorrat an Stoff hat. Je mehr ich jetzt nahm, umso härter würde es sein, wenn der Vorrat zur Neige ging.

»Es wird schon gutgehen«, sagte sie nach einer Weile. »Daran glaube ich.«

Jetzt sah ich wieder rot.

»Gehört Schwachsinn zu den Symptomen deines Zustands?«, fuhr ich sie an.

Sie lachte, obwohl meine Wut so echt war, dass meine Hände an ihren zitterten.

»Kann sein«, sagte sie. »Ich hab nicht gesagt, dass es einfach wird, Jake. Aber wie hätte ich all das so lange durchstehen sollen, ohne an ein Wunder zu glauben?«

»Wunder?«

»Vor allem für dich«, sagte sie. Sie lächelte. Sie nahm eine Hand aus dem Schutz meiner Hände und legte sie an meine Wange. Sie war wärmer als vorhin, aber an meiner Wange fühlte sie sich kühl an, wie das meiste. »Auf dich mehr als auf jeden anderen wartet ein Wunder, das alles zu einem guten Ende bringen wird.«

»Was faselst du da?«

Immer noch dieses Lächeln. »Edward hat mir einmal erzählt, was das ist, diese Sache mit der Prägung. Er sagte, es sei wie im *Sommernachtstraum*, wie Zauberei. Du wirst die finden, nach der du in Wirklichkeit suchst, und vielleicht fügt sich dann alles zusammen.«

Hätte sie nicht so zerbrechlich ausgesehen, hätte ich losgebrüllt.

So jedoch knurrte ich sie nur an.

»Wenn du glaubst, die Prägung würde diesen Wahnsinn je

vernünftig erscheinen lassen ...« Ich suchte nach Worten. »Glaubst du im Ernst, nur weil ich vielleicht eines Tages auf irgendeine Fremde geprägt werde, ist das hier richtig?« Ich zeigte mit dem Finger auf ihren aufgedunsenen Leib. »Sag mir, warum, Bella! Weshalb habe ich dich überhaupt geliebt? Weshalb hast du ihn geliebt? Wenn du stirbst« – die Worte kamen heraus wie ein Knurren –, »wie kann das je richtig sein? Wozu all das Leid? Meins, deins, seins! Du wirst auch ihn töten; nicht, dass mir das etwas ausmachen würde.« Sie zuckte zusammen, aber ich redete einfach weiter. »Was war dann letztlich der Sinn deiner verwickelten Liebesgeschichte? Wenn es *irgendeinen* Sinn gibt, Bella, dann erklär ihn mir, ich verstehe ihn nämlich nicht.«

Sie seufzte. »Ich weiß es noch nicht, Jake. Aber ich ... spüre einfach ... dass all das zu etwas Gutem führen wird, auch wenn wir das jetzt kaum sehen können. Man könnte es wohl Gottvertrauen nennen.«

»Du stirbst für nichts, Bella! Für nichts und wieder nichts!« Ihre Hand sank von meiner Wange zu ihrem aufgedunsenen Leib, liebkoste ihn. Sie brauchte nichts zu sagen, ich wusste auch so, was sie meinte. Sie starb für *es*.

»Ich werde nicht sterben«, sagte sie mit zusammengebissenen Zähnen, und ich merkte, dass sie diese Worte schon oft gesagt hatte. »Ich werde es schaffen, dass mein Herz weiterschlägt. Ich bin stark genug.«

»Das ist absoluter Schwachsinn, Bella. Du hast zu lange versucht, mit dem Übernatürlichen mitzuhalten. Kein normaler Mensch kann das schaffen. Du bist nicht stark genug.« Ich nahm ihr Gesicht in eine Hand. Ich musste mich nicht ermahnen, vorsichtig zu sein. Alles an ihr wirkte so zerbrechlich.

»Ich schaffe es. Ich schaffe es«, murmelte sie, wie die kleine blaue Lokomotive in dem Kinderbuch.

»So sieht das für mich aber nicht aus. Also, was hast du vor? Ich hoffe, du hast dir was überlegt.«

Sie nickte, aber sie wich meinem Blick aus. »Wusstest du, dass Esme von einer Klippe gesprungen ist? Als sie noch ein Mensch war, meine ich.«

»Und?«

»Sie war dem Tod so nah, dass sie sich noch nicht mal die Mühe gemacht haben, sie ins Krankenhaus zu bringen – sie brachten sie direkt ins Leichenschauhaus. Aber ihr Herz schlug noch, als Carlisle sie fand ...«

Das hatte sie vorhin gemeint, als sie sagte, dass ihr Herz weiterschlagen würde.

»Du hast nicht vor, die Sache als Mensch zu überleben«, bemerkte ich dumpf.

»Nein. Ich bin ja nicht blöd.« Jetzt wich sie meinem Blick nicht aus. »Aber ich nehme an, du hast dazu deine eigene Meinung.«

»Notvampirisierung«, murmelte ich.

»Bei Esme hat es funktioniert. Und bei Emmett und Rosalie und sogar bei Edward. Sie waren alle nicht gerade in rosiger Verfassung. Carlisle hat sie nur verwandelt, weil sie sonst gestorben wären. Er nimmt niemandem das Leben, er rettet Leben.«

Wieder hatte ich beim Gedanken an den guten Vampirdoktor leichte Gewissensbisse. Ich verdrängte das Gefühl und verlegte mich aufs Bitten.

»Hör mir zu, Bella. Tu's nicht.« Wie zuvor, als ich von Charlies Anruf erfahren hatte, merkte ich, wie viel es mir bedeutete. Mir wurde bewusst, wie wichtig es für mich war, dass sie am Leben blieb. Wie auch immer. Ich atmete tief durch. »Warte nicht, bis es zu spät ist, Bella. Nicht so. Du musst leben. Ja? Einfach leben. Tu mir das nicht an. Tu es ihm nicht an.« Meine Stimme wurde härter, lauter. »Du weißt, was er tun wird, wenn du stirbst. Du hast es schon einmal erlebt. Willst du, dass er wieder zu diesen Mördern nach Italien geht?« Sie verkroch sich ins Sofa.

Ich erwähnte nicht, dass das diesmal gar nicht nötig sein würde.

Ich bemühte mich, sanfter zu ihr zu sprechen, und fragte: »Weißt du noch, als die Neugeborenen mich in die Mangel genommen haben? Was hast du mir da gesagt?«

Ich wartete auf eine Antwort, aber es kam keine. Sie presste die Lippen zusammen.

»Du hast gesagt, ich soll brav sein und auf Carlisle hören«, erinnerte ich sie. »Und was habe ich gemacht? Ich hab auf den Vampir gehört. Dir zuliebe.«

»Du hast auf ihn gehört, weil es das Richtige war.«

»Von mir aus auch das.«

Sie holte tief Luft. »Jetzt ist es aber nicht das Richtige.« Ihr Blick streifte ihren dicken runden Bauch und sie flüsterte: »Ich werde ihn nicht töten.«

Jetzt zitterten mir wieder die Hände. »Ach so. Diese wunderbare Neuigkeit hatte ich noch gar nicht gehört. Ein munterer Knabe, was? Ich hätte ein paar blaue Luftballons mitbringen sollen.«

Ihre Wangen färbten sich in einem zarten Rot. Die Farbe war so schön – sie stach mir wie ein Messer in den Bauch. Wie ein Sägemesser, rostig und zackig.

Ich würde verlieren. Schon wieder.

»Ich weiß nicht, ob es ein Junge ist«, gab sie ein wenig verlegen zu. »Der Ultraschall funktioniert nicht. Die Membran um das Baby herum ist zu hart – wie die Haut der Vampire. Er ist also ein kleines Geheimnis. Aber ich stelle mir immer einen Jungen vor.«

»Das dadrin ist kein hübsches kleines Baby, Bella«, sagte ich.

»Das werden wir ja sehen«, sagte sie. Beinahe hochmütig.

»*Du* bestimmt nicht«, knurrte ich.

»Du bist zu pessimistisch, Jacob. Es besteht doch immerhin die Chance, dass ich heil aus der Sache herauskomme.«

Ich konnte nicht antworten. Ich senkte den Blick und atmete tief und langsam. Ich versuchte meine Wut zu beherrschen.

»Jake«, sagte sie, tätschelte mir das Haar und strich mir über die Wange. »Es wird alles gut. Schscht. Alles wird gut.«

Ich schaute nicht auf. »Nein. Nichts wird gut.«

Sie wischte etwas Nasses von meiner Wange. »Schscht.«

»Was soll das, Bella?« Ich starrte auf den hellen Teppich. Meine nackten, dreckigen Füße hatten Flecken hinterlassen. Gut. »Ich dachte, mehr als alles auf der Welt wolltest du deinen Vampir. Und jetzt gibst du ihn einfach auf? Das ist doch verrückt. Seit wann willst du unbedingt Kinder haben? Und wenn du dir das so sehr wünschst, wieso hast du dann einen Vampir geheiratet?«

Jetzt kam ich dem Angebot gefährlich nahe, das ich ihr machen sollte. Ich sah, wie die Worte mich dorthin führten, ohne dass ich die Richtung ändern konnte.

Sie seufzte. »Das ist es nicht. Ich habe mir eigentlich gar kein Baby gewünscht. Habe nicht mal darüber nachgedacht. Es geht nicht einfach darum, ein Baby zu haben. Es geht um … na ja, um *dieses* Baby.«

»Es bringt dich um, Bella. Sieh dich doch an.«

»Nein, das tut er nicht. Das liegt nur an mir. Ich bin schwach, nur ein Mensch. Aber ich stehe es durch, Jake, ich kann …«

»Oh, Mann! Hör schon auf, Bella! Diesen Quatsch kannst du deinem Blutsauger erzählen, ich fall darauf nicht rein. Du weißt, dass du es nicht schaffst.«

Sie funkelte mich an. »*Wissen* tu ich es nicht. Ich mache mir Sorgen, das ist ja klar.«

»Sorgen«, wiederholte ich mit zusammengebissenen Zähnen.

In dem Moment keuchte sie und fasste sich an den Bauch. Mein Zorn erlosch so schnell wie ein Licht, das ausgeschaltet wird.

»Mir geht es gut«, stieß sie hervor. »Es ist nichts.«

Aber das hörte ich kaum, sie hatte das Sweatshirt zur Seite gezogen und ich starrte entsetzt auf die entblößte Haut. Ihr Bauch sah aus, als wäre er mit großen schwarzen Tintenklecksen bedeckt.

Sie sah meinen Blick und riss das Sweatshirt schnell wieder herunter.

»Er ist eben stark«, sagte sie trotzig.

Die Tintenkleckse waren Blutergüsse.

Ich musste fast würgen, und jetzt begriff ich, was Edward gemeint hatte, als er sagte, dass man zusehen könne, wie es ihr wehtat. Plötzlich hatte ich das Gefühl, selbst ein bisschen verrückt zu sein.

»Bella«, sagte ich.

Sie bemerkte den veränderten Klang meiner Stimme. Sie schaute auf, verwirrt, immer noch schwer atmend.

»Bella, tu das nicht.«

»Jake …«

»Hör zu. Werd nicht gleich wieder sauer, okay? Hör mir einfach nur zu. Was wäre, wenn …«

»Wenn was?«

»Was wäre, wenn das hier nicht deine einzige Chance wäre? Wenn es nicht jetzt oder nie hieße? Wenn du einfach auf Carlisle hörst wie ein braves Mädchen und zusiehst, dass du überlebst?«

»Ich werde nicht …«

»Lass mich mal ausreden. Du bleibst am Leben. Und dann kannst du noch mal von vorn anfangen. Das hier hat nicht geklappt. Dann versuchst du es eben noch mal.«

Sie runzelte die Stirn, hob eine Hand und berührte die Stelle, an der meine Augenbrauen zusammengewachsen waren. Sie glättete meine Stirn mit den Fingern, während sie versuchte aus meinen Worten schlau zu werden.

»Ich verstehe nicht ... wie meinst du das, es noch mal versuchen? Du glaubst doch nicht, Edward würde es zulassen ...? Und was sollte das ändern? Ich bin mir sicher, dass jedes Baby ...«

»Ja«, sagte ich schroff. »Jedes Kind *von ihm* wäre genauso.«

Jetzt sah ihr müdes Gesicht noch verwirrter aus. »Was?«

Aber ich konnte nicht mehr sagen. Es war zwecklos. Ich würde es nie schaffen, sie vor sich selbst zu retten. Das war mir noch nie gelungen.

Dann blinzelte sie, und ich sah, dass sie kapiert hatte.

»Ach so. Bah. Jacob, ich bitte dich. Du meinst, ich soll mein Baby umbringen und es einfach ersetzen? Künstliche Befruchtung?« Jetzt war sie wütend. »Warum sollte ich von irgendeinem Fremden ein Baby haben wollen? Meinst du, das ist völlig egal? Hauptsache, irgendein Baby?«

»So hab ich es nicht gemeint«, murmelte ich. »Nicht von einem Fremden.«

Sie beugte sich vor. »Was willst du dann damit sagen?«

»Nichts. Ich will überhaupt nichts sagen. Wie immer.«

»Von wem kommt das?«

»Vergiss es, Bella.«

Sie runzelte misstrauisch die Stirn. »Hat er gesagt, du sollst mir das sagen?«

Ich zögerte, überrascht, dass sie so schnell darauf gekommen war. »Nein.«

»Gib's zu, es kommt von ihm.«

»Nein, echt nicht. Er hat nichts von künstlichem Dingsbums gesagt.«

Ihre Züge wurden weich und sie lehnte sich erschöpft in die Kissen zurück. Als sie wieder sprach, hatte sie das Gesicht zur Seite gedreht, sie redete gar nicht zu mir. »Er würde alles für mich tun. Und ich tue ihm so weh ... Aber was denkt er sich nur? Dass ich das hier ...« sie fuhr mit der Hand über ihren Bauch – »gegen das Baby irgendeines Fremden eintauschen würde ...« Das Letzte sagte sie ganz leise, dann brach ihre Stimme ab. Ihre Augen waren feucht.

»Du brauchst ihm nicht wehzutun«, flüsterte ich. Es brannte wie Gift in meinem Mund, als ich mich für ihn einsetzte, doch ich wusste, dass ich sie mit diesem Argument am ehesten überzeugen konnte weiterzuleben. Die Chancen standen trotzdem tausend zu eins. »Du könntest ihn wieder glücklich machen, Bella. Ich glaube wirklich, er dreht durch. Echt.«

Sie schien mir gar nicht zuzuhören; ihre Hand zeichnete kleine Kreise auf ihrem zerschundenen Bauch, während sie an der Unterlippe nagte.

Eine lange Zeit schwiegen wir beide. Ich fragte mich, wie weit weg die Cullens wohl waren. Konnten sie meine erbärmlichen Überredungsversuche mit anhören?

»Kein Fremder?«, sagte sie leise zu sich selbst. Ich zuckte zusammen. »Was genau hat Edward dir gesagt?«, fragte sie.

»Nichts. Er dachte nur, auf mich würdest du vielleicht hören.«

»Das meine ich nicht. Das mit dem neuen Versuch.«

Ihr Blick traf meinen, und ich sah, dass ich schon zu viel preisgegeben hatte.

»Nichts.«

Ihr blieb der Mund offen stehen. »Wow.«

Ein paar Herzschläge lang war es still. Ich schaute wieder auf meine Füße, ich konnte ihrem Blick nicht standhalten.

»Er würde wirklich *alles* tun, was?«, flüsterte sie.

»Ich hab dir gesagt, dass er verrückt wird. Im wahrsten Sinne des Wortes, Bella.«

»Es wundert mich, dass du ihn nicht gleich verpetzt hast. Um ihn in Schwierigkeiten zu bringen.«

Als ich aufblickte, grinste sie.

»Hab mit dem Gedanken gespielt.« Ich versuchte zurückzugrinsen, aber ich merkte, dass es zur Grimasse geriet.

Sie wusste, was ich ihr anbieten wollte, und sie würde nicht mal darüber nachdenken. Das hatte ich gewusst. Trotzdem tat es weh.

»Du würdest auch so ziemlich alles für mich tun, stimmt's?«, flüsterte sie. »Ich weiß wirklich nicht, warum du dir solche Mühe machst. Ich hab keinen von euch beiden verdient.«

»Aber es nützt nichts, oder?«

»Diesmal nicht.« Sie seufzte. »Wenn ich es dir doch so erklären könnte, dass du es verstehst. Ihm wehzutun« – sie zeigte auf ihren Bauch –, »ist ebenso unmöglich, wie eine Pistole zu nehmen und dich zu erschießen. Ich liebe ihn.«

»Warum musst du immer die Falschen lieben, Bella?«

»Ich glaube nicht, dass ich das tue.«

Ich hatte einen Kloß im Hals und musste mich räuspern, ehe ich wieder sprechen konnte. »Du kannst es mir ruhig glauben«, sagte ich mit harter Stimme.

Ich stand langsam auf.

»Wo willst du hin?«

»Ich kann hier nichts ausrichten.«

Bittend streckte sie ihre magere Hand aus. »Geh nicht.«

Ich spürte, wie die Sucht an mir zerrte und versuchte, mich in ihrer Nähe zu halten.

»Ich gehöre nicht hierher. Ich muss zurück.«

»Warum bist du dann gekommen?«, fragte sie, die Hand immer noch schlaff nach mir ausgestreckt.

»Ich wollte nur sehen, ob du wirklich noch lebst. Ich habe nicht geglaubt, dass du krank bist, wie Charlie gesagt hat.«

Ihre Miene ließ nicht erkennen, ob sie mir das abkaufte oder nicht.

»Kommst du noch mal her? Bevor ...«

»Ich werde nicht hier rumhängen und dir beim Sterben zusehen, Bella.«

Sie zuckte zusammen. »Du hast Recht, du hast Recht. Es ist wohl wirklich besser, wenn du gehst.«

Ich ging zur Tür.

»Tschüss«, flüsterte sie hinter mir. »Ich liebe dich, Jake.«

Fast hätte ich kehrtgemacht. Wäre auf die Knie gefallen und hätte sie wieder angefleht. Doch ich wusste, dass ich Bella verlassen musste, auf der Stelle, wie bei einem kalten Entzug, bevor sie mich ebenso umbrachte wie ihn.

»Ja, klar«, murmelte ich beim Hinausgehen.

Von den Vampiren sah ich keinen. Mein Motorrad, das ganz allein mitten auf der Wiese stand, beachtete ich gar nicht. Das war mir jetzt nicht schnell genug. Mein Vater war bestimmt wahnsinnig vor Sorge – und Sam auch. Was hatte das Rudel gedacht, als sie vergeblich darauf warteten, dass ich mich verwandelte? Dachten sie, die Cullens hätten mich geschnappt, bevor ich überhaupt die Gelegenheit zur Verwandlung hatte? Ich zog mich aus, ohne darauf zu achten, ob mich jemand sah, und rannte los. Mitten im Sprung verwischte sich meine Gestalt zu der eines Wolfs.

Sie warteten. Natürlich warteten sie.

Jacob, Jake, riefen acht Stimmen erleichtert im Chor.

Komm sofort nach Hause, befahl die Stimme des Leitwolfs. Sam war fuchsteufelswild.

Ich merkte, dass Paul verschwand, und mir war klar, dass Billy und Rachel natürlich unbedingt wissen wollten, was mit mir passiert war. Paul hatte es so eilig, ihnen die frohe Nachricht zu überbringen, dass ich nicht zu Vampirfutter geworden war, dass er darauf verzichtete, meine Geschichte ganz zu hören.

Ich brauchte den anderen nicht zu erzählen, dass ich unterwegs war – sie sahen den Wald, der an mir vorbeirauschte, während ich nach Hause lief. Ich brauchte ihnen auch nicht zu erzählen, dass ich halb verrückt war. Sie wussten, wie es in meinem Kopf aussah.

Sie sahen den ganzen Schrecken – Bellas fleckigen Bauch, ihre Reibeisenstimme: *Er ist eben stark*, Edward mit dem Gesicht eines Mannes, der bei lebendigem Leib verbrennt: *während ich zusehen muss, wie sie immer kränker und schwächer wird … zusehen, wie es ihr wehtut*, Rosalie, die über Bellas schlaffem Körper kauerte: *Bellas Leben bedeutet ihr nichts* – und ausnahmsweise einmal wusste niemand etwas zu sagen.

Ihr Schreck war nur ein stummer Schrei in meinem Kopf. Wortlos.

!!!!

Ich war schon halb zu Hause, ehe sich auch nur einer von ihnen erholt hatte. Dann rannten sie mir alle entgegen.

Es war fast dunkel – die Wolken verdeckten den Sonnenuntergang. Ich riskierte es, über die Schnellstraße zu rennen, und schaffte es, ohne dass mich jemand sah.

Wir trafen uns fünfzehn Kilometer von La Push entfernt auf einer Lichtung, die die Holzfäller geschlagen hatten. Sie war abgelegen, zwischen zwei Bergvorsprüngen, wo uns niemand sehen würde. Paul stieß zusammen mit mir zu der Gruppe, und damit war das Rudel komplett.

In meinem Kopf war ein einziges Durcheinander von Stimmen. Alle riefen gleichzeitig.

Sams Nackenfell war gesträubt und er knurrte unablässig,

während er immer hin- und herlief. Paul und Jared folgten ihm wie zwei Schatten, die Ohren flach angelegt. Alle waren höchst erregt und knurrten leise vor sich hin.

Erst war nicht klar, wogegen sich ihre Wut richtete, und ich dachte, ich wäre gemeint. Ich war so fertig, dass es mir egal war. Ich hatte die Befehle nicht befolgt; von mir aus konnten sie mit mir machen, was sie wollten.

Doch dann lief das Gedankengewirr zusammen.

Wie kann das sein? Was bedeutet das? Was wird daraus?

Nicht sicher. Nicht richtig. Gefährlich.

Unnatürlich. Monströs. Eine Scheußlichkeit.

Das können wir nicht zulassen.

Alle gingen jetzt im Gleichschritt und dachten im Gleichschritt, alle außer mir und noch jemandem. Ich saß neben einem meiner Brüder, zu benommen, um mit den Augen oder den Gedanken zu schauen, wer es war, während das Rudel uns umkreiste.

Das ist durch den Vertrag nicht gedeckt.

Es bringt alle in Gefahr.

Ich versuchte die Stimmen zu verstehen, die mich umkreisten, versuchte dem gewundenen Weg zu folgen, den die Gedanken nahmen, um zu sehen, wohin sie führten, aber ich wurde nicht schlau daraus. Die Bilder, um die ihre Gedanken kreisten, waren *meine* Bilder – die allerschlimmsten. Bellas Blutergüsse, Edwards Gesicht, als er brannte.

Auch sie fürchten es.

Aber sie werden nichts dagegen unternehmen.

Bella beschützen.

Wir können nicht zulassen, dass uns das beeinflusst.

Die Sicherheit unserer Familien und aller anderen hier ist wichtiger als ein einzelner Mensch.

Wenn sie es nicht umbringen, müssen wir das tun.

Den Stamm beschützen.

Unsere Familien beschützen.

Wir müssen es töten, bevor es zu spät ist.

Noch eine Erinnerung, diesmal Edwards Worte: *Das Ding wächst. Schnell.*

Ich versuchte mich zu konzentrieren, einzelne Stimmen herauszuhören.

Keine Zeit zu verlieren, dachte Jared.

Das bedeutet einen Kampf, warnte Embry. *Einen schlimmen Kampf.*

Wir sind bereit, beharrte Paul.

Wir müssen sie überrumpeln, dachte Sam.

Wenn wir sie getrennt antreffen, können wir sie getrennt erledigen. So haben wir bessere Chancen auf einen Sieg, dachte Jared; er überlegte sich bereits eine Strategie.

Ich schüttelte den Kopf und kam langsam auf die Füße. Ich fühlte mich wacklig – als würden die kreisenden Wölfe mich schwindlig machen. Auch der Wolf neben mir erhob sich. Er drückte seine Schulter an meine und stützte mich.

Wartet, dachte ich.

Einen kurzen Moment lang hörten sie auf zu kreisen, dann machten sie weiter.

Wir haben wenig Zeit, sagte Sam.

Aber – was denkst du dir? Heute Nachmittag, als wir glaubten, sie hätten den Vertrag gebrochen, wolltest du sie nicht angreifen. Und jetzt planst du einen Überfall, obwohl der Vertrag nicht verletzt wurde?

Dies ist etwas, was unser Vertrag nicht vorsah, sagte Sam. *Es bedeutet eine Gefahr für alle Menschen in der Gegend. Wir wissen nicht, was für ein Wesen die Cullens hervorbringen werden, aber wir wissen, dass es stark ist und schnell wächst. Und es wird zu jung sein, um sich an irgendeinen Vertrag zu halten. Erinnerst du dich an die neugeborenen Vampire, gegen die wir gekämpft haben? Wild, brutal, ohne jede Vernunft und Selbstbeherrschung. Stell dir so einen vor, der unter dem Schutz der Cullens steht.*

Wir wissen doch gar nicht ..., versuchte ich ihn zu unterbrechen.

Wir wissen es nicht, stimmte er mir zu. *Aber wir können in diesem Fall kein Risiko eingehen. Wir können die Existenz der Cullens nur so lange dulden, wie wir ganz sicher darauf vertrauen können, dass sie keinen Schaden anrichten. Diesem ... Ding können wir nicht vertrauen.*

Ihnen gefällt es nicht mehr als uns.

Sam zog Rosalies Gesicht, ihre beschützende Haltung, aus meinen Gedanken und zeigte sie den anderen.

Manche sind bereit, für das Ding zu kämpfen, ganz gleich, was es ist.

Es ist doch nur ein Baby, verdammt noch mal.

Aber nicht lange, flüsterte Leah.

Jake, Kumpel, das ist wirklich ein großes Problem, sagte Quil. *Wir können nicht einfach darüber hinwegsehen.*

Ihr übertreibt maßlos, sagte ich. *Die Einzige, die hier in Gefahr ist, ist Bella.*

Das ist ihre eigene Entscheidung, sagte Sam. *Aber in diesem Fall betrifft ihre Entscheidung uns alle.*

Das glaube ich nicht.

Das Risiko ist zu groß. Wir werden es nicht dulden, dass ein Blutsauger auf unserem Gebiet jagt.

Dann sag ihnen, sie sollen verschwinden, sagte der Wolf, der an meiner Seite stand. Es war Seth. Natürlich.

Und andere dieser Bedrohung aussetzen? Wenn Blutsauger auf unserem Land unterwegs sind, dann zerstören wir sie, ganz gleich, wo sie jagen wollen. Wir beschützen alle, die wir beschützen können.

Das ist verrückt, sagte ich. *Heute Nachmittag hattest du noch Angst, das Rudel in Gefahr zu bringen.*

Da wusste ich auch noch nicht, dass unsere Familien bedroht sind. Ich fasse es nicht! Wie willst du dieses Wesen töten, ohne Bella zu töten?

Es war kein Wort zu hören, doch das Schweigen sagte genug. Ich heulte. *Sie ist auch ein Mensch! Steht sie nicht auch unter unserem Schutz?*

Sie stirbt sowieso, dachte Leah. *Wir beschleunigen es nur.*

Das reichte. Mit gefletschten Zähnen sprang ich auf Seths Schwester zu. Ich hatte schon fast ihren linken Hinterlauf gepackt, als ich spürte, wie Sam die Zähne in meine Flanke hieb und mich zurückriss.

Ich heulte auf vor Schmerz und Zorn und ging auf ihn los.

Hör auf, befahl er mit dem Doppelklang des Leitwolfs.

Meine Beine schienen unter mir nachzugeben. Ruckartig blieb ich stehen, nur mit großer Willensanstrengung konnte ich mich aufrecht halten.

Er wandte den Blick von mir ab. *Du wirst ihn nicht noch zusätzlich quälen, Leah,* befahl er ihr. *Bella zu opfern, ist ein hoher Preis, und wir* alle *werden das anerkennen. Es geht gegen alles, wofür wir stehen, einem Menschen das Leben zu nehmen. Von diesem Kodex abzuweichen, ist eine schlimme Sache. Wir* alle *werden betrauern, was wir heute Nacht tun.*

Heute Nacht, wiederholte Seth erschrocken. *Sam – ich glaube, wir sollten noch mal darüber sprechen. Wenigstens den Rat der Ältesten einholen. Du kannst nicht im Ernst meinen, dass wir …*

Deine Toleranz gegenüber den Cullens können wir uns jetzt nicht leisten. Wir haben keine Zeit, zu beratschlagen. Du wirst tun, was ich dir sage, Seth.

Seth knickte in den Vorderbeinen ein, er beugte unter dem Gewicht von Sams Befehl den Kopf.

Sam lief in einem engen Kreis um Seth und mich herum.

Wir brauchen für diese Aktion das ganze Rudel. Jacob, du bist unser stärkster Kämpfer. Du wirst heute Nacht an unserer Seite kämpfen. Ich verstehe, dass das für dich schwer ist, deshalb wirst du dich auf ihre Kämpfer konzentrieren – Emmett und Jasper Cullen. Mit dem ... anderen musst du nichts zu tun haben. Quil und Embry werden dir zur Seite stehen.

Mir zitterten die Knie, ich konnte mich kaum aufrecht halten, während die Stimme des Leitwolfs meinen Willen fesselte.

Paul, Jared und ich nehmen uns Edward und Rosalie vor. Nach allem, was wir durch Jacob wissen, gehe ich davon aus, dass sie Bella bewachen. Carlisle und Alice werden ebenfalls in ihrer Nähe sein, möglicherweise auch Esme. Auf sie werden sich Brady, Collin, Seth und Leah konzentrieren. Sobald jemand die Möglichkeit hat, an – wir alle hörten, wie er in Gedanken über Bellas Namen stolperte – *das Wesen zu gelangen, wird er es tun. Das Wesen zu vernichten, hat oberste Priorität.*

Alle knurrten zustimmend. Vor Spannung standen ihnen die Nackenhaare hoch. Die Schritte wurden jetzt schneller, und der Klang der Pfoten auf dem brackigen Boden war schärfer, Krallen rissen an der Erde.

Nur Seth und ich waren reglos, das Auge im Zentrum eines Sturms aus gebleckten Zähnen und angelegten Ohren. Seths Nase berührte fast den Boden, so gebeugt war er unter Sams Befehlen. Ich spürte seinen Schmerz über den bevorstehenden Vertrauensbruch. Für ihn war es ein Verrat – seit dem Tag des Bündnisses, als Seth Seite an Seite mit Edward Cullen gekämpft hatte, waren die beiden richtige Freunde geworden.

Dennoch war kein Widerstand in ihm. Er würde gehorchen, wie schmerzlich es für ihn auch war. Er hatte keine Wahl.

Und was hatte ich für eine Wahl? Wenn der Leitwolf sprach, hatte das Rudel zu folgen.

Sam hatte seine Autorität noch nie so weit getrieben, ich wusste, dass er es abscheulich fand, Seth vor ihm knien zu sehen wie einen Sklaven vor seinem Herrn. Er würde uns nicht dazu zwingen, wenn er nicht davon überzeugt wäre, dass es der einzige Weg war. Unsere Gedanken waren so miteinander verwoben, dass er uns nicht belügen konnte. Er war wirklich davon überzeugt, dass es unsere Pflicht war, Bella und das Monster, das sie in sich trug, zu vernichten. Er glaubte, wir hätten keine Zeit zu verlieren. Er glaubte so fest daran, dass er bereit war, dafür zu sterben.

Ich sah, dass er sich Edward selbst vorknöpfen wollte; Edwards Fähigkeit, unsere Gedanken zu lesen, machte ihn in Sams Augen zu der größten Gefahr. Keinen von uns wollte Sam einer solchen Gefahr aussetzen.

Jasper sah er als den zweitstärksten Gegner, deshalb hatte er ihn mir zugeteilt. Er wusste, dass ich ihn von allen im Rudel am ehesten besiegen könnte. Die leichtesten Gegner hatte er den jüngeren Wölfen und Leah zugedacht. Die kleine Alice war ohne ihre Zukunftsvisionen harmlos, und Esme war, wie wir aus der Zeit des Bündnisses wussten, keine Kämpferin. Carlisle stellte eine größere Herausforderung dar, doch seine Abneigung gegen Gewalt würde ihn zurückhalten.

Als ich sah, wie Sam alles plante und eine Strategie entwickelte, mit der wir alle die größte Überlebenschance hatten, war mir noch elender zu Mute als Seth.

Es war alles verkehrt. Heute Nachmittag war ich ganz versessen darauf gewesen, sie anzugreifen. Doch Seth hatte Recht gehabt – für diesen Kampf war ich nicht gewappnet. Ich war blind vor Hass gewesen. Ich hatte die Sache nicht zu Ende gedacht, wahrscheinlich weil ich gewusst hatte, was herauskommen würde, wenn ich es täte.

Carlisle Cullen. Wenn ich ihn ohne den Hass betrachtete, der mir den Blick verstellte, musste ich zugeben, dass es Mord wäre, ihn zu töten. Er war gut, so gut wie die Menschen, die wir beschützten. Vielleicht sogar besser. Vermutlich galt das auch für die anderen, doch für sie empfand ich nicht so stark. Ich kannte sie nicht so gut. Carlisle würde es abscheulich finden zu kämpfen, selbst wenn er nur damit seine Haut retten könnte. Deshalb hatten wir eine Chance, ihn zu töten – weil er nicht wollte, dass wir, seine Feinde, starben.

Das war nicht richtig.

Und nicht nur, weil die Vorstellung, Bella zu töten, für mich das Gleiche bedeutete, als sollte ich mich selbst töten.

Jacob, reiß dich zusammen, befahl Sam. *Der Stamm geht vor.*

Ich war heute im Unrecht, Sam.

Nur deine Gründe waren die falschen. Aber jetzt müssen wir unsere Pflicht erfüllen.

Ich nahm all meine Kraft zusammen. *Nein.*

Sam fauchte und blieb stehen. Er starrte mir in die Augen und ließ ein tiefes Knurren ertönen.

Doch, verfügte der Leitwolf, und seine Doppelstimme brannte mit der Hitze seiner Autorität. *Heute Nacht gibt es keine Schlupflöcher. Du, Jacob, wirst mit uns zusammen gegen die Cullens kämpfen. Du wirst dich mit Quil und Embry um Jasper und Emmett kümmern. Du bist verpflichtet, den Stamm zu beschützen. Das ist der Grund dafür, dass es dich gibt. Du wirst dieser Pflicht genügen.*

Ich zog die Schultern hoch, als der Befehl meinen Willen brach. Meine Beine versagten, und ich lag unter ihm auf dem Bauch.

Niemand aus dem Rudel konnte sich dem Leitwolf widersetzen.

DIE BEIDEN WICHTIGSTEN PUNKTE AUF DER LISTE DER DINGE, DIE ICH NIEMALS TUN WILL

Noch während ich am Boden lag, begann Sam die anderen aufzustellen. Embry und Quil standen links und rechts von mir, sie warteten darauf, dass ich mich erholte und die Spitze übernahm. Ich spürte den Drang, mich aufzuraffen und sie anzuführen. Der Druck wurde größer, vergebens kämpfte ich dagegen an, wand mich auf dem Boden.

Embry winselte mir leise ins Ohr. Er wollte die Worte nicht denken, wollte vermeiden, dass Sam wieder auf mich aufmerksam wurde. Ich spürte seine wortlose Bitte an mich, aufzustehen, die Sache hinter mich zu bringen.

Angst herrschte im Rudel, weniger um das eigene Leben als um die Gruppe. Wir konnten uns nicht vorstellen, dass wir alle den Kampf überleben würden. Welche Brüder würden wir verlieren? Wessen Gedanken würden uns für immer verlassen? Welche trauernden Familien mussten wir am nächsten Morgen trösten?

Während wir uns diesen Ängsten stellten, verschmolzen meine Gedanken allmählich mit denen der anderen, wir dachten einstimmig. Automatisch rappelte ich mich auf und schüttelte mein Fell.

Embry und Quil schnaubten erleichtert. Quil stupste mich einmal mit der Nase in die Seite.

Ihre Gedanken waren erfüllt von der Herausforderung, von unserer Aufgabe. Gemeinsam erinnerten wir uns an die Nächte, in denen wir den Cullens bei der Vorbereitung auf den Kampf gegen die Neugeborenen zugeschaut hatten. Emmett Cullen war der Stärkste, doch mit Jasper würden wir größere Probleme haben. Er bewegte sich wie ein Blitz – Kraft, Geschwindigkeit und Gefahr in einer Person. Wie viele Jahrhunderte Erfahrung hatte er? So viel, dass der Rest der Familie Cullen sich von ihm unterweisen ließ.

Ich kann die Spitze übernehmen, wenn du lieber an der Flanke kämpfen willst, bot Quil mir an. Quil war stärker als die anderen von gespannter Erwartung erfüllt. Als er damals bei Jaspers Einweisung zugeschaut hatte, hätte er sich für sein Leben gern mit den Vampiren gemessen. Für ihn war es ein Wettkampf, obwohl er wusste, dass sein Leben auf dem Spiel stand. Paul war genauso und auch Collin und Brady, die beiden Jüngeren, die noch nie bei einem Kampf dabei gewesen waren. Für Seth wäre es vermutlich ebenso gewesen – wären die Gegner nicht seine Freunde.

Jake? Quil stieß mich an. *Sollen wir tauschen?*

Ich schüttelte nur den Kopf. Ich konnte mich nicht konzentrieren – der Zwang, die Anweisungen zu befolgen, fühlte sich so an, als wären lauter Marionettenfäden in meine Muskeln eingehakt. Einen Fuß vor, jetzt den anderen.

Seth trottete hinter Collin und Brady her – Leah hatte in ihrer Gruppe die Führung übernommen. Sie ließ Seth links liegen, während sie mit den anderen Pläne schmiedete, und ich sah ihr an, dass sie ihn bei dem Kampf am liebsten außen vor lassen würde. Ihre Gefühle für den jüngeren Bruder hatten etwas Mütterliches. Ihr wäre es lieb gewesen, wenn Sam ihn nach Hause geschickt hätte. Seth merkte nichts von Leahs Zweifeln. Auch er musste sich an die Marionettenfäden gewöhnen.

Vielleicht, wenn du den Widerstand aufgibst ..., flüsterte Embry. *Konzentrier dich einfach auf unsere Aufgabe. Die Großen. Wir können sie ausschalten. Die gehören uns!* Quil sprach sich Mut zu wie vor einem entscheidenden Match.

Ich merkte, wie leicht das war – nur an meine Aufgabe zu denken. Die Vorstellung, Jasper und Emmett anzugreifen, machte mir nichts aus. Wir waren schon früher einmal nahe dran gewesen. Ich hatte sie lange als Feinde betrachtet. Das konnte ich jetzt wieder tun.

Ich musste nur vergessen, dass sie dasselbe beschützten, was auch ich beschützen würde. Ich durfte nicht daran denken, weshalb ich ihnen den Sieg wünschen könnte ...

Jake, sagte Embry warnend. *Lass dich nicht ablenken.*

Meine Füße bewegten sich schleppend, sie wehrten sich gegen die Fäden.

Es hat keinen Zweck, dagegen anzukämpfen, flüsterte Embry.

Er hatte Recht. Am Ende musste ich doch tun, was Sam verlangte, wenn er entschlossen war mich zu zwingen. Und das war er. Ganz offensichtlich.

Es gab einen guten Grund dafür, dass der Leitwolf eine solche Autorität hatte. Selbst ein so starkes Rudel wie unseres hatte ohne Anführer keine besondere Kraft. Wir mussten uns gemeinsam bewegen, gemeinsam denken, wenn wir etwas erreichen wollten. Also brauchte der Rumpf einen Kopf.

Aber wenn Sam nun falschlag? Keiner konnte eingreifen. Keiner konnte seine Entscheidung anzweifeln.

Mit einer Ausnahme.

Und da war er – der Gedanke, den ich niemals hatte denken

wollen. Doch jetzt, da meine Beine an Fesseln hingen, begriff ich erleichtert, dass es eine Ausnahme gab – mehr als erleichtert, voll wilder Freude.

Niemand konnte die Entscheidung des Leitwolfs anzweifeln – außer mir.

Ich hatte mir meine Sporen noch nicht verdient. Aber gewisse Dinge waren mir in die Wiege gelegt worden, auf die ich bisher keinen Anspruch erhoben hatte.

Ich hatte nie der Anführer des Rudels sein wollen. Ich wollte es auch jetzt nicht. Ich wollte nicht, dass die Verantwortung für uns alle auf meinen Schultern lastete. Das konnte Sam besser, als ich es je können würde.

Aber heute Nacht beging er einen Fehler.

Und ich war nicht dazu geboren, vor ihm auf die Knie zu gehen.

In der Sekunde, da ich mein Geburtsrecht annahm, fielen die Fesseln von mir ab.

Ich spürte, wie etwas in mir wuchs, zum einen Freiheit, zum anderen eine eigenartige, hohle Kraft. Hohl, weil ein Leitwolf erst durch das Rudel seine Kraft verliehen bekommt, und ich hatte kein Rudel. Für einen Augenblick überflutete mich ein Gefühl der Einsamkeit.

Ich gehörte nicht mehr zu diesem Rudel.

Doch ich war stark und entschlossen, als ich zu Sam ging, der mit Paul und Jared Pläne schmiedete. Er drehte sich zu mir um, als er mich kommen hörte, die schwarzen Augen schmal.

Nein, sagte ich wieder.

Er hörte es sofort, hörte an dem Doppelklang meiner Stimme, welche Entscheidung ich getroffen hatte.

Mit einem erschrockenen Aufschrei sprang er einen halben Schritt zurück.

Jacob? Was hast du getan?

Ich werde dir nicht folgen, Sam. Nicht in einer Sache, die so verkehrt ist.

Fassungslos starrte er mich an. *Du willst ... du willst deine Feinde über deine Familie stellen?*

Sie sind nicht – ich schüttelte den Kopf, wie um meine Gedanken zu ordnen –, *sie sind nicht unsere Feinde. Das waren sie nie. Aber das habe ich erst erkannt, als ich ernsthaft darüber nachdachte, sie zu vernichten.*

Dir geht es nicht um sie, knurrte er. *Dir geht es um Bella. Sie war nie für dich bestimmt, sie hat sich nie für dich entschieden, und trotzdem hörst du nicht auf, dein Leben für sie zu zerstören!*

Das waren harte Worte, und sie waren wahr. Ich nahm einen tiefen Atemzug, sog die Worte ein.

Vielleicht hast du Recht. Aber du bist derjenige, der ihretwegen das Rudel zerstört, Sam. Egal, wie viele heute Nacht überleben, an ihren Händen wird Blut kleben.

Wir müssen unsere Familien beschützen!

Ich weiß, was du beschlossen hast, Sam. Aber du entscheidest nicht für mich, jetzt nicht mehr.

Jacob, du kannst dem Stamm nicht den Rücken kehren.

Ich hörte den Doppelklang seiner Stimme, ein Befehl vom Leitwolf, doch er hatte jetzt kein Gewicht mehr. Er betraf mich nicht länger. Sam biss die Zähne zusammen, versuchte mich zu einer Antwort zu zwingen.

Ich starrte in seine zornigen Augen. *Ephraim Blacks Sohn ist nicht dazu geboren, Levi Uleys Sohn zu gehorchen.*

War's das dann, Jacob Black? Er sträubte das Nackenfell und fletschte die Zähne. Paul und Jared knurrten und nahmen eine drohende Haltung an. *Selbst wenn du mich besiegst, das Rudel wird dir niemals folgen!*

Jetzt machte *ich* einen Satz zurück und jaulte überrascht auf.

Dich besiegen? Ich will gar nicht gegen dich kämpfen, Sam.

Was hast du dann vor? Ich werde das Feld nicht räumen, damit du auf Kosten des Stammes die Vampirbrut beschützen kannst.

Ich sage ja gar nicht, dass du das Feld räumen sollst.

Wenn du ihnen befiehlst, dir zu folgen …

Ich werde niemals *jemandem den Willen brechen.*

Sein Schwanz schlug hin und her, er zuckte zurück vor dem Urteil, das in meinen Worten lag. Dann ging er einen Schritt auf mich zu, so dass wir Fuß an Fuß standen, seine gebleckten Zähne nur wenige Zentimeter von meinen entfernt. Bis zu diesem Augenblick war mir nicht aufgefallen, dass ich inzwischen größer war als er.

Es kann nur einen Leitwolf geben. Das Rudel hat mich gewählt. Willst du uns heute Nacht auseinanderreißen? Willst du auf deine Brüder losgehen? Oder willst du diesen Wahnsinn beenden und wieder zu uns gehören? In jedem Wort schwang der Befehl mit, aber er konnte mich nicht mehr berühren. Pures Leitwolfblut floss durch meine Adern.

Jetzt begriff ich, weshalb es immer nur einen Leitwolf in einem Rudel gab. Mein Wolfs-Ich nahm die Herausforderung an. Ich spürte, wie der Instinkt, meinen Anspruch zu verteidigen, in mir die Oberhand gewann. Wie sich alles in mir straffte für den Kampf um die Vormachtstellung.

Ich nahm all meine Energie zusammen, um das zu verhindern. Ich wollte keinen sinnlosen, zerstörerischen Kampf mit Sam. Auch wenn ich mich jetzt von ihm lossagte, so war er doch immer noch mein Bruder.

Es kann in diesem Rudel nur einen Leitwolf geben. Das zweifle ich gar nicht an. Ich will nur meinen eigenen Weg gehen.

Gehörst du jetzt zu einem Vampirzirkel, *Jacob?*

Ich zuckte zusammen.

Ich weiß nicht, Sam. Aber eins weiß ich ...

Er schrak zurück, als er den Doppelklang des Leitwolfs in meiner Stimme hörte. Ich hatte mit meiner Stimme mehr Macht über ihn als er umgekehrt über mich. Denn ich *war* dazu geboren, ihn anzuführen.

Ich werde mich zwischen dich und die Cullens stellen. Ich werde nicht zusehen, wie das Rudel Unschuldige – es war schwer, dieses Wort auf Vampire anzuwenden, aber es stimmte – *tötet. Dafür ist das Rudel zu schade. Führ sie auf den richtigen Weg, Sam.*

Ich kehrte ihm den Rücken zu, und die Luft um mich herum wurde von einem mehrstimmigen Geheul zerrissen.

Ich grub die Krallen in die Erde und floh vor dem Tumult, den ich ausgelöst hatte. Ich hatte nicht viel Zeit. Leah könnte mich als Einzige einholen, aber ich hatte einen Vorsprung.

Das Heulen wurde schwächer, aber ich konnte es noch deutlich durch die stille Nacht hören – das beruhigte mich. Sie waren noch nicht hinter mir her.

Ich musste zu den Cullens, bevor die Wölfe sich aufrafften und mich stoppen konnten. Wenn die Cullens gewarnt waren, würde Sam vielleicht doch noch einmal über das Ganze nachdenken, ehe es zu spät war. Ich raste zu dem verhassten weißen Haus und ließ mein Zuhause hinter mir. Ich hatte kein Zuhause mehr. Ich hatte ihm den Rücken gekehrt.

Der Tag hatte begonnen wie jeder andere. Ich war beim verregneten Sonnenaufgang von der Patrouille nach Hause gekommen, hatte mit Billy und Rachel gefrühstückt, irgendwelchen Mist im Fernsehen geguckt, mit Paul gezankt ... Wie konnte sich alles so vollkommen ändern, so surreal werden? Auf einmal stand die Welt kopf und ich war hier, mutterseelenallein, ein Leitwolf, der keiner sein wollte, von meinen Brüdern abgeschnitten, weil ich die Vampire über sie stellte.

Das Geräusch, das ich gefürchtet hatte, durchbrach meine verworrenen Gedanken – ich hörte den Aufprall großer, weicher Pfoten auf dem Boden, die mir nachkamen. Ich warf mich nach vorn und sauste durch den schwarzen Wald. Ich brauchte nur so nah heranzukommen, dass Edward die Warnung in meinem Kopf hörte. Allein würde Leah es nicht schaffen, mich aufzuhalten.

Und dann nahm ich die Stimmung der Gedanken hinter mir wahr. Nicht Wut, sondern Begeisterung. Der Wolf hinter mir jagte mich nicht ... er folgte mir.

Meine Schritte verloren ihren Schwung. Zweimal stolperte ich, bis ich den Rhythmus wiederfand.

Warte. Ich hab nicht so lange Beine wie du.

SETH! Was fällt dir ein? Geh nach Hause!

Er gab keine Antwort, doch ich spürte seine Erregung, während er weiter hinter mir herlief. Ich konnte durch seine Augen hindurchblicken wie er durch meine. Für mich war es eine trostlose Nacht. Für ihn war sie voller Verheißung.

Ich hatte gar nicht gemerkt, dass ich meinen Schritt verlangsamt hatte, als er plötzlich an meiner Seite war und neben mir herlief.

Das ist kein Scherz, Seth! Das hier ist kein Ort für dich. Verschwinde.

Der schlaksige hellbraune Wolf schnaubte. *Ich geb dir Deckung, Jacob. Ich glaube, du hast Recht. Und ich werde mich nicht hinter Sam stellen, wenn ...*

O ja, und ob du dich hinter Sam stellen wirst! Beweg deinen pelzigen Hintern zurück nach La Push und mach gefälligst, was Sam sagt.

Nein.

Hau ab, Seth!

Ist das ein Befehl, Jacob?

Seine Frage brachte mich ins Schleudern. Ich blieb stehen, meine Krallen bohrten Furchen in den matschigen Boden.

Ich erteile niemandem Befehle. Ich sage dir nur, was du sowieso schon weißt.

Er sank neben mir auf die Hinterläufe. *Ich sag dir mal, was ich weiß – ich weiß, dass es furchtbar still ist. Ist dir das schon aufgefallen?*

Ich blinzelte. Ich peitschte unruhig mit dem Schwanz, als ich begriff, was er damit sagen wollte. In gewisser Hinsicht war es überhaupt nicht still. Noch immer war das Heulen zu hören, weit weg im Westen.

Sie haben sich nicht zurückverwandelt, sagte Seth.

Das wusste ich. Das Rudel war in höchster Alarmbereitschaft. Sie dachten gemeinsam, um die Sache von allen Seiten zu beleuchten. Aber ich konnte nicht hören, was sie dachten. Ich hörte nur Seth. Sonst niemanden.

Scheint so, als wären verschiedene Rudel nicht miteinander verbunden. Tja. Das haben unsere Väter wohl nicht gewusst. Weil es bisher ja auch keinen Grund für getrennte Rudel gab. Waren nie genug Wölfe da. Wahnsinn. Es ist echt still. Irgendwie unheimlich. Aber auch ganz schön, findest du nicht? War bestimmt einfacher damals für Ephraim, Old Quil und Levi. Nicht immer so ein Gequassel, wenn man nur zu dritt ist. Oder zu zweit.

Halt die Klappe, Seth.

Yes, Sir.

Lass den Quatsch! Es gibt keine zwei Rudel. Es gibt DAS Rudel und es gibt mich. Das ist alles. Und jetzt geh nach Hause.

Wenn es keine zwei Rudel gibt, wieso können wir einander dann hören und die anderen nicht? Ich glaube, als du Sam den Rücken gekehrt hast, hatte das eine ganz schön große Tragweite. Das hat ziemlich viel verändert. Und als ich dir gefolgt bin, hat das auch noch mal etwas verändert.

Da magst du Recht haben, sagte ich. *Aber Veränderungen kann man auch wieder rückgängig machen.*

Er stand auf und trottete in Richtung Osten. *Wir haben jetzt keine Zeit, darüber zu streiten. Wir müssen weiter, bevor Sam …*

Da hatte er zweifellos Recht. Für einen Streit hatten wir jetzt wirklich keine Zeit. Ich fiel wieder in den Laufschritt, aber ich rannte nicht ganz so schnell wie zuvor. Seth blieb mir auf den Fersen, auf dem traditionellen Platz des Zweiten an meiner rechten Flanke.

Ich kann auch woanders laufen, dachte er und senkte leicht die Nase. *Ich bin dir nicht gefolgt, weil ich auf eine Beförderung aus war.*

Lauf, wo du willst. Mir ist das egal.

Wir hörten niemanden, der uns verfolgte, aber wir beschleunigten beide im selben Moment. Auf einmal machte ich mir Sorgen. Wenn ich keinen Zugang zu den Gedanken des Rudels mehr hatte, erschwerte das die Sache. Dann wusste ich keinen Augenblick eher als die Cullens, wann der Angriff losging.

Wir können Patrouille laufen, schlug Sam vor.

Und was machen wir, wenn das Rudel uns herausfordert? Ich kniff die Augen zusammen. *Unsere Brüder angreifen? Deine Schwester?*

Nein – wir schlagen Alarm und ziehen uns zurück.

Gute Antwort. Aber was dann? Ich glaube nicht …

Ich weiß, sagte er. Jetzt schon nicht mehr so zuversichtlich. *Ich glaube auch nicht, dass ich gegen sie kämpfen kann. Aber sie werden uns genauso ungern angreifen wie wir sie. Vielleicht reicht das, um sie aufzuhalten. Außerdem sind sie jetzt nur noch zu acht.*

Sei doch nicht so … Es dauerte einen Moment, bis ich das passende Wort gefunden hatte. *Optimistisch. Das nervt.*

Kein Problem. Willst du, dass ich jetzt total deprimiert bin, oder soll ich nur die Klappe halten?

Nur die Klappe halten.

Wird gemacht.

Ach ja? Davon merke ich aber nichts.

Da war er endlich still.

Und dann waren wir über die Straße und liefen durch den Wald, der das Haus der Cullens umgab. Ob Edward uns schon hören konnte?

Vielleicht sollten wir so was denken wie: Wir kommen in friedlicher Absicht.

Nur zu.

Edward? Zaghaft rief er den Namen. *Edward, bist du da? Hm, jetzt komme ich mir irgendwie blöd vor.*

Du hörst dich auch blöd an.

Meinst du, er kann uns hören?

Wir waren jetzt nur noch etwa einen Kilometer entfernt. *Ich glaub schon. Hey, Edward. Falls du mich hörst – zieht euch warm an, Blutsauger. Ihr habt ein Problem.*

Wir *haben ein Problem*, sagte Seth.

Dann stießen wir durch die Bäume auf die große Wiese. Das Haus war dunkel, aber nicht leer. Edward stand zwischen Emmett und Jasper auf der Veranda. Schneeweiß waren sie in dem schwachen Licht.

»Jacob? Seth? Was ist los?«

Ich verlangsamte meinen Schritt, dann ging ich ein Stück zurück. Mit dieser Nase war der Geruch so beißend, dass es sich anfühlte, als würde er mich verbrennen. Seth winselte leise, zögerte, dann stellte er sich hinter mich.

Als Antwort auf Edwards Frage ging ich die Auseinandersetzung mit Sam in Gedanken noch einmal durch, von hinten nach vorn. Seth begleitete meine Gedanken, füllte die Lücken aus, stellte die Szene aus einem anderen Blickwinkel dar. Als wir zu der Stelle mit der »Scheußlichkeit« kamen, hielten wir inne, weil Edward wütend zischte und von der Veranda sprang.

»Sie wollen Bella umbringen?«, knurrte er.

Emmett und Jasper, die den ersten Teil des Gesprächs nicht mitbekommen hatten, verstanden die tonlose Frage als Aussage. Wie der Blitz waren sie an seiner Seite und kamen mit gebleckten Zähnen auf uns zu.

Hey, hey, dachte Seth und wich zurück.

»Jasper, nicht sie! Die anderen. Das Rudel ist im Anmarsch.«

Emmett und Jasper wippten zurück auf die Fersen; Emmett wandte sich zu Edward, während Jasper uns anstarrte.

»Was haben die denn für ein Problem?«, wollte Emmett wissen.

»Das gleiche wie ich«, zischte Edward. »Doch sie haben ihre eigenen Vorstellungen, wie damit umzugehen ist. Holt die anderen. Ruft Carlisle an! Esme und er müssen sofort zurückkommen.«

Ich jaulte beklommen. Sie waren tatsächlich getrennt.

»Sie sind nicht weit weg«, sagte Edward mit derselben tonlosen Stimme.

Ich schaue mich mal um, sagte Seth. *An der westlichen Grenze.*

»Begibst du dich dadurch in Gefahr, Seth?«, fragte Edward.

Seth und ich tauschten einen Blick.

Ich glaub nicht, dachten wir gemeinsam. Und dann fügte ich hinzu: *Aber vielleicht sollte lieber ich gehen. Nur für alle Fälle …*

Mich greifen sie nicht so schnell an, sagte Seth. *Für sie bin ich noch ein Kind.*

Für mich bist du auch noch ein Kind.

Ich bin jetzt weg. Du musst dir mit den Cullens eine Strategie überlegen.

Er wirbelte herum und verschwand in der Dunkelheit. Ich würde Seth bestimmt nicht herumkommandieren, also ließ ich ihn gehen.

Edward und ich standen uns auf der dunklen Wiese gegenüber. Ich hörte Emmett leise telefonieren. Jasper schaute auf die Stelle, wo Seth in den Wald verschwunden war. Alice erschien auf der Veranda, und nachdem sie mich lange besorgt angeschaut hatte, flitzte sie zu Jasper. Ich nahm an, dass Rosalie bei Bella im Haus war. Sie bewachte sie immer noch – vor der falschen Gefahr.

»Dies ist nicht das erste Mal, dass ich dir zu Dank verpflichtet bin, Jacob«, flüsterte Edward. »Niemals hätte ich dich darum gebeten.«

Ich dachte an das, worum er mich heute Nachmittag gebeten hatte. Wenn es um Bella ging, gab es für ihn keine Grenzen. *So ist es doch.*

Er überlegte einen Augenblick, dann nickte er. »Da hast du wohl Recht.«

Ich seufzte tief. *Tja, es ist nicht das erste Mal, dass ich es nicht für dich getan hab.*

»Stimmt«, murmelte er.

Tut mir leid, dass ich heute nichts ausrichten konnte. Ich hab dir ja gesagt, dass sie nicht auf mich hören würde.

»Ich weiß. Ich habe das eigentlich auch nicht wirklich geglaubt. Doch …«

Du musstest es wenigstens versuchen, das versteh ich. Geht's ihr besser?

Seine Stimme und seine Augen wurden hohl. »Schlechter«, flüsterte er.

Ich wollte mir nicht vorstellen, was das hieß. Ich war dankbar, als Alice etwas sagte.

»Jacob, würde es dir etwas ausmachen, die Gestalt zu wechseln?«, fragte sie. »Ich möchte wissen, was los ist.«

Ich schüttelte den Kopf im selben Moment, als Edward antwortete.

»Er muss mit Seth in Verbindung bleiben.«

»Wärest *du* dann bitte so freundlich, mir zu verraten, was los ist?«

Er erklärte es ihr in knappen, nüchternen Sätzen. »Das Rudel glaubt, Bella sei zum Problem geworden. Sie wittern Gefahr in dem … was sie im Leib trägt. Sie sehen es als ihre Pflicht an, diese Gefahr auszuschalten. Jacob und Seth haben sich von ihrem Rudel losgesagt, um uns zu warnen. Die Übrigen planen für heute Nacht einen Angriff.«

Alice zischte und beugte sich von mir weg. Emmett und Jasper schauten sich kurz an, dann ließen sie den Blick über die Bäume schweifen.

Niemand zu sehen, berichtete Seth. *Im Westen ist alles ruhig.*

Vielleicht kommen sie von der anderen Seite.

Ich dreh mal eine Runde.

»Carlisle und Esme sind unterwegs«, sagte Emmett. »Noch zwanzig Minuten, höchstens.«

»Wir sollten unsere Verteidigung vorbereiten«, sagte Jasper.

Edward nickte. »Lasst uns ins Haus gehen.«

Ich schreite mit Seth die Grenzen ab. Wenn ich so weit weg bin, dass du meine Gedanken nicht mehr hören kannst, achte auf mein Heulen.

»Mache ich.«

Sie zogen sich ins Haus zurück, ihre Blicke huschten unruhig umher. Noch ehe sie die Tür hinter sich zugeschlossen hatten, drehte ich mich um und rannte in Richtung Westen.

Ich kann immer noch nichts finden, berichtete Seth.

Ich übernehme die andere Hälfte. Lauf schnell – wir dürfen ihnen keine Gelegenheit lassen, sich an uns vorbeizustehlen.

Sofort preschte Seth los.

Wir liefen schweigend und die Minuten vergingen. Ich lauschte auf die Geräusche um ihn herum, überprüfte sein Urteil.

Hey – da kommt etwas Schnelles!, warnte er mich nach fünfzehn Minuten Schweigen.

Schon unterwegs!

Bleib, wo du bist – ich glaub nicht, dass es das Rudel ist. Es hört sich anders an.

Seth ...

Doch er schnappte den Geruch mit dem Wind auf und ich las es in seinen Gedanken.

Vampir. Aber es ist Carlisle.

Seth, sei vorsichtig. Es könnte auch jemand anders sein.

Nein, sie sind es. Ich erkenne sie am Geruch. Warte, ich verwandle mich und erkläre ihnen alles.

Seth, ich glaub nicht ...

Aber da war er schon weg.

Voller Sorge rannte ich an der westlichen Grenze entlang. Das wär ja großartig, wenn ich nicht mal eine verdammte Nacht lang auf Seth aufpassen könnte. Wenn ihm nun etwas zustieß, während er unter meiner Obhut war? Leah würde mich zu Trockenfutter verarbeiten.

Wenigstens machte der Junge es kurz. Keine zwei Minuten später hatte ich ihn wieder im Kopf.

Ja, Carlisle und Esme. Mann, die waren vielleicht überrascht, mich zu sehen! Inzwischen sind sie wahrscheinlich schon im Haus. Carlisle hat uns gedankt.

Er ist in Ordnung.

Ja. Das ist einer der Gründe dafür, dass wir das Richtige tun.
Hoffentlich.

Warum bist du so niedergeschlagen, Jake? Ich wette, Sam kommt heute Nacht nicht mit dem Rudel hierher. Er führt doch kein Selbstmordkommando an.

Ich seufzte. Es war doch alles egal.

Ach so. Es ist gar nicht wegen Sam, oder?

Am Ende meiner halben Runde machte ich kehrt. Ich roch, wo Seth auf seiner Runde umgedreht war. Wir ließen keine Lücke.

Du glaubst, dass Bella sowieso stirbt, flüsterte Seth.

Ja.

Armer Edward. Das muss ihn wahnsinnig machen.

Im wahrsten Sinn des Wortes.

Bei Edwards Namen kochten andere Erinnerungen in mir hoch. Seth vernahm sie voller Verwunderung.

Und dann heulte er auf. *O nein! Das gibt's doch nicht! Das hast du nicht getan! Das ist doch hirnrissig, Jacob! Und das weißt du auch! Ich fasse es nicht, dass du ihm gesagt hast, du würdest ihn umbringen. Was soll das? Du musst ihm sagen, dass du das nicht tun wirst.*

Halt die Klappe, du Idiot. Sonst denken sie noch, das Rudel ist im Anmarsch!

Oh! Mitten in seinem Geheul verstummte er.

Ich drehte mich um und ging auf das Haus zu. *Halt dich einfach raus, Seth. Übernimm du jetzt mal die ganze Runde.*

Seth kochte, aber ich achtete nicht darauf.

Blinder Alarm, blinder Alarm, dachte ich, während ich näher kam. *Tut mir leid. Seth ist noch jung. Er vergisst so manches. Kein Angriff. Blinder Alarm.*

Als ich auf die Wiese kam, sah ich Edward aus einem der dunklen Fenster starren. Ich rannte auf ihn zu, ich wollte sichergehen, dass er meine Nachricht bekommen hatte.

Es ist nichts – ist das angekommen?

Er nickte kurz.

Es wäre so viel einfacher, wenn wir uns in beide Richtungen verständigen könnten. Und doch war ich im Grunde froh, nicht in *seinem* Kopf zu sein.

Er schaute über die Schulter zurück ins Haus, und ich sah, wie er von einem Schaudern ergriffen wurde. Er scheuchte mich weg, ohne noch einmal zu mir zu schauen, dann verschwand er aus meinem Blick.

Was ist?

Als ob ich eine Antwort bekommen würde.

Ich saß ganz still auf der Wiese und lauschte. Mit diesen Ohren konnte ich beinahe Seths leise Schritte hören, meilenweit entfernt im Wald. Es war eine Kleinigkeit, alle Geräusche in dem dunklen Haus zu hören.

»Es war blinder Alarm«, erklärte Edward mit völlig ausdrucksloser Stimme, er wiederholte nur meine Worte. »Seth war über irgendetwas anderes erregt und vergaß dabei, dass wir auf ein Signal warten. Er ist noch sehr jung.«

»Wie schön, wenn die Festung von Kleinkindern bewacht wird«, grummelte eine tiefere Stimme. Emmett, dachte ich.

»Sie haben uns heute Nacht einen großen Dienst erwiesen, Emmett«, sagte Carlisle. »Ein großes persönliches Opfer.«

»Ja, ich weiß. Ich bin ja nur neidisch. Ich wär jetzt gern da draußen.«

»Seth glaubt nicht, dass Sam jetzt angreifen wird«, sagte Edward mechanisch. »Nicht jetzt, da wir gewarnt sind und sie zwei Mann weniger im Rudel haben.«

»Wie denkt Jacob darüber?«, fragte Carlisle.

»Er ist nicht so optimistisch.«

Niemand sagte etwas. Ich hörte ein leises Tröpfeln, das ich

nicht einordnen konnte, und ich hörte sie alle leise atmen. Ich konnte sogar Bellas Atem ausmachen. Er war rauer, angestrengter. Er ging stockend und seltsam unregelmäßig. Ich hörte ihren Herzschlag, er schien ... zu schnell. Ich wusste nicht, ob er normal war. Mit meinem konnte ich ihn nicht vergleichen.

»Fass sie nicht an! Sonst wacht sie auf«, flüsterte Rosalie.

Jemand seufzte.

»Rosalie«, murmelte Carlisle.

»Leg dich nicht mit mir an, Carlisle. Wir haben dir vorhin deinen Willen gelassen, aber weitere Zugeständnisse machen wir nicht.«

Offenbar redeten Rosalie und Bella jetzt beide im Plural. Als ob sie ein eigenes Rudel bildeten.

Leise ging ich vor dem Haus auf und ab. Mit jedem Schritt kam ich ein Stück näher heran. Die dunklen Fenster waren wie ein Fernseher, der in einem öden Wartezimmer lief – es war unmöglich, längere Zeit nicht hinzuschauen.

Noch ein paar Minuten, noch ein paar Schritte und dann streifte ich im Vorübergehen mit dem Fell die Veranda.

Ich konnte durch die Fenster blicken – ich sah den oberen Teil der Wände und die Decke, den Kronleuchter, der nicht eingeschaltet war. Ich war so groß, dass ich nur den Hals ein wenig recken musste ... und vielleicht eine Pfote auf den Rand der Veranda ...

Ich spähte in das große offene Wohnzimmer und erwartete, etwas Ähnliches zu sehen wie heute Nachmittag. Doch das Bild hatte sich so sehr verändert, dass ich im ersten Moment völlig irritiert war. Eine Sekunde lang dachte ich, ich hätte das falsche Zimmer erwischt.

Die Glaswand war verschwunden – stattdessen war da jetzt eine, die aussah wie Metall. Und die Möbel waren alle an die

Seite gerückt; Bella lag merkwürdig zusammengerollt in einem schmalen Bett in der Mitte. Es war kein gewöhnliches Bett, sondern eins mit Gittern an den Seiten, wie in einem Krankenhaus. Ebenfalls an ein Krankenhaus erinnerten die Monitore, die an ihren Körper angeschlossen waren, die Schläuche, die in ihrer Haut steckten. Die Monitore leuchteten auf, aber es war nichts zu hören. Das Tröpfeln kam von der Infusion in ihrem Arm – eine dicke, weißliche Flüssigkeit, nicht durchsichtig.

Sie schlief unruhig und gab erstickte Laute von sich, Edward und Rosalie beugten sich über sie. Ihr Körper zuckte, sie wimmerte. Rosalie strich ihr sanft über die Stirn. Edward erstarrte – er hatte mir den Rücken zugewandt, aber seine Miene musste furchterregend sein, denn sofort warf Emmett sich zwischen die beiden. Er hielt Edward mit erhobenen Händen zurück.

»Nicht heute Nacht, Edward. Wir haben andere Sorgen.«

Edward wandte sich von ihnen ab, und wieder sah er aus, als verbrenne er bei lebendigem Leib. Sein Blick traf meinen, und ich sank auf alle viere.

Ich rannte zurück in den dunklen Wald, rannte zu Seth, floh vor dem, was hinter mir lag.

Schlechter. Ja, es ging ihr schlechter.

Manche Leute kapieren einfach nicht, was »Unerwünscht« heisst

Ich war schon fast eingeschlafen.

Vor einer Stunde hatte die Sonne sich hinter den Wolken erhoben – der Wald war jetzt grau statt schwarz. Gegen ein Uhr hatte Seth sich zusammengerollt und eine Weile geschlafen, im Morgengrauen hatte ich ihn geweckt, damit er mich ablöste. Obwohl ich die ganze Nacht gerannt war, fiel es mir schwer, die Gedanken lange genug abzuschalten, um in den Schlaf zu finden, doch Seths rhythmischer Laufschritt half mir dabei. Eins, zwei-drei, vier, eins, zwei-drei, vier – tam ta-dam tam – dumpfe Pfoten auf feuchter Erde, immer wieder, während er den weiten Kreis um das Land der Cullens abschritt. Allmählich hinterließen wir schon eine Spur im Boden. Seths Gedanken waren auf nichts Besonderes gerichtet, nur eine Mischung aus Grün und Grau, während der Wald an ihm vorbeirauschte. Es war beruhigend. Es half mir, meinen Kopf mit dem zu füllen, was er sah, und drängte meine eigenen Gedanken in den Hintergrund.

Aber dann zerriss Seths durchdringendes Heulen die frühmorgendliche Stille.

Ich sprang auf, und noch ehe meine Hinterbeine sich erhoben hatten, spurteten meine Vorderbeine schon los. Ich rannte zu der Stelle, wo Seth stehen geblieben war, und lauschte gemeinsam mit ihm auf das Geräusch näher kommender Pfoten.

Morgen, Jungs.

Ein erschrockenes Winseln entfuhr Seth. Und dann, als die neuen Gedanken deutlicher zu verstehen waren, knurrten wir beide.

O nein! Hau ab, Leah!, stöhnte Seth.

Ich blieb stehen, als ich Seth erreichte, der den Kopf in den Nacken gelegt hatte und wieder losheulen wollte – diesmal um zu jammern.

Mach keinen Lärm, Seth.

Ach ja. Bah! Bah! Bah!, wimmerte er und trommelte mit den Pfoten auf den Boden, er kratzte tiefe Furchen in die Erde.

Leah kam herbeigetrottet, ihr kleiner grauer Körper schlängelte sich durchs Unterholz.

Hör auf zu winseln, Seth. Was bist du doch für ein Baby.

Ich knurrte sie an, die Ohren flach angelegt. Intuitiv machte sie einen Satz zurück.

Was willst du hier, Leah?

Sie stieß einen tiefen Seufzer aus. *Das ist doch ziemlich eindeutig, oder? Ich schließe mich eurem armseligen kleinen Rudel Abtrünniger an. Den Wachhunden der Vampire.* Sie lachte ein leises sarkastisches Lachen.

Das lässt du schön bleiben. Dreh dich um, bevor ich dir eine Kniesehne rausreiße.

Als ob du mich fangen könntest. Sie grinste und duckte sich zum Spurt. *Wie wär's mit einem Wettrennen, o furchtloser Anführer?*

Ich atmete tief ein, füllte die Lungen, bis meine Flanken hervortraten. Dann, als ich sicher war, dass ich nicht losschreien würde, stieß ich die Luft in einem Schwall aus.

Seth, lauf zu den Cullens und sag ihnen, dass es nur deine bescheu-

erte *Schwester ist* – ich dachte die Worte so unfreundlich wie möglich. *Ich kümmere mich um sie.*

Schon unterwegs! Seth war nur zu froh, verschwinden zu können. Er lief auf das Haus zu.

Leah jaulte und beugte sich ihm hinterher, ihr Schulterfell stellte sich auf. *Willst du ihn* allein *zu den Vampiren lassen?*

Bestimmt würde er sich lieber von ihnen abmurksen lassen, als noch eine Minute länger mit dir zu verbringen.

Halt die Klappe, Jacob. Huch. Tut mir leid – ich wollte sagen, halt die Klappe, höchster Leitwolf.

Warum zum Teufel bist du hier?

Glaubst du, ich bleibe einfach zu Hause sitzen, während mein kleiner Bruder sich den Vampiren als Knabberspaß anbietet?

Seth will deinen Schutz nicht, und er braucht ihn auch nicht. Keiner will dich hier haben.

Aua, aua, das macht mich jetzt aber echt fertig. Ha, kläffte sie. *Sag mir, wer mich haben will, dann bin ich sofort weg.*

Dann geht es also gar nicht um Seth, oder?

Doch, klar. Ich sag ja nur, dass es für mich nichts Neues ist, unerwünscht zu sein. Das Argument zieht nicht, wenn du verstehst, was ich meine.

Ich knirschte mit den Zähnen und versuchte einen klaren Kopf zu bekommen.

Hat Sam dich geschickt?

Wenn ich in Sams Auftrag hier wäre, könntest du mich nicht hören. Ich gehöre nicht mehr zu ihm.

Ich lauschte genau auf die Gedanken, die sich in ihre Worte mischten. Ich musste wachsam sein, um ein eventuelles Ablenkungsmanöver oder einen Trick zu durchschauen. Aber da war nichts. Sie sprach die reine Wahrheit. Widerstrebende, fast verzweifelte Wahrheit.

Dann stehst du jetzt zu mir?, fragte ich voller Sarkasmus. *Jaja, alles klar.*

Ich habe keine große Wahl. Ich kann nur das nehmen, was sich mir bietet. Glaub mir. Mir macht das hier nicht mehr Spaß als dir.

Das stimmte nicht. In ihren Gedanken lag eine kribbelige Erwartung. Sie war nicht glücklich über die Situation, wurde jedoch zugleich von einem merkwürdigen Hochgefühl getragen. Ich durchforstete ihre Gedanken, versuchte zu verstehen.

Sie sträubte sich, nahm mir mein Eindringen übel. Normalerweise versuchte ich Leah auszublenden – ich hatte noch nie versucht, aus ihr schlau zu werden.

Wir wurden von Seth unterbrochen, der Edward erklärte, was passiert war. Leah winselte besorgt. Edwards Gesicht, das von demselben Fenster eingerahmt wurde wie in der Nacht zuvor, zeigte keine Reaktion auf die Neuigkeit. Es war ein ausdrucksloses Gesicht, ohne Leben.

Mann, sieht der aber schlecht aus, murmelte Seth. Auch auf diesen Gedanken reagierte Edward nicht. Er verschwand einfach wieder im Haus. Seth drehte sich um und lief zu uns zurück. Leah beruhigte sich ein wenig.

Was ist los?, fragte Leah. *Bring mich mal auf den neuesten Stand.*

Das ist nicht nötig. Du bleibst sowieso nicht.

Und ob, lieber Leitwolf. Denn da ich offenbar zu irgendwem gehören muss – und glaub nur nicht, ich hätte nicht versucht, mich allein durchzuschlagen, aber du weißt ja selbst, dass das nicht geht –, entscheide ich mich für dich.

Leah, du kannst mich nicht leiden. Und ich kann dich nicht leiden.

Vielen Dank, Mister Offensichtlich. Das ist mir egal. Ich bleibe bei Seth.

Du kannst die Vampire doch nicht ausstehen. Meinst du nicht, dass es da einen kleinen Interessenkonflikt gibt?

Du kannst die Vampire auch nicht ausstehen.

Aber ich fühle mich diesem Bündnis verpflichtet. Du nicht.

Ich halte einfach Abstand zu ihnen, ich kann hier Patrouille laufen, wie Seth.

Und ich soll dir vertrauen?

Sie reckte den Hals und stellte sich auf Zehenspitzen, um so groß zu sein wie ich, als sie mir in die Augen schaute. *Ich werde mein Rudel nicht verraten.*

Am liebsten hätte ich den Kopf in den Nacken gelegt und geheult, genau wie Seth zuvor. *Das hier ist nicht dein Rudel! Es ist überhaupt kein Rudel. Das bin nur ich, der allein abgehauen ist. Was habt ihr Clearwaters bloß? Warum könnt ihr mich nicht in Ruhe lassen?*

Seth, der gerade bei uns ankam, jaulte auf; jetzt hatte ich ihn auch noch gekränkt. Na super.

Ich hab dir doch geholfen, Jake, oder?

Du warst nicht allzu lästig, Junge, aber du und Leah im Doppelpack – wenn ich sie nur loswerden kann, indem ich dich auch wegschicke ... Kannst du es mir zum Vorwurf machen, dass ich da lieber allein bin?

Ach, Leah, du machst alles kaputt!

Ja, ich weiß, sagte sie zu ihm, und ihre ganze Verzweiflung lag darin.

Ich spürte den Schmerz in den drei kleinen Wörtern, und er war größer, als ich gedacht hätte. Ich wollte ihn nicht spüren. Ich wollte kein Mitleid mit ihr haben. Es stimmte, das Rudel war hart zu ihr, aber sie hatte es sich selbst zuzuschreiben, so sehr wie all ihre Gedanken von Bitterkeit vergiftet waren – es war ein Albtraum, ihre Gedanken zu teilen.

Auch Seth hatte ein schlechtes Gewissen. *Jake ... Du willst mich doch nicht wirklich wegschicken, oder? Leah ist nicht so übel. Im*

Ernst, ich meine, wenn sie dabei ist, können wir einen weiteren Umkreis sichern. Und jetzt sind die anderen nur noch zu siebt. Sam kann unmöglich einen Angriff auf die Beine stellen, wenn er so unterlegen ist. Es ist wahrscheinlich gut ...

Du weißt, dass ich kein Rudel anführen will, Seth.

Dann führ uns eben nicht an, sagte Leah.

Ich schnaubte. *Super Idee. Dann lauft jetzt nach Hause.*

Jake, dachte Seth. *Ich gehöre hierher. Ich mag die Vampire. Jedenfalls die Cullens. Für mich sind sie genauso wie Menschen und ich werde sie beschützen, weil das unsere Aufgabe ist.*

Du gehörst vielleicht hierher, Kleiner, aber deine Schwester nicht. Nur leider geht sie überallhin, wo du hingehst ...

Ich stutzte, als ich das sagte, denn ich sah etwas, woran Leah versucht hatte nicht zu denken.

Leah ging nirgendwo hin.

Ich dachte, du bist wegen Seth hier, dachte ich unwirsch.

Sie zuckte zusammen. *Bin ich ja auch.*

Und um von Sam wegzukommen.

Sie biss die Zähne zusammen. *Ich bin dir keine Erklärung schuldig. Ich muss nur deine Befehle befolgen. Ich gehöre zu deinem Rudel, Jake. Ende.*

Knurrend wandte ich mich ab.

Mist. Ich wurde sie einfach nicht los. Sowenig sie mich mochte, sosehr sie die Cullens verabscheute, so gern sie alle Vampire auf der Stelle umbringen würde und sosehr es sie nervte, sie stattdessen beschützen zu müssen – das zählte alles nicht im Vergleich zu der Befreiung, die sie empfand, weil sie endlich von Sam fortkonnte.

Leah mochte mich nicht, deshalb war es für sie auch nicht so schwer zu ertragen, dass ich sie gern losgeworden wäre.

Sie liebte Sam. Immer noch. Und das Wissen, dass er sie gern loswerden wollte, tat so weh, dass sie jetzt, da es eine Alternative gab, nicht mehr damit leben wollte. Sie hätte jede beliebige Gelegenheit ergriffen. Und wenn sie als Schoßhündchen bei den Cullens einziehen müsste.

Ich weiß nicht, ob ich so weit gehen würde, dachte sie. Sie versuchte es hart und angriffslustig klingen zu lassen, aber ihre Fassade hatte tiefe Risse bekommen. *Ich glaube, da würde ich doch lieber versuchen mich umzubringen.*

Hör mal, Leah ...

Nein, jetzt hörst du mal zu, Jacob. Spar dir deine Argumente, das bringt nämlich nichts. Ich halte mich von dir fern, okay? Ich mache alles, was du willst. Außer zurück zu Sam zu gehen und die erbärmliche Exfreundin zu sein, die er nicht loswird. Wenn du willst, dass ich gehe – sie setzte sich auf die Hinterbeine und schaute mir direkt in die Augen –, *dann musst du mich zwingen.*

Ich knurrte wütend. Jetzt empfand ich langsam Mitgefühl für Sam, trotz allem, was er mir und Seth angetan hatte. Kein Wunder, dass er das Rudel immer herumkommandierte. Wie sollte man sonst je zu irgendwas kommen?

Seth, würdest du es mir sehr übelnehmen, wenn ich deine Schwester umbringe?

Er tat so, als müsste er darüber erst mal nachdenken. *Tja ... ja, wahrscheinlich.*

Ich seufzte.

Also gut, Miss Ich-mache-alles-was-du-willst. Warum machst du dich nicht nützlich, indem du uns erzählst, was du weißt? Was ist gestern Nacht passiert, nachdem wir gegangen sind?

Es gab viel Geheul. Aber das habt ihr ja sicher gehört. Es war so laut, dass wir eine Weile gebraucht haben, bis wir merkten, dass wir euch nicht mehr hören konnten. Sam war ... Ihr fehlten plötzlich die Worte, aber wir sahen es vor uns. Seth und ich erschauderten beide. *Danach war ziemlich schnell klar, dass wir die Sache noch mal überdenken mussten. Heute Morgen wollte Sam als Erstes mit den Ältesten sprechen, danach sollten wir uns treffen und uns einen Schlachtplan überlegen. Aber es war klar, dass er nicht sofort wieder einen Angriff planen würde. Das wäre ja Selbstmord gewesen: du und Seth desertiert und die Blutsauger gewarnt. Ich weiß nicht genau, was sie vorhaben, aber wenn ich ein Blutsauger wäre, würde ich jetzt nicht allein durch den Wald spazieren. Die Jagdsaison auf Vampire ist eröffnet.*

Und du hast also beschlossen, das Treffen heute Morgen einfach zu schwänzen?, fragte ich.

Als wir uns gestern Nacht für die Wache aufgeteilt haben, bat ich um Erlaubnis, nach Hause zu gehen, um unserer Mutter alles zu erzählen …

Mist! Du hast es Mom erzählt? Seth knurrte.

Seth, lass die Familienstreitereien mal für eine Minute ruhen. Erzähl weiter, Leah.

Also, als ich mich zurückverwandelt hatte, brauchte ich eine Weile, um alles zu überdenken. Na ja, ehrlich gesagt, habe ich die ganze Nacht nichts anderes getan. Ich stellte mich schlafend. Aber die ganze Sache mit den zwei Rudeln und zwei getrennten Rudelgedanken gab mir viel Stoff zum Nachdenken. Am Ende überwogen Seths Sicherheit und die, äh, anderen Vorteile die Vorstellung, eine Verräterin zu werden und für Gott weiß wie lange Vampirgestank einatmen zu müssen. Du weißt, wie ich mich entschieden habe. Ich hab meiner Mutter einen Zettel hingelegt. Ich nehme an, wir werden es erfahren, sobald Sam es herausfindet …

Leah drehte ein Ohr in Richtung Westen.

Ja, das glaube ich auch, sagte ich.

Das ist alles. Und was machen wir jetzt?, fragte sie.

Seth und sie schauten mich beide erwartungsvoll an.

Genau darauf hatte ich überhaupt keine Lust.

Ich denke, wir sind einfach auf der Hut. Mehr können wir nicht tun. Am besten legst du dich eine Weile hin, Leah.

Du hast auch nicht mehr geschlafen als ich.

Hattest du nicht gesagt, du machst, was ich dir sage?

Stimmt. Das werd ich wohl noch öfter zu hören kriegen, grummelte sie und gähnte. *Na, was soll's. Mir egal.*

Ich laufe die Grenze ab, Jake. Ich bin überhaupt nicht müde. Seth war so dankbar, dass ich ihn und Leah nicht nach Hause geschickt hatte, dass er fast hüpfte vor Aufregung.

Ja, klar. Ich sage den Cullens Bescheid.

Seth machte sich daran, den Weg abzulaufen, der sich jetzt deutlich in die feuchte Erde gegraben hatte. Leah sah ihm gedankenverloren nach.

Vielleicht ein oder zwei Runden, bevor ich mich hinhaue ... Hey, Seth, willst du sehen, wie oft ich dich überrunden kann?

NEIN!

Sie kicherte leise, dann stürzte sie ihm nach in den Wald.

Ich knurrte erfolglos. Das war's dann wohl mit Ruhe und Frieden.

Leah gab sich Mühe – für ihre Verhältnisse. Sie hielt sich mit Spott zurück, als sie die Runde lief, aber ihre selbstgefällige Haltung war unmöglich zu übersehen. Ich dachte an das Sprichwort »Drei sind einer zu viel«. Es passte nicht richtig, weil für mich schon *einer* mehr als genug war. Aber wenn wir schon zu dritt sein mussten, konnte ich mir kaum jemanden denken, gegen den ich sie nicht eingetauscht hätte.

Paul?, schlug sie vor.

Vielleicht, gab ich zu.

Sie lachte in sich hinein, sie war so kribblig und überdreht, dass ich sie gar nicht beleidigen konnte. Ich fragte mich, wie lange das Hochgefühl darüber, dass sie endlich Sams Mitleid entkommen war, wohl anhalten würde.

Dann ist das jetzt mein Ziel – weniger zu nerven als Paul.

Ja, versuch das mal.

Als ich ein paar Meter von der Wiese entfernt war, wechselte ich die Gestalt. Ich hatte eigentlich nicht vorgehabt, hier viel Zeit als Mensch zu verbringen. Aber ich hatte auch nicht vorgehabt, Leah in meinem Kopf zu haben. Ich zog meine zerfetzten Shorts an und lief über die Wiese.

Noch ehe ich die Treppe erreicht hatte, ging die Tür auf, und ich war überrascht, als nicht Edward, sondern Carlisle heraustrat und mir entgegenkam – er sah erschöpft und deprimiert aus. Ganz kurz setzte mein Herz aus. Taumelnd blieb ich stehen, ich brachte kein Wort heraus.

»Was ist mit dir, Jacob?«, fragte Carlisle.

»Ist Bella …?«, stieß ich hervor.

»Sie ist … es geht ihr etwa so wie letzte Nacht. Habe ich dich erschreckt? Das tut mir leid. Edward sagte, du kämst in Menschengestalt, und ich wollte dich begrüßen, da er nicht von ihrer Seite weichen möchte. Sie ist wach.«

Und Edward wollte keine Zeit mit ihr verlieren, weil ihr nicht mehr viel Zeit blieb. Carlisle sprach es nicht aus, doch ich verstand ihn auch so.

Es war eine Weile her, seit ich zuletzt geschlafen hatte – vor meiner letzten Patrouille. Jetzt machte es sich bemerkbar. Ich ging einen Schritt, setzte mich auf die Verandatreppe und lehnte mich an das Geländer.

So lautlos, wie nur ein Vampir es konnte, setzte Carlisle sich auf dieselbe Stufe neben mich und lehnte sich an das andere Geländer.

»Ich hatte gestern Nacht keine Gelegenheit, dir zu danken,

Jacob. Du weißt gar nicht, wie sehr ich dein … Mitgefühl zu schätzen weiß. Ich weiß, dass es dir um Bella geht, doch ich habe dir auch die Sicherheit meiner übrigen Familie zu verdanken. Edward erzählte mir, was du auf dich nehmen musstest …«

»Sprechen Sie nicht davon«, murmelte ich.

»Wenn du es wünschst.«

Schweigend saßen wir da. Wir hörten die anderen im Haus. Emmett, Alice und Jasper, die im oberen Stockwerk ernst und leise miteinander sprachen. Esme, die in einem anderen Zimmer unmelodisch vor sich hin summte. Rosalie und Edward, die in unserer Nähe atmeten – ich konnte sie nicht auseinanderhalten, doch ich hörte den Unterschied zu Bellas angestrengt keuchendem Atem. Ich hörte auch ihren Herzschlag. Er kam mir … unregelmäßig vor.

Es war, als hätte das Schicksal beschlossen, dass ich innerhalb von vierundzwanzig Stunden all das tun würde, was ich geschworen hatte niemals zu tun. Hier saß ich herum und wartete darauf, dass sie starb.

Ich wollte nichts mehr hören. Reden war besser als hören.

»Für Sie gehört sie zur Familie?«, sagte ich zu Carlisle. Mir war aufgefallen, dass er gesagt hatte, ich hätte auch seiner *übrigen* Familie geholfen.

»Ja, Bella ist für mich schon jetzt eine Tochter. Eine geliebte Tochter.«

»Und doch lassen Sie sie sterben.«

Er blieb so lange stumm, dass ich aufschaute. Sein Gesicht sah sehr, sehr müde aus. Ich wusste, wie es ihm ging.

»Ich kann mir vorstellen, wie du deswegen über mich denkst«, sagte er schließlich. »Doch ich kann nicht gegen ihren Willen handeln. Es wäre nicht richtig, eine solche Entscheidung für sie zu treffen, sie zu zwingen.«

Ich wäre gern wütend auf ihn gewesen, aber er machte es mir schwer. Es war, als schlüge er mich mit meinen eigenen Worten, nur neu gemischt. Vorher hatten sie sich richtig angehört, aber jetzt konnten sie nicht mehr stimmen. Nicht, wenn Bella starb. Und doch ... Ich dachte daran, wie es sich angefühlt hatte, vor Sam auf dem Boden zu liegen – keine Wahl zu haben, als die Frau zu töten, die ich liebte. Aber das war nicht das Gleiche. Sam war im Unrecht. Und Bella liebte etwas, das sie nicht lieben durfte.

»Sehen Sie irgendeine Chance, dass sie es schaffen könnte? Ich meine, als Vampir. Sie hat mir die Geschichte ... von Esme erzählt.«

»Ich würde sagen, im Moment steht es fünfzig-fünfzig«, sagte er ruhig. »Ich habe schon erlebt, dass Vampirgift Wunder gewirkt hat, aber es gibt Fälle, bei denen selbst Gift nichts ausrichten kann. Ihr Herz kämpft schon zu sehr, sollte es versagen ... dann kann ich nichts mehr tun.«

Bellas Herz schlug und setzte kurz aus, als wollte es seine Worte auf quälende Weise unterstreichen.

Vielleicht drehte sich die Erde auf einmal verkehrt herum. Das könnte eine Erklärung dafür sein, weshalb alles das Gegenteil von dem war, was es gestern gewesen war – und dass ich auf etwas hoffte, was mir einmal als das Schlimmste auf der ganzen Welt erschienen war.

»Was macht das Ding mit ihr?«, flüsterte ich. »Gestern Nacht ging es ihr auf einmal so viel schlechter. Ich hab ... die Schläuche und all das gesehen. Durchs Fenster.«

»Der Fötus passt nicht zu ihrem Körper. Zum einen ist er zu stark, aber das könnte sie vermutlich sogar eine Weile aushalten. Das größere Problem besteht darin, dass er sie daran hindert, die Nährstoffe aufzunehmen, die sie braucht. Ihr Körper lehnt jede Art von Nahrung ab. Ich habe versucht sie intravenös zu ernähren, aber sie nimmt einfach nichts auf. Ihr ganzer Zustand ist aus dem Gleichgewicht geraten. Ich kann zusehen, wie sie – und nicht nur sie, sondern auch der Fötus – verhungert. Ich kann es nicht verhindern und ich kann es nicht aufhalten. Ich finde einfach nicht heraus, was der Fötus braucht.« Am Ende brach seine müde Stimme.

Mir war genauso zu Mute wie gestern, als ich die schwarzen Flecken auf ihrem Bauch gesehen hatte – ich war wütend und drehte allmählich durch.

Ich ballte die Hände zu Fäusten, um das Zittern zu beherrschen. Ich hasste das Ding, das ihr wehtat. Nicht nur, dass das Monster sie von innen schlug. Nein, es hungerte sie auch noch aus. Wahrscheinlich war es nur auf der Suche nach etwas, in das es seine Zähne hineinschlagen konnte – eine Kehle, die es aussaugen könnte. Und da es noch nicht groß genug war, um jemand anderen zu töten, saugte es eben Bella das Leben aus dem Körper.

Ich konnte ihnen genau sagen, was es brauchte: Tod und Blut, Blut und Tod.

Meine Haut brannte und prickelte. Ich atmete langsam und konzentriert ein und aus, um wieder ruhiger zu werden.

»Wenn ich doch nur eine genauere Vorstellung davon bekommen könnte, was es genau ist«, murmelte Carlisle. »Aber der Fötus ist gut geschützt. Es war mir nicht möglich, eine Ultraschallaufnahme zu machen. Ich bezweifle, dass es möglich ist, mit einer Nadel durch die Fruchtblase zu stechen, doch das würde Rosalie ohnehin niemals zulassen.«

»Eine Nadel?«, sagte ich. »Wozu sollte das gut sein?«

»Je mehr ich über den Fötus weiß, desto besser kann ich einschätzen, wozu er fähig ist. Was würde ich nicht für ein wenig Fruchtwasser geben. Und wenn ich die Anzahl der Chromosomen wüsste …«

»Jetzt komme ich nicht mehr mit, Doc. Können Sie das ein bisschen einfacher ausdrücken?«

Er lachte kurz auf – selbst sein Lachen klang erschöpft. »Also schön. Wie gut kennst du dich in Biologie aus? Habt ihr die Chromosomenpaare durchgenommen?«

»Ich glaub schon. Wir haben dreiundzwanzig, oder?«

»Menschen, ja.«

Ich blinzelte. »Wie viele haben Sie?«

»Fünfundzwanzig.«

Mit gerunzelter Stirn schaute ich auf meine Fäuste. »Was bedeutet das?«

»Ich dachte, es bedeutet, dass wir fast vollkommen anders sind als die Menschen. Weiter voneinander entfernt als ein Löwe und eine Hauskatze. Aber dieses neue Leben – nun ja, es lässt darauf schließen, dass wir genetisch kompatibler sind, als ich annahm.« Er seufzte betrübt. »Ich konnte sie nicht warnen.«

Auch ich seufzte. Es war ein Leichtes gewesen, Edward für diese Unwissenheit zu hassen. Ich hasste ihn noch immer dafür. Aber es war schwer, für Carlisle dasselbe zu empfinden. Vielleicht lag es daran, dass ich auf Carlisle nicht annähernd so eifersüchtig war.

»Es könnte hilfreich sein, die Anzahl der Chromosomen zu kennen – dann wüssten wir, ob der Fötus uns näher ist oder ihr. Wir wüssten eher, was wir erwarten können.« Dann zuckte er die Achseln. »Aber vielleicht würde es auch gar nichts nützen. Wahrscheinlich hätte ich nur gern irgendetwas, was ich untersuchen könnte, irgendetwas zu tun.«

»Wie viele Chromosomen ich wohl hab«, sagte ich beiläufig. Ich dachte an die Dopingtests bei den Olympischen Spielen. Machten die auch DNA-Untersuchungen?

Carlisle hüstelte verlegen. »Du hast vierundzwanzig Paare, Jacob.«

Ich wandte mich langsam um und starrte ihn mit hochgezogenen Augenbrauen an.

Es schien ihm unangenehm zu sein. »Ich war ... neugierig. Ich nahm mir die Freiheit, als ich dich im letzten Juni behandelte.«

Ich dachte einen Augenblick darüber nach. »Jetzt müsste ich wohl sauer sein. Aber es ist mir eigentlich egal.«

»Es tut mir leid. Ich hätte dich fragen sollen.«

»Ist schon gut, Doc. Sie wollten ja nichts Böses.«

»Nein, ich verspreche dir, dass ich ganz bestimmt nichts Böses wollte. Es ist nur ... ich finde deinesgleichen faszinierend. Im Laufe der Jahrhunderte hat es für mich wohl an Reiz verloren, die Natur der Vampire zu untersuchen. Die Abweichung deiner Familie von den Menschen ist sehr viel interessanter. Nahezu magisch.«

»Abrakadabra Simsalabim«, murmelte ich. Er war genau wie Bella mit ihrem übersinnlichen Quatsch.

Carlisle lachte noch ein müdes Lachen.

Da hörten wir Edwards Stimme im Haus und verstummten, um zu lauschen.

»Ich bin gleich wieder da, Bella. Ich möchte nur kurz mit Carlisle sprechen. Rosalie, würde es dir etwas ausmachen, mich zu begleiten?« Edwards Stimme klang verändert. Ein wenig Leben war darin. Irgendein Funken. Nicht gerade Hoffnung, aber vielleicht der *Wunsch* zu hoffen.

»Was ist denn, Edward?«, fragte Bella heiser.

»Nichts, worüber du dich sorgen müsstest, Liebste. Es dauert nur einen Augenblick. Kommst du, Rose?«

»Esme?«, rief Rosalie. »Kannst du einen Moment bei Bella sitzen?«

Ich hörte den Lufthauch, als Esme die Treppe hinunterhuschte.

»Natürlich«, sagte sie.

Carlisle rutschte unruhig auf der Stelle und schaute erwartungsvoll zur Tür. Edward kam als Erster, Rosalie folgte ihm auf den Fersen. Auch Edwards Gesicht war jetzt nicht mehr so leblos. Er wirkte hochkonzentriert. Rosalie sah misstrauisch aus. Edward schloss die Tür hinter ihr.

»Was ist, Edward?«

»Vielleicht sind wir die ganze Zeit auf dem falschen Weg. Ich habe dein Gespräch mit Jacob angehört, und als ihr darüber spracht, was der … Fötus braucht, da hatte Jacob einen interessanten Gedanken.«

Ich? Was hatte ich gedacht? Abgesehen von meinem offensichtlichen Hass auf das Ding? Wenigstens war ich damit nicht allein. Ich merkte, dass es Edward schwerfiel, einen so harmlosen Ausdruck wie *Fötus* zu gebrauchen.

»Von der Seite sind wir es bisher noch nicht angegangen«, fuhr Edward fort. »Wir haben versucht, Bella zu geben, was sie braucht. Und ihr Körper nimmt es etwa so gut an, wie einer von uns es tun würde. Vielleicht sollten wir uns zunächst um die Bedürfnisse des … Fötus kümmern. Wenn wir ihn zufriedenstellen können, haben wir vielleicht bessere Möglichkeiten, ihr zu helfen.«

»Ich kann dir nicht folgen, Edward«, sagte Carlisle.

»Überleg doch mal, Carlisle. Wenn dieses Wesen mehr Vampir ist als Mensch, kannst du dann nicht erraten, wonach es verlangt – und was es nicht bekommt? Jacob konnte es.«

Ich? Ich ließ das Gespräch Revue passieren und versuchte mich zu erinnern, welche Gedanken ich für mich behalten hatte. Es fiel mir im selben Moment ein, in dem Carlisle begriff.

»Ach so«, sagte er überrascht. »Du meinst, es hat ... Durst?«
Rosalie zischte leise. Jetzt war sie nicht mehr misstrauisch. Ihr
widerwärtig vollkommenes Gesicht leuchtete auf, ihre Augen
waren groß vor Erregung. »Natürlich«, sagte sie. »Carlisle, wir
haben die Blutgruppe 0 Rhesus negativ für Bella beiseitegelegt.
Es ist eine gute Idee«, fügte sie hinzu, ohne mich anzusehen.

»Hmm.« Gedankenverloren fasste Carlisle sich ans Kinn.
»Ich frage mich ... Und auf welche Weise können wir es am besten verabreichen ...«

Rosalie schüttelte den Kopf. »Wir haben keine Zeit, kreativ
zu sein. Ich würde sagen, wir fangen mit der traditionellen Methode an.«

»Moment mal«, flüsterte ich. »Wartet. Wollt ihr ... wollt ihr
damit sagen, dass Bella *Blut* trinken soll?«

»Es war deine Idee, Hund«, sagte Rosalie wütend – ohne
mich anzusehen.

Ich achtete nicht auf sie, sondern schaute zu Carlisle. Derselbe Hoffnungsschimmer, den ich bei Edward gesehen hatte,
leuchtete jetzt in seinen Augen auf. Er schürzte die Lippen und
überlegte.

»Das ist einfach ...« Ich fand nicht das richtige Wort.

»Abscheulich?«, schlug Edward vor. »Abstoßend?«

»Ziemlich.«

»Aber wenn es ihr hilft?«, flüsterte er.

Ich schüttelte wütend den Kopf. »Was habt ihr vor, wollt ihr
einen Schlauch in ihren Hals schieben?«

»Ich werde sie fragen, was sie davon hält. Ich wollte es nur zuvor mit Carlisle besprechen.«

Rosalie nickte. »Wenn du ihr erklärst, dass es dem Baby helfen könnte, wird sie zu allem bereit sein. Selbst wenn wir sie
durch einen Schlauch ernähren müssen.«

Als ich hörte, wie ihre Stimme bei dem Wort Baby ganz zuckersüß wurde, begriff ich, dass Blondie mit allem einverstanden sein würde, was dem mörderischen Monster half. War es das, war dies das Geheimnis, das die beiden verband? War Rosalie hinter dem Kind her?

Aus dem Augenwinkel sah ich Edward kurz abwesend nicken. Er schaute nicht zu mir, aber ich wusste, dass es die Antwort auf meine Frage war.

Hm. Ich hätte nicht gedacht, dass die eiskalte Blonde eine mütterliche Seite hatte. Es ging ihr also gar nicht darum, Bella zu beschützen – wahrscheinlich würde sie ihr persönlich den Schlauch in den Hals rammen.

Edwards Mund verzog sich zu einer harten Linie und ich wusste, dass ich schon wieder Recht hatte.

»Was ist? Wir haben keine Zeit, hier herumzusitzen und zu diskutieren«, sagte Rosalie ungeduldig. »Was meinst du, Carlisle? Sollen wir es versuchen?«

Carlisle holte tief Luft, dann war er auf den Füßen. »Wir werden Bella fragen.«

Blondie lächelte selbstgefällig – sie wusste, wenn es nach Bella ging, würde sie ihren Willen bekommen.

Ich hievte mich von der Treppe hoch und ging ihnen nach, als sie ins Haus verschwanden. Ich wusste nicht, weshalb eigentlich. Vielleicht nur aus einer Art morbider Neugier heraus. Es war wie ein Horrorfilm. Überall Monster und Blut.

Oder vielleicht konnte ich nicht widerstehen, noch einen letzten Schuss von meiner versiegenden Droge zu bekommen.

Bella lag flach in dem Krankenhausbett, ihr Bauch unter der Decke ragte wie ein Berg empor. Sie sah wächsern aus – farblos und durchscheinend. Man hätte meinen können, sie wäre bereits tot, bis auf die winzige Bewegung ihrer Brust, ihren flachen

Atem. Und ihre Augen, die uns vier erschöpft und argwöhnisch betrachteten.

Die anderen waren schon bei ihr, sie sausten pfeilschnell durch das Zimmer. Es sah unheimlich aus. Ich ging langsam hinterher.

»Was geht hier vor?«, fragte Bella mit rauem Flüstern. Ihre wächserne Hand zuckte hoch – als wollte sie ihren ballonförmigen Bauch schützen.

»Jacob hatte eine Idee, wie wir dir vielleicht helfen können«, sagte Carlisle. Mir wäre es lieber gewesen, er hätte mich aus dem Spiel gelassen. Ich hatte überhaupt nichts vorgeschlagen. Sollte er es ihrem blutsaugenden Ehemann zuschreiben, dem es gebührte. »Es wird nicht ... angenehm sein, aber ...«

»Aber es wird dem Baby helfen«, unterbrach Rosalie ihn schnell. »Wir haben eine Idee, wie wir es besser versorgen können. Vielleicht.«

Bellas Lider flatterten. Dann stieß sie ein schwaches hustendes Lachen hervor. »Nicht angenehm?«, flüsterte sie. »Mann, das ist ja mal was ganz anderes.« Sie schaute auf den Schlauch, der in ihrem Arm steckte, und hustete wieder.

Blondie stimmte in ihr Lachen ein.

Bella sah aus, als hätte sie nur noch ein paar Stunden zu leben, bestimmt hatte sie Schmerzen, und trotzdem riss sie Witze. Typisch Bella. Versuchte immer noch die Stimmung aufzulockern und es allen leichter zu machen.

Edward ging um Rosalie herum, seine Miene war konzentriert, ohne einen Anflug von Humor. Ich war froh darüber. Es half mir, wenn auch nur ein kleines bisschen, dass er noch mehr litt als ich. Er nahm Bellas Hand, mit der anderen schützte sie noch immer ihren aufgetriebenen Bauch.

»Bella, Liebste, wir werden dich um etwas Abscheuliches bitten«, sagte er. »Etwas Abstoßendes.«

Immerhin sagte er es ihr ohne Umschweife.

Sie atmete flach und zittrig. »Wie schlimm ist es?«

Carlisle antwortete. »Wir glauben, dass der Appetit des Fötus unserem ähnlicher sein könnte als deinem. Wir glauben, er hat Durst.«

Sie blinzelte. »Oh. *Oh*.«

»Dein Zustand – deiner und der des Babys – verschlechtert sich rasant. Wir haben keine Zeit zu verlieren, um eine appetitlichere Methode zu ersinnen. Die schnellste Möglichkeit, die Theorie zu überprüfen ...«

»Ich soll es trinken«, flüsterte sie. Sie nickte leicht – sie hatte kaum genug Kraft für diese kleine Kopfbewegung. »Das kann ich. Gute Übung für die Zukunft, oder?« Ihre farblosen Lippen verzogen sich zu einem schwachen Grinsen, als sie Edward anschaute. Er lächelte nicht zurück.

Rosalie begann ungeduldig mit dem Fuß zu tippen. Es war ein nervtötendes Geräusch. Ich überlegte, was sie wohl tun würde, wenn ich sie geradewegs durch die Wand schleuderte.

»Und, wer fängt mir den Grizzlybären?«, flüsterte Bella.

Carlisle und Edward wechselten schnell einen Blick. Rosalie hörte auf mit dem Fuß zu tippen.

»Was ist?«, fragte Bella.

»Der Test wird aussagekräftiger sein, wenn wir nicht das Zweitbeste nehmen, Bella«, sagte Carlisle.

»Wenn der Fötus wirklich nach Blut verlangt«, erklärte Edward, »dann gewiss nicht nach Tierblut.«

»Du wirst den Unterschied überhaupt nicht merken, Bella. Denk einfach gar nicht daran«, sagte Rosalie ermutigend.

Bella riss die Augen auf. »Wer?«, keuchte sie, und ihr Blick huschte zu mir.

»Ich bin nicht als Spender gekommen, Bella«, brummte ich.

»Außerdem ist das Ding ja hinter Menschenblut her, und ich glaube nicht, dass meins …«

»Blut steht uns zur Verfügung«, sagte Rosalie mitten in meinen Satz hinein, als wäre ich gar nicht da. »Für dich – für alle Fälle. Mach dir keine Sorgen. Es wird alles gut. Ich bin mir sicher, Bella. Ich glaube, dem Baby wird es danach viel bessergehen.«

Bella fuhr sich mit der Hand über den Bauch.

»Tja«, sagte sie rau, kaum hörbar. »Ich habe einen Bärenhunger, also geht es ihm bestimmt nicht anders.« Schon wieder ein Versuch, witzig zu sein. »Also los. Meine erste Vampirtat.«

GUT, DASS ICH EINIGES VERTRAGEN KANN

Schnell wie der Blitz waren Carlisle und Rosalie verschwunden und sausten nach oben. Ich hörte sie darüber reden, ob sie es aufwärmen sollten. Igitt. Ich fragte mich, welche Requisiten aus dem Gruselkabinett sie noch vorrätig hatten. Kühlschrank voller Blut, klar. Was noch? Folterkammer? Grabgewölbe?

Edward blieb bei Bella und hielt ihr die Hand. Sein Gesicht war wieder leblos. Er schien nicht mal die Energie zu haben, diesen winzigen Hoffnungsfunken aufrechtzuerhalten. Sie schauten sich in die Augen, aber nicht auf diese kitschige Weise. Eher so, als würden sie miteinander reden. Es erinnerte mich an Sam und Emily.

Nein, es hatte nichts Kitschiges, und das machte es noch schwerer erträglich.

Ich wusste, wie es für Leah war, das die ganze Zeit mit ansehen zu müssen. Es in Sams Kopf hören zu müssen. Natürlich tat sie uns allen leid, wir waren ja keine Monster – jedenfalls nicht in diesem Sinn. Aber wir machten es ihr zum Vorwurf, wie sie damit umging. Dass sie so wild um sich schlug und es uns alle spüren lassen wollte.

Ich würde ihr das nie wieder zum Vorwurf machen. Wie war es möglich, es die anderen *nicht* spüren zu lassen, wenn man solch einer Qual ausgesetzt war? Es war doch nur natürlich, dass man versuchte, einen kleinen Teil der Last auf die anderen abzuwälzen.

Und wenn das bedeutete, dass ich ein Rudel haben musste, wie konnte ich ihr vorwerfen, dass sie mir dadurch die Freiheit raubte? Ich würde dasselbe tun. Wenn es eine Möglichkeit gäbe, diesem Schmerz zu entkommen, würde ich sie ebenso ergreifen.

In der nächsten Sekunde kam Rosalie die Treppe heruntergesaust, flog durchs Zimmer wie eine heftige Brise und verbreitete dabei den penetranten Vampirgeruch. In der Küche hielt sie an, ich hörte das Knarren einer Schranktür.

»Nichts *Durchsichtiges*, Rosalie«, murmelte Edward. Er verdrehte die Augen.

Bella sah ihn neugierig an, aber Edward schüttelte nur den Kopf.

Rosalie sauste zurück durch das Zimmer und verschwand wieder.

»Und das war deine Idee?«, flüsterte Bella, ihre Stimme rau, als sie so laut zu sprechen versuchte, dass ich sie verstehen konnte. Sie vergaß, dass ich sehr gute Ohren hatte. Es gefiel mir, dass sie oft zu vergessen schien, dass ich nicht ganz menschlich war. Ich trat näher heran, damit sie sich nicht so anstrengen musste.

»Mach es mir nicht zum Vorwurf. Dein Vampir hat mir nur heimliche Gedanken aus dem Kopf geklaut.«

Sie lächelte ein wenig. »Ich hatte nicht gedacht, dass ich dich wiedersehen würde.«

»Nein, ich auch nicht«, sagte ich.

Es war komisch, einfach so dazustehen, aber die Vampire hatten alle Möbel weggerückt, um Platz für die medizinischen Geräte zu schaffen. Wahrscheinlich machte es ihnen nichts aus –

wenn man aus Stein war, spielte es keine große Rolle, ob man saß oder stand. Mir wäre es unter anderen Umständen auch egal gewesen, aber ich war so erschöpft.

»Edward hat mir erzählt, was du auf dich genommen hast. Das tut mir leid.«

»Schon gut. Es war wohl nur eine Frage der Zeit, wann ich bei irgendeinem Befehl von Sam ausflippen würde«, log ich.

»Und Seth«, flüsterte sie.

»Er freut sich, dass er helfen kann.«

»Es tut mir so leid, dich in Schwierigkeiten zu bringen.«

Ich lachte auf – es war eher ein Kläffen als ein Lachen.

Sie seufzte schwach. »Das ist wohl nichts Neues, was?«

»Nein, nicht so richtig.«

»Du musst nicht bleiben und dir das angucken«, sagte sie kaum hörbar.

Ich konnte gehen. Das war vermutlich eine gute Idee. Doch wenn ich ging, würde ich, so wie sie jetzt aussah, womöglich die letzten fünfzehn Minuten ihres Lebens verpassen.

»Ich hab eigentlich nichts vor«, sagte ich und versuchte möglichst keine Gefühle hindurchklingen zu lassen. »Die Sache mit dem Wolfsein ist längst nicht mehr so reizvoll, seit Leah aufgetaucht ist.«

»Leah?«, stieß sie hervor.

»Hast du ihr das nicht erzählt?«, fragte ich Edward.

Er zuckte nur die Achseln, ohne den Blick von ihrem Gesicht zu wenden. Ich sah ihm an, dass es für ihn keine besonders aufregende Neuigkeit war, nicht interessant genug, um sie weiterzuerzählen, angesichts der wichtigen Ereignisse hier.

Bella nahm es nicht so leicht. Für sie schien es eine schlechte Nachricht zu sein.

»Warum?«, fragte sie.

Ich wollte nicht noch einmal alles von vorn erzählen. »Sie will auf Seth aufpassen.«

»Aber Leah hasst uns«, flüsterte sie.

Uns. Wie nett. Aber ich sah, dass sie Angst hatte. »Leah wird keinen Ärger machen.« Höchstens mir. »Sie ist in meinem Rudel« – bei dem Wort verzog ich das Gesicht –, »also hört sie auf mein Kommando.« Bah.

Bella sah nicht überzeugt aus.

»Vor Leah hast du Angst, aber die blonde Psychopathin ist deine Busenfreundin?«

Ein leises Zischen kam aus dem ersten Stock. Ha, sie hatte mich gehört.

Bella sah mich finster an. »Lass das. Rose … versteht.«

»Ja«, knurrte ich. »Sie versteht, dass du stirbst, und es ist ihr egal, solange ihr kleiner Mutant heil aus der Sache herauskommt.«

»Sei nicht so ein Blödmann, Jacob«, flüsterte sie.

Sie sah so schwach aus, dass ich ihr nicht böse sein konnte. Stattdessen versuchte ich zu lächeln. »Du meinst, das könnte ich?«

Bella bemühte sich, mein Lächeln nicht zu erwidern, aber sie konnte nicht dagegen an; ihre kalkweißen Lippen verzogen sich ganz leicht.

Und dann kamen Carlisle und besagte Psychopathin. Carlisle hatte eine weiße Plastiktasse in der Hand – so eine mit Deckel und Knickstrohhalm. Aha – nichts Durchsichtiges, jetzt kapierte ich. Edward wollte nicht, dass Bella mehr als nötig über das nachdenken musste, was sie tat. Man konnte nicht sehen, was in der Tasse war. Aber ich roch es.

Carlisle zögerte, die Hand mit der Tasse halb ausgestreckt. Bella schielte darauf, jetzt sah sie wieder ängstlich aus.

»Wir können es auch mit einer anderen Methode versuchen«, sagte Carlisle ruhig.

»Nein«, flüsterte Bella. »Nein, ich versuche es erst hiermit. Wir haben keine Zeit …«

Erst dachte ich, sie hätte endlich begriffen und machte sich Sorgen um sich selbst, aber dann flatterte ihre Hand schwach zu ihrem Bauch.

Bella streckte die Hand aus und nahm die Tasse entgegen. Sie zitterte ein wenig, und ich hörte es leise schwappen. Sie versuchte sich auf einen Ellbogen zu stützen, aber sie konnte kaum den Kopf heben. Ein heißer Schauer lief mir über den Rücken, als ich sah, wie schwach sie in weniger als einem Tag geworden war.

Rosalie legte Bella einen Arm unter die Schultern und stützte ihren Kopf, wie man es bei einem Neugeborenen macht. Blondie hatte es wirklich mit Babys.

»Danke«, flüsterte Bella. Sie ließ den Blick von einem zum anderen huschen. Sie war immer noch so sehr sie selbst, dass sie verlegen wurde. Wäre sie nicht so entkräftet gewesen, wäre sie bestimmt errötet.

»Kümmere dich nicht um sie«, murmelte Rosalie.

Ich fühlte mich unbehaglich. Ich hätte gehen sollen, als Bella mir die Gelegenheit gab. Ich gehörte nicht hierher, hatte keinen Anteil an alldem. Ich erwog, mich hinauszuschleichen, als mir klarwurde, dass ich es Bella damit noch schwerer machen würde. Sie würde denken, ich fände es so ekelhaft, dass ich nicht bleiben wollte. Was ja auch nicht ganz falsch war.

Trotzdem. Ich wollte mir die Idee für diesen Versuch zwar nicht auf die Fahnen schreiben, aber ich wollte jetzt auch nicht alles vermasseln.

Bella hob die Tasse und schnupperte am Ende des Strohhalms. Sie fuhr zusammen und verzog das Gesicht.

»Bella, mein Schatz, uns fällt gewiss etwas Einfacheres ein«, sagte Edward und streckte die Hand nach der Tasse aus.

»Halt dir die Nase zu«, schlug Rosalie vor. Sie schaute auf Edwards Hand, als wollte sie sie abbeißen. Schade, dass sie es nicht tat. Das hätte Edward bestimmt nicht seelenruhig hingenommen, und ich hätte zu gern gesehen, wie Blondie einen Körperteil verlor.

»Nein, das ist es nicht. Es ist nur …« Bella atmete noch einmal tief ein. »Es riecht gut«, gestand sie kleinlaut.

Ich schluckte schwer und musste mich anstrengen, um mir den Ekel nicht anmerken zu lassen.

»Das ist ein gutes Zeichen«, sagte Rosalie eifrig. »Das heißt, dass wir auf dem richtigen Weg sind. Probier mal.« So begeistert, wie Blondie aussah, hätte sie eigentlich in einen Freudentanz ausbrechen müssen.

Bella schob den Strohhalm zwischen die Lippen, kniff die Augen zu und zog die Nase kraus. Ihre Hand zitterte, und ich hörte wieder, wie das Blut in der Tasse schwappte. Sie saugte einen Augenblick, dann stöhnte sie leise, die Augen immer noch geschlossen.

Edward und ich gingen gleichzeitig zu ihr. Er berührte ihr Gesicht. Ich ballte hinter dem Rücken die Fäuste.

»Bella, Liebste …«

»Alles in Ordnung«, flüsterte sie. Sie schlug die Augen auf und schaute zu ihm auf. Ihre Miene war … entschuldigend. Flehend. Ängstlich. »Es *schmeckt* auch gut.«

Säure durchspülte meinen Magen und drohte überzulaufen. Ich biss die Zähne zusammen.

»Das ist gut«, sagte Blondie wieder. »Ein gutes Zeichen.«

Edward legte nur die Hand an ihre Wange, schmiegte die Finger an ihre zarten Knochen.

Bella seufzte und legte die Lippen wieder an den Strohhalm. Diesmal nahm sie einen richtigen Schluck. Das wirkte längst nicht so schwach wie alles andere an ihr. Als ob irgendein Instinkt die Oberhand gewönne.

»Wie geht es deinem Magen? Ist dir übel?«, fragte Carlisle. Bella schüttelte den Kopf. »Nein, gar nicht«, flüsterte sie.

»Das ist mal was Neues, oder?«

Rosalie strahlte. »Ausgezeichnet.«

»Ich glaube, dafür ist es ein wenig früh, Rose«, murmelte Carlisle.

Bella schluckte noch einen Mundvoll Blut hinunter. Dann warf sie Edward einen Blick zu.

»Macht das jetzt meinen Schnitt kaputt?«, flüsterte sie. »Oder fangen wir erst an zu zählen, wenn ich ein Vampir bin?«

»Niemand zählt hier irgendetwas, Bella. Und außerdem musste dafür niemand sterben.« Er lächelte ein lebloses Lächeln. »Deine Akte ist immer noch sauber.«

Jetzt kam ich nicht mehr mit.

»Ich erkläre dir das später«, sagte Edward so leise, dass die Worte nur ein Hauch waren.

»Was?«, flüsterte Bella.

»Ich hab nur mit mir selbst gesprochen«, log er mühelos.

Wenn er Erfolg hatte, wenn Bella überlebte und ihre Sinne so geschärft waren wie seine, würde Edward mit so etwas nicht mehr durchkommen. An seiner Ehrlichkeit musste er noch arbeiten.

Um seine Lippen zuckte es, er musste ein Lächeln unterdrücken.

Bella schluckte weiter und starrte an uns vorbei zum Fenster, tat so, als wären wir gar nicht da. Oder vielleicht nur ich. Kein anderer der Anwesenden ekelte sich vor dem, was sie tat. Im Gegenteil – wahrscheinlich mussten sie an sich halten, um ihr die Tasse nicht aus der Hand zu reißen.

Edward verdrehte die Augen.

Meine Güte, wie konnte man es ertragen, mit ihm unter einem Dach zu leben? Es war wirklich ein Jammer, dass er Bellas Gedanken nicht hören konnte. Er würde sie zu Tode nerven und dann wäre sie ihn bald leid.

Edward kicherte kurz. Sofort schaute sie zu ihm, und sie lächelte halb über sein amüsiertes Gesicht. Das hatte sie wohl schon länger nicht mehr gesehen.

»Was ist so witzig?«, fragte sie.

»Jacob«, antwortete er.

Sie schaute mich mit einem matten Lächeln an. »Ja, Jake ist zum Totlachen«, sagte sie.

Na toll, jetzt war ich der Hofnarr. »Tadadadadam«, machte ich, ein müder Abklatsch von einem Trommelwirbel.

Sie lächelte wieder, dann nahm sie noch einen Zug aus der Tasse. Ich fuhr zusammen, als sie mit dem Strohhalm nur noch Luft saugte und es ein lautes schlürfendes Geräusch gab.

»Geschafft«, sagte sie, sie schien zufrieden mit sich. Ihre Stimme war klarer – immer noch rau, aber zum ersten Mal an diesem Tag mehr als ein Flüstern. »Wenn ich das bei mir behalte, Carlisle, befreist du mich dann von den Nadeln?«

»So bald wie möglich«, versprach er. »Ehrlich gesagt, nützen sie ohnehin nicht besonders viel.«

Rosalie strich Bella über die Stirn, und sie tauschten einen hoffnungsvollen Blick.

Und jeder konnte sehen, dass die Tasse mit Blut sofort eine Veränderung bewirkt hatte. Bella bekam wieder Farbe – ein Hauch von Rosa lag auf ihren wächsernen Wangen. Jetzt schien sie Rosalies Unterstützung schon nicht mehr so nötig zu haben.

Ihr Atem ging leichter und ich hätte geschworen, dass ihr Herzschlag stärker und regelmäßiger war.

Alles war beschleunigt.

Der Hoffnungsschimmer in Edwards Augen hatte sich in echte Hoffnung verwandelt.

»Möchtest du noch mehr?«, fragte Rosalie drängend.

Bella ließ die Schultern sinken.

Edward warf Rosalie einen bösen Blick zu, ehe er zu Bella sagte: »Du musst nicht sofort noch mehr trinken.«

»Ja, ich weiß. Aber … ich möchte gern«, gestand sie betrübt.

Rosalie fuhr mit den dünnen, spitzen Fingern durch Bellas strähniges Haar. »Du musst dich deswegen nicht schämen, Bella. Dein Körper braucht das. Wir alle verstehen das.« Sie sprach in beruhigendem Ton, doch dann fügte sie schroff hinzu: »Und wer es nicht versteht, der sollte nicht hier sein.«

Das galt natürlich mir, aber ich ließ mich von Blondie nicht ärgern. Ich war froh, dass es Bella besserging. Was machte es schon, dass mich die Medizin anekelte? Ich hatte schließlich nichts gesagt.

Carlisle nahm Bella die Tasse aus der Hand. »Ich bin sofort wieder da.«

Bella starrte mich an, während er verschwand.

»Jake, du siehst furchtbar aus«, krächzte sie.

»Das musst du gerade sagen.«

»Im Ernst – wann hast du zuletzt geschlafen?«

Ich musste kurz überlegen. »Hm. Weiß nicht so genau.«

»Oh, Jake. Jetzt ruiniere ich auch noch deine Gesundheit. Sei nicht dumm.«

Ich knirschte mit den Zähnen. Sie durfte sich von einem Monster umbringen lassen, aber ich durfte nicht mal ein paar Nächte durchmachen, um ihr dabei zuzusehen?

»Los, ruh dich ein bisschen aus«, sagte sie. »Oben stehen ein paar Betten – such dir eins aus.«

Rosalies Blick sagte mir sehr deutlich, dass ich mir besser keines der Betten aussuchen sollte. Ich fragte mich, wofür die schlaflose Schöne überhaupt ein Bett brauchte. War sie mit ihren Requisiten so eigen?

»Danke, Bella, aber ich schlafe lieber auf der Erde. Wegen dem Geruch, weißt du.«

Sie verzog das Gesicht. »Ach ja.«

Jetzt kam Carlisle zurück und Bella streckte beiläufig die Hand nach dem Blut aus, als wäre sie mit ihren Gedanken ganz woanders. Mit demselben abwesenden Gesichtsausdruck trank sie es.

Sie sah wirklich besser aus. Sie hievte sich nach vorn, wobei sie auf die Schläuche Acht gab, und richtete sich zum Sitzen auf. Rosalie war direkt neben ihr, die Hände ausgestreckt, um sie notfalls aufzufangen. Aber Bella brauchte sie nicht. Zwischen den einzelnen Schlucken atmete sie tief durch, die zweite Tasse war schnell geleert.

»Wie geht es dir jetzt?«, fragte Carlisle.

»Ich fühle mich nicht krank. Ich hab irgendwie Hunger … aber ich bin mir nicht sicher, ob es Hunger oder Durst ist, weißt du?«

»Carlisle, sieh sie doch an«, sagte Rosalie, die jetzt ganz in ihrem Element war. »Das ist genau das, was ihr Körper braucht. Sie sollte noch mehr trinken.«

»Sie ist immer noch ein Mensch, Rosalie. Sie braucht auch etwas zu essen. Lassen wir ihr ein wenig Zeit, um zu sehen, wie es auf sie wirkt, dann können wir es vielleicht noch mal mit etwas zu essen versuchen. Gibt es irgendetwas, worauf du besonderen Appetit hast, Bella?«

»Eier«, sagte sie sofort, und sie tauschte einen Blick und ein Lächeln mit Edward. Sein Lächeln war zaghaft, aber in seinem Gesicht war mehr Leben als zuvor.

Ich blinzelte und hatte fast vergessen, wie man die Augen wieder öffnete.

»Jacob«, sagte Edward. »Du solltest wirklich schlafen. Wie Bella schon sagte, bist du natürlich herzlich eingeladen, es dir hier bequem zu machen, auch wenn es draußen vermutlich angenehmer für dich ist. Sei unbesorgt – ich werde dich finden, wenn es nötig ist.«

»Ja, klar«, murmelte ich. Jetzt, da es so aussah, als hätte Bella ein paar Stunden gewonnen, konnte ich tatsächlich abhauen. Mich irgendwo unter einem Baum zusammenrollen ... Möglichst weit weg von dem Geruch. Der Blutsauger würde mich wecken, wenn irgendwas schiefging. Das war er mir schuldig.

»Ja«, sagte Edward.

Ich nickte und legte meine Hand auf Bellas. Ihre Hand war eiskalt.

»Gute Besserung«, sagte ich.

»Danke, Jacob.« Sie drehte ihre Hand herum und drückte meine. Ich spürte ihren schmalen Ehering locker an ihrem mageren Finger.

»Hol ihr eine Decke oder so«, murmelte ich, während ich mich umwandte.

Ich war noch nicht an der Tür, als ein doppeltes durchdringendes Geheul die stille Morgenluft zerriss. Diesmal war es kein falscher Alarm.

»Verdammt«, knurrte ich und rannte nach draußen. Ich stürzte mich von der Veranda und ließ mich mitten im Sprung von dem Feuer auseinanderreißen. Es gab ein scharfes Geräusch, als meine Shorts in Fetzen rissen. Mist. Das waren meine einzigen Klamotten. Aber das war jetzt egal. Ich landete auf vier Pfoten und rannte in Richtung Westen.

Was ist los?, rief ich in meinem Kopf.

Sie kommen, antwortete Seth. *Mindestens drei.*

Haben sie sich aufgeteilt?

Ich renne so schnell wie der Blitz zu Seth zurück, versprach Leah. Ich spürte, wie die Luft schwer durch ihre Lunge strömte, während sie sich zu einem unglaublichen Tempo steigerte. Der Wald zischte an ihr vorbei. *Bis jetzt kein weiterer Angriff.*

Seth, halt dich zurück. Warte auf mich.

Sie werden langsamer. Ah – ist das ein Mist, dass wir sie nicht hören können. Ich glaube …

Was?

Ich glaube, sie sind stehen geblieben.

Warten sie auf den Rest des Rudels?

Schsch. Merkst du das?

Ich nahm seinen Eindruck auf. Ein schwacher, lautloser Schimmer in der Luft.

Verwandelt sich da jemand?

So fühlt es sich an, sagte Seth.

Leah flog auf die kleine Lichtung, wo Seth wartete. Sie stieß ihre Krallen in die Erde und drehte sich um die eigene Achse wie ein Rennwagen.

Ich geb dir Deckung, Kleiner.

Sie kommen, sagte Seth nervös. *Sie gehen langsam.*

Bin fast da, sagte ich. Ich versuchte zu fliegen wie Leah. Es war ein schreckliches Gefühl, von Seth und Leah getrennt zu sein, während die Gefahr näher bei ihnen lauerte als bei mir. Das war verkehrt. Ich müsste bei ihnen sein, zwischen ihnen und dem, was auch immer da im Anmarsch war.

Na, da wird ja jemand auf einmal ganz väterlich, dachte Leah ironisch.

Bleib bei der Sache, Leah.

Vier, entschied Seth. Der Junge hatte gute Ohren. *Drei Wölfe, ein Mann.*

Da erreichte ich endlich die kleine Lichtung und übernahm, ohne zu zögern, die Spitze. Seth seufzte erleichtert, richtete sich auf und war sofort auf seinem Platz an meiner rechten Schulter. Leah ging etwas weniger begeistert an meine linke Seite.

Dann stehe ich jetzt also unter Seth, grummelte sie in sich hinein.

Wer zuerst kommt, mahlt zuerst, dachte Seth zufrieden. *Außerdem warst du noch nie an dritter Stelle. Also immer noch ein Aufstieg.*

Unter meinem kleinen Bruder zu stehen, ist kein Aufstieg.

Scht!, beschwerte ich mich. *Mir ist es völlig egal, wo ihr steht. Seid still und haltet euch bereit.*

Wenige Sekunden später kamen sie in Sicht, sie gingen langsam, wie Seth gedacht hatte. Jared vorneweg, in Menschengestalt, die Hände erhoben. Paul, Quil und Collin auf vier Beinen hinter ihm. Ihre Haltung wirkte kein bisschen angriffslustig. Sie hielten sich deutlich hinter Jared, mit aufgestellten Ohren, wachsam und doch ruhig.

Aber ... es war merkwürdig, dass Sam Collin geschickt hatte und nicht Embry. Das würde ich nicht tun, wenn ich eine diplomatische Abordnung in feindliches Gebiet aussenden würde. Ich würde kein Kind schicken, sondern einen erfahrenen Kämpfer.

Ein Ablenkungsmanöver?, dachte Leah.

Planten Sam, Embry und Brady eine eigene Aktion? Das schien unwahrscheinlich.

Soll ich nachsehen? In zwei Minuten kann ich die Grenze ablaufen.

Ob ich die Cullens warnen soll?, überlegte Seth.

Und wenn es ihnen nun darum geht, uns zu trennen?, fragte ich. *Die Cullens wissen, dass was im Busch ist. Sie sind bereit.*

Sam wäre nicht so dumm ..., flüsterte Leah, ihre Gedanken von Angst geschüttelt. Sie stellte sich vor, dass Sam die Cullens mit nur zwei Wölfen an seiner Seite angriff.

Nein, das würde er nicht tun, versicherte ich ihr, obwohl mir bei dem Bild, das sie im Kopf hatte, auch ein wenig übel wurde.

Die ganze Zeit starrten Jared und die drei Wölfe uns abwartend an. Es war unheimlich, nicht zu hören, was Quil, Paul und Collin miteinander redeten. Ihre Mienen waren ausdruckslos – undurchdringlich.

Jared räusperte sich, dann nickte er mir zu. »Weiße Fahne, Jake. Wir wollen mit euch reden.«

Glaubst du, das stimmt?, fragte Seth.

Klingt einleuchtend, aber ...

Genau, stimmte Leah mir zu. *Aber.*

Wir blieben weiterhin gespannt.

Jared runzelte die Stirn. »Es wäre leichter, miteinander zu reden, wenn ich euch auch hören könnte.«

Ich starrte ihm in die Augen. Ich würde mich erst zurückverwandeln, wenn ich mich wohler fühlte. Wenn ich die Lage besser durchblickte. Wieso Collin? Das machte mir am meisten Sorgen.

»Na gut. Dann werde ich eben allein reden«, sagte Jared. »Jake, wir wollen, dass du zurückkommst.«

Quil hinter ihm winselte leise. Er stimmte ihm zu.

»Du hast unsere Familie auseinandergerissen. Das ist nicht richtig.«

Das konnte ich nicht ganz abstreiten, doch darum ging es wohl kaum. Im Augenblick gab es zwischen Sam und mir einige ungeklärte Differenzen.

»Wir wissen, dass … die Sache mit den Cullens dich sehr mitnimmt. Wir wissen, dass das ein Problem ist. Aber du hast überreagiert.«

Seth knurrte. *Überreagiert? Und unsere Verbündeten aus dem Hinterhalt anzugreifen, ist wohl keine Überreaktion?*

Seth, weißt du, was ein Pokerface ist? Komm mal ein bisschen runter.

Tut mir leid.

Jareds Blick glitt zu Seth, dann wieder zu mir. »Sam ist bereit, die Sache nicht so eng zu sehen. Er hat sich beruhigt, hat mit den Ältesten gesprochen. Sie sind sich einig, dass es im Moment niemandem nützt, wenn wir übereilt handeln.«

Übersetzung: Überrumpeln können sie sie sowieso nicht mehr, dachte Leah.

Es war verrückt, wie klar unser gemeinsames Denken abgegrenzt war. Das Rudel war für uns bereits Sams Rudel, war schon »sie«. Etwas Außenstehendes. Vor allem war es verrückt, dass Leah so dachte – dass sie ein fester Bestandteil des »Wir« war.

»Billy und Sue sind ganz deiner Meinung, Jacob, dass wir warten können, bis Bella … von dem Problem getrennt ist. Keinem von uns ist die Vorstellung angenehm, sie zu töten.«

Obwohl ich Seth deswegen eben noch angeraunzt hatte, konnte ich mir jetzt ein leises Knurren nicht verkneifen. Ein Mord war ihnen also nicht so *angenehm*, wie?

Wieder hob Jared die Hände. »Immer mit der Ruhe, Jake. Du weißt, wie ich das meine. Was ich sagen will, ist, dass wir abwarten und die Situation noch einmal überdenken wollen. Wir werden zu einem späteren Zeitpunkt entscheiden, ob es Probleme mit dem … Ding gibt.«

Ha, dachte Leah. *So ein Quatsch.*

Glaubst du ihm nicht?

Ich weiß, was sie denken, Jake. Was Sam *denkt. Sie gehen sowieso davon aus, dass Bella stirbt. Und dann rechnen sie damit, dass du so wütend sein wirst ...*

Dass ich den Angriff selbst anführen werde. Ich legte die Ohren an. Leahs Schlussfolgerung klang logisch. Und ziemlich wahrscheinlich. Wenn ... falls das Ding Bella umbrachte, würde ich schnell vergessen, wie ich jetzt über Carlisles Familie dachte. Dann würde ich sie wahrscheinlich wieder als Feinde betrachten, als blutsaugende Schmarotzer.

Ich werde dich daran erinnern, flüsterte Seth.

Ich weiß, Junge. Die Frage ist, ob ich auf dich hören werde.

»Jake?«, sagte Jared.

Ich seufzte verärgert.

Leah, dreh mal die Runde – nur sicherheitshalber. Ich muss mit ihm reden und ich will ganz sichergehen, dass nichts passiert, während ich mich verwandele.

Nun mach mal halblang, Jake. Du kannst dich auch vor mir verwandeln. Ich hab dich schon mal nackt gesehen – ich gucke dir nichts weg, keine Sorge.

Mir geht es nicht um deine Unschuld, ich will nur unsere Haut retten. Also verzieh dich.

Leah schnaubte, dann stürmte sie in den Wald. Ich hörte, wie ihre Krallen sich in den Boden gruben und sie vorantrieben.

Nacktsein war ein unangenehmer, aber unvermeidlicher Teil des Lebens im Rudel. Bevor Leah zu uns gestoßen war, hatte es keinem von uns etwas ausgemacht. Dann wurde es peinlich. Leah hatte sich nicht besser im Griff als wir anderen – es hatte eine Weile gedauert, bis sie nicht mehr bei jedem kleinen Wutanfall aus den Klamotten platzte. Wir hatten alle einen Blick erhascht. Und man konnte nicht sagen, dass es sich nicht lohnte, sie anzuschauen; allerdings lohnte es sich ganz und gar nicht, anschließend von ihr dabei erwischt zu werden, dass man an sie dachte.

Jared und die anderen starrten misstrauisch auf die Stelle, wo sie im Gestrüpp verschwunden war.

»Wo läuft sie hin?«, fragte Jared.

Ich achtete nicht auf ihn, schloss die Augen und riss mich zusammen. Es war, als würde die Luft um mich herum zittern. Ich stellte mich genau im richtigen Moment auf die Hinterbeine, so dass ich stand, als ich mich flirrend in meine Menschengestalt verwandelte.

»Oh«, sagte Jared. »Hallo, Jake.«

»Hallo, Jared.«

»Danke, dass du mit mir reden willst.«

»Ja.«

»Mann, wir wollen, dass du zurückkommst.«

Wieder winselte Quil.

»Ich weiß nicht, ob das so einfach ist, Jared.«

»Komm nach Hause«, sagte er und beugte sich vor. Fast flehend. »Wir kriegen das wieder hin. Du gehörst nicht hierher. Sag Seth und Leah, sie sollen auch wieder zurückkommen.«

Ich lachte. »Klar. Als hätte ich ihnen das nicht von Anfang an gesagt.«

Seth hinter mir schnaubte.

Jared sah uns prüfend an, er sah jetzt wieder vorsichtig aus. »Und wie soll es weitergehen?«

Ich dachte eine Weile darüber nach, während er wartete.

»Ich weiß nicht. Aber ich weiß sowieso nicht, ob es wieder so sein könnte wie früher, Jared. Ich weiß nicht, wie das funktionieren soll – ich kann diesen Leitwolfinstinkt nicht nach Belieben ein- und ausschalten. Es scheint etwas Dauerhaftes zu sein.«

»Trotzdem gehörst du zu uns.«

Ich hob die Augenbrauen. »Es kann nicht zwei Leitwölfe in einem Rudel geben, Jared. Weißt du noch, wie knapp es gestern Nacht war? Unser Instinkt schreit nach Konkurrenzkampf.«

»Dann wollt ihr für den Rest eures Lebens bei den Blutsaugern rumhängen?«, fragte er. »Du hast hier kein Zuhause. Du hast ja nicht mal mehr etwas anzuziehen. Willst du jetzt für immer Wolf bleiben? Du weißt, dass Leah nicht gern als Wolf isst.«

»Leah kann machen, was sie will, wenn sie Hunger hat. Sie ist aus freien Stücken hier. *Ich* schreibe niemandem vor, was er zu tun und zu lassen hat.«

Jared seufzte. »Es tut Sam sehr leid, wie er dich behandelt hat.«

Ich nickte. »Ich bin nicht mehr sauer auf ihn.«

»Aber?«

»Aber ich komme nicht zurück, jedenfalls nicht jetzt. Auch wir werden abwarten und sehen, wie sich die Dinge entwickeln. Und wir werden auf die Cullens aufpassen, solange wir das für nötig halten. Denn auch wenn du etwas anderes denkst, hier geht es nicht nur um Bella. Wir beschützen die, die unseren Schutz brauchen. Und das gilt auch für die Cullens.« Jedenfalls für einige von ihnen.

Seth bellte leise, er stimmte mir zu.

Jared runzelte die Stirn. »Dann gibt es für mich wohl nichts mehr zu sagen.«

»Im Augenblick nicht. Wir werden sehen, wie es weitergeht.«

Jared wandte sich an Seth, sprach jetzt nur zu ihm. »Sue hat mich gebeten, dir zu sagen – nein, dich zu *bitten*, nach Hause zu kommen. Sie ist am Boden zerstört, Seth. Sie ist ganz allein. Ich weiß nicht, wie Leah und du ihr das antun könnt. Sie so im Stich zu lassen, nachdem gerade erst euer Vater gestorben ist ...«

Seth winselte.

»Übertreib es nicht, Jared«, sagte ich warnend.

»Er soll nur wissen, wie die Dinge liegen.«

Ich schnaubte. »Jaja.« Ich kannte niemanden, der so zäh, ja fast hart war wie Sue. Sie war zäher als mein Vater und zäher als ich. Hart genug, um bei ihren Kindern auf die Tränendrüse zu drücken, wenn sie glaubte, sie könnte sie auf diese Weise dazu bewegen zurückzukommen. Aber es war unfair, Seth so zuzusetzen. »Seit wie vielen Stunden weiß Sue jetzt schon davon? Und die meiste Zeit hat sie seitdem mit Billy und Old Quil und Sam verbracht? Ja, ganz bestimmt stirbt sie fast vor Einsamkeit. Aber du kannst natürlich gehen, wohin du willst, Seth. Das weißt du.«

Seth schniefte.

Eine Sekunde später drehte er ein Ohr in Richtung Norden. Leah musste ganz in der Nähe sein. Mann, war die schnell. Nur zwei Sekunden, dann blieb sie ein paar Meter von uns entfernt im Gestrüpp stehen. Sie trottete auf uns zu und stellte sich vor Seth an die Spitze. Sie hielt die Nase in die Luft und schaute absichtlich nicht zu mir.

Das rechnete ich ihr hoch an.

»Leah?«, sagte Jared.

Sie schaute ihn an und bleckte die Zähne ein wenig.

Ihre Feindseligkeit schien ihn nicht zu überraschen. »Leah, du weißt genauso gut wie ich, dass du hier nicht sein willst.«

Sie knurrte ihn an. Ich warf ihr einen warnenden Blick zu, doch das sah sie nicht. Seth winselte und stupste sie mit der Schulter.

»Entschuldige«, sagte Jared. »Ich sollte wohl keine Mutmaßungen anstellen. Aber dich verbindet doch überhaupt nichts mit den Blutsaugern.«

Leah schaute nachdrücklich erst zu ihrem Bruder und dann zu mir.

»Du willst also auf Seth aufpassen, das verstehe ich«, sagte Jared. Sein Blick streifte mein Gesicht und glitt dann wieder zu ihr. Vermutlich wunderte er sich darüber, dass sie mich angeschaut hatte – genau wie ich. »Aber Jake wird nicht zulassen, dass Seth etwas passiert, und er hat keine Angst, hier zu sein.« Jared schnitt eine Grimasse. »Wie auch immer, Leah. Wir wollen, dass du zurückkommst. Sam will, dass du zurückkommst.«

Leahs Schwanz zuckte.

»Sam hat gesagt, ich soll dich bitten. Er hat gesagt, ich soll dich buchstäblich auf Knien anflehen, falls nötig. Er will dich zu Hause haben, Lee-lee, wo du hingehörst.«

Ich sah, wie Leah zusammenzuckte, als Jared Sams alten Kosenamen für sie gebrauchte. Und dann, als er die letzten drei Wörter hinzufügte, stellten sich ihre Nackenhaare auf und sie stieß ein lang gezogenes Knurren aus. Ich brauchte gar nicht in ihrem Kopf zu sein, um zu hören, wie sie ihn verfluchte, und auch Jared verstand. Man konnte beinahe die Worte hören, die sie benutzte.

Ich wartete, bis sie fertig war. »Jetzt werde ich mich mal weit aus dem Fenster lehnen und sagen, dass Leah selbst entscheiden kann, wohin sie gehört.«

Leah knurrte, aber da sie Jared voller Zorn anstarrte, nahm ich an, dass sie ganz meiner Meinung war.

»Hör mal, Jared, wir sind immer noch eine Familie, oder?«, sagte ich. »Wir werden die Fehde überwinden, aber bis dahin ist es wohl am besten, wenn ihr auf eurem Gebiet bleibt. Nur damit es keine Missverständnisse gibt. Niemand will eine Schlägerei in der Familie, oder? Sam sicher auch nicht.«

»Natürlich nicht«, sagte Jared barsch. »Wir bleiben auf unserem Land. Aber wo ist dein Land, Jacob? Ist es das Land der Vampire?«

»Nein, Jared. Im Moment hab ich keine Heimat. Aber keine Sorge, das ist nicht für immer.« Ich musste einmal kurz Luft holen. »Es wird nicht mehr ... so lange dauern. Okay? Dann werden die Cullens wahrscheinlich verschwinden, und Seth und Leah werden nach Hause kommen.«

Leah und Seth winselten beide, sie wandten sich gleichzeitig zu mir um.

»Und was ist mit dir, Jake?«

»Ich geh wieder in den Wald, schätze ich. Ich kann nicht in La Push bleiben. Mit zwei Leitwölfen gibt es zu große Spannungen. Außerdem war das sowieso mein Ziel. Schon vor diesem ganzen Chaos.«

»Und wenn wir miteinander reden müssen?«, fragte Jared.

»Dann heult – aber beachtet die Grenze, ja? Wir kommen zu euch. Und Sam braucht nicht so viele loszuschicken. Wir sind nicht auf einen Kampf aus.«

Jared schaute finster drein, nickte jedoch. Es passte ihm nicht, dass ich Sam Bedingungen stellte. »Bis dann, Jake. Oder auch nicht.« Er winkte halbherzig.

»Warte mal, Jared. Wie geht's Embry?«

Er wirkte überrascht. »Embry? Gut, wieso?«

»Ich hab mich nur gefragt, wieso Sam Collin geschickt hat.«

Ich beobachtete ihn genau, ich hatte immer noch den Verdacht, dass irgendwas im Busch war. Ich sah in seinen Augen, dass er etwas wusste, aber es schien nicht das zu sein, was ich erwartet hatte.

»Das geht dich jetzt nichts mehr an, Jake.«

»Da hast du wohl Recht. Ich war nur neugierig.«

Aus dem Augenwinkel sah ich ein Zucken, aber ich ließ mir

nichts anmerken, denn ich wollte Quil nicht verraten. Er reagierte auf meine Frage.

»Ich werde Sam über deine ... Anweisungen informieren. Auf Wiedersehen, Jacob.«

Ich seufzte. »Ja, tschüss, Jared. He, sag meinem Vater, dass es mir gutgeht, ja? Und dass es mir leidtut und dass ich ihn lieb hab.«

»Ich werd's ihm ausrichten.«

»Danke.«

»Kommt, Jungs«, sagte Jared. Er wandte sich ab und verschwand außer Sichtweite, um sich zu verwandeln, weil Leah dabei war. Paul und Collin folgten ihm auf dem Fuß, während Quil zögerte. Er jaulte leise und ich machte einen Schritt auf ihn zu.

»Ja, ich vermisse dich auch, Mann.«

Quil lief zu mir, er ließ betrübt den Kopf hängen. Ich tätschelte ihm die Schulter.

»Es wird schon gut.«

Er winselte.

»Sag Embry, ich vermisse euch beide an meiner Flanke.«

Er nickte, dann drückte er die Nase an meine Stirn. Leah schnaubte. Quil schaute auf, aber nicht zu ihr. Er schaute zurück über die Schulter, wohin die anderen verschwunden waren.

»Ja, lauf nach Hause«, sagte ich.

Er jaulte wieder, dann lief er den anderen hinterher. Jede Wette, dass Jared nicht besonders geduldig wartete. Kaum war Quil verschwunden, holte ich die Hitze aus der Mitte meines Körpers und ließ sie durch meine Glieder strömen. Ein heißer Blitz und ich war wieder auf vier Beinen.

Ich dachte schon, gleich knutschst du mit ihm rum, sagte Leah und kicherte.

Ich ignorierte sie.

War das in Ordnung?, fragte ich die beiden. Ich sprach nicht gern für sie, wenn ich nicht genau wusste, was sie dachten. Ich wollte ihnen nichts unterstellen. Nicht so wie Jared. *Hab ich irgendwas gesagt, was euch gegen den Strich ging? Habe ich irgendwas vergessen?*

Du warst super, Jake!, sagte Seth.

Von mir aus hättest du Jared ruhig schlagen können, dachte Leah.

Ist ja wohl klar, wieso Embry nicht mitkommen durfte, dachte Seth.

Ich kapierte nicht. *Nicht durfte?*

Jake, hast du Quil gesehen? Er war ziemlich hin- und hergerissen, oder? Ich wette zehn zu eins, dass es Embry noch mehr mitnimmt. Und Embry hat keine Claire. Quil kann sich nicht einfach aufmachen und La Push verlassen. Embry schon. Deshalb geht Sam lieber nicht das Risiko ein, dass Embry die Fronten wechselt. Er will nicht, dass unser Rudel noch größer wird.

Meinst du wirklich? Ich bezweifle, dass Embry was dagegen hätte, ein paar Cullens in Stücke zu reißen.

Aber er ist dein bester Freund, Jake. Er und Quil würden lieber hinter dir stehen, als in einem Kampf gegen dich sein zu müssen.

Na, dann bin ich froh, dass Sam ihn von mir fernhält. Dieses Rudel ist groß genug. Ich seufzte. *Also gut. Dann sind wir jetzt erst mal brav. Seth, macht es dir etwas aus, eine Weile aufzupassen? Leah und ich können beide ein Nickerchen gebrauchen. Die Sache scheint zwar in Ordnung zu sein, aber wer weiß? Vielleicht war es doch ein Täuschungsmanöver.*

Normalerweise war ich nicht so paranoid, aber ich dachte daran, wie wild entschlossen Sam gewesen war. Völlig darauf fixiert, die Gefahr zu vernichten, die er sah. Würde er es ausnutzen, dass er uns jetzt etwas vormachen konnte?

Kein Problem! Seth war ganz wild darauf, sich nützlich zu machen. *Soll ich es den Cullens erklären? Bestimmt sind sie immer noch ein bisschen nervös.*

Das mach ich schon. Ich wollte dadrin sowieso noch mal nach dem Rechten sehen.

Sie schnappten wirre Bilder aus meinem todmüden Hirn auf. Seth winselte überrascht. *Oh.*

Leah schüttelte den Kopf, als wollte sie die Bilder wieder loswerden. *Das ist mit Abstand das Abartigste, was ich je im Leben gehört hab. Igitt. Wenn ich irgendwas im Magen hätte, würde es mir jetzt hochkommen.*

Sie sind nun mal Vampire, wandte Seth nach einer Weile ein, als wollte er Leahs Reaktion wiedergutmachen. *Ich meine, es ist irgendwie logisch. Und wenn es Bella hilft, dann ist es doch gut, oder?*

Leah und ich starrten ihn an.

Was habt ihr?

Unsere Mutter hat ihn als Baby oft fallen lassen, sagte Leah.

Und dabei ist er offenbar auf dem Kopf gelandet.

Er hat auch immer an den Stäben seines Gitterbetts genagt.

Bleifarbe?

Sieht ganz so aus, dachte sie.

Seth schnaubte. *Warum haltet ihr zwei nicht einfach die Klappe und schlaft?*

WENN MAN EIN SCHLECHTES GEWISSEN HAT, WEIL MAN UNFREUNDLICH ZU EINEM VAMPIR WAR, WIRD ES WIRKLICH BEDENKLICH

Als ich wieder zum Haus kam, war niemand draußen und wartete auf meinen Bericht. Waren sie immer noch auf der Hut? *Alles ruhig*, dachte ich müde.

Da bemerkte ich eine kleine Veränderung an der jetzt schon vertrauten Szenerie. Auf der untersten Verandastufe lag ein heller Stoffhaufen. Ich ging hin, um nachzusehen, was es war. Ich hielt die Luft an, denn in dem Stoff hing ein unsäglicher Vampirgestank, und stupste den Haufen mit der Nase an.

Jemand hatte mir Kleider hingelegt. Tss. Edward musste meinen Ärger mitbekommen haben, als ich zur Tür hinausgestürzt war. Na ja. Das war irgendwie ... nett. Und verrückt.

Behutsam nahm ich die Kleider mit den Zähnen auf – bah – und trug sie zurück zu den Bäumen. Nur für den Fall, dass es sich um einen Scherz der blonden Psychopathin handelte und ich einen Haufen Frauenkleider bekommen hatte. Bestimmt würde sie liebend gern meinen Gesichtsausdruck sehen, wenn ich in Menschengestalt nackt dastand und ein Sommerkleid in der Hand hielt.

Im Schutz der Bäume ließ ich den stinkenden Haufen fallen und verwandelte mich in einen Menschen. Ich schüttelte die

Kleider aus und schlug sie gegen einen Baum, um ein bisschen von dem Gestank herauszuklopfen. Es waren eindeutig Männerklamotten – eine hellbraune Hose und ein weißes Buttondown-Hemd. Beides ein bisschen kurz, aber von der Weite her schien es zu passen. Wahrscheinlich von Emmett. Bei dem Hemd krempelte ich die Manschetten hoch, aber bei der Hose war nicht viel zu machen. Na ja.

Ich musste zugeben, dass es mir mit ein paar Klamotten sofort besserging, auch wenn sie stanken und nicht passten. Es war hart, nicht einfach nach Hause gehen und mir eine alte Jogginghose holen zu können, wenn ich eine brauchte. Schon wieder wurde ich darauf gestoßen, dass ich kein Zuhause hatte – keinen Ort, zu dem ich zurückkehren konnte. Und auch keinen Besitz, was mich im Moment zwar nicht weiter störte, was jedoch schon bald lästig werden könnte.

Erschöpft ging ich in meinen schicken Secondhand-Klamotten die Verandatreppe der Cullens hoch, doch als ich an die Tür kam, zögerte ich. Sollte ich klopfen? Albern, wenn sie doch wussten, dass ich da war. Ich fragte mich, wieso dann niemand reagierte – mir sagte, ich solle hereinkommen, oder abhauen. Ich zuckte die Achseln und ging einfach hinein.

Weitere Veränderungen. Das Zimmer war in den letzten zwanzig Minuten wieder normal geworden, jedenfalls fast. Der große Flachbildfernseher war an, es lief irgendeine Schnulze, die offenbar niemand guckte. Carlisle und Esme standen am geöffneten Fenster, das nach hinten zum Fluss hinausging. Alice, Jasper und Emmett waren nicht zu sehen, doch ich hörte sie über uns murmeln. Bella lag wie gestern auf dem Sofa, nur noch einen Infusionsschlauch im Körper, der hinter der Sofalehne herabhing. Sie war wie ein Burrito in mehrere dicke Decken eingewickelt, also hatten sie wenigstens auf mich gehört.

Rosalie saß am Kopfende im Schneidersitz auf dem Boden. Edward saß am anderen Ende des Sofas, Bellas Burritofüße auf dem Schoß. Als ich kam, blickte er auf und lächelte mich an – nur ein leichtes Zucken um den Mund –, als ob er sich über etwas freute.

Bella hörte mich nicht. Sie schaute nur auf, weil er es tat, und dann lächelte auch sie. Mit richtiger Energie, ihr ganzes Gesicht leuchtete. Ich konnte mich nicht erinnern, wann sie das letzte Mal so froh ausgesehen hatte, als sie mich sah.

Was hatte sie bloß? Sie war verheiratet, verdammt noch mal! Und zwar glücklich verheiratet – es gab keinen Zweifel daran, dass sie ihren Vampir über alle Grenzen der Vernunft liebte. Und zu alledem war sie hochschwanger.

Warum musste sie sich dann so wahnsinnig freuen, mich zu sehen? Als wäre ihr Tag erst jetzt vollkommen, als ich durch die Tür kam.

Wenn es ihr gleichgültig wäre ... oder besser noch, wenn sie einfach nicht wollte, dass ich kam. Dann wäre es so viel einfacher, wegzubleiben.

Edward schien mir zuzustimmen – in letzter Zeit waren wir vollkommen auf einer Wellenlänge, wirklich verrückt. Jetzt runzelte er die Stirn und schaute ihr aufmerksam ins Gesicht, als sie mich anstrahlte.

»Sie wollten nur reden«, murmelte ich, ich sprach schleppend vor Erschöpfung. »Kein Angriff in Sicht.«

»Ja«, sagte Edward. »Das meiste habe ich gehört.«

Jetzt wurde ich ein bisschen munterer. Wir waren etwa fünf Kilometer entfernt gewesen. »Wie das?«

»Ich höre dich jetzt deutlicher – es hat mit Vertrautheit und Konzentration zu tun. Zudem sind deine Gedanken ein wenig leichter zu erfassen, wenn du in Menschengestalt bist.

Daher habe ich das meiste von dem gehört, was sich zugetragen hat.«

»Ach so.« Das ärgerte mich ein bisschen, aber eigentlich gab es keinen Grund dafür, also schüttelte ich es ab. »Gut. Ich wiederhole mich so ungern.«

»Ich würde dir ja raten, ein bisschen zu schlafen«, sagte Bella. »Aber ich schätze, du schläfst in ungefähr sechs Sekunden sowieso ein, also was soll's.«

Es war erstaunlich, wie viel besser sie sich anhörte, wie viel kräftiger sie aussah. Ich roch frisches Blut und sah, dass sie schon wieder die Tasse in den Händen hielt. Wie viel Blut brauchte sie, um durchzuhalten? Würden sie irgendwann bei den Nachbarn einfallen?

Ich ging zur Tür und zählte im Gehen die Sekunden für sie.

»Einundzwanzig … zweiundzwanzig …«

»Oh, haben wir Hochwasser?«, murmelte Rosalie.

»Weißt du, wie man eine Blondine ertränkt, Rosalie?«, fragte ich, ohne stehen zu bleiben oder mich umzudrehen. »Indem man einen Spiegel auf den Grund eines Pools klebt.«

Ich hörte Edward kichern, als ich die Tür zuzog. Seine Laune schien sich genauso gebessert zu haben wie Bellas Gesundheitszustand.

»Den kannte ich schon«, rief Rosalie mir nach.

Ich stapfte die Treppe hinunter, ich wollte mich nur ein kleines Stück in den Wald schleppen, wo die Luft besser war. Ich nahm mir vor, die Klamotten nah am Haus zu deponieren, anstatt sie mir ans Bein zu binden, schon damit ich sie nicht immer riechen musste. Während ich mich an den Knöpfen des neuen Hemdes zu schaffen machte, dachte ich nebenbei, dass Knöpfe bei Werwölfen niemals in Mode kommen würden.

Ich hörte die Stimmen, während ich mich über die Wiese schleppte.

»Wo willst du hin?«, fragte Bella.

»Ich habe vergessen ihm etwas zu sagen.«

»Lass Jacob schlafen – das hat doch Zeit.«

Ja, *bitte* lass Jacob schlafen.

»Es wird nicht lange dauern.«

Langsam drehte ich mich um. Edward war schon zur Tür hinaus. Als er näher kam, sah er aus, als wollte er mich um Entschuldigung bitten.

»Himmel, was ist denn jetzt los?«

»Es tut mir leid«, sagte er, dann zögerte er, als fehlten ihm die richtigen Worte für das, was er sagen wollte.

Was denkst du, Gedankenleser?

»Als du vorhin mit Sams Abgesandten sprachst«, murmelte er, »da habe ich für Carlisle und Esme und die anderen eine Art Liveübertragung gemacht. Sie waren besorgt …«

»Hör mal, wir passen schon auf. Ihr braucht Sam nicht zu glauben, selbst wenn wir es tun. Wir halten trotzdem die Augen offen.«

»Nein, nein, Jacob. Darum geht es nicht. Wir vertrauen eurem Urteil. Esme war eher besorgt wegen der Entbehrungen, die dein Rudel wegen dieser Sache durchmacht. Sie bat mich, mit dir unter vier Augen darüber zu sprechen.«

Darauf war ich nicht vorbereitet. »Entbehrungen?«

»Vor allem, dass ihr kein Zuhause mehr habt. Es nimmt sie sehr mit, dass ihr so … ohne alles dasteht.«

Ich schnaubte. Eine Vampirglucke – grotesk. »Wir sind zäh. Sag ihr, sie soll sich keine Sorgen machen.«

»Dennoch würde sie gern tun, was sie kann. Ist es richtig, dass Leah nur ungern in Wolfsgestalt isst?«

»Und?«, sagte ich.

»Nun ja, wir haben normales Essen hier, Jacob. Um den Anschein zu wahren und natürlich für Bella. Leah ist herzlich eingeladen, sich zu bedienen. Ihr alle seid herzlich eingeladen.«

»Ich werd's ausrichten.«

»Leah hasst uns.«

»Na und?«

»Dann richte es ihr doch bitte so aus, dass sie es in Erwägung zieht.«

»Ich tu, was ich kann.«

»Und dann wäre da noch die Sache mit den Kleidern.«

Ich schaute auf die Kleider, die ich am Leib trug. »Ach ja. Danke.« Es wäre wohl unhöflich zu erwähnen, wie sie stanken.

Er lächelte ein klein wenig. »Nun ja, wir können euch jederzeit aushelfen. Alice erlaubt uns kaum je, etwas zweimal zu tragen. Wir haben mehrere Stapel nagelneuer Kleider, die wir ohnehin weggeben werden, und ich denke, dass Leah etwa Esmes Größe hat ...«

»Keine Ahnung, was sie von abgelegten Blutsauger-Klamotten hält. Sie ist nicht so praktisch veranlagt wie ich.«

»Gewiss kannst du ihr das Angebot im besten Licht erscheinen lassen. Ebenso wie das Angebot aller anderen Dinge, die ihr möglicherweise braucht, Autos oder was auch immer. Und auch eine Dusche, wenn ihr es weiterhin vorzieht, im Freien zu schlafen. Bitte ... denkt nicht, ihr stündet ohne die Annehmlichkeiten eines Zuhauses da.«

Das Letzte sagte er sanft – nicht, weil er versuchte leise zu sprechen, sondern mit so etwas wie echtem Gefühl.

Ich starrte ihn einen Augenblick an und blinzelte einfältig. »Das ist ... nett von euch. Sag Esme, wir wissen den, hm, Gedanken zu schätzen. Aber die Grenze geht an ein paar Stellen bis zum Fluss, deshalb bleiben wir ziemlich sauber, danke.«

»Wenn du es bitte trotzdem ausrichten könntest.«

»Ja, klar.«

»Ich danke dir.«

Ich drehte mich zum Gehen und blieb gleich darauf wie angewurzelt stehen, als ich einen leisen Schmerzensschrei aus dem Haus hörte. Als ich mich umdrehte, war Edward schon verschwunden.

Was war das denn jetzt?

Ich ging ihm nach, schlurfend wie ein Zombie. Und mit etwa der gleichen Anzahl aktiver Gehirnzellen. Es war, als hätte ich keine Wahl. Irgendetwas stimmte nicht. Und ich musste nachsehen, was es war. Obwohl ich nichts würde tun können. Und obwohl es mir schlechter gehen würde.

Es schien unausweichlich.

Wieder ging ich einfach ins Haus. Bella keuchte, sie war über ihren dicken Bauch gebeugt. Rosalie hielt sie, während Edward, Carlisle und Esme nervös dabeistanden. Ich erhaschte eine leichte Bewegung; Alice war oben auf der Treppe und starrte hinunter ins Zimmer, die Hände an die Schläfen gepresst. Es war eigenartig – als wäre ihr der Zutritt verwehrt.

»Warte einen Moment, Carlisle«, sagte Bella keuchend.

»Bella«, sagte der Doktor besorgt. »Ich habe gehört, das etwas brach. Ich muss es mir ansehen.«

»Ziemlich sicher« – keuch – »eine Rippe. Aua. Ja. Genau hier.« Sie zeigte auf ihre linke Seite, ohne die Stelle zu berühren.

Jetzt brach es ihr schon die Knochen.

»Ich muss eine Röntgenaufnahme machen. Möglicherweise sind da Splitter. Wir wollen nicht, dass etwas durchstoßen wird.«

Bella atmete tief durch. »Na gut.«

Rosalie hob Bella vorsichtig hoch. Edward sah aus, als wollte er sie ihr abnehmen, aber Rosalie zeigte ihm die Zähne und knurrte. »Ich hab sie schon.«

Also war Bella jetzt zwar stärker, aber das Ding auch. Wenn einer von beiden verhungerte, verhungerte auch der andere, und genauso war es mit der Genesung. Ein aussichtsloser Kampf.

Blondie trug Bella schnell die große Treppe hoch, Carlisle und Edward liefen hinter ihr her. Keiner von ihnen beachtete mich, wie ich verdattert in der Tür stand.

Dann hatten sie also eine Blutbank *und* einen Röntgenapparat? Anscheinend hatte der Doktor seine ganze Praxis mit nach Hause genommen.

Ich war zu müde, um ihnen nachzugehen, zu müde, mich zu bewegen. Ich lehnte mich an die Wand und ließ mich auf den Boden rutschen. Die Tür stand immer noch offen und ich drehte meine Nase dorthin, dankbar für den frischen Wind, der hereinwehte. Ich lehnte den Kopf an den Türpfosten und lauschte.

Ich hörte das Geräusch des Röntgenapparats von oben. Oder vielleicht bildete ich mir nur ein, dass es das war. Und ganz leise Schritte, sie kamen die Treppe herunter. Ich schaute nicht nach, welcher der Vampire es war.

»Möchtest du ein Kopfkissen?«, fragte Alice.

»Nein«, murmelte ich. Was sollte diese aufdringliche Gastfreundschaft? Das war ja gruselig.

»Das sieht nicht bequem aus«, bemerkte sie.

»Ist es auch nicht.«

»Warum legst du dich dann nicht woandershin?«

»Müde. Warum bist du nicht oben bei den anderen?«, schoss ich zurück.

»Kopfschmerzen«, antwortete sie.

Ich drehte den Kopf herum und sah sie an.

Alice war ein winziges Persönchen. Ungefähr so groß wie einer meiner Arme. Jetzt sah sie noch kleiner aus, irgendwie gebeugt. Ihr kleines Gesicht war schmerzverzerrt.

»Vampire kriegen Kopfschmerzen?«

»Die normalen nicht.«

Ich schnaubte. Normale Vampire!

»Wie kommt es, dass du gar nicht mehr bei Bella bist?«, fragte ich und ließ es wie einen Vorwurf klingen. Ich hatte so viel im Kopf, dass ich bisher nicht darüber nachgedacht hatte, aber es war merkwürdig, dass ich Alice nie bei Bella gesehen hatte, jedenfalls nicht, seit ich hier war. Wenn Alice bei Bella wäre, würde Rosalie vielleicht verschwinden. »Ich dachte, ihr zwei wärt so.« Ich hakte zwei Finger ineinander.

»Wie gesagt« – sie rollte sich ein Stück von mir entfernt auf den Fliesen zusammen, schlang die Arme um die mageren Knie –, »Kopfschmerzen.«

»Du kriegst von Bella Kopfschmerzen?«

»Ja.«

Ich runzelte die Stirn. Für Rätsel war ich jetzt auf jeden Fall zu müde. Ich drehte das Gesicht wieder zu der frischen Luft und schloss die Augen.

»Eigentlich nicht von Bella«, sagte sie. »Sondern von dem … Fötus.«

Aha, da war also noch jemand, der so empfand wie ich. Es war ziemlich offensichtlich. Sie sprach das Wort genauso widerwillig aus wie Edward.

»Ich kann ihn nicht sehen«, sagte sie, als spräche sie mit sich selbst. Sie dachte wohl, ich wäre schon eingeschlafen. »Ich kann nichts sehen, was mit ihm zu tun hat. Es ist genau wie bei dir.«

Ich zuckte und biss die Zähne zusammen. Ich wollte nicht mit dem Ding verglichen werden.

»Bella ist im Weg. Sie ist um das Wesen herumgeschlungen, und dadurch ist alles … verschwommen. Wie schlechter Empfang im Fernsehen – als wenn man versucht, die grieseligen Leute auf dem Bildschirm zu erkennen. Es ist Gift für meinen Kopf, wenn ich sie ansehe. Und ich kann im Moment ohnehin nicht mehr als ein paar Minuten in die Zukunft sehen. Der … Fötus ist zu sehr Teil der Zukunft. Als sie beschlossen hat … als sie wusste, dass sie es haben wollte, da wurde sie sofort verschwommen. Ich hab mich zu Tode erschreckt.«

Einen kurzen Augenblick schwieg sie, dann fügte sie hinzu: »Ich muss zugeben, dass es guttut, dich in der Nähe zu haben – trotz des Gestanks nach nassem Hund. Alles verschwindet. Als hätte ich die Augen geschlossen. Es betäubt den Kopfschmerz.«

»Freut mich, zu Diensten sein zu können, Ma'am«, murmelte ich.

»Ich frage mich, was es mit dir gemein hat … warum ihr in der Hinsicht gleich seid.«

Eine plötzliche Hitze flammte in meinen Knochen auf. Ich musste die Fäuste ballen, um das Zittern unter Kontrolle zu bringen.

»Ich habe mit diesem Parasiten nichts gemein«, sagte ich mit zusammengebissenen Zähnen.

»Tja, irgendwas ist da aber.«

Ich gab keine Antwort. Die Hitze verging bereits wieder. Ich war zu erschlagen, um länger wütend zu sein.

»Es macht dir doch nichts aus, wenn ich hier neben dir sitze, oder?«, fragte sie.

»Nicht direkt. Stinken tut es sowieso.«

»Danke«, sagte sie. »Ich glaube, das ist das Beste, was ich tun kann. Aspirin kann ich nämlich nicht nehmen.«

»Geht's auch ein bisschen leiser? Ich möchte schlafen.«

Sie gab keine Antwort, sie verstummte sofort. Wenige Sekunden später war ich weggetreten.

Ich träumte, ich hätte großen Durst. Vor mir stand ein großes Glas Wasser – ganz kalt, das Kondenswasser lief am Glas herunter. Ich nahm das Glas und trank einen großen Schluck, als ich merkte, dass es gar kein Wasser war – es war pures Bleichmittel. Ich spuckte es aus, prustete es überallhin, und ein Strahl kam mir durch die Nase. Meine Nase brannte …

Von dem Schmerz in der Nase wachte ich auf, und sofort wusste ich, wo ich eingeschlafen war. Der Geruch war ziemlich heftig dafür, dass meine Nase gar nicht richtig im Haus war. Pfui. Und es war laut. Jemand lachte zu laut. Ein vertrautes Lachen, aber eines, das nicht zu dem Geruch passte. Nicht dazugehörte.

Stöhnend machte ich die Augen auf. Der Himmel war dunkelgrau – es war Tag, aber ich hatte keine Ahnung, wie spät es war. Vielleicht schon fast Abend – es war ziemlich dunkel.

»Das wurde aber auch Zeit«, murmelte Blondie aus nicht allzu weiter Entfernung. »Deine Imitation einer Kettensäge wurde allmählich etwas langweilig.«

Ich drehte mich um und zwang mich zum Sitzen. Währenddessen wurde mir klar, woher der Geruch kam. Jemand hatte mir ein breites Federkissen unter das Gesicht gestopft. Vermutlich war das freundlich gemeint. Wenn es nicht von Rosalie kam.

Kaum hatte ich den Kopf von den stinkenden Federn erhoben, schnappte ich andere Gerüche auf. So etwas wie Schinken und Zimt, vermischt mit dem Vampirgestank.

Blinzelnd schaute ich mich im Zimmer um.

Es hatte sich nicht sonderlich verändert, außer dass Bella jetzt auf dem Sofa saß und keine Infusion mehr bekam. Blondie saß ihr zu Füßen, den Kopf an Bellas Knie gelehnt. Wenn ich sah, wie selbstverständlich sie Bella berührten, bekam ich immer noch Gänsehaut, auch wenn das bei genauerer Überlegung ziemlich dämlich war. Edward war an ihrer Seite und hielt ihre Hand. Alice saß auf dem Boden, wie Rosalie. Jetzt war ihr Gesicht nicht mehr so schmerzverzerrt. Und ich sah auch sofort, weshalb – sie hatte ein neues Schmerzmittel gefunden.

»Hey, da ist Jake ja endlich wieder!«, jubelte Seth.

Er saß an Bellas anderer Seite, einen Arm lässig um ihre Schultern gelegt, einen übervollen Teller mit Essen auf dem Schoß.

Was zum Teufel sollte das?

»Er hat dich gesucht«, sagte Edward, während ich mich aufrappelte. »Und Esme hat ihn überredet, zum Frühstück zu bleiben.«

Seth sah meinen Gesichtsausdruck und beeilte sich zu erklären: »Ja, Jake – ich wollte nur mal sehen, ob mit dir alles in Ordnung ist, weil du dich überhaupt nicht zurückverwandelt hast. Leah hat sich Sorgen gemacht. Ich hab ihr gesagt, dass du bestimmt bloß als Mensch eingepennt bist, aber du kennst sie ja. Na ja, und dann gab es hier so viel zu essen und, verflucht« – er wandte sich zu Edward –, »du kannst ja vielleicht kochen.«

»Danke«, murmelte Edward.

Ich atmete langsam ein und versuchte meine Zähne voneinander zu lösen. Ich konnte den Blick nicht von Seths Arm wenden.

»Bella war kalt«, sagte Edward leise.

Ach ja. Außerdem ging mich das auch gar nichts an. Sie gehörte mir ja nicht.

Seth hatte Edwards Bemerkung gehört, sah mein Gesicht und brauchte plötzlich beide Hände zum Essen. Er nahm den Arm von Bellas Schultern und haute rein. Ich ging zu ihnen, blieb ein

Stück vor dem Sofa stehen und versuchte immer noch, die Fassung wiederzufinden.

»Läuft Leah Patrouille?«, fragte ich Seth. Meine Stimme war immer noch verschlafen.

»Ja«, sagte er kauend. Auch er hatte neue Kleider an. Sie passten ihm besser als meine mir. »Sie hat alles im Griff. Keine Sorge. Wenn irgendwas ist, heult sie. Gegen Mitternacht haben wir getauscht. Da hatte ich zwölf Stunden hinter mir.« Man merkte, dass er stolz darauf war.

»Mitternacht? Moment mal – wie spät haben wir jetzt?«

»Früher Morgen.« Er schaute prüfend aus dem Fenster.

»Oje, Morgen.« Ich hatte den Rest des Tages und die ganze Nacht verschlafen – dumm gelaufen. »Mist. Tut mir leid, Seth. Echt. Du hättest mich wach rütteln sollen.«

»Ach was, du musstest mal richtig ausschlafen. Seit wann hast du durchgemacht? Seit der letzten Wache, die du für Sam geschoben hast? Vierzig Stunden? Fünfzig? Du bist keine Maschine, Jake. Außerdem hast du überhaupt nichts verpasst.«

Nichts? Ich schaute kurz zu Bella. Ihre Gesichtsfarbe war wieder normal. Blass, aber mit einem rosigen Hauch. Ihre Lippen waren auch wieder rosa. Selbst ihre Haare sahen besser aus, glänzender. Sie sah meinen anerkennenden Blick und grinste.

»Was macht die Rippe?«, fragte ich.

»Schön wieder zusammengeklebt. Ich merk sie gar nicht.«

Ich verdrehte die Augen. Ich hörte, wie Edward mit den Zähnen knirschte, bestimmt nervte ihn ihre Art, die Sache herunterzuspielen, genauso wie mich.

»Was gibt's zum Frühstück?«, fragte ich ein wenig sarkastisch. »0 negativ oder AB positiv?«

Sie streckte mir die Zunge heraus. Sie war wieder ganz die

Alte. »Omelett«, sagte sie, aber sie senkte den Blick, und ich sah, dass die Tasse mit Blut zwischen ihrem und Edwards Bein klemmte.

»Hol dir auch was zum Frühstück, Jake«, sagte Seth. »In der Küche steht jede Menge. Du musst einen Bärenhunger haben.«

Ich schaute mir das Essen auf seinem Schoß an. Sah aus wie ein halbes Käseomelett und der Rest einer mindestens frisbee-scheibengroßen Zimtschnecke. Mein Magen knurrte, aber ich ignorierte es.

»Was isst Leah zum Frühstück?«, fragte ich Seth vorwurfs-voll.

»Hey, ich hab ihr was zu essen gebracht, bevor ich auch nur einen Bissen angerührt hab«, verteidigte er sich. »Sie sagte, da würde sie noch eher ein totgefahrenes Tier essen, aber ich wette, ihr hat der Magen geknurrt. Diese Zimtschnecken ...« Ihm fehlten offenbar die Worte.

»Dann geh ich mit ihr auf die Jagd.«

Seth seufzte, als ich mich zum Gehen wandte.

»Wartest du mal einen Moment, Jacob?«

Das war Carlisle, deshalb war meine Miene, als ich mich um-drehte, wohl weniger respektlos, als sie es sonst gewesen wäre.

»Ja?«

Carlisle kam zu mir, während Esme ins Nebenzimmer ging. Er blieb ein Stück von mir entfernt stehen, so dass der Abstand zwischen uns etwas größer war, als er normalerweise zwischen zwei Menschen ist, die miteinander reden. Ich rechnete es ihm hoch an, dass er Distanz hielt.

»Apropos Jagd«, begann er düster. »Das wird für uns allmäh-lich ein Problem. Wenn ich es richtig verstehe, ist unser ur-sprünglicher Waffenstillstand im Moment außer Kraft, deshalb hätte ich gern deinen Rat. Wird Sam außerhalb des Umkreises jagen, den du abgesteckt hast? Wir wollen nicht das Risiko eingehen, jemanden aus deiner Familie zu verletzen – oder einen von uns zu verlieren. Wie würdest du vorgehen, wenn du in unserer Haut stecken würdest?«

Ich beugte mich zurück, ein wenig überrascht, dass er mich um Rat fragte. Was wusste ich schon, wie es war, in der versteinerten Haut eines Blutsaugers zu stecken? Aber er hatte Recht, ich kannte Sam.

»Es ist riskant«, sagte ich und versuchte die Blicke der anderen zu ignorieren. »Sam hat sich zwar ein wenig beruhigt, aber ich bin mir sicher, dass der Vertrag in seinen Augen ungültig ist. Solange er glaubt, dass der Stamm oder irgendein Mensch in Gefahr ist, wird er nicht lange fragen, wenn Sie verstehen, was ich meine. Allerdings geht es ihm vor allem um La Push. Sie sind nicht genug, um die Menschen dort zu bewachen und gleichzeitig eine große Jagd zu veranstalten. Ich wette, er entfernt sich nicht sehr weit von zu Hause.«

Carlisle nickte gedankenverloren.

»Also ich würde sagen, zieht sicherheitshalber lieber zusammen los. Und vielleicht besser tagsüber, denn sie würden eher nachts damit rechnen. Wie es bei Vampiren üblich ist. Ihr seid schnell – verschwindet über die Berge und jagt möglichst weit weg; so weit würde er niemanden schicken.«

»Und Bella ohne jeden Schutz hierlassen?«

Ich schnaubte. »Und was sind wir, Leberknödel etwa?«

Carlisle lachte, dann wurde sein Gesicht wieder ernst. »Jacob, du kannst nicht gegen deine Brüder kämpfen.«

Ich machte die Augen schmal. »Ich sag ja nicht, dass es einfach wäre, aber wenn sie wirklich kommen würden, um sie zu töten – dann könnte ich sie aufhalten.«

Carlisle schüttelte besorgt den Kopf. »Nein, ich habe nicht

gemeint, dass du ... das nicht schaffen würdest. Aber es wäre ganz und gar verkehrt. Das kann ich nicht auf mich nehmen.«

»Sie wären nicht dafür verantwortlich, Doc. Es wäre ganz allein meine Verantwortung. Und die kann ich übernehmen.«

»Nein, Jacob. Wir werden sicherstellen, dass es nicht so weit kommt.« Er runzelte nachdenklich die Stirn. »Wir werden jeweils zu dritt gehen«, entschied er dann. »Das ist vermutlich das Beste, was wir tun können.«

»Ich weiß nicht, Doc. Sich aufzuteilen, ist nicht die beste Strategie.«

»Wir haben einige zusätzliche Fähigkeiten, die das ausgleichen. Wenn Edward mitkommt, kann er uns einen Sicherheitsradius von einigen Kilometern verschaffen.«

Wir schauten beide zu Edward. Als Carlisle seinen Gesichtsausdruck sah, machte er schnell einen Rückzieher.

»Es gibt auch noch andere Möglichkeiten«, sagte er. Im Moment war der Durst offenbar noch nicht so groß, dass man Edward von Bella wegbekommen hätte. »Alice, du könntest doch sicher sehen, welche Routen wir vermeiden sollten?«

»Die Routen, die verschwinden«, sagte Alice und nickte. »Das ist leicht.«

Edward, der sich bei Carlisles erstem Plan verkrampft hatte, entspannte sich jetzt wieder. Bella sah Alice unglücklich an, sie hatte die vertraute kleine Falte zwischen den Augen.

»Also gut«, sagte ich. »Dann wäre das geregelt. Ich mach mich jetzt mal auf den Weg. Seth, gegen Abend übernimmst du wieder, also halt zwischendurch ein Nickerchen, okay?«

»Klar, Jake. Ich verwandle mich, sobald ich aufgegessen habe. Es sei denn ...« Er zögerte und schaute zu Bella. »Brauchst du mich noch?«

»Sie hat Decken«, fuhr ich ihn an.

»Ich komme zurecht, Seth, danke«, sagte Bella schnell.

Und dann flitzte Esme ins Zimmer, einen großen zugedeckten Teller in der Hand. Hinter Carlisles Ellbogen blieb sie zögernd stehen und sah mich mit ihren großen, dunkelgoldenen Augen an. Sie streckte den Arm mit dem Teller aus und trat schüchtern einen Schritt näher.

»Jacob«, sagte sie leise. Ihre Stimme war nicht ganz so durchdringend wie die der anderen. »Ich weiß, dass die Vorstellung ... unappetitlich für dich ist, hier zu essen, wo es so unangenehm riecht. Doch ich wäre sehr beruhigt, wenn du ein wenig Essen mitnehmen würdest. Ich weiß, dass du nicht nach Hause kannst, unseretwegen. Bitte – erleichtere mein Gewissen ein wenig. Nimm etwas zu essen.« Sie hielt mir den Teller hin, ihre Miene weich und bittend. Ich wusste nicht, wie sie es anstellte, denn sie sah nicht älter aus als Mitte zwanzig und sie war kalkweiß wie die anderen, aber irgendetwas an ihr erinnerte mich plötzlich an meine Mutter.

Himmel.

»Hm, ja, klar«, murmelte ich. »Warum nicht. Vielleicht hat Leah ja noch Hunger oder so.«

Ich nahm den Teller mit einer Hand und hielt ihn auf Armeslänge von mir. Ich würde das Zeug unter einen Baum kippen oder so. Ich wollte sie nicht vor den Kopf stoßen.

Da fiel mir Edward ein.

Wehe, du sagst irgendwas! Lass sie im Glauben, dass ich es gegessen hab.

Ich schaute ihn nicht an, um zu sehen, ob er einverstanden war. Ich wollte es ihm geraten haben. Der Blutsauger war mir etwas schuldig.

»Danke, Jacob«, sagte Esme und lächelte mich an. Wie zum Teufel konnte ein Gesicht aus Stein *Grübchen* haben?

»Ja, danke«, sagte ich. Mein Gesicht fühlte sich heiß an – heißer als sonst.

Das war das Problem, wenn man so viel mit Vampiren zusammen war – man gewöhnte sich an sie. Auf einmal sah man die Welt mit anderen Augen. Sie fühlten sich an wie Freunde.

»Kommst du nachher noch mal, Jake?«, fragte Bella, als ich mich gerade davonstehlen wollte.

»Hm, weiß ich noch nicht.«

Sie presste die Lippen zusammen, als ob sie sich ein Lächeln verbeißen müsste. »Bitte? Vielleicht fange ich wieder zu frieren an.«

Ich holte tief Luft und merkte zu spät, dass das keine gute Idee war. Ich zuckte zusammen. »Mal sehen.«

»Jacob?«, sagte Esme. Ich ging zur Tür, während sie sprach, sie lief mir ein paar Schritte hinterher. »Auf der Veranda steht ein Korb mit Kleidern. Sie sind für Leah. Sie sind frisch gewaschen - ich habe sie so wenig angefasst wie möglich.« Sie zog die Stirn in Falten. »Könntest du sie ihr bringen?«

»Mach ich«, murmelte ich, und dann huschte ich zur Tür hinaus, bevor sie mich noch mehr beschämen konnten.

TICK, TACK, TICK, TACK, TICK, TACK

Hey, Jake, du hast doch gesagt, du brauchst mich gegen Abend. Wieso hast du Leah nicht gesagt, sie soll mich wecken, bevor sie einpennt? Weil ich dich doch nicht brauchte. Bin immer noch fit.

Er nahm sich bereits die nördliche Hälfte der Runde vor. *Irgendwas Neues?*

Nee. Rein gar nichts.

Warst du auf Erkundungstour?

Er war am Ausgangspunkt einer meiner Abstecher angelangt. Er folgte dem neuen Weg.

Ja – ich bin ein paar Abzweigungen abgelaufen. Nur sicherheitshalber. Falls die Cullens auf die Jagd gehen …

Gute Idee.

Seth kehrte zur eigentlichen Runde zurück.

Mit ihm konnte ich besser laufen als mit Leah. Obwohl sie sich Mühe gab – große Mühe –, lag doch immer etwas Widerspenstiges in ihren Gedanken. Sie wollte nicht hier sein. Sie wollte nicht spüren, wie meine Haltung gegenüber den Vampiren nachgiebiger wurde. Und Seths Freundschaft mit ihnen war für sie erst recht kaum erträglich, eine Freundschaft, die immer enger wurde.

Trotzdem komisch, ich hätte gedacht, dass *ich* das größte Problem für sie sein würde. Damals in Sams Rudel waren wir uns immer auf die Nerven gegangen. Doch jetzt war sie mir gegenüber gar nicht feindselig, nur gegenüber den Cullens und Bella. Ich fragte mich, woran das lag. Vielleicht war sie ganz einfach dankbar, dass ich sie nicht wegschickte. Vielleicht auch, weil ich ihre abweisende Haltung jetzt besser verstand. Warum auch immer, Leah war gar nicht so übel, wie ich gedacht hatte.

Natürlich war sie nicht *so* viel lockerer geworden. Die Kleider, die Esme ihr geschickt hatte, waren schon im Fluss gelandet, und das Essen ebenso. Auch nachdem ich meinen Teil gegessen hatte – nicht weil es, abgesehen von dem brennenden Vampirgestank, unwiderstehlich roch, sondern um Leah ein gutes Beispiel selbstloser Toleranz zu geben –, hatte sie es abgelehnt. Der kleine Wapiti, den sie gegen Mittag erlegt hatte, konnte ihren Hunger kaum gestillt haben. Dafür hatte sie jetzt noch schlechtere Laune bekommen. Leah verabscheute rohes Fleisch.

Vielleicht sollten wir mal im Osten nach dem Rechten sehen?, schlug Seth vor. *Tiefer in den Wald hinein, nachschauen, ob sie auf der Lauer liegen.*

Daran hab ich auch schon gedacht, sagte ich. *Aber lass uns das lieber machen, wenn auch Leah wieder wach ist. Ich möchte die Wache nicht vernachlässigen. Aber wir sollten es versuchen, bevor die Cullens losziehen. Bald.*

Seh ich auch so.

Das brachte mich ins Grübeln.

Falls die Cullens unbeschadet aus dem engeren Umkreis herauskamen, müssten sie einfach nur weiterlaufen. Wahrscheinlich hätten sie sich sofort auf den Weg machen sollen, als wir sie warnten. Sie könnten sich bestimmt eine andere Hütte leisten. Und sie hatten doch Freunde im Norden, oder? Bella mitnehmen und abhauen. Das wäre die Lösung für ihre Probleme.

Das müsste ich ihnen eigentlich vorschlagen, doch ich hatte Angst, dass sie auf mich hören würden. Ich wollte nicht, dass Bella verschwand – ohne dass ich je erfuhr, ob sie es geschafft hatte oder nicht.

Nein, das war idiotisch. Ich musste ihnen raten zu verschwinden. Es hatte keinen Sinn, dass sie blieben, und für mich wäre es besser – nicht weniger schmerzlich, aber gesünder –, wenn Bella wegging.

Leicht gesagt mit Bella ganz in der Nähe, die sich unbändig freute, wenn sie mich sah, und die sich gleichzeitig verzweifelt an das Leben klammerte ...

Ach, das hab ich Edward schon gefragt, dachte Seth.

Was?

Ich hab ihn gefragt, wieso sie noch nicht abgehauen sind. Zu Tanya oder so. Irgendwohin, wo Sam sie nicht finden kann.

Ich musste mich wieder daran erinnern, dass ich gerade selbst beschlossen hatte, den Cullens diesen Rat zu geben. Dass es das Beste wäre. Also durfte ich nicht sauer auf Seth sein, weil er mir die Aufgabe abgenommen hatte. Überhaupt nicht sauer.

Und was hat er gesagt? Warten sie auf eine günstige Gelegenheit?

Nein. Sie werden nicht gehen.

Und das dürfte ich jetzt nicht als gute Nachricht betrachten.

Warum nicht? Das ist doch bescheuert.

Nicht unbedingt, sagte Seth, fast entschuldigend. *Es würde zu lange dauern, bis sie medizinisch wieder so gut ausgestattet wären wie hier. Hier hat Carlisle alles, was er braucht, um Bella zu versorgen, und kann problemlos mehr bekommen. Das ist einer der Gründe, weshalb sie losziehen wollen. Er glaubt, dass sie schon bald mehr Blut für Bella benötigen. Sie verbraucht das ganze 0 negativ, das sie für sie gelagert hatten. Er möchte die Vorräte nicht ganz aufbrauchen. Er muss Nachschub kaufen. Wusstest du, dass man Blut kaufen kann? Wenn man Arzt ist.*

Ich konnte noch nicht richtig logisch denken. *Es kommt mir trotzdem idiotisch vor. Sie könnten doch das meiste mitnehmen, oder? Und wenn sie dann woanders sind, könnten sie das klauen, was sie brauchen. Wer hält sich als Untoter schon an Gesetze?*

Edward will kein Risiko eingehen, er möchte Bella so wenig wie möglich bewegen.

Jetzt geht es ihr doch besser.

Viel besser, sagte Seth. In Gedanken verglich er meine Erinnerung von einer an Schläuche angeschlossenen Bella mit der Bella, die er das letzte Mal gesehen hatte. Sie hatte ihn angelächelt und gewinkt. *Aber sie kann sich nicht groß bewegen, weißt du. Das Ding tritt wie verrückt.*

Ich schluckte Magensäure. *Ja, ich weiß.*

Es hat ihr schon wieder eine Rippe gebrochen, sagte er düster.

Ich strauchelte kurz und brauchte eine Weile, bis meine Schritte wieder im Takt waren.

Carlisle hat sie wieder zusammengeflickt. Nur ein kleiner Bruch, hat er gesagt. Dann sagte Rosalie, es käme selbst bei normalen Menschenbabys vor, dass sie ihren Müttern die Rippen brechen. Edward sah aus, als hätte er ihr am liebsten den Kopf abgerissen.

Schade, dass er es nicht getan hat.

Seth war jetzt richtig gesprächig – er wusste, dass mich das alles brennend interessierte, obwohl ich nie danach gefragt hatte. *Heute hatte Bella immer mal wieder Fieber. Nur ein bisschen Temperatur – erst Schweißausbrüche, dann Schüttelfrost. Carlisle weiß nicht so recht, was er davon halten soll –, vielleicht ist es nur eine Erkältung. Ihr Immunsystem kann ja nicht gerade in Bestform sein.*

Ja, das ist bestimmt nur ein Zufall.

Aber sie ist gut drauf. Sie hat mit Charlie gequatscht und gelacht und so …

Charlie! Was?! *Wie meinst du das, sie hat mit Charlie geredet?!* Jetzt war es Seth, der ins Strauchein geriet, meine heftige Reaktion überraschte ihn. *Ich glaub, er ruft jeden Tag an, um zu hören, wie es ihr geht. Ihre Mutter meldet sich auch ab und zu. Bella klingt jetzt so viel besser, also hat sie ihm versichert, sie wär auf dem Wege der Besserung …*

Auf dem Wege der Besserung? Was denken die sich bloß? Soll Charlie sich Hoffnungen machen, damit er dann erst recht am Boden zerstört ist, wenn sie stirbt? Ich dachte, sie wollten ihn darauf vorbereiten! Warum führt sie ihn jetzt so an der Nase herum?

Vielleicht stirbt sie ja nicht, dachte Seth leise.

Ich holte tief Luft, versuchte mich zu beruhigen. *Seth. Selbst wenn sie das durchsteht, dann auf keinen Fall als Mensch. Das weiß sie, und die anderen wissen es auch. Auch wenn sie nicht stirbt, wird sie eine ziemlich überzeugende Vorstellung einer Leiche geben müssen, Kleiner. Entweder das oder ganz verschwinden. Ich dachte, sie wollten es für Charlie leichter machen. Wieso …?*

Ich glaub, es war Bellas Idee. Keiner hat was gesagt, aber Edward sah so aus, als ob er ungefähr genauso darüber denkt wie du.

Schon wieder auf der gleichen Wellenlänge mit dem Blutsauger.

Ein paar Minuten liefen wir schweigend. Ich wählte einen neuen Weg, Richtung Süden.

Lauf nicht zu weit.

Warum nicht?

Bella hat gesagt, ich soll dich bitten, noch mal vorbeizuschauen.

Ich biss die Zähne zusammen.

Alice möchte auch, dass du kommst. Sie sagt, sie ist es leid, auf den Dachboden verbannt zu sein wie eine Fledermaus im Glockenturm. Seth prustete los. *Vorhin hab ich mich mit Edward abgewechselt. Wir haben versucht, Bellas Temperatur stabil zu halten. Mal kühlen, mal wärmen, wie es gerade nötig war. Wenn du nicht möchtest, könnte ich auch wieder hingehen ...*

Nein. Schon kapiert, fuhr ich ihn an.

Gut. Mehr sagte er nicht dazu. Er konzentrierte sich angestrengt auf den einsamen Wald.

Ich rannte weiter Richtung Süden und hielt Ausschau nach Veränderungen. Als ich in die Nähe eines Wohngebiets kam, machte ich kehrt. Ich wollte nicht, dass wieder Gerüchte über Wölfe die Runde machten. Wir waren jetzt schon eine ganze Weile brav und unsichtbar gewesen.

Auf dem Rückweg lief ich direkt zum Haus der Cullens. Ich wusste, dass es dumm war, aber ich konnte nicht anders. Ich hatte eindeutig einen Hang zum Masochismus.

Mit dir ist alles in Ordnung, Jake. Die Situation ist nicht gerade normal.

Bitte halt die Klappe, Seth.

Bin schon still.

Diesmal zögerte ich an der Tür nicht, ich ging einfach hinein, als wäre ich hier zu Hause. Ich stellte mir vor, wie Rosalie sich darüber ärgern würde, aber das war vergebliche Liebesmüh. Weder Rosalie noch Bella waren irgendwo zu sehen. Ich schaute mich verzweifelt um, in der Hoffnung, ich hätte sie übersehen; mein Herz presste sich auf merkwürdige, unangenehme Weise an meine Rippen.

»Es geht ihr gut«, flüsterte Edward. »Oder jedenfalls nicht schlechter, sollte ich sagen.«

Edward war auf dem Sofa, das Gesicht in den Händen; er hatte nicht aufgeschaut, als er sprach. Esme saß neben ihm, sie hatte den Arm fest um seine Schultern gelegt.

»Hallo, Jacob«, sagte sie. »Ich bin so froh, dass du zurückgekommen bist.«

»Ich auch«, sagte Alice mit einem tiefen Seufzen. Sie kam die Treppe heruntergetänzelt und schnitt eine Grimasse. Als käme ich zu spät zu einer Verabredung.

»Ja, hi«, sagte ich. Es war ein komisches Gefühl, höflich zu sein.

»Wo ist Bella?«

»Auf der Toilette«, sagte Alice. »Die viele Flüssignahrung, weißt du. Außerdem ist das wohl so, wenn man schwanger ist, hab ich mir sagen lassen.«

»Aha.«

Ich stand unbeholfen da und wippte auf den Fersen vor und zurück.

»Na super«, grummelte Rosalie. Ich schaute mich schnell um und sah sie aus dem Flur kommen, halb verdeckt von der Treppe. Sie hielt Bella zärtlich im Arm, während sie für mich nur einen höhnischen Blick übrighatte. »Mir war doch so, als ob ich etwas Garstiges riechen würde.«

Und auch diesmal strahlte Bella wie ein Kind an Weihnachten. Als hätte ich ihr das allergrößte Geschenk mitgebracht.

Es war so gemein.

»Jacob«, hauchte sie. »Du bist gekommen.«

»Hi, Bella.«

Esme und Edward standen beide auf. Ich beobachtete, wie behutsam Rosalie Bella aufs Sofa legte. Ich sah, wie Bella trotzdem kalkweiß wurde und die Luft anhielt – als wäre sie wild entschlossen, keinen Mucks von sich zu geben, egal, wie weh es tat.

Edward fuhr ihr mit der Hand über die Stirn und dann über den Hals. Es sollte so aussehen, als ob er ihr nur die Haare zurückstrich, aber auf mich wirkte es wie eine ärztliche Untersuchung.

»Frierst du?«, fragte er.

»Mir geht es gut.«

»Bella, du weißt, was Carlisle gesagt hat«, sagte Rosalie. »Nichts herunterspielen. Dann können wir uns nicht vernünftig um euch beide kümmern.«

»Also gut, ich friere ein bisschen. Edward, kannst du mir die Decke geben?«

Ich verdrehte die Augen. »Ist das nicht der Grund, weshalb ich hier bin?«

»Du bist gerade erst gekommen«, sagte Bella. »Und garantiert bist du den ganzen Tag gerannt. Ruh dich einen Moment aus. Ich werde bestimmt im Nu wieder warm.«

Ich achtete nicht auf sie, sondern setzte mich neben dem Sofa auf den Boden, während sie mir immer noch erzählte, was ich tun sollte. Aber ich wusste nicht recht, wie ich es anstellen sollte … Sie sah so zerbrechlich aus, und ich hatte Angst, sie zu bewegen, sogar die Arme um sie zu legen. Also lehnte ich mich nur behutsam an ihre Seite, ließ den Arm neben ihrem liegen und hielt ihre Hand. Dann legte ich meine andere Hand an ihr Gesicht. Es war schwer zu sagen, ob Bella sich kälter anfühlte als sonst.

»Danke, Jake«, sagte sie, und ich merkte, wie sie kurz schauderte.

»Schon gut«, sagte ich.

Edward saß auf der Armlehne am Fußende, den Blick immer auf ihrem Gesicht.

Bei so vielen spitzen Ohren im Raum konnte ich wohl nicht darauf hoffen, dass mein Magenknurren unbemerkt bleiben würde.

»Rosalie, hol Jacob doch bitte etwas zu essen aus der Küche«, sagte Alice, die still und unsichtbar hinter der Rückenlehne des Sofas saß.

Rosalie starrte ungläubig dorthin, wo Alice' Stimme hergekommen war.

»Vielen Dank, Alice, aber ich glaube nicht, dass ich etwas essen möchte, in das Blondie reingespuckt hat. Ich glaube, mein Körper reagiert nicht so gut auf Gift.«

»Rosalie würde Esme niemals beschämen, indem sie sich so wenig gastfreundlich zeigte.«

»Natürlich nicht«, sagte Blondie so honigsüß, dass ich ihr sofort misstraute. Sie stand auf und flitzte aus dem Zimmer.

Edward seufzte.

»Du würdest es mir doch sagen, wenn sie es vergiftet hätte, oder?«, fragte ich.

»Ja«, versprach Edward.

Und aus irgendeinem Grund glaubte ich ihm.

Aus der Küche war großes Rumoren zu hören und – merkwürdigerweise – das Geräusch von Metall, das sich wehrte, als es malträtiert wurde. Edward seufzte wieder, aber er grinste auch ein wenig. Bevor ich darüber nachdenken konnte, war Rosalie schon wieder da. Mit einem selbstzufriedenen Grinsen stellte sie eine silberne Schüssel neben mir auf den Boden.

»Guten Appetit, du Bastard.«

Es war wohl mal eine Rührschüssel gewesen, aber Rosalie hatte sie so gebogen, das sie fast exakt so geformt war wie ein Futternapf für einen Hund. Ich war beeindruckt von ihrem handwerklichen Geschick. Und von ihrem Sinn fürs Detail. Am Rand hatte sie das Wort *Fido* eingeritzt. Ausgezeichnete Handschrift.

Da das Essen ziemlich gut aussah – ein Steak, immerhin, und eine große gebackene Kartoffel mit allen Beilagen –, sagte ich nur »Danke, Blondie«.

Sie schnaubte.

»Hey, weißt du, wie man eine intelligente Blondine nennt?«, fragte ich und antwortete im selben Atemzug: »Einen Golden Retriever!«

»Den kannte ich auch schon«, sagte sie. Jetzt lächelte sie nicht mehr.

»Ich werd's weiter versuchen«, versprach ich, dann machte ich mich über das Essen her.

Sie verzog angewidert das Gesicht. Dann setzte sie sich in einen Sessel und begann so schnell durch die Fernsehkanäle zu zappen, dass sie unmöglich ernsthaft nach einer Sendung suchen konnte.

Das Essen war gut, obwohl es im Zimmer nach Vampiren stank. Ich gewöhnte mich allmählich daran. Hm. Das wollte ich ja eigentlich gar nicht ...

Als ich fertig war – obwohl ich kurz erwog, die Schale noch auszulecken, nur um Rosalie zu ärgern –, spürte ich, wie Bella mir mit ihren kalten Fingern sanft durchs Haar fuhr. Sie glättete es im Nacken.

»Die müssten mal wieder geschnitten werden, was?«

»Du wirst ein wenig zottig«, sagte sie. »Vielleicht ...«

»Lass mich raten, irgendjemand hier hat früher in einem Pariser Salon die Haare geschnitten?«

Sie kicherte. »Gut möglich.«

»Nein danke«, sagte ich, bevor sie es ernsthaft anbieten konnte. »Ein paar Wochen geht's noch.«

Was mich zu der Frage führte, wie lange es bei ihr noch ging. Ich überlegte, wie ich sie fragen konnte, ohne unhöflich zu sein.

»Und ... hm ... wann ist der, äh, Termin? Du weißt schon, wann das kleine Monster fällig ist.«

Sie schlug mir mit der Wucht einer fliegenden Feder an den Hinterkopf, gab jedoch keine Antwort.

»Im Ernst«, sagte ich. »Ich will wissen, wie lange ich noch hierbleiben muss.« Wie lange du noch hier sein wirst, fügte ich in Gedanken hinzu und drehte mich zu ihr um. Ihr Blick war nachdenklich, sie hatte wieder die vertraute kleine Falte zwischen den Augenbrauen.

»Ich weiß nicht«, murmelte sie. »Nicht genau jedenfalls. Offensichtlich haben wir es hier nicht mit der Neun-Monats-Variante zu tun, und wir können keinen Ultraschall machen, also muss Carlisle es grob nach meinem Bauchumfang schätzen. Normalerweise sollten es hier ungefähr vierzig Zentimeter sein« – sie fuhr mit dem Finger mitten über ihren gewölbten Bauch –, »wenn das Baby ausgewachsen ist. Ein Zentimeter pro Woche. Heute Morgen waren es bei mir dreißig Zentimeter, und pro Tag kommen ungefähr zwei dazu, manchmal mehr ...«

Zwei Wochen auf einen Tag komprimiert, und die Tage rasten nur so dahin. Ihr Leben im Schnellvorlauf. Wie viele Tage hatte sie dann noch, wenn man bis vierzig zählte? Vier? Es dauerte einen Moment, bis mir wieder einfiel, wie man schluckte.

»Geht's dir gut?«, fragte sie.

Ich nickte, ich wusste nicht, wie meine Stimme sich anhören würde.

Edward hatte das Gesicht von uns abgewandt, während er meinen Gedanken lauschte, aber ich sah sein Spiegelbild in der Glaswand. Er sah wieder so aus, als verbrenne er bei lebendigem Leib.

Merkwürdig, dass es mir jetzt, da es ein absehbares Ende gab, schwerer fiel, ans Fortgehen zu denken oder daran, dass sie fortgehen könnte. Ich war froh darüber, dass Seth es angesprochen hatte und ich sicher sein konnte, dass sie blieben. Es wäre unerträglich, wenn ich jetzt darüber nachdenken müsste, ob sie wohl abreisen und ein, zwei oder drei von den vier Tagen wegnehmen würden. Von meinen vier Tagen.

Merkwürdig auch, dass es immer schwerer wurde, der Macht, die sie über mich hatte, zu entkommen, obwohl ich wusste, dass es fast vorbei war. Beinahe so, als hätte es etwas mit ihrem wachsenden Bauch zu tun – als würde die Anziehungskraft mit dem Umfang ihres Bauches größer werden.

Einen Augenblick lang versuchte ich sie mit einer gewissen Distanz zu betrachten, mich ihrer Anziehungskraft zu widersetzen. Ich wusste, dass es nicht nur Einbildung war; ich brauchte sie wirklich mehr denn je. Warum war das so? Weil sie im Sterben lag? Oder weil ich wusste, dass sie sich, wenn sie nicht starb, im besten Fall nur in etwas verwandeln würde, das ich nicht kannte und nicht verstand?

Sie strich mit einem Finger über meinen Wangenknochen, und meine Haut war nass, wo sie mich berührte.

»Es wird alles gut«, sagte sie beruhigend. Es war egal, dass die Worte nichts bedeuteten. Sie sagte es, wie man Kindern sinnlose Verse vorsingt. Heile, heile Segen.

»Klar«, murmelte ich.

Sie schmiegte sich an meinen Arm und lehnte den Kopf an meine Schulter. »Ich hab nicht gedacht, dass du kommen würdest. Seth sagte, du kommst, und Edward sagte das Gleiche, aber ich hab ihnen nicht geglaubt.«

»Wieso nicht?«, fragte ich schroff.

»Du fühlst dich hier nicht wohl. Aber du bist trotzdem gekommen.«

»Du wolltest, dass ich komme.«

»Ich weiß. Aber du hättest nicht zu kommen brauchen, denn es ist nicht richtig von mir, dass ich dich hierhaben will. Ich hätte das verstanden.«

Eine Weile war es still. Edward hatte seinen Gesichtsausdruck wieder unter Kontrolle. Er schaute zum Fernseher, während Rosalie durch die Programme zappte. Sie war jetzt schon bei sechshundertundetwas. Ich fragte mich, wie lange es wohl noch dauerte, bis es wieder von vorn losging.

»Danke, dass du gekommen bist«, flüsterte Bella.

»Darf ich dich was fragen?«, sagte ich.

»Natürlich.«

Edward sah so aus, als achtete er gar nicht auf uns, aber er wusste natürlich, was ich fragen wollte, und ich ließ mich nicht täuschen.

»Warum willst du denn, dass ich komme? Seth kann dich genauso gut wärmen, und er ist bestimmt angenehmere Gesellschaft, er verbreitet immer gute Laune. Aber wenn ich zur Tür reinkomme, dann lächelst du, als wäre ich dir der liebste Mensch auf der Welt.«

»Du bist einer davon.«

»Das nervt, weißt du.«

»Ja.« Sie seufzte. »Entschuldige.«

»Aber warum? Das hast du mir noch nicht verraten.«

Edward schaute wieder weg, als würde er aus dem Fenster gucken. Sein Spiegelbild war ausdruckslos.

»Es ist ... als wären wir komplett, wenn du hier bist, Jacob. Als wäre dann meine ganze Familie versammelt. So stelle ich es mir jedenfalls vor – ich hatte ja bisher nie eine große Familie. Es ist schön.« Sie lächelte einen kurzen Augenblick. »Wenn du nicht hier bist, dann fehlt etwas.«

»Ich werde nie zu deiner Familie gehören, Bella.«

Ich hätte dazugehören können. Ich hätte mich gut gemacht. Aber das war bloß eine ferne Zukunft, die schon gestorben war, ehe sie eine Chance hatte, Wirklichkeit zu werden.

»Du hast immer zu meiner Familie gehört«, widersprach sie.

Ich knirschte mit den Zähnen. »Das ist doch eine bescheuerte Antwort.«

»Und was wäre eine gute?«

»Wie wär's mit: Jacob, ich seh dich so gern leiden.«

Ich spürte, wie sie zusammenzuckte.

»Würde dir das besser gefallen?«, flüsterte sie.

»Das wäre wenigstens einfacher. Ich könnte es kapieren. Damit umgehen.«

Dann schaute ich wieder in ihr Gesicht, das so nah an meinem war. Sie hatte die Augen geschlossen, sie runzelte die Stirn. »Wir sind vom richtigen Weg abgekommen. Aus dem Gleichgewicht geraten. Du bist ein Teil meines Lebens – das spüre ich, und du spürst es auch.« Sie hielt kurz inne, ohne die Augen zu öffnen – als wartete sie darauf, dass ich widersprach. Als ich nichts sagte, fuhr sie fort: »Aber nicht so. Wir haben irgendwas falsch gemacht. Nein. Ich hab etwas falsch gemacht, und da sind wir vom Weg abgekommen …«

Sie verstummte, und der angestrengte Ausdruck wich aus ihrem Gesicht, bis da nur noch ein Fältchen in ihrem Mundwinkel war. Ich wartete darauf, dass sie noch mehr Salz in meine Wunden streute, aber nur ein leises Schnarchen war zu hören.

»Sie ist erschöpft«, sagte Edward. »Es war ein langer Tag. Ein harter Tag. Ich glaube, sie wäre schon eher eingeschlafen, doch sie wollte auf dich warten.«

Ich sah ihn nicht an.

»Seth hat gesagt, es hat ihr noch eine Rippe gebrochen.«

»Ja. Dadurch fällt ihr das Atmen schwer.«

»Na toll.«

»Sollte sie wieder fiebern, lass es mich wissen.«

»Ja.«

Auf dem Arm, der meinen nicht berührte, hatte sie immer

noch Gänsehaut. Ich hatte kaum den Kopf gehoben, um mich nach einer Decke umzusehen, als Edward die Decke schnappte, die über der Sofalehne lag, und sie über Bella warf.

Manchmal sparte dieses Gedankenlesen wirklich Zeit. Zum Beispiel brauchte ich vielleicht gar keinen großen Aufstand um die Geschichte mit Charlie zu machen. Edward konnte ja genau hören, wie wütend …

»Ja«, sagte er. »Das war keine gute Idee.«

»Warum dann?« Warum erzählte Bella ihrem Vater, sie sei »auf dem Wege der Besserung«, wenn es ihm danach nur umso schlechter gehen wird?

»Sie kann seine Sorge nicht ertragen.«

»Und dann ist es besser …«

»Nein. Es ist nicht besser. Aber ich werde sie im Moment zu nichts zwingen, was sie unglücklich macht. Wie es auch ausgehen mag, im Moment hilft es ihr. Um alles andere kümmere ich mich danach.«

Das passte überhaupt nicht zu ihr. Bella würde Charlies Trauer doch nicht einfach auf einen späteren Zeitpunkt verschieben, damit sich dann jemand anders darum kümmern konnte. Selbst wenn sie starb. Das sah ihr nicht ähnlich. Sie musste etwas anderes im Sinn haben, so gut glaubte ich sie zu kennen.

»Sie ist sich ganz sicher, dass sie überleben wird«, sagte Edward.

»Aber nicht als Mensch«, wandte ich ein.

»Nein, nicht als Mensch. Dennoch hofft sie, Charlie wiederzusehen.«

Das wurde ja immer besser.

»Charlie. Wiedersehen.« Jetzt sah ich ihn endlich an, mit großen Augen. »Danach. Sie will Charlie sehen, wenn sie weiß glitzert und leuchtend rote Augen hat? Ich bin ja kein Blutsauger, also entgeht mir da vielleicht was, aber ich finde, Charlie ist eine ungewöhnliche Wahl für ihre erste Mahlzeit.«

Edward seufzte. »Sie weiß, dass sie mindestens ein Jahr lang nicht in seine Nähe kommen kann. Sie glaubt, ihn hinhalten zu können. Ihm erzählen, sie müsse in eine Spezialklinik auf der anderen Seite der Erde. Telefonisch in Kontakt bleiben …«

»Das ist Irrsinn.«

»Ja.«

»Charlie ist doch nicht blöd. Selbst wenn sie ihn nicht umbringt, er würde doch den Unterschied merken.«

»Darauf baut sie gewissermaßen.«

Ich starrte ihn an und wartete auf eine Erklärung.

»Sie würde natürlich nicht mehr älter werden, damit wäre die Sache zeitlich begrenzt, selbst wenn Charlie ihre wie auch immer geartete Erklärung für die Veränderung akzeptieren sollte.« Er lächelte schwach. »Weißt du noch, als du damals versuchtest, ihr von deiner Verwandlung zu erzählen? Wie du sie hast raten lassen?«

Ich ballte die freie Hand zu einer Faust. »Das hat sie dir erzählt?«

»Ja. Sie hat mir dabei ihre … Idee erklärt. Weißt du, sie darf Charlie nicht die Wahrheit verraten – das wäre sehr gefährlich für ihn. Aber er ist ein pfiffiger, pragmatischer Mensch. Sie glaubt, er werde sich schon eine eigene Erklärung zurechtlegen. Sie geht davon aus, dass er zu einem falschen Schluss gelangen wird.« Edward schnaubte. »Schließlich halten wir uns kaum an die üblichen Vampirbräuche. Er wird zu irgendwelchen falschen Schlüssen über uns gelangen, so wie sie zu Beginn, und wir werden das Spiel mitspielen. Sie geht davon aus, dass sie ihn treffen kann … gelegentlich.«

»Irrsinn«, wiederholte ich.

»Ja«, stimmte er wieder zu.

Es war schwach von ihm, ihr ihren Willen zu lassen, nur damit sie zufrieden war. Das würde böse enden.

Also ging er offenbar gar nicht davon aus, dass sie ihren verrückten Plan umsetzen konnte. Er beschwichtigte sie, damit sie noch eine kleine Weile glücklich sein konnte.

Ungefähr vier Tage.

»Ich werde damit fertigwerden müssen, wie es auch kommen mag«, flüsterte er und wandte das Gesicht ab, so dass ich seinen Ausdruck nicht sehen konnte. »Ich werde ihr jetzt keinen Kummer bereiten.«

»Noch vier Tage?«, fragte ich.

Er schaute nicht auf. »Schätzungsweise.«

»Und was dann?«

»Was meinst du genau?«

Ich dachte daran, was Bella gesagt hatte. Dass das Ding von etwas Festem umgeben war, so etwas wie Vampirhaut. Wie sollte das dann gehen? Wie sollte es rauskommen?

»Nach den wenigen Forschungen, die wir anstellen konnten, hat es den Anschein, als gebrauchten diese Wesen ihre Zähne, um den Mutterleib zu verlassen«, flüsterte er.

Ich musste innehalten, um die Galle hinunterzuschlucken.

»Forschungen?«, fragte ich schwach.

»Deshalb hast du Jasper und Emmett hier nicht angetroffen. Und das ist es auch, womit Carlisle sich derzeit beschäftigt. Sie versuchen die wenigen alten Geschichten und Mythen mit dem, was uns hier zur Verfügung steht, zu entschlüsseln, um herauszufinden, womit wir es zu tun haben. Sie wollen etwas finden, das uns dabei helfen könnte, das Verhalten des Wesens vorauszusagen.«

Geschichten? Wenn es Mythen gab, dann …

»Dann ist dieses Ding nicht das erste seiner Art?« Edward nahm meine Frage vorweg. »Möglich. Es ist alles sehr vage. Die Mythen könnten ebenso gut die Ausgeburt von Angst und Einbildung sein. Allerdings ...« Er zögerte. »Eure Mythen sind wahr, oder? Vielleicht sind diese auch wahr. Sie scheinen räumlich begrenzt zu sein, sie hängen miteinander zusammen ...«

»Wie habt ihr ...?«

»In Südamerika sind wir einer Frau begegnet. Sie war mit den Traditionen ihres Volkes aufgewachsen. Sie hatte Warnungen vor solchen Wesen gehört, alte Geschichten, die weitererzählt wurden.«

»Was für Warnungen?«, flüsterte ich.

»Dass das Wesen umgehend getötet werden müsse. Bevor es zu kräftig wird.«

Genau wie Sam dachte. Ob er doch Recht hatte?

»Natürlich behaupten ihre Legenden das Gleiche von uns. Dass wir zerstört werden müssten. Dass wir seelenlose Mörder seien.«

Das macht dann zwei Treffer.

Edward lachte einmal hart auf.

»Was sagen ihre Geschichten über die ... Mütter?«

Der Schmerz zuckte über sein Gesicht, und als ich vor seinem Leid zurückfuhr, wusste ich, dass er mir darauf keine Antwort geben würde. Wahrscheinlich hätte er gar nicht sprechen können.

Die Antwort kam von Rosalie – sie war so reglos und still gewesen, seit Bella eingeschlafen war, dass ich sie fast vergessen hätte.

Sie stieß ein verächtliches Schnauben aus. »Natürlich gab es keine Überlebenden«, sagte sie. *Keine Überlebenden*, schonungslos und gleichgültig. »In einem seuchengeplagten Sumpfgebiet zu gebären, mit einem Medizinmann, der den Leuten das Gesicht mit Faultierspucke einreibt, um die bösen Geister zu vertreiben, war noch nie die sicherste Methode. Selbst von den normalen Geburten verlief jede zweite tödlich. Niemand damals hatte, was dieses Baby hat – Leute, die eine Vorstellung davon haben, was es braucht, und die versuchen, diesen Bedürfnissen gerecht zu werden. Einen Arzt mit einem absolut einmaligen Wissen über die Natur der Vampire. Einen Plan, wie das Baby so sicher wie möglich entbunden werden kann. Gift, das alles heilen kann, was möglicherweise schiefgeht. Dem Baby wird es gutgehen. Und die anderen Mütter hätten wahrscheinlich auch überlebt, wenn ihnen all das zur Verfügung gestanden hätte – wenn es sie denn überhaupt gab. Wovon ich nicht überzeugt bin.« Sie rümpfte die Nase.

Das Baby, das Baby. Als ginge es nur darum. Bellas Leben war für sie nur eine Nebensache – leicht vom Tisch zu wischen.

Edwards Gesicht wurde schneeweiß. Seine Hände bogen sich zu Krallen. Selbstsüchtig und teilnahmslos drehte Rosalie ihm in ihrem Sessel den Rücken zu. Er beugte sich vor und duckte sich angriffslustig.

Darf ich?, fragte ich.

Er hielt inne und hob eine Augenbraue.

Leise nahm ich meinen Hundenapf vom Boden. Mit einer schnellen, kräftigen Bewegung warf ich ihn Blondie so fest an den Hinterkopf, dass er mit einem ohrenbetäubenden Knall mittendurch brach, ehe er durchs Zimmer hüpfte und das runde Kopfstück des dicken Treppenpfostens abschlug.

Bella zuckte, wachte jedoch nicht auf.

»Dämliche Blondine«, murmelte ich.

Rosalie drehte langsam den Kopf herum, ihre Augen blitzten.

»Du. Hast. Mir. Essen. In. Die. Haare. Geschmiert.«

Das brachte das Fass zum Überlaufen.

Ich platzte. Ich rückte von Bella ab, damit ich sie nicht wach rüttelte, und lachte so sehr, dass mir die Tränen übers Gesicht liefen. Ich hörte, wie Alice hinter dem Sofa mit ihrem klingelnden Lachen einstimmte.

Es wunderte mich, dass Rosalie mich nicht ansprang. Irgendwie hatte ich damit gerechnet. Aber dann merkte ich, dass mein Lachen Bella geweckt hatte, während sie bei dem richtigen Krach einfach durchgeschlafen hatte.

»Was ist so witzig?«, murmelte sie.

»Ich hab ihr Essen in die Haare geschmiert«, sagte ich und gluckste schon wieder los.

»Das werd ich mir merken, du Hund«, zischte Rosalie.

»Es ist ganz leicht, die Erinnerung einer Blondine auszulöschen«, konterte ich. »Man muss ihr nur ins Ohr pusten.«

»Leg dir mal ein paar neue Witze zu«, sagte sie schnippisch.

»He, Jake, lass Rose in R…« Mitten im Satz brach Bella ab und zog Luft ein, kurz und heftig. Im selben Augenblick war Edward über mir und riss die Decke weg. Es sah aus, als hätte sie einen Krampf, sie bog den Rücken durch.

»Er«, keuchte sie, »streckt sich nur.«

Ihre Lippen waren weiß, und sie hatte die Zähne zusammengebissen, als müsste sie einen Schrei unterdrücken.

Edward legte ihr beide Hände an die Wangen.

»Carlisle?«, rief er leise und angespannt.

»Bin schon da«, sagte der Doktor. Ich hatte ihn nicht hereinkommen hören.

»Schon gut«, sagte Bella, während sie immer noch angestrengt und flach atmete. »Ich glaub, es ist vorbei. Der arme Kleine hat nicht genug Platz, das ist alles. Er wird so schnell groß.«

Es war kaum zu ertragen, wie liebevoll sie von diesem Ding sprach, das sie zerriss. Vor allem nach Rosalies Kaltschnäuzigkeit. Am liebsten hätte ich Bella auch mit irgendetwas beworfen.

Sie merkte nicht, in was für einer Stimmung ich war. »Weißt du, er erinnert mich an dich, Jake«, sagte sie zärtlich, immer noch keuchend.

»Hör auf mich mit diesem Ding zu vergleichen«, stieß ich zwischen den Zähnen hervor.

»Ich meinte nur deinen Wachstumsschub«, sagte sie und sah aus, als hätte ich ihre Gefühle verletzt. Gut so. »Du bist so in die Höhe geschossen. Man konnte dir förmlich beim Wachsen zusehen. Er ist genauso. Er wächst auch so schnell.«

Um die Worte zurückzuhalten, die ich am liebsten gesagt hätte, biss ich mir auf die Zunge – so fest, dass ich Blut im Mund schmeckte. Ich wusste, es würde schneller heilen, als ich schlucken konnte. So müsste Bella auch sein. Wenn sie so stark wäre wie ich, wenn ihre Wunden auch so schnell heilen würden ...

Sie atmete jetzt wieder leichter, dann lehnte sie sich ins Sofa zurück, ihr Körper wurde schlaff.

»Hmm«, machte Carlisle. Als ich aufschaute, war sein Blick auf mich gerichtet.

»Was ist?«, sagte ich.

Edward legte den Kopf schräg, während er über das nachdachte, was in Carlisles Kopf vorging.

»Du weißt, dass ich mir über das Erbgut des Fötus Gedanken gemacht habe, Jacob. Über seine Chromosomen.«

»Was ist damit?«

»Nun ja, wenn man die Ähnlichkeiten zwischen euch bedenkt ...«

»Ähnlichkeit*en*?«, knurrte ich, der Plural passte mir nicht.

»Das schnelle Wachstum und die Tatsache, dass Alice euch beide nicht sehen kann.«

Ich merkte, wie mir die Kinnlade herunterfiel. An das Zweite hatte ich gar nicht mehr gedacht.

»Tja, ich frage mich, ob wir möglicherweise eine Antwort haben. Wenn die Ähnlichkeiten genetisch bedingt sind.«

»Vierundzwanzig Paare«, sagte Edward leise.

»Das wisst ihr doch gar nicht.«

»Nein. Aber es ist interessant, darüber nachzudenken«, sagte Carlisle beschwichtigend.

»O ja. Total faszinierend.«

Bella fing wieder leise zu schnarchen an, wie als Kommentar zu meiner sarkastischen Bemerkung.

Dann vertieften sie das Thema Genetik so weit, dass ich nur noch Wörter wie *das* und *und* verstand. Und natürlich meinen Namen. Alice mischte sich ein und zwitscherte ab und zu etwas dazwischen.

Obwohl sie über mich sprachen, versuchte ich gar nicht erst, ihre Schlussfolgerungen nachzuvollziehen. Ich hatte anderes im Kopf, einige Fakten, die ich in Einklang zu bringen versuchte.

Erstens hatte Bella gesagt, das Wesen sei durch eine Art Vampirhaut geschützt, etwas, das weder Ultraschall noch Nadeln durchdringen konnten. Zweitens hatte Rosalie gesagt, sie wollten das Wesen sicher entbinden. Drittens hatte Edward gesagt, dass sich in den Mythen Monster wie dieses durch den Mutterleib hindurchgebissen hätten.

Ich schauderte.

Und das passte auf grauenhafte Weise zusammen, denn viertens gab es nicht viel, das etwas so Hartes wie Vampirhaut durchdringen konnte. Die Zähne der Halbwesen waren, den Mythen zufolge, stark genug. Meine Zähne waren stark genug.

Und Vampirzähne waren stark genug.

Es war schwer, nicht das Offensichtliche zu sehen, auch wenn ich es nicht wollte. Denn ich hatte eine ziemlich genaue Vorstellung davon, wie Rosalie das Ding »sicher« herausbekommen wollte.

DAS WOLLTE ICH ALLES GAR NICHT WISSEN

Ich stand früh auf, lange vor Sonnenaufgang. Ich hatte nur kurz und unruhig an das Sofa gelehnt geschlafen. Edward weckte mich, als Bellas Gesicht erhitzt war, und nahm meinen Platz ein, um sie wieder abzukühlen. Ich reckte mich und entschied, dass ich mich genügend ausgeruht hatte, um an die Arbeit zu gehen.

»Danke«, sagte Edward ruhig. »Wenn der Weg frei ist, werden sie sich heute aufmachen.«

»Ich halte dich auf dem Laufenden.«

Es war ein gutes Gefühl, wieder in mein Wolfs-Ich zu schlüpfen. Ich war steif vom langen Stillsitzen. Ich dehnte meine Schritte, um die müden Knochen in Schwung zu bringen.

Morgen, Jacob, sagte Leah.

Gut, dass du schon auf bist. Schläft Seth?

Noch nicht, dachte Seth schläfrig. *Aber gleich. Was gibt's?*

Meinst du, du kannst noch eine Stunde durchhalten?

Klar. Kein Problem. Seth kam sofort auf die Füße und schüttelte das Fell.

Wir beide schlagen uns mal ein bisschen tiefer in den Wald, sagte ich zu Leah. *Seth, übernimm du die Grenze.*

Alles klar. Seth fiel in einen leichten Laufschritt.

Auf zu einem weiteren Vampirdienst, grummelte Leah.

Hast du damit ein Problem?

Aber nein. Es gibt doch nichts Schöneres, als diese süßen Blutsauger zu verwöhnen.

Gut. Dann wollen wir mal sehen, wer schneller rennen kann.

Gern. Da bin ich dabei!

Leah war am westlichsten Rand der Grenze. Anstatt den Weg am Haus der Cullens vorbei abzukürzen, rannte sie ihre Runde einfach weiter bis zu mir. Ich rannte direkt nach Osten, denn ich wusste, dass sie mich, selbst wenn ich einen Vorsprung hatte, schon bald überholen würde, sollte ich auch nur eine Sekunde nachlassen.

Nase auf den Boden, Leah. Das ist kein Wettrennen, sondern eine Erkundungsmission.

Ich kann beides und dich trotzdem abhängen.

Da hatte sie Recht. *Ich weiß.*

Sie lachte.

Wir liefen einen verschlungenen Weg durch die Berge im Osten. Die Route kannten wir. Durch diese Berge waren wir schon vor einem Jahr gelaufen, als die Vampire abgezogen waren; es hatte zu unserem Kontrollgang gehört, um die Menschen hier besser beschützen zu können. Als die Cullens zurückgekehrt waren, hatten wir die Grenze wieder verlegt. Das Land gehörte dem Vertrag nach ihnen.

Doch diese Tatsache spielte für Sam jetzt wahrscheinlich keine Rolle mehr. Der Vertrag war hinfällig. Jetzt war die Frage, wie weit er seine Streitkräfte verstreuen wollte. Hielt er Ausschau nach einzelnen Cullens, die in ihrem eigenen Land wilderten, oder nicht? Hatte Jared die Wahrheit gesagt oder nutzten sie die Funkstille aus, die zwischen uns herrschte?

Immer tiefer drangen wir in die Berge vor, ohne eine Spur des Rudels zu finden. Alte Vampirspuren waren überall, aber der

Geruch war mir inzwischen vertraut. Ich atmete ihn jeden Tag ein.

An einer Stelle fand ich eine recht frische, intensive Spur – hier waren sie alle entlanggekommen, bis auf Edward. Irgendein Treffen, dessen Anlass in Vergessenheit geraten war, als Edward mit seiner sterbenden Frau nach Hause gekommen war. Ich biss die Zähne zusammen. Was es auch war, mit mir hatte es nichts zu tun.

Leah drängte sich nicht an mir vorbei, obwohl sie das jetzt mühelos geschafft hätte. Ich war mehr mit möglichen neuen Fährten beschäftigt als mit dem Wettrennen. Sie hielt sich an meiner rechten Seite und rannte eher mit mir als gegen mich.

Jetzt sind wir schon ziemlich weit, bemerkte sie.

Ja. Wenn Sam Jagd auf einsame Vampire machen würde, wären wir bestimmt schon auf eine Spur gestoßen.

Im Moment wird er sich wohl eher auf La Push beschränken, dachte Leah. *Er weiß, dass wir den Blutsaugern drei zusätzliche Paar Augen und Beine geben. So wird er sie nicht überrumpeln können.*

Das war auch nur eine Vorsichtsmaßnahme.

Wir wollen ja nicht, dass unsere lieben Blutsauger ein unnötiges Risiko eingehen.

Genau, sagte ich, ohne auf ihren Sarkasmus einzugehen.

Du hast dich so verändert, Jacob. Eine 180-Grad-Wende.

Du bist auch nicht mehr ganz die Leah, die ich kannte und liebte.

Stimmt. Und, nerve ich jetzt weniger als Paul?

Kaum zu glauben, aber wahr.

Ha, toller Erfolg.

Gratuliere.

Schweigend liefen wir weiter. Allmählich hätten wir wohl umkehren sollen, aber keinem von uns war danach. Wir waren allzu lange immer dieselbe Runde gelaufen. Es war ein gutes Gefühl, die Muskeln zu dehnen und durch die Wildnis zu laufen. Wir hatten es nicht sehr eilig, deshalb dachte ich, auf dem Rückweg könnten wir vielleicht jagen. Leah war ziemlich hungrig.

Mjam, mjam, dachte sie mürrisch.

Das redest du dir nur ein, sagte ich. *So essen Wölfe eben. Das ist die Natur. Es schmeckt lecker. Wenn du nicht aus menschlicher Sicht darüber nachdenken würdest …*

Du brauchst mich nicht zu bekehren, Jake, ich komme mit auf die Jagd. Es muss mir ja keinen Spaß machen.

Klar, sagte ich der Einfachheit halber. Es ging mich ja nichts an, wenn sie sich das Leben schwermachen wollte.

Eine Zeit lang sagte sie nichts, ich dachte daran umzukehren.

Danke, sagte Leah plötzlich in einem völlig veränderten Ton.

Wofür?

Dafür, dass du mich dabei sein lässt. Dass ich bleiben darf. Du warst freundlicher, als ich erwarten durfte, Jacob.

Oh, kein Problem. Im Ernst. Es hat mir gar nicht so viel ausgemacht, dich hierzuhaben, wie ich dachte.

Sie schnaubte, aber es klang scherzhaft. *Was für ein begeistertes Lob!*

Bild dir nur nichts drauf ein.

Okay – dann darfst du dir auf das Folgende aber auch nichts einbilden. Sie schwieg einen Moment. *Ich finde, du machst dich gut als Leitwolf. Nicht so wie Sam, sondern auf deine eigene Weise. Du bist es wert, dass man dir folgt, Jacob.*

Ich war so perplex, dass mir erst mal nichts einfiel. Es dauerte einen Augenblick, bis ich antworten konnte.

Oh, danke. Obwohl ich nicht versprechen kann, dass ich mir darauf nichts einbilde. Wie komme ich denn dazu?

Sie antwortete nicht gleich, und ich folgte dem stummen

Strom ihrer Gedanken. Sie dachte über die Zukunft nach – über das, was ich neulich zu Jared gesagt hatte. Dass es nicht mehr so lange dauern würde und dass ich dann wieder in den Wald gehen würde. Sie dachte an mein Versprechen, dass sie und Seth zu Sams Rudel zurückkehren würden, wenn die Cullens erst weg waren ...

Ich möchte bei dir bleiben, sagte sie dann.

Der Schreck fuhr mir in die Beine, blockierte meine Gelenke. Sie sauste an mir vorbei, dann trat sie auf die Bremse. Langsam kam sie zu mir zurück, ich stand da wie erstarrt.

Ich werde dir nicht zur Last fallen, das schwöre ich. Ich laufe dir nicht hinterher. Du kannst gehen, wohin du willst, und ich gehe, wohin ich will. Du musst mich nur ertragen, wenn wir beide Wölfe sind.

Sie lief vor mir auf und ab und schlug nervös mit dem langen grauen Schwanz. *Und da ich sowieso so bald wie möglich abhauen will ... wird das vielleicht gar nicht so oft sein.*

Ich wusste nicht, was ich sagen sollte.

Jetzt, als Teil deines Rudels, bin ich so glücklich wie seit Jahren nicht.

Ich will auch bleiben, dachte Seth leise. Ich hatte nicht gemerkt, dass er besonders auf uns achtete, während er die Grenze ablief. *Mir gefällt dieses Rudel.*

Jetzt hört mal auf! Seth, wir werden nicht viel länger ein Rudel sein. Ich versuchte zusammenhängend zu denken, um ihn überzeugen zu können. *Jetzt haben wir ein gemeinsames Ziel, aber wenn ... wenn das vorbei ist, werde ich einfach als Wolf leben. Seth, du brauchst ein neues Ziel. Du bist ein guter Junge. Du bist der Typ, der immer irgendeine Schlacht zu kämpfen hat. Und es kommt überhaupt nicht in Frage, dass du La Push jetzt verlässt. Du machst deinen Highschool-Abschluss und dann fängst du etwas Vernünftiges mit deinem Leben an. Du wirst dich um Sue kümmern. Meine Probleme sollen nicht deine Zukunft beeinträchtigen.*

Aber ...

Jacob hat Recht, fiel Leah ein.

Du bist meiner Meinung?

Klar. Aber nichts davon trifft auf mich zu. Ich war sowieso gerade dabei abzuhauen. Ich suche mir einen Job irgendwo anders, nicht in La Push. Vielleicht belege ich ein paar Kurse an irgendeinem College. Beschäftige mich mit Yoga und Meditation, um meine Wutausbrüche besser in den Griff zu kriegen ... Und bleibe Teil dieses Rudels, um etwas für meine Seele zu tun. Jacob – das klingt doch einleuchtend, oder? Ich nerve dich nicht, du nervst mich nicht und alle sind zufrieden.

Ich drehte mich um und begann langsam in Richtung Westen zu laufen.

Leah, das ist ein bisschen viel auf einmal. Darüber muss ich erst mal nachdenken, okay?

Klar. Lass dir nur Zeit.

Für den Rückweg brauchten wir länger. Ich beeilte mich nicht sonderlich. Ich versuchte mich gerade so sehr zu konzentrieren, dass ich nicht mit dem Kopf gegen einen Baum lief. Seth grummelte ein wenig in meinem Hinterkopf, aber das konnte ich ausblenden. Er wusste, dass ich Recht hatte. Er konnte seine Mutter nicht alleinlassen. Er würde nach La Push zurückkehren und den Stamm beschützen, wie es seine Aufgabe war.

Bei Leah sah ich das anders. Und das machte mir richtig Angst.

Sie und ich, ein Rudel? Trotz der körperlichen Distanz konnte ich mir die ... die *Intimität* einer solchen Situation nicht vorstellen. Ich fragte mich, ob sie sich das wirklich gut überlegt hatte oder ob sie sich nur verzweifelt danach sehnte, frei zu sein.

Leah sagte nichts, während ich darüber brütete. Als wollte sie mir beweisen, wie leicht es sein würde, wenn wir zu zweit waren.

Gerade als die Sonne aufging und die Wolken hinter uns ein wenig heller wurden, lief uns eine Herde Maultierhirsche über den Weg. Leah seufzte innerlich, zögerte jedoch nicht. Ihr Sprung war sauber und erfolgreich – geradezu elegant. Sie erlegte den größten, den Hirschbock, noch ehe das erschrockene Tier die Gefahr richtig erfasst hatte.

Ich wollte nicht zurückstehen und stürzte mich auf das nächstgrößere Tier, ich biss ihm schnell das Genick durch, damit es nicht unnötig leiden musste. Ich merkte, wie Leahs Abscheu mit ihrem Hunger kämpfte, und ich versuchte es ihr leichter zu machen, indem ich mich ganz dem Wolf in mir überließ. Ich hatte lange genug nur als Wolf gelebt, um zu wissen, wie man ganz Tier war, wie man als Wolf sah und dachte. Ich ergab mich den praktischen Instinkten und ließ es Leah spüren. Sie zögerte kurz, doch dann schien sie ihr Denken vorsichtig zu erweitern, sie versuchte die Sache mit meinen Augen zu sehen. Es war ein seltsames Gefühl – unsere Gedanken waren mehr miteinander verbunden denn je, weil wir beide versuchten, *gemeinsam* zu denken.

Erstaunlicherweise half es ihr wirklich. Sie schlug die Zähne in das Fell und die Haut ihrer Beute und riss ein dickes Stück blutiges Fleisch heraus. Anstatt zurückzuschrecken, wie ihre menschlichen Gedanken es am liebsten getan hätten, gab sie sich dem Instinkt ihres Wolfs-Ichs hin. Es hatte etwas Betäubendes, etwas Unbekümmertes. So konnte sie in Frieden essen.

Mir fiel es nicht schwer, dasselbe zu tun. Und ich war froh, dass ich es nicht vergessen hatte. Schon bald würde das wieder mein Leben sein.

Würde Leah zu diesem Leben gehören? Noch vor einer Woche wäre mir die Vorstellung ein Graus gewesen. Ich hätte es nicht ertragen. Aber inzwischen kannte ich sie besser. Und jetzt, da sie befreit war von dem unablässigen Leid, war sie nicht mehr derselbe Wolf. Nicht mehr dasselbe Mädchen.

Wir aßen zusammen, bis wir beide satt waren.

Danke, sagte sie später, als sie Maul und Pfoten im nassen Gras abwischte. Ich machte mir nicht die Mühe, es hatte gerade angefangen zu nieseln und wir mussten nachher noch durch den Fluss schwimmen. Dabei würde ich sauber genug werden. *Das war gar nicht so übel, mit deiner Art zu denken.*

Gern geschehen.

Als wir bei der Grenze anlangten, schleppte Seth sich nur noch müde dahin. Ich sagte ihm, er sollte sich hinlegen, Leah und ich würden jetzt die Patrouille übernehmen. Wenige Sekunden später glitt er ins Reich der Träume.

Gehst du wieder zu den Blutsaugern?, fragte Leah.

Vielleicht.

Es ist schwer für dich, dort zu sein, aber ebenso schwer, wegzubleiben, nicht? Das Gefühl kenne ich.

Hör mal, Leah, vielleicht solltest du jetzt lieber ein bisschen über die Zukunft nachdenken, darüber, was du wirklich willst. In meinem Kopf wird es dann nicht so lustig zugehen. Aber du musst ja nicht mit mir mitleiden.

Sie überlegte, was sie darauf antworten sollte. *Hey, das klingt jetzt vielleicht gemein. Aber ganz ehrlich, mit deinem Kummer kann ich besser umgehen als mit meinem.*

Von mir aus.

Ich weiß, dass es schlimm für dich sein wird, Jacob. Ich verstehe das – vielleicht besser, als du denkst. Ich mag sie nicht, aber … sie ist für dich das, was Sam für mich ist. Sie ist alles, was du willst, und alles, was du nicht haben kannst.

Darauf konnte ich nicht antworten.

Ich weiß, dass es für dich noch schlimmer ist. Sam ist wenigstens glücklich. Ich liebe ihn immer noch so sehr, dass ich ihm das wünsche. Ich will das Beste für ihn. Sie seufzte. *Ich will ihm nur nicht dabei zusehen müssen.*

Müssen wir darüber reden?

Ich glaube schon. Weil du wissen sollst, dass ich es dir nicht noch schwerer machen werde. Verdammt, vielleicht kann ich dir sogar helfen. Ich wurde ja nicht als unbarmherzige Hexe geboren. Ich war mal ziemlich nett, weißt du.

So weit reicht meine Erinnerung nicht zurück.

Wir lachten beide.

Es tut mir leid für dich, Jacob. Es tut mir leid, dass du so unglücklich bist. Und dass es noch schlimmer werden wird anstatt besser.

Danke, Leah.

Sie dachte an all das Schlimme, an die düsteren Bilder in meinem Kopf, während ich ohne großen Erfolg versuchte Leah auszublenden. Sie konnte die Bilder mit ein wenig Abstand betrachten, aus einem anderen Blickwinkel, und ich musste zugeben, dass es half. Ich konnte mir vorstellen, dass ich es vielleicht auch eines Tages so sehen könnte, in ein paar Jahren.

Sie sah die lustige Seite an den täglichen Reibereien, die sich ergaben, wenn man sich unter Vampiren aufhielt. Es gefiel ihr, wie ich Rosalie auf die Schippe nahm, sie kicherte innerlich und dachte an ein paar Blondinenwitze, die ich noch anbringen könnte. Doch dann wurden ihre Gedanken ernst, sie verharrten auf eine Weise bei Rosalies Gesicht, die mich irritierte.

Weißt du, was verrückt ist?, fragte sie.

Hm, im Moment ist so ziemlich alles verrückt. Aber was meinst du?

Diese blonde Vampirfrau, die du so hasst – ich versteh ihre Sicht der Dinge total.

Im ersten Moment dachte ich, das wäre ein schlechter Witz. Als ich begriff, dass sie es ernst meinte, durchfuhr mich eine

Wut, die ich kaum kontrollieren konnte. Es war nur gut, dass wir uns für die Wache aufgeteilt hatten. Wäre sie in Beißnähe gewesen …

Stopp! Ich kann es dir erklären!

Das will ich gar nicht hören. Ich bin jetzt weg.

Warte! Warte!, bat sie, während ich mich so weit zu beruhigen versuchte, dass ich mich zurückverwandeln konnte. *Komm schon, Jake!*

Leah, das ist nicht gerade die beste Art, mich zu überzeugen, dass ich in Zukunft mehr Zeit mit dir verbringen möchte.

Mann! Sei doch nicht so empfindlich. Du weißt doch gar nicht, wovon ich rede.

Also gut, wovon redest du?

Und dann war sie plötzlich die verhärmte Leah von früher. *Ich rede davon, eine genetische Sackgasse zu sein, Jacob.*

Der grimmige Unterton ihrer Worte brachte mich ins Straucheln. Ich hatte nicht gedacht, dass meine Wut noch übertrumpft werden könnte.

Das verstehe ich nicht.

Das würdest du aber, wenn du nicht genauso wärst wie die anderen. Wenn du vor dem Weiberkram – sie dachte das Wort hart und sarkastisch – *nicht nur wegrennen würdest wie die anderen bescheuerten Jungs, könntest du dir vielleicht vorstellen, was das alles bedeutet.*

Oh.

Na ja, keiner von uns dachte gern gemeinsam mit ihr über so was nach. Wer täte das schon? Natürlich erinnerte ich mich an Leahs Panik in dem ersten Monat, als sie zum Rudel gestoßen war – und ich erinnerte mich, dass ich davor zurückgeschreckt war wie all die anderen auch. Denn sie konnte ja auf keinen Fall schwanger sein – es sei denn, wir hätten es mit irgend so einer abgedrehten unbefleckten Empfängnis zu tun. Seit Sam war sie mit niemandem zusammen gewesen. Und dann, als die Wochen sich hinzogen und nichts zu noch mehr nichts wurde, war ihr klargeworden, dass ihr Körper nicht mehr den normalen Regeln gehorchte. Ihr Entsetzen – *was* war sie jetzt? Hatte ihr Körper sich verändert, weil sie ein Werwolf geworden war? Oder war sie ein Werwolf geworden, weil mit ihrem Körper etwas nicht stimmte? Der einzige weibliche Werwolf seit Menschengedenken. Lag es daran, dass sie nicht so weiblich war, wie sie sein sollte?

Keiner von uns wollte sich mit diesen Fragen beschäftigen. Und natürlich konnten wir auch nicht mit ihr mitfühlen.

Du weißt, was Sam glaubt, weshalb wir geprägt werden, sagte sie, jetzt ruhiger.

Klar. Um die Linie fortzuführen.

Genau. Um lauter neue, kleine Werwölfe zu zeugen. Die Erhaltung der Art, natürliche Auslese. Es zieht dich zu demjenigen hin, der dir die beste Chance gibt, das Wolfsgen zu vererben.

Ich wartete ab, worauf sie hinauswollte.

Wenn ich dafür getaugt hätte, dann hätte es Sam zu mir hingezogen.

Ihr Kummer war so groß, dass ich aus dem Tritt geriet.

Aber ich tauge nicht dafür. Mit mir stimmt irgendwas nicht. Offenbar fehlt mir die Fähigkeit, das Gen zu vererben, trotz meines herausragenden Stammbaums. Deshalb bin ich ein Monster geworden – das Wolfsmädchen –, zu nichts zu gebrauchen. Ich bin eine genetische Sackgasse, das weißt du so gut wie ich.

Das wissen wir nicht, widersprach ich. *Das ist nur Sams Theorie. Die Prägung kommt vor, aber wir wissen nicht, warum. Billy glaubt, dass es einen anderen Grund dafür gibt.*

Ich weiß, ich weiß. Er glaubt, man wird auf jemanden geprägt, um stärkere Wölfe hervorzubringen. Weil du und Sam solche Riesen-

monster seid – noch größer als unsere Väter. So oder so bin ich aus dem
Rennen. Ich bin ... ich bin in den Wechseljahren. Ich bin zwanzig
Jahre alt und ich bin in den Wechseljahren.

Bah. Das war nun genau das Gespräch, das ich *nicht* führen
wollte. *Das weißt du doch gar nicht, Leah. Es liegt bestimmt nur da-*
ran, dass für dich die Zeit stehengeblieben ist. Wenn du dich nicht län-
ger verwandelst und wieder älter wirst, dann kommt das ... dann
kommt das bestimmt wieder.

Vielleicht hast du Recht – obwohl ich mich immer noch frage, wa-
rum niemand auf mich geprägt wird, trotz meines beeindruckenden
Stammbaums. Weißt du, fügte sie nachdenklich hinzu, *wenn es*
dich nicht gäbe, hätte Seth wahrscheinlich die besten Chancen, Leit-
wolf zu werden – dem Blut nach wenigstens. Mich würde natürlich
nie jemand in Betracht ziehen ...

Willst du dich echt prägen? Willst du wirklich, dass einer auf dich
geprägt wird? Wie rum auch immer?, fragte ich. *Leah, was ist so*
verkehrt daran, einfach auszugehen und sich zu verlieben wie ein
normaler Mensch? Die Prägung ist doch nur eine weitere Art der
Fremdbestimmung.

Sam, Jared, Paul, Quil ... denen scheint es nichts auszumachen.
Sie können alle nicht mehr eigenständig denken.

Willst du *nicht geprägt werden?*

Himmel, nein!

Aber nur, weil du in sie verliebt bist. Mit der Prägung würde
das aufhören, weißt du. Dann müsstest du ihretwegen nicht mehr
leiden.

Möchtest du deine Gefühle für Sam vergessen?

Darüber dachte sie einen Moment lang nach. *Ich glaub schon.*
Ich seufzte. Sie war gesünder als ich.

Aber zurück zum Thema, Jacob. Ich verstehe, weshalb deine Vam-
pirblondine so kalt ist – im übertragenen Sinn. Sie ist bloß zielgerich-

*tet. Sie denkt nur an das Ziel. Denn am allermeisten will man immer
das haben, was man absolut nicht bekommen kann.*

Würdest du *dich so verhalten wie Rosalie? Würdest du jemanden
umbringen – denn genau das tut sie, sie sorgt dafür, dass niemand Bellas Tod verhindert –, würdest du das tun, um an ein Baby zu kommen? Seit wann bist du unter die Züchter gegangen?*

*Ich möchte nur die Möglichkeiten haben, die mir verwehrt sind,
Jacob. Wenn mit mir alles in Ordnung wäre, würde ich vielleicht nie
einen Gedanken daran verschwenden.*

Würdest du dafür töten?, fragte ich, so leicht ließ ich sie nicht
davonkommen.

*Das tut sie ja gar nicht. Ich glaube, sie identifiziert sich vollkommen
mit Bella. Und ... wenn Bella mich bitten würde, ihr in dieser Sache
zu helfen ...* Sie schwieg und überlegte. *Obwohl ich nicht allzu viel
von ihr halte, würde ich wahrscheinlich dasselbe tun wie die Vampirblondine.*

Ein lautes Knurren entfuhr mir.

*Denn wenn es andersherum wäre, würde ich auch wollen, dass Bella
es für mich täte. Und Rosalie geht es genauso. Wir würden es beide genauso machen wie Bella.*

Bah! Du bist keinen Deut besser als sie!

*Das ist das Verrückte, wenn man etwas nicht haben kann. Man
verzweifelt daran.*

So ... bis hierher und nicht weiter. Das Gespräch ist beendet.

Gut.

Das reichte mir nicht. Ich brauchte einen stärkeren Schluss-
strich.

Es waren nur noch anderthalb Kilometer bis zu der Stelle, wo
meine Kleider lagen, also wechselte ich in meine Menschengestalt und ging weiter, ohne länger an unser Gespräch zu denken.
Nicht weil es nichts zum Nachdenken gegeben hätte, sondern

weil ich es nicht aushalten konnte. Ich wollte es nicht so sehen –
aber das war schwerer als vorher, jetzt, da Leah mir ihre Sicht
gezeigt hatte.

Nein, ich würde nicht mit ihr zusammen als Wolf laufen,
wenn diese Geschichte vorüber war. Sollte sie doch in La Push
ihr unglückliches Leben führen. Ein kleiner Leitwolfbefehl, bevor ich für immer verschwand, würde niemanden umbringen.

Es war noch sehr früh, als ich beim Haus ankam. Bella schlief
vermutlich noch. Ich wollte nur kurz vorbeischauen, sehen, was
los war, ihnen grünes Licht für die Jagd geben, und dann würde
ich mir einen weichen Fleck im Gras suchen, auf dem ich schlafen konnte. Erst wenn Leah schon schlief, würde ich mich zurückverwandeln.

Doch aus dem Haus war leises Gemurmel zu hören, also
schlief Bella vielleicht doch nicht mehr. Und dann hörte ich aus
dem ersten Stock wieder das Geräusch irgendeines Geräts – der
Röntgenapparat? Toll. Es sah ganz so aus, als würde Tag vier des
Countdowns mit einem Knall beginnen.

Alice machte mir die Tür auf, ehe ich die Hand an der Klinke
hatte.

Sie nickte. »Hallo, Wolf.«

»Hallo, Kleine. Was ist da oben los?« Das große Zimmer war
leer – das Gemurmel kam aus dem ersten Stock.

Sie zuckte die spitzen kleinen Schultern. »Vielleicht noch ein
Bruch.« Sie versuchte es leichthin zu sagen, aber ich sah es in
ihren Augen lodern. Edward und ich waren nicht die Einzigen,
die darüber außer sich waren. Auch Alice liebte Bella.

»Schon wieder eine Rippe?«, fragte ich heiser.

»Nein. Diesmal das Becken.«

Merkwürdig, dass es mich immer wieder umhaute, als wäre
alles Neue, was passierte, eine Überraschung. Wann würde ich

aufhören überrascht zu sein? Im Nachhinein kam mir jede Katastrophe ganz logisch vor.

Alice starrte auf meine Hände, sie zitterten.

Dann lauschten wir auf Rosalies Stimme von oben.

»Siehst du, ich hab dir doch gesagt, ich hab es nicht knacken gehört. Du musst dir mal die Ohren untersuchen lassen, Edward.«

Es kam keine Antwort.

Alice schnitt eine Grimasse. »Irgendwann wird Edward Rose noch in kleine Stücke zerreißen. Komisch, dass sie das nicht merkt. Oder vielleicht denkt sie, Emmett könnte ihn aufhalten.«

»Ich übernehme Emmett«, bot ich an. »Und du kannst Edward beim Zerreißen helfen.«

Alice lächelte halb.

Dann kam die Prozession die Treppe herunter – diesmal trug Edward Bella. Sie hielt ihre Tasse mit Blut in beiden Händen, und ihr Gesicht war weiß. Obwohl er sich Mühe gab, jede noch so kleine Erschütterung mit seinem Körper abzufangen, sah ich, dass sie Schmerzen hatte.

»Jake«, flüsterte sie und lächelte über den Schmerz hinweg. Ich starrte sie an und sagte kein Wort.

Edward legte Bella behutsam auf das Sofa und setzte sich neben dem Kopfende auf den Boden. Ich fragte mich flüchtig, weshalb sie Bella nicht oben ließen, und kam zu dem Schluss, dass es ihr so lieber war. Sie wollte wohl so tun, als ob alles normal wäre, ohne Krankenhausatmosphäre. Und er ließ ihr ihren Willen. Logisch.

Carlisle kam langsam herunter, als Letzter, das Gesicht verhärmt. Ausnahmsweise sah er einmal alt genug aus, um ein Arzt zu sein.

»Carlisle«, sagte ich. »Wir sind den halben Weg in Richtung

Seattle gelaufen. Es gibt keine Spur von dem Rudel. Ihr könnt unbesorgt los.«

»Danke, Jake. Das kommt uns sehr gelegen. Wir brauchen so viel.« Seine schwarzen Augen schauten zu der Tasse, die Bella umklammert hielt.

»Ehrlich, ich glaube, ihr könnt mit mehr als drei Leuten losziehen. Ich bin mir ziemlich sicher, dass Sam sich auf La Push beschränkt.«

Carlisle nickte zustimmend. Es überraschte mich, wie bereitwillig er meinen Rat annahm. »Wenn du meinst. Alice, Esme, Jasper und ich werden gehen. Und danach kann Alice mit Emmett und Rosa…«

»Kommt nicht in Frage«, zischte Rosalie. »Emmett kann jetzt mit euch gehen.«

»Du solltest auch auf die Jagd gehen«, sagte Carlisle sanft.

Sie ließ sich nicht beschwichtigen. »Ich gehe nur, wenn *er* geht«, knurrte sie, machte eine ruckartige Kopfbewegung zu Edward und warf die Haare zurück.

Carlisle seufzte.

Im Nu waren Jasper und Emmett unten im Flur, und Alice stieß an der Glastür zu ihnen. Esme flitzte an Alice' Seite.

Carlisle legte mir eine Hand auf den Arm. Die eisige Berührung war nicht angenehm, aber ich zuckte nicht zurück. Ich hielt still, halb vor Überraschung, halb, weil ich ihn nicht kränken wollte.

»Danke«, sagte er wieder, und schon war er mit den anderen vier zur Tür hinaus. Mein Blick folgte ihnen, als sie über die Wiese flogen und dann, noch ehe ich Luft holen konnte, verschwunden waren. Ihr Bedarf musste größer sein, als ich gedacht hatte.

Eine Weile blieb es vollkommen still. Ich merkte, dass mich

jemand wütend anstarrte, und ich wusste auch schon, wer. Eigentlich hatte ich vorgehabt, rauszugehen und mich irgendwo hinzuhauen, aber die Gelegenheit, Rosalie den Morgen zu verderben, konnte ich mir einfach nicht entgehen lassen.

Also schlenderte ich zu dem Sessel direkt neben Rosalie und streckte mich so aus, dass mein Gesicht zu Bella zeigte und mein linker Fuß nah an Rosalies Gesicht war.

»Puh. Kann nicht mal jemand den Hund rauslassen?«, murmelte sie und rümpfte die Nase.

»Kennst du den schon, Psycho? Wie sterben die Gehirnzellen einer Blondine?«

Sie sagte nichts.

»Na?«, sagte ich. »Kennst du die Pointe oder nicht?«

Sie schaute demonstrativ zum Fernseher und ignorierte mich.

»Kennt sie ihn?«, fragte ich Edward.

Sein angespanntes Gesicht war ohne die Spur von Belustigung – er wandte den Blick nicht von Bella. Aber er sagte: »Nein.«

»Super. Dann wird dir der hier gefallen. Die Gehirnzellen einer Blondine sterben *einsam*.«

Rosalie sah mich immer noch nicht an. »Ich habe hundertmal öfter getötet als du, du widerliches Vieh. Vergiss das nicht.«

»Eines Tages, Schönheitskönigin, wird es dir langweilig werden, mir nur zu drohen. Darauf freue ich mich schon.«

»Es reicht jetzt, Jacob«, sagte Bella.

Ich schaute zu ihr, sie sah mich böse an. Die gute Laune von gestern schien längst verflogen zu sein.

Ihr wollte ich ja eigentlich nicht auf die Nerven gehen. »Soll ich verschwinden?«, fragte ich.

Bevor ich hoffen – oder fürchten – konnte, dass sie mich endlich leid war, blinzelte sie und ihr wütender Blick verschwand.

Sie schien entsetzt zu sein, dass ich zu diesem Schluss gelangen konnte. »Nein! Natürlich nicht.«

Ich seufzte und hörte auch Edward leise seufzen. Ich wusste, dass es auch ihm lieber wäre, wenn sie über mich hinwegkäme. Aber er würde sie nie um etwas bitten, das sie unglücklich machte.

»Du siehst müde aus«, sagte Bella.

»Ich bin fix und fertig«, gab ich zu.

»*Ich* würde dich gern fertigmachen«, murmelte Rosalie so leise, dass Bella es nicht hören konnte.

Ich rutschte nur noch tiefer in den Sessel und machte es mir bequem. Mein nackter Fuß baumelte noch näher bei Rosalie und sie machte sich steif. Ein paar Minuten später bat Bella Rosalie um noch eine Tasse. Ich spürte den Windhauch, als Rosalie nach oben flitzte und ihr noch mehr Blut holte. Es war ganz still. Ich nahm mir vor, ein Nickerchen zu halten.

Da sagte Edward: »Hast du etwas gesagt?« Es klang überrascht. Merkwürdig. Denn niemand hatte etwas gesagt und Edward hatte ebenso gute Ohren wie ich, er hätte das wissen müssen.

Er starrte Bella an und sie starrte zurück. Sie sahen beide verwirrt aus.

»Ich?«, fragte sie dann. »Ich hab nichts gesagt.«

Er ging auf die Knie, beugte sich über sie, sein Gesichtsausdruck war plötzlich auf ganz neue Weise angestrengt. Mit seinen schwarzen Augen schaute er ihr genau ins Gesicht.

»Woran denkst du in diesem Moment?«

Sie sah ihn verständnislos an. »An gar nichts. Was ist los?«

»Woran hast du eben gerade gedacht?«, fragte er.

»Nur an … Esmes Insel. Und an Federn.«

Für mich klang es völlig wirr, aber dann wurde sie rot und ich dachte mir, dass es wohl besser für mich war, nichts zu verstehen.

»Sag irgendetwas anderes«, flüsterte er.

»Was denn? Edward, was ist los?«

Sein Gesichtsausdruck veränderte sich wieder, und was er dann tat, ließ meine Kinnlade herunterklappen. Ich hörte, wie hinter mir jemand nach Luft schnappte, und wusste, dass Rosalie zurückgekommen war und genauso verblüfft war wie ich.

Edward legte ganz leicht die Hände auf ihren riesigen runden Bauch.

»Der F…« Er schluckte. »Es … das Baby mag den Klang deiner Stimme.«

Einen ganz kurzen Augenblick herrschte absolute Stille. Ich konnte keinen Muskel bewegen, nicht mal blinzeln. Dann …

»Meine Güte, du kannst ihn hören!«, rief Bella. Und im nächsten Moment zuckte sie zusammen.

Edward ließ die Hand über den höchsten Punkt ihres Bauchs gleiten. Zärtlich rieb er über die Stelle, wo es sie getreten hatte. »Schsch«, murmelte er. »Du hast es … ihn erschreckt.«

Ihre Augen wurden groß und staunend. Sie tätschelte ihren Bauch an der Seite. »'tschuldigung, Baby.«

Edward lauschte angestrengt, den Kopf zu ihrem Bauch geneigt.

»Was denkt er jetzt?«, wollte sie aufgeregt wissen.

»Es … er oder sie ist …« Er stockte und schaute ihr in die Augen. Sein Blick war von ähnlicher Ehrfurcht erfüllt – nur zurückhaltender und widerstrebender. »Er ist glücklich«, sagte Edward ungläubig.

Ihr Atem stockte, und das leidenschaftliche Leuchten in ihren Augen war nicht zu übersehen. Die grenzenlose Liebe und Hingabe. Große, dicke Tränen quollen ihr aus den Augen und liefen still über ihr Gesicht und die lächelnden Lippen.

Als er sie ansah, hatte er nicht den ängstlichen, wütenden

oder gequälten Gesichtsausdruck wie sonst immer seit ihrer Rückkehr. Er staunte gemeinsam mit ihr.

»Natürlich bist du glücklich, mein süßes Baby, natürlich«, sagte sie liebevoll und streichelte ihren Bauch, während ihr die Tränen über das Gesicht liefen. »Wie könnte es anders sein, so sicher und geborgen und warm, wie du es hast? Ich hab dich so lieb, kleiner EJ, natürlich bist du glücklich.«

»Wie hast du ihn genannt?«, fragte Edward neugierig.

Wieder wurde sie rot. »Ich hab ihm einen Kosenamen gegeben. Ich dachte nicht, dass du Lust hättest ... na, du weißt schon.«

»EJ?«

»Dein Vater hieß doch auch Edward.«

»Ja, das stimmt. Was ...?« Er verstummte, dann sagte er: »Hmmm.«

»Was ist?«

»Meine Stimme mag er auch.«

»Natürlich.« Das klang jetzt fast überheblich. »Du hast die schönste Stimme der Welt. Wer könnte sie nicht lieben?«

»Hast du auch einen Plan B?«, fragte Rosalie und beugte sich mit demselben staunenden, zufriedenen Blick wie Bella über die Rückenlehne des Sofas. »Wenn er nun ein Mädchen wird?«

Bella wischte sich mit dem Handrücken über das nasse Gesicht. »Ich habe ein bisschen rumprobiert. Habe mit Renée und Esme gespielt. Ich dachte an ... Reh-nes-meh.«

»Rehnesmeh?«

»R-e-n-e-s-m-e-e. Zu abgedreht?«

»Nein, mir gefällt er«, versicherte Rosalie ihr. Ihre Köpfe waren nah beieinander, Gold und Mahagoni. »Er ist sehr schön. Und einmalig, *das* passt also.«

»Ich glaub ja immer noch, dass es ein Edward wird.«

Edward starrte Löcher in die Luft, seine Miene verriet nichts, während er lauschte.

»Was ist?«, fragte Bella mit glühendem Gesicht. »Was denkt er jetzt?«

Erst gab er keine Antwort, dann tat er etwas, das uns alle nach Luft schnappen ließ – er legte ein Ohr zärtlich an ihren Bauch.

»Er liebt dich«, flüsterte Edward, er klang benommen. »Er betet dich an.«

In diesem Moment wusste ich, dass ich allein war. Mutterseelenallein.

Ich hätte mich ohrfeigen können, als mir klarwurde, wie sehr ich mich auf diesen abscheulichen Vampir verlassen hatte. Wie dämlich – als könnte man jemals einem Blutsauger vertrauen! Es war doch klar, dass er mich am Ende verraten würde.

Ich hatte mich darauf verlassen, dass er auf meiner Seite sein würde. Dass er noch mehr litt als ich. Und vor allem hatte ich mich darauf verlassen, dass er das widerwärtige Ding, das Bella tötete, noch mehr hasste als ich.

Ich hatte ihm wirklich vertraut.

Doch jetzt waren sie wieder vereint, sie waren beide über das unsichtbare wachsende Monster gebeugt, mit leuchtenden Augen, wie eine glückliche Familie.

Und ich war allein mit meinem Hass und dem Schmerz, der unerträglich war, die reinste Folter. Als würde ich langsam über ein Bett aus Rasierklingen geschleift. Ein Schmerz, so unerträglich, dass man lächelnd in den Tod gehen würde, nur um ihm zu entkommen.

Die Hitze löste meine erstarrten Muskeln, und ich war auf den Füßen.

Alle drei Köpfe fuhren hoch und ich sah meinen Schmerz

über Edwards Gesicht zucken, als er sich wieder in meinen Kopf drängelte.

»Ahhh«, rief er erstickt.

Ich wusste nicht, was ich tat, zitternd stand ich da, bereit, jede Fluchtmöglichkeit sofort zu ergreifen.

Schnell wie eine Schlange, wenn sie zustößt, flitzte Edward zu einem kleinen Beistelltisch und riss etwas aus der Schublade. Er warf es mir zu und reflexartig griff ich danach.

»Geh, Jacob. Verschwinde von hier.« Er sagte es nicht grob – er warf mir die Worte zu wie einen Rettungsring. Er half mir, die Fluchtmöglichkeit zu finden, die ich so dringend brauchte.

Das Ding in meiner Hand war ein Schlüsselbund.

WIE SEH ICH AUS? WIE DER ZAUBERER
VON OZ? BRAUCHST DU EIN GEHIRN?
ODER EIN HERZ? NUR ZU. NIMM MEINS.
NIMM ALLES, WAS ICH HABE.

Ich hatte so etwas wie einen Plan, als ich zu der Garage der Cullens rannte. Der zweite Teil dieses Plans bestand darin, auf dem
Rückweg den Wagen des Blutsaugers zu Schrott zu fahren.

Deshalb war ich erst mal ratlos, als ich auf den Knopf des
Funkschlüssels drückte und der Wagen, der piepste und blinkte,
gar nicht sein Volvo war. Es war ein anderer Wagen – eine Spit-
zenkiste in der langen Reihe von Fahrzeugen, die fast alle exqui-
sit waren.

Hatte er mir absichtlich die Schlüssel zu dem Aston Martin
Vanquish gegeben, oder war das ein Versehen gewesen?

Ich dachte nicht weiter darüber nach oder darüber, ob ich Teil
zwei meines Plans jetzt ändern musste. Ich warf mich einfach auf
den seidigen Ledersitz und schmiss den Motor an, während
meine Knie noch unter dem Lenkrad klemmten. Das Schnurren
des Motors hätte mir an jedem anderen Tag ein Stöhnen entlockt, jetzt aber musste ich mich darauf konzentrieren, ihn in
Gang zu kriegen.

Ich fand den Riegel am Sitz und schob mich zurück, während
ich mit dem Fuß das Pedal runterdrückte. Das Auto machte
einen Satz nach vorn, es schien zu fliegen.

In Sekundenschnelle raste ich über die schmale gewundene Auffahrt. Der Wagen reagierte, als würden meine Gedanken lenken und nicht meine Hände. Während ich aus dem grünen Tunnel auf den Highway sauste, sah ich flüchtig Leahs graues Gesicht, das ängstlich durch das Farngewächs spähte.

Ganz kurz überlegte ich, was sie sich wohl dachte, dann merkte ich, dass es mir egal war.

Ich fuhr Richtung Süden, weil ich heute nicht den Nerv hatte für Fähren oder dichten Verkehr oder irgendwas, was mich dazu gezwungen hätte, den Fuß vom Gaspedal zu nehmen.

Paradoxerweise hatte ich an diesem Tag ein Riesenglück. Wenn Glück bedeutete, dass man einen belebten Highway mit über dreihundert Sachen entlangfährt und keinen einzigen Bullen auch nur von ferne sieht, nicht mal in den Ortschaften, in denen nur fünfzig erlaubt ist. Schade eigentlich. Eine kleine Verfolgungsjagd wäre vielleicht ganz nett gewesen, außerdem hätten sie dann das Kennzeichen und der Blutsauger würde Schwierigkeiten kriegen. Er würde sich natürlich freikaufen, aber ein kleines bisschen Ärger würde es doch bedeuten.

Der einzige Hinweis darauf, dass mir jemand nachspürte, war ein dunkelbrauner Pelz, der ab und zu im Wald südlich von Forks aufblitzte, während er ein paar Kilometer parallel zu mir lief. Sah aus wie Quil. Er musste mich auch erkannt haben, denn nach einer Weile verschwand er, ohne Alarm zu schlagen. Wieder fragte ich mich fast, was er sich wohl dachte, ehe mir einfiel, dass es mir egal war.

Ich raste über den langen U-förmigen Highway, die größte erreichbare Stadt als Ziel. Das war der erste Teil meines Plans.

Die Fahrt kam mir endlos vor, wahrscheinlich, weil ich immer noch die Rasierklingen spürte, in Wirklichkeit dauerte es keine zwei Stunden, bis ich Richtung Norden in die wuchernden Vorstädte fuhr, die teils zu Tacoma gehörten, teils zu Seattle. Jetzt drosselte ich das Tempo, denn ich hatte nicht vor, irgendwelche unschuldigen Leute umzubringen.

Das war ein bescheuerter Plan. Er würde nicht funktionieren. Aber als ich meinen Kopf nach irgendetwas durchforstet hatte, was den Schmerz lindern könnte, waren plötzlich Leahs Worte aufgetaucht.

Mit der Prägung würde das aufhören, weißt du. Dann müsstest du ihretwegen nicht mehr leiden.

Vielleicht war es doch nicht das Schlimmste auf der Welt, wenn einem die Entscheidung abgenommen wurde. Vielleicht war es das Schlimmste auf der Welt, wenn es einem so ging wie mir jetzt.

In La Push, im Makah-Reservat und in Forks hatte ich alle Mädchen gesehen. Ich musste mein Jagdrevier erweitern.

Aber wie sucht man in einer Menschenmenge nach einer zufällig verwandten Seele? Zunächst einmal brauchte ich eine Menschenmenge. Also kurvte ich herum und suchte nach einem geeigneten Ort. Ich kam an einigen Einkaufszentren vorbei, wo ich bestimmt Mädchen in meinem Alter hätte treffen können, aber ich konnte mich nicht dazu durchringen, dort anzuhalten. *Wollte* ich auf ein Mädchen geprägt werden, das seine Tage im Einkaufszentrum verbrachte?

Ich fuhr weiter nach Norden und es wurde immer voller. Schließlich kam ich zu einem großen Park mit lauter Jugendlichen und Familien und Skateboards und Rädern und Drachen und Picknicks und so weiter. Erst jetzt fiel mir auf, dass es ein schöner Tag war. Sonnig und so. Alle waren draußen und genossen das gute Wetter.

Ich parkte auf zwei Behindertenparkplätzen – ich schrie geradezu nach einem Strafzettel – und stürzte mich in die Menge.

Ich lief stundenlang herum, so kam es mir jedenfalls vor. So lange, dass die Sonne von der einen Seite des Himmels zur anderen wanderte. Ich starrte jedem Mädchen ins Gesicht, das in meine Nähe kam, zwang mich, genau hinzusehen, registrierte, welche Mädchen hübsch waren, welche blaue Augen hatten, welchen die Zahnspange gut stand und welche viel zu stark geschminkt waren. Ich versuchte, an jedem Gesicht etwas Interessantes zu entdecken, damit ich wusste, dass ich es wirklich versucht hatte. So was wie: Die hat eine sehr gerade Nase; die sollte sich die Haare aus den Augen streichen; die könnte Werbung für Lippenstift machen, wenn der Rest ihres Gesichts so vollkommen wäre wie ihr Mund …

Manchmal schauten sie zurück. Manchmal wirkten sie erschrocken – als ob sie dächten: *Wer ist dieser komische Riese, der mich so anglotzt?* Manchmal meinte ich, die eine oder andere könnte Interesse haben, aber da ging vielleicht nur mein Ego mit mir durch.

So oder so, nichts. Selbst als ich dem Mädchen begegnete, das konkurrenzlos – das heißeste Mädchen im Park und wahrscheinlich in der ganzen Stadt war, und sie mich mit einem erwartungsvollen Blick anschaute, den man als Interesse hätte deuten können, empfand ich nichts. Nur den unveränderten, verzweifelten Drang, den Schmerz loszuwerden.

Später fielen mir dann genau die falschen Sachen auf. Bella-Sachen. Eine hatte die gleiche Haarfarbe wie sie. Eine andere hatte Augen in der gleichen Form. Wieder eine andere hatte ähnliche Wangenknochen. Und eine hatte die gleiche kleine Falte zwischen den Augenbrauen – und sofort dachte ich darüber nach, worüber sie sich Sorgen machte …

Und da gab ich es auf. Denn es war zu dämlich, sich einzubilden, ich hätte genau den richtigen Ort und die richtige Zeit erwischt und würde jetzt einfach meiner Seelenverwandten in die Arme laufen, nur weil ich es unbedingt wollte.

Es wäre auch unlogisch, wenn ich sie hier finden würde. Wenn Sam Recht hatte, dann fand ich mein genetisches Gegenstück am ehesten in La Push. Und es war eindeutig, dass dort die Richtige nicht dabei war. Wenn Billy Recht hatte, was dann? Wer wusste schon, wie man einen stärkeren Wolf machte?

Ich ging zurück zum Wagen, lehnte mich an die Motorhaube und spielte mit den Schlüsseln.

Vielleicht war ich das, was Leah auch von sich dachte. Eine Art Sackgasse, jemand, dessen Gene nicht an die nächste Generation weitergegeben werden sollten. Oder vielleicht war mein Leben einfach nur ein einziger schlechter Witz und ich hatte keine Chance, der Pointe zu entkommen.

»Hey, alles in Ordnung mit dir? Hallo? Du da mit dem geklauten Wagen.«

Es dauerte einen Moment, bis ich begriff, dass ich gemeint war, und dann noch einen Moment, bis ich es fertigbrachte aufzublicken.

Ein Mädchen, das mir bekannt vorkam, schaute mich an, sie sah irgendwie besorgt aus. Ich wusste, weshalb ich ihr Gesicht kannte – ich hatte sie schon katalogisiert. Rotgoldene Haare, helle Haut, ein paar goldene Sommersprossen auf Nase und Wangen, zimtfarbene Augen.

»Wenn du so ein schlechtes Gewissen hast, weil du den Wagen geklaut hast«, sagte sie, und als sie lächelte, zeigte sich ein Grübchen am Kinn, »kannst du dich immer noch stellen.«

»Der Wagen ist geliehen, nicht geklaut«, sagte ich schroff. Meine Stimme klang schrecklich – als hätte ich geheult oder so. Peinlich.

»Klar, das wird das Gericht garantiert überzeugen.«

Ich schaute sie finster an. »Willst du irgendwas Bestimmtes?«

»Eigentlich nicht. Das war nur ein Scherz mit dem Auto. Es ist nur ... du siehst ziemlich fertig aus. Ach, übrigens. Ich bin Lizzie.« Sie hielt mir die Hand hin.

Ich schaute darauf, bis sie sie wieder sinken ließ.

»Na ja ...«, sagte sie verlegen. »Ich dachte, ich könnte dir vielleicht helfen. Sah vorhin so aus, als ob du irgendwen suchst.« Sie zeigte in Richtung Park und zuckte mit den Schultern.

»Ja.«

Sie wartete.

Ich seufzte. »Ich brauch keine Hilfe. Sie ist nicht da.«

»Ach so. Tut mir leid.«

»Mir auch«, murmelte ich.

Ich schaute das Mädchen noch einmal an. Lizzie. Sie war hübsch. Und nett genug, einem griesgrämigen Fremden zu helfen, der wirkte wie ein Geisteskranker. Warum konnte sie nicht die Richtige sein? Warum war alles so verdammt kompliziert? Nettes Mädchen, hübsch und humorvoll. Warum nicht?

»Das ist ein großartiger Wagen«, sagte sie. »Echt schade, dass die nicht mehr gebaut werden. Ich meine, der Vantage hat auch eine tolle Karosserie, aber der Vanquish hat echt was ...«

Ein nettes Mädchen, das sich mit Autos auskannte. Wow. Ich schaute sie genauer an und wünschte, ich könnte das Gefühl einfach so auslösen. Na los, Jake, werd schon geprägt.

»Wie fährt der sich?«, fragte sie.

»Unglaublich«, sagte ich.

Sie lächelte ihr Grübchenlächeln, offenbar freute sie sich, dass sie mir eine halbwegs freundliche Antwort entlockt hatte, und ich lächelte widerstrebend zurück.

Doch ihr Lächeln änderte nichts an den scharfen Rasierklingen, die meinen Körper hoch- und runterfuhren. Sosehr ich es auch wollte, mein Leben kam nicht so einfach ins Lot.

Ich war nicht so gesund wie Leah. Ich konnte mich nicht verlieben wie ein normaler Mensch. Nicht, solange mein Herz an einer anderen hing. Vielleicht – in zehn Jahren, wenn Bellas Herz schon lange nicht mehr schlug und ich mich durch den ganzen Trauerprozess gekämpft hatte und heil herauskam –, vielleicht konnte ich Lizzie dann zu einer Spritztour in einem schnellen Auto einladen, über Marken und Modelle fachsimpeln und versuchen sie näher kennenzulernen und herausfinden, ob sie mir gefiel. Jetzt ging das einfach nicht.

Es gab keinen Zauber, der mich rettete. Ich musste die Folter einfach ertragen wie ein Mann. Sie klaglos über mich ergehen lassen.

Lizzie wartete, vielleicht hoffte sie, ich würde sie zu besagter Spritztour einladen. Vielleicht auch nicht.

»Ich bring den Wagen jetzt mal lieber dem Typen zurück, der ihn mir geliehen hat«, murmelte ich.

Sie lächelte wieder. »Freut mich, dass du keine krummen Dinger machst.«

»Ja, du hast mich überzeugt.«

Sie sah, wie ich einstieg, sie wirkte immer noch besorgt. Wahrscheinlich sah ich aus wie jemand, der gleich von einer Klippe fährt. Was ich vielleicht auch getan hätte, wenn das bei Werwölfen funktionieren würde. Sie winkte kurz und schaute dem Wagen nach.

Auf dem Rückweg fuhr ich zunächst etwas vernünftiger. Ich hatte es nicht eilig. Ich wollte nicht dorthin, wo ich hinfuhr. Zurück zu diesem Haus, zurück in diesen Wald. Zurück zu dem Schmerz, vor dem ich geflohen war. Und mit dem ich wieder mutterseelenallein sein würde.

Na gut, das war melodramatisch. Ganz allein war ich ja nicht, aber das machte es eher noch schlimmer. Leah und Seth mussten mit mir leiden. Ich war froh darüber, dass Seth das nicht mehr lange ertragen musste. Der Junge hatte es nicht verdient, dass ich seinen Seelenfrieden zerstörte. Leah auch nicht, aber wenigstens konnte sie es verstehen. Kummer war für Leah nichts Neues.

Ich seufzte tief, als ich daran dachte, was Leah von mir wollte, denn jetzt wusste ich, dass sie es bekommen würde. Ich war immer noch sauer auf sie, aber ich konnte nicht darüber hinwegsehen, dass ich ihr das Leben leichter machen konnte. Und jetzt, da ich sie besser kannte, dachte ich mir, dass sie im umgekehrten Fall wahrscheinlich dasselbe für mich tun würde.

Es würde zumindest interessant sein und auch seltsam, Leah als Gefährtin zu haben – als Freundin. Wir würden uns ziemlich auf die Nerven gehen, das war schon jetzt klar. Sie würde es nicht zulassen, dass ich mich im Selbstmitleid suhlte, aber das war nur gut. Ich brauchte wohl jemanden, der mir ab und zu in den Hintern trat. Aber vor allem konnte sie als Einzige von meinen Freunden überhaupt verstehen, was ich jetzt durchmachte.

Ich dachte an die Jagd heute Morgen und daran, wie nah wir uns in diesem einen Moment gewesen waren. Das war nicht schlecht gewesen. Anders. Ein wenig unheimlich, ein wenig unangenehm. Aber auch ganz schön, auf eine merkwürdige Weise.

Ich brauchte nicht mutterseelenallein zu sein.

Und ich wusste, dass Leah stark genug war, um die kommenden Monate durchzuhalten. Monate und Jahre. Ich wurde müde, wenn ich nur daran dachte. Es war, als würde ich auf einen Ozean schauen, den ich von einer Seite zur anderen durchqueren müsste, ehe ich mich wieder ausruhen konnte.

So viel Zeit, die vor mir lag, und so wenig Zeit, bevor es begann. Bevor ich in diesen Ozean geworfen wurde. Nur noch dreieinhalb Tage, und hier saß ich und vergeudete das bisschen Zeit, das mir noch blieb.

Jetzt fuhr ich wieder zu schnell.

Ich sah Sam und Jared links und rechts am Wegesrand, während ich die Straße nach Forks entlangheizte. Sie waren gut versteckt in dem dicken Astwerk, aber ich hatte mit ihnen gerechnet und wusste, wonach ich Ausschau halten musste. Ich nickte, als ich an ihnen vorbeibrauste, und kümmerte mich nicht darum, was sie wohl über meinen Tagesausflug dachten.

Auch Leah und Seth nickte ich zu, als ich in die Auffahrt der Cullens einbog. Es wurde allmählich dunkel, und die Wolken waren dicht auf dieser Seite des Puget Sound, aber ich sah ihre Augen im Scheinwerferlicht glitzern. Ich würde es ihnen später erklären. Wir hatten jede Menge Zeit.

Ich war überrascht zu sehen, dass Edward mich in der Garage erwartete. Seit Tagen war er Bella nicht von der Seite gewichen. An seinem Gesicht konnte ich ablesen, dass es Bella nicht schlechter ging. Er sah sogar noch friedvoller aus als zuvor. Mein Magen zog sich zusammen, als mir einfiel, woher dieser Frieden kam.

Leider hatte ich vor lauter Grübelei vergessen, den Wagen zu Schrott zu fahren. Ich hätte es wahrscheinlich sowieso nicht ertragen, dieses Auto zu demolieren. Wahrscheinlich hatte er sich das gedacht und es mir nur deshalb überhaupt geliehen.

»Ein paar Worte, Jacob«, sagte er, als ich den Motor ausschaltete.

Ich holte tief Luft und hielt sie eine Weile an. Dann stieg ich langsam aus und warf ihm die Schlüssel zu.

»Danke für die Leihgabe«, sagte ich grimmig. Offenbar musste ich dafür bezahlen. »Was willst du von mir?«

»Erstens … ich weiß, wie sehr es dir widerstrebt, dich in deinem Rudel als Leitwolf aufzuspielen, doch …«

Ich blinzelte, erstaunt, dass er ausgerechnet davon anfing. »Was?«

»Wenn du Leah nicht zur Räson bringen kannst oder willst, dann werde ich …«

»Leah?«, fiel ich ihm ins Wort, ich sprach mit zusammengebissenen Zähnen. »Was war los?«

Edwards Miene war hart. »Sie kam zu uns, um zu sehen, weshalb du so überstürzt weggefahren bist. Ich versuchte es zu erklären. Vielleicht habe ich die Dinge nicht ganz richtig dargestellt.«

»Was hat sie gemacht?«

»Sie nahm ihre Menschengestalt an und …«

»Echt?«, unterbrach ich ihn wieder, diesmal entsetzt. Das konnte ich mir nicht vorstellen. Dass Leah so unvorsichtig war, mitten in der Höhle des Löwen?

»Sie wollte … mit Bella sprechen.«

»Mit Bella?«

Jetzt war Edward richtig sauer. »Ich werde es nicht zulassen, dass Bella sich noch einmal so aufregt. Es ist mir gleich, ob Leah sich im Recht fühlt. Ich habe ihr nichts getan – das würde ich niemals tun –, doch wenn etwas Derartiges noch einmal vorkommt, werde ich sie aus dem Haus werfen. Ich werde sie direkt über den Fluss werfen …«

»Moment mal. Was hat sie denn gesagt?« Ich kapierte überhaupt nichts.

Edward atmete tief durch, er versuchte sich zu beruhigen. »Leah war unnötig grob. Ich werde nicht so tun, als könnte ich verstehen, weshalb Bella dich nicht loslassen kann, doch ich weiß, dass sie dich mit ihrem Verhalten keineswegs verletzen will. Sie leidet selbst unter dem Kummer, den sie dir und auch mir bereitet, indem sie dich bittet zu bleiben. Was Leah sagte, war völlig deplatziert. Bella hat geweint ...«

»Moment mal – Leah hat Bella wegen *mir* fertiggemacht?«

Er nickte kurz und nachdrücklich. »Du wurdest heftig verteidigt.«

Wow. »Ich hab sie nicht darum gebeten.«

»Ich weiß.«

Ich verdrehte die Augen. Natürlich wusste er das. Er wusste ja immer alles.

Aber das war ja ein Ding mit Leah. Wer hätte das gedacht? Dass sie *in Menschengestalt* in das Haus der Blutsauger ging, um sich darüber zu beschweren, wie *ich* behandelt wurde?

»Ich kann nicht versprechen, Leah zu zwingen«, sagte ich.

»Das werde ich nicht tun. Aber ich rede mit ihr, okay? Und ich glaube nicht, dass sich das wiederholen wird. Leah kann sich einfach nicht zurückhalten, also schätze ich, dass sie sich heute alles von der Seele geredet hat.«

»Das kann man so sagen.«

»Na ja, und mit Bella werde ich auch reden. Sie braucht kein schlechtes Gewissen zu haben. Es war meine Schuld.«

»Das habe ich ihr bereits gesagt.«

»Natürlich. Geht es ihr gut?«

»Sie schläft gerade. Rose ist bei ihr.«

Aha, jetzt war die Psychopathin also »Rose«. Er war ganz und gar auf die Seite des Bösen übergewechselt.

Er ignorierte den Gedanken und gab mir stattdessen eine ausführlichere Antwort auf meine Frage. »Es geht ihr ... in mancherlei Hinsicht besser. Abgesehen von Leahs Tirade und den Schuldgefühlen, die sie bei ihr ausgelöst hat.«

Besser. Weil Edward das Monster hören konnte und jetzt alles eitel Sonnenschein war. Super.

»Es ist mehr als das«, sagte er leise. »Jetzt, da ich die Gedanken des Kindes hören kann, ist es offensichtlich, dass er oder sie geistig erstaunlich weit entwickelt ist. Er kann uns bis zu einem gewissen Grad verstehen.«

Mir blieb der Mund offen stehen. »Ist das dein Ernst?«

»Ja. Er scheint ein undeutliches Gespür dafür zu haben, was ihr wehtut. Er versucht das so weit wie möglich zu vermeiden. Er … liebt sie. Schon jetzt.«

Ich starrte Edward an, und es kam mir vor, als ob meine Augen gleich aus den Höhlen treten würden. Erstens, weil ich es unglaublich fand, aber vor allem, weil das natürlich genau der Knackpunkt war. Genau das hatte Edward verändert – das Monster hatte ihn von seiner Liebe überzeugt. Etwas, das Bella liebte, konnte Edward nicht hassen. Wahrscheinlich konnte er deshalb auch mich nicht hassen. Allerdings war das noch mal etwas anderes. Ich brachte sie schließlich nicht um.

Edward redete weiter, als hätte er gar nichts gehört. »Er ist, meiner Meinung nach, weiter entwickelt, als wir dachten. Wenn Carlisle zurückkommt …«

»Sie sind noch nicht wieder da?«, unterbrach ich scharf. Ich dachte an Sam und Jared, wie sie die Straße überwacht hatten. Ob sie wohl neugierig wurden, was hier los war?

»Alice und Jasper sind zurück. Carlisle hat alles Blut geschickt, das er bekommen konnte, doch es war weniger als erhofft – so, wie Bellas Appetit sich entwickelt hat, wird sie es an einem einzigen Tag aufbrauchen. Carlisle ist noch geblieben, er versucht, noch mehr zu bekommen. Ich glaube nicht, dass das nötig ist, doch er will für alle Eventualitäten gewappnet sein.«

»Wieso ist es nicht nötig? Wenn sie doch mehr braucht?«

Ich merkte, dass er mich ganz genau beobachtete, während er

es erklärte. »Ich möchte Carlisle überreden, das Baby zu entbinden, sobald er zurückkommt.«

»*Was?*«

»Das Kind versucht offenbar, heftige Bewegungen zu vermeiden, doch das ist schwierig. Er wird zu groß. Es ist Wahnsinn zu warten, wenn er doch ganz offensichtlich weiter entwickelt ist, als Carlisle angenommen hat. Bella ist zu zart, um noch länger abzuwarten.«

Schon wieder wurde mir der Boden unter den Füßen weggezogen. Das erste Mal, als ich mich darauf verlassen hatte, dass Edward das Ding so sehr hasste wie ich. Und jetzt wieder – mir wurde schlagartig klar, dass ich von den vier Tagen fest ausgegangen war.

Der endlose Ozean der Trauer, der auf mich wartete, streckte sich vor mir aus.

Ich versuchte durchzuatmen.

Edward wartete. Ich starrte ihm ins Gesicht, während ich mich beruhigte, und da fiel mir eine weitere Veränderung auf.

»Du glaubst, dass sie durchkommt«, flüsterte ich.

»Ja. Das war die andere Sache, über die ich mit dir sprechen wollte.«

Ich konnte nichts sagen. Nach einer Weile redete er weiter.

»Ja«, sagte er wieder. »Es war Irrsinn von uns, darauf zu warten, dass das Kind weit genug entwickelt sein würde. Es könnte jeden Moment zu spät sein. Doch wenn wir jetzt handeln, und zwar schnell, dann sehe ich keinen Grund, weshalb es nicht gutgehen sollte. Die Gedanken des Kindes zu kennen, ist eine enorme Hilfe. Glücklicherweise sind Bella und Rose meiner Meinung. Nun, da ich sie überzeugt habe, dass dem Kind nichts zustoßen wird, wenn wir es jetzt entbinden, können wir handeln, sobald Carlisle zurück ist.«

»Wann kommt Carlisle zurück?«, fragte ich, immer noch im Flüsterton. Ich konnte noch nicht wieder richtig atmen.

»Spätestens morgen Mittag.«

Meine Knie gaben unter mir nach. Ich musste mich am Auto festhalten, um nicht umzukippen. Edward streckte die Arme aus, als wollte er mich stützen, doch dann besann er sich und ließ sie wieder sinken.

»Es tut mir leid«, flüsterte er. »Es tut mir wirklich leid, dass du so sehr leiden musst, Jacob. Obgleich du mich hasst, muss ich zugeben, dass ich nicht dasselbe für dich empfinde. Ich sehe dich in vielerlei Hinsicht als … als Bruder. Zumindest als Mitstreiter. Ich bedaure dein Leid mehr, als du ahnst. Doch Bella wird überleben« – bei diesen Worten wurde er heftig, geradezu leidenschaftlich – »und ich weiß, dass es dir vor allem darum geht.«

Da hatte er wahrscheinlich Recht. Es war schwer zu sagen. Mir schwirrte der Kopf.

»Ich weiß, dass du im Moment mit so vielen Dingen fertigwerden musst, und ich möchte dir nicht noch mehr aufbürden, doch die Zeit drängt. Ich muss dich um einen Gefallen bitten – dich anflehen, wenn es sein muss.«

»Ich habe nichts mehr«, stieß ich hervor.

Wieder hob er eine Hand, als wollte er sie mir auf die Schulter legen, dann ließ er sie sinken wie vorhin und seufzte.

»Ich weiß, wie viel du schon gegeben hast«, sagte er ruhig. »Doch hier handelt es sich um etwas, das nur du geben kannst. Meine Bitte gilt dem wahren Leitwolf, Jacob. Ephraims Erben.«

Ich war einfach nicht in der Lage zu antworten.

»Ich möchte deine Erlaubnis, von dem abzuweichen, was wir in unserem Vertrag mit Ephraim vereinbart haben. Ich bitte dich, uns eine Ausnahme zuzugestehen. Ich möchte deine Erlaubnis, ihr das Leben zu retten. Du weißt, dass ich es ohnehin tun werde, doch ich möchte dir die Treue nicht brechen, wenn ich es irgend vermeiden kann. Wir hatten nie vor, wortbrüchig zu werden, und wir tun es auch jetzt nicht leichtfertig. Ich bitte dich um dein Verständnis, Jacob, denn du weißt genau, warum wir es tun. Ich möchte, dass das Bündnis zwischen unseren Familien fortbesteht, wenn dies vorüber ist.«

Ich versuchte zu schlucken. *Sam*, dachte ich. *Du musst dich an Sam wenden.*

»Nein. Sams Macht ist nur geliehen. Die Entscheidung liegt bei dir. Du wirst ihm die Macht nie entziehen, doch nur du kannst meine Bitte rechtmäßig erfüllen.«

Ich kann das nicht entscheiden.

»Du kannst, Jacob, und du weißt es. Deine Entscheidung wird uns verurteilen oder freisprechen. Nur du kannst mir die Erlaubnis geben.«

Ich kann nicht denken. Ich weiß nicht.

»Wir haben nicht viel Zeit.« Er warf einen Blick zurück zum Haus.

Nein, es blieb keine Zeit. Meine paar Tage waren zu ein paar Stunden geschrumpft.

Ich weiß nicht. Ich muss nachdenken. Lass mir ein wenig Zeit, ja?

»Ja.«

Langsam ging ich zum Haus. Er kam mir nach. Verrückt, wie einfach es war, mit einem Vampir an meiner Seite durch die Dunkelheit zu gehen. Ich fühlte mich nicht bedroht, eigentlich nicht mal unwohl. Es war, als würde ich neben irgendjemandem gehen. Nun ja, neben irgendjemandem, der schlecht roch.

Im Gebüsch am Rand der großen Wiese bewegte sich etwas, dann hörte ich ein leises Wimmern. Seth zwängte sich durch den Farn und kam zu uns.

»Hallo, Kleiner«, murmelte ich.

Er senkte den Kopf und ich tätschelte ihm die Schulter.

»Alles bestens«, log ich. »Ich erzähl es dir später. Tut mir leid, dass ich einfach so abgehauen bin.«

Er grinste mich an.

»Hey, sag deiner Schwester, sie soll sich zurückhalten, ja? Es reicht.«

Seth nickte kurz.

Jetzt schob ich ihn an der Schulter zurück. »Geh wieder an die Arbeit. Ich löse dich bald ab.«

Seth lehnte sich an mich, er schubste leicht zurück, dann galoppierte er in den Wald.

»Seine Gedanken gehören zu den reinsten, aufrichtigsten und freundlichsten, die ich je gehört habe«, murmelte Edward, als er außer Sicht war. »Du hast Glück, seine Gedanken teilen zu dürfen.«

»Ich weiß«, grummelte ich.

Wir starrten zum Haus, und beide rissen wir die Köpfe hoch, als wir hörten, wie jemand durch einen Strohhalm trank. Edward hatte es plötzlich eilig. Er sauste die Verandatreppe hoch und war verschwunden.

»Bella, Liebste, ich dachte, du schliefest«, hörte ich ihn sagen. »Hätte ich das gewusst, wäre ich nicht gegangen, verzeih.«

»Mach dir keine Sorgen. Ich hatte nur solchen Durst – ich bin davon aufgewacht. Gut, dass Carlisle Nachschub bringt. Das Kind wird es brauchen, wenn es herauskommt.«

»Stimmt. Du hast Recht.«

»Ich bin gespannt, ob er auch irgendwas anderes zu sich nimmt«, sagte sie nachdenklich.

»Das werden wir schon herausfinden.«

Ich ging durch die Tür.

Alice sagte: »Endlich«, und Bellas Blick huschte zu mir. Einen kurzen Augenblick lang zeigte sich dieses vertrackte, unwiderstehliche Lächeln auf ihrem Gesicht. Dann erstarb es und sie sah unglücklich aus. Ihre Lippen kräuselten sich, als ob sie gegen die Tränen ankämpfte.

Am liebsten hätte ich Leah eins auf ihr dummes Maul gegeben.

»Hey, Bella«, sagte ich schnell. »Wie geht's?«

»Mir geht es gut«, sagte sie.

»Großer Tag heute, was? Viel Neues.«

»Du brauchst das nicht zu tun, Jacob.«

»Ich weiß gar nicht, wovon du redest«, sagte ich und setzte mich auf die Armlehne des Sofas. Edward hatte schon den Platz auf dem Boden in Beschlag genommen.

Sie sah mich vorwurfsvoll an. »Es tut mir so l...«, setzte sie an.

Ich hielt ihr mit Daumen und Zeigefinger die Lippen zu.

»Jake«, nuschelte sie und versuchte meine Hand wegzuziehen. Sie war so schwach, ich konnte kaum glauben, dass das ein ernsthafter Versuch sein sollte.

Ich schüttelte den Kopf. »Du darfst erst reden, wenn du kein dummes Zeug mehr erzählst.«

»Na gut, ich sag es nicht«, nuschelte sie.

Ich zog die Hand weg. »... leid!«, fügte sie schnell hinzu, dann grinste sie.

Ich verdrehte die Augen und erwiderte ihr Lächeln.

Als ich ihr in die Augen schaute, sah ich alles, was ich in dem Park heute gesucht hatte.

Morgen würde sie eine andere sein. Aber sie würde hoffentlich leben, und das war ja das Entscheidende, oder? Sie würde mich mit denselben Augen anschauen, irgendwie. Mit denselben Lippen lächeln, beinahe. Sie würde mich immer noch besser kennen als jeder andere, der mir nicht in den Kopf schauen konnte.

Leah war vielleicht eine interessante Gefährtin, vielleicht sogar eine wahre Freundin – eine, die für mich eintrat. Aber sie war nicht meine beste Freundin, so wie Bella es war. Abgesehen von der unmöglichen Liebe, die ich für Bella empfand, war da noch dieses andere Band, das genauso tief ging.

Ich seufzte.

Na gut!, dachte ich und gab das Allerletzte auf, was ich noch hatte. Es folgte ein Gefühl der Leere. *Mach schon, rette sie. Als Ephraims Erbe gebe ich dir mein Wort darauf, dass ihr damit den Vertrag nicht verletzt. Die anderen können nur mir die Schuld geben. Es stimmt, was du gesagt hast – sie können mir nicht das Recht absprechen, dir die Erlaubnis zu geben.*

»Danke.« Edwards Flüstern war leise genug, dass Bella nichts hörte. Aber er sprach mit solcher Inbrunst, dass ich aus den Augenwinkeln sah, wie die anderen Vampire ihn anstarrten.

»Und«, sagte Bella, sie gab sich alle Mühe, ganz ungezwungen zu sein. »Wie war dein Tag?«

»Super. Bin ein bisschen rumgefahren. Hab in einem Park abgehangen.«

»Klingt gut.«

»Ja, klar.«

Plötzlich verzog sie das Gesicht. »Rose?«, sagte sie.

Ich hörte, wie Blondie kicherte. »Schon wieder?«

»Ich glaub, ich hab in der letzten Stunde acht Liter getrunken«, erklärte Bella.

Edward und ich machten Platz, als Rosalie kam, um Bella vom Sofa zu heben und sie zur Toilette zu bringen.

»Ich würde gern gehen«, sagte Bella. »Meine Beine sind so steif.«

»Meinst du wirklich?«, sagte Edward.

»Rose fängt mich auf, falls ich über meine Füße stolpere. Was leicht passieren kann, ich sehe sie nämlich nicht mehr.«

Rosalie stellte Bella vorsichtig auf die Füße und ließ die Hände vorsorglich an Bellas Schultern. Bella streckte die Arme aus und zuckte leicht zusammen.

»Das fühlt sich gut an.« Sie seufzte. »Uff, was bin ich kugelig.«

Das war sie wirklich. Ihr Bauch schien ein Kontinent für sich zu sein.

»Noch ein Tag«, sagte sie und tätschelte ihren Bauch.

Ich konnte nichts gegen den Schmerz tun, der plötzlich wie ein Messerstich durch meinen Körper fuhr, doch ich versuchte mir nichts anmerken zu lassen. Einen Tag konnte ich es doch noch verbergen, oder?

»Nun denn. Huch – o nein!«

Die Tasse, die Bella auf dem Sofa stehengelassen hatte, kippte um, und das dunkelrote Blut ergoss sich über den hellen Stoff.

Automatisch, obwohl drei Hände schneller waren als ihre, beugte Bella sich vor und wollte sie aufheben.

Aus ihrem Bauch kam ein ganz merkwürdiges, gedämpftes Reißen.

»Oh!«, keuchte sie.

Und dann wurde ihr Körper vollkommen schlaff und sank zu Boden. Rosalie fing sie auf, noch ehe sie fallen konnte. Auch Edward war mit ausgestreckten Händen zur Stelle, vergessen war das Malheur auf dem Sofa.

»Bella?«, sagte er, dann wurde sein Blick wirr, sein Gesichtsausdruck panisch.

Eine halbe Sekunde später schrie Bella.

Es war nicht nur ein Schrei, es war ein markerschütternder Schmerzenslaut. Er endete mit einem gurgelnden Ton, sie verdrehte die Augen. Ihr Körper zuckte, bog sich in Rosalies Armen, und dann erbrach Bella einen Blutschwall.

Dafür gibt es keine Worte

Bellas blutüberströmter Körper begann zu zucken und sich in Rosalies Armen zu winden, als hätte man sie unter Strom gesetzt. Die ganze Zeit war ihr Gesicht unbewegt – sie war bewusstlos. Es war das wilde Gezappel in ihrem Körper, das die Bewegungen verursachte. Unter ihren krampfhaften Zuckungen hörte man es knacken und reißen.

Einen winzigen Augenblick lang waren Rosalie und Edward wie erstarrt, dann legten sie los. Rosalie riss Bella in die Arme, dann stürmten Edward und sie unter schnellen, kaum verständlichen Rufen die Treppe hoch in den ersten Stock.

Ich rannte ihnen nach.

»Morphium!«, schrie Edward Rosalie zu.

»Alice – hol Carlisle ans Telefon!«, schrie Rosalie.

Der Raum, in den wir gingen, sah aus wie eine Notaufnahme, die mitten in einer Bibliothek aufgebaut worden war. Das Licht war grellweiß. Bella lag auf einem Tisch unter dem Licht, ihre Haut wirkte gespenstisch. Ihr Körper wand sich wie ein Fisch auf dem Strand. Rosalie hielt Bella nieder, riss ihr die Kleider vom Leib, während Edward ihr eine Spritze in den Arm jagte.

Wie oft hatte ich sie mir nackt vorgestellt? Jetzt konnte ich nicht hinsehen. Ich hatte Angst, die Bilder nicht mehr loszuwerden.

»Was ist los, Edward?«

»Er erstickt!«

»Die Plazenta muss sich abgelöst haben!«

Auf einmal kam Bella wieder zu sich. Sie antwortete mit einem Schrei, der mir fast das Trommelfell zerriss.

»Hol ihn RAUS!«, kreischte sie. »Er kriegt keine Luft! Jetzt SOFORT!«

Ich sah, wie bei ihrem Schrei die Äderchen in ihren Augen platzten.

»Das Morphium«, knurrte Edward.

»NEIN! JETZT!« Ein weiterer Blutschwall kam aus ihrem Mund. Edward hielt ihren Kopf hoch und versuchte verzweifelt, ihren Mund vom Blut zu befreien, damit sie wieder atmen konnte.

Alice kam hereingeflitzt und klemmte Rosalie einen kleinen blauen Ohrhörer unter das Haar. Dann zog sie sich zu mir zurück, die goldenen Augen groß und flammend, während Rosalie panisch ins Telefon zischte.

In dem grellen Licht wirkte Bellas Haut eher purpurn und schwarz als weiß. Tiefrot schimmerte es unter der Haut über dem riesigen bebenden Bauch. Rosalies Hand mit dem Skalpell kam näher.

»Das Morphium muss erst wirken!«, schrie Edward sie an.

»Wir haben keine Zeit«, zischte Rosalie. »Er stirbt!«

Sie senkte die Hand auf Bellas Bauch, und klares Blut sprudelte heraus, wo sie in die Haut schnitt. Als würde man einen Eimer umkippen, einen Wasserhahn voll aufdrehen. Bella zuckte, schrie jedoch nicht. Sie würgte immer noch.

Und dann sah ich, wie Rosalie die Beherrschung verlor. Ihr Gesichtsausdruck veränderte sich, sie zog die Lippen zurück und ihre schwarzen Augen glitzerten vor Durst.

»Rose, nein!«, brüllte Edward, aber er hatte die Hände nicht frei, er versuchte Bella zu stützen, damit sie Luft bekam.

Ich stürzte mich auf Rosalie, sprang über den Tisch, ohne Zeit darauf zu verschwenden, mich zu verwandeln. Als ich gegen ihren steinernen Körper stieß und sie gegen die Tür warf, spürte ich, wie das Skalpell, das sie in der Hand hatte, tief in meinen linken Arm stach. Ich schlug ihr mit der rechten Hand ins Gesicht, blockierte ihren Kiefer und schnürte ihr die Luft ab.

Dann schleuderte ich ihren Körper so herum, dass ich ihr einen ordentlichen Tritt in den Bauch verpassen konnte. Es war, als würde man gegen Zement treten. Sie flog gegen den Türrahmen, der an einer Seite zersplitterte. Der kleine Ohrhörer zerbrach. Dann war Alice da, sie zerrte an Rosalie und versuchte sie in den Flur zu schleifen.

Und das musste ich Blondie lassen – sie leistete keinerlei Widerstand. Sie *wollte*, dass wir gewannen. Sie ließ sich von mir fertigmachen, um Bella zu retten. Na ja, um das Ding zu retten.

Ich zog das Skalpell aus meinem Arm.

»Alice, bring sie hier raus!«, rief Edward. »Bring sie zu Jasper und haltet sie dort fest! Jacob, ich brauche dich!«

Ich sah nicht zu, wie Alice mit Rosalie fertigwurde, ich sauste zurück zum Operationstisch, wo Bella allmählich blau wurde, ihre Augen waren groß und starr.

»Herz-Lungen-Wiederbelebung?«, sagte Edward, schnell und fordernd.

»Ja!«

Schnell schaute ich ihm ins Gesicht, suchte nach Anzeichen dafür, dass er so reagieren könnte wie Rosalie. Ich sah nichts als wilde Entschlossenheit.

»Versuche sie zum Atmen zu bringen! Ich muss ihn herausholen, bevor …«

Noch ein markerschütterndes Knacken in ihrem Körper, das lauteste bisher, so laut, dass wir beide vor Schreck erstarrten und auf ihren Schrei warteten. Nichts. Ihre Beine, die sie vor Schmerz angezogen hatte, wurden plötzlich schlaff und spreizten sich unnatürlich ab.

»Ihre Wirbelsäule«, stieß er entsetzt hervor.

»Hol es RAUS!«, fauchte ich und schleuderte ihm das Skalpell entgegen. »Sie spürt jetzt nichts mehr!«

Und dann beugte ich mich über ihren Kopf. Ihr Mund sah frei aus, also presste ich meinen darauf und blies ihr einen tiefen Atemstoß hinein. Ich merkte, wie ihr zuckender Körper sich ausstreckte, ihre Kehle war also auch frei.

Ihre Lippen schmeckten nach Blut.

Ich hörte ihr Herz, wie es unregelmäßig schlug. *Halt durch*, dachte ich verzweifelt, während ich ihr noch einmal Luft in den Körper pustete. *Du hast es versprochen. Lass dein Herz weiterschlagen.*

Ich hörte das leise, feuchte Geräusch des Skalpells, als es über ihren Bauch glitt. Noch mehr Blut tropfte auf den Boden.

Das nächste Geräusch ging mir durch und durch, unerwartet, entsetzlich. Wie reißendes Metall. Das Geräusch erinnerte mich an den Kampf auf der Lichtung vor so vielen Monaten, das Geräusch der neugeborenen Vampire, die zerrissen wurden. Ich schaute zu Edward und sah, dass er das Gesicht an Bellas Bauch gepresst hatte. Vampirzähne – eine todsichere Methode, um Vampirhaut zu zerschneiden.

Ich schauderte, während ich Bella weiter beatmete.

Sie hustete mich an, blinzelte, verdrehte blind die Augen.

»Du bleibst jetzt bei mir, Bella!«, schrie ich sie an. »Hörst du mich? Bleib! Du darfst jetzt nicht gehen. Lass dein Herz weiterschlagen!«

Sie bewegte die Augen, suchte mich oder ihn, ohne etwas zu sehen.

Ich schaute sie trotzdem an, hielt ihren Blick fest.

Und dann war ihr Körper unter meinen Händen plötzlich reglos, obwohl sie unregelmäßig zu atmen begann und ihr Herz weiterschlug. Da begriff ich, was die Reglosigkeit bedeutete; es war vorüber. Der Kampf in ihrem Innern war vorbei. Es musste draußen sein.

So war es.

Edward flüsterte: »Renesmee.«

Also hatte Bella sich geirrt. Es war kein Junge, wie sie gedacht hatte. Das war keine große Überraschung. Worin hatte sie sich *nicht* geirrt?

Ich wandte den Blick nicht von ihren blutgesprenkelten Augen, doch ich spürte, wie sie schwach die Hände hob.

»Lass mich …«, flüsterte sie mit brüchiger Stimme. »Gib sie mir.«

Ich hätte wohl wissen sollen, dass er ihr immer das geben würde, was sie wollte, wie idiotisch ihre Bitte auch sein mochte. Aber ich hätte nie im Leben gedacht, dass er jetzt auf sie hören würde. Deshalb kam ich auch gar nicht darauf, ihn zurückzuhalten.

Etwas Warmes streifte meinen Arm. Schon das hätte mir auffallen müssen. Nichts fühlte sich für mich je warm an.

Doch ich konnte den Blick nicht von Bellas Gesicht wenden. Sie blinzelte, dann starrte sie, jetzt sah sie endlich etwas. Sie stieß ein merkwürdiges, schwaches Gurren aus.

»Renes…mee. So … wunderschön.«

Und dann keuchte sie – keuchte vor Schmerz.

Als ich hinsah, war es schon zu spät. Edward hatte das warme, blutige Ding aus ihren schlaffen Armen gerissen. Mein Blick fuhr über ihre Haut. Sie war blutrot – das Blut, das ihr aus dem Mund geströmt war, das Blut, mit dem das Wesen verschmiert war, und frisches Blut, das aus einer winzigen Bisswunde knapp über ihrer linken Brust quoll, eine doppelte Mondsichel.

»Nicht, Renesmee«, murmelte Edward, als wollte er dem Monster Manieren beibringen.

Ich schaute nicht zu ihm oder zu dem Monster. Ich schaute nur Bella an, wie sie die Augen verdrehte.

Mit einem letzten dumpfen Bum-bum geriet ihr Herz ins Stocken und verstummte.

Es setzte vielleicht einen halben Schlag aus, dann waren meine Hände auf ihrer Brust und pressten. Ich zählte im Geist mit, versuchte einen gleichmäßigen Rhythmus zu halten. Eins. Zwei. Drei. Vier.

Ich machte eine kurze Pause und blies ihr wieder Luft in den Mund.

Ich konnte nichts mehr sehen. Meine Augen waren nass, alles verschwamm. Doch ich nahm alle Geräusche im Raum ganz genau wahr. Das widerstrebende Bum-bum ihres Herzens unter meinen fordernden Händen, das Pochen meines eigenen Herzens und noch etwas anderes – einen flatternden Herzschlag, der zu schnell war, zu leicht. Ich konnte ihn nicht einordnen.

Ich zwang Bella noch mehr Luft in die Kehle.

»Worauf wartest du noch?«, stieß ich atemlos hervor und massierte weiter ihr Herz. Eins. Zwei. Drei. Vier.

»Nimm das Baby«, sagte Edward drängend.

»Wirf es aus dem Fenster.« Eins. Zwei. Drei. Vier.

»Gib sie mir«, ertönte es von der Tür.

Edward und ich knurrten gleichzeitig los.

Eins. Zwei. Drei. Vier.

»Ich habe es jetzt im Griff«, versprach Rosalie. »Gib mir das Baby, Edward. Ich kümmere mich um sie. Bis Bella …«

Ich atmete wieder für Bella, während Edward das Ding an Rosalie gab. Das flatternde Bumpa-bumpa-bumpa entfernte sich.

»Mach mir Platz, Jacob.«

Ich schaute von Bellas weißen Augen auf, während ich weiter ihr Herz massierte. Edward hatte eine Spritze in der Hand – ganz silbern, wie aus Stahl.

»Was ist das?«

Mit seiner steinernen Hand schlug er meine zur Seite. Es knackte ganz leise, als er mir mit dem Schlag den kleinen Finger brach. Im selben Augenblick stach er ihr mit der Nadel genau ins Herz.

»Mein Gift«, antwortete er, während er den Kolben der Spritze herunterdrückte.

Ich hörte, wie ihr Herz einen Ruck machte, als hätte er ihr einen Elektroschock verpasst.

»Mach weiter«, befahl er. Seine Stimme war eiskalt, leblos. Dumpf und entschlossen. Als wäre er eine Maschine.

Ich achtete nicht auf den Schmerz in meinem Finger und massierte weiter ihr Herz. Es war jetzt schwerer, als würde ihr Blut gerinnen – dicker und langsamer werden. Während ich das zähflüssige Blut durch ihre Arterien pumpte, beobachtete ich, was er tat.

Es sah aus, als ob er sie küsste, er fuhr mit den Lippen über ihre Kehle, die Handgelenke, die Armbeuge. Doch ich hörte das Reißen ihrer Haut, wo er zubiss, immer wieder, und ihr an möglichst vielen Stellen das Gift einspritzte. Ich sah, wie er mit der blassen Zunge über die blutenden Wunden leckte, doch bevor Wut oder Ekel in mir aufsteigen konnten, begriff ich, was er tat.

Dort, wo er das Gift mit der Zunge auf ihrer Haut verteilte, versiegelte er sie. So blieben Gift und Blut in ihrem Körper.

Ich blies ihr noch mehr Luft in den Mund, aber da war nichts. Nur ihre leblose Brust, die sich hob. Ich massierte weiter ihr Herz, während er verzweifelt versuchte sie zurückzuholen. Nicht zehn Pferde, nicht hundert Mann, kriegten die Ärmste wieder zusamm'n …

Da war nichts, nur ich, nur er.

Die sich mit einer Leiche abmühten.

Denn mehr war nicht übrig von dem Mädchen, das wir beide liebten. Diese zerstörte, ausgeblutete, verstümmelte Leiche. Wir kriegten Bella nicht mehr zusammen.

Ich wusste, dass es zu spät war. Ich wusste, dass sie tot war. Ich wusste es ganz sicher, weil die Anziehungskraft weg war. Es gab für mich keinen Grund mehr, hier bei ihr zu sein. *Sie* war nicht mehr hier. Deshalb hatte dieser Körper keine Macht mehr über mich. Das sinnlose Bedürfnis, in ihrer Nähe zu sein, war verschwunden.

Oder vielleicht sollte ich besser sagen, dass es sich verschoben hatte. Jetzt war mir, als würde eine Anziehungskraft aus der entgegengesetzten Richtung wirken, die mich die Treppe hinunterzog und nach draußen. Die Sehnsucht, von hier wegzukommen und nie, nie mehr zurückzukehren.

»Dann geh doch«, sagte er barsch und schlug wieder meine Hände weg, diesmal, um selbst meinen Platz einzunehmen. Drei gebrochene Finger, so fühlte es sich an.

Ich streckte sie benommen, ohne auf den pochenden Schmerz zu achten.

Er presste ihr totes Herz fester als ich.

»Sie ist nicht tot«, knurrte er. »Es wird alles gut.«

Ich war mir nicht sicher, ob er noch zu mir sprach.

Ich drehte mich um, ließ ihn allein mit seiner Toten und ging langsam zur Tür. So langsam. Ich konnte die Füße nicht schneller bewegen.

Das war es also. Der Ozean der Trauer. Die andere Küste so weit hinter dem wogenden Wasser, dass ich sie mir nicht vorstellen, geschweige denn sehen konnte.

Jetzt, da ich keine Aufgabe mehr hatte, empfand ich wieder die Leere. Ich hatte so lange dafür gekämpft, Bella zu retten. Aber sie wollte sich nicht retten lassen. Sie hatte sich bereitwillig geopfert, um von dem kleinen Monster zerrissen zu werden, und damit war der Kampf verloren. Es war vorbei.

Ich schauderte vor dem Geräusch hinter mir, während ich mich die Treppe hinunterschleppte – das Geräusch eines leblosen Herzens, das gezwungen werden sollte zu schlagen.

Am liebsten hätte ich mir Salzsäure in den Kopf geschüttet, die mir das Hirn verätzen würde. Um die Bilder von Bellas letzten Minuten auszulöschen. Ich hätte gern einen Hirnschaden in Kauf genommen, um diese Erinnerungen loszuwerden – die Schreie, das Blut, die entsetzlichen Geräusche, als das Monster sie von innen zerriss …

Am liebsten wäre ich weggerannt, hätte zehn Stufen auf einmal genommen und wäre zur Tür hinausgestürmt, aber meine Füße waren bleischwer und mein Körper war müde wie nie zuvor. Ich schlurfte die Treppe hinunter wie ein lahmer alter Mann.

An der untersten Stufe blieb ich kurz stehen, nahm all meine Kraft zusammen, um zur Tür hinauszukommen.

Rosalie saß am sauberen Ende des Sofas mit dem Rücken zu mir, sie sprach leise und zärtlich mit dem in Decken gewickelten Ding in ihren Armen. Sie musste gehört haben, wie ich verharrte, doch sie ignorierte mich, ging ganz in diesem Moment gestohlener Mutterschaft auf. Vielleicht konnte sie jetzt glücklich sein. Rosalie hatte gekriegt, was sie wollte, und Bella würde nie kommen, um ihr das Wesen wegzunehmen. Ich fragte mich, ob die hinterhältige Blonde darauf die ganze Zeit spekuliert hatte.

Sie hatte etwas Dunkles in den Händen, und von dem kleinen Mörder, den sie hielt, kam ein gieriger saugender Laut.

Der Geruch von Blut lag in der Luft. Menschenblut. Rosalie fütterte das Ding. Natürlich wollte es Blut. Womit sonst sollte man ein Monster füttern, das brutal die eigene Mutter verstümmelt hatte? Es hätte ebenso gut Bellas Blut trinken können. Vielleicht tat es das sogar.

Während ich hörte, wie der kleine Mörder futterte, kehrte meine Kraft plötzlich zurück.

Kraft und Hass und Feuer – loderndes Feuer strömte mir durch den Kopf, es brannte, ohne etwas zu vernichten. Die Bilder in meinem Kopf waren der Brennstoff für diese Hölle, wollten jedoch nicht aufgezehrt werden. Ich spürte, wie ich von Kopf bis Fuß bebte, und tat nichts, um es aufzuhalten.

Rosalie war ganz und gar mit dem Wesen beschäftigt und achtete überhaupt nicht auf mich. Sie könnte mich bestimmt nicht schnell genug aufhalten, abgelenkt, wie sie war.

Sam hatte Recht gehabt. Das Ding war eine Abnormität – seine Existenz ging gegen die Natur. Ein schwarzer, seelenloser Dämon. Etwas, das kein Recht auf Leben hatte.

Etwas, das zerstört werden musste.

Anscheinend hatte die Anziehungskraft mich doch nicht zur Tür geführt. Jetzt spürte ich sie wieder, sie feuerte mich an, zog mich weiter. Drängte mich dazu, die Sache zu Ende zu bringen, die Welt von dieser Abscheulichkeit zu befreien.

Wenn das Wesen tot war, würde Rosalie versuchen mich umzubringen und ich würde mich wehren. Ich wusste nicht, ob ich sie ausschalten konnte, bevor die anderen ihr zu Hilfe kamen. Vielleicht, vielleicht auch nicht. Es spielte keine große Rolle.

Es war mir egal, ob die Wölfe, das eine Rudel oder das andere, mich rächen oder die Gerechtigkeit der Cullens als angemessen bezeichnen würden. All das war nicht wichtig. Das Einzige, worum es mir ging, war meine eigene Gerechtigkeit. *Meine* Rache. Das Ding, das Bella auf dem Gewissen hatte, durfte keine Minute länger leben.

Hätte Bella überlebt, hätte sie mich dafür gehasst. Sie würde mich eigenhändig umbringen wollen.

Aber das war mir egal. Sie hatte sich auch nicht darum geschert, was sie mir antat – als sie sich abschlachten ließ wie ein Tier. Weshalb sollte ich auf ihre Gefühle Rücksicht nehmen?

Und dann war da noch Edward. Aber der war jetzt sicher zu beschäftigt – zu sehr in dem irrwitzigen Versuch gefangen, eine Leiche wiederzubeleben –, um auf meine Pläne zu achten.

Dann würde ich also nicht die Gelegenheit bekommen, das Versprechen einzulösen, das ich ihm gegeben hatte, es sei denn – aber darauf würde ich bestimmt nicht wetten –, es gelänge mir, Rosalie, Jasper und Alice zu besiegen, drei gegen einen. Aber selbst wenn ich das schaffte, glaubte ich nicht, dass ich es über mich bringen würde, Edward zu töten.

Denn dafür hatte ich nicht genug Erbarmen. Warum sollte ich ihn mit seiner Tat davonkommen lassen? Wäre es nicht gerechter – befriedigender –, wenn er mit dem Nichts weiterleben müsste, dem puren Nichts?

Bei der Vorstellung musste ich fast lächeln, so hasserfüllt war ich. Keine Bella. Keine Mörderbrut. Und noch ein paar Familienmitglieder weniger, je nachdem, wie viele ich erledigen konnte. Allerdings könnte er die wahrscheinlich alle wieder zusammensetzen, weil ich nicht da wäre, um sie zu verbrennen. Bella dagegen würde nie wieder ganz sein.

Ich fragte mich, ob man das Wesen wohl auch wieder zusammensetzen konnte. Ich bezweifelte es. Es hatte ja auch etwas von Bella – es musste also auch etwas von ihrer Verwundbarkeit geerbt haben. Das hörte ich an dem feinen Pulsieren seines Herzens.

Sein Herz schlug. Ihres nicht.

Nur eine Sekunde war vergangen, während ich diese einfachen Entscheidungen traf.

Das Zittern wurde schneller und heftiger. Ich duckte mich, bereitete mich darauf vor, die Vampirblondine anzuspringen und ihr das mörderische Ding mit den Zähnen aus den Armen zu reißen.

Rosalie turtelte immer noch mit dem Wesen, stellte die leere Metallflasche beiseite und hob es hoch, um ihre Wange an sein Gesicht zu schmiegen.

Optimal. Die neue Position war optimal für meinen Angriff. Ich beugte mich vor und spürte, wie das Feuer mich zu verwandeln begann, während das mörderische Ding mich immer mehr zu sich hinzog – so stark hatte ich es noch nie empfunden, so stark, dass es mich an einen Befehl des Leitwolfs erinnerte, als würde es mich auf die Knie zwingen, wenn ich nicht gehorchte.

Diesmal *wollte* ich gehorchen.

Das Mörderding starrte mich über Rosalies Schulter an, sein Blick war so fest, wie der Blick eines Neugeborenen gar nicht sein dürfte.

Warme braune Augen, die Farbe von Vollmilchschokolade – genau die gleiche Farbe, die Bellas Augen gehabt hatten.

Urplötzlich hörte mein Zittern auf, Hitze durchströmte mich, doch es war eine neue Art Hitze – kein brennendes Feuer.

Es war ein Glühen.

Alles in meinem Innern löste sich auf, als ich in das kleine Porzellangesicht des Babys schaute, das halb Vampir, halb Mensch war. Alles, was mich mit meinem Leben verband, wurde mit schnellen Schnitten durchtrennt, wie die Fäden von einem Strauß Luftballons. Alles, was mich ausmachte – die Liebe zu dem toten Mädchen oben, die Liebe zu meinem Vater, meine Treue zu meinem neuen Rudel, die Liebe zu meinen anderen Brüdern, der Hass gegen meine Feinde, mein Zuhause, mein Name, mein Ich –, löste sich in diesem Augenblick von mir – schnipp, schnapp – und flog hinauf ins Universum.

Aber ich musste nicht allein dahintreiben. Ein neuer Faden hielt mich, wo ich war.

Nicht nur ein Faden, eine Million Fäden. Und nicht Fäden, sondern Stahlseile. Eine Million Stahlseile banden mich an das eine – den Mittelpunkt des Universums.

Das sah ich jetzt – wie sich das Universum um diesen einen Punkt drehte. Nie zuvor hatte ich die Symmetrie des Universums erkannt, aber jetzt war sie ganz deutlich.

Es war nicht mehr die Erdanziehungskraft, die mich dort hielt, wo ich stand.

Es war das kleine Mädchen in den Armen der Vampirblondine, das mich jetzt festhielt.

Renesmee.

Von oben erklang ein neues Geräusch. Das einzige Geräusch, das mich in diesem endlosen Augenblick berühren konnte.

Ein wildes Pochen, ein rasendes Klopfen …

Ein sich verwandelndes Herz.

Drittes Buch — Bella

Persönliche Zuneigung ist ein Luxus, den man sich nur leisten kann, nachdem man alle Feinde ausgeschaltet hat. Bis dahin sind alle, die man liebt, Geiseln; sie schwächen den Mut und behindern das Urteilsvermögen.

Orson Scott Card
Empire

VORWORT

Nicht mehr bloß ein Albtraum, jene schwarze Linie, die durch den Eisnebel näher kam, den ihre Füße aufwirbelten.

Wir werden sterben, dachte ich voller Panik. Ich verlangte verzweifelt nach dem Schatz, den ich hütete, doch der bloße Gedanke daran war eine Ablenkung, die ich mir nicht erlauben durfte.

Sie schwebten näher heran, ihre schwarzen Umhänge blähten sich leicht. Ich sah, wie sie die Hände zu knochenfarbenen Klauen krümmten. Sie strömten auseinander, wollten uns von allen Seiten gleichzeitig angreifen. Wir waren unterlegen. Es war vorbei.

Und dann war die Szene blitzartig ganz anders. Eigentlich hatte sich nichts verändert – die Volturi schlichen immer noch auf uns zu, zum Töten bereit. Aber das Bild hatte auf einmal eine vollkommen andere Wirkung auf mich. Ich war jetzt ganz wild darauf. Ich *wollte*, dass sie angriffen. Die Panik verwandelte sich in Mordlust, als ich mich lächelnd duckte und mit gebleckten Zähnen knurrte.

DAS BRENNEN

Der Schmerz war verwirrend.

Genau das – ich war verwirrt. Ich konnte es nicht verstehen, wurde nicht schlau aus dem, was geschah.

Mein Körper versuchte den Schmerz zurückzuweisen, und ich wurde immer wieder in eine Schwärze gesogen, die ganze Sekunden, vielleicht sogar Minuten der Qual auslöschte, und dadurch wurde es noch schwieriger, mit der Wirklichkeit Schritt zu halten.

Ich versuchte sie auseinanderzuhalten.

Nicht-Wirklichkeit war schwarz und tat nicht ganz so weh.

Wirklichkeit war rot und fühlte sich an, als würde ich in der Mitte durchgesägt, von einem Bus überfahren, von einem Preisboxer k. o. geschlagen, von wilden Stieren niedergetrampelt und in Säure getaucht, alles gleichzeitig.

Die Wirklichkeit war das Gefühl, wie mein Körper zuckte und zappelte, während ich mich vor Schmerzen nicht bewegen konnte.

Die Wirklichkeit war das Bewusstsein, dass da etwas war, das so viel wichtiger war als diese Qual, und nicht mehr zu wissen, was es war.

Die Wirklichkeit war so schnell gekommen.

Erst war noch alles so, wie es sein sollte. Menschen um mich herum, die ich liebte. Lächelnde Gesichter. Es hatte so ausgesehen, als sollte ich allen Widrigkeiten zum Trotz alles bekommen, wofür ich gekämpft hatte.

Und dann war eine Winzigkeit schiefgegangen.

Ich hatte gesehen, wie meine Tasse umkippte, wie dunkles Blut herausschwappte und das makellose Weiß des Sofas befleckte, und reflexartig hatte ich mich vorgebeugt. Ich hatte die anderen Hände gesehen, die schneller waren, und doch hatte mein Körper sich weiter vorgebeugt, ausgestreckt …

In meinem Bauch hatte sich etwas ruckartig in die andere Richtung bewegt.

Reißen. Knacken. Schmerz.

Dann hatte mich Dunkelheit überrollt und war einer Welle der Qual gewichen. Ich bekam keine Luft – ich wusste, wie es war, zu ertrinken, aber das hier war anders; es war zu heiß in meiner Kehle.

Stücke von mir brachen, zersplitterten, wurden zerschnitten …

Wieder Dunkelheit.

Dann Stimmen und Rufe, als der Schmerz wiederkam.

»Die Plazenta muss sich abgelöst haben!«

Etwas Schärferes als ein Messer fuhr durch meinen Körper – die Worte, die mir trotz der Qual etwas sagten. *Abgelöste Plazenta* – ich wusste, was das bedeutete. Es bedeutete, dass mein Baby in mir starb.

»Hol ihn RAUS!«, schrie ich Edward zu. Warum hatte er das noch nicht getan? »Er kriegt keine Luft! Jetzt SOFORT!«

»Das Morphium …«

Er wollte warten, wollte mir Schmerzmittel geben, während unser Baby starb?!

»NEIN! JETZT …«, stieß ich hervor, doch ich konnte nicht zu Ende sprechen.

Schwarze Punkte tanzten vor dem Licht im Zimmer, als ein neuer Schmerz sich eiskalt und spitz in meinen Magen schob. Es fühlte sich verkehrt an – ich wehrte mich automatisch, um meinen Bauch zu schützen, mein Baby, meinen kleinen Edward Jacob, doch ich war zu schwach. Die Lunge tat mir weh, der Sauerstoff verbrannte.

Der Schmerz ließ jetzt nach, obwohl ich mich an ihn klammerte. Mein Baby, mein Baby, es starb …

Wie viel Zeit war vergangen? Sekunden oder Minuten? Der Schmerz war vorüber. Dumpf. Ich konnte nichts fühlen. Sehen konnte ich auch immer noch nicht, aber hören. In meiner Lunge war wieder Luft, unregelmäßig schabte sie durch meine Kehle.

»Du bleibst jetzt bei mir, Bella! Hörst du mich? Bleib! Du darfst jetzt nicht gehen. Lass dein Herz weiterschlagen!«

Jacob? Jacob war immer noch da, er versuchte mich zu retten.

Natürlich, hätte ich gern gesagt. Natürlich sehe ich zu, dass mein Herz weiterschlägt. Das hatte ich den beiden doch versprochen.

Ich versuchte mein Herz zu spüren, versuchte es zu finden, aber ich kannte mich in meinem Körper nicht mehr aus. Ich spürte nicht, was ich hätte spüren sollen, und nichts schien am richtigen Platz zu sein. Ich blinzelte und fand meine Augen. Ich sah das Licht. Nicht das, wonach ich suchte, aber besser als nichts.

Als meine Augen sich an das Licht zu gewöhnen versuchten, flüsterte Edward: »Renesmee.«

Renesmee?

Nicht der blasse, vollkommene Sohn meiner Vorstellung? Im ersten Moment erschrak ich. Und dann durchströmte mich ein Gefühl von Wärme.

Renesmee.

Ich zwang meine Lippen dazu, sich zu bewegen, zwang die

Luftblasen dazu, sich auf meiner Zunge in Flüstern zu verwandeln. Mit äußerster Willensanstrengung streckte ich meine tauben Hände aus.

»Lass mich ... gib sie mir.«

Das Licht tanzte, brach sich an Edwards Marmorhänden. Die Funken schimmerten rötlich von dem Blut, das seine Haut bedeckte. Und noch mehr Blut in seinen Händen. Etwas Kleines, Zappelndes, blutverschmiert. Er hielt mir den warmen Körper in die schwachen Arme – so war es fast, als hielte ich sie selbst. Ihre nasse Haut war heiß – so heiß wie Jacobs.

Jetzt konnte ich genauer hinschauen, plötzlich war alles vollkommen klar.

Renesmee weinte nicht, doch sie atmete schnell und keuchend, als wäre sie erschrocken. Sie hatte die Augen offen und guckte so bestürzt, dass es fast zum Lachen war. Das runde Köpfchen war mit dicken, verfilzten, blutigen Locken bedeckt. Ihre Augen waren von einem vertrauten – aber überraschenden – Schokoladenbraun. Unter dem Blut sah ihre Haut blass aus, ein sahniges Alabaster. Abgesehen von ihren glühenden Wangen.

Ihr winziges Gesicht war so vollkommen, dass es mich völlig überwältigte. Sie war noch schöner als ihr Vater. Unfassbar. Unmöglich.

»Renesmee«, flüsterte ich. »So ... wunderschön.«

Plötzlich lächelte das unglaubliche Gesicht – ein strahlendes, bewusstes Lächeln. Hinter den muschelrosa Lippen kam ein vollständiger Satz Milchzähne zum Vorschein.

Sie beugte den Kopf herab, lehnte ihn an meine Brust, vergrub sich in die Wärme. Ihre Haut war warm und seidig, doch sie gab nicht nach wie meine.

Dann spürte ich wieder einen Schmerz – ein einziger warmer Schnitt. Ich keuchte.

Dann war sie weg. Mein Baby mit dem Engelsgesicht war nicht mehr da. Ich konnte sie weder sehen noch spüren.

Nein!, wollte ich rufen. *Gib sie wieder her!*

Aber ich war einfach zu schwach. Einen Moment lang fühlten sich meine Arme wie leere Gummischläuche an und dann wie überhaupt nichts mehr. Ich spürte sie nicht mehr. Ich spürte *mich* nicht mehr.

Die Dunkelheit legte sich jetzt noch dichter über meine Augen als vorhin. Wie eine dicke Augenbinde, schnell und fest. Sie bedeckte nicht nur meine Augen, sondern mich ganz und gar mit einem erdrückenden Gewicht. Es war anstrengend, sich dagegen zu wehren. Ich wusste, dass es so viel leichter sein würde aufzugeben. Mich von der Dunkelheit niederdrücken zu lassen, hinab, hinab zu einem Ort ohne Schmerz, Müdigkeit, Sorge und Angst.

Wäre es nur um mich gegangen, hätte ich nicht lange kämpfen können. Ich war nur ein Mensch und hatte nur menschliche Kräfte. Ich hatte schon zu lange versucht, mit dem Übernatürlichen mitzuhalten, wie Jacob gesagt hatte.

Aber hier ging es nicht nur um mich.

Wenn ich jetzt den einfachen Weg ging und mich von dem schwarzen Nichts auslöschen ließ, dann tat ich ihnen weh.

Edward. Edward. Mein Leben und seins waren zu einem einzigen Band verwoben. Durchtrennte man eines, durchtrennte man auch das andere. Wäre er tot, könnte ich nicht weiterleben. Und wenn ich tot wäre, würde er auch nicht weiterleben. Und eine Welt ohne Edward kam mir völlig sinnlos vor. Edward *musste* weiterleben.

Jacob – der immer wieder von mir Abschied genommen hatte und doch immer wieder zurückgekommen war, wenn ich ihn brauchte. Jacob, den ich so oft verletzt hatte, dass es schon kriminell war. Würde ich ihn noch einmal verletzen, auf die bisher schlimmste Weise? Er war bei mir geblieben, trotz allem. Und jetzt verlangte er nur, dass ich bei ihm blieb.

Aber es war so dunkel hier, dass ich keins von ihren Gesichtern erkennen konnte. Nichts erschien mir real. Das machte es schwer, nicht aufzugeben.

Dennoch wehrte ich mich gegen die Dunkelheit, fast reflexartig. Ich versuchte nicht, sie aufzuheben. Ich wehrte mich nur. Ließ nicht zu, dass sie mich vollkommen erdrückte. Ich war nicht Atlas, und die Dunkelheit kam mir so schwer vor wie ein Planet; ich konnte sie nicht schultern. Alles, was ich tun konnte, war, mich nicht vollständig auslöschen zu lassen.

Das war sozusagen das Muster meines Lebens – ich war nie stark genug, es mit dem aufzunehmen, was sich meinem Einfluss entzog, die Feinde anzugreifen oder vor ihnen wegzulaufen. Den Schmerz zu vermeiden. Schwach und menschlich, wie ich war, konnte ich immer nur weitermachen. Aushalten. Überleben.

Jetzt war es genug. Heute musste es genug sein. Ich würde das hier aushalten, bis Hilfe kam.

Ich wusste, dass Edward alles tat, was in seiner Macht stand. Er gab nicht auf. Und ich auch nicht.

Ich bannte die Dunkelheit der Nichtexistenz nur um wenige Millimeter.

Doch diese Entschlossenheit reichte nicht aus. Als die Zeit immer weiter fortschritt und die Dunkelheit sich immer weitere Millimeter eroberte, brauchte ich noch etwas, woraus ich Kraft schöpfen konnte.

Nicht einmal mehr Edward sah ich vor mir. Auch nicht Jacob oder Alice, Rosalie, Charlie, Renée, Carlisle, Esme … Nichts. Ich bekam Panik und fragte mich, ob es zu spät war.

Ich merkte, wie ich wegglitt – ich hatte nichts, woran ich mich festhalten konnte.

Nein! Ich musste überleben. Edward zählte auf mich. Jacob. Charlie Alice Rosalie Carlisle Renée Esme.

Renesmee.

Und dann, obwohl ich immer noch nichts sehen konnte, konnte ich plötzlich etwas *fühlen*. Als hätte ich Phantomschmerzen, meinte ich plötzlich meine Arme wieder zu spüren. Und darin etwas Kleines, Hartes, sehr, sehr Warmes.

Mein Baby. Mein kleiner Stupser.

Ich hatte es geschafft. So unwahrscheinlich es war, ich war doch stark genug gewesen, um Renesmee zu überstehen, sie in meinem Bauch zu halten, bis sie stark genug war, dass sie ohne mich leben konnte.

Dieses heiße Etwas in meinen Phantomarmen fühlte sich so echt an. Ich drückte es fester an mich. Es war genau da, wo mein Herz sein sollte. Während ich die warme Erinnerung an meine Tochter festhielt, wusste ich, dass ich so lange gegen die Dunkelheit kämpfen konnte, wie es nötig war.

Die Wärme an meinem Herzen wurde immer greifbarer, immer glühender. Heißer. Die Hitze war so echt, ich konnte mir kaum vorstellen, dass ich sie mir nur einbildete.

Heißer.

Jetzt wurde es unangenehm. Zu heiß. Viel, viel zu heiß.

Als würde man eine Brennschere am falschen Ende anfassen – automatisch wollte ich das glühend heiße Etwas in meinen Armen loslassen. Aber da war nichts in meinen Armen. Meine Arme waren nicht an meine Brust gedrückt. Meine Arme lagen schlaff und leblos irgendwo neben meinem Körper. Die Hitze war in meinem Innern.

Das Brennen wurde noch stärker – schwoll an und erreichte einen Höhepunkt und schwoll weiter an, bis es alles überstieg, was ich je gespürt hatte.

Hinter dem Feuer nahm ich jetzt den Puls wahr, der in meiner Brust raste, und begriff, dass ich mein Herz wiedergefunden hatte – und verfluchte es sogleich. Wünschte mir, ich hätte die Dunkelheit willkommen geheißen, als ich noch eine Wahl hatte. Ich wollte die Arme heben und das Herz aus meiner Brust herausreißen – alles, wenn es mich nur von dieser Qual erlöst hätte. Doch ich spürte meine Arme nicht, konnte keinen meiner verschwundenen Finger rühren.

James, der mir mit seinem Fuß das Bein gebrochen hatte. Das war gar nichts gewesen. Wie ein weiches Federbett, auf dem man sich ausruhen könnte. Das würde ich hundertmal lieber ertragen. Hundert Brüche. Dankbar würde ich sie annehmen.

Das Baby, das mir die Rippen brach und sich Stück für Stück durch mich hindurcharbeitete. Das war gar nichts gewesen. Wie in einem Becken mit kühlem Wasser zu treiben. Das würde ich tausendmal lieber ertragen. Dankbar würde ich es annehmen.

Das Feuer brannte immer heißer und ich hätte so gern geschrien. Jemanden angefleht, mich zu töten, bevor ich noch eine einzige Sekunde diesen Schmerz ertragen müsste. Aber ich konnte meine Lippen nicht bewegen. Das Gewicht war immer noch da und drückte mich nieder.

Ich merkte, dass es nicht die Dunkelheit war, die mich unten hielt, sondern mein Körper. So schwer. Er begrub mich in den Flammen, die sich von meinem Herzen einen Weg nach draußen fraßen, sich unbeschreiblich schmerzhaft in meinen Schultern und meinem Bauch ausbreiteten, mir glühend heiß in die Kehle krochen, an meinem Gesicht leckten.

Warum konnte ich mich nicht bewegen? Warum konnte ich nicht schreien? Darüber hatten die Geschichten nichts erzählt.

Ich war unerträglich klar im Kopf – noch verstärkt durch den heftigen Schmerz – und ich wusste die Antwort, kaum dass ich die Frage formulieren konnte.

Das Morphium.

Es schien eine Million Tode her zu sein, dass wir darüber gesprochen hatten – Edward, Carlisle und ich. Edward und Carlisle hatten gehofft, dass man den Schmerz, den das Gift verursachte, mit genügend Schmerzmittel betäuben könnte. Carlisle hatte es bei Emmett ausprobiert, doch das Gift hatte schneller gebrannt als die Medizin und seine Adern verschlossen. Das Morphium hatte keine Zeit gehabt, sich zu verteilen.

Ich hatte ein Pokerface aufgesetzt und genickt und meinem seltenen Glück gedankt, dass Edward meine Gedanken nicht lesen konnte.

Denn ich hatte schon einmal Morphium und Vampirgift zusammen im Körper gehabt und ich wusste, wie es war. Ich wusste, dass die Betäubung überhaupt nicht wirkte, solange sich das glühende Gift durch die Adern fraß. Aber das hatte ich natürlich nicht gesagt. Nie hätte ich etwas erwähnt, was ihn davon zurückhalten könnte, mich zu verwandeln.

Doch ich hatte nicht gedacht, dass Morphium diese Wirkung haben könnte – dass es mich festnagelte und knebelte. Mich lähmte, während ich verbrannte.

Ich kannte alle ihre Geschichten. Ich wusste, dass Carlisle, während er innerlich brannte, so leise gewesen war, dass er nicht entdeckt wurde. Von Rosalie wusste ich, dass es nichts nützte zu schreien. Und ich hatte gehofft, dass ich vielleicht so sein könnte wie Carlisle. Dass ich Rosalie glauben und den Mund halten würde. Denn ich wusste, dass jeder Schrei, der aus meinem Mund käme, für Edward die reine Folter wäre.

Jetzt kam es mir vor wie ein grausamer Witz, dass mein Wunsch sich erfüllte.

Wenn ich nicht schreien konnte, *wie sollte ich ihnen dann sagen, dass sie mich töten sollten?*

Ich wollte nur noch sterben. Niemals geboren sein. Mein ganzes Leben war diesen Schmerz nicht wert. War es nicht wert, ihn auch nur noch einen Herzschlag lang zu ertragen.

Lasst mich sterben, lasst mich sterben, lasst mich sterben.

Und eine Unendlichkeit lang war das alles, was es gab. Nur die glühend heiße Folter und meine stummen Schreie, mein Flehen, dass der Tod kommen möge. Nichts anderes, nicht einmal die Zeit. Das machte es grenzenlos, ohne Anfang und ohne Ende. Ein grenzenloser qualvoller Moment.

Die einzige Veränderung war, dass sich der Schmerz plötzlich, unmöglich, noch verdoppelte. Die untere Hälfte meines Körpers, die schon vor dem Morphium gefühllos gewesen war, brannte plötzlich auch wie Feuer. Irgendeine unterbrochene Verbindung war verheilt – von den glühenden Fingern des Feuers wieder zusammengeknüpft.

Das endlose Brennen wütete weiter.

Vielleicht hatte es Sekunden gedauert, vielleicht Tage, Wochen oder Jahre, aber schließlich bekam die Zeit wieder eine Bedeutung.

Dreierlei passierte gleichzeitig, eins entwickelte sich aus dem anderen, so dass ich nicht wusste, womit es begann: Die Zeit fing wieder an, das Gewicht des Morphiums schwand und ich wurde stärker.

Ich merkte, wie ich schrittweise die Beherrschung über meinen Körper zurückgewann, und diese Schritte waren meine ersten Anhaltspunkte für die Zeit, die verging. Ich wusste es, als ich meine Zehen bewegen und die Finger zu Fäusten formen konnte. Ich wusste es, aber ich reagierte nicht darauf.

Das Feuer ließ zwar kein bisschen nach – ich entwickelte sogar eine neue Sensibilität, es zu erfahren, jede einzelne Flamme wahrzunehmen, die sich durch meine Adern leckte –, doch ich stellte fest, dass ich trotzdem denken konnte.

Ich erinnerte mich daran, weshalb ich lieber nicht schreien sollte. Ich wusste wieder, weshalb ich mich entschlossen hatte, diese unerträgliche Qual zu ertragen. Ich erinnerte mich daran, dass es, obwohl es im Moment unvorstellbar war, etwas gab, das den Schmerz vielleicht wert war.

Das geschah gerade rechtzeitig, denn so konnte ich durchhalten, als der Druck von meinem Körper wich. Von außen betrachtet gab es keine Veränderung. Aber für mich, da ich versuchen musste, die Schreie und Zuckungen nicht nach außen dringen zu lassen, wo sie jemand anderem wehtun konnten, war es, als wäre ich, während ich brannte, nicht mehr an dem Marterpfahl festgebunden, sondern als umklammerte ich den Marterpfahl aus freien Stücken, um im Feuer zu bleiben.

Meine Kraft reichte gerade aus, um reglos dazuliegen, während ich bei lebendigem Leib verkohlte.

Ich hörte jetzt immer deutlicher, und ich konnte das panische Klopfen meines Herzens hören, das die Zeit markierte.

Ich konnte die flachen Atemzüge zählen, die durch meine Lippen kamen.

Ich konnte die leisen, regelmäßigen Atemzüge irgendwo dicht neben mir zählen. Auf sie konzentrierte ich mich, weil sie am langsamsten gingen. Durch sie verging die meiste Zeit. Mehr noch als das Pendel einer Uhr trugen diese Atemzüge mich durch die brennenden Sekunden bis zum Ende.

Ich wurde immer kräftiger und meine Gedanken wurden immer klarer. Als neue Geräusche auftauchten, konnte ich zuhören.

Leise Schritte waren zu hören, der Lufthauch von einer sich öffnenden Tür. Die Schritte kamen näher und ich spürte einen Druck am Puls. Die Kühle der Finger spürte ich nicht. Das Feuer hatte alles Kühle weggebrannt.

»Immer noch keine Veränderung?«

»Nichts.«

Ein ganz leichter Druck, ein Hauch an meiner versengten Haut.

»Von dem Morphium ist keine Spur mehr zu riechen.«

»Ich weiß.«

»Bella? Kannst du mich hören?«

Ich wusste ganz sicher, dass ich, wenn ich meine Zähne löste, die Fassung verlieren würde – ich würde schreien und kreischen, mich winden und um mich schlagen. Wenn ich die Augen öffnete, wenn ich auch nur einen Finger krümmte – die kleinste Veränderung würde das Ende meiner Selbstbeherrschung bedeuten.

»Bella? Bella, Liebste? Kannst du die Augen öffnen? Kannst du meine Hand drücken?«

Druck an meinen Fingern. Nicht auf *seine* Stimme zu antworten, war schon schwerer, doch ich blieb in meiner Starre. Ich wusste, dass der Kummer in seiner Stimme noch harmlos war im Vergleich zu dem, den er empfinden würde, wenn er nicht mehr nur *fürchtete*, dass ich litt.

»Vielleicht … Carlisle, vielleicht war es zu spät.« Seine Stimme klang gedämpft, bei dem Wort *spät* versagte sie.

Einen Augenblick lang geriet meine Entschlossenheit ins Wanken.

»Horch auf ihr Herz, Edward. Es ist sogar noch stärker, als Emmetts Herz war. Noch nie habe ich etwas so *Lebendiges* gehört. Es wird ihr nichts fehlen.«

Ja, ich hatte Recht gehabt, mich still zu verhalten. Carlisle konnte ihn beruhigen. Er brauchte nicht mit mir zu leiden.

»Und ihre ... ihre Wirbelsäule?«

»Ihre Verletzungen waren nicht so viel schlimmer als Esmes. Das Gift wird sie heilen, wie es auch Esme geheilt hat.«

»Aber sie ist so reglos. Ich *muss* irgendetwas falsch gemacht haben.«

»Oder richtig, Edward. Mein Sohn, du hast alles getan, was ich auch getan hätte, und noch mehr. Ich weiß nicht, ob ich die Beharrlichkeit gehabt hätte und das Vertrauen, das es brauchte, um sie zu retten. Lass die Selbstvorwürfe. Es wird ihr gutgehen.«

Ein gebrochenes Flüstern. »Sie muss Höllenqualen leiden.«

»Das wissen wir nicht. Sie hatte so viel Morphium im Körper. Wir wissen nicht, welchen Einfluss es auf ihr Empfinden hat.«

Ein schwacher Druck in meiner Armbeuge. Noch ein Flüstern. »Bella, ich liebe dich. Bella, es tut mir leid.«

Ich hätte ihm so gern geantwortet, aber ich wollte ihm nicht noch mehr Schmerz bereiten. Nicht solange ich die Kraft hatte, mich still zu verhalten.

Währenddessen tobte das Feuer weiter durch meinen Körper. Doch jetzt war so viel Raum in meinem Kopf. Raum, um über ihr Gespräch nachzudenken, Raum, mich zu erinnern, was geschehen war, Raum, um in die Zukunft zu blicken, und dann war immer noch endloser Raum für meinen Schmerz übrig.

Und Raum für Sorgen.

Wo war meine kleine Tochter? Warum war sie nicht hier? Warum sprachen sie nicht über sie?

»Nein, ich bleibe hier«, flüsterte Edward als Antwort auf einen unausgesprochenen Gedanken. »Sie werden das schon lösen.«

»Eine interessante Situation«, antwortete Carlisle. »Und ich dachte, ich hätte schon fast alles gesehen.«

»Ich kümmere mich später darum. *Wir* kümmern uns darum.« Etwas drückte leicht auf meine brennende Hand.

»Ich bin mir sicher, dass es uns zusammen gelingt, jedes Blutvergießen zu vermeiden.«

Edward seufzte. »Ich weiß nicht, zu wem ich halten soll. Am liebsten würde ich sie beide verprügeln. Nun ja, später.«

»Ich bin gespannt, wie Bella darüber denkt – zu wem sie halten wird«, sagte Carlisle nachdenklich.

Ein leises, gezwungenes Kichern. »Ich bin sicher, sie wird mich überraschen. Das tut sie immer.«

Carlisles Schritte entfernten sich wieder, und ich war enttäuscht, dass keine weitere Erklärung kam. Sprachen sie absichtlich in Rätseln, um mich zu ärgern?

Ich zählte wieder Edwards Atemzüge, um die Zeit zu messen.

Zehntausendneunhundertdreiundvierzig Atemzüge später kamen andere Schritte ins Zimmer geschlichen. Leichter. Rhythmischer.

Merkwürdig, dass ich Schritte, die ich bis zum heutigen Tag gar nicht hatte hören können, auf einmal genau auseinanderhalten konnte.

»Wie lange noch?«, fragte Edward.

»Jetzt dauert es nicht mehr lange«, sagte Alice. »Schau nur, wie klar sie wird. Ich kann sie jetzt so viel besser sehen.« Sie seufzte.

»Immer noch missmutig?«

»Ja, vielen Dank, dass du es erwähnst«, grummelte sie. »Du wärst auch nicht begeistert, wenn du feststellen müsstest, dass du durch deine eigene Natur gefesselt wärst. Vampire kann ich am besten sehen, weil ich selbst einer bin; Menschen sehe ich auch ganz gut, weil ich einmal einer war. Aber diese merkwürdigen Halbwesen kann ich überhaupt nicht sehen, weil sie nichts sind, was ich je erfahren habe. Bah!«

»Konzentrier dich, Alice.«

»Na gut. Jetzt kann ich Bella beinahe schon zu leicht sehen.«

Es blieb lange still, dann seufzte Edward. Es war ein neues Geräusch, fröhlicher.

»Dann wird sie also wirklich gesund«, flüsterte er.

»Natürlich.«

»Vor zwei Tagen warst du noch nicht so hoffnungsfroh.«

»Vor zwei Tagen konnte ich auch noch nicht richtig sehen. Aber jetzt, da sie keine blinden Flecken mehr hat, ist es ein Kinderspiel.«

»Könntest du dich konzentrieren, mir zuliebe? Auf die Zeit – nenn mir eine ungefähre Zeit.«

Alice seufzte. »So was Ungeduldiges. Na gut. Einen Moment ...«

Ruhiges Atmen.

»Danke, Alice.« Seine Stimme war jetzt heiterer.

Wie lange? Konnten sie es nicht wenigstens für mich laut sagen? War das zu viel verlangt? Wie viele Sekunden musste ich noch brennen? Zehntausend? Zwanzig? Noch einen Tag – sechsundachtzigtausendvierhundert? Noch mehr?

»Sie wird umwerfend aussehen.«

Edward knurrte leise. »Das sah sie immer schon.«

Alice schnaubte. »Du weißt, was ich meine. Schau sie dir an.«

Edward gab keine Antwort, aber Alice' Worte machten mir Hoffnung, dass ich nicht so aussah, wie ich mich fühlte – wie ein Stück Holzkohle. Es kam mir vor, als müsste ich inzwischen ein Haufen verkokelter Knochen sein. Jede einzelne Zelle in meinem Körper war zu Asche verbrannt.

Ich hörte, wie Alice aus dem Raum flitzte. Ich hörte das Rascheln des Stoffes, als sie sich bewegte. Ich hörte das leise Summen des Lichts an der Decke. Ich hörte den schwachen Wind, der die Außenwand des Hauses streifte. Ich hörte *alles*.

Unten schaute sich jemand ein Baseballspiel an. Die Mariners waren mit zwei Runs in Führung.

»Jetzt bin ich dran«, blaffte Rosalie jemanden an, und als Antwort kam ein leises Knurren.

»He, he«, sagte Emmett mahnend.

Jemand zischte.

Ich lauschte weiter, aber ich hörte nur das Spiel. Baseball war nicht interessant genug, um mich von den Schmerzen abzulenken, also lauschte ich wieder auf Edwards Atem und zählte die Sekunden.

Einundzwanzigtausendneunhundertsiebzehneinhalb Sekunden später veränderten sich die Schmerzen.

Das Gute war, dass sie in den Fingerspitzen und Zehen allmählich schwächer wurden. Sehr langsam zwar, aber wenigstens passierte etwas. Bestimmt ließ der Schmerz jetzt endlich nach.

Und dann das Schlechte. Das Feuer in meiner Kehle war jetzt anders. Jetzt brannte ich nicht nur, ich war auch völlig ausgetrocknet. Knochentrocken. So ein Durst. Brennendes Feuer und brennender Durst ...

Noch etwas Schlechtes: Das Feuer in meinem Herzen wurde noch heißer.

Wie konnte das sein?

Mein Herz, das sowieso schon zu rasch schlug, wurde jetzt noch schneller – das Feuer ließ es rasen.

»Carlisle!«, rief Edward. Seine Stimme war leise und doch deutlich. Ich wusste, dass Carlisle ihn hören würde, wenn er im Haus oder irgendwo in der Nähe war.

Das Feuer wich aus meinen Händen, herrlich schmerzfrei

und kühl waren sie jetzt. Doch es wanderte zu meinem Herzen, das heiß wie die Sonne glühte und mit neuer, wütender Geschwindigkeit schlug.

Carlisle kam zusammen mit Alice ins Zimmer. Ich hörte ihre Schritte so genau, ich erkannte sogar, dass Carlisle rechts ging und einen Schritt vor Alice war.

»Hört mal«, sagte Edward zu ihnen.

Das lauteste Geräusch im Zimmer war mein rasendes Herz, das im Rhythmus des Feuers schlug.

»Ah«, sagte Carlisle. »Es ist fast vorüber.«

Meine Erleichterung, als ich das hörte, wurde von dem mörderischen Schmerz in meinem Herzen überschattet.

Doch meine Handgelenke waren jetzt frei und meine Fußgelenke ebenfalls. Dort war das Feuer vollständig gelöscht.

»Bald«, sagte Alice gespannt. »Ich hole die anderen. Soll ich Rosalie ...?«

»Ja – halte das Baby fern.«

Was? Nein. *Nein!* Was sollte das heißen, mein Baby fernhalten? Was dachte er sich?

Meine Finger zuckten – die Wut durchbrach meine schöne Fassade. Im Zimmer wurde es ganz still bis auf mein Herz, das wie ein Presslufthammer schlug, als ihnen allen eine Sekunde lang der Atem stockte.

Eine Hand drückte meine eigensinnigen Finger. »Bella? Bella, Liebste?«

Konnte ich ihm antworten, ohne zu schreien? Ich überlegte einen Moment, dann fraß sich das Feuer noch heißer durch meine Brust, es strömte von meinen Ellbogen und Knien herein. Lieber kein Risiko eingehen.

»Ich hole sie sofort rauf«, sagte Alice, Ungeduld in der Stimme, und ich hörte den Windstoß, als sie hinuntersauste.

Und dann – *oh*!

Mein Herz hob ab, schlug wie der Propeller eines Hubschraubers, es klang beinahe wie ein einziges langgezogenes Geräusch, es fühlte sich an, als würde es sich durch meine Rippen bohren. Mitten in meiner Brust loderte das Feuer auf, saugte die letzten Überreste der Flammen aus meinem übrigen Körper, um die bisher glühendste Glut zu schüren. Der Schmerz reichte aus, um mich aus dem Konzept zu bringen, meinen eisernen Griff um den Marterpfahl zu lösen. Mein Rücken bog sich durch, als würde das Feuer mich am Herzen emporziehen.

Keinem andern Körperteil gestattete ich aus der Reihe zu tanzen, als mein Oberkörper wieder auf den Tisch sackte.

In meinem Innern fand jetzt eine Schlacht statt – mein rasendes Herz gegen das lodernde Feuer. Beide verloren. Das Feuer hatte keine Chance, es hatte schon alles verzehrt, was brennbar war, mein Herz galoppierte auf seinen letzten Schlag zu.

Das Feuer zog sich zusammen, konzentrierte sich mit einem letzten unerträglichen Anschwellen in dem allerletzten menschlichen Organ. Auf das Anschwellen folgte ein tiefes hohles Klopfen. Mein Herz stotterte zweimal, dann folgte noch ein einziger ruhiger Schlag.

Dann kein Laut mehr. Kein Atemzug. Nicht einmal mein eigener.

Einen Augenblick lang erfasste ich nichts als die Abwesenheit von Schmerz.

Dann schlug ich die Augen auf und schaute staunend nach oben.

EU

Alles war so klar.

Scharf. Konturiert.

Das grelle Licht über mir blendete mich immer noch und doch konnte ich die glühenden Drähte in der Birne deutlich erkennen. Ich sah jede Farbe des Regenbogens in dem weißen Licht und, am äußersten Rande des Spektrums, die achte Farbe, für die ich keinen Namen hatte.

Hinter dem Licht konnte ich die einzelnen Fasern in der dunklen Holzdecke ausmachen. Davor sah ich die Staubpartikel in der Luft, die Seite, die das Licht streifte, und die dunkle Seite, klar voneinander getrennt. Sie drehten sich wie kleine Planeten, bewegten sich umeinander in einem himmlischen Tanz.

Der Staub war so wunderschön, dass ich vor Schreck Luft holte; pfeifend glitt die Luft in meine Kehle, die Staubpartikel gerieten in einen Strudel. Irgendetwas stimmte nicht. Ich überlegte und begriff, dass auf das Einatmen kein Gefühl der Erleichterung folgte. Ich brauchte keine Luft. Meine Lunge wartete nicht darauf. Sie reagierte gleichgültig auf die Luftzufuhr.

Ich brauchte die Luft zwar nicht, aber sie *gefiel* mir. Mit ihr konnte ich den Raum um mich herum schmecken – die wundervollen Staubpartikel, die Mischung der stehenden Luft und der etwas kühleren Luft, die zur Tür hereinströmte. Konnte einen üppigen Hauch Seide schmecken. Die schwache Note von etwas Warmem, Begehrenswertem, etwas, das feucht sein sollte, es aber nicht war … Von dem Geruch bekam ich ein trockenes Brennen in der Kehle, ein schwaches Echo des brennenden Vampirgifts, allerdings war der Geruch mit beißendem Chlor und Ammoniak vermischt. Und vor allem roch ich etwas, das an Honig und Flieder und Sonne erinnerte, das war der stärkste Duft, er war mir am nächsten.

Ich hörte die Geräusche der anderen, die jetzt wieder atmeten wie ich. Ihr Atem mischte sich mit dem Honig-Flieder-Sonnenduft und neue Gerüche kamen hinzu. Zimt, Hyazinthe, Birne, Meerwasser, Brotteig, Kiefer, Vanille, Leder, Apfel, Moos, Lavendel, Schokolade … zahllose Vergleiche stellte ich an, doch keiner traf es ganz genau. So süß und angenehm.

Der Fernseher unten war jetzt stumm und ich hörte, wie jemand – Rosalie? – das Gewicht verlagerte.

Ich hörte auch ein schwaches Pochen und eine Stimme, die dazu wütend rief. Ein Rapsong? Einen Moment war ich verwirrt, dann verschwand das Geräusch wie ein vorüberfahrendes Auto mit heruntergelassenen Scheiben.

Schlagartig wurde mir klar, dass es genau das gewesen sein konnte. Reichte mein Gehör etwa bis zur Schnellstraße?

Ich merkte nicht, dass jemand meine Hand hielt, bis derjenige sie leicht drückte. Mein Körper wurde wieder starr wie vorhin, als ich den Schmerz verbergen wollte, diesmal jedoch vor Überraschung. Mit einer solchen Berührung hatte ich nicht gerechnet. Die Haut war vollkommen glatt, aber sie hatte die falsche Temperatur. Sie war nicht kalt.

Nach der ersten Schrecksekunde reagierte mein Körper auf die fremde Berührung derart, dass ich noch mehr erschrak.

In meiner Kehle zischte es, ein Fauchen entfuhr mir durch die zusammengebissenen Zähne, begleitet von einem leisen, drohenden Geräusch, das sich anhörte wie ein Bienenschwarm. Bevor das Geräusch heraus war, hatten meine Muskeln sich zusammengezogen, sie zuckten vor dem Unbekannten zurück. Ich wirbelte so schnell hoch, dass das Zimmer eigentlich hätte verschwimmen müssen – aber das tat es nicht. Mikroskopisch genau sah ich jedes Staubpartikel, jeden Splitter in den vertäfelten Wänden, jeden losen Faden, als mein Blick daran vorbeisauste.

Als ich schließlich in Abwehrhaltung an der Wand kauerte – etwa eine sechzehntel Sekunde später –, war mir schon klar, was mich erschreckt hatte und dass ich überreagiert hatte.

Ach so. Natürlich. Edward fühlte sich nicht mehr kalt an. Wir hatten jetzt die gleiche Körpertemperatur.

Ich blieb noch eine achtel Sekunde in dieser Stellung und ließ das Bild, das sich mir bot, auf mich wirken.

Edward war über den Operationstisch gebeugt, der mein Scheiterhaufen gewesen war, er streckte mit besorgter Miene eine Hand nach mir aus.

Edwards Gesicht war das Wichtigste, doch am Rande meines Blickfelds nahm ich alles andere ebenfalls wahr, sicherheitshalber. Ein Verteidigungsinstinkt war in mir ausgelöst worden, und ich suchte ganz automatisch nach Anzeichen für Gefahr.

Meine Vampirfamilie wartete vorsichtig an der Wand gegenüber, neben der Tür, Emmett und Jasper standen vorn. Als ob tatsächlich Gefahr drohte. Meine Nasenlöcher blähten sich, ich versuchte die Gefahr zu wittern. Doch ich roch nichts Ungewöhnliches. Der schwache Duft von etwas Köstlichem – vermischt mit scharfen Chemikalien – kitzelte wieder in meiner Kehle, ließ sie schmerzen und brennen.

Alice lugte mit einem breiten Grinsen hinter Jaspers Ellbogen hervor; das Licht glitzerte auf ihren Zähnen, noch ein achtfarbiger Regenbogen.

Das Grinsen beruhigte mich und ich begriff. Jasper und Emmett standen vorn, um die anderen zu beschützen, wie ich ganz richtig vermutet hatte. Ich hatte nur nicht gleich kapiert, dass *ich* die Gefahr war.

All das lief nebenbei ab. Hauptsächlich waren meine Sinne und meine Gedanken immer noch auf Edwards Gesicht konzentriert.

Bis zu diesem Moment hatte ich es nicht gesehen.

Wie oft hatte ich Edward angestarrt und seine Schönheit bewundert? Wie viele Stunden – Tage, Wochen – meines Lebens hatte ich von dem geträumt, was ich damals für vollkommen hielt? Ich glaubte sein Gesicht besser zu kennen als mein eigenes. Ich dachte, das sei die eine unveränderliche Gewissheit in meiner Welt: die Makellosigkeit von Edwards Gesicht.

Ich hätte ebenso gut blind sein können.

Jetzt war mein Blick von den trübenden Schatten und der Schwäche befreit, die den Menschen Grenzen setzt, und ich sah sein Gesicht zum ersten Mal. Ich schnappte nach Luft und durchforstete meinen Sprachschatz, es war unmöglich, die richtigen Worte zu finden. Ich brauchte bessere Worte.

Inzwischen hatte der andere Teil meiner Aufmerksamkeit sich vergewissert, dass es außer mir keine Gefahr gab, und automatisch gab ich die Verteidigungshaltung auf und stellte mich hin; fast eine ganze Sekunde war vergangen, seit ich vom Tisch aufgesprungen war.

Einen Augenblick lang war ich ganz damit beschäftigt, wie sich mein Körper bewegte. In dem Moment, in dem ich erwogen hatte mich zu erheben, stand ich schon. Es gab keine Zeit dazwischen; der Wechsel war unmittelbar, fast als hätte gar keine Bewegung stattgefunden.

Ich starrte weiter Edwards Gesicht an, jetzt wieder reglos.

Langsam kam er um den Tisch herum – jeder Schritt dauerte fast eine halbe Sekunde, jeder Schritt fließend wie Flusswasser, das sich einen Weg über glatte Steine bahnt –, die Hand immer noch ausgestreckt.

Ich beobachtete die Anmut seiner Bewegung, nahm sie mit meinen neuen Augen wahr.

»Bella?«, fragte er leise, beruhigend, doch ich hörte die Sorge heraus, es klang nervös.

Ich konnte nicht sofort antworten, so verstörend war der samtene Klang seiner Stimme. Es war die vollkommenste aller Sinfonien, eine Sinfonie mit nur einem Instrument, ein Instrument, melodischer als jedes andere, von Menschen erschaffene Instrument ...

»Bella, Liebste? Es tut mir leid, ich weiß, dass es verwirrend ist. Doch mit dir ist alles in Ordnung. Alles ist gut.«

Alles? Alles Mögliche kam mir in den Sinn, meine Gedanken wirbelten zurück zu meiner letzten Stunde als Mensch. Schon jetzt kam mir die Erinnerung trüb vor, als schaute ich durch einen dicken dunklen Schleier – denn meine menschlichen Augen waren halb blind gewesen. Damals war alles so verschwommen.

Als er sagte, alles sei gut, meinte er damit auch Renesmee? Wo war sie? Bei Rosalie? Ich versuchte mich an ihr Gesicht zu erinnern – ich wusste, dass sie schön war –, doch es war lästig, durch die menschlichen Erinnerungen sehen zu müssen. Ihr Gesicht war in Dunkelheit gehüllt, nur schwach beleuchtet ...

Was war mit Jacob, meinem besten Freund, der so lange hatte leiden müssen? Ging es *ihm* gut? Hasste er mich jetzt? Hatte er sich wieder Sams Rudel angeschlossen? Und Seth und Leah auch?

Waren alle Cullens in Sicherheit oder hatte meine Verwandlung einen Krieg mit dem Rudel ausgelöst? Schloss Edwards allgemeine Versicherung das alles mit ein? Oder wollte er mich nur beschwichtigen?

Und Charlie? Was sollte ich ihm jetzt erzählen? Bestimmt hatte er angerufen, während ich brannte. Was hatten sie ihm erzählt? Was dachte er, was mit mir los war?

Als ich den Bruchteil einer Sekunde lang überlegte, welche Frage ich zuerst stellen sollte, streckte Edward zögernd eine Hand aus und strich mir mit den Fingerspitzen über die Wange. Glatt wie Satin, weich wie eine Feder und jetzt im Einklang mit der Temperatur meiner Haut.

Seine Berührung schien durch die Hautoberfläche zu dringen, durch meine Gesichtsknochen. Es war ein kribbelndes, überwältigendes Gefühl – es fuhr mir durch die Knochen, das Rückgrat hinunter und flatterte in meinem Bauch.

Moment mal, dachte ich, als das Flattern zu einer warmen Sehnsucht erblühte. Hätte ich das nicht verlieren sollen? War es nicht Teil der Abmachung, dass ich dieses Gefühl aufgeben musste?

Ich war ein neugeborener Vampir. Die trockene, brennende Kehle war dafür Beweis genug. Und ich wusste, was es bedeutete, neugeboren zu sein. Menschliche Gefühle und Sehnsüchte würden zu einem späteren Zeitpunkt in irgendeiner Form wiederkehren, doch ich hatte akzeptiert, dass ich sie zu Anfang nicht spüren würde. Nur den Durst. Das war die Abmachung, das war der Preis. Ich hatte eingewilligt, ihn zu zahlen.

Doch als Edwards Hand sich an mein Gesicht schmiegte wie satinüberzogener Stahl, strömte das Verlangen durch meine ausgedörrten Adern und versengte mich von Kopf bis Fuß.

Er hob eine vollkommene Augenbraue und wartete darauf, dass ich etwas sagte.

Ich schlang die Arme um ihn.

Wieder war es, als hätte es keine Bewegung gegeben. Im einen Moment stand ich da wie eine Statue und im selben Moment war er schon in meinen Armen.

Warm – so nahm ich es jedenfalls wahr. Mit dem süßen, köstlichen Duft, den meine stumpfen Menschensinne nie richtig wahrgenommen hatten, aber es war hundertprozentig Edward. Ich drückte mein Gesicht an seine glatte Brust.

Da verlagerte er das Gewicht, als ob er sich nicht wohl fühlte. Ich schaute zu ihm auf, verwirrt und erschrocken über die Zurückweisung.

»Vorsichtig, Bella. Aua.«

Kaum hatte ich verstanden, riss ich die Arme zurück und verschränkte sie hinter dem Rücken.

Ich war zu stark.

»Huch«, sagte ich lautlos.

Er lächelte ein Lächeln, bei dem mir das Herz stehengeblieben wäre, hätte es noch geschlagen.

»Keine Panik, Liebste«, sagte er und hob die Hand, um meine Lippen zu berühren, die ich vor Schreck geöffnet hatte. »Du bist nur vorübergehend ein wenig stärker als ich.«

Ich zog die Augenbrauen zusammen. Auch das hatte ich gewusst, aber es fühlte sich unwirklicher an als alles andere in diesem ohnehin vollkommen unwirklichen Moment. Ich war stärker als Edward. Er hatte meinetwegen *aua* gesagt.

Seine Hand streichelte wieder meine Wange und ich vergaß meine Sorge fast, als eine neue Welle des Verlangens durch meinen reglosen Körper ging.

Diese Empfindungen waren so viel stärker, als ich es gewohnt war, dass es mir schwerfiel, mich auf einen einzigen Gedankengang zu konzentrieren, obwohl ich jetzt so viel Raum in meinem

Kopf hatte. Jedes neue Gefühl überwältigte mich. Ich dachte daran, dass Edward einmal gesagt hatte – seine Stimme in meinem Kopf war ein schwacher Abklatsch von der kristallklaren, melodischen Stimme, die ich jetzt hörte –, seinesgleichen, *unseresgleichen*, sei leicht abzulenken. Jetzt sah ich ein, weshalb.

Entschlossen zwang ich mich zur Konzentration. Ich musste etwas sagen. Das Wichtigste.

Ganz vorsichtig, so vorsichtig, dass die Bewegung tatsächlich wahrzunehmen war, holte ich den rechten Arm hinter dem Rücken hervor und hob die Hand, um seine Wange zu berühren. Ich ließ mich nicht von der Perlmuttfarbe meiner Hand ablenken oder von der seidigen Glätte seiner Haut oder von der elektrischen Ladung, die in meinen Fingerspitzen zischte.

Ich schaute ihm in die Augen und hörte zum ersten Mal meine eigene Stimme.

»Ich liebe dich«, sagte ich, aber es klang wie ein Gesang. Meine Stimme klingelte und schimmerte wie eine Glocke.

Sein Lächeln brachte mich mehr durcheinander als je zuvor; erst jetzt konnte ich es richtig sehen.

»So wie ich dich liebe«, antwortete er.

Er nahm mein Gesicht in seine Hände und neigte sein Gesicht zu meinem – langsam genug, um mich daran zu erinnern, vorsichtig zu sein. Er küsste mich, erst flüsterzart, dann plötzlich heftiger, leidenschaftlicher. Ich versuchte, sanft zu ihm zu sein, doch es fiel mir sehr schwer, mich in diesem Gefühlssturm an irgendetwas zu erinnern, überhaupt zusammenhängend zu denken.

Es war, als hätte er mich noch nie geküsst – als wäre dies unser erster Kuss. Und tatsächlich hatte er mich auch noch nie *so* geküsst.

Ich hatte fast ein schlechtes Gewissen. Bestimmt verstieß ich jetzt gegen die Abmachung. Es konnte nicht sein, dass ich das auch haben durfte.

Obwohl ich keinen Sauerstoff benötigte, ging mein Atem schneller, so schnell wie vorhin, als ich brannte. Doch dies war eine andere Art Feuer.

Jemand räusperte sich. Emmett. Ich erkannte den tiefen Klang sofort, belustigt und verärgert zugleich.

Ich hatte ganz vergessen, dass wir nicht allein waren. Und dann wurde mir bewusst, dass es sich eigentlich nicht gehörte, Edward vor den anderen so zu umschlingen.

Verlegen ging ich einen halben Schritt zurück, wieder so eine unmittelbare Bewegung.

Edward lachte leise und folgte mir, er hielt meine Taille fest umfasst. Sein Gesicht glühte – als würde hinter seiner Diamanthaut eine weiße Flamme brennen.

Ich holte unnötigerweise Luft, um wieder zu mir zu kommen.

Wie anders seine Küsse jetzt waren! Ich beobachtete sein Mienenspiel, während ich die unscharfen menschlichen Erinnerungen mit diesem klaren, intensiven Gefühl verglich. Er sah … ein wenig selbstgefällig aus.

»Du hast mir etwas vorenthalten«, warf ich ihm mit meiner singenden Stimme vor und kniff die Augen ein kleines bisschen zusammen.

Er lachte, strahlend vor Erleichterung darüber, dass jetzt alles überstanden war – die Angst, die Schmerzen, die Ungewissheit, das Warten, all das lag jetzt hinter uns. »Zu jener Zeit war es gewissermaßen unumgänglich«, erinnerte er mich. »Jetzt ist es an dir, *mich* nicht zu zerbrechen.« Er lachte wieder.

Ich runzelte die Stirn, als ich darüber nachdachte, und dann war Edward nicht mehr der Einzige, der lachte.

Carlisle trat hinter Emmett hervor und kam schnell auf mich

zu; sein Blick war nur eine Spur wachsam, doch Jasper folgte ihm wie ein Schatten. Auch Carlisles Gesicht hatte ich zuvor nicht gesehen, jedenfalls nicht richtig. Ich hatte den seltsamen Drang zu blinzeln – als ob ich in die Sonne schaute.

»Wie geht es dir, Bella?«, fragte Carlisle.

Darüber dachte ich eine vierundsechzigstel Sekunde lang nach.

»Ich bin überwältigt. Es ist so viel ...« Ich verstummte, lauschte wieder dem Glockenklang meiner eigenen Stimme.

»Ja, es kann ziemlich verwirrend sein.«

Ich nickte schnell und ruckartig. »Aber ich fühle mich immer noch wie ich. Irgendwie. Das hätte ich nicht gedacht.«

Edward drückte leicht meine Taille. »Das habe ich dir doch gesagt«, flüsterte er.

»Du bist recht beherrscht«, sagte Carlisle nachdenklich. »Mehr als sogar *ich* gedacht hätte, selbst wenn man bedenkt, dass du viel Zeit hattest, dich darauf einzustellen.«

Ich dachte an die wilden Stimmungsschwankungen, die Schwierigkeit, mich zu konzentrieren, und flüsterte: »Da bin ich mir nicht so sicher.«

Er nickte ernst, dann leuchteten seine Augen interessiert auf. »Es scheint so, dass wir es mit dem Morphium diesmal richtig gemacht haben. Erzähl mir, was du von dem Verwandlungsprozess noch weißt!«

Ich zögerte, während ich Edwards Atem, der meine Wange streifte, sehr genau wahrnahm, ganz zarte elektrische Ströme fuhren mir durch die Haut.

»Vorher war ... alles so trüb. Ich weiß noch, dass das Baby keine Luft bekam ...«

Ich schaute zu Edward, die Erinnerung versetzte mir einen kurzen Schreck.

»Renesmee ist gesund und munter«, versicherte er mir mit einem Leuchten in den Augen, das ich noch nie zuvor bei ihm gesehen hatte. Er sprach ihren Namen mit unterschwelliger Inbrunst aus. Voller Verehrung. So wie fromme Menschen von ihrem Gott sprechen. »Woran erinnerst du dich danach?«

Ich konzentrierte mich auf mein Pokerface. Ich konnte noch nie besonders gut lügen. »Ich kann mich nicht richtig erinnern. Vorher war es so dunkel. Und dann ... hab ich die Augen aufgemacht und konnte *alles* sehen.«

»Unglaublich«, flüsterte Carlisle mit leuchtenden Augen.

Ich schämte mich und wartete darauf, dass meine Wangen anfingen zu brennen und mich verrieten. Aber da fiel mir ein, dass ich jetzt nie mehr rot wurde. Vielleicht schützte das Edward davor, die Wahrheit zu erkennen.

Aber Carlisle musste ich warnen. Eines Tages. Falls er noch mal einen neuen Vampir erschaffen musste. Doch das war nicht sehr wahrscheinlich, deshalb hatte ich kein ganz so schlechtes Gewissen.

»Ich möchte, dass du nachdenkst – du musst mir alles erzählen, woran du dich erinnerst«, drängte Carlisle aufgeregt, und ich konnte nicht verhindern, dass ich kurz das Gesicht verzog. Ich wollte nicht weiter lügen müssen, sonst verriet ich mich womöglich. Und ich wollte auch nicht mehr daran denken, wie ich gebrannt hatte. Im Gegensatz zu den menschlichen Erinnerungen war diese Erinnerung ganz deutlich, ich wusste alles noch viel zu genau.

»Oh, entschuldige bitte, Bella«, sagte Carlisle sofort. »Dein Durst ist gewiss sehr unangenehm. Diese Unterhaltung hat Zeit.«

Bis er davon gesprochen hatte, war der Durst gar nicht unerträglich gewesen. In meinem Kopf gab es so viel Platz. Ein separater Teil meines Gehirns achtete auf das Brennen in meiner

Kehle, fast automatisch. So wie mein altes Gehirn das Atmen und Blinzeln geregelt hatte.

Doch als Carlisle es erwähnte, schob sich das Brennen in den Vordergrund meiner Gedanken. Plötzlich konnte ich nur noch an den trockenen Schmerz denken, und je mehr ich daran dachte, desto schmerzhafter wurde es. Meine Hand schnellte an meine Kehle, als könnte ich die Flammen von außen löschen. Die Haut an meinem Hals fühlte sich eigenartig unter meinen Fingern an. So glatt, dass sie weich schien, obwohl sie doch steinhart war.

Edward ließ die Arme sinken, nahm meine Hand und zog leicht daran. »Komm, Bella, wir gehen auf die Jagd.«

Ich riss die Augen auf, der Durst war auf einmal nicht mehr so schlimm, der Schreck hatte ihn verdrängt.

Ich? Jagen? Mit Edward? Aber ... wie? Ich wusste nicht, was ich tun sollte.

Er sah meinen Gesichtsausdruck und lächelte aufmunternd. »Es ist ganz einfach, Liebste. Instinktiv. Sorge dich nicht, ich zeige es dir.« Als ich mich nicht rührte, lächelte er sein schiefes Lächeln und zog die Augenbrauen hoch. »Ich hatte immer den Eindruck, du wolltest mich unbedingt einmal bei der Jagd sehen.«

Ich lachte kurz auf (ein Teil von mir lauschte auf den schallenden Glockenklang), seine Worte erinnerten mich dunkel an Gespräche aus meinem Menschenleben. Dann nahm ich mir eine ganze Sekunde Zeit, um diese ersten Tage mit Edward – den eigentlichen Beginn meines Lebens – Revue passieren zu lassen, damit ich sie niemals vergaß. Ich hätte nicht gedacht, dass es so unangenehm sein würde, daran zu denken. Als wollte man durch matschiges Wasser schauen. Von Rosalie wusste ich, dass ich meine menschlichen Erinnerungen nicht verlieren würde, wenn ich nur oft genug an sie dachte. Ich wollte keine einzige Minute vergessen, die ich mit Edward verbracht hatte, selbst jetzt, da die Ewigkeit vor uns lag. Ich wollte sichergehen, dass diese menschlichen Erinnerungen in mein unfehlbares Vampirgedächtnis eingebrannt wurden.

»Sollen wir?«, fragte Edward. Er nahm die Hand, die immer noch an meinem Hals lag. Seine Finger fuhren an meiner Kehle entlang. »Du sollst keine Schmerzen leiden«, fügte er leise hinzu. So leise, dass ich es früher nicht hätte hören können.

»Mir geht es gut«, sagte ich aus alter Menschengewohnheit. »Warte. Erst noch was anderes.«

Da war so viel. Ich war immer noch nicht dazu gekommen, meine Fragen zu stellen. Sie waren wichtiger als der Schmerz.

Jetzt war es Carlisle, der sprach. »Ja?«

»Ich will sie sehen. Renesmee.«

Es war seltsam schwierig, ihren Namen auszusprechen. *Meine Tochter*, diese Worte waren noch schwieriger zu denken. Es kam mir alles so weit weg vor. Ich versuchte mich zu erinnern, wie ich mich vor drei Tagen gefühlt hatte, und automatisch entzog ich Edward meine Hand und legte sie auf meinen Bauch.

Flach. Leer. Ich umklammerte die blasse Seide, die meine Haut bedeckte, jetzt wieder voller Panik, während ein unbedeutender Teil meines Gehirns registrierte, dass Alice mich angezogen haben musste.

Ich wusste, dass in meinem Bauch nichts mehr war, und ich erinnerte mich dunkel an die blutige Abnabelung, doch der körperliche Beweis war immer noch schwer zu erfassen. Ich wusste nur, dass ich mein Baby geliebt hatte, als es noch *in mir* gewesen war. Außerhalb meines Körpers kam sie mir wie etwas vor, das ich mir nur eingebildet hatte. Ein verblassender Traum – ein Traum, der zur Hälfte Albtraum war.

Während ich mit meiner Verwirrung kämpfte, sah ich, wie Edward und Carlisle einen verhaltenen Blick tauschten.

»Was ist?«, fragte ich.

»Bella«, sagte Edward beruhigend. »Das ist keine sehr gute Idee. Sie ist ein Halbmensch, Liebste. Ihr Herz schlägt, und Blut fließt durch ihre Adern. Bis du deinen Durst ganz sicher beherrschen kannst ... Du möchtest sie doch nicht in Gefahr bringen, oder?«

Ich runzelte die Stirn. Natürlich wollte ich das nicht.

War ich unbeherrscht? Durcheinander, das schon. Leicht abzulenken, das auch. Aber gefährlich? Für sie? Meine Tochter?

Ich konnte mir nicht vollkommen sicher sein, dass die Antwort nein lautete. Also musste ich mich gedulden, auch wenn es mir schwerfiel. Denn bevor ich sie nicht sehen konnte, würde sie auch nicht real sein. Nur ein flüchtiger Traum ... von einer Fremden ...

»Wo ist sie?« Ich spitzte die Ohren, und da hörte ich das Herzklopfen ein Stockwerk unter mir. Ich hörte mehr als eine Person atmen – leise, als ob auch sie lauschten. Außerdem hörte ich ein Flattern, ein Pulsieren, das ich nicht einordnen konnte ...

Und das Geräusch des Herzschlags war so feucht und verlockend, dass mir das Wasser im Mund zusammenlief.

Also musste ich auf jeden Fall erst mal jagen lernen, bis ich sie sehen konnte. Mein fremdes Baby.

»Ist Rosalie bei ihr?«

»Ja«, antwortete Edward knapp, und ich merkte, dass er sich über irgendetwas aufregte. Ich dachte, Rose und er hätten ihre Differenzen überwunden. War die Feindseligkeit wieder ausgebrochen? Ehe ich fragen konnte, nahm er meine Hände von meinem flachen Bauch und zog mich sanft mit.

»Warte«, widersprach ich erneut und versuchte mich zu konzentrieren. »Was ist mit Jacob? Und Charlie? Erzähl mir alles, was ich verpasst hab. Wie lange war ich ... bewusstlos?«

Edward schien mein Zögern bei dem letzten Wort nicht zu bemerken. Er tauschte noch einen wachsamen Blick mit Carlisle.

»Ist irgendwas Schlimmes passiert?«, flüsterte ich.

»Es ist nichts Schlimmes«, sagte Carlisle, wobei er das letzte Wort merkwürdig betonte. »Im Grunde hat sich gar nicht so viel verändert – du warst nur zwei Tage lang ohne Bewusstsein. Es ging alles vergleichsweise schnell. Edward hat hervorragende Arbeit geleistet. Sehr innovativ – es war seine Idee, dir das Vampirgift direkt ins Herz zu injizieren.« Er hielt inne und lächelte seinen Sohn stolz an, dann seufzte er. »Jacob ist immer noch hier, und Charlie glaubt immer noch, du seist krank. Er wähnt dich in Atlanta, wo du angeblich bei der Seuchenschutzbehörde einem Test unterzogen wirst. Wir haben ihm eine falsche Nummer gegeben, und er ist ziemlich wütend. Er hat mit Esme gesprochen.«

»Am besten rufe ich ihn an ...«, sagte ich leise, doch als ich meine Stimme hörte, wurde mir klar, dass das ein Problem war. Er würde meine Stimme nicht erkennen. Ich würde es ihm nicht begreiflich machen können. Und dann kam die Überraschung von vorhin zurück. »Moment mal – Jacob ist immer noch hier?«

Wieder tauschten die beiden einen Blick.

»Bella«, sagte Edward schnell. »Es gibt viel zu besprechen, doch zunächst sollten wir für dich sorgen. Gewiss hast du Schmerzen ...«

Als er das sagte, erinnerte ich mich an das Brennen in meiner Kehle und schluckte schwer. »Aber Jacob ...«

»Für Erklärungen haben wir noch alle Zeit der Welt, Liebste«, erinnerte er mich sanft.

Natürlich. Ich konnte noch eine Weile auf die Antwort warten; das Zuhören würde mir leichter fallen, wenn der heftige Schmerz mich nicht mehr ablenkte. »Okay.«

»Warte, warte, warte«, trällerte Alice von der Tür her. Sie tanzte durch den Raum, mit traumverlorener Anmut. Wie bei Edward und Carlisle erschrak ich ein wenig, als ich ihr Gesicht zum ersten Mal sah. So schön. »Du hast versprochen, dass ich beim ersten Mal dabei sein darf! Was ist, wenn ihr beide an etwas Spiegelndem vorbeikommt?«

»Alice ...«, protestierte Edward.

»Es dauert nur eine Sekunde!« Damit sauste Alice aus dem Zimmer.

Edward seufzte.

»Wovon redet sie?«

Doch da war Alice schon wieder zurück, sie trug den riesigen Spiegel mit dem Goldrahmen aus Rosalies Zimmer, der fast doppelt so groß war wie sie selbst und mehrere Male so breit.

Jasper war so reglos und still gewesen, seit er hinter Carlisle hervorgetreten war, dass ich gar nicht mehr auf ihn geachtet hatte. Jetzt bewegte er sich wieder, um sich schützend neben Alice zu stellen, den Blick starr auf mich gerichtet. Denn von mir ging die Gefahr aus.

Ich wusste, dass er die Stimmung spürte, die mich umgab, also spürte er auch den Schrecken, der mich durchzuckte, als ich sein Gesicht sah, das ich jetzt zum ersten Mal von nahem anschaute.

Für meine schwachen Menschenaugen waren die Narben, die er aus seinem früheren Leben bei den Neugeborenenarmeen im Süden hatte, fast unsichtbar gewesen. Nur in hellem Licht, das ihre leicht erhabene Form sichtbar machte, hatte ich sie überhaupt wahrgenommen.

Jetzt, da ich sehen konnte, waren die Narben das Auffälligste an Jasper. Ich konnte den Blick kaum von seinem verunstalteten Hals und Kinn wenden – kaum zu glauben, dass jemand so viele Bisse überleben konnte, selbst wenn es ein Vampir war.

Instinktiv straffte ich mich zur Verteidigung. Jeder Vampir, der Jasper sah, hätte so reagiert. Die Narben waren wie eine leuchtende Werbetafel. *Gefährlich*, schrien sie. Wie viele Vampire hatten versucht Jasper zu töten? Hunderte? Tausende? Ebenso viele, wie bei dem Versuch umgekommen waren.

Jasper sah und spürte meinen prüfenden Blick und meine Vorsicht und lächelte dünn.

»Edward war ziemlich sauer auf mich, weil ich dich vor der Hochzeit nicht vor einen Spiegel gestellt habe«, sagte Alice und lenkte mich von ihrem erschreckenden Geliebten ab. »Noch einmal lasse ich mich nicht so runtermachen.«

»Runtermachen?«, sagte Edward skeptisch, eine Augenbraue hochgezogen.

»Vielleicht übertreibe ich ein wenig«, murmelte sie abwesend, während sie den Spiegel zu mir drehte.

»Und vielleicht hat das hier einzig mit deinem Hang zum Voyeurismus zu tun«, konterte er.

Alice zwinkerte ihm zu.

Ich verfolgte den Schlagabtausch nur mit einem kleinen Teil meiner Aufmerksamkeit. Der größere Teil war von der Person im Spiegel gefesselt.

Meine erste, spontane Reaktion war Freude. Die fremde Person im Spiegel war unbestritten schön, kein bisschen weniger schön als Alice oder Esme. Selbst in reglosem Zustand hatte sie etwas Fließendes, und ihr makelloses Gesicht war blass wie der Mond gegen das dunkle, dichte Haar, das es umrahmte. Die Lippen waren glatt und voll, die Haut glänzte leicht, wie eine Perle.

Meine zweite Reaktion war Entsetzen.

Wer *war* das? Auf den ersten Blick konnte ich mein Gesicht in den glatten, vollkommenen Zügen nirgends wiederfinden.

Und ihre Augen! Obwohl ich darauf gefasst gewesen war, fuhr mir der Schrecken durch die Glieder, als ich sie sah.

Die ganze Zeit, während ich sie betrachtete, war ihre Miene völlig gelassen, die Skulptur einer Göttin, sie verriet nichts von dem Aufruhr in meinem Innern. Und dann bewegte sie die vollen Lippen.

»Die Augen?«, flüsterte ich, es widerstrebte mir, *meine Augen* zu sagen. »Wie lange?«

»In einigen Monaten werden sie dunkler werden«, sagte Edward mit sanfter, beruhigender Stimme. »Tierblut verdünnt die Farbe schneller als Menschenblut. Sie werden zunächst bernsteinfarben, dann golden.«

Meine Augen sollten *monatelang* wie fiese rote Flammen lodern?

»Monate?« Meine Stimme war jetzt höher, angespannt. Das Wesen im Spiegel zog ungläubig die vollkommenen Augenbrauen über den glühenden blutroten Augen hoch – leuchtendere Augen, als ich je zuvor gesehen hatte.

Jasper trat einen Schritt vor, meine plötzliche Sorge alarmierte ihn. Er kannte junge Vampire nur zu gut, war dieses Gefühl der Vorbote eines Fehltritts meinerseits?

Niemand beantwortete meine Frage. Ich wandte den Blick vom Spiegel, schaute Edward und Alice an. Sie sahen beide ein wenig abgelenkt aus – eine Reaktion auf Jaspers Unbehagen. Der eine lauschte auf die Ursache, die andere schaute in die unmittelbare Zukunft.

Ich atmete noch einmal tief durch, obwohl es nicht nötig war.

»Nein, mir geht es gut«, versicherte ich ihnen. Mein Blick

huschte zu der Fremden im Spiegel und wieder zurück. »Es ist nur … ziemlich viel, was ich begreifen muss.«

Eine Falte trat auf Jaspers Stirn, jetzt fielen die beiden Narben über seinem linken Auge noch mehr auf.

»Ich weiß nicht«, murmelte Edward.

Die Frau im Spiegel runzelte die Stirn. »Welche Frage ist mir entgangen?«

Edward grinste. »Jasper fragt sich, wie du es anstellst.«

»Was?«

»Wie du deine Gefühle beherrschst, Bella«, sagte Jasper. »Das habe ich noch nie bei einem Neugeborenen gesehen – dass jemand ein Gefühl so plötzlich ausschalten kann. Du warst außer dir, doch als du unsere Sorge sahst, hast du dich gebremst, hattest dich sofort in der Gewalt. Ich war darauf vorbereitet, dir zu helfen, doch du brauchtest meine Hilfe gar nicht.«

»Ist das verkehrt?«, fragte ich. Ich erstarrte unwillkürlich, während ich auf sein Urteil wartete.

»Nein«, sagte er, aber es klang nicht ganz überzeugt.

Edward strich mir mit der Hand über den Arm, als wollte er mich ermutigen, mich wieder zu entspannen. »Es ist sehr beeindruckend, Bella, doch wir verstehen es nicht. Wir wissen nicht, wie lange es anhalten kann.«

Darüber dachte ich den Bruchteil einer Sekunde nach. Würde ich jeden Moment ausrasten? Mich in ein Monster verwandeln?

Ich spürte es nicht kommen … Vielleicht ließ sich so etwas nicht vorausahnen.

»Aber was sagst du dazu?«, fragte Alice, jetzt ein wenig ungeduldig, und zeigte zum Spiegel.

»Ich weiß nicht recht«, sagte ich ausweichend, ich wollte nicht zugeben, wie erschrocken ich war.

Ich starrte die schöne Frau mit den entsetzlichen Augen an

und suchte nach Teilen von mir. Irgendetwas war da in der Form ihrer Lippen. Wenn man über die verwirrende Schönheit hinausschaute, dann war die Oberlippe tatsächlich ein kleines bisschen ungleichgewichtig, ein wenig zu voll, um zu der Unterlippe zu passen. Als ich diesen vertrauten kleinen Makel entdeckt hatte, ging es mir etwas besser. Vielleicht war der Rest von mir auch irgendwo versteckt.

Ich hob versuchsweise die Hand, und die Frau im Spiegel ahmte die Bewegung nach, auch sie berührte ihr Gesicht. Ihre blutroten Augen schauten mich misstrauisch an.

Edward seufzte.

Ich wandte den Blick ab und sah ihn an, ich zog eine Augenbraue hoch.

»Enttäuscht?«, fragte ich, meine klingende Stimme war teilnahmslos.

Er lachte. »Ja«, gab er zu.

Ich spürte, wie der Schreck die Maske meines Gesichts erschütterte, gleich darauf empfand ich die Kränkung.

Alice knurrte. Jasper machte wieder einen Satz nach vorn, er wartete darauf, dass ich ausrastete.

Doch Edward achtete nicht auf sie, er schlang die Arme fest um meine erstarrte neue Gestalt und drückte mir die Lippen auf die Wange. »Ich hatte eigentlich gehofft, ich könnte deine Gedanken hören, jetzt, da sie meinen ähnlicher sind«, sagte er leise. »Und hier stehe ich, ratlos wie eh und je, und frage mich, was nur in deinem Kopf vorgeht.«

Sofort ging es mir besser.

»Ach«, sagte ich leichthin, froh, dass meine Gedanken immer noch mir allein gehörten. »Ich glaub, mein Gehirn wird nie richtig funktionieren. Aber wenigstens bin ich hübsch.«

Allmählich passte ich mich an die Veränderungen an, und

jetzt war es schon leichter, mit ihm zu scherzen und klar zu denken. Ich selbst zu sein.

Edward knurrte mir ins Ohr. »Bella, du warst niemals nur hübsch.«

Dann wich er zurück und seufzte. »Ja gut, ja gut«, sagte er zu jemandem.

»Was ist?«, fragte ich.

»Du machst Jasper immer nervöser. Vielleicht kommt er ein wenig zur Ruhe, wenn du auf der Jagd warst.«

Ich schaute in Jaspers besorgtes Gesicht und nickte. Wenn ich schon ausrasten musste, dann sollte es nicht hier passieren. Lieber von Bäumen umringt sein als von meiner Familie.

»Na gut. Gehen wir also auf die Jagd«, sagte ich, und mein Magen zog sich vor Aufregung und Vorfreude zusammen. Ich löste mich aus Edwards Umarmung, nahm seine Hand und kehrte der seltsamen schönen Frau im Spiegel den Rücken zu.

DIE ERSTE JAGD

»Durchs Fenster?«, fragte ich und schaute zwei Stockwerke tief nach unten.

An sich hatte ich bisher keine Höhenangst gehabt, aber die Tatsache, dass ich alle Einzelheiten so deutlich sehen konnte, machte die Aussicht nicht ganz so verlockend. Die Kanten der Felsen unten waren schärfer, als ich gedacht hätte.

Edward lächelte. »Es ist der bequemste Weg hinaus. Wenn du Angst hast, kann ich dich tragen.«

»Wir haben alle Zeit der Welt und du machst dir Sorgen, weil es zu lange dauern könnte, zur Tür hinauszugehen?«

Er runzelte leicht die Stirn. »Renesmee und Jacob sind unten …«

»Oh.«

Ach ja. Ich war ja jetzt das Monster. Ich musste mich von Gerüchen fernhalten, die mich in eine wilde Bestie verwandeln könnten. Vor allem von den Menschen, die ich liebte. Selbst von denen, die ich noch gar nicht richtig kannte.

»Ist Renesmee … in Sicherheit … wenn Jacob da ist?«, flüsterte ich. Erst jetzt wurde mir klar, dass es Jacobs Herz gewesen sein musste, das ich gehört hatte. Wieder lauschte ich angestrengt, aber ich konnte nur den einen regelmäßigen Pulsschlag hören. »Er kann sie ja nicht besonders gut leiden.«

Edwards Lippen wurden merkwürdig dünn. »Vertraue mir, es kann ihr überhaupt nichts passieren. Ich weiß genau, was Jacob denkt.«

»Natürlich«, murmelte ich und sah wieder nach unten.

»Ist das eine Verzögerungstaktik?«, fragte er herausfordernd.

»Ein bisschen. Ich weiß nicht, wie …«

Und ich war mir sehr wohl bewusst, dass meine Familie hinter mir stand und stumm zuschaute. Fast stumm. Emmett hatte schon einmal leise gekichert. Ein Fehler von mir und er würde sich auf dem Boden kugeln. Dann konnte ich mich auf lauter Witze über den einzigen tollpatschigen Vampir der Welt gefasst machen …

Außerdem hätte ich mir dieses Kleid – in das Alice mich gesteckt haben musste, als ich so sehr brannte, dass ich nichts anderes merkte – weder zum Springen noch für die Jagd ausgesucht. Ein eng anliegendes eisblaues Seidenkleid? Was dachte sie, wozu ich das gebrauchen konnte? Gab es nachher noch eine Cocktailparty?

»Schau mir zu«, sagte Edward. Und dann trat er sehr lässig aus dem hohen Fenster und ließ sich fallen.

Ich sah genau zu, analysierte den Winkel, in dem er die Knie gebeugt hatte, um den Aufprall abzufangen. Es klang ganz leise, als er landete – ein dumpfes Geräusch wie eine Tür, die sanft zugezogen wird, oder ein Buch, das jemand auf einen Tisch legt.

Es sah nicht schwer aus.

Ich biss konzentriert die Zähne zusammen und versuchte seinen lässigen Schritt in die Luft nachzumachen.

Ha! Der Boden schien mir so langsam entgegenzukommen, dass es ein Kinderspiel war, mit den Füßen – was für Schuhe hatte Alice mir angezogen? Stilettos? Sie hatte den Verstand verloren – oder besser mit den albernen Schuhen genau richtig aufzukommen, so dass die Landung nicht schwieriger war, als auf einer geraden Fläche einen Schritt vorwärtszugehen.

Ich fing den Aufprall mit den Fußballen ab, weil ich die dünnen Absätze nicht abbrechen wollte. Meine Landung war genauso leise wie seine. Ich grinste ihn an.

»Stimmt. Total einfach.«

Er erwiderte mein Lächeln. »Bella?«

»Ja?«

»Das war ziemlich anmutig – sogar für einen Vampir.«

Darüber dachte ich einen Moment nach, dann strahlte ich. Hätte er das nur so gesagt, dann hätte Emmett gelacht. Aber niemand fand seine Bemerkung witzig, also musste es stimmen. Es war das erste Mal, das mich jemand *anmutig* genannt hatte, in meinem ganzen Leben ... oder, na ja, jedenfalls in meiner ganzen Existenz.

»Danke«, sagte ich.

Dann schlüpfte ich erst aus dem einen, dann aus dem anderen silbernen Satinschuh und warf sie in hohem Bogen durch das offene Fenster. Vielleicht ein wenig zu fest, doch ich hörte, wie jemand sie auffing, bevor sie die Vertäfelung beschädigen konnten.

Alice grummelte: »Im Gegensatz zu ihrem Gleichgewichtssinn hat sich ihr Geschmack kein bisschen verbessert.«

Edward nahm meine Hand – ich konnte nicht aufhören, die Glätte, die angenehme Temperatur seiner Haut zu bewundern – und sauste durch den Garten zum Ufer des Flusses. Mühelos lief ich mit ihm mit.

Alles Körperliche kam mir so leicht vor.

»Sollen wir schwimmen?«, fragte ich, als wir am Wasser stehen blieben.

»Und dein schönes Kleid ruinieren? Nein. Wir springen.«

Ich schob die Lippen vor und versuchte abzuschätzen, wie breit der Fluss an dieser Stelle wohl war. Etwa fünfzig Meter, dachte ich.

»Du zuerst«, sagte ich.

Er berührte meine Wange, trat zwei schnelle Schritte zurück, dann nahm er Anlauf und sprang von einem flachen Stein ab, der fest am Ufer verankert war. Ich sah seiner blitzartigen Bewegung zu, als er in einem Bogen über das Wasser flog und schließlich einen Salto schlug, bevor er in den dichten Bäumen am anderen Ufer verschwand.

»Angeber«, murmelte ich und hörte sein unsichtbares Lachen.

Ich ging fünf Schritte zurück, für alle Fälle, und holte tief Luft.

Plötzlich hatte ich wieder Angst. Nicht dass ich fallen oder mir wehtun könnte – eher dass ich dem Wald wehtun könnte.

Sie war langsam gekommen, aber jetzt spürte ich sie – die rohe, gewaltige Kraft, die in meinen Gliedern zitterte. Plötzlich hatte ich das sichere Gefühl, dass ich, sollte ich auf die Idee kommen, durch den felsigen Boden unter dem Fluss hindurch einen Tunnel zu graben, nicht besonders lange dafür brauchen würde. Alles um mich herum – die Bäume, die Sträucher, die Felsen … das Haus – sah auf einmal ganz zerbrechlich aus.

Ich hoffte sehr, dass es am anderen Ufer keine Bäume gab, an denen Esme besonders hing, und begann mit dem ersten Schritt. Und blieb stehen, als der enge Satin einen fünfzehn Zentimeter langen Riss bis zu meinem Oberschenkel bekam. Alice!

Nun ja, Alice tat ja immer so, als wären Kleider Einwegartikel, also dürfte es ihr nicht viel ausmachen. Ich bückte mich, fasste an der unversehrten rechten Seite vorsichtig den Saum und riss das Kleid so sanft wie möglich bis ganz zum Oberschenkel auf. Dann nahm ich mir die andere Seite vor, damit sie zusammenpassten.

Viel besser.

Ich hörte unterdrücktes Lachen im Haus, und ich hörte sogar, dass jemand mit den Zähnen knirschte. Das Lachen kam sowohl von oben als auch von unten, und ich erkannte sofort das ganz andere, raue, kehlige Kichern aus dem Erdgeschoss.

Dann schaute Jacob mir also auch zu? Ich konnte mir nicht vorstellen, was er sich jetzt dachte oder was er immer noch hier tat. Ich hatte angenommen, dass unser Wiedersehen – falls er mir je verzeihen konnte – irgendwann in ferner Zukunft stattfinden würde, wenn ich stabiler war und die Zeit die Wunden geheilt hatte, die ich seinem Herzen zugefügt hatte.

Ich sah nicht zurück, um ihn anzuschauen, ich war mir meiner Stimmungsschwankungen nur allzu bewusst. Es war besser, wenn ich mich nicht allzu starken Gefühlen aussetzte. Auch Jaspers Ängste machten mich nervös. Ich musste jagen, bevor ich mich mit irgendetwas anderem beschäftigte. Ich versuchte alles andere zu vergessen, damit ich mich *konzentrieren* konnte.

»Bella?«, rief Edward aus dem Wald, seine Stimme kam näher. »Soll ich es dir noch einmal zeigen?«

Aber natürlich erinnerte ich mich ganz genau an alles und ich wollte Emmett keinen Anlass geben, sich über meine Einführung in das Dasein als Vampir noch mehr zu amüsieren. Hier handelte es sich um eine körperliche Aktion – es müsste also instinktiv gehen. Ich holte tief Luft und rannte auf den Fluss zu.

Ungehindert von meinem Kleid hatte ich das Ufer schon mit einem langen Satz erreicht. Nur eine vierundachtzigstel Sekunde und doch lange genug – meine Augen und meine Gedanken waren so schnell, dass ein Schritt genügte. Es war einfach, den rechten Fuß so auf den flachen Stein zu stellen und den richtigen Druck auszuüben, dass mein Körper in die Luft geschleudert wurde. Ich hatte mehr auf das Ziel geachtet als auf die Kraft, und ich hatte die Kraft, die nötig war, falsch eingeschätzt – aber immerhin hatte ich mich nicht so verschätzt, dass ich nass wurde. Die fünfzig Meter waren etwas *zu* leicht zu schaffen …

Es war merkwürdig, schwindelerregend und elektrisierend, aber sehr kurz. Schon nach einer Sekunde war ich drüben.

Ich hatte gedacht, die dichten Bäume könnten zum Problem werden, aber sie waren überraschend hilfreich. Es war ein Leichtes, eine Hand auszustrecken, als ich tief im Wald wieder herunterkam, und mich an dem nächstbesten Ast festzuhalten; ich schwang mich hinunter und landete auf den Zehen, immer noch in fünf Metern Höhe, auf dem breiten Ast einer Sitkafichte.

Es war phantastisch.

Über mein begeistertes Gelächter hinweg hörte ich, wie Edward zur mir hinrannte. Ich war doppelt so weit gesprungen wie er. Als er bei meinem Baum ankam, machte er große Augen. Behände sprang ich von dem Ast zu ihm hinunter und landete lautlos auf den Fußballen.

»War das gut?«, fragte ich, mein Atem ging schnell vor Aufregung.

»Sehr gut.« Er lächelte anerkennend. Doch der beiläufige Ton passte nicht ganz zu seinem überraschten Gesichtsausdruck.

»Können wir das noch mal machen?«

»Konzentrier dich, Bella – wir sind auf der Jagd.«

»Ach ja.« Ich nickte. »Die Jagd.«

»Folge mir … wenn du kannst.« Er grinste, jetzt sah er plötzlich spöttisch aus, und rannte los.

Er war schneller als ich. Ich begriff nicht, wie er die Beine mit einer solchen Geschwindigkeit bewegen konnte, es war mir ein Rätsel. Aber ich war die Stärkere von uns beiden, und wenn ich einen Schritt machte, machte er drei. Und so flog ich mit ihm durch das Netz aus grünen Zweigen, Seite an Seite, es konnte nicht die Rede davon sein, dass ich ihm folgte. Während ich rannte, konnte ich ein Lachen nicht zurückhalten, solch eine freudige Erregung durchfuhr mich; durch das Lachen wurde ich weder langsamer noch störte es meine Konzentration.

Endlich begriff ich, weshalb Edward beim Rennen nie gegen die Bäume stieß – was ich früher immer unglaublich gefunden hatte. Es war ein eigentümliches Gefühl, dieses Zusammenspiel von Geschwindigkeit und Klarheit. Denn während ich so schnell durch das dichte jadegrüne Gestrüpp schoss, dass alles um mich herum hätte aussehen müssen wie ein einziger verschwommener grüner Streifen, sah ich noch das winzigste Blatt an all den kleinen Zweigen jedes einzelnen Strauchs, an dem ich vorbeikam, gestochen scharf.

Der Flugwind wehte meine Haare und mein zerrissenes Kleid nach hinten, und obwohl ich wusste, dass das eigentlich nicht sein konnte, fühlte er sich warm auf meiner Haut an. Genauso wie sich der raue Waldboden nicht wie Samt unter meinen nackten Füßen hätte anfühlen dürfen und die Zweige, die mir an die Haut schlugen, nicht wie zarte Federn.

Der Wald war viel lebendiger, als ich bisher wusste – in den Blättern um mich herum wimmelte es von kleinen Wesen, von deren Existenz ich nichts geahnt hatte. Als wir vorbeikamen, verstummten sie alle, ihr Atem beschleunigte sich vor Angst. Die Tiere reagierten sehr viel klüger auf unseren Geruch als die Menschen. Auf mich hatte er jedenfalls die gegenteilige Wirkung gehabt.

Ich wartete darauf, dass ich erschöpft wurde, aber mein Atem ging immer noch regelmäßig. Ich wartete darauf, dass mir die Muskeln wehtaten, doch als ich mich einmal an meine großen Schritte gewöhnt hatte, schien meine Kraft sogar noch anzuwachsen. Immer länger wurden meine hüpfenden Sprünge, und schon bald musste Edward sich anstrengen, mit mir Schritt zu halten. Ich lachte wieder, begeistert, als ich hörte, wie er zurückfiel. Jetzt berührten meine nackten Füße den Boden nur noch so selten, dass es sich eher wie Fliegen anfühlte als wie Rennen.

»Bella«, rief er mit gleichförmiger Stimme. Mehr hörte ich nicht; er war stehen geblieben.

Ganz kurz erwog ich, mich taub zu stellen.

Doch mit einem Seufzen wirbelte ich herum und sprang leichtfüßig neben ihn, ein paar hundert Meter zurück. Ich schaute ihn erwartungsvoll an. Er lächelte, eine Augenbraue hochgezogen. Er war so schön, dass ich ihn nur ansehen konnte.

»Hattest du vor, im Land zu bleiben?«, fragte er belustigt. »Oder wolltest du heute Nachmittag noch bis nach Kanada?«

»Hier ist es gut«, sagte ich und konzentrierte mich weniger auf das, was er sagte, als auf die faszinierende Art, wie er beim Sprechen die Lippen bewegte. Es war schwer, sich nicht ablenken zu lassen, alles war so frisch für meine starken neuen Augen. »Was jagen wir?«

»Wapiti, ich dachte mir, etwas Einfaches für den Anfang …« Er verstummte, als meine Augen bei den Worten »etwas Einfaches« schmal wurden.

Aber ich wollte nicht streiten, dafür hatte ich zu großen Durst. Sobald ich an das trockene Brennen in meiner Kehle dachte, konnte ich an nichts anderes mehr denken. Es wurde eindeutig schlimmer. Mein Mund fühlte sich an wie an einem Juninachmittag im Death Valley.

»Wo?«, fragte ich und suchte ungeduldig die Bäume ab. Jetzt, da ich dem Durst Beachtung schenkte, schien er jeden anderen Gedanken in meinem Kopf zu vergiften, er sickerte in die angenehmeren Gedanken wie Rennen und Edwards Lippen und Küssen und … brennender Durst. Ich kam nicht davon los.

»Sei mal einen Augenblick ganz still«, sagte er und legte mir leicht die Hände auf die Schultern. Bei seiner Berührung wurde mein Durst sofort weniger drängend.

»Jetzt schließe die Augen«, sagte er leise. Als ich gehorchte, hob er die Hände zu meinem Gesicht, strich mir über die Wangenknochen. Ich merkte, wie mein Atem schneller ging, und wartete einen kurzen Moment wieder auf die Röte, die nicht kam.

»Horche«, sagte Edward. »Was hörst du?«

Alles, hätte ich sagen können; seine vollkommene Stimme, seinen Atem, seine Lippen, die einander berührten, während er sprach, das Flüstern der Vögel, die in den Baumwipfeln ihre Federn putzten, ihren flatternden Herzschlag, die Ahornblätter, die aneinanderraschelten, das leise Knacken der Ameisen, die in einer langen Reihe hintereinander die Rinde des nächsten Baumes emporkrabbelten. Doch ich wusste, dass er etwas Bestimmtes meinte, also richtete ich die Ohren auf weiter Entferntes, suchte etwas anderes als das kleine Gesumm von Leben um mich herum. Ganz in der Nähe gab es eine Lichtung – über dem offenen Gras klang der Wind anders – und einen kleinen Bach mit steinigem Flussbett. Und dort, nah bei dem Geräusch des Wassers, war das Spritzen schleckender Zungen zu hören, das laute Hämmern schwerer Herzen, die dicke Blutströme pumpten …

Meine Kehle fühlte sich an den Seiten an wie zugeschnürt.

»Am Bach, im Nordosten?«, fragte ich, die Augen noch immer geschlossen.

»Ja«, sagte er anerkennend. »Jetzt ... warte auf die nächste Brise ... was riechst du?«

Vor allem ihn – seinen seltsamen Honig-Flieder-Sonnenduft. Und außerdem den satten, erdigen Geruch von Fäulnis und Moos, vom Harz der Nadelbäume, das warme, fast nussige Aroma der kleinen Nagetiere, die unter den Baumwurzeln kauerten. Aber als ich meine Sinne weiter ausstreckte, roch ich sauberes Wasser, das mich trotz meines Dursts erstaunlicherweise gar nicht reizte. Ich konzentrierte mich auf das Wasser und fand den Geruch, der zu dem Schlecken und den pochenden Herzen passte. Ein warmer Geruch, üppig und durchdringend, kräftiger als die anderen. Und doch kaum reizvoller als der Bach. Ich rümpfte die Nase.

Er kicherte. »Ich weiß – man muss sich erst daran gewöhnen.«

»Drei?«, riet ich.

»Fünf. Zwei sind noch hinter ihnen im Wald.«

»Und was mache ich jetzt?«

Seine Stimme klang, als ob er lächelte. »Was möchtest du denn gern machen?«

Mit geschlossenen Augen dachte ich darüber nach, während ich lauschte und den Geruch einatmete. Wieder überfiel mich brennender Durst, und plötzlich fand ich den warmen, kräftigen Geruch gar nicht mehr so übel. Wenigstens wäre es etwas Heißes, Nasses in meinem ausgetrockneten Mund. Ich riss die Augen auf.

»Gar nicht darüber nachdenken«, sagte er, nahm die Hände von meinem Gesicht und ging einen Schritt zurück. »Folge einfach deinen Instinkten.«

Ich ließ mich von dem Geruch treiben, merkte kaum, dass ich mich bewegte, während ich den Hang zu der schmalen Wiese hinunterging, wo der Bach floss. Automatisch duckte ich mich, als ich zögernd am farnbewachsenen Waldrand stehen blieb. Am Rand des Baches sah ich einen großen Hirsch, zwei Dutzend Geweihenden krönten sein Haupt, und die schattengefleckten Formen der vier anderen Wapitis, die gemächlich in Richtung Osten in den Wald gingen.

Ich konzentrierte mich auf den Geruch des Hirschs, auf die heiße Stelle an seinem struppigen Hals, wo die Wärme am stärksten pulsierte. Nur dreißig Meter – zwei oder drei Sprünge – lagen zwischen uns. Ich hielt mich für den ersten Sprung bereit.

Doch als meine Muskeln sich zusammenzogen, drehte sich der Wind, er blies jetzt stärker und kam von Süden her. Ohne zu zögern, raste ich aus dem Wald hinaus auf einem Weg, der den Pfad kreuzte, den ich ursprünglich nehmen wollte, scheuchte den Hirsch in den Wald und rannte hinter einem neuen Duft her, der mich so anzog, dass ich keine Wahl hatte. Es war wie ein Zwang.

Der Duft beherrschte mich vollkommen. Ich dachte an nichts anderes, als ich ihm folgte, spürte nur den Durst und den Geruch, der mir versprach ihn zu löschen. Der Durst wurde schlimmer, war jetzt so schmerzhaft, dass meine Gedanken sich verwirrten und er mich an das brennende Gift in meinen Adern erinnerte.

Nur eines konnte meine Konzentration jetzt noch durchdringen, nur ein Instinkt war noch stärker, noch grundlegender als das Bedürfnis, das Feuer zu löschen – der Instinkt, mich vor Gefahr zu schützen. Selbsterhaltung.

Plötzlich merkte ich alarmiert, dass ich verfolgt wurde. Die Anziehungskraft der unwiderstehlichen Beute kämpfte mit dem Impuls, mich umzudrehen und mein Jagdrevier zu verteidigen.

Ein Laut entstand in meiner Brust, meine Lippen zogen sich ganz von selbst zu einem warnenden Zähnefletschen zurück. Meine Füße wurden langsamer, das Bedürfnis, meinen Rücken zu schützen, kämpfte gegen das Verlangen, den Durst zu stillen.

Und dann hörte ich, wie mein Verfolger aufholte, und mein Verteidigungsinstinkt gewann die Oberhand. Als ich herumwirbelte, stiegen die Laute aus meiner Brust in meine Kehle.

Das wilde Knurren, das aus meinem eigenen Mund kam, überraschte mich dermaßen, dass ich innehielt. Es beunruhigte mich und einen kurzen Augenblick konnte ich wieder klar denken – die Umnebelung, in die der Durst mich gestürzt hatte, löste sich auf, auch wenn meine Kehle immer noch brannte.

Der Wind wechselte wieder, blies mir den Geruch von nasser Erde und nahendem Regen ins Gesicht und befreite mich weiter aus dem feurigen Griff des anderen Dufts – eines so köstlichen Dufts, dass er nur von einem Menschen stammen konnte.

Edward stand zögernd ein paar Meter entfernt, die Arme erhoben, als wollte er mich umarmen – oder festhalten. Seine Miene war gespannt und wachsam, während ich vor Entsetzen erstarrte.

Mir wurde klar, dass ich ihn beinahe angegriffen hätte. Mit einem Ruck gab ich meine Verteidigungshaltung auf. Ich hielt den Atem an, während ich mich sammelte, voller Angst, der Duft aus südlicher Richtung könnte wieder zu mir herwehen.

Er sah, dass ich langsam wieder zur Vernunft kam, ging einen Schritt auf mich zu und ließ die Arme sinken.

»Ich muss hier weg«, stieß ich zwischen den Zähnen hervor.

Erschrocken sah er mich an. »*Kannst* du denn jetzt fort?«

Ich hatte keine Zeit, ihn zu fragen, was er damit meinte. Ich wusste, dass ich nur so lange einen kühlen Kopf bewahren konnte, wie ich vermied, daran zu denken …

Wieder rannte ich los, ich raste nach Norden, konzentrierte mich nur auf das unangenehme Gefühl, einen Sinn weniger zu haben, anscheinend die einzige Reaktion meines Körpers auf den Sauerstoffentzug. Ich hatte nur ein Ziel – so weit wegzukommen, dass der Geruch hinter mir völlig verschwand. So dass ich ihn auf keinen Fall wiederfinden konnte, selbst wenn ich meine Meinung ändern sollte …

Wieder merkte ich, dass mich jemand verfolgte, aber diesmal war ich bei klarem Verstand. Ich kämpfte gegen den Impuls zu atmen – mich mit Hilfe der Gerüche in der Luft zu versichern, dass es Edward war. Ich brauchte nicht lange zu kämpfen; obwohl ich schneller lief denn je, kometengleich den geradesten Weg entlangschoss, holte Edward mich kurz darauf ein.

Da kam mir ein neuer Gedanke, und ich blieb wie angewurzelt stehen. Ich war mir sicher, dass hier keine Gefahr drohte, aber für alle Fälle hielt ich doch die Luft an.

Edward rannte an mir vorbei, erstaunt über meine plötzliche Reglosigkeit. Er wirbelte herum und war sofort bei mir. Er legte mir die Hände auf die Schultern und schaute mir in die Augen, er sah immer noch erschrocken aus.

»Wie hast du das gemacht?«, fragte er.

»Du hast mich vorhin gewinnen lassen, stimmt's?«, fragte ich, ohne auf seine Frage zu antworten. »Und ich hatte gedacht, ich wäre so gut gewesen.«

Als ich den Mund öffnete, schmeckte ich die Luft – sie war jetzt rein, keine Spur von dem unwiderstehlichen Duft, der mich quälte. Vorsichtig atmete ich ein.

Er zuckte die Schultern und schüttelte den Kopf, er wollte sich nicht davon abbringen lassen. »Bella, wie hast du das gemacht?«

»Wie ich weggelaufen bin? Ich hab die Luft angehalten.«

»Aber wie konntest du aufhören zu jagen?«

»Als du hinter mir aufgetaucht bist ... es tut mir so leid.«

»*Du* musst dich nicht entschuldigen. Ich war es, der sträflich leichtsinnig war. Ich nahm an, dass kein Mensch so weitab der Wege sei, doch ich hätte es überprüfen müssen. Welch ein törichter Fehler! *Du* brauchst dich für nichts zu entschuldigen.«

»Aber ich hab dich angeknurrt!« Ich war immer noch entsetzt, dass ich zu so einer Beleidigung im Stande war.

»Natürlich. Das ist ganz normal. Doch ich verstehe immer noch nicht, wie du weglaufen konntest.«

»Was hätte ich denn sonst tun sollen?«, fragte ich. Sein Verhalten irritierte mich – was hätte ich denn seiner Meinung nach machen sollen? »Es hätte ja jemand sein können, den ich kenne!«

Ich erschrak, als er plötzlich in schallendes Gelächter ausbrach, er warf den Kopf in den Nacken, sein Lachen hallte von den Bäumen wider.

»*Warum lachst du mich aus?*«

Sofort verstummte er und ich sah, dass er wieder auf der Hut war.

Reiß dich zusammen, sagte ich mir. Ich musste meine Wut im Zaum halten. Als wäre ich ein junger Werwolf, kein Vampir.

»Ich lache dich nicht aus, Bella. Ich lache, weil ich erschrocken bin. Und erschrocken bin ich, weil ich über alle Maßen erstaunt bin.«

»Wieso?«

»Du dürftest nichts von alldem können. Du dürftest nicht so ... rational sein. Du dürftest nicht hier stehen und diese Fragen ruhig und gelassen mit mir erörtern. Und vor allem dürftest du dich nicht mitten in der Jagd losreißen können, wenn der Geruch von Menschenblut in der Luft liegt. Selbst für reife

Vampire ist das schwierig – wenn wir auf die Jagd gehen, passen wir immer sehr gut auf, nicht in Versuchung zu geraten. Bella, du verhältst dich so, als wärest du nicht Tage, sondern mehrere Dekaden alt.«

»Ach.« Aber ich hatte ja gewusst, dass es schwierig werden würde. Deshalb nahm ich mich so in Acht. Ich hatte damit gerechnet, dass es hart werden würde.

Wieder legte er mir die Hände an das Gesicht und sein Blick war voller Staunen. »Was würde ich geben, wenn ich nur in diesem einen Moment in deinen Kopf schauen könnte.«

So starke Gefühle. Auf den Durst war ich vorbereitet gewesen, auf das hier nicht. Ich war mir so sicher gewesen, dass es nicht mehr so sein würde wie früher, wenn er mich berührte. Nun ja, ehrlich gesagt war es auch nicht wie früher.

Es war stärker.

Ich zeichnete die Konturen seines Gesichts nach, meine Finger verharrten auf seinen Lippen.

»Ich dachte, ich würde das jetzt lange nicht mehr fühlen?« Meine Unsicherheit verwandelte den Satz in eine Frage. »Aber ich will dich immer noch.«

Er blinzelte entgeistert. »Wie kannst du dich nur darauf konzentrieren? Bist du nicht unerträglich durstig?«

Natürlich war ich das *jetzt*, da er wieder davon angefangen hatte!

Ich versuchte zu schlucken, dann seufzte ich und schloss wie zuvor die Augen, damit ich mich besser konzentrieren konnte. Ich streckte die Sinne aus, diesmal war ich gegen eine erneute Attacke des köstlichen, verbotenen Geruchs gewappnet.

Edward ließ die Hände sinken, er atmete nicht, während ich tiefer und tiefer in das Netz aus grünem Leben hineinlauschte und die Gerüche und Geräusche nach etwas durchforstete, dem ich nicht gänzlich abgeneigt war. Da war die Andeutung von etwas, eine schwache Fährte im Osten …

Ich riss die Augen auf, doch ich konzentrierte mich immer noch auf meine anderen Sinne, als ich mich umdrehte und leise in Richtung Osten lief. Es ging ganz plötzlich steil bergauf, und ich rannte in geduckter Jagdhaltung, nah am Boden, hielt mich an die Bäume, wenn das einfacher war. Ich spürte Edward eher, als dass ich ihn hörte, er bewegte sich still durch den Wald und überließ mir die Führung.

Je höher wir kamen, desto karger wurde die Gegend; der Geruch von Harz wurde deutlicher, ebenso wie die Fährte, der ich folgte – es war ein warmer Geruch, kräftiger und verlockender als der des Wapitis. Nur wenige Sekunden darauf hörte ich das gedämpfte Tapsen gewaltiger Füße, viel zarter als das Knirschen der Hufe. Das Geräusch kam von oben – es war eher in den Zweigen als auf dem Boden. Automatisch sauste auch ich die Äste hinauf und eroberte mir die höhere Position in einer mächtigen silbernen Fichte.

Die leisen Pfoten bewegten sich jetzt verstohlen unter mir, der saftige Geruch war ganz nah. Mein Blick lokalisierte die Bewegung, die mit dem Geräusch verbunden war, und ich sah das gelbbraune Fell einer Raubkatze, die über den breiten Ast einer Fichte schlich, genau links unter mir. Sie war groß – bestimmt viermal so schwer wie ich. Den Blick hatte sie aufmerksam nach unten gerichtet; auch die Raubkatze war auf der Jagd. Ich schnappte den Geruch von etwas Kleinerem auf – fad im Vergleich zu dem Duft meiner Beute –, das im Gebüsch unter dem Baum hockte. Der Schwanz des Pumas zuckte krampfhaft, als er zum Sprung ansetzte.

Mit einem leichten Satz segelte ich durch die Luft und landete auf dem Ast des Pumas. Er spürte, wie das Holz schwankte, und wirbelte herum, er schrie überrascht und herausfordernd. Er holte mit der Tatze aus, seine Augen flammend vor Zorn. Halb wahnsinnig vor Durst ignorierte ich die gebleckten Eckzähne und die ausgefahrenen Krallen und stürzte mich auf ihn, warf mich mit ihm auf den Waldboden.

Es war kein nennenswerter Kampf.

Seine Krallen hätten liebkosende Finger sein können, so wenig konnten sie meiner Haut anhaben. Seine Zähne fanden keinen Halt an meiner Schulter oder Kehle. Sein Gewicht war gar nichts. Zielstrebig suchten meine Zähne seine Kehle, sein instinktiver Widerstand war armselig im Vergleich zu meiner Kraft. Mit Leichtigkeit biss ich genau in die Stelle, wo sich der Blutstrom konzentrierte.

Es war so mühelos, wie in Butter zu beißen. Meine Zähne waren Rasiermesser aus Stahl, sie schnitten durch das Fell, das Fett und die Sehnen, als wäre das alles nichts.

Der Geschmack war nicht, wie er sein sollte, aber das Blut war heiß und nass und es linderte den rauen, kratzigen Durst, als ich in gieriger Hast trank. Der Widerstand des Tieres wurde immer schwächer, mit einem gurgelnden Laut erstarben seine Schreie. Die Wärme des Bluts breitete sich in meinem ganzen Körper aus, selbst meine Fingerspitzen und Zehen wurden warm.

Der Puma war leer getrunken, aber mein Durst war immer noch nicht gestillt. Er loderte wieder auf, und ich schob das tote Tier angewidert von meinem Körper. Wie konnte ich nach alldem immer noch Durst haben?

Mit einer schnellen Bewegung erhob ich mich. Als ich stand, merkte ich, dass ich ziemlich schlimm aussah. Ich wischte mir mit dem Arm das Gesicht ab und versuchte mein Kleid zu richten. Die Krallen, die an meiner Haut nichts ausrichten konnten, hatten mit dem dünnen Satin mehr Erfolg gehabt.

»Hmm«, machte Edward. Ich schaute auf und sah, wie er lässig an einem Baumstamm lehnte und mich nachdenklich beobachtete.

»Das hätte ich wohl besser hinkriegen können.« Ich war über und über beschmutzt, meine Haare waren zerzaust, mein Kleid blutbefleckt und zerfetzt. So kam Edward nicht von seinen Jagdausflügen nach Hause.

»Du warst sehr gut«, versicherte er mir. »Es ist nur … es hätte mir nicht so schwerfallen dürfen, dir dabei zuzusehen.«

Ich zog die Augenbrauen hoch, ich wusste nicht, was er meinte.

»Es geht mir gegen den Strich«, erklärte er, »dich mit Raubkatzen kämpfen zu lassen. Ich hatte die ganze Zeit Angstzustände.«

»Dummerchen.«

»Ich weiß. Alte Gewohnheiten lassen sich schwer ablegen. Doch dein Kleid gefällt mir so sehr viel besser.«

Jetzt wäre ich rot geworden, wenn ich gekonnt hätte. Ich wechselte das Thema. »Warum hab ich jetzt immer noch Durst?«

»Weil du jung bist.«

Ich seufzte. »Aber ich fürchte, es gibt nicht noch mehr Pumas in der Nähe, oder?«

»Dafür jedoch reichlich Wild.«

Ich verzog das Gesicht. »Das riecht aber nicht so gut.«

»Pflanzenfresser. Der Geruch der Fleischfresser ist dem der Menschen ähnlicher«, erklärte er.

»So ähnlich nun auch wieder nicht«, widersprach ich und versuchte, mich nicht daran zu erinnern.

»Wir könnten zurückgehen«, sagte er in ernsthaftem Ton, aber in seinen Augen glitzerte der Spott. »Falls es Männer waren, die dort herumliefen, würde ihnen der Tod gewiss nicht viel ausmachen, wenn du ihn bringst.« Er ließ den Blick wieder über mein zerfetztes Kleid wandern. »Sie würden vermutlich denken, sie seien schon tot und im Himmel, sobald sie dich sehen.«

Ich verdrehte die Augen und schnaubte. »Los, dann jagen wir eben ein paar stinkende Pflanzenfresser.«

Auf dem Rückweg stießen wir auf eine große Herde Maultierhirsche. Jetzt, da ich den Dreh raushatte, jagte Edward mit mir zusammen. Ich erlegte einen großen Hirsch, aber viel gesitteter als bei dem Puma ging es dabei nicht zu. Edward hatte schon zwei Tiere ausgesaugt, bevor ich mit dem ersten fertig war, und er war nicht ein bisschen zerzaust und hatte keinen Fleck auf seinem weißen Hemd. Wir jagten die zerstreute, zu Tode erschrockene Herde, doch anstatt noch einmal zu trinken, schaute ich diesmal genau zu, wie er es schaffte, so ordentlich zu speisen.

Wenn ich mir früher gewünscht hatte, Edward würde mich bei seinen Jagdausflügen nicht zurücklassen, war ich insgeheim auch immer ein kleines bisschen erleichtert gewesen. Denn ich war mir sicher, dass es ein erschreckender Anblick sein müsste. Gruselig. Dass er mir, wenn ich ihn auf der Jagd sehen würde, schließlich doch mehr wie ein Vampir vorkommen würde.

Natürlich war es aus dieser Perspektive ganz anders, jetzt, da ich selbst ein Vampir war. Doch ich war mir fast sicher, dass die Schönheit selbst meinen Menschenaugen nicht entgangen wäre.

Es hatte etwas erstaunlich Sinnliches, Edward beim Jagen zu beobachten. Sein weicher Sprung war wie die geschmeidige Bewegung einer Schlange, wenn sie zustößt; seine Hände waren so sicher, so stark, so völlig unausweichlich; seine Lippen waren vollkommen, als sie sich anmutig über seinen glänzenden Zähnen öffneten. Er war wunderbar. Stolz und Verlangen durchzuckten mich plötzlich. Er war *mein*. Jetzt konnte uns nichts mehr trennen. Ich war zu stark, um von seiner Seite gerissen zu werden.

Er war sehr schnell. Er drehte sich zu mir um und schaute neugierig in mein beglücktes Gesicht.

»Nicht mehr durstig?«, fragte er.

Ich zuckte die Schultern. »Du hast mich abgelenkt. Du kannst das viel besser als ich.«

»Jahrhundertelange Übung.« Er lächelte. Seine Augen waren jetzt von einem beunruhigend schönen Honiggold.

»Nur ein Jahrhundert«, verbesserte ich ihn.

Er lachte. »Genügt es dir für heute? Oder möchtest du noch weitermachen?«

»Ich glaube, es reicht.« Ich fühlte mich sehr satt, fast kurz davor, überzuschwappen. Ich war mir nicht sicher, wie viel Flüssigkeit noch in meinen Körper passen würde. Trotzdem war das Brennen in meiner Kehle nur betäubt. Aber ich hatte ja gewusst, dass der Durst ein unvermeidlicher Bestandteil meines Lebens sein würde.

Und das war es wert.

Ich hatte das Gefühl, es im Griff zu haben. Vielleicht wiegte ich mich in falscher Sicherheit, aber ich war fest davon überzeugt, dass ich heute niemanden umbringen würde. Wenn ich schon völlig fremden Menschen widerstehen konnte, müsste ich dann nicht auch dem Werwolf und dem Halbvampirkind widerstehen können, die ich liebte?

»Ich will Renesmee sehen«, sagte ich. Jetzt, da mein Durst gezähmt war (wenn auch keineswegs gelöscht), waren meine Sorgen von vorhin wieder sehr lebendig. Ich wollte die Fremde, die meine Tochter war, mit dem Wesen, das ich noch vor drei Tagen geliebt hatte, in Einklang bringen. Es war so merkwürdig, so falsch, sie nicht mehr in mir zu tragen. Auf einmal fühlte ich mich leer und unwohl.

Er reichte mir eine Hand. Ich nahm sie, und seine Haut fühlte sich wärmer an als zuvor. Seine Wangen hatten ein ganz bisschen Farbe, und die Schatten unter seinen Augen waren fast verschwunden.

Wieder einmal konnte ich nicht widerstehen, sein Gesicht zu streicheln. Und gleich noch mal.

Während ich in seine schimmernden goldenen Augen schaute, vergaß ich beinahe, dass er mir noch eine Antwort auf meine Bitte schuldig war.

Es fiel mir fast so schwer, wie vor dem Geruch des menschlichen Bluts zu fliehen, aber irgendwie schaffte ich es, mich daran zu erinnern, dass ich vorsichtig sein musste, als ich mich auf die Zehenspitzen stellte und die Arme um ihn legte. Sanft.

Er zögerte nicht, er schlang die Arme um meine Taille und zog mich fest an sich. Er presste die Lippen auf meine, doch sie fühlten sich weich an. Meine Lippen schmiegten sich nicht mehr um seine, wie früher, sie hielten ihnen stand.

Wie schon beim ersten Mal fühlte es sich so an, als würde er mit seiner Haut, seinen Lippen, seinen Händen meine harte glatte Haut durchdringen, bis in meine neuen Knochen hinein. Bis in mein Innerstes. Ich hätte nicht gedacht, dass ich ihn noch mehr lieben könnte als früher.

Früher war nicht genug Platz in mir gewesen für so viel Liebe. Mein altes Herz war nicht stark genug gewesen, um sie auszuhalten.

Vielleicht war das die Eigenschaft, die ich in meinem neuen Leben noch verstärken konnte. So wie es bei Carlisle das Mitgefühl war und bei Esme die Fürsorge. Ich würde wahrscheinlich nie irgendwas rasend Interessantes oder Besonderes können wie Edward, Alice oder Jasper. Vielleicht würde ich einfach nur Edward mehr lieben, als je in der Weltgeschichte jemand einen anderen geliebt hatte.

Damit konnte ich leben.

Einiges kannte ich noch von früher – die Finger in sein Haar zu wühlen, über seine Brust zu streichen –, doch anderes war so neu für mich. Er war neu. Es war ein ganz anderes Erlebnis, wenn er mich so sorglos küsste, so heftig. Ich küsste ihn ebenso heftig zurück, und da fielen wir plötzlich hin.

»Huch«, sagte ich und er lachte unter mir. »Ich wollte mich nicht so auf dich stürzen. Alles in Ordnung?«

Er streichelte mein Gesicht. »Ein wenig mehr als in Ordnung.« Und dann trat ein fragender Ausdruck auf sein Gesicht. »Renesmee?«, sagte er unsicher und versuchte herauszufinden, was ich mir in diesem Moment am meisten wünschte. Eine schwierige Frage, denn ich wollte so vieles auf einmal.

Ich merkte, dass er eigentlich nichts dagegen hatte, unsere Rückkehr noch ein wenig aufzuschieben, und es war schwer, an etwas anderes zu denken als an seine Haut auf meiner – von dem Kleid war nicht mehr viel übrig. Doch meine Erinnerung an Renesmee vor und nach der Geburt kam mir immer mehr wie ein Traum vor. Immer unwirklicher. All meine Erinnerungen an sie waren menschliche Erinnerungen; sie hatten etwas Unechtes an sich. Nichts, was ich nicht mit diesen Augen gesehen, mit diesen Händen berührt hatte, kam mir wahr vor.

Mit jedem Augenblick entfernte sich die kleine Fremde weiter aus der Wirklichkeit.

»Renesmee«, stimmte ich mit leisem Bedauern zu, sprang wieder auf die Füße und zog ihn mit.

VERSPROCHEN

Als ich an Renesmee dachte, stand sie plötzlich im Mittelpunkt meines merkwürdigen neuen Denkens, das geräumig war und sich doch so leicht zerstreuen ließ. So viele Fragen.

»Erzähl mir von ihr«, sagte ich, als er meine Hand nahm. Hand in Hand liefen wir kaum langsamer als einzeln.

»Sie ist unvergleichlich«, erzählte er, und wieder lag fast religiöse Anbetung in seiner Stimme.

Ich spürte einen Stich der Eifersucht. Er kannte sie und ich nicht. Das war ungerecht.

»Wie sehr ähnelt sie dir? Und wie sehr mir? Mir, wie ich war, meine ich.«

»Sie scheint von uns beiden gleich viel zu haben.«

»Sie hat warmes Blut«, erinnerte ich mich.

»Ja. Sie hat einen Herzschlag, ein wenig schneller als der eines Menschen. Auch ihre Temperatur liegt ein wenig höher. Und sie schläft.«

»Wirklich?«

»Sogar sehr gut für ein Neugeborenes. Die einzigen Eltern der Welt, die keinen Schlaf benötigen, und unser Kind schläft schon durch.« Er kicherte.

Es gefiel mir, wie er *unser Kind* sagte. Durch die Worte wurde sie realer.

»Sie hat genau deine Augenfarbe – die ist also doch nicht verlorengegangen.« Er lächelte mich an. »Sie sind so wunderschön.«

»Und was hat sie von einem Vampir?«

»Ihre Haut scheint ähnlich undurchdringlich zu sein wie unsere. Nicht, dass irgendjemand auf die Idee käme, das auszuprobieren.«

Ich blinzelte ihn leicht entsetzt an.

»Natürlich würde das niemand tun«, sagte er beruhigend. »Ihre Ernährung ... nun ja, am liebsten trinkt sie Blut. Carlisle versucht sie zu überreden, Milchnahrung zu kosten, doch sie ist recht ungnädig. Ich kann es ihr nicht verdenken – es riecht abscheulich, selbst für Menschenessen.«

Ich starrte ihn mit offenem Mund an. Das klang so, als ob sie sich mit ihr unterhielten. »Sie überreden?«

»Sie ist intelligent, erschreckend intelligent, und entwickelt sich enorm schnell. Obgleich sie nicht spricht – noch nicht –, kann sie mit uns kommunizieren.«

»Sie spricht *noch* nicht?«

Er lief langsamer, damit ich es verarbeiten konnte.

»Wie meinst du das, sie kann mit euch kommunizieren?«, wollte ich wissen.

»Ich glaube, das Einfachste wird sein, wenn du ... es mit eigenen Augen sichst. Es ist recht schwer zu beschreiben.«

Darüber dachte ich nach. Ich wusste, dass ich noch eine ganze Menge mit eigenen Augen sehen musste, bevor es real wurde. Ich war mir nicht sicher, wie viel mehr ich verkraften konnte, deshalb wechselte ich das Thema.

»Warum ist Jacob immer noch da?«, fragte ich. »Wie hält er das aus? Und warum will er das überhaupt?« Meine klingende Stimme zitterte leicht.

»Jacob geht es gut«, sagte er in einem seltsamen, veränderten Ton. »Obwohl ich nicht übel Lust hätte, diesen Zustand zu ändern«, fügte er mit zusammengebissenen Zähnen hinzu.

»Edward!«, zischte ich und hielt ihn an (und empfand prickelnde Genugtuung darüber, dass mir das gelang). »Wie kannst du so was sagen? Jacob hat alles aufgegeben, um uns zu beschützen! Was ich ihm angetan habe …!« Ich schauderte bei der schwachen Erinnerung an Scham und Schuldgefühle. Jetzt kam es mir merkwürdig vor, dass ich ihn damals so sehr gebraucht hatte. Das Gefühl, ihn zu vermissen, wenn er nicht da war, war verschwunden, es war wohl eine menschliche Schwäche gewesen.

»Du wirst noch sehr gut begreifen, wie ich so etwas sagen kann«, brummelte er. »Ich habe ihm versprochen, dass er es dir selbst erklären darf, doch ich bezweifle, dass du sehr viel anders darüber denkst als ich. Allerdings täusche ich mich ja oft über deine Gedanken, nicht wahr?« Er schaute mich mit geschürzten Lippen an.

»Was soll er mir erklären?«

Edward schüttelte den Kopf. »Ich habe es versprochen. Obgleich ich nicht mehr weiß, ob ich ihm überhaupt noch etwas schuldig bin …« Er knirschte mit den Zähnen.

»Edward, ich verstehe überhaupt nichts.« Allmählich wurde ich richtig ärgerlich.

Er streichelte meine Wange und lächelte zärtlich, als mein Gesicht sich wieder glättete; für einen Moment war mein Verlangen stärker als der Ärger. »Es ist schwerer, als es bei dir aussieht, ich weiß. Ich erinnere mich.«

»Ich kann es nicht leiden, wenn ich nicht Bescheid weiß.«

»Ich weiß. Also lass uns jetzt nach Hause gehen, damit du es mit eigenen Augen sehen kannst.« Sein Blick wanderte über die spärlichen Reste meines Kleids, und er runzelte die Stirn. »Hmmm.« Er überlegte eine halbe Sekunde, dann knöpfte er sein weißes Hemd auf und hielt es mir so hin, dass ich in die Ärmel schlüpfen konnte.

»So schlimm?«

Er grinste.

Ich zog das Hemd über, dann knöpfte ich es über dem zerrissenen Kleid schnell zu. Jetzt hatte er natürlich kein Hemd mehr an, und es war unmöglich, sich davon nicht verwirren zu lassen.

»Los, wir laufen um die Wette«, sagte ich und fügte warnend hinzu: »Aber diesmal lässt du mich nicht gewinnen!«

Er ließ meine Hand los und grinste. »Achtung, fertig …«

Es war leichter, den Weg zu meinem neuen Zuhause zu finden, als früher die Straße zu Charlies Haus entlangzufahren. Unser Geruch hatte eine deutliche Spur hinterlassen, der ich mühelos folgen konnte, selbst wenn ich so schnell rannte, wie ich konnte.

Bis wir zum Fluss kamen, war Edward in Führung gegangen. Doch ich nutzte die Chance und sprang frühzeitig hinüber, um mit Hilfe meiner Kraft zu gewinnen.

»Ha!«, jubelte ich, als ich hörte, dass ich als Erste mit den Füßen im Gras landete.

Als ich auf seine Landung lauschte, hörte ich etwas Unerwartetes. Etwas, das sehr laut und viel zu nah war. Ein klopfendes Herz.

In derselben Sekunde war Edward bei mir, er hielt mich an den Oberarmen fest.

»Nicht atmen«, sagte er eindringlich.

Ich versuchte, nicht in Panik zu geraten, als ich mitten im Atemzug die Luft anhielt. Meine Augen waren das Einzige, was sich bewegte, instinktiv hielt ich Ausschau nach der Geräuschquelle.

Jacob stand an der Grenze zwischen dem Wald und der Wiese der Cullens, die Arme vor dem Körper verschränkt, der Kiefer hart. Unsichtbar im Wald hinter ihm hörte ich jetzt zwei größere Herzen und das schwache Knacken von Farn unter riesigen Pfoten.

»Achtung, Jacob«, sagte Edward. Als Echo auf die Besorgnis in seiner Stimme ertönte ein Knurren aus dem Wald. »Vielleicht ist dies nicht die beste Art ...«

»Meinst du, es wär besser, sie gleich zu dem Baby zu lassen?«, unterbrach ihn Jacob. »Es ist sicherer, wenn wir erst mal gucken, wie Bella auf mich reagiert. Meine Wunden heilen schnell.«

Stellten sie mich auf die Probe? Ließen sie mich erst auf Jacob los, um zu sehen ob ich widerstehen könnte, ihn zu töten? Durfte ich erst danach zu Renesmee und beweisen, dass ich auch sie nicht töten würde? Mir war auf eigenartige Weise elend – es hatte nichts mit meinem Magen zu tun, nur mit meinen Gedanken. War das Edwards Idee gewesen?

Ängstlich schaute ich zu ihm hinüber; er schien einen Augenblick zu überlegen, dann wechselte seine Miene von Besorgnis zu etwas anderem. Er zuckte die Achseln, und in seiner Stimme lag ein feindseliger Unterton, als er sagte: »Nun ja, es ist dein Hals.«

Diesmal klang das Knurren aus dem Wald wütend; das war Leah, ganz sicher.

Was hatte Edward bloß? Nach allem, was wir durchgestanden hatten, könnte er doch ein bisschen freundlicher zu meinem besten Freund sein. Ich hatte gedacht – was vielleicht dumm war –, Edward und Jacob wären jetzt auch so etwas wie Freunde geworden. Da hatte ich die beiden wohl gründlich missverstanden.

Aber was hatte Jacob vor? Wieso bot er sich als Versuchskaninchen an, um Renesmee zu schützen?

Ich kapierte überhaupt nichts. Selbst wenn unsere Freundschaft überlebt haben sollte ...

Und als ich jetzt seinem Blick begegnete, dachte ich, dass es vielleicht tatsächlich so war. Er sah immer noch aus wie mein bester Freund. Aber *er* hatte sich ja auch gar nicht verändert. Wie sah ich für ihn aus?

Da lächelte er sein vertrautes Lächeln, das Lächeln einer verwandten Seele, und ich war mir sicher, dass unsere Freundschaft noch Bestand hatte. Es war genau wie früher, als wir in seiner selbstgezimmerten Werkstatt herumhingen, zwei Freunde, die sich die Zeit vertrieben. Unbeschwert und *normal.* Wieder merkte ich, dass das seltsame Bedürfnis nach ihm, das ich vor meiner Verwandlung gespürt hatte, wie weggeblasen war. Er war einfach nur mein Freund, wie es sein sollte.

Aber ich verstand immer noch nicht, was in *ihm* vorging. War er wirklich so selbstlos, dass er mich – mit seinem eigenen Leben – davor bewahren wollte, in einem unkontrollierten Moment etwas zu tun, was ich für immer und ewig bereuen würde? Das war doch sehr viel mehr, als einfach nur hinzunehmen, was aus mir geworden war, oder auf wundersame Weise mein Freund zu bleiben. Jacob war einer der besten Menschen, die ich kannte, aber das ging doch ein bisschen weit.

Sein Grinsen wurde breiter und er schauderte leicht. »Ich muss es dir einfach sagen, Bella. Du siehst monstermäßig aus.«

Ich grinste zurück, ich spielte das alte Spiel sofort mit. Diese Seite an ihm verstand ich.

Edward knurrte. »Pass auf, was du sagst, Bastard.«

Der Wind kam von hinten und schnell füllte ich meine Lunge mit reiner Luft, damit ich sprechen konnte. »Nein, er hat ja Recht. Die Augen sind echt hart, oder?«

»Richtig gruselig. Aber es ist nicht so schlimm, wie ich gedacht hätte.«

»Wow – danke für das reizende Kompliment!«

Er verdrehte die Augen. »Du weißt, was ich meine. Du siehst immer noch aus wie du selbst – irgendwie. Vielleicht ist es gar nicht so sehr das Aussehen ... du *bist* Bella. Ich hätte nicht gedacht, dass es sich so anfühlen würde, als ob es dich immer noch gäbe.« Er lächelte wieder, in seinem Gesicht war keine Spur von Bitterkeit oder Groll zu erkennen. Dann kicherte er und sagte: »Na, und an die Augen werde ich mich schon gewöhnen.«

»Ja?«, sagte ich verwirrt. Es war wundervoll, dass wir immer noch Freunde waren, aber wir würden ja vermutlich nicht sehr viel Zeit miteinander verbringen.

Ein eigenartiger Ausdruck trat auf sein Gesicht und löste das Lächeln ab. Beinahe ... schuldbewusst? Dann schaute er zu Edward.

»Danke«, sagte er. »Ich war mir nicht sicher, ob du es für dich behalten würdest, auch wenn du es versprochen hast. Normalerweise erfüllst du ihr ja jeden Wunsch.«

»Vielleicht hoffe ich einfach, dass sie außer sich gerät und dir den Kopf abreißt«, sagte Edward.

Jacob schnaubte.

»Was ist los? Habt ihr beiden Geheimnisse vor mir?«, sagte ich ungläubig.

»Das erklär ich dir später«, sagte Jacob verlegen – es klang so, als hätte er das eigentlich nicht vor. Dann wechselte er das Thema. »Lasst uns jetzt erst mal loslegen.« Mit einem herausfordernden Grinsen kam er langsam auf mich zu.

Hinter ihm ertönte Protestgejaul, dann tauchte Leahs graue Gestalt zwischen den Bäumen auf. Der größere, sandfarbene Seth war gleich hinter ihr.

»Ganz ruhig, ihr beiden«, sagte Jacob. »Haltet euch da raus.«

Ich war froh darüber, dass sie ihm nicht gehorchten, sondern ihm immer noch, wenn auch etwas langsamer, folgten.

Der Wind hatte sich gelegt, Jacobs Geruch konnte nicht verweht werden.

Jacob kam so nah heran, dass ich die Wärme seines Körpers in der Luft zwischen uns spürte. Als Reaktion darauf brannte meine Kehle.

»Na los, Bella. Tu, was du willst.«

Leah zischte.

Ich wollte nicht einatmen. Es war nicht richtig, Jacob einer solchen Gefahr auszusetzen, selbst wenn er sich anbot. Doch die Logik hatte etwas Zwingendes. Wie sonst konnte ich sichergehen, dass ich Renesmee nichts antun würde?

»Soll ich hier Wurzeln schlagen?«, stichelte Jacob. »Na los, schnupper doch mal.«

»Halt mich fest«, sagte ich zu Edward und lehnte mich an seine Brust.

Er verstärkte den Griff seiner Hände an meinen Armen.

Ich machte mich ganz steif und hoffte, dass es mir gelingen würde, in der Starre zu bleiben. Ich nahm mir vor, mindestens so beherrscht zu sein wie auf der Jagd. Im schlimmsten Fall würde ich eben einfach die Luft anhalten und abhauen. Nervös atmete ich ganz leicht durch die Nase ein, auf alles gefasst.

Es tat ein bisschen weh, aber meine Kehle brannte sowieso schon wie verrückt. Jacob roch nicht sehr viel menschlicher als der Puma. Sein Blut hatte etwas Animalisches, das mich sofort abstieß. Zwar war der laute, feuchte Klang seines Herzens verlockend, doch bei dem Geruch rümpfte ich unwillkürlich die Nase. Wenn ich atmete, war es sogar einfacher, meine Reaktion auf den Klang seines Herzschlags und das pulsierende Blut zu zügeln.

Ich atmete noch einmal ein und entspannte mich. »Puh. Jetzt verstehe ich, was die alle haben. Jacob, du stinkst.«

Edward prustete los; seine Hände glitten von meinen Schultern und umfassten meine Taille. Seth stimmte glucksend in Edwards Lachen ein, er kam ein wenig näher heran, während Leah sich zurückzog. Und dann wurde mir bewusst, dass wir noch mehr Publikum hatten, als ich Emmetts leises, unverkennbares Gelächter hörte, ein wenig gedämpft durch die gläserne Wand zwischen uns.

»Das musst du gerade sagen!« Jacob hielt sich demonstrativ die Nase zu. Er verzog keine Miene, als Edward mich umarmte, nicht einmal, als Edward sich beruhigt hatte und mir »Ich liebe dich« ins Ohr flüsterte. Jacob stand einfach nur da und grinste. Das ließ mich hoffen, dass zwischen uns endlich alles gut werden könnte, so, wie es seit langem nicht mehr gewesen war. Vielleicht konnte ich jetzt, da ich ihn körperlich so abstieß, dass er mich nicht mehr auf dieselbe Weise lieben konnte wie früher, wirklich seine Freundin sein. Vielleicht hatten wir genau das gebraucht.

»Na, dann hab ich ja bestanden, oder?«, sagte ich. »Verrätst du mir jetzt, was das große Geheimnis ist?«

Auf einmal wirkte Jacob sehr nervös. »Im Moment brauchst du dir darüber keine Gedanken zu machen ...«

Wieder hörte ich Emmett kichern – ein erwartungsvolles Kichern.

Ich hätte weitergebohrt, doch als ich Emmett hörte, fielen mir noch andere Geräusche auf. Sieben Personen, die atmeten. Eine Lunge bewegte sich schneller als die anderen. Nur ein Herz flatterte wie die Flügel eines Vogels, leicht und schnell.

Sofort war ich mit meinen Gedanken ganz woanders. Meine Tochter war auf der anderen Seite der dünnen Glaswand, auch wenn ich sie nicht sehen konnte – das Licht wurde vom Fenster zurückgeworfen wie von einem Spiegel. Ich sah nur mich selbst; neben Jacob wirkte ich sehr merkwürdig – so weiß und unbewegt. Und auch neben Edward, der einfach perfekt aussah.

»Renesmee«, flüsterte ich. Vor Aufregung erstarrte ich wieder. Renesmee würde nicht riechen wie ein Tier. Ob ich sie in Gefahr brachte?

»Komm und sieh selbst«, murmelte Edward. »Ich weiß, dass du es schaffst.«

»Hilfst du mir?«, flüsterte ich, ohne die Lippen zu bewegen.

»Gewiss.«

»Und Emmett und Jasper – für alle Fälle?«

»Wir werden auf dich aufpassen, Bella. Keine Sorge, wir halten uns bereit. Keiner von uns würde Renesmees Leben aufs Spiel setzen. Du wirst dich wundern, wie sie uns alle bereits um den kleinen Finger gewickelt hat. Ihr wird nichts zustoßen, was auch geschehen mag.«

Meine Sehnsucht, sie zu sehen, die Ehrfurcht in seiner Stimme zu verstehen, löste meine Starre. Ich trat einen Schritt vor.

Und dann stellte Jacob sich mir in den Weg, das Gesicht vor Sorge verzerrt.

»Bist du dir ganz sicher, Blutsauger?«, fragte er Edward, und seine Stimme war fast flehend. So hatte ich ihn noch nie mit Edward sprechen hören. »Mir gefällt das nicht. Vielleicht ist es besser, wenn sie noch wartet …«

»Du hattest deine Probe, Jacob.«

Das war Jacobs Idee gewesen?

»Aber …«, wollte Jacob widersprechen.

»Nichts aber«, sagte Edward, plötzlich gereizt. »Bella wird jetzt *unsere* Tochter sehen. Lass sie vorbei.«

Jacob warf mir einen merkwürdigen, verzweifelten Blick zu, dann drehte er sich um und rannte uns voran ins Haus.

Edward knurrte.

Ich wurde aus ihrer Auseinandersetzung nicht schlau, aber ich konnte mich jetzt auch nicht darauf konzentrieren. Ich konnte nur an das verschwommene Kind aus meiner Erinnerung denken und gegen den Nebel ankämpfen, versuchen, ihr Gesicht genau vor mir zu sehen.

»Sollen wir?«, fragte Edward, seine Stimme war wieder sanft.

Ich nickte aufgeregt.

Er nahm mich fest an die Hand und führte mich ins Haus.

Sie erwarteten mich lächelnd in einer Reihe, Willkommensgruß und Schutzwall zugleich. Rosalie stand mehrere Schritte hinter den anderen, in der Nähe der Haustür. Sie war allein, bis Jacob dazukam und sich vor sie stellte, näher als sonst. Beide schienen sich in der Gegenwart des anderen unbehaglich zu fühlen.

Ein sehr kleines Wesen beugte sich in Rosalies Armen vor und spähte an Jacob vorbei. Sofort hatte sie meine ganze Aufmerksamkeit, all meine Gedanken – nichts anderes hatte mich so gefesselt, seit ich die Augen aufgeschlagen hatte.

»Ich war nur zwei Tage bewusstlos?«, sagte ich ungläubig.

Die kleine Fremde in Rosalies Armen musste Wochen, wenn nicht gar Monate alt sein. Sie war bestimmt doppelt so groß wie das Baby aus meiner dunklen Erinnerung, und sie schien sich mühelos aufrecht halten zu können, als sie sich mir entgegenstreckte. Ihr glänzendes bronzefarbenes Haar ringelte sich über ihre Schultern. Ihre leuchtenden schokoladenbraunen Augen betrachteten mich mit einem Interesse, das alles andere als kindlich war; es war erwachsen und intelligent. Sie hob eine Hand und streckte sie kurz in meine Richtung, dann fasste sie Rosalie an den Hals.

Wäre ihr Gesicht nicht so unglaublich schön und vollkommen gewesen, hätte ich nicht geglaubt, dass es sich um dasselbe Kind handelte. Mein Kind.

In ihren Zügen war Edward zu erkennen und ich in der Farbe ihrer Augen und Wangen. Selbst von Charlie fand sich etwas in ihren dichten Locken, obwohl sie die Haarfarbe von Edward hatte. Sie musste unser Kind sein. Unmöglich und doch wahr.

Diese unvorhersehbare kleine Person zu sehen, machte sie nicht realer, im Gegenteil. Es machte sie noch phantastischer.

Rosalie tätschelte die kleine Hand an ihrem Hals und sagte leise: »Ja, das ist sie.«

Renesmees Blick blieb an mir haften. Und genau wie wenige Sekunden nach ihrer brachialen Geburt lächelte sie mich jetzt an. Ein strahlendes Lächeln mit winzigen, makellos weißen Zähnen.

Innerlich schwankend machte ich einen zögernden Schritt auf sie zu.

Sie reagierten alle ganz schnell.

Emmett und Jasper stellten sich mir sofort in den Weg, Schulter an Schulter, die Hände bereit. Edward packte mich von hinten, er hielt mich wieder fest an den Oberarmen. Selbst Carlisle und Esme sprangen Emmett und Jasper zur Seite, während Rosalie zur Tür zurückwich und Renesmee ganz fest hielt. Auch Jacob bewegte sich, er hielt sich immer noch schützend vor ihnen.

Alice war die Einzige, die blieb, wo sie war.

»Also, ein bisschen Vertrauen müsst ihr schon haben«, schalt sie die anderen. »Sie wollte doch gar nichts machen. Nur die Kleine genauer anschauen.«

Alice hatte Recht. Ich hatte mich im Griff. Ich war auf alles gefasst gewesen – auf einen so durchdringenden Geruch wie den

Menschengeruch im Wald. Doch die Versuchung hier war kein Vergleich. Renesmees Duft hielt genau die richtige Balance zwischen dem bezauberndsten Parfüm und der köstlichsten Speise. Sie hatte gerade so viel von dem süßen Vampirgeruch, dass der Menschengeruch nicht überwältigend war.

Ich konnte damit umgehen, da war ich mir sicher.

»Alles in Ordnung«, versprach ich und tätschelte Edwards Hand auf meinem Arm. Dann zögerte ich und fügte hinzu: »Aber bleib in meiner Nähe, man kann ja nie wissen.«

Jaspers Blick war fest, konzentriert. Ich wusste, dass er meine Stimmung abschätzte, und bemühte mich, ruhig und gelassen zu sein. Ich merkte, wie Edward meine Arme losließ, als er Jaspers Einschätzung hörte. Doch obwohl Jasper es selbst spürte, schien er nicht ganz überzeugt.

Als sie meine Stimme hörte, zappelte die allzu wache Kleine in Rosalies Armen und wollte zu mir. Irgendwie schaffte sie es, ungeduldig auszusehen.

»Jasper, Emmett, lasst uns durch. Bella hat die Sache im Griff.«

»Edward, das Risiko …«, sagte Jasper.

»Äußerst gering. Hör zu, Jasper – auf der Jagd witterte sie die Fährte von zwei Wanderern, die zur falschen Zeit am falschen Ort waren …«

Ich hörte, wie Carlisle entsetzt nach Luft schnappte. Esmes Miene war plötzlich besorgt und mitleidig. Jaspers Augen weiteten sich, doch er nickte nur ein wenig, als wären Edwards Worte die Antwort auf eine Frage in seinem Kopf. Jacob verzog den Mund zu einer angewiderten Grimasse. Emmett zuckte die Schultern. Rosalie schien noch weniger betroffen als Emmett, sie versuchte nur Renesmee festzuhalten, die in ihren Armen zappelte.

Alice' Miene verriet mir, dass sie sich nicht täuschen ließ. Ihr glühender Blick aus schmalen Augen, der auf mein geliehenes Hemd gerichtet war, verriet eher Sorge darüber, was ich mit meinem Kleid angestellt hatte, als alles andere.

»Edward!«, sagte Carlisle vorwurfsvoll. »Wie konntest du so verantwortungslos sein?«

»Ich weiß, Carlisle, ich weiß. Es war einfach dumm von mir. Ich hätte erst sichergehen sollen, dass keine Gefahr bestand, ehe ich sie losließ.«

»Edward«, murmelte ich, verlegen, weil mich alle so anstarrten. Als wollten sie sehen, ob meine Augen jetzt noch röter waren.

»Er hat völlig Recht, mich zu tadeln, Bella«, sagte Edward grinsend. »Ich habe einen riesengroßen Fehler begangen. Daran ändert auch die Tatsache nichts, dass du stärker bist als alle, die ich je kannte.«

Alice verdrehte die Augen. »Sehr geschmackvoller Scherz, Edward.«

»Ich habe nicht gescherzt. Ich versuche Jasper zu erklären, weshalb ich weiß, dass Bella mit dieser Situation umgehen kann. Es ist nicht meine Schuld, dass alle die falschen Schlüsse ziehen.«

»Moment mal«, stieß Jasper hervor. »Sie hat die Menschen nicht gejagt?«

»Das wollte sie zunächst«, sagte Edward, der sich sichtlich amüsierte. Ich biss die Zähne zusammen. »Sie war vollkommen auf die Jagd konzentriert.«

»Was ist passiert?«, warf Carlisle ein. Auf einmal leuchteten seine Augen, ein verwundertes Lächeln breitete sich auf seinem Gesicht aus. Es erinnerte mich an zuvor, als er alles über meinen Verwandlungsprozess wissen wollte. Der Reiz, etwas Neues zu erfahren.

Edward beugte sich angeregt zu ihm hin. »Sie hörte mich

hinter sich und reagierte abwehrend. Und kaum durchkreuzte meine Verfolgung ihre Konzentration, brach sie die Jagd ab. Etwas Vergleichbares habe ich noch nie gesehen. Sie begriff sofort, was los war, und dann … hielt sie die Luft an und rannte davon.«

»Wow«, sagte Emmett leise. »Im Ernst?«

»Er erzählt es nicht richtig«, sagte ich, jetzt noch verlegener als vorhin. »Er hat nicht erzählt, wie ich ihn angeknurrt hab.«

»Hast du ihm ordentlich eine verpasst?«, fragte Emmett eifrig.

»Nein! Natürlich nicht.«

»Nein, wirklich nicht? Du hast ihn nicht angegriffen?«

»Emmett!«, protestierte ich.

»Och, so ein Jammer«, stöhnte Emmett. »Da bist du wahrscheinlich die Einzige auf der Welt, die ihn besiegen könnte – weil er nicht in deinen Kopf gucken und schummeln kann –, und eine perfekte Entschuldigung hattest du auch noch.« Er seufzte. »Ich hätte für mein Leben gern gesehen, wie er sich ohne diesen Vorteil anstellen würde.«

Ich schaute ihn eisig an. »Das würde ich nie tun.«

Ich bemerkte Jaspers Stirnrunzeln, er wirkte noch beunruhigter als zuvor.

Edward boxte Jasper scherzhaft gegen die Schulter. »Verstehst du nun, was ich meine?«

»Das ist nicht natürlich«, murmelte Jasper.

»Sie hätte sich auf dich stürzen können – sie ist erst wenige Stunden alt!«, schimpfte Esme und legte sich die Hand aufs Herz. »Oh, wir hätten euch begleiten sollen.«

Jetzt, da Edward die Pointe erzählt hatte, hörte ich nicht mehr so genau hin. Ich schaute zu dem wunderschönen Mädchen an der Tür, das mich immer noch ansah. Sie streckte mir ihre kleinen Grübchenhände hin, als wüsste sie genau, wer ich war. Automatisch hob auch ich die Hand.

»Edward«, sagte ich und beugte mich zur Seite, um an Jasper vorbeischauen zu können. »Bitte?«

Jasper hatte die Zähne zusammengebissen, er rührte sich nicht vom Fleck.

»Jasper, so etwas hast du noch nie zuvor erlebt«, sagte Alice ruhig. »Vertraue mir.«

Einen kurzen Moment trafen sich ihre Blicke, dann nickte Jasper. Er machte mir Platz, legte mir eine Hand auf die Schulter und begleitete mich, als ich langsam auf Renesmee zuging.

Ich dachte über jeden Schritt nach, bevor ich ihn tat, überprüfte meine Stimmung, das Brennen in meiner Kehle, die Position der anderen im Raum, mein Gefühl von Stärke im Vergleich zu der Fähigkeit der anderen, mich in Schach zu halten. Es war eine langsame Prozession.

Und dann stieß das Kind in Rosalies Armen, das die ganze Zeit gezappelt und die Arme ausgestreckt hatte, während sein Gesicht immer ärgerlicher wurde, ein hohes, gellendes Wimmern aus. Alle reagierten so, als hätten sie – genau wie ich – die Stimme des Kindes noch nie gehört.

Innerhalb einer Sekunde hatten sie die Kleine umringt und ich stand allein da, erstarrt. Renesmees Schrei ging mir durch Mark und Bein, nagelte mich am Boden fest. In meinen Augen stach es ganz eigenartig, als wollten sie reißen.

Alle fassten sie plötzlich an, streichelten und trösteten sie. Nur ich nicht.

»Was ist los? Ist sie verletzt? Was ist passiert?«

Jacobs Stimme war die lauteste, sie erhob sich angstvoll über alle anderen. Entgeistert sah ich zu, wie er die Arme nach Renesmee ausstreckte, und dann, mit wachsendem Entsetzen, wie Rosalie sie ihm widerstandslos gab.

»Nein, es geht ihr gut«, beruhigte sie ihn.

Rosalie beruhigte Jacob?

Renesmee ließ sich ganz gern von Jacob auf den Arm nehmen, sie drückte ihre kleine Hand an seine Wange, dann drehte sie sich herum und streckte mir wieder die Arme entgegen.

»Siehst du?«, sagte Rosalie zu Jacob. »Sie will zu Bella.«

»Sie will zu mir?«, flüsterte ich.

Renesmees Augen – meine Augen – schauten mich ungeduldig an.

Edward war im Nu wieder an meiner Seite. Er legte mir die Hände leicht auf die Arme und schob mich vorwärts.

»Sie hat fast drei Tage auf dich gewartet«, sagte er.

Jetzt waren wir nur noch ein kleines Stück von ihr entfernt. Zitternde Hitzewellen schienen von ihr auszugehen.

Oder vielleicht war es auch Jacob, der zitterte. Als ich näher kam, sah ich, wie seine Hände bebten. Doch obwohl er besorgt war, sah sein Gesicht so fröhlich aus, wie ich es lange nicht gesehen hatte.

»Jake – alles in Ordnung«, sagte ich. Es machte mich ziemlich nervös, Renesmee in seinen zitternden Händen zu sehen, aber ich riss mich zusammen.

Er sah mich schräg an, als machte ihn die Vorstellung von Renesmee in meinen Armen genauso nervös.

Renesmee wimmerte begierig und reckte sich, immer wieder griffen ihre kleinen Hände in meine Richtung.

In diesem Moment fügte sich alles zusammen. Ihr Schrei, die vertrauten Augen, ihre Ungeduld, die meine noch übertraf – all das verflocht sich zu dem natürlichsten aller Muster, während sie in die Luft griff. Plötzlich war sie vollkommen real, und *natürlich* kannte ich sie. Es war ganz selbstverständlich, dass ich den letzten einfachen Schritt machte und die Arme nach ihr ausstreckte, meine Hände genau an die richtige Stelle legte und sie sanft an mich zog.

Jacob machte die Arme lang, damit ich sie wiegen konnte, ließ sie jedoch nicht los. Er schauderte leicht, als wir uns berührten. Seine Haut, die mir immer warm vorgekommen war, fühlte sich jetzt an wie eine lodernde Flamme. Er hatte fast die gleiche Temperatur wie Renesmee. Vielleicht ein oder zwei Grad Unterschied.

Renesmee schien nicht zu merken, wie kühl ich war, oder sie war einfach daran gewöhnt.

Sie blickte auf und lächelte mich wieder an, ich sah ihre quadratischen kleinen Zähne und zwei Grübchen. Dann berührte sie mein Gesicht, ganz zielgerichtet.

Im selben Moment hielten mich alle ein bisschen fester, weil sie nicht wussten, wie ich reagieren würde. Ich merkte es kaum.

Benommen und erschrocken betrachtete ich ein seltsames, verstörendes Bild, das ich auf einmal im Kopf hatte. Es fühlte sich an wie eine ganz intensive Erinnerung, und doch war es nichts, was ich erlebt hatte. Während ich es in meinem Kopf betrachtete, konnte ich gleichzeitig mit meinen Augen sehen und schaute durch dieses Bild hindurch in Renesmees erwartungsvolles Gesicht. Ich versuchte zu begreifen, was geschah, und bemühte mich verzweifelt, die Fassung zu bewahren.

Das Bild war nicht nur erschreckend und neu, es war auch irgendwie verkehrt – ich erkannte darin beinahe mein altes Gesicht, doch irgendwas stimmte nicht, es war falsch herum. Schnell begriff ich, dass es mein Gesicht war, wie andere es sahen, nicht mein Spiegelbild.

Mein Erinnerungsgesicht war verzerrt, schwer gezeichnet, mit Schweiß und Blut bedeckt. Trotzdem verwandelte sich mein Gesichtsausdruck in ein liebevolles Lächeln; meine braunen Augen über den tiefen Ringen leuchteten. Das Bild wurde größer, mein Gesicht kam näher an den unsichtbaren Blickwinkel heran, um dann abrupt zu verschwinden.

Renesmee nahm die Hand von meiner Wange. Ihr Lächeln wurde breiter, wieder zeigten sich die Grübchen.

Bis auf die Herzschläge war es im Zimmer vollkommen still. Außer Jacob und Renesmee atmete keiner auch nur. Das Schweigen zog sich in die Länge, alle schienen darauf zu warten, dass ich etwas sagte.

»Was … war … *das*?«, brachte ich schließlich mühsam heraus.

»Was hast du gesehen?«, fragte Rosalie neugierig und beugte sich um Jacob herum, der irgendwie fehl am Platz zu sein schien. »Was hat sie dir gezeigt?«

»*Sie* hat mir das gezeigt?«, flüsterte ich.

»Ich habe dir ja gesagt, dass es schwer zu erklären ist«, sagte Edward mir leise ins Ohr. »Aber kommunizieren kann sie.«

»Was war es?«, fragte Jacob.

Ich blinzelte mehrmals schnell hintereinander. »Hm. Ich. Glaub ich. Aber ich sah schrecklich aus.«

»Es war die einzige Erinnerung, die sie an dich hatte«, erklärte Edward. Natürlich hatte er gesehen, was sie mir gezeigt hatte, während sie daran dachte. Er schauderte immer noch und seine Stimme war rau, weil er die Erinnerung im Geiste noch einmal durchlebt hatte. »Sie zeigt dir, dass sie die Verbindung hergestellt hat, dass sie weiß, wer du bist.«

»Aber *wie* hat sie das gemacht?«

Mein erschrockener Blick schien Renesmee nicht zu bekümmern. Sie lächelte leicht und zog an einer meiner Locken.

»Wie höre ich Gedanken? Wie sieht Alice in die Zukunft?«, fragte Edward rhetorisch, dann zuckte er die Schultern. »Sie hat eine Gabe.«

»Es ist eine interessante Verdrehung«, sagte Carlisle zu Edward. »Als würde sie genau das Gegenteil von dem machen, was du kannst.«

»Ja, interessant«, sagte Edward. »Ich frage mich ...«

Jetzt stellten sie ihre Vermutungen an, aber das interessierte mich nicht. Ich schaute in das schönste Gesicht der Welt. Sie war heiß in meinen Armen, das erinnerte mich an den Moment, als die Dunkelheit mich fast besiegt hätte und nichts auf der Welt mir noch Halt gab. Als nichts stark genug war, um mich durch die erdrückende Finsternis zu tragen. An den Moment, da ich an Renesmee gedacht und etwas gefunden hatte, das ich niemals loslassen würde.

»Ich erinnere mich auch an dich«, sagte ich leise zu ihr.

Es erschien mir ganz natürlich, mich vorzubeugen und ihr die Lippen auf die Stirn zu drücken. Sie roch himmlisch. Von dem Duft ihrer Haut brannte meine Kehle, doch es war leicht, nicht darauf zu achten. Es konnte dem Glück dieses Augenblicks nichts anhaben. Renesmee war Wirklichkeit und ich kannte sie. Sie war dieselbe, für die ich von Anfang an gekämpft hatte. Mein kleiner Stupser, sie hatte meine Liebe von Anfang an erwidert. Halb Edward, schön und vollkommen. Und halb ich – was ihrer Schönheit erstaunlicherweise keinen Abbruch tat, im Gegenteil.

Ich hatte Recht behalten. Sie war den Kampf wert gewesen.

»Es kann ihr nichts passieren«, sagte Alice leise, wahrscheinlich zu Jasper. Ich sah, wie nervös die anderen waren, sie trauten mir nicht.

»Reicht es für heute nicht mit den Experimenten?«, fragte Jacob, und seine Stimme war vor Anspannung ein wenig höher als sonst. »Okay, Bella schlägt sich wirklich gut, aber wir müssen es ja nicht übertreiben.«

Ich sah ihn wütend an. Jasper neben mir bewegte sich unruhig. Wir standen so eng zusammen, dass schon die kleinste Regung auffiel.

»Was hast du für ein Problem, Jacob?«, sagte ich. Ich versuchte ihm Renesmee sanft zu entziehen, aber er kam einfach noch näher heran. Er war jetzt regelrecht an mich gedrückt, Renesmee berührte meine Brust und seine.

Edward zischte ihn an. »Bei allem Verständnis, Jacob, gleich werfe ich dich hier raus. Bella macht ihre Sache außergewöhnlich gut. Zerstör ihr nicht diesen Augenblick.«

»Ich helfe ihm, dich rauszuwerfen, du Hund«, versprach Rosalie wutschnaubend. »Ich bin dir noch einen ordentlichen Tritt in den Bauch schuldig.« Das Verhältnis zwischen den beiden hatte sich also offenbar nicht verändert, es war höchstens noch schlechter geworden.

Ich schaute Jacob an, er sah halb besorgt, halb ärgerlich aus. Sein Blick war auf Renesmees Gesicht gerichtet. Wir standen so eng zusammen, dass er bestimmt sechs Vampire gleichzeitig berührte, aber das schien ihn nicht zu stören.

Machte er all das wirklich nur mit, um mich vor mir selbst zu beschützen? Was konnte während meiner Verwandlung geschehen sein – meiner Verwandlung in etwas, das er hasste –, dass er auf einmal so nachsichtig gegenüber der Ursache für die Verwandlung war?

Ich grübelte darüber nach, während ich sah, wie er meine Tochter anschaute. Wie ein … wie ein Blinder, der zum ersten Mal die Sonne sieht.

»*Nein!*«, stieß ich hervor.

Jasper schlug die Zähne aufeinander und Edward schlang die Arme um meine Brust wie zwei Boas constrictor. Im selben Moment hatte Jacob mir Renesmee aus den Armen genommen, und ich versuchte nicht sie festzuhalten. Denn ich spürte, dass es jetzt kam – der Ausraster, auf den sie alle warteten.

»Rose«, sagte ich mit zusammengebissenen Zähnen, ganz langsam und betont. »Nimm Renesmee.«

Rosalie streckte die Hände aus, und sofort gab Jacob ihr meine Tochter. Beide wichen vor mir zurück.

»Edward, ich möchte dir nicht wehtun, bitte lass mich los.«

Er zögerte.

»Stell dich vor Renesmee«, schlug ich vor.

Er überlegte, dann ließ er mich los.

Ich duckte mich wie auf der Jagd und machte zwei langsame Schritte auf Jacob zu.

»Sag mir, dass das nicht wahr ist«, knurrte ich.

Mit erhobenen Händen wich er zurück und versuchte vernünftig mit mir zu reden. »Du weißt, dass ich darauf keinen Einfluss habe.«

»Du dämlicher Köter! Wie konntest du nur? Mein Baby!«

Er ging rückwärts zur Haustür hinaus, während ich mich an ihn heranpirschte, er rannte fast rückwärts die Treppe hinunter.

»Es war nicht meine Idee, Bella!«

»Ich hatte sie erst ein einziges Mal in den Armen und du bildest dir schon ein, du hättest irgendeinen dämlichen Wolfsanspuch auf sie? Sie ist *meine* Tochter.«

»Ich kann teilen«, sagte er flehend, während er über den Rasen flüchtete.

»Gewonnen«, hörte ich Emmett hinter mir sagen. Ein kleiner Teil meines Gehirns fragte sich, wer wohl dagegen gewettet hatte, dass es so ausgehen würde. Aber ich dachte nicht lange darüber nach. Ich war zu wütend.

»Wie kannst du es wagen, dich auf *mein* Baby zu *prägen*? Hast du den Verstand verloren?«

»Es war keine Absicht!«, sagte er wieder und wich weiter zurück in den Wald.

Dort war er nicht allein. Die beiden riesigen Wölfe tauchten wieder auf und stellten sich links und rechts neben ihn. Leah kläffte mich an.

Ein fürchterliches Knurren kam aus meiner Kehle. Das Geräusch beunruhigte mich, aber nicht so sehr, dass ich mich zurückgezogen hätte.

»Bella, könntest du versuchen nur einen Moment zuzuhören? Bitte?«, sagte Jacob. »Leah, zurück«, fügte er hinzu.

Leah bleckte die Zähne und rührte sich nicht von der Stelle.

»Wieso sollte ich dir zuhören?«, zischte ich. Der Zorn hatte in meinem Kopf die Oberhand. Er überlagerte alles andere.

»Weil du es warst, die davon gesprochen hat. Weißt du noch? Du hast gesagt, dass dein Leben mit meinem verwoben ist, oder? Dass wir eine Familie sind. Du hast gesagt, so wäre es gedacht. Also … jetzt sind wir eine Familie. Wie du es dir gewünscht hast.«

Ich warf ihm einen flammenden Blick zu. Ich erinnerte mich dunkel an diese Worte. Doch mein neues Gehirn war diesem Schwachsinn zwei Schritte voraus.

»Du denkst also, du könntest dich als mein *Schwiegersohn* in meine Familie drängen?«, kreischte ich. Meine Glockenstimme schnellte zwei Oktaven in die Höhe und klang dennoch wie Musik.

Emmett lachte.

»Halte sie auf, Edward«, murmelte Esme. »Sie wird unglücklich sein, wenn sie ihn verletzt.«

Doch niemand kam mir nach.

»Natürlich nicht!«, sagte Jacob im selben Moment. »Wie

kannst du es nur so sehen? Sie ist doch noch ein Baby, verdammt!«

»Eben!«, schrie ich.

»Du weißt, dass ich nicht auf diese Weise an sie denke. Glaubst du, Edward hätte mich sonst so lange am Leben gelassen? Ich will nur, dass ihr nichts zustößt und dass sie glücklich ist – ist das so schlimm? Ist das so anders als das, was du willst?«, schrie er mich an.

Statt einer Antwort knurrte ich ihn schrill an.

»Sie ist erstaunlich, nicht wahr?«, hörte ich Edward leise sagen.

»Sie hat noch kein einziges Mal versucht, ihm an die Gurgel zu springen«, sagte Carlisle verblüfft.

»Na gut, diesmal hast du gewonnen«, sagte Emmett widerstrebend.

»Du wirst dich von ihr fernhalten«, zischte ich Jacob zu.

»Das kann ich nicht!«

»Dann versuch es«, sagte ich. »Fang gleich damit an.«

»Das ist unmöglich. Weißt du noch, wie du mich vor drei Tagen unbedingt in deiner Nähe haben wolltest? Wie schwer es war, nicht zusammen zu sein? Das Gefühl hast du jetzt nicht mehr, oder?«

Ich sah ihn wütend an, ich wusste nicht, was er mir damit sagen wollte.

»Das war *sie*«, sagte er. »Von Anfang an. Wir mussten zusammen sein, auch da schon.«

Ich erinnerte mich, und da begriff ich; ein kleiner Teil von mir war dankbar, eine Erklärung für diesen Wahnsinn zu haben. Doch die Erleichterung machte mich in gewisser Weise noch wütender. Erwartete er etwa, dass mir das genügte? Dass mit dieser kleinen Erklärung die Sache für mich in Ordnung war?

»Renn weg, solange du kannst«, sagte ich drohend.

»Ach komm schon, Bella! Nessie mag mich auch«, sagte er.

Ich erstarrte. Mir stockte der Atem. Hinter mir hörte ich nur Stille, die besorgte Reaktion der anderen.

»*Wie* ... hast du sie gerade genannt?«

Jacob ging noch einen Schritt zurück, er brachte ein verlegenes Lächeln zu Stande. »Na ja«, murmelte er. »Der Name, den du ihr gegeben hast, ist ja ziemlich kompliziert, und ...«

»Du hast meine Tochter nach dem *Monster von Loch Ness* benannt?«, kreischte ich.

Und dann sprang ich ihm an die Gurgel.

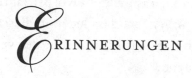

ERINNERUNGEN

»Es tut mir so leid, Seth. Ich hätte näher dran sein sollen.«

Edward entschuldigte sich immer noch, was ich überhaupt nicht angemessen fand. Schließlich hatte nicht Edward auf unverzeihliche Weise die Beherrschung verloren. Nicht Edward hatte versucht Jacob den Kopf abzureißen – Jacob, der nicht einmal Wolfsgestalt angenommen hatte, um sich zu verteidigen – und dabei aus Versehen Seth, der dazwischengegangen war, Schulter und Schlüsselbein gebrochen. Nicht Edward hätte beinahe seinen besten Freund umgebracht.

Zwar war der beste Freund auch nicht ganz unschuldig, aber natürlich konnte nichts, was Jacob getan hatte, mein Verhalten rechtfertigen.

Also müsste *ich* mich nicht entschuldigen? Ich versuchte es noch einmal.

»Seth, ich …«

»Keine Sorge, Bella, alles okay«, sagte Seth, und im selben Moment sagte Edward: »Bella, Liebste, niemand verurteilt dich. Du machst deine Sache wirklich gut.«

Sie ließen mich überhaupt nicht zu Wort kommen.

Noch schlimmer wurde es dadurch, dass Edward große Mühe hatte, nicht zu grinsen. Ich wusste, dass Jacob meine Überreaktion nicht verdient hatte, aber Edward schien darin trotzdem eine gewisse Befriedigung zu finden. Am liebsten wäre er vermutlich selbst ein Neugeborener gewesen, dann hätte er eine Entschuldigung gehabt, seine Wut auf Jacob herauszulassen.

Ich versuchte die Wut vollständig aus meinem Körper zu tilgen, aber das war schwer mit dem Wissen, dass Jacob in diesem Moment mit Renesmee draußen war. Um sie vor mir, der verrückten Neugeborenen, zu schützen.

Carlisle brachte eine weitere Klammer an Seths Arm an, und Seth zuckte zusammen.

»Tut mir so leid«, murmelte ich; ich wusste, dass sie mich nie eine anständige Entschuldigung aussprechen lassen würden.

»Mach dich nicht verrückt, Bella«, sagte Seth und tätschelte mir mit seiner gesunden Hand das Knie, während Edward mir auf der anderen Seite über den Arm strich.

Seth schien es nicht unangenehm zu finden, dass ich neben ihm auf dem Sofa saß, während Carlisle ihn behandelte. »In einer halben Stunde bin ich wieder der Alte«, fuhr er fort und tätschelte immer noch mein Knie, als ob er gar nicht bemerkte, wie hart und kalt es war. »Jeder hätte an deiner Stelle dasselbe getan, diese Sache mit Jake und Ness...« Er unterbrach sich mitten im Wort und wechselte schnell das Thema. »Ich meine, wenigstens hast du mich nicht gebissen oder so. Das wär echt Mist gewesen.«

Ich vergrub das Gesicht in den Händen und schauderte bei der Vorstellung. Es hätte so leicht passieren können. Und Werwölfe reagierten auf Vampirgift ganz anders als Menschen, das hatten sie mir erst jetzt erzählt. Es war pures Gift für sie.

»Ich bin durch und durch schlecht.«

»So ein Unsinn. Ich hätte ...«, setzte Edward an.

»Hör auf damit«, sagte ich seufzend. Ich wollte nicht, dass er sich schon wieder die Schuld gab, wie er es immer tat.

»Gut, dass Ness... Renesmee nicht giftig ist«, sagte Seth nach einer Sekunde peinlichen Schweigens. »Sie beißt Jake nämlich andauernd.«

Ich ließ die Hände sinken. »Echt?«

»Klar. Immer wenn er und Rose mit dem Füttern nicht schnell genug sind. Rose findet es urkomisch.«

Ich sah ihn entsetzt an, mit einer Mischung aus Schadenfreude und schlechtem Gewissen, weil ich mir eingestehen musste, dass ich die Vorstellung ein kleines bisschen amüsant fand.

Ich wusste natürlich schon, dass Renesmee ungiftig war. Ich war schließlich als Erste von ihr gebissen worden. Das sagte ich aber nicht laut, denn ich tat ja so, als könnte ich mich an nichts erinnern.

»So, Seth«, sagte Carlisle, richtete sich auf und trat einen Schritt zurück. »Ich glaube, mehr kann ich nicht für dich tun. Versuche, dich eine Weile nicht zu bewegen, hm, sagen wir ein paar Stunden.« Er lachte leise. »Schade, dass meine Behandlung bei Menschen nicht so schnell anschlägt.« Er ließ die Hand einen Augenblick auf Seths schwarzem Haar liegen. »Verhalte dich ruhig«, befahl er, dann verschwand er nach oben. Ich hörte, wie er die Tür zu seinem Arbeitszimmer schloss, und fragte mich, ob die Spuren meines Aufenthalts dort wohl schon beseitigt waren.

»Eine Weile werde ich es wohl aushalten, still zu sitzen«, sagte Seth, als Carlisle schon weg war, dann gähnte er ausgiebig. Vorsichtig, um seine Schulter nicht zu verdrehen, lehnte er sich auf dem Sofa zurück und machte die Augen zu. Wenige Sekunden später schlief er mit offenem Mund.

Stirnrunzelnd betrachtete ich eine Zeit lang sein friedliches Gesicht. Offenbar hatte Seth dieselbe Gabe wie Jacob, einzuschlafen, wann und wo er wollte. Da ich meine Entschuldigung jetzt sowieso nicht anbringen konnte, stand ich auf, ohne dass das Sofa auch nur im mindesten wackelte. Alles Körperliche war so einfach … Aber das andere …

Edward ging mir nach zum Fenster und nahm meine Hand.

Leah lief am Fluss auf und ab, hin und wieder blieb sie stehen und schaute zum Haus. Es war leicht zu unterscheiden, ob sie nach ihrem Bruder Ausschau hielt oder nach mir. Die Blicke, die sie herüberwarf, waren abwechselnd besorgt und blutrünstig.

Draußen auf der Treppe hörte ich Jacob und Rosalie leise darüber zanken, wer an der Reihe war, Renesmee zu füttern. Ihr Verhältnis war feindselig wie eh und je, sie waren sich nur darin einig, dass ich von meinem Baby ferngehalten werden sollte, bis ich meinen Wutanfall hundertprozentig auskuriert hatte. Edward hatte ihrem Urteil widersprochen, aber ich hatte es hingenommen. Ich wollte ja auch kein Risiko eingehen. Allerdings machte ich mir Sorgen, dass hundertprozentig sicher für mich etwas ganz anderes bedeuten könnte als für die beiden.

Abgesehen von ihrem Gezank, Seths ruhigem Atem und Leahs verärgertem Japsen war es ganz still. Emmett, Alice und Esme waren auf der Jagd. Jasper war zu Hause geblieben, um auf mich aufzupassen. In diesem Moment stand er unauffällig hinter dem Treppenpfosten und versuchte, mich nicht zu sehr zu nerven.

Ich nutzte die Ruhe, um über alles nachzudenken, was Edward und Seth mir erzählt hatten, als Carlisle Seths Arm geschient hatte. Während ich gebrannt hatte, war mir eine Menge entgangen, und dies war die erste richtige Gelegenheit, das Versäumte aufzuholen.

Das Wichtigste war das Ende der Fehde mit Sams Rudel – deshalb konnten die Cullens jetzt auch wieder unbesorgt kommen und gehen, wie sie wollten. Der Waffenstillstand war stabiler denn je. Oder bindender, ganz wie man es sah, dachte ich mir.

Bindend deshalb, weil eines der ehernen Gesetze des Rudels lautete, dass kein Wolf jemals diejenige töten durfte, auf die sich ein anderer geprägt hatte. Die Trauer, die das zur Folge hätte, wäre für das gesamte Rudel unerträglich. Würde so etwas geschehen, ob mit Absicht oder aus Versehen, wäre es unverzeihlich; dann würden die betroffenen Wölfe kämpfen bis auf den Tod – sie hatten keine Wahl. Vor langer Zeit war es einmal vorgekommen, hatte Seth mir erzählt, aber es war ein Unfall gewesen. Kein Wolf könnte einen Bruder absichtlich auf diese Weise vernichten.

Renesmee war für die Wölfe also unantastbar, weil Jacob so für sie empfand. Ich versuchte mich auf die Erleichterung zu konzentrieren, die das bedeutete, und den Verdruss zu vergessen, aber das war gar nicht so einfach. In meinem Kopf war genug Platz, um beides intensiv zu empfinden.

Und über meine Verwandlung konnte Sam sich auch nicht aufregen, weil Jacob – als der rechtmäßige Leitwolf – sie gestattet hatte. Es wurmte mich jedes Mal, wenn mir bewusst wurde, wie viel ich Jacob zu verdanken hatte, wo ich doch am liebsten nur wütend auf ihn sein wollte.

Ich steuerte meine Gedanken ganz bewusst, damit meine Gefühle mir nicht entglitten. Ich dachte über ein anderes interessantes Phänomen nach: Zwar hielt das Schweigen zwischen den beiden Rudeln an, doch Jacob und Sam hatten herausgefunden, dass Leitwölfe miteinander kommunizieren konnten, wenn sie in Wolfsgestalt waren. Es war nicht so wie früher; sie konnten nicht jeden einzelnen Gedanken des anderen hören wie vor der Spaltung in zwei Rudel. Es sei eher wie eine Unterhaltung, hatte

Seth erklärt. Sam konnte nur die Gedanken hören, die Jacob mit ihm teilen wollte, und umgekehrt. Sie hatten festgestellt, dass sie sich auch über große Entfernungen verständigen konnten, jetzt, da sie wieder miteinander redeten.

Das alles hatten sie erst herausgefunden, als Jacob allein zu Sam gegangen war – gegen Seths und Leahs Willen –, um ihm von Renesmee zu erzählen; es war das erste Mal, dass er Renesmee verlassen hatte.

Als Sam begriffen hatte, wie sehr sich die Dinge verändert hatten, war er zusammen mit Jacob zu Carlisle gegangen. Sie hatten in Menschengestalt miteinander geredet (Edward hatte sich geweigert, von meiner Seite zu weichen und zu übersetzen), und der Vertrag war erneuert worden. Die freundschaftlichen Gefühle jedoch waren vielleicht für immer verloren.

Eine große Sorge weniger.

Doch da war eine andere Sorge, die mir, wenn sie auch keine so große Bedrohung darstellte wie ein wütendes Wolfsrudel, noch dringlicher erschien.

Charlie.

Heute früh hatte er mit Esme gesprochen, aber das hatte ihn nicht davon abgehalten, noch zweimal anzurufen, das letzte Mal erst vor ein paar Minuten, als Carlisle Seth behandelt hatte. Carlisle und Edward hatten es klingeln lassen.

Was sollte man ihm bloß erzählen? Hatten die Cullens Recht? War es am besten, am barmherzigsten, ihm zu sagen, ich sei gestorben? Könnte ich reglos in einem Sarg liegen, während er und meine Mutter um mich weinten?

Mir kam es nicht richtig vor. Aber Charlie und Renée in Gefahr zu bringen, indem ich das Schweigegebot der Volturi verletzte, kam natürlich erst recht nicht in Frage.

Und dann war da immer noch meine Idee – mich Charlie zu

zeigen, wenn ich so weit war, und ihn seine eigenen falschen Schlüsse ziehen zu lassen. Genau genommen würde ich die Gesetze der Vampire damit nicht brechen. Wäre es für Charlie nicht besser zu wissen, dass ich lebte – gewissermaßen – und glücklich war? Selbst wenn ich seltsam und anders und vermutlich erschreckend auf ihn wirkte?

Vor allem meine Augen waren jetzt noch viel zu gruselig. Wie lange dauerte es wohl noch, bis meine Selbstbeherrschung ausreichte und meine Augen vorzeigbar waren?

»Was ist los, Bella?«, fragte Jasper ruhig, er spürte meine wachsende Spannung. »Niemand ist dir böse« – ein leises Knurren vom Fluss straften ihn Lügen, aber er ging nicht darauf ein –, »und wir sind eigentlich auch nicht überrascht. Oder doch, wir sind sehr wohl überrascht. Und zwar darüber, dass du so schnell wieder zur Vernunft gekommen bist. Du hast deine Sache gut gemacht. Besser, als irgendjemand es von dir erwartet hätte.«

Während er sprach, breitete sich eine große Ruhe im Raum aus. Seths Atem ging in ein leises Schnarchen über. Ich entspannte mich, doch ich vergaß meine Ängste nicht.

»Ich hab an Charlie gedacht.«

Der Zank draußen verstummte.

»Ach so«, sagte Jasper leise.

»Wir müssen wirklich hier weg, oder?«, fragte ich. »Wenigstens für eine Weile. So tun, als wären wir in Atlanta oder so.«

Ich spürte Edwards Blick auf meinem Gesicht, aber ich schaute Jasper an. Er antwortete in ernsthaftem Ton.

»Ja. Nur so können wir deinen Vater schützen.«

Ich dachte eine Weile darüber nach. »Ich werde ihn so vermissen. Ich werde alle hier vermissen.«

Jacob, dachte ich gegen meinen Willen. Obwohl diese Sehnsucht verschwunden und geklärt war – zum Glück –, betrachtete ich ihn immer noch als Freund. Jemand, der die echte Bella kannte und sie, selbst als Monster, akzeptierte.

Ich dachte an Jacobs Worte, als er mich angefleht hatte, bevor ich ihn angriff. *Du hast gesagt, dass dein Leben mit meinem verwoben ist, oder? Dass wir eine Familie sind. Du hast gesagt, so wäre es gedacht. Also ... jetzt sind wir eine Familie. Wie du es dir gewünscht hast.*

Aber es fühlte sich nicht so an, wie ich es mir gewünscht hatte. Nicht ganz. Ich dachte noch weiter zurück, an die schwachen, verschwommenen Erinnerungen aus meinem Menschenleben. An die Zeit, an die ich mich am allerschwersten erinnern konnte – die Zeit ohne Edward, die so dunkel gewesen war, dass ich versucht hatte, sie in meinem Kopf zu begraben. Ich konnte es nicht richtig ausdrücken; ich erinnerte mich nur noch an den Wunsch, Jacob wäre mein Bruder, damit ich ihn wie eine Schwester ohne Verwirrung und ohne Kummer lieben könnte. Familie, ja. Aber eine Tochter war in meiner Gleichung nie aufgetaucht.

Ich erinnerte mich an die Zeit ein wenig später, an einen meiner vielen Abschiede von Jacob, bei dem ich mich gefragt hatte, mit wem er am Ende wohl zusammen sein würde, wer sein Leben wieder heil machen würde, nachdem ich es so durcheinandergebracht hatte. Ich hatte etwas davon gesagt, dass sie nicht gut genug für ihn sein würde, wer sie auch sein mochte.

Ich schnaubte und Edward zog fragend eine Augenbraue hoch. Ich schüttelte nur den Kopf.

Doch sosehr ich meinen Freund vermissen würde, wenn wir weggingen, ich wusste, dass es noch ein größeres Problem gab. Hatten Sam, Jared und Quil es je einen ganzen Tag ausgehalten, ohne diejenige zu sehen, auf die sie geprägt waren, Emily, Kim und Claire? Ging das überhaupt? Was würde die Trennung von Renesmee für Jacob bedeuten? Würde er leiden?

Ich hatte immer noch genügend Wut im Bauch, dass ich froh war, nicht weil er leiden musste, sondern weil ich Renesmee von ihm fernhalten konnte. Wie sollte ich akzeptieren, dass sie zu Jacob gehörte, wo sie doch kaum zu mir zu gehören schien?

Meine Gedanken wurden unterbrochen, als ich auf der Veranda Geräusche hörte. Ich hörte, wie Jacob und Rosalie aufstanden, dann kamen sie zur Tür herein. Genau zur gleichen Zeit kam Carlisle die Treppe herunter, die Hände voller merkwürdiger Sachen – ein Messband, eine Waage. Im Nu war Jasper an meiner Seite. Als hätte es irgendein Signal gegeben, das mir entgangen war, setzte sich sogar Leah draußen hin und schaute zum Fenster herein mit einem Ausdruck, als erwartete sie etwas Vertrautes und gleichzeitig völlig Uninteressantes.

»Es dürfte sechs Uhr sein«, sagte Edward.

»Na und?«, sagte ich, den Blick auf Rosalie, Jacob und Renesmee gerichtet. Sie standen an der Tür, Renesmee in Rosalies Armen. Rose sah misstrauisch aus. Jacob wirkte beunruhigt. Renesmee sah schön und ungeduldig aus.

»Zeit, Ness… äh, Renesmee zu messen«, erklärte Carlisle.

»Ach so. Machst du das jeden Tag?«

»Viermal täglich«, verbesserte Carlisle mich abwesend, während er die anderen zum Sofa winkte. Ich meinte Renesmee seufzen zu sehen.

»Viermal? Jeden Tag? Wieso das denn?«

»Sie wächst noch immer sehr schnell«, sagte Edward leise, er klang angespannt. Er drückte meine Hand und legte mir einen Arm fest um die Taille, fast so, als brauchte er meinen Halt.

Ich konnte den Blick nicht von Renesmee wenden, um zu ihm zu schauen.

Sie sah vollkommen aus, kerngesund. Ihre Haut leuchtete wie von hinten angestrahlter Alabaster; ihre Wangen schimmerten dagegen wie Rosenblüten. An so einer strahlenden Schönheit konnte nichts verkehrt sein. Bestimmt gab es nichts Gefährlicheres in ihrem Leben als ihre Mutter. Oder?

Der Unterschied zwischen dem Kind, das ich geboren hatte, und dem Kind, das ich vor einer Stunde gesehen hatte, war für jeden offensichtlich. Der Unterschied zwischen Renesmee vor einer Stunde und jetzt war subtiler. Menschenaugen hätten ihn niemals bemerkt. Doch er war da.

Ihr Körper hatte sich ein wenig gestreckt. Sie war ein kleines bisschen schlanker geworden. Ihr Gesicht war nicht mehr ganz so rund, es war ein winziges bisschen ovaler. Die Locken gingen ihr einen Millimeter weiter über die Schultern. Hilflos streckte sie sich in Rosalies Armen, während Carlisle ihr das Messband von Kopf bis Fuß anhielt und dann ihren Kopfumfang damit maß. Er machte sich keine Notizen, sein Gedächtnis war perfekt.

Ich merkte, dass Jacob die Arme fest vor der Brust verschränkt hatte. Die dichten Brauen über den tiefliegenden Augen waren zu einer einzigen Linie zusammengezogen.

In nur wenigen Wochen hatte sie sich von einer einzelnen Zelle zu einem normal großen Baby entwickelt. Sie war auf dem besten Wege dazu, nur wenige Tage nach ihrer Geburt ein Kleinkind zu werden. Wenn sie so weiterwuchs …

Mein Vampirhirn hatte keine Probleme, das auszurechnen.

»Was machen wir bloß?«, flüsterte ich entsetzt.

Edward umarmte mich fester. Er verstand genau, was ich meinte. »Ich weiß nicht.«

»Es wird langsamer«, murmelte Jacob.

»Es wird noch einige Tage dauern, bis wir eine Prognose wagen können, Jacob. Ich kann nichts versprechen.«

»Gestern ist sie fünf Zentimeter gewachsen. Heute ist es schon weniger.«

»Aber nur einen halben Millimeter, wenn ich korrekt gemessen habe.«

»Dann messen Sie korrekt, Doc«, sagte Jacob, und das klang fast wie eine Drohung. Rosalie erstarrte.

»Du weißt, dass ich tue, was ich kann«, versicherte Carlisle ihm.

Jacob seufzte. »Mehr kann ich wohl nicht verlangen.«

Ich war schon wieder verärgert, als hätte Jacob mir meinen Text geklaut – und falsch vorgetragen.

Auch Renesmee wirkte verärgert. Sie begann sich zu winden, dann streckte sie die Hand gebieterisch nach Rosalie aus. Rosalie beugte sich vor, damit Renesmee ihr Gesicht berühren konnte. Kurz darauf seufzte Rosalie.

»Was will sie?«, fragte Jacob, und wieder klaute er mir meinen Text.

»Bella natürlich«, sagte Rosalie, und ich merkte, wie mir innerlich etwas wärmer wurde. Dann schaute sie mich an. »Wie geht es dir?«

»Ich mache mir Sorgen«, gab ich zu, und Edward drückte mich.

»So geht es uns allen. Doch das habe ich nicht gemeint.«

»Ich hab mich im Griff«, versprach ich. Mein Durst stand im Moment ganz unten auf meiner Liste. Außerdem roch Renesmee auf eine Weise gut, die nichts mit Essen zu tun hatte.

Jacob biss sich auf die Lippe, machte jedoch keine Anstalten, Rosalie aufzuhalten, als sie mir Renesmee hinhielt. Jasper und Edward hielten sich bereit, ließen es jedoch geschehen. Ich sah, wie nervös Rose war, und fragte mich, wie sich das Zimmer für Jasper jetzt wohl anfühlte. Oder war er so sehr auf mich konzentriert, dass er die anderen gar nicht wahrnahm?

Im selben Moment, als ich die Arme nach Renesmee ausstreckte, streckte auch sie die Arme aus, ein umwerfendes Lächeln im Gesicht. Sie passte so genau in meine Arme, als wären sie extra für sie gemacht. Sofort legte sie ihre heiße kleine Hand an meine Wange.

Obwohl ich darauf vorbereitet war, hielt ich die Luft an, als ich die Erinnerung wie eine Vision in meinem Kopf sah. So klar und bunt und doch völlig durchscheinend.

Sie erinnerte sich daran, wie ich Jacob über den Rasen gejagt hatte und wie Seth dazwischengegangen war. Sie hatte alles ganz deutlich gesehen und gehört. Es sah nicht aus wie ich, dieses anmutige Raubtier, das pfeilschnell auf seine Beute zusprang. Das musste jemand anders sein. Deshalb hatte ich ein nicht ganz so schlechtes Gewissen, als ich sah, wie schutzlos Jacob dort stand, mit erhobenen Händen. Seine Hände hatten nicht einmal gezittert.

Edward kicherte, als er Renesmees Gedanken mit mir anschaute. Und dann zuckten wir beide zusammen, als wir Seths Knochen knacken hörten.

Renesmee zeigte ihr strahlendes Lächeln, und ihr Erinnerungsblick ließ Jacob während des ganzen Durcheinanders, das dann folgte, keine Sekunde los. Während sie Jacob anschaute, bekam ihre Erinnerung eine neue Note – nicht direkt beschützend, eher besitzergreifend. Ich spürte ihre Erleichterung darüber, dass Seth sich vor Jacob geworfen hatte. Sie wollte nicht, dass Jacob verletzt wurde. Er gehörte ihr.

»Na toll«, stöhnte ich. »Super.«

»Es kommt nur daher, dass er besser schmeckt als wir«, versicherte Edward mir, er klang selbst ziemlich frostig.

»Ich hab dir ja gesagt, sie mag mich«, stichelte Jacob, der in der anderen Ecke des Zimmers war und Renesmee anschaute.

Es war ein halbherziger Scherz, Jacob hatte die Augenbrauen noch immer zusammengezogen.

Renesmee tätschelte ungeduldig mein Gesicht, sie forderte meine volle Aufmerksamkeit. Eine weitere Erinnerung: Rosalie, die ihr sanft die Locken bürstete. Es war ein schönes Gefühl.

Carlisle und sein Messband, sie wusste, dass sie sich strecken und ruhig verhalten musste. Das fand sie nicht weiter interessant.

»Es scheint so, als wollte sie dir einen Überblick über alles verschaffen, was dir entgangen ist«, sagte Edward mir ins Ohr.

Bei der nächsten Erinnerung zog ich die Nase kraus. Der Geruch, der von einer merkwürdigen Metalltasse ausging – so hart, dass man sie nicht leicht durchbeißen konnte –, steckte meine Kehle in Brand. Aua.

Und dann war Renesmee auf einmal weg und meine Arme wurden mir hinter dem Rücken festgehalten. Ich wehrte mich nicht gegen Jasper, ich schaute nur in Edwards erschrockenes Gesicht.

»Was hab ich denn gemacht?«

Edward schaute zu Jasper hinter mir, dann wieder zu mir.

»Sie hat sich an den Durst erinnert«, murmelte Edward mit gerunzelter Stirn. »Sie hat sich an den Geruch menschlichen Bluts erinnert.«

Jasper hielt meine Arme noch fester zusammen. Ein Teil meines Gehirns stellte fest, dass das nicht so unangenehm, geschweige denn schmerzhaft war, wie wenn ich ein Mensch wäre. Es war nur ärgerlich. Ich war mir sicher, dass ich mich befreien könnte, aber ich wollte keinen Streit.

»Ja«, sagte ich. »Ja und?«

Edward sah mich noch einen Augenblick stirnrunzelnd an, dann entspannte sich seine Miene. Er lachte kurz auf. »Nichts, wie es scheint. Diesmal war ich es, der überreagiert hat. Jasper, lass sie los.«

Die Hände, die mich fesselten, verschwanden. Kaum war ich frei, streckte ich die Arme wieder nach Renesmee aus. Edward reichte sie mir, ohne zu zögern.

»Ich verstehe das nicht«, sagte Jasper. »Ich kann es nicht ertragen.«

Verdutzt sah ich, wie Jasper zur Hintertür hinaustrat. Leah zog sich zurück, um ihm Platz zu machen, als er zum Fluss ging und mit einem einzigen Satz hinübersprang.

Renesmee berührte meinen Hals, sie spulte noch einmal die Szene ab, wie Jasper eben davongegangen war. Ich spürte ihre Frage, ein Echo meiner eigenen Gedanken.

Ich hatte den Schreck angesichts ihres merkwürdigen kleinen Talents schon überwunden. Es schien ganz selbstverständlich zu ihr zu gehören, fast als hätte man damit rechnen können. Vielleicht würde ich jetzt, da ich selbst Teil des Übernatürlichen war, nie wieder zweifeln.

Aber was war mit Jasper los?

»Er wird zurückkommen«, sagte Edward; ich wusste nicht, ob er zu mir sprach oder zu Renesmee. »Er braucht nur eine Weile, um seine Weltsicht anzupassen.« Ein Grinsen lauerte in seinen Mundwinkeln.

Noch eine menschliche Erinnerung – Edward, der mir sagte, Jasper würde es bessergehen, wenn ich Schwierigkeiten hätte, mich an das Dasein als Vampir anzupassen. Da war es gerade darum gegangen, wie viele Menschen ich in meinem ersten Jahr als Neugeborene töten würde.

»Ist er sauer auf mich?«, fragte ich leise.

Edward machte große Augen. »Nein. Warum sollte er?«

»Was hat er denn dann?«

»Er hadert mit sich selbst, Bella, nicht mit dir. Er macht sich Gedanken über ... sich selbst erfüllende Prophezeiungen, könnte man wohl sagen.«

»Inwiefern?«, fragte Carlisle, ehe ich etwas erwidern konnte.

»Er fragt sich, ob der Wahnsinn der Neugeborenen tatsächlich so schwer zu überwinden ist, wie wir immer geglaubt haben, oder ob jeder, mit der richtigen Einstellung und der richtigen Konzentration, seine Sache so gut machen könnte wie Bella. Und nicht nur Neugeborene – vielleicht fällt es ihm nur deshalb so schwer, weil er glaubt, es sei natürlich und unausweichlich. Vielleicht fiele es ihm leichter, sich ebenso zu verhalten, wenn er höhere Erwartungen an sich selbst hätte. Du bringst ihn dazu, viele tief verwurzelte Annahmen in Frage zu stellen, Bella.«

»Aber das ist ungerecht«, sagte Carlisle. »Jeder ist anders; jeder hat andere Schwierigkeiten zu überwinden. Vielleicht geht das, was Bella erlebt, über das Normale hinaus. Vielleicht ist das sozusagen ihre Gabe.«

Ich erstarrte vor Überraschung. Renesmee spürte die Veränderung und berührte mich. Sie erinnerte sich an die letzten Sekunden und wunderte sich.

»Das ist eine interessante Theorie, und sie scheint mir plausibel«, sagte Edward.

Einen kurzen Augenblick lang war ich enttäuscht. Was? Keine magischen Visionen, keine beeindruckenden Kampftalente wie Blitze mit den Augen aussenden oder so etwas? Gar nichts Nützliches oder Cooles?

Und dann begriff ich, was es bedeutete, wenn mein »Supertalent« einfach in außergewöhnlicher Selbstbeherrschung läge.

Zum einen hätte ich immerhin eine Gabe. Es hätte ja auch gar nichts sein können.

Und vor allem könnte ich, wenn Edward Recht hätte, den

Teil, vor dem ich die größte Angst gehabt hatte, einfach überspringen.

Wenn ich nun gar keine Neugeborene zu sein brauchte? Jedenfalls nicht in dem Sinn, dass ich eine durchgeknallte Tötungsmaschine war. Wenn ich mich vom ersten Tag an bei den Cullens einfügen könnte? Wenn wir uns nicht irgendwo am Ende der Welt versteckt halten mussten, bis ich »erwachsen« wurde? Wenn ich, wie Carlisle, keinen einzigen Menschen töten musste? Wenn ich von Anfang an ein guter Vampir sein könnte?

Ich sah Charlie vor mir.

Ich seufzte, die Realität schob sich vor die Hoffnung. Ich konnte Charlie trotzdem nicht sofort wiedersehen. Meine Augen, meine Stimme, mein schönes Gesicht. Was sollte ich ihm sagen, wo überhaupt anfangen? Insgeheim war ich froh, dass ich ein paar Entschuldigungen hatte, um die Sache noch ein wenig aufzuschieben; sosehr ich mir wünschte, Charlie nicht zu verlieren, so sehr fürchtete ich mich vor der ersten Begegnung. Zu sehen, wie ihm die Augen aus dem Kopf fielen, wenn er mein neues Gesicht sah, meine neue Haut. Zu wissen, dass er erschrocken wäre. Zu überlegen, was für eine düstere Erklärung er sich zurechtlegen würde.

Ich war so feige, dass ich ein Jahr warten wollte, so lange, bis meine Augen sich beruhigt hätten. Und ich hatte gedacht, ich würde ganz furchtlos sein, wenn ich erst unzerstörbar wäre.

»Hast du jemals so etwas Ähnliches wie Selbstbeherrschung als Talent erlebt?«, fragte Edward Carlisle. »Glaubst du wirklich, es ist eine Gabe oder nur Ergebnis ihrer intensiven Vorbereitung?«

Carlisle zuckte die Achseln. »Es ähnelt ein wenig dem, was Siobhan kann, auch wenn sie es nicht als Gabe bezeichnen würde.«

»Siobhan, aus dem irischen Zirkel?«, fragte Rosalie. »Ich wusste gar nicht, dass sie irgendetwas Besonderes kann. Ich dachte, in der Gruppe sei Maggie diejenige mit der Gabe.«

»Ja, dieser Ansicht ist auch Siobhan. Doch sie hat eine Art, sich ein Ziel zu setzen und es dann ... scheinbar durch bloße Willenskraft zu *erzwingen*. Sie sagt, das sei nur gute Planung, doch ich habe mich immer gefragt, ob nicht noch mehr dahintersteckt. Beispielsweise als sie Maggie aufnahm. Liam wollte sein Gebiet nicht teilen, doch Siobhan hatte es sich in den Kopf gesetzt, und so kam es dann auch.«

Edward, Carlisle und Rosalie setzten sich, während sie ihre Diskussion fortsetzten. Jacob setzte sich schützend neben Seth, er sah gelangweilt aus. Seine Augenlider waren schwer, ich war mir sicher, dass er auf der Stelle einschlafen würde.

Ich hörte zwar zu, war jedoch nicht ganz bei der Sache. Renesmee erzählte mir immer noch, was sie heute erlebt hatte. Ich stand an der Wand neben dem Fenster und wiegte sie unwillkürlich in den Armen, während wir uns in die Augen schauten.

Mir wurde bewusst, dass es für die anderen keinen Grund gab, sich zu setzen. Es war sehr bequem für mich zu stehen. Genauso angenehm, als wenn ich mich auf einem Bett ausstrecken würde. Ich wusste, dass ich eine Woche lang so stehen könnte und am Ende genauso ausgeruht wäre wie am Anfang.

Sie setzten sich offenbar aus Gewohnheit hin. Den Menschen würde es auffallen, wenn jemand stundenlang dastünde, ohne auch nur das Gewicht zu verlagern. Jetzt sah ich, wie Rosalie sich ans Haar fasste und Carlisle die Beine übereinanderschlug. Kleine Bewegungen, um nicht zu unbewegt zu erscheinen, zu vampirhaft. Ich musste sie beobachten und anfangen zu üben.

Ich verlagerte das Gewicht auf das linke Bein. Es fühlte sich albern an.

Vielleicht wollten sie mich nur ein wenig mit meinem Baby allein lassen – soweit es ihnen sicher erschien.

Renesmee erzählte mir von jedem einzelnen Moment, den sie erlebt hatte; ganz offensichtlich wollte sie, genau wie ich, dass ich alles über sie erfuhr. Es beunruhigte sie, dass ich etwas verpasst hatte – zum Beispiel wie sie ganz still an einer der großen Hemlocktannen gestanden hatten, Renesmee auf Jacobs Arm, und wie die Spatzen immer näher herangehüpft waren; zu Rosalie kamen die Vögel nicht so nah heran. Oder das abscheuliche weiße Zeug – Säuglingsmilch –, das Carlisle ihr vorgesetzt hatte, es roch wie saurer Dreck. Oder das wunderschöne Lied, das Edward für sie gesummt hatte, Renesmee spielte es mir zweimal vor; es wunderte mich, dass ich im Hintergrund dieser Erinnerung war, vollkommen reglos, aber immer noch ziemlich mitgenommen. Ich schauderte, als ich mich an diese Zeit aus meiner Sicht erinnerte. Das grässliche Feuer …

Nach fast einer Stunde – die anderen waren immer noch in ihre Diskussion vertieft und Seth und Jacob schnarchten auf dem Sofa um die Wette – wurden Renesmees Erinnerungsgeschichten langsamer. Sie begannen an den Rändern leicht zu verschwimmen und wurden unscharf, bevor sie zum Ende kamen. Beinahe hätte ich Edward voller Panik unterbrochen – stimmte irgendwas nicht mit ihr? –, als ihre Lider flatterten und ihr die Augen zufielen. Sie gähnte, ihre vollen rosa Lippen formten sich zu einem runden O und ihre Augen blieben geschlossen.

Ihre Hand glitt von meinem Gesicht, als sie in den Schlaf sank; ihre Augenlider waren von einem hellen Lavendel, wie zarte Wolken vor dem Sonnenaufgang. Vorsichtig, um ihren Schlaf nicht zu stören, legte ich ihre Hand wieder an mein Gesicht und hielt sie neugierig dort. Zuerst war da gar nichts, dann, nach einigen Minuten, jagten flimmernde Farben wie bunte Schmetterlinge durch ihre Gedanken.

Fasziniert beobachtete ich ihre Träume. Sie waren ohne Sinn. Nur Farben, Formen und Gesichter. Es freute mich, wie oft mein Gesicht – meine beiden Gesichter, das hässliche als Mensch und das schöne unsterbliche – in ihren unbewussten Gedanken auftauchte. Häufiger als Edward oder Rosalie. Ich war gleichauf mit Jacob und versuchte mich nicht darüber zu ärgern.

Zum ersten Mal verstand ich, dass Edward mir früher Nacht für Nacht beim Schlafen hatte zuschauen können, nur um zu hören, wie ich im Schlaf redete. Ich hätte Renesmee endlos lange beim Träumen zuschauen können.

Mir fiel die Veränderung in Edwards Stimme auf, als er »endlich« sagte, und ich schaute zum Fenster hinaus. Draußen war tiefe, purpurn angehauchte Nacht, doch ich konnte genauso weit sehen wie vorher. Nichts in der Dunkelheit blieb mir verborgen, es hatte nur alles die Farbe verändert.

Leah, die immer noch finster dreinblickte, stand auf und schlich ins Gebüsch, gerade als Alice auf der anderen Seite des Ufers auftauchte. Alice schaukelte an einem Ast hin und her wie eine Trapezkünstlerin, ihre Hände berührten die Zehen, ehe sie sich in einer flachen Spirale anmutig über den Fluss schwang. Esme vollführte einen gewöhnlicheren Sprung, während Emmett einfach durchs Wasser stürmte und dabei so spritzte, dass einige Tropfen das Fenster trafen. Zu meiner Überraschung war Jasper bei ihnen, sein gekonnter Sprung wirkte nach den anderen zurückgenommen, geradezu bescheiden.

Das breite Grinsen, das sich auf Alice' Gesicht ausbreitete, war mir auf merkwürdige, dunkle Weise vertraut. Auf einmal lächelten mich alle an – Esme lieb, Emmett aufgeregt, Rosalie ein wenig überheblich, Carlisle nachsichtig und Edward gespannt.

Alice kam vor allen anderen ins Zimmer gehüpft, sie hatte eine Hand ausgestreckt, und die Ungeduld umgab sie wie eine fast sichtbare Aura. In der Hand hatte sie einen ganz normalen Messingschlüssel, an den eine übergroße rosa Schleife gebunden war.

Sie hielt mir den Schlüssel hin und ich nahm Renesmee automatisch noch fester in den rechten Arm, damit ich die linke Hand ausstrecken konnte. Alice legte den Schlüssel hinein.

»Herzlichen Glückwunsch zum Geburtstag!«, rief sie.

Ich verdrehte die Augen. »Man fängt doch nicht am eigentlichen Tag der Geburt an zu zählen«, wandte ich ein. »Der erste Geburtstag ist nach einem Jahr, Alice.«

Jetzt grinste sie überlegen. »Wir feiern nicht deinen Vampirgeburtstag, Bella. Noch nicht. Heute ist der dreizehnte September, Bella. Herzlichen Glückwunsch zum neunzehnten Geburtstag!«

ÜBERRASCHUNG

»Nein. Kommt überhaupt nicht in Frage!« Ich schüttelte heftig den Kopf und schaute meinen siebzehnjährigen Ehemann an, der zufrieden lächelte. »Nein, das zählt nicht. Ich hab vor drei Tagen aufgehört zu altern. Ich bin für immer achtzehn.«

»Egal«, sagte Alice und tat meinen Protest mit einem kurzen Achselzucken ab. »Wir feiern trotzdem, also trag's mit Fassung.«

Ich seufzte. Es hatte normalerweise keinen Sinn, mit Alice zu streiten.

Ihr Grinsen wurde, wenn möglich, noch breiter, als sie sah, dass ich mich geschlagen gab.

»Bist du bereit, dein Geschenk auszupacken?«, flötete sie.

»Deine Geschenke«, verbesserte Edward und holte einen weiteren Schlüssel aus der Tasche – dieser war länger, silberfarben und hatte eine nicht ganz so kitschige, blaue Schleife.

Ich verkniff es mir, die Augen zu verdrehen. Ich wusste genau, wozu dieser Schlüssel gehörte – zu dem Nachher-Auto. Ich überlegte, ob ich jetzt gespannt sein müsste. Aber es sah nicht so aus, als sei ich durch die Verwandlung in einen Vampir auf einmal zur Autonärrin geworden.

»Erst meins«, sagte Alice, dann streckte sie ihm die Zunge heraus, weil sie seine Antwort schon kannte.

»Meins ist näher.«

»Aber sieh doch, wie sie angezogen ist«, sagte Alice und es klang fast wie ein Stöhnen. »Das hat mich schon den ganzen Tag fertiggemacht. Das geht eindeutig vor.«

Ich runzelte die Stirn und überlegte, wie ich mit einem Schlüssel zu neuen Klamotten kommen sollte. Hatte sie mir eine ganze Truhe voll besorgt?

»Ich weiß was – wir knobeln es aus«, schlug Alice vor. »Stein, Schere, Papier.«

Jasper kicherte, Edward seufzte.

»Warum sagst du mir nicht einfach, wer gewinnt?«, sagte Edward trocken.

Alice strahlte. »Ich gewinne. Perfekt.«

»Es wird wohl ohnehin das Beste sein, wenn ich bis zum Morgen warte.« Edward lächelte mich schief an, dann machte er eine Kopfbewegung zu Jacob und Seth, die so aussahen, als würden sie die Nacht durchschlafen. Ich fragte mich, wie lange sie diesmal wohl vorher wach gewesen waren. »Es wäre gewiss lustiger, wenn Jacob bei dem großen Moment dabei sein könnte, nicht wahr? So könnte wenigstens einer der Anwesenden die angemessene Begeisterung zeigen.«

Ich grinste zurück. Er kannte mich gut.

»Juhu«, sang Alice. »Bella, gib Ness… Renesmee Rosalie.«

»Wo schläft sie normalerweise?«

Alice zuckte die Achseln. »In Rose' Armen. Oder in Jacobs. Oder Esmes. Jetzt weißt du Bescheid. Sie ist noch nie in ihrem Leben hingelegt worden. Sie wird der verwöhnteste Halbvampir der Welt.«

Edward lachte, während Rosalie Renesmee geschickt in die Arme nahm. »Sie ist gleichzeitig der am wenigsten verwöhnte Halbvampir der Welt«, sagte Rosalie. »Das ist das Gute, wenn man einzigartig ist.«

Rosalie grinste mich an und es freute mich, in ihrem Lächeln immer noch unsere neue Komplizenschaft zu erkennen. Ich war mir nicht ganz sicher gewesen, ob sie Bestand haben würde, wenn Renesmees Leben nicht länger an meins gebunden war. Doch vielleicht hatten wir so lange auf derselben Seite gekämpft, dass wir jetzt für immer Freundinnen sein konnten. Schließlich hatte ich die gleiche Entscheidung getroffen, die sie an meiner Stelle getroffen hätte. Das schien ihre Vorbehalte gegen all meine anderen Entscheidungen ausgeräumt zu haben.

Alice drückte mir den Schlüssel mit der Schleife in die Hand, dann fasste sie mich am Ellbogen und führte mich zur Hintertür. »Komm schon, komm schon«, trällerte sie.

»Ist es draußen?«

»Gewissermaßen«, sagte Alice und schob mich weiter.

»Viel Spaß mit deinem Geschenk«, sagte Rosalie. »Es ist von uns allen. Vor allem von Esme.«

»Kommt ihr nicht mit?«, fragte ich. Keiner der anderen rührte sich.

»Wir möchten dir Gelegenheit geben, es allein zu genießen«, sagte Rosalie. »Du kannst uns dann ja davon erzählen ... später.«

Emmett lachte laut auf. Irgendetwas an seinem Lachen gab mir das Gefühl, dass ich jetzt rot werden müsste, obwohl ich nicht wusste, weshalb.

Ich merkte, dass sich viele meiner Eigenschaften – zum Beispiel meine Abneigung gegen Überraschungen und gegen Geschenke im Allgemeinen – kein bisschen verändert hatten. Ich war erleichtert darüber, dass ich meinen Charakter im Wesentlichen in den neuen Körper mitgenommen hatte.

Ich hätte nicht gedacht, dass ich immer noch ich selbst sein würde. Ich lächelte.

Alice zog mich am Ellbogen und ich konnte nicht aufhören zu lächeln, als ich ihr in die purpurne Nacht folgte. Nur Edward begleitete uns.

»Das ist die richtige Begeisterung«, sagte Alice anerkennend. Dann ließ sie meinen Arm los, machte zwei geschmeidige Sätze und sprang über den Fluss.

»Komm schon, Bella«, rief sie vom anderen Ufer.

Edward sprang im selben Moment wie ich, es machte genauso viel Spaß wie heute Nachmittag. Vielleicht sogar noch ein bisschen mehr, weil in der Nacht alles ganz neue, satte Farben hatte.

Alice ging uns voran in Richtung Norden. Es war leichter, dem leisen Geräusch ihrer Füße auf dem Boden und ihrer frischen Fährte zu folgen, als sie durch das dichte Gestrüpp im Blick zu behalten.

Ohne dass ich etwas Besonderes bemerkt hätte, wirbelte sie plötzlich herum und flitzte zu mir zurück.

»Greif mich nicht an«, sagte sie und machte einen Satz auf mich zu.

»Was soll das?«, fragte ich und wand mich, als sie auf meinen Rücken stieg und mir die Augen zuhielt. Ich hätte sie gern abgeworfen, aber ich riss mich zusammen.

»Ich sorge nur dafür, dass du nichts sehen kannst.«

»Darum könnte ich mich auch ohne derartigen Aufwand kümmern«, bot Edward an.

»Du lässt sie womöglich schummeln. Nimm ihre Hand und führ sie.«

»Alice, ich …«

»Keine Chance, Bella, wir machen das so, wie ich es will.«

Ich spürte, wie Edward die Finger mit meinen verschränkte. »Nur noch ein paar Sekunden, Bella. Dann wird sie sich jemand anderen suchen, den sie piesacken kann.« Er zog mich weiter.

Ich konnte ihm mühelos folgen. Ich hatte keine Angst, vor einen Baum zu laufen, dabei würde sich nur der Baum verletzen.

»Du könntest das ruhig ein wenig mehr zu schätzen wissen«, schimpfte Alice. »Es ist ebenso für dich wie für sie.«

»Stimmt. Nochmals vielen Dank, Alice.«

»Ja, ja, schon gut.« Plötzlich wurde Alice' Stimme vor Aufregung höher. »Bleib hier stehen. Dreh sie ein kleines bisschen nach rechts. Ja, genau so. Gut. Bist du so weit?«, kiekste sie.

»Ich bin so weit.« Hier waren neue Gerüche, die mein Interesse weckten und meine Neugier reizten. Gerüche, die so tief im Wald nichts zu suchen hatten. Geißblatt. Rauch. Rosen. Sägemehl? Und irgendetwas aus Metall. Dunkle, feuchte Erde, frisch umgegraben. Ich beugte mich näher zu dem Geheimnis.

Alice sprang von meinem Rücken und nahm mir die Hände von den Augen.

Ich starrte in die violette Dunkelheit. Dort, auf einer kleinen Lichtung im Wald, war ein winziges Häuschen aus Naturstein, lavendelgrau im Licht der Sterne.

Es gehörte so vollkommen hierher, dass es aussah, als wäre es aus dem Fels gewachsen, wie eine natürliche Formation. Geißblatt kletterte an einer Wand empor, bis ganz hinauf über die dicken Holzschindeln. Spätsommerrosen blühten in dem handtuchgroßen Gärtchen unter den dunklen, tiefliegenden Fenstern. Ein kleiner Weg aus flachen Steinen, amethystfarben in der Nacht, führte zu der idyllischen gewölbten Holztür.

Erschrocken umfasste ich den Schlüssel.

»Was sagst du dazu?« Alice' Stimme war jetzt weich, sie passte zu der vollkommenen Ruhe der Bilderbuchszenerie.

Ich machte den Mund auf, sagte jedoch nichts.

»Esme dachte sich, es könnte uns gefallen, eine Zeit lang ein Haus ganz für uns zu haben, doch sie wollte uns nah bei sich wissen«, sagte Edward leise. »Und sie freut sich immer, wenn sie einen Anlass hat zu restaurieren. Dieses Häuschen war schon seit mindestens hundert Jahren dabei zu verfallen.«

Noch immer konnte ich nur stumm gucken, wie ein Fisch.

»Gefällt es dir nicht?« Alice machte ein langes Gesicht. »Wir können es auch anders herrichten, wenn du möchtest. Emmett wollte schon ein paar hundert Quadratmeter anbauen, ein zweites Stockwerk, Säulen und einen Turm, aber Esme meinte, dir würde es am besten so gefallen, wie es ursprünglich gedacht war.« Ihre Stimme wurde höher und schneller. »Wenn sie sich geirrt hat, können wir neu anfangen. Es wird nicht lange dauern ...«

»Scht!«, brachte ich heraus.

Sie presste die Lippen zusammen und wartete. Es dauerte eine Zeit, bis ich mich gefasst hatte.

»Ihr schenkt mir ein Haus zum Geburtstag?«, flüsterte ich.

»Uns«, verbesserte Edward. »Und es ist ja nur ein Häuschen. Ich denke, das Wort *Haus* beinhaltet mehr Beinfreiheit.«

»Mach mein Haus nicht runter«, flüsterte ich ihm zu.

Alice strahlte. »Du findest es schön.«

Ich schüttelte den Kopf.

»Umwerfend?«

Ich nickte.

»Das muss ich unbedingt sofort Esme erzählen!«

»Wieso ist sie nicht mitgekommen?«

Alice' Lächeln verblasste, entglitt ein wenig, als wäre meine Frage schwer zu beantworten. »Ach, du weißt doch ... sie wissen alle noch, wie du zu Geschenken stehst. Sie wollten nicht, dass du dich verpflichtet fühlst, es zu mögen.«

»Aber natürlich liebe ich es. Was sonst?«

»Da werden sie sich freuen.« Sie tätschelte mir den Arm.

»Übrigens, dein Schrank ist gut bestückt. Geh vernünftig damit um. Und ... ich glaube, das war's.«

»Kommst du nicht mit rein?«

Sie ging lässig ein paar Schritte zurück. »Edward kennt den Weg. Ich schaue dann ... später mal rein. Ruf mich an, wenn du unsicher bist, wie du deine Kleider richtig kombinieren sollst.« Sie sah mich zweifelnd an, dann lächelte sie. »Jasper will auf die Jagd. Bis dann.«

Sie schoss in den Wald wie die anmutigste aller Gewehrkugeln.

»Merkwürdig«, sagte ich, als nichts mehr von ihr zu hören war. »Ist es wirklich *so* schlimm mit mir? Sie hätten doch nicht wegbleiben müssen. Jetzt hab ich ein schlechtes Gewissen. Ich hab ihr noch nicht mal richtig gedankt. Lass uns zurückgehen und Esme sagen ...«

»Bella, sei nicht albern. Niemand hält dich für so unvernünftig.«

»Wieso haben sie dann ...«

»Zeit für uns zwei ist das andere Geschenk. Alice wollte es auf taktvolle Weise sagen.«

»Ah.«

Und schon war das Haus verschwunden. Wir hätten überall sein können. Bäume, Steine, Sterne, ich sah nichts von alldem. Nur noch Edward.

»Komm mit, ich zeige dir, was sie gemacht haben«, sagte er und zog mich mit. Merkte er nicht, dass Erregung durch meinen Körper strömte wie ein Adrenalinstoß?

Wieder einmal war ich aus dem Gleichgewicht, ich wartete auf Reaktionen, die mein Körper nicht mehr zu Stande brachte. Mein Herz müsste donnern wie eine Dampflok, die uns gleich umfuhr. Ohrenbetäubend. Meine Wangen müssten knallrot sein.

Und außerdem müsste ich erschöpft sein. Es war der längste Tag meines Lebens gewesen.

Ich lachte auf – nur ein leises, erschrockenes Lachen –, als ich begriff, dass dieser Tag niemals enden würde.

»Bekomme ich den Witz auch zu hören?«

»Er ist nicht besonders gut«, sagte ich, als er mir voraus zu der kleinen gewölbten Tür ging. »Ich dachte nur gerade – heute ist der erste und letzte Tag der Ewigkeit. Es ist so schwer zu begreifen. Obwohl ich jetzt noch mehr Raum zum Begreifen habe.« Wieder lachte ich.

Er stimmte ein. Er streckte die Hand nach der Türklinke aus, aber überließ es mir, uns einzulassen. Ich steckte den Schlüssel ins Schloss und drehte ihn herum.

»Du machst all das mit solch einer Selbstverständlichkeit, Bella, ich vergesse ganz, wie sonderbar das alles für dich sein muss. Wenn ich deine Gedanken doch nur hören könnte.« Er bückte sich und riss mich so schnell in seine Arme, dass ich es nicht kommen sah – und das wollte schon was heißen.

»Hey!«

»Türschwellen fallen in mein Aufgabengebiet«, erinnerte er mich. »Ich bin wirklich neugierig. Erzähle mir, woran du gerade denkst.«

Er öffnete die Tür – sie ging mit einem kaum hörbaren Knarren auf – und trat in das kleine Wohnzimmer.

»An alles«, sagte ich. »An alles zugleich, weißt du. An das Schöne und die Sorgen und das Neue. Und dass ich zu viel in Superlativen denke. Jetzt gerade denke ich, dass Esme eine Künstlerin ist. Es ist einfach vollkommen!«

Das Zimmer war wie aus einem Märchen. Der Fußboden war ein wildes Mosaik aus glatten flachen Steinen. Die niedrige Decke hatte lange freiliegende Balken, an denen sich jemand von

Jacobs Statur garantiert den Kopf stoßen würde. Die Wände waren teils aus warmem Holz, teils aus Steinmosaik. In dem Kaminofen in der Ecke brannten die Reste eines langsam flackernden Feuers. Es war Treibholz, das hier brannte – die niedrigen Flammen waren blau und grün vom Salz.

Die Möbel waren zusammengestückelt, nicht ein Teil passte zum anderen und doch wirkte alles harmonisch. Ein Stuhl hätte aus dem Mittelalter stammen können, während eine niedrige Ottomane am Kamin und das gut gefüllte Bücherregal am gegenüberliegenden Fenster mich an Filme erinnerten, die in Italien spielten. Irgendwie passte alles zusammen wie ein großes dreidimensionales Puzzle. An den Wänden hingen ein paar Bilder, die ich kannte – einige meiner Lieblingsstücke aus dem großen Haus. Zweifellos unschätzbare Originale, doch auch sie schienen hierherzugehören wie alles andere.

Hier konnte jeder an Zauberei glauben. Man hätte sich nicht gewundert, wenn Schneewittchen mit ihrem Apfel in der Hand hereinspaziert wäre oder wenn ein Einhorn stehen geblieben wäre, um an den Rosensträuchern zu knabbern.

Edward hatte immer gedacht, er gehöre in die Welt der Gruselgeschichten, während ich immer schon gewusst hatte, dass er danebenlag. Es war ganz klar, dass er hierhergehörte. In ein Märchen.

Und jetzt war ich zusammen mit ihm darin.

Ich wollte es gerade ausnutzen, dass er mich noch nicht wieder abgesetzt hatte und sein betörend schönes Gesicht nur wenige Zentimeter von meinem entfernt war, als er sagte: »Glücklicherweise hat Esme noch ein zusätzliches Zimmer eingerichtet. Niemand hatte mit Ness... Renesmee gerechnet.«

Ich sah ihn mit gerunzelter Stirn an, meine Gedanken beschritten einen weniger angenehmen Weg.

»Nicht du auch noch«, sagte ich vorwurfsvoll.

»Entschuldige, Liebste. Ich höre es fortwährend in ihren Gedanken, weißt du. Das färbt auf mich ab.«

Ich seufzte. Mein Baby, das Seeungeheuer. Vielleicht konnte man nichts dagegen machen. Na, aber *ich* würde nicht nachgeben.

»Gewiss kannst du es gar nicht erwarten, deinen Schrank zu sehen. Jedenfalls werde ich Alice erzählen, dass es so war, um ihr eine Freude zu machen.«

»Muss ich Angst haben?«

»Panik.«

Er trug mich durch einen schmalen steinernen Flur mit winzigen Deckenbogen, als wäre das Haus unser Schlösschen.

»Das wird Renesmees Zimmer«, sagte er mit einer Kopfbewegung zu einem leeren Zimmer mit hellem Holzfußboden. »Sie hatten nicht viel Zeit, es besonders zu gestalten, die wütenden Werwölfe …«

Ich lachte leise und wunderte mich, wie schnell sich alles zum Guten gewendet hatte, wo es doch vor einer Woche noch wie ein einziger Albtraum schien.

Verflixter Jacob, dass er es auf *diese* Weise zum Guten wenden musste.

»Hier ist unser Zimmer. Esme hat versucht, ein wenig von ihrer Insel für uns herzubringen. Sie ahnte schon, dass wir sie ins Herz schließen würden.«

Das Bett war groß und weiß, mit einem Himmel aus hauchzartem Stoff, der bis zum Boden fiel. Der helle Holzboden passte zu dem im anderen Zimmer, und jetzt wurde mir klar, dass er genau die Farbe eines unberührten Strandes hatte. Die Wände waren fast weißblau wie ein strahlender Sonnentag, und in der hinteren Wand befand sich eine große Glastür, die auf einen kleinen lauschigen Garten hinausging. Kletterrosen und ein kleiner runder Teich, spiegelglatt und von blanken Steinen umrandet. Ein kleiner, ruhiger Ozean für uns.

»Oh!« Mehr konnte ich nicht sagen.

»Ich weiß«, flüsterte er.

Eine Weile standen wir da und erinnerten uns. Obwohl es verschwommene menschliche Erinnerungen waren, nahmen sie mein ganzes Denken ein.

Er lächelte ein breites, strahlendes Lächeln, dann lachte er.

»Zum Schrank geht es durch diese Flügeltür. Ich muss dich warnen – er ist größer als dieses Zimmer.«

Ich würdigte die Flügeltür keines Blickes. Jetzt gab es nichts mehr auf der Welt als ihn – seine Arme unter mir, sein süßer Atem an meinem Gesicht, seine Lippen ganz nah an meinen – und jetzt gab es nichts, was mich ablenkte, neugeboren hin oder her.

»Wir können Alice ja erzählen, dass ich mich direkt auf die Kleider gestürzt hab«, flüsterte ich, grub die Finger in sein Haar und zog sein Gesicht näher zu mir heran. »Wir erzählen ihr, ich hätte mich stundenlang umgezogen. Wir lügen einfach.«

Er ließ sich sofort auf meine Stimmung ein, oder vielleicht war er auch bereits in der Stimmung und wollte mich nur, ganz Gentleman, erst mein Geburtstagsgeschenk gebührend bewundern lassen. Mit plötzlicher Leidenschaft zog er mein Gesicht zu sich heran, ein leises Stöhnen in der Kehle. Als ich es hörte, wurde das elektrische Kribbeln in meinem Körper so berauschend, dass ich ihm gar nicht schnell genug nah genug sein konnte.

Ich hörte, wie unter unseren Händen der Stoff zerriss, und war froh, dass meine Kleider sowieso schon kaputt waren. Für seine Kleider war es zu spät. Es kam mir fast unhöflich vor, das schöne weiße Bett zu missachten, aber so weit kamen wir einfach nicht.

Diese zweite Hochzeitsnacht war nicht wie unsere erste.

Unsere Zeit auf der Insel war für mich der Inbegriff meines menschlichen Lebens. Das Allerbeste daran. Ich war bereit gewesen mein Menschenleben zu verlängern, nur um das, was ich mit Edward hatte, noch eine Weile festzuhalten. Weil das körperliche Erleben nie mehr dasselbe sein würde.

Nach einem Tag wie heute hätte ich mir denken können, dass es noch besser sein würde.

Erst jetzt wusste ich Edward richtig zu schätzen, konnte mit meinen starken neuen Augen jeden Zug seines vollkommenen Gesichts richtig sehen, jede Linie seines schlanken, makellosen Körpers. Ich konnte seinen reinen, lebendigen Duft auf der Zunge schmecken, und ich spürte, wie unglaublich seidig seine Marmorhaut unter meinen empfindsamen Fingerspitzen war.

Meine Haut unter seinen Händen war auch empfindsam.

Er war ganz neu, ein anderer Mann, als unsere Körper auf dem sandfarbenen Fußboden zusammenfanden. Keine Vorsicht, keine Zurückhaltung. Keine Angst – das vor allem. Wir konnten uns *gemeinsam* lieben – konnten beide unsere Gefühle ausdrücken. Endlich einander ebenbürtig.

Wie zuvor schon unsere Küsse war jede Berührung mehr, als ich es gewohnt war. Er hatte so viel von sich zurückgehalten. Damals ging es nicht anders, doch ich konnte kaum glauben, was mir alles entgangen war.

Ich versuchte daran zu denken, dass ich stärker war als er, doch es war schwer, sich auf irgendetwas zu konzentrieren, so heftig waren die Gefühle, in jeder Sekunde war meine Aufmerksamkeit an tausend Körperstellen zugleich; falls ich ihm wehtat, so beklagte er sich nicht.

Ein klitzekleiner Teil meines Gehirns dachte über das interessante Rätsel nach, das sich in dieser Situation verbarg. Ich würde niemals müde werden und er ebenso wenig. Wir mussten nicht verschnaufen oder essen oder zur Toilette gehen; all die profanen menschlichen Bedürfnisse hatten wir abgelegt. Er hatte den schönsten, vollkommensten Körper der Welt und er gehörte nur mir, und ich konnte mir nicht vorstellen, dass ich jemals denken würde: Jetzt reicht es aber für heute. Ich würde immer noch mehr wollen. Und der Tag würde nie zu Ende gehen. Wie sollten wir dann überhaupt jemals aufhören?

Es störte mich gar nicht, dass ich darauf keine Antwort wusste.

Irgendwann fiel mir wohl auf, dass der Himmel heller wurde. Der Miniozean draußen färbte sich von Schwarz zu Grau und eine Lerche begann ganz in der Nähe zu singen – vielleicht hatte sie in den Rosen ein Nest.

»Vermisst du es?«, fragte ich ihn, als ihr Lied zu Ende war.

Es war nicht das erste Mal, dass wir etwas sagten, aber wir hatten uns auch nicht direkt unterhalten.

»Ob ich was vermisse?«, murmelte er.

»Alles – die Wärme, die weiche Haut, den köstlichen Duft ... Ich verliere gar nichts, aber ich hab mich gerade gefragt, ob es für dich ein bisschen traurig ist.«

Er lachte, leise und zärtlich. »Es dürfte schwierig sein, jemanden zu finden, der *weniger* traurig ist, als ich es in diesem Moment bin. Unmöglich, wage ich zu behaupten. Nicht viele bekommen an einem einzigen Tag alles, was sie wollen, und noch alles Mögliche dazu, worum sie nicht einmal gebeten haben.«

»Weichst du mir aus?«

Er legte eine Hand an mein Gesicht. »Du *bist* warm«, sagte er. Das stimmte, in gewisser Weise. Für mich war seine Hand warm. Es war nicht dasselbe, wie Jacobs brennend heiße Haut zu berühren, es war angenehmer. Natürlicher.

Dann glitt er mit den Fingern ganz langsam über mein Gesicht, fuhr langsam von meinem Kinn über meinen Hals und dann hinab bis zu meiner Taille. Ich merkte, wie ich leicht die Augen schloss.

»Du *bist* weich.«

Seine Finger waren wie Seide auf meiner Haut, und ich begriff, was er meinte.

»Und was den Duft angeht, nun ja, ich kann nicht behaupten, dass ich ihn *vermisse*. Erinnerst du dich an den Geruch der Wanderer auf unserer Jagd?«

»Ich gebe mir große Mühe, nicht daran zu denken.«

»Dann stell dir vor, jemanden zu küssen, der so riecht.«

Meine Kehle ging in Flammen auf, als würde man bei einem Heißluftballon an der Leine ziehen.

»*Oh.*«

»Genau. Die Antwort lautet also nein. Ich bin einfach glückselig, weil ich *nichts* vermisse. Niemand besitzt mehr als ich in diesem Augenblick.«

Ich wollte ihm erklären, dass es da doch jemanden gab, aber meine Lippen hatten auf einmal anderes zu tun.

Als sich der kleine Teich mit dem Sonnenaufgang perlmuttern färbte, hatte ich noch eine Frage für ihn.

»Wie lange soll das so gehen? Ich meine, Carlisle und Esme, Emmett und Rose, Alice und Jasper – die sind doch nicht den ganzen Tag in ihren Zimmern eingeschlossen. Sie bewegen sich in der Öffentlichkeit, vollständig bekleidet, die ganze Zeit. Lässt dieses … wahnsinnige Verlangen irgendwann nach?« Ich drängte mich näher an ihn – was eigentlich kaum möglich war –, um meine Worte zu unterstreichen.

»Das ist schwer zu sagen. Jeder ist anders, und, nun ja, bis jetzt unterscheidest du dich am meisten von uns allen. Der durchschnittliche Jungvampir ist in der ersten Zeit so besessen von seinem Durst, dass er kaum etwas anderes wahrnehmen kann. Für dich scheint das nicht zu gelten. Doch bei dem durchschnittlichen Vampir machen sich nach diesem ersten Jahr langsam andere Bedürfnisse bemerkbar. Weder der Durst noch das Verlangen verschwinden jemals vollständig. Es geht nur darum, das richtige Maß zu finden, Prioritäten zu setzen und sich zurechtzufinden ...«

»Wie lange?«

Er lächelte und zog die Nase ein wenig kraus. »Bei Rosalie und Emmett war es am schlimmsten. Es dauerte eine volle Dekade, bis ich es ertragen konnte, ihnen auf fünf Kilometer nah zu kommen. Selbst für Carlisle und Esme war es kaum auszuhalten. Schließlich warfen sie das glückliche Paar hinaus. Esme baute ihnen ein Haus, wie jetzt für uns. Es war prächtiger als dieses; Esme kennt Rosalies Geschmack und sie kennt deinen.«

»Und nach den zehn Jahren?« Ich war mir ziemlich sicher, dass Rosalie und Emmett uns nicht das Wasser reichen konnten, aber es hätte vielleicht eingebildet geklungen, wenn ich mehr als zehn Jahre gesagt hätte. »Sind dann alle wieder normal? So wie jetzt?«

Edward lächelte wieder. »Nun ja, ich weiß nicht, was du normal nennst. Bisher hast du erlebt, dass meine Familie ein recht menschenähnliches Leben führt, aber du hast ja auch die Nächte verschlafen.« Er zwinkerte mir zu. »Wenn man nicht schlafen muss, hat man unglaublich viel Zeit zur Verfügung. Das macht es recht einfach, das ... richtige Maß zu finden. Es hat seine Gründe, dass ich der beste Musiker in der Familie bin, weshalb ich – von Carlisle abgesehen – die meisten Bücher gelesen, die meisten Wissenschaften studiert habe, die meisten Sprachen spreche … Emmett würde versuchen dir weiszumachen, ich sei so ein Besserwisser, weil ich Gedanken lesen kann, doch in Wahrheit hatte ich einfach immer *viel* Freizeit.«

Wir lachten beide, und durch die Bewegung fanden unsere Körper auf so anregende Weise zusammen, dass das Gespräch damit beendet war.

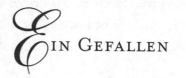

Ein Gefallen

Schon bald darauf erinnerte Edward mich an meine Prioritäten.
Er brauchte nur ein Wort zu sagen.

»Renesmee ...«

Ich seufzte. Sie würde bald aufwachen. Es musste fast sieben
Uhr früh sein. Ob sie mich suchte? Plötzlich durchfuhr mich so
etwas wie Panik, und ich erstarrte. Wie sah sie heute wohl aus?

Edward spürte, dass ich nicht mehr bei der Sache war. »Es ist
in Ordnung, Liebste. Zieh dich an, in zwei Sekunden sind wir
wieder beim Haus.«

Ich muss ausgesehen haben wie eine Comicfigur, als ich aufsprang, zu ihm schaute – sein Diamantkörper glitzerte schwach
in dem diffusen Licht –, dann nach Westen, wo Renesmee wartete, dann wieder zu ihm, dann wieder zu ihr, sechsmal ging
mein Kopf innerhalb einer Sekunde hin und her. Edward lächelte, aber er lachte nicht; er hatte sich im Griff.

»Es geht immer wieder um das richtige Maß, Liebste. Du
machst das alles so gut, dass es gewiss nicht lange dauern wird,
bis sich alles zurechtrückt.«

»Und wir haben ja die ganze Nacht, oder?«

Sein Lächeln wurde breiter. »Glaubst du, sonst könnte ich es
ertragen, dass du dich anziehst?«

Das musste reichen, um mich über den Tag zu bringen. Ich

würde schon das richtige Maß für dieses überwältigende, wahnsinnige Verlangen finden und eine gute ... Es war schwer, das Wort zu denken. Obwohl Renesmee so real und wichtig für mich war, fiel es mir immer noch schwer, mich als *Mutter* zu sehen. Aber das würde wahrscheinlich jeder Frau so gehen, ohne die neun Monate Vorbereitungszeit. Und mit einem Kind, das sich stündlich veränderte.

Als ich daran dachte, wie rasend schnell Renesmee sich entwickelte, war ich sofort wieder nervös. Ich blieb noch nicht mal an der mit Schnitzereien verzierten Flügeltür stehen, um einmal durchzuatmen, bevor ich mir anschaute, was Alice für mich vorbereitet hatte. Ich platzte einfach hinein, wild entschlossen, das Erstbeste anzuziehen, das mir in die Finger kam. Ich hätte mir denken können, dass es nicht ganz so einfach sein würde.

»Welche sind meine?«, zischte ich. Wie versprochen war der Raum größer als unser Schlafzimmer. Vielleicht sogar größer als das ganze restliche Haus, doch um das festzustellen, hätte ich ihn abschreiten müssen. Ich stellte mir kurz vor, wie Alice Esme dazu überredet haben mochte, die klassischen Proportionen zu vernachlässigen und dieses Monstrum zuzulassen. Ich fragte mich, wie sie das geschafft hatte.

Alles war in Kleiderhüllen verpackt, weiß und unberührt, Reihe um Reihe um Reihe.

»Soweit ich weiß, gehört alles dir bis auf diese Kleiderstange.« Edward berührte eine Stange, die sich über die schmale Wand links neben der Tür erstreckte.

»Das alles?«

Er zuckte die Achseln.

»Alice«, sagten wir wie aus einem Mund. Er sprach ihren Namen aus wie eine Erklärung, ich wie ein Schimpfwort.

»Na gut«, murmelte ich und zog den Reißverschluss der ersten Hülle herunter. Ich knurrte leise, als ein bodenlanges Seidenkleid zum Vorschein kam – babyrosa.

Es konnte den ganzen Tag dauern, bis ich etwas Normales zum Anziehen fand!

»Ich helfe dir«, bot Edward an. Er schnupperte bedächtig, dann folgte er einem Duft in den hinteren Teil des länglichen Raums. Dort befand sich eine eingebaute Kommode. Er schnupperte wieder und zog dann eine Schublade auf. Mit einem triumphierenden Grinsen holte er eine modisch verwaschene blaue Jeans heraus.

Ich flitzte zu ihm. »Wie hast du das gemacht?«

»Denim hat seinen eigenen Geruch, wie alles andere auch. Und jetzt ... Baumwolle?

Er folgte dem Duft zu einer Schranktür und förderte ein langärmliges weißes T-Shirt zu Tage. Er warf es mir zu.

»Danke«, sagte ich aus tiefstem Herzen. Ich beschnüffelte die Stoffe und merkte mir den Geruch für künftige Suchaktionen in diesem Irrenhaus. Seide und Satin kannte ich schon, die würde ich meiden.

Er brauchte nur ein paar Sekunden, um seine eigenen Sachen zu finden – hätte ich ihn nicht nackt gesehen, hätte ich geschworen, dass es nichts Schöneres gab als Edward in seiner Khakihose und dem hellbeigefarbenen Pulli –, dann nahm er meine Hand. Wir sausten durch den verborgenen Garten, sprangen leichtfüßig über die Steinmauer und rasten in Höchstgeschwindigkeit in den Wald. Ich befreite meine Hand, damit wir ein Wettrennen machen konnten. Diesmal gewann er.

Renesmee war wach, sie saß auf dem Boden und spielte mit einem kleinen Haufen verbogenen Silberbestecks, während Rose und Emmett neben ihr saßen. In der rechten Hand hatte sie einen krummen Löffel. Kaum erspähte sie mich durch die

Glastür, pfefferte sie den Löffel zu Boden – wo er eine Kerbe im Holz hinterließ – und zeigte fordernd in meine Richtung. Ihre Zuschauer lachten; Alice, Jasper, Esme und Carlisle saßen auf dem Sofa und schauten ihr zu, als sähen sie einen spannenden Film.

Ich war schon im Zimmer, bevor sie zu Ende gelacht hatten; auf Renesmee zulaufen und sie hochheben war eins. Wir strahlten uns an.

Sie war verändert, aber nicht so sehr. Wieder ein wenig größer, ihr Körper verlor das Babyhafte und wurde kindlicher. Ihre Haare waren schon wieder zwei Zentimeter gewachsen, die Locken hüpften bei jeder Bewegung wie Sprungfedern. Auf dem Weg zum Haus war meine Phantasie mit mir durchgegangen, ich hatte mir das Schlimmste ausgemalt. Dank meiner übertriebenen Ängste waren diese kleinen Veränderungen fast eine Erleichterung. Auch ohne Carlisles Messergebnisse zu kennen, war ich mir sicher, dass sie langsamer gewachsen war als gestern.

Renesmee tätschelte meine Wange. Ich zuckte zusammen. Sie hatte schon wieder Hunger.

»Seit wann ist sie wach?«, fragte ich, als Edward durch die Küchentür verschwunden war. Bestimmt machte er Frühstück für sie, denn er kannte ihre Gedanken ja genauso wie ich. Ich fragte mich, ob er ihre kleine Eigenart überhaupt bemerkt hätte, wenn nur er sie gekannt hätte. Für ihn war es wahrscheinlich nichts Besonderes, weil er ja alle Gedanken hören konnte.

»Erst seit ein paar Minuten«, sagte Rose. »Wir hätten dich bald angerufen. Sie hat nach dir gefragt – oder verlangt, sollte man wohl besser sagen. Esme hat ihr zweitbestes Silberbesteck geopfert, um das kleine Monster bei Laune zu halten.« Rose lächelte Renesmee so liebevoll an, dass der kleine Spott kein Gewicht hatte. »Wir wollten euch nicht ... stören.«

Rosalie biss sich auf die Lippe und versuchte, nicht zu lachen. Ich spürte Emmetts stummes Gelächter hinter mir, das Haus schien in seinen Fundamenten zu erbeben.

Ich ließ mir nichts anmerken. »Wir richten gleich dein Zimmer ein«, sagte ich zu Renesmee. »Das Häuschen wird dir gefallen. Es ist bezaubernd.« Ich schaute zu Esme. »Danke, Esme. Vielen, vielen Dank. Es ist einfach vollkommen.«

Bevor Esme antworten konnte, lachte Emmett wieder – diesmal alles andere als leise.

»Dann steht es also noch?«, stieß er mühsam hervor. »Ich dachte, ihr beide hättet es in Trümmer gelegt. Was habt ihr letzte Nacht getrieben? Die Staatsverschuldung diskutiert?« Er jaulte vor Lachen.

Ich biss die Zähne zusammen und sagte mir, dass ich nur Schaden anrichten würde, wenn ich so ausrastete wie gestern. Auch wenn Emmett nicht so zerbrechlich war wie Seth ...

Als ich an Seth dachte, fiel mir auf, dass weder er noch Jacob da waren. »Wo sind die Wölfe heute?«, fragte ich und schaute zum Fenster hinaus, doch von Leah war nichts zu sehen.

»Jacob ist heute Morgen ziemlich früh losgezogen«, sagte Rosalie mit leicht gerunzelter Stirn. »Seth ist ihm gefolgt.«

»Worüber hat er sich so aufgeregt?«, fragte Edward, als er mit Renesmees Tasse wieder ins Zimmer kam. In Rosalies Erinnerung musste noch mehr gewesen sein, als ich ihr angesehen hatte.

Ohne zu atmen, überreichte ich Rosalie Renesmee. Wenn ich auch eine Superselbstbeherrschung hatte, füttern konnte ich sie auf keinen Fall. Noch nicht.

»Ich weiß nicht – und es ist mir auch einerlei«, sagte Rosalie leise, aber dann beantwortete sie Edwards Frage doch. »Er sah Nessie beim Schlafen zu, mit offenem Mund, vertrottelt, wie er ist, dann sprang er einfach ohne jeden Anlass auf – jedenfalls habe ich keinen bemerkt – und stürmte hinaus. Ich war froh, dass ich ihn los war. Je mehr Zeit er hier verbringt, desto unwahrscheinlicher ist es, dass wir den Gestank jemals wieder herausbekommen.«

»Rose«, sagte Esme mit sanftem Tadel.

Rosalie warf die Haare zurück. »Ich nehme an, es spielt keine Rolle. Wir bleiben ohnehin nicht mehr lange hier.«

»Ich bin immer noch der Ansicht, dass wir direkt nach New Hampshire reisen und alles vorbereiten sollten«, sagte Emmett, offenbar hatten sie schon vorher darüber gesprochen. »Bella ist in Dartmouth ja schon eingeschrieben, und es sieht nicht so aus, als würde sie allzu lange brauchen, bis sie auf die Uni kann.« Er sah mich mit spöttischem Grinsen an. »Du schaffst das garantiert alles mit links ... Du hast ja nachts offenbar nichts Besseres zu tun, als zu büffeln.«

Rosalie kicherte.

Nicht ausrasten, nicht ausrasten, sagte ich mir immer wieder und war stolz auf mich, weil ich einen kühlen Kopf bewahrte.

Deshalb war ich einigermaßen verblüfft über Edwards Reaktion.

Er knurrte – ein plötzlicher, erschreckend rauer Laut – und eine ohnmächtige Wut trat auf sein Gesicht wie Gewitterwolken.

Ehe einer von uns etwas sagen konnte, war Alice schon aufgesprungen.

»Was *macht* er? Was hat der Hund angestellt, das meine ganzen Pläne für den heutigen Tag ausgelöscht hat? Ich kann *überhaupt nichts* mehr sehen! Nein!« Sie warf mir einen gequälten

Blick zu. »Sieh dich nur an! Du musst dich von mir in deinen Kleiderschrank einweisen lassen!«

Einen winzigen Augenblick lang war ich dankbar für das, was Jacob im Schilde führte.

Aber dann ballte Edward die Hände zu Fäusten und knurrte: »Er hat mit Charlie gesprochen. Er geht davon aus, dass Charlie ihm folgt. Hierher. Heute.«

Alice sagte ein Wort, das so gar nicht zu ihrer melodiösen, damenhaften Stimme passte, dann sauste sie wie der Blitz zur Hintertür hinaus.

»Er hat es Charlie erzählt?«, stieß ich hervor. »Aber – versteht er denn gar nichts? Wie konnte er das tun?« Charlie durfte nicht erfahren, was mit mir los war! Durfte nichts von Vampiren wissen! Damit stünde er auf einer Abschussliste, von der ihn nicht einmal die Cullens retten konnten. »Nein!«

Edward sprach mit zusammengebissenen Zähnen. »Jacob ist gleich hier.«

Weiter östlich hatte es offenbar angefangen zu regnen. Jacob kam zur Tür herein und schüttelte die nassen Haare wie ein Hund, die Tropfen spritzten auf den Teppich und auf das Sofa, wo sie kleine graue Flecken auf dem weißen Stoff hinterließen. Seine Zähne glänzten hinter den dunklen Lippen; seine Augen leuchteten aufgeregt. Er ging mit ruckartigen Bewegungen, als fände er es wahnsinnig aufregend, das Leben meines Vaters zu zerstören.

»Hi, Leute«, sagte er grinsend.

Es blieb vollkommen still.

Leah und Seth schlüpften nach ihm zur Tür herein, in Menschengestalt – bis jetzt noch, die Spannung im Zimmer ließ beiden die Hände zittern.

»Rose«, sagte ich und streckte die Arme aus. Wortlos reichte

Rosalie mir Renesmee. Ich drückte sie fest an mein regloses Herz, als wäre sie mein Talisman gegen überstürzte Reaktionen. Ich wollte sie so lange in den Armen halten, bis ich mir sicher war, dass ich Jacob nicht nur aus Wut töten wollte, sondern aus vernünftigen Gründen.

Sie war ganz still, sie schaute und lauschte. Wie viel konnte sie verstehen?

»Charlie müsste bald hier sein«, sagte Jacob beiläufig. »Nur so als Vorwarnung. Ich nehme an, Alice besorgt dir eine Sonnenbrille oder so?«

»Du nimmst viel zu viel an«, fauchte ich. »Was. Hast. Du. Getan?«

Jacobs Lächeln geriet ins Wanken, aber er war noch immer zu aufgedreht, um mir eine ernsthafte Antwort zu geben. »Blondie und Emmett haben mich heute mit einer endlosen Diskussion darüber geweckt, dass ihr alle ans andere Ende des Landes ziehen wollt. Als ob ich euch einfach so ziehen lassen könnte. Das größte Problem war doch immer Charlie, oder? Na, das hätten wir jetzt gelöst.«

»Hast du überhaupt eine Ahnung, was du da angerichtet hast? In was für eine Gefahr du ihn bringst?«

Er schnaubte. »Ich bringe ihn nicht in Gefahr. Von dir mal abgesehen. Aber du hast doch so eine übernatürliche Selbstbeherrschung, oder? Nicht ganz so gut wie Gedankenlesen, wenn du mich fragst. Vergleichsweise öde.«

Jetzt kam Leben in Edward, er sauste durchs Zimmer, um Jacob anzufahren. Obwohl Edward einen halben Kopf kleiner war, wich Jacob vor seiner unbändigen Wut zurück, als würde er ihn überragen.

»Das ist nur eine *Theorie*, du Bastard«, fauchte er. »Meinst du, wir sollten sie an *Charlie* testen? Hast du bedacht, welche körperlichen Schmerzen du Bella zumutest, selbst wenn sie widerstehen kann? Oder die seelische Qual, falls sie es nicht kann? Was mit Bella geschieht, betrifft dich jetzt wohl nicht mehr?« Die letzten Worte fauchte er.

Renesmee presste die Finger ängstlich an meine Wange, die Angst spiegelte sich in den Bildern in ihrem Kopf.

Edwards Worte holten Jacob schließlich aus seiner eigentümlich elektrisierten Stimmung heraus. Sein Mund klappte auf. »Bella wird Schmerzen haben?«, sagte er strinrunzelnd.

»Als ob du ihr ein glühend heißes Bügeleisen in den Hals schieben würdest.«

Ich erschrak, als ich mich an den Geruch von Menschenblut erinnerte.

»Das wusste ich nicht«, flüsterte Jacob.

»Dann hättest du vielleicht vorher fragen sollen«, knurrte Edward.

»Dann hättest du mich aufgehalten.«

»Man hätte dich aufhalten sollen ...«

»Hier geht es nicht um mich«, unterbrach ich ihn. Ich stand ganz still da, versuchte Renesmee festzuhalten und die Ruhe zu bewahren. »Hier geht es um Charlie, Jacob. Wie konntest du ihn nur so in Gefahr bringen? Bist du dir im Klaren, dass auch er jetzt nur noch die Wahl zwischen dem Tod und einem Leben als Vampir hat?« Meine Stimme zitterte von den Tränen, die meine Augen nicht mehr vergießen konnten.

Jacob war immer noch beunruhigt wegen Edwards Vorwürfen, während meine ihn offenbar nicht weiter beschäftigten. »Keine Panik, Bella, ich hab ihm nichts erzählt, was du ihm nicht sowieso erzählen wolltest.«

»Aber er kommt hierher!«

»Ja, so ist es gedacht. War doch deine Idee, dass er die falschen Schlüsse ziehen soll, oder? Ich will mich ja nicht loben, aber ich glaube, ich hab ein ganz nettes Ablenkungsmanöver inszeniert.«

Meine Finger lösten sich von Renesmee, dann hielt ich sie wieder fest. »Sag es einfach direkt, Jacob. Ich hab jetzt nicht die Geduld für solche Spielchen.«

»Ich hab ihm nichts von dir erzählt, Bella. Nicht direkt. Ich hab ihm von *mir* erzählt. Oder besser gesagt, ich hab es ihm *gezeigt*.«

»Er hat sich vor Charlies Augen verwandelt«, zischte Edward.

»Du hast *was*?«, flüsterte ich.

»Er ist mutig. Genau wie du. Ist nicht ohnmächtig geworden, hat sich nicht übergeben oder so. Ich muss sagen, ich war beeindruckt. Aber du hättest sein Gesicht sehen sollen, als ich anfing mich auszuziehen. Zum Schreien«, gluckste Jacob.

»Du Vollidiot! Er hätte einen Herzinfarkt kriegen können!«

»Charlie geht es bestens. Er ist hart im Nehmen. Wenn du mir nur eine Minute Zeit lassen würdest, dann würdest du einsehen, dass ich dir einen Gefallen getan hab.«

»Die Hälfte, Jacob.« Meine Stimme war tonlos und eisenhart. »Du hast dreißig Sekunden Zeit, um mir alle Einzelheiten zu erzählen, bevor ich Renesmee Rosalie gebe und dir deinen armseligen Kopf abreiße. Diesmal kann Seth mich nicht aufhalten.«

»Meine Güte, Bella. Du warst doch sonst nicht so melodramatisch. Ist das so bei Vampiren?«

»Sechsundzwanzig Sekunden.«

Jacob verdrehte die Augen und ließ sich auf den nächstbesten Stuhl fallen. Sein kleines Rudel stellte sich links und rechts neben ihn, nicht ganz so locker, wie er sich den Anschein gab;

Leahs Blick war auf mich gerichtet, die Zähne hatte sie leicht gebleckt.

»Also, heute Morgen hab ich bei Charlie an die Tür geklopft und ihn zu einem Spaziergang eingeladen. Erst hat er sich gewundert, aber als ich ihm sagte, dass es um dich geht und dass du wieder in Forks bist, ist er mit mir in den Wald gekommen. Ich hab ihm erzählt, dass du nicht mehr krank bist und dass alles ein bisschen merkwürdig, aber gut ist. Er wollte sofort zu dir, aber da hab ich gesagt, ich müsste ihm erst etwas zeigen. Und dann hab ich mich verwandelt.« Jacob zuckte die Schultern.

Es fühlte sich so an, als würden meine Zähne von einem Schraubstock zusammengehalten. »Ich will jedes einzelne Wort wissen, du Monster.«

»Hey, du hattest doch gesagt, ich hätte nur dreißig Sekunden Zeit – schon gut, schon gut.« Mein Anblick hatte ihn wohl davon überzeugt, dass ich nicht zu Scherzen aufgelegt war. »Warte mal … ich hab mich zurückverwandelt, hab mich angezogen, und als er wieder Luft holen konnte, hab ich so was gesagt wie: ›Charlie, die Welt ist nicht so, wie du bisher geglaubt hast. Aber das Gute ist, dass sich eigentlich nichts verändert hat – außer dass du jetzt Bescheid weißt. Das Leben wird so weitergehen wie früher. Du kannst einfach so tun, als ob du nichts davon glaubst.‹

Es dauerte eine Weile, bis er die Kurve kriegte, und dann wollte er wissen, was wirklich mit dir los war, was das für eine komische seltene Krankheit gewesen sein soll. Ich hab ihm gesagt, dass du wirklich krank warst, dass es dir jetzt aber wieder gutgeht – dass du dich während der Genesung nur ein wenig verändert hast. Er wollte wissen, was das für eine Veränderung sein soll, und da hab ich gesagt, dass du jetzt eher so aussiehst wie Esme als wie Renée.«

Edward zischte, ich guckte entsetzt; das führte in eine gefährliche Richtung.

»Nach ein paar Minuten fragte er ganz leise, ob du dich auch in ein Tier verwandelst. Da hab ich gesagt: ›So cool wär sie wohl gern!‹« Er kicherte.

Rosalie gab einen angewiderten Laut von sich.

»Ich wollte ihm mehr über Werwölfe erzählen, aber ich konnte nicht mal das Wort aussprechen, da unterbrach er mich schon und sagte, er würde lieber ›keine Einzelheiten erfahren‹. Dann fragte er, ob du wusstest, worauf du dich einlässt, als du Edward geheiratet hast, und ich hab gesagt: ›Klar, sie weiß das alles schon seit Jahren, schon seit sie nach Forks gekommen ist.‹ Das gefiel ihm nicht besonders. Ich ließ ihn schimpfen, bis er es sich von der Seele geschafft hatte. Als er sich wieder beruhigt hatte, wollte er zwei Dinge. Er wollte dich sehen, aber ich hab gesagt, es wär besser, wenn er mir einen Vorsprung lässt, damit ich alles erklären kann.«

Ich holte tief Luft. »Und das Zweite?«

Jacob lächelte. »Das wird dir gefallen. Er hat ausdrücklich betont, dass er *von alldem* so wenig erfahren möchte wie möglich. Wenn es nicht absolut erforderlich ist, dass er etwas weiß, dann behalt es für dich. Nur das, was er wissen muss.«

Zum ersten Mal, seit Jacob aufgetaucht war, empfand ich Erleichterung. »Damit komme ich klar.«

»Ansonsten möchte er so tun, als wäre alles ganz normal.« Jacobs Lächeln war jetzt beinahe selbstgefällig; er schien zu merken, dass ich fast so etwas wie Dankbarkeit empfand.

»Was hast du ihm von Renesmee erzählt?« Ich bemühte mich um einen unvermindert scharfen Ton, ich wollte mich nicht milde stimmen lassen, das wäre verfrüht gewesen. So vieles an der Situation war völlig verkehrt. Auch wenn Charlie die

Sache besser aufgenommen hatte, als ich je zu hoffen gewagt hätte ...

»Ach so, ja. Ich hab ihm erzählt, Edward und du hättet jetzt noch ein Mäulchen mehr zu füttern«, sagte er mit einem Seitenblick auf Edward. »Sie ist dein verwaistes Mündel – wie bei Batman und Robin.« Jacob schnaubte. »Ich hab mir gedacht, dass es dir bestimmt nichts ausmacht, wenn ich lüge. Das gehört dazu, oder?« Edward gab keine Antwort, also erzählte Jacob weiter. »Das konnte Charlie dann auch nicht mehr schocken, aber er hat gefragt, ob ihr sie adoptieren wollt. ›Wie eine Tochter? Bin ich dann sozusagen Großvater?‹ Das waren seine Worte. Ich hab ja gesagt, ›Herzlichen Glückwunsch, Opa‹ und so weiter. Er hat sogar ein bisschen gelächelt.«

Jetzt stach es wieder in meinen Augen, aber diesmal nicht vor Angst oder Kummer. Charlie lächelte bei der Vorstellung, Großvater zu werden? Er würde Renesmee kennenlernen?

»Aber sie verändert sich so schnell«, flüsterte ich.

»Ich hab ihm gesagt, dass sie ungewöhnlicher ist als wir alle zusammen«, sagte Jacob sanft. Er stand auf und kam auf mich zu, und als Leah und Seth hinterherkommen wollten, gab er ihnen ein Zeichen zurückzubleiben. Renesmee streckte die Arme nach ihm aus, doch ich drückte sie noch fester an mich. »Ich hab ihm gesagt: ›Glaub mir, du willst das alles gar nicht wissen. Aber wenn du über all das Merkwürdige hinwegsiehst, wirst du staunen. Sie ist das wunderbarste Wesen auf der ganzen Welt.‹ Und dann hab ich zu ihm gesagt, wenn er es aushält, würdet ihr eine Weile hierbleiben und er könnte sie kennenlernen. Aber dass ihr, wenn es zu viel für ihn wäre, wegziehen würdet. Er meinte, solange ihm keiner zu viele Informationen aufdrängt, würde er das schon hinkriegen.«

Jacob schaute mich mit einem halben Lächeln an, er wartete.

»Glaub bloß nicht, dass ich mich bei dir bedanke«, sagte ich. »Immerhin setzt du Charlie einem großen Risiko aus.«

»Es tut mir echt leid, dass es für dich schmerzhaft ist. Das wusste ich nicht. Bella, unser Verhältnis ist jetzt anders als früher, aber du wirst immer meine beste Freundin sein, und ich werde dich immer lieben. Aber ich liebe dich jetzt so, wie es sein soll. Endlich ist alles im Gleichgewicht. Wir haben *beide* jemanden, ohne den wir nicht leben können.«

Er lächelte sein schönstes Jacob-Lächeln. »Sind wir noch Freunde?«

Obwohl ich mit aller Macht dagegen ankämpfte, konnte ich nicht anders, als sein Lächeln zu erwidern. Nur ein klein wenig.

Er streckte eine Hand nach mir aus: ein Angebot.

Ich holte tief Luft und hielt Renesmee mit einem Arm. Dann legte ich die linke Hand in seine – er zuckte nicht einmal zusammen, als er meine kühle Haut spürte. »Wenn ich Charlie bis heute Abend nicht umgebracht habe, denke ich darüber nach, ob ich dir verzeihe.«

»*Weil* du Charlie heute nicht umbringst, bist du mir einiges schuldig.«

Ich verdrehte die Augen.

Er streckte eine Hand nach Renesmee aus, diesmal eine Bitte. »Darf ich?«

»Eigentlich halte ich sie, damit ich die Hände nicht frei hab, um dich umzubringen. Vielleicht später.«

Er seufzte, aber er drängte nicht weiter. Sehr klug von ihm.

Da kam Alice wieder zur Tür herein, sie hatte die Hände voll und ihr Gesicht stand auf Sturm.

»Du, du und du«, sagte sie barsch und schaute die Werwölfe zornig an. »Wenn ihr schon bleiben müsst, verzieht euch in die Ecke und rührt euch eine Weile nicht vom Fleck. Ich muss jetzt etwas *sehen*. Bella, gib ihm lieber auch das Baby. Du musst sowieso die Arme frei haben.«

Jacob grinste triumphierend.

Die nackte Angst durchfuhr mich, als mir klarwurde, was mir da bevorstand. Ich sollte auf meine zweifelhafte Selbstbeherrschung setzen und mein armer Vater spielte das Versuchskaninchen. Edwards Worte von vorhin dröhnten mir wieder in den Ohren. *Hast du bedacht, welche körperlichen Schmerzen du Bella zumutest, selbst wenn sie widerstehen kann? Oder die seelische Qual, falls sie es nicht kann?*

Ich konnte mir den Schmerz, falls ich versagte, nicht vorstellen. Mein Atem wurde zu einem Keuchen.

»Nimm sie«, flüsterte ich und drückte Jacob Renesmee in die Arme.

Er nickte, auf seiner Stirn bildete sich eine Sorgenfalte. Er machte eine Handbewegung zu den anderen und sie verzogen sich alle in die hinterste Ecke des Zimmers. Seth und Jacob setzten sich sofort auf den Boden, aber Leah schüttelte den Kopf und schob die Lippen vor.

»Kann ich auch gehen?«, maulte sie. Sie schien sich in Menschengestalt unwohl zu fühlen, sie trug immer noch dasselbe schmutzige T-Shirt und die Baumwollshorts wie an dem Tag, als sie mich wegen Jacob angeschrien hatte, ihre kurzen Haare standen in wilden Büscheln hoch. Noch immer zitterten ihr die Hände.

»Klar«, sagte Jacob.

»Halt dich östlich, damit du Charlie nicht über den Weg läufst«, fügte Alice hinzu.

Leah sah Alice nicht an, sie verschwand zur Hintertür hinaus und stapfte in die Büsche, um sich zu verwandeln.

Edward war wieder an meiner Seite und streichelte mein Gesicht. »Du wirst es schaffen. Ich werde dir helfen und die anderen auch.«

Ich schaute ihn an und merkte, dass mir die Panik ins Gesicht geschrieben war. War er stark genug, um mich zurückzuhalten, falls ich eine falsche Bewegung machte?

»Wenn ich nicht glaubte, dass du damit fertigwirst, würden wir noch heute abreisen. Auf der Stelle. Doch du wirst es schaffen. Und du wirst glücklicher sein, wenn du Charlie weiterhin sehen kannst.«

Ich versuchte ruhiger zu atmen.

Alice streckte die Hand aus. Ein kleines weißes Döschen lag darin. »Sie sind unangenehm in den Augen – sie tun nicht weh, aber sie trüben möglicherweise deine Sicht. Das ist lästig. Sie haben auch nicht die gleiche Farbe, die deine Augen früher hatten, aber immer noch besser als Hellrot, stimmt's?«

Sie warf das Döschen mit den Kontaktlinsen hoch und ich fing es auf.

»Wann hast du …?«

»Bevor ihr zu eurer Hochzeitsreise aufgebrochen seid. Ich habe mich auf verschiedene Zukunftsversionen vorbereitet.«

Ich nickte und öffnete das Döschen. Ich hatte noch nie Kontaktlinsen getragen, aber so schwer konnte das ja nicht sein. Ich nahm eine der kleinen braunen Linsen und legte sie mit der konkaven Seite auf mein Auge.

Ich blinzelte, ein Film störte meine Sicht. Ich konnte zwar hindurchsehen, aber ich sah auch die Struktur der Linse. Unweigerlich konzentrierte sich mein Auge auf die winzigen Kratzer und unregelmäßigen Stellen.

»Jetzt verstehe ich, was du meinst«, sagte ich und setzte die zweite Linse ein. Diesmal versuchte ich, nicht zu blinzeln. Mein Auge wollte den Fremdkörper automatisch loswerden.

»Wie seh ich aus?«

Edward lächelte. »Hinreißend. Natürlich ...«

»Ja, ja, sie sieht immer hinreißend aus«, beendete Alice ungeduldig seinen Satz. »Es ist besser als Rot, aber das ist auch schon das Beste, was ich dazu sagen kann. Schlammfarben. Dein Braun war viel schöner. Denk daran, dass sie nicht unbegrenzt haltbar sind – das Gift in deinen Augen wird sie innerhalb weniger Stunden auflösen. Sollte Charlie länger bleiben, musst du dich entschuldigen, um sie zu wechseln. Was aber ohnehin ratsam ist, da die Menschen hin und wieder zur Toilette müssen.« Sie schüttelte den Kopf. »Esme, gib ihr ein paar Tipps, wie man sich als Mensch benimmt, während ich das Bad mit Kontaktlinsen bestücke.«

»Wie viel Zeit habe ich?«

»Charlie wird in fünf Minuten hier sein. Also nicht zu sehr in die Tiefe gehen.«

Esme nickte und nahm meine Hand. »Das Wichtigste ist, nicht zu still zu sitzen oder sich zu schnell zu bewegen«, erklärte sie.

»Setz dich hin, wenn er sich setzt«, warf Emmett ein. »Menschen stehen nicht gern einfach nur da.«

»Lass deinen Blick etwa alle dreißig Sekunden schweifen«, fügte Jasper hinzu. »Menschen starren nicht so lange auf eine Stelle.«

»Schlag fünf Minuten lang die Beine übereinander, danach die Füße«, sagte Rosalie.

Ich nickte zu jedem Vorschlag. All das war mir gestern bei ihnen aufgefallen. Ich traute es mir zu, das nachzumachen.

»Und mindestens dreimal pro Minute blinzeln«, sagte Emmett. Er runzelte die Stirn, dann flitzte er zu der Fernbedienung am Ende des Tisches. Er schaltete den Fernseher ein, wo ein Footballspiel lief, und nickte zufrieden.

»Die Hände musst du auch bewegen. Streich die Haare zurück oder tu so, als müsstest du dich kratzen«, sagte Jasper.

»Ich sagte, *Esme*«, beschwerte sich Alice, als sie zurückkam. »Ihr überfordert sie ja völlig.«

»Nein, ich glaube, ich hab alles kapiert«, sagte ich. »Sitzen, sich umschauen, blinzeln, ein bisschen herumzappeln.«

»Genau«, sagte Esme beifällig. Sie umfasste meine Schultern. Jasper zog die Stirn in Falten. »Du wirst die Luft anhalten, soweit es geht, aber du musst ein wenig die Schultern bewegen, damit es so *aussieht*, als würdest du atmen.«

Ich atmete einmal tief ein und nickte wieder.

Edward umarmte mich von der anderen Seite. »Du schaffst das«, sagte er mir ins Ohr.

»Noch zwei Minuten«, sagte Alice. »Vielleicht ist es am besten, wenn du am Anfang auf dem Sofa sitzt. Dann sieht er nicht gleich als Erstes, ob du dich richtig bewegst.« Alice zog mich zum Sofa. Ich versuchte, langsam und ein wenig schwerfällig zu gehen. Sie verdrehte die Augen, also machte ich meine Sache wohl nicht so gut.

»Jacob, ich brauche Renesmee«, sagte ich.

Jacob runzelte die Stirn und rührte sich nicht vom Fleck.

Alice schüttelte den Kopf. »Bella, wie soll ich denn dann etwas sehen?«

»Aber ich *brauche* sie. Nur mit ihr kann ich ruhig bleiben.« Die leichte Panik in meiner Stimme war unüberhörbar.

»Na gut.« Alice stöhnte. »Halt sie, so still du kannst, und ich versuche um sie herumzusehen.« Sie seufzte müde, als hätte man sie gebeten an einem Feiertag Überstunden zu machen. Auch Jacob seufzte, doch er brachte mir Renesmee, dann entzog er sich schnell Alice' wütendem Blick.

Edward setzte sich neben mich und legte die Arme um Renesmee und mich. Er beugte sich vor und schaute Renesmee sehr ernst in die Augen.

»Renesmee, jemand Besonderes wird dich und deine Mutter gleich besuchen«, sagte er feierlich, als erwarte er, dass sie jedes Wort verstand. War es so? Sie schaute ihn mit klarem, ernsthaftem Blick an. »Aber er ist nicht so wie wir und auch nicht wie Jacob. Wir müssen ganz vorsichtig mit ihm sein. Es ist besser, wenn du ihm nichts erzählst, so wie du uns alles erzählst.«

Renesmee berührte sein Gesicht.

»Genau«, sagte er. »Und er wird dir Durst machen. Aber du darfst ihn nicht beißen. Bei ihm verheilen die Wunden nicht so schnell wie bei Jacob.«

»Versteht sie dich?«, flüsterte ich.

»Sie versteht. Du wirst aufpassen, nicht wahr, Renesmee? Du wirst uns doch helfen?«

Renesmee berührte ihn wieder.

»Nein, wenn du Jacob beißt, macht das nichts. Das ist in Ordnung.«

Jacob kicherte.

»Vielleicht solltest du lieber gehen, Jacob«, sagte Edward kalt und schaute wütend zu ihm hin. Edward hatte Jacob noch nicht verziehen, denn er wusste, dass ich Schmerzen haben würde, ganz gleich, was jetzt geschah. Aber wenn nichts Schlimmeres passierte, wollte ich das Brennen gern in Kauf nehmen.

»Ich hab Charlie gesagt, dass ich auch da bin. Er braucht die moralische Unterstützung.«

»Moralische Unterstützung«, spottete Edward. »Nach allem, was Charlie weiß, bist *du* doch das abscheulichste Monster hier.«

»Abscheulich?«, protestierte Jacob, dann lachte er leise in sich hinein.

Ich hörte, wie die Reifen vom Highway auf die ruhige, feuchte Erde unserer Auffahrt fuhren, und jetzt ging mein Atem wieder schneller. Mein Herz hätte eigentlich hämmern müssen. Es machte mich nervös, dass mein Körper nicht die richtigen Reaktionen zeigte.

Um mich zu beruhigen, konzentrierte ich mich auf das regelmäßige Pochen von Renesmees Herz. Das zeigte schon bald Wirkung.

»Gut gemacht, Bella«, flüsterte Jasper.

Edward nahm mich noch fester in den Arm.

»Bist du dir sicher?«, fragte ich.

»Ganz sicher. Du kannst *alles*.« Er lächelte und küsste mich.

Es war nicht nur ein hingehauchter Kuss, und meine wilde Vampirleidenschaft traf mich wieder völlig unvorbereitet. Edwards Lippen waren wie eine Droge, die direkt in mein Nervensystem eingespritzt wurde. Sofort hatte ich das Verlangen nach mehr. Ich musste mich sehr konzentrieren, um an das Baby in meinen Armen zu denken.

Jasper spürte meine veränderte Stimmung. »Hm, Edward, es wäre nett, wenn du sie jetzt nicht unbedingt derart ablenken würdest. Sie muss in der Lage sein, sich zu konzentrieren.«

Edward wich zurück. »Uups«, sagte er.

Ich lachte. Das hatte ich am Anfang immer gesagt, schon beim allerersten Kuss.

»Später«, sagte ich, und vor lauter Vorfreude rollte sich mein Magen zu einer Kugel zusammen.

»Konzentration, Bella«, sagte Jasper drängend.

»Ach ja.« Ich versuchte das zittrige Gefühl nicht zu beachten. Charlie, jetzt kam es auf ihn an. Dass ihm nichts zustieß. Wir hatten ja noch die ganze Nacht ...

»Bella.«

»Entschuldige, Jasper.«

Emmett lachte.

Das Geräusch von Charlies Streifenwagen kam immer näher. Der ungezwungene Moment war vorüber, alle verstummten. Ich schlug die Beine übereinander und übte zu blinzeln.

Der Wagen hielt vor dem Haus, aber der Motor lief noch eine Weile. Ich fragte mich, ob Charlie wohl genauso aufgeregt war wie ich. Dann erstarb der Motor und eine Tür schlug zu. Drei Schritte über den Rasen, dann acht dumpf hallende Schritte auf der Holztreppe. Noch vier Schritte auf der Veranda. Dann Stille. Charlie atmete zweimal tief durch.

Er klopfte.

Ich holte tief Luft, als wäre es das letzte Mal. Renesmee schmiegte sich tiefer in meine Arme und verbarg das Gesicht in meinem Haar.

Carlisle ging zur Tür. Sein Gesichtsausdruck wechselte von angespannt zu herzlich, wie ein Fernsehprogramm, das umgeschaltet wird.

»Hallo, Charlie«, sagte er und blickte verlegen drein, wie es sich gehörte. Schließlich hätten wir eigentlich in der Seuchenschutzbehörde in Atlanta sein müssen. Charlie wusste, dass wir ihn angelogen hatten.

»Carlisle«, sagte Charlie steif. »Wo ist Bella?«

»Hier bin ich, Dad.«

Bah! Meine Stimme war so daneben. Außerdem hatte ich den Sauerstoffvorrat fast aufgebraucht. Schnell sorgte ich für Nachschub und war froh, dass Charlies Geruch den Raum noch nicht durchtränkt hatte.

Charlies verständnislose Miene verriet mir, wie verkehrt meine Stimme war. Als sein Blick mich gefunden hatte, wurden seine Augen groß.

Ich sah die unterschiedlichen Gefühle in seinem Gesicht aufblitzen.

Entsetzen. Fassungslosigkeit. Kummer. Verlust. Angst. Argwohn. Und noch mehr Kummer.

Ich biss mir auf die Lippe. Wie komisch sich das anfühlte. Meine neuen Zähne waren an meiner Granithaut schärfer, als meine Menschenzähne an meinen weichen Lippen gewesen waren.

»Bella, bist du das?«, flüsterte er.

»Ja.« Ich zuckte zusammen, als ich meine Stimme hörte, klingend wie ein Windspiel. »Hallo, Dad.«

Er holte tief Luft, um sich zu beruhigen.

»Hi, Charlie«, sagte Jacob aus seiner Ecke. »Wie geht's?«

Charlie warf Jacob einen wütenden Blick zu, eine Erinnerung ließ ihn schaudern, dann starrte er mich wieder an.

Langsam kam er durchs Zimmer, bis er nur noch ein kleines Stück von mir entfernt war. Er schaute vorwurfsvoll zu Edward, dann wieder zu mir. Mit jedem Herzschlag strömte die Wärme seines Körpers zu mir.

»Bella?«, fragte er wieder.

Ich sprach jetzt leiser und versuchte es nicht so melodisch klingen zu lassen. »Ich bin's wirklich.«

Er biss die Zähne zusammen.

»Es tut mir leid, Dad«, sagte ich.

»Geht es dir gut?«, fragte er.

»Super, wirklich und wahrhaftig«, sagte ich. »Bin fit wie ein Turnschuh.«

Und damit war mein Sauerstoff aufgebraucht.

»Jake sagte mir, das sei … notwendig gewesen. Dass du sonst gestorben wärst.« Er sagte es, als glaubte er kein Wort.

Ich wappnete mich, konzentrierte mich auf Renesmees warmen Körper, lehnte mich haltsuchend an Edward und atmete tief ein.

Charlie zu riechen, das war so, als würde mir jemand eine brennende Fackel in die Kehle stoßen. Aber es war nicht nur der Schmerz. Es war gleichzeitig ein glühendes Verlangen. Charlie roch köstlicher, als ich es mir je hätte vorstellen können. Die unbekannten Wanderer auf unserer Jagd waren schon verlockend gewesen, aber Charlie war mindestens doppelt so appetitlich. Und er war nur ein kleines Stück von mir entfernt und erfüllte die trockene Luft mit köstlicher Wärme und Feuchtigkeit.

Aber ich war nicht auf der Jagd. Und das hier war mein Vater.

Edward drückte mir mitfühlend die Schultern, und Jacob warf mir einen entschuldigenden Blick zu.

Ich versuchte mich zusammenzureißen und den schmerzhaften Durst zu ignorieren. Charlie wartete auf meine Antwort.

»Jacob hat dir die Wahrheit gesagt.«

»Immerhin einer«, knurrte Charlie.

Hoffentlich konnte Charlie trotz all der Veränderungen in meinem Gesicht sehen, wie leid es mir tat.

Renesmee, die das Gesicht unter meinen Haaren verborgen hatte, schnupperte, auch sie bemerkte Charlies Duft. Ich hielt sie noch fester.

Charlie sah, dass ich besorgt nach unten schaute, und folgte meinem Blick. »Oh«, sagte er und jetzt wirkte er nicht mehr wütend, nur noch erschrocken. »Das ist sie also. Das Waisenkind, das ihr adoptieren wollt.«

»Meine Nichte.« Die Lüge ging Edward glatt über die Lippen. Er dachte sich wohl, dass die Ähnlichkeit zwischen ihm und Renesmee zu groß war, um darüber hinwegzugehen. Lieber gleich zugeben, dass er mit ihr verwandt war.

»Ich dachte, du hättest deine Familie verloren«, sagte Charlie, und seine Stimme klang jetzt wieder vorwurfsvoll.

»Ich habe meine Eltern verloren. Mein älterer Bruder wurde adoptiert, genau wie ich. Ich hab ihn danach nie wieder gesehen. Doch die Gerichte machten mich ausfindig, als er und seine Frau bei einem Autounfall ums Leben kamen und ihr einziges Kind ohne weitere Verwandte zurückblieb.«

Edward konnte das wirklich gut. Er erzählte es ganz ruhig, in genau dem richtigen unschuldigen Ton. Ich würde einige Übung brauchen, bis ich das konnte.

Renesmee lugte unter meinen Haaren hervor und schnupperte wieder. Schüchtern schaute sie Charlie durch ihre langen Wimpern an, dann versteckte sie wieder das Gesicht.

»Sie ist … sie ist … also, sie ist wunderschön.«

»Das ist sie«, sagte Edward.

»Aber das ist ja eine ziemlich große Verantwortung. Ihr steht ja noch ganz am Anfang.«

»Was blieb uns anderes übrig?« Edward strich ihr mit den Fingern sanft über die Wange. Ich sah, wie er ganz kurz ihre Lippen berührte – eine sanfte Mahnung. »Hättest du sie zurückgewiesen?«

»Hmpf. Tja.« Er schüttelte abwesend den Kopf. »Jake sagt, ihr nennt sie Nessie?«

»Nein«, sagte ich, und meine Stimme war etwas zu scharf und stechend. »Sie heißt Renesmee.«

Jetzt wandte Charlie seine Aufmerksamkeit wieder mir zu. »Wie denkst du denn darüber? Vielleicht könnten Carlisle und Esme …«

»Sie gehört zu mir«, unterbrach ich ihn. »Ich will sie haben.«

Charlie runzelte die Stirn. »Willst du mich jetzt schon zum Großvater machen?«

Edward lächelte. »Carlisle ist jetzt auch Großvater.«

Charlie schaute ungläubig zu Carlisle, der immer noch an der Haustür stand und aussah wie Zeus' jüngerer, schönerer Bruder.

Charlie schnaubte, dann lachte er. »Das ist irgendwie ein Trost.« Sein Blick schweifte wieder zu Renesmee. »Sie ist wirklich ein niedliches Ding.« Sein warmer Atem wehte leicht zu mir herüber.

Renesmee beugte sich zu dem Geruch, schüttelte meine Haare ab und schaute ihn zum ersten Mal direkt an. Charlie schnappte nach Luft.

Ich wusste, was er sah. Meine Augen – seine Augen –, die originalgetreu in ihr Gesicht hineinkopiert waren.

Charlie begann zu hyperventilieren. Seine Lippen zitterten und ich las die Zahlen, die sie formten. Er rechnete zurück, versuchte neun Monate in einen zu packen. Er versuchte es zu verstehen, wurde jedoch aus dem Beweis, den er vor der Nase hatte, nicht schlau.

Jacob stand auf und klopfte Charlie auf den Rücken. Er beugte sich vor und flüsterte ihm etwas ins Ohr; Charlie wusste als Einziger nicht, dass wir alle es hören konnten.

»Denk dran: ›nur das, was du unbedingt wissen musst‹, Charlie. Es ist in Ordnung, du kannst mir glauben.«

Charlie schluckte, dann nickte er. Seine Augen blitzten, als er mit geballten Fäusten einen Schritt auf Edward zuging.

»Ich will gar nicht alles wissen, aber erzählt mir keine Lügen mehr!«

»Es tut mir leid«, sagte Edward ruhig, »aber es ist wichtiger, dass du die offizielle Version kennst, als dass du die Wahrheit erfährst. Wenn du Teil dieses Geheimnisses bist, ist die offizielle Version das Entscheidende. Sie dient dazu, Bella, Renesmee und auch uns Übrige zu schützen. Kannst du die Lügen um ihretwillen mittragen?«

Lauter Statuen befanden sich im Raum. Ich schlug die Füße übereinander.

Charlie schnaubte, dann schaute er mich wütend an. »Du hättest mich vorwarnen können.«

»Wäre es denn dann leichter gewesen?«

Er runzelte die Stirn, dann kniete er sich vor mir auf den Boden. Ich sah, wie das Blut durch seinen Hals strömte. Ich spürte das warme Pulsieren unter seiner Haut.

Renesmee spürte es auch. Sie lächelte und streckte eine rosa Hand nach ihm aus. Ich hielt sie zurück. Sie legte die andere Hand an meinen Hals, in ihren Gedanken sah ich Durst, Neugier und Charlies Gesicht. Sie schien Edwards Worte genau verstanden zu haben; sie zeigte ihren Durst, widerstand ihm aber gleichzeitig.

»Wow«, sagte Charlie verblüfft, als er ihr vollständiges Gebiss sah. »Wie alt ist sie?«

»Hm ...«

»Drei Monate«, sagte Edward, und dann fügte er langsam hinzu: »Oder besser gesagt, sie hat die Größe eines drei Monate alten Babys, mehr oder weniger. In mancher Hinsicht ist sie jünger, in anderer weiter.«

Renesmee winkte ihm zu.

Charlie blinzelte krampfhaft.

Jacob stieß ihn mit dem Ellbogen an. »Ich hab dir doch gesagt, dass sie ungewöhnlich ist, oder?«

Charlie schrak vor der Berührung zurück.

»Ach, komm schon, Charlie«, stöhnte Jacob. »Ich bin immer noch derselbe wie vorher. Tu einfach so, als hätte es diesen Nachmittag gar nicht gegeben.«

Bei der Erinnerung daran wurden Charlies Lippen weiß, aber er nickte kurz. »Aber was ist deine Rolle in dem ganzen Spiel, Jake?«, fragte er. »Wie viel weiß Billy? Und warum bist du hier?« Er sah in Jacobs glühendes Gesicht, während der Renesmee anschaute.

»Tja, das könnte ich dir ganz genau erklären – Billy kennt alle Einzelheiten –, aber es handelt ziemlich viel von Werw…«

»Bäh!«, protestierte Charlie und hielt sich die Ohren zu. »Schon gut.«

Jacob grinste. »Es wird alles super, Charlie. Versuch einfach, nichts von dem zu glauben, was du siehst.«

Mein Vater murmelte irgendetwas Unverständliches.

»Jaa!«, dröhnte Emmett plötzlich mit seiner Bassstimme. »Los, Gators!«

Jacob und Charlie fuhren hoch. Wir anderen erstarrten.

Charlie fasste sich wieder, dann schaute er Emmett über die Schulter. »Gewinnt Florida?«

»Sie haben gerade den ersten Touchdown erzielt«, bestätigte Emmett. Er feuerte einen Blick in meine Richtung ab und wackelte mit den Augenbrauen wie der Schurke auf der Bühne. »Wird langsam Zeit, dass hier auch mal jemand einen reinkriegt.«

Ich unterdrückte ein Zischen. Vor Charlie? Das ging zu weit.

Aber Charlie war nicht in der Verfassung, Anspielungen zu bemerken. Er atmete tief durch, er saugte die Luft ein, als sollte sie bis in die Zehen gehen. Ich beneidete ihn. Schwankend richtete er sich auf, ging um Jacob herum und ließ sich auf einen Stuhl sinken. »Tja«, sagte er seufzend. »Dann wollen wir mal sehen, ob sie den Vorsprung halten können.«

GLÄNZEND

»Ich weiß nicht, wie viel wir Renée erzählen sollten«, sagte Charlie, als er schon mit einem Fuß aus der Tür war. Er streckte sich, dann knurrte sein Magen.

Ich nickte. »Ich weiß. Ich will nicht, dass sie ausflippt. Es ist besser, wenn wir sie schützen. Das ist nichts für die Zaghaften.«

Er verzog die Lippen zu einem kläglichen Lächeln. »Ich hätte auch versucht dich zu beschützen, wenn ich nur gewusst hätte, wie. Aber ich glaube, zu den Zaghaften hast du noch nie gehört, stimmt's?«

Ich lächelte zurück und zog gleißende Luft durch die Zähne ein.

Charlie klopfte sich gedankenverloren auf den Bauch. »Ich lasse mir was einfallen. Wir haben ja noch Zeit, darüber zu reden, oder?«

»Genau«, sagte ich.

Es war in mancher Hinsicht ein langer Tag gewesen und in anderer Hinsicht ein kurzer. Charlie würde zu spät zum Abendessen kommen – Sue Clearwater kochte für ihn und Billy. *Das* würde vermutlich ein ziemlich krampfiger Abend werden, aber immerhin bekam er etwas Richtiges zu essen; ich war froh, dass jemand versuchte, ihn vor dem Hungertod zu retten, selber kochen konnte er ja nicht.

Die Anspannung war den ganzen Tag so groß gewesen, dass die Minuten nur so dahingekrochen waren; Charlie hatte seine steife Haltung kein einziges Mal gelockert. Aber er hatte es auch nicht eilig gehabt zu gehen. Er hatte sich zwei ganze Spiele angeschaut – glücklicherweise so in Gedanken versunken, dass er Emmetts anzügliche Witzchen, die immer deutlicher wurden und immer weniger mit Football zu tun hatten, gar nicht bemerkte –, dann noch die Spielanalyse und die Nachrichten, und er war erst aufgestanden, als Seth ihn an die Uhrzeit erinnert hatte.

»Willst du etwa Billy und meine Mutter versetzen, Charlie? Na los. Bella und Nessie sind auch morgen noch hier. Jetzt gehen wir mal was futtern, okay?«

Es war Charlie anzusehen, dass er Seths Worten nicht ganz traute, dass der Zweifel immer noch nicht ganz ausgelöscht war. Trotzdem war er ihm bis zur Tür gefolgt, aber jetzt blieb er noch mal stehen. Die Wolken lichteten sich, der Regen hatte aufgehört. Vielleicht kam die Sonne sogar noch rechtzeitig vor der Dämmerung heraus.

»Jake hat gesagt, dass ihr vor mir weglaufen wolltet«, murmelte er jetzt.

»Nicht wenn es sich irgend vermeiden lässt. Deshalb sind wir ja noch hier.«

»Er sagte, ihr könnt eine Weile bleiben, aber nur wenn ich es ertragen und den Mund halten kann.«

»Ja ... aber ich kann dir nicht versprechen, dass wir nie wegziehen, Dad. Es ist sehr kompliziert ...«

»Nur das, was ich wissen muss«, erinnerte er mich.

»Genau.«

»Aber falls du wegmusst, kommst du mich doch mal besuchen, oder?«

»Versprochen, Dad. Jetzt, wo du gerade so viel weißt, wie nötig ist, könnte es klappen. Ich halte so engen Kontakt, wie du willst.«

Er nagte an seiner Lippe, dann beugte er sich langsam zu mir, die Arme vorsichtig ausgestreckt. Ich nahm Renesmee, die jetzt schlief, in den linken Arm, biss fest die Zähne zusammen und legte den rechten Arm ganz leicht um seine warme, weiche Mitte.

»Halt engen Kontakt, Bella«, sagte er leise. »Ganz eng.«

»Ich hab dich lieb, Dad«, flüsterte ich.

Er zitterte und wich zurück. Ich ließ den Arm sinken.

»Ich hab dich auch lieb, Kleines. Wenn sich auch vieles verändert hat, das ist gleich geblieben.« Er berührte Renesmees rosa Wange mit einem Finger. »Sie sieht dir wirklich ähnlich.«

Ich versuchte mir nichts anmerken zu lassen. »Ich finde, sie ähnelt eher Edward.« Ich zögerte, dann fügte ich hinzu: »Sie hat deine Locken.«

Charlie zuckte zusammen, dann schnaubte er. »Hm. Ja, hat sie wohl. Hm. Opa.« Er schüttelte zweifelnd den Kopf. »Kann ich sie irgendwann mal halten?«

Ich blinzelte erschrocken, dann riss ich mich zusammen. Ich überlegte eine halbe Sekunde, betrachtete Renesmee – sie schlief tief und fest – und kam zu dem Schluss, dass ich jetzt ebenso gut alles auf eine Karte setzen konnte, da es heute so gut gelaufen war …

»Hier«, sagte ich und hielt sie ihm hin. Automatisch formte er mit den Armen ungeschickt eine Wiege und ich legte Renesmee hinein. Seine Haut war nicht ganz so heiß wie ihre, aber in meiner Kehle kitzelte es, als ich die Wärme spürte, die unter der dünnen Haut strömte. Wo meine weißen Hände ihn berührten, bekam er Gänsehaut. Ich wusste nicht, ob das eine Reaktion auf meine neue Körpertemperatur war oder ob es psychische Ursachen hatte.

Charlie ächzte leise, als er ihr Gewicht spürte. »Sie ist ... kräftig.«

Ich runzelte die Stirn. Mir kam sie federleicht vor. Vielleicht hatte ich nicht das richtige Maß.

»Es ist gut, wenn sie kräftig ist«, sagte Charlie, als er mein Gesicht sah. Dann sagte er zu sich selbst: »Sie muss hart im Nehmen sein, inmitten von all diesem Irrsinn.« Er wippte leicht mit den Armen und schaukelte sie hin und her. »Hab noch nie so eine süße Kleine gesehen, dich eingeschlossen. Ich sag's nicht gern, aber so ist es.«

»Ich weiß.«

»Süße Kleine«, sagte er wieder, aber diesmal klang es eher wie Koseworte.

Ich sah es in seinem Gesicht – ich sah es wachsen. Charlie verfiel ihrem Zauber ebenso wie wir alle. Zwei Sekunden war sie in seinen Armen und schon hatte sie ihn um den kleinen Finger gewickelt.

»Kann ich morgen wiederkommen?«

»Na klar, Dad. Logisch. Wir sind hier.«

»Das will ich dir auch geraten haben«, sagte er streng, aber er sah ganz weich aus, als er Renesmee anschaute. »Bis morgen, Nessie.«

»Nicht du auch noch!«

»Was?«

»Sie heißt Renesmee. Eine Mischung aus Renée und Esme. Keine Spitznamen.« Diesmal versuchte ich mich zu beruhigen, ohne tief Luft zu holen. »Willst du ihren zweiten Namen wissen?«

»Klar.«

»Carlie. Mit C. Eine Mischung aus Carlisle und Charlie.«

Das typische Charlie-Lächeln glitt über sein Gesicht, zahllose Fältchen bildeten sich um seine Augen. Damit hatte ich nicht gerechnet. »Danke, Bella.«

»Ich danke *dir*, Dad. Es hat sich so vieles verändert, in so kurzer Zeit. Mir schwirrt immer noch der Kopf. Wenn ich dich jetzt nicht hätte, dann würde ich vielleicht den Bezug ... zur Wirklichkeit verlieren.« Fast hätte ich gesagt, *den Bezug zu meinem früheren Ich*. Aber das wäre wohl ein bisschen zu weit gegangen.

Charlies Magen knurrte.

»Geh was essen, Dad. Wir sind auf jeden Fall hier.« Ich dachte daran, wie es sich damals für *mich* angefühlt hatte, das erste unangenehme Eintauchen in die Welt der Legenden – ein Gefühl, als ob mit dem Licht der aufgehenden Sonne alles verschwinden würde.

Charlie nickte, dann gab er mir Renesmee widerstrebend zurück. Er schaute an mir vorbei zurück ins Haus; einen Augenblick lang hatte sein Blick etwas Wildes, als er in das große helle Zimmer schaute. Sie waren alle immer noch da, außer Jacob, der, wie ich hörte, gerade den Kühlschrank plünderte; Alice saß träge auf der untersten Treppenstufe, Jaspers Kopf in ihrem Schoß; Carlisle war über ein dickes Buch gebeugt; Esme summte vor sich hin und zeichnete in einen Notizblock, während Rosalie und Emmett unter der Treppe das Fundament eines riesigen Kartenhauses legten; Edward hatte sich zum Klavier begeben und spielte ganz leise nur für sich. Nichts deutete darauf hin, dass der Tag zu Ende ging, dass es Zeit zum Essen oder für andere abendliche Tätigkeiten sein könnte. Etwas nicht Greifbares hatte sich in der Atmosphäre verändert. Die Cullens gaben sich nicht solche Mühe wie sonst – die Menschenmaskerade war ein kleines bisschen verrutscht, und Charlie merkte den Unterschied.

Er schauderte, schüttelte den Kopf und seufzte. »Bis morgen, Bella.« Er legte die Stirn in Falten und fügte hinzu: »Es ist nicht so, dass du nicht … gut aussiehst. Ich werd mich schon daran gewöhnen.«

»Danke, Dad.«

Charlie nickte und ging nachdenklich zu seinem Wagen. Ich sah ihn wegfahren; erst als ich hörte, wie er auf die Schnellstraße fuhr, wurde mir bewusst, dass ich es geschafft hatte. Ich hatte den ganzen Tag hinter mich gebracht, ohne Charlie zu verletzen. Ganz allein. Ich *musste* Superkräfte haben!

Es war zu schön, um wahr zu sein. Konnte ich wirklich meine neue Familie haben und einen Teil meiner alten dazu? Und ich hatte gedacht, gestern wäre ein vollkommener Tag gewesen.

»Wahnsinn«, flüsterte ich. Ich blinzelte und merkte, dass sich das dritte Paar Kontaktlinsen auflöste.

Das Klavierspiel verstummte, und Edwards Arme waren um meine Taille, sein Kinn lag auf meiner Schulter.

»Du nimmst mir das Wort aus dem Mund.«

»Edward, ich hab's geschafft!«

»O ja. Du warst unglaublich. Die ganze Sorge darüber, dass du eine Neugeborene sein würdest, und du überspringst es einfach.« Er lachte leise.

»Ich bin mir gar nicht sicher, ob sie überhaupt ein Vampir ist, geschweige denn ein neugeborener«, rief Emmett von der Treppe her. »Sie ist viel zu zahm.«

All die peinlichen Bemerkungen, die er vor meinem Vater losgelassen hatte, klangen mir wieder in den Ohren, und es war wahrscheinlich gut, dass ich Renesmee in den Armen hielt. Ganz konnte ich mich aber doch nicht beherrschen, ich knurrte leise.

»Ooooh, jetzt hab ich aber Angst«, sagte Emmett lachend.

Ich zischte, und Renesmee bewegte sich in meinen Armen. Sie blinzelte einige Male und schaute sich verwirrt um. Sie schnupperte, dann streckte sie die Hand nach meinem Gesicht aus.

»Charlie kommt morgen wieder«, versicherte ich ihr.

»Ausgezeichnet«, sagte Emmett. Diesmal stimmte Rosalie in sein Lachen ein.

»Nicht sehr schlau von dir, Emmett«, sagte Edward spöttisch und streckte die Arme aus, um mir Renesmee abzunehmen. Als ich zögerte, zwinkerte er mir zu, also gab ich sie ihm leicht verwirrt.

»Wie meinst du das?«, wollte Emmett wissen.

»Findest du es nicht ein wenig töricht, sich ausgerechnet mit dem stärksten Vampir im Haus anzulegen?«

Emmett warf den Kopf zurück und schnaubte. »Ich bitte dich!«

»Bella«, sagte Edward leise, während Emmett genau zuhörte, »weißt du noch, dass ich dich vor einiger Zeit bat, mir einen Gefallen zu tun, wenn du unsterblich wärest?«

Irgendetwas sagte mir das. Ich durchforstete die verschwommenen Gespräche aus meiner Menschenzeit. Kurz darauf fiel es mir ein und ich schnappte nach Luft. »Ah!«

Alice trällerte ein langes, schallendes Lachen. Jacob schaute um die Ecke, den Mund vollgestopft mit Essen.

»Was?«, knurrte Emmett.

»Wirklich?«, fragte ich Edward.

»Vertraue mir«, sagte er.

Ich holte tief Luft. »Emmett, was hältst du von einer kleinen Wette?«

Sofort war er auf den Beinen. »Cool. Raus damit.«

Ich biss mir kurz auf die Lippe. Er war so *riesig*.

»Oder hast du etwa Angst …?«, sagte Emmett.

Ich straffte die Schultern. »Du. Und ich. Armdrücken. Esszimmertisch. Jetzt.«

Emmett grinste von einem Ohr zum anderen.

»Oh, Bella«, sagte Alice schnell. »Ich glaube, den Tisch mag Esme ziemlich gern. Er ist antik.«

»Danke«, sagte Esme tonlos zu ihr.

»Kein Problem«, sagte Emmett und strahlte. »Hier geht's lang, Bella.«

Ich folgte ihm zur Hintertür hinaus in Richtung Garage, ich hörte, dass alle anderen uns nachkamen. Nah am Fluss gab es einen ziemlich großen Granitbrocken, der aus einem Steinhaufen herausragte, den steuerte Emmett offenbar an. Der Felsen war zwar ein wenig gerundet und unregelmäßig, aber er würde gehen.

Emmett stützte den Ellbogen auf den Felsen und winkte mich zu sich.

Als ich sah, wie sich seine gewaltigen Armmuskeln wölbten, wurde ich wieder nervös, ließ mir jedoch nichts anmerken. Edward hatte mir versichert, dass ich eine Zeit lang stärker als jeder andere sein würde. Er schien sich da sehr sicher zu sein, und ich fühlte mich auch stark. Aber *so* stark?, fragte ich mich und betrachtete Emmetts Bizeps. Doch ich war noch keine zwei Tage alt, und das musste doch etwas heißen. Es sei denn, ich wäre in jeder Hinsicht unnormal. Vielleicht war ich nicht so stark wie normale Neugeborene. Vielleicht konnte ich mich deshalb so gut beherrschen.

Ich versuchte ganz gelassen auszusehen, als ich meinen Ellbogen auf den Felsbrocken stützte.

»Okay, Emmett, wenn ich gewinne, darfst du kein einziges

Wort mehr über mein Sexleben sagen, nicht mal zu Rose. Keine Anspielungen, keine Anzüglichkeiten – rein gar nichts.«

Seine Augen wurden schmal. »Abgemacht. Und wenn ich gewinne, wird es noch *viel* schlimmer.«

Er hörte, wie mir der Atem stockte, und grinste gemein. Nichts deutete darauf hin, dass er bluffte.

»Lässt du dich so schnell ins Bockshorn jagen, Schwesterchen?«, stichelte Emmett. »Wild bist du ja nicht gerade, was? Ich wette, das Häuschen hat nicht mal einen Kratzer abbekommen.« Er lachte. »Hat Edward dir erzählt, wie viele Häuser Rose und ich zertrümmert haben?«

Ich biss die Zähne zusammen und packte seine Pranke. »Eins, zwei ...«

»Drei«, grunzte er und drückte gegen meine Hand.

Nichts passierte.

Ich spürte sehr wohl die Kraft, die er aufwendete. Mit meinem neuen Hirn konnte ich offenbar ziemlich gut Dinge berechnen, und deshalb wusste ich, dass seine Hand, würde sie auf keinerlei Widerstand treffen, den Felsbrocken geradewegs durchstoßen würde. Der Druck nahm zu, und ich fragte mich beiläufig, ob ein Zementlaster, der mit sechzig Stundenkilometern einen steilen Abhang hinunterfuhr, wohl ähnlich viel Kraft hatte. Achtzig Stundenkilometer? Hundert? Wahrscheinlich noch mehr.

Doch das reichte nicht aus, um meine Hand zu bewegen. Er drückte mit ungeheurer Kraft dagegen, aber es war nicht unangenehm. Seltsamerweise war es sogar ganz angenehm. Seit ich zum letzten Mal aufgewacht war, hatte ich so aufgepasst, mich so in Acht genommen, um nichts kaputt zu machen. Es war eine merkwürdige Erleichterung, meine Muskeln zu benutzen. Die Kraft fließen zu lassen, anstatt sie immer zu unterdrücken.

Emmett ächzte, Falten traten ihm auf die Stirn, und sein ganzer Körper stemmte sich gegen das Hindernis meiner reglosen Hand. Ich ließ ihn eine Weile schwitzen – im übertragenen Sinn – und genoss das Gefühl der wahnsinnigen Kraft, die meinen Arm durchströmte.

Aber nach ein paar Sekunden wurde es mir etwas langweilig. Ich drückte und Emmett verlor zwei Zentimeter.

Ich lachte. Emmett knurrte unwirsch durch die Zähne.

»Halt lieber den Mund«, sagte ich, dann knallte ich seine Hand auf den Felsen. Ein ohrenbetäubendes Krachen hallte von den Bäumen wider. Der Felsen bebte und ein Stück – etwa ein Achtel des Brockens – knackte an einer unsichtbaren Bruchlinie ab und fiel zu Boden. Es fiel Emmett genau auf den Fuß und ich kicherte. Ich hörte Jacob und Edward unterdrückt lachen.

Emmett schoss das Felsstück über den Fluss. Es spaltete einen jungen Ahorn, bevor es an den Fuß einer großen Tanne prallte, die erst schwankte und dann in einen anderen Baum fiel.

»Revanche. Morgen.«

»So schnell nutzt es sich nicht ab«, sagte ich. »Vielleicht wartest du lieber einen Monat.«

Emmett knurrte und fletschte die Zähne. »Morgen.«

»Hey, klar, wenn's dich glücklich macht, großer Bruder.«

Als er sich zum Gehen wandte, schlug Emmett auf den Granitfelsen und löste damit eine Lawine von Splittern und Staub aus. Es war irgendwie niedlich, auf eine kindliche Art.

Fasziniert von dem unumstößlichen Beweis, dass ich stärker war als der stärkste Vampir, den ich je gekannt hatte, legte ich eine Hand mit weit gespreizten Fingern an den Felsen. Dann grub ich die Finger langsam in den Stein, oder eigentlich war es eher ein Drücken; die Konsistenz erinnerte mich an Hartkäse. Am Ende war meine Hand voller Schotter.

»Cool«, murmelte ich.

Mit einem Grinsen wirbelte ich herum und schlug in bester Karatemanier mit der Handkante auf den Felsen. Kreischend und ächzend spaltete sich der Stein – mit einer großen Staubwolke – in zwei Teile.

Ich kicherte.

Ich achtete nicht besonders auf das Gegluckse hinter mir, als ich den Rest des Felsens in kleine Stücke zerlegte. Ich amüsierte mich köstlich und kicherte die ganze Zeit. Erst als ich ein neues kleines Kichern hörte, ein hohes Glockenspiel, ließ ich von meinem albernen Sport ab.

»Hat sie gerade gelacht?«

Die anderen starrten Renesmee genauso verdattert an wie ich.

»Ja«, sagte Edward.

»Wer hat eben nicht gelacht?«, sagte Jake leise und verdrehte die Augen.

»Nun erzähle mir nicht, du habest dich am Anfang nicht auch ein wenig ausgetobt, Hund«, stichelte Edward, und das klang kein bisschen feindselig.

»Das ist was anderes«, sagte Jacob und ich sah überrascht, wie er Edward scherzhaft gegen die Schulter boxte. »Bella sollte doch eigentlich erwachsen sein. Sie ist verheiratet und Mutter und so. Da müsste sie doch ein bisschen mehr Würde wahren, oder?«

Renesmee runzelte die Stirn und berührte Edwards Gesicht.

»Was will sie?«, fragte ich.

»Weniger Würde«, sagte Edward grinsend. »Sie hatte fast so viel Spaß wie ich, dir dabei zuzusehen, wie du dich amüsierst.«

»Bin ich lustig?«, fragte ich Renesmee und sauste zu ihr, beide streckten wir die Arme aus. Ich nahm sie aus Edwards Armen und bot ihr das Felsstück in meiner Hand an. »Möchtest du das auch mal versuchen?«

Sie lächelte ihr funkelndes Lächeln und nahm den Stein in beide Hände. Sie drückte, und eine kleine Vertiefung trat auf ihre Stirn, als sie sich konzentrierte.

Es gab ein leises, mahlendes Geräusch und ein bisschen Staub. Sie runzelte die Stirn und hielt mir den Stein hin.

»Ich mach das«, sagte ich und zerdrückte den Stein zu Sand.

Sie klatschte in die Hände und lachte, und es klang so herrlich, dass wir alle einstimmten.

Plötzlich brach die Sonne durch die Wolken und warf lange rubinrote und goldene Strahlen auf uns, und ich war ganz verzückt davon, wie schön meine Haut im Licht des Sonnenuntergangs aussah. Wie geblendet war ich.

Renesmee strich über die glatten diamantglitzernden Facetten, dann hielt sie ihren Arm an meinen. Ihre Haut leuchtete nur ganz leicht, subtil und geheimnisvoll. Nicht so, dass sie an einem Sonnentag im Haus bleiben müsste, so wie ich mit meiner Funken sprühenden Haut. Sie berührte mein Gesicht, dachte über den Unterschied nach und ärgerte sich.

»Du bist die Schönste«, versicherte ich ihr.

»Ich bin mir nicht sicher, ob ich dir da zustimmen kann«, sagte Edward, und als ich mich zu ihm wandte, um ihm zu antworten, ließ mich das Sonnenlicht auf seinem Gesicht verstummen.

Jacob hielt sich eine Hand vors Gesicht, als würde er von mir geblendet. »Monstermäßige Bella«, bemerkte er.

»Welch ein erstaunliches Wesen sie ist«, sagte Edward leise, beinahe zustimmend, als hätte Jacob es als Kompliment gemeint. Er war überwältigend und überwältigt zugleich.

Es war ein seltsames Gefühl – eigentlich nicht weiter überraschend, da sich jetzt alles seltsam anfühlte –, ein Naturtalent zu sein. Als Mensch war ich nie in irgendetwas die Beste gewesen.

Ich konnte ganz gut mit Renée umgehen, aber wahrscheinlich hätten das viele Leute noch besser gemacht; Phil stand mir in nichts nach. Ich war gut in der Schule, aber nie Klassenbeste. Alles, was mit Sport zu tun hatte, konnte man bei mir natürlich sowieso vergessen. Ich war weder künstlerisch noch musikalisch noch sonst wie begabt. Eine Trophäe für Bücherwürmer wurde noch nie verliehen. Nach achtzehn Jahren Mittelmäßigkeit war ich es gewohnt, zum Durchschnitt zu gehören. Erst jetzt wurde mir klar, dass ich es schon vor langer Zeit aufgegeben hatte, in irgendetwas glänzen zu wollen. Ich machte einfach das Beste aus dem, was ich hatte, und passte doch nicht so ganz in meine Welt.

Das hier war also wirklich etwas anderes. Jetzt war ich bemerkenswert – für sie genauso wie für mich. Anscheinend war ich der geborene Vampir. Bei diesem Gedanken war mir zum Lachen und gleichzeitig zum Singen zu Mute. Ich hatte meinen Platz in der Welt gefunden, den Platz, an den ich gehörte und an dem ich leuchten konnte.

REISEPLÄNE

Seit ich Vampir geworden war, nahm ich die Mythologie sehr viel ernster.

Wenn ich an meine ersten drei Monate als Unsterbliche zurückdachte, stellte ich mir oft vor, wie der Faden meines Lebens im Webstuhl des Schicksals aussehen mochte – wer wollte schon bestreiten, dass es ihn wirklich gab? Ich war mir sicher, dass mein Faden die Farbe gewechselt hatte; anfangs war er wahrscheinlich von einem braven Beige gewesen, irgendeine Farbe, die sich mit keiner anderen beißt und sich gut im Hintergrund macht. Jetzt war der Faden bestimmt von leuchtendem Karmesinrot, vielleicht auch von glitzerndem Gold.

Der Teppich aus Familie und Freunden um mich herum war so wunderbar und leuchtend, angefüllt mit ihren fröhlichen, einander ergänzenden Farben.

Über einige Fäden, die sich in mein Leben fügten, wunderte ich mich. Die Werwölfe mit ihren satten, holzigen Farben hatte ich eigentlich nicht erwartet; Jacob natürlich schon und Seth auch. Doch auch meine alten Freunde Quil und Embry fügten sich in den Stoff ein, als sie sich Jacobs Rudel anschlossen, und selbst Sam und Emily waren freundlich. Die Spannungen zwischen unseren Familien legten sich, vor allem dank Renesmee. Man musste sie einfach lieb haben.

Auch Sue und Leah Clearwater waren mit unserem Leben verflochten – noch zwei, mit denen ich nicht gerechnet hatte.

Sue schien es sich zur Aufgabe gemacht zu haben, Charlie den Übergang in die Welt der Sagen und Legenden zu erleichtern. Meistens begleitete sie ihn, wenn er zu uns kam, obwohl sie sich nie so wohl zu fühlen schien wie ihr Sohn und die meisten anderen aus Jakes Rudel. Sie sagte nicht viel, sie stand nur beschützend neben Charlie. Sie war immer die Erste, die er anschaute, wenn Renesmee etwas machte, was noch überhaupt nicht ihrem Alter entsprach – und das kam häufig vor. Sue warf Seth dann immer einen vielsagenden Blick zu, als wollte sie sagen: Na, das kennen wir doch!

Leah fühlte sich noch unwohler als Sue, sie war die Einzige aus unserer erweiterten Familie, der die Vereinigung überhaupt nicht passte. Doch sie und Jacob standen sich jetzt so nahe, dass wir alle mit ihr verbunden waren. Ich hatte ihn einmal danach gefragt – zögernd, ich wollte nicht bohren, doch die Beziehung der beiden hatte sich so sehr verändert, dass ich neugierig war. Er hatte die Achseln gezuckt und gesagt, es sei eine Wolfsangelegenheit. Sie war jetzt die Nummer zwei in seinem Rudel, direkt hinter dem Alphatier.

»Ich hab mir gedacht, solange ich den Job als Leitwolf mache«, hatte Jacob erklärt, »stelle ich lieber klare Regeln auf.«

Die neue Verantwortung führte dazu, dass Leah sich häufig mit ihm in Verbindung setzte, und da er immer bei Renesmee war …

Leah war nicht glücklich in unserer Nähe, aber sie war eine Ausnahme. Glück war jetzt der Hauptbestandteil meines Lebens, das vorherrschende Muster im Teppich. So sehr, dass meine Beziehung zu Jasper auf einmal enger war, als ich es mir je hätte träumen lassen.

Doch am Anfang war ich richtig genervt.

»Mann!«, sagte ich eines Abends zu Edward, nachdem wir Renesmee in ihr schmiedeeisernes Bettchen gelegt hatten. »Wenn ich Charlie und Sue bis jetzt noch nicht umgebracht habe, werde ich es auch höchstwahrscheinlich nicht mehr tun. Kann Jasper nicht mal damit aufhören, mich immer zu bewachen?«

»Niemand zweifelt an dir, Bella, nicht im mindesten«, versicherte er mir. »Du weißt doch, wie Jasper ist – einem guten emotionalen Klima kann er nicht widerstehen. Du bist fortwährend so glücklich, Liebste, dass er sich unwillkürlich zu dir hingezogen fühlt.«

Und dann nahm Edward mich fest in die Arme, denn nichts freute ihn mehr als meine rauschhafte Begeisterung über mein neues Leben.

Die meiste Zeit war ich wirklich euphorisch. Die Tage reichten mir nicht aus, um meine Tochter lange genug zu bewundern; die Nächte hatten nicht genug Stunden, um mein Verlangen nach Edward zu stillen.

Doch das Glück hatte auch seine Kehrseite. Wenn man den Stoff, aus dem unser Leben gewebt war, umdrehte, dann würde sich die Rückseite wohl in trostlosem Grau aus Zweifel und Angst zeigen.

Renesmee sprach ihr erstes Wort, als sie genau eine Woche alt war. Das Wort war Momma, was mich überglücklich gemacht hätte, wäre ich über ihre Fortschritte nicht so erschrocken gewesen. Meine Miene erstarrte und ich konnte mich kaum dazu durchringen, sie anzulächeln. Dass sie dann im selben Atemzug ihren ersten kompletten Satz sagte, machte es nicht gerade besser. »Momma, wo ist Opa?«, fragte sie mit klarer, heller Sopranstimme, und sie sagte es nur deshalb laut, weil ich mich am anderen Ende des Zimmers befand. Sie hatte dieselbe Frage bereits Rosalie gestellt, auf ihre übliche (oder, wenn man es mit normalen Maßstäben betrachtete, eigentlich ganz unübliche) Art. Rosalie wusste es nicht, deshalb wandte Renesmee sich an mich.

Als sie ihre ersten Schritte machte, weniger als drei Wochen später, war es ähnlich. Sie sah Alice nur einen Augenblick lang an und schaute aufmerksam zu, wie ihre Tante Blumensträuße in den verschiedenen Vasen verteilte, mit den Armen voller Blumen tanzte sie im Zimmer hin und her. Renesmee stand auf, kein bisschen wacklig, und lief beinahe ebenso anmutig durchs Zimmer.

Jacob brach in heftigen Applaus aus, denn das war natürlich die Reaktion, die Renesmee haben wollte. Er war so innig mit ihr verbunden, dass seine eigenen Gefühle zweitrangig waren; als Erstes wollte er Renesmee immer das geben, was sie brauchte. Doch als unsere Blicke sich trafen, sah ich ein Abbild meiner eigenen Panik. Auch ich zwang mich zu klatschen und versuchte ihr meine Angst nicht zu zeigen. Edward applaudierte still neben mir, und auch ohne es auszusprechen, wussten wir, dass wir dasselbe dachten.

Edward und Carlisle recherchierten mit Feuereifer, sie suchten nach Antworten, auf alles gefasst. Es gab sehr wenig Informationen, und nichts war richtig nachprüfbar.

Alice und Rosalie begannen den Tag für gewöhnlich mit einer Modenschau. Renesmee trug nie zweimal dasselbe, teils weil sie aus ihren Kleidern fast sofort herauswuchs, teils weil Alice und Rosalie versuchten ein Babyalbum zusammenzustellen, das eher Jahre als Wochen zu umspannen schien. Sie machten Tausende von Fotos und dokumentierten jede Phase von Renesmees beschleunigter Kindheit.

Im Alter von drei Monaten hätte Renesmee als großes ein-
jähriges oder als kleines zweijähriges Kind durchgehen können.
Ihr Körper war allerdings nicht der eines Kleinkindes, sie war
schlanker und zierlicher, ihre Proportionen waren gleichmäßi-
ger, wie die eines Erwachsenen. Die bronzefarbenen Ringel-
locken gingen ihr bis zur Taille; ich brachte es nicht über mich,
sie zu schneiden, selbst wenn Alice es erlaubt hätte. Renesmee
sprach fehlerfrei, sowohl in der Grammatik als auch in der Aus-
sprache, doch sie machte sich kaum je die Mühe zu sprechen; sie
zeigte uns lieber, was sie wollte. Sie konnte nicht nur gehen, sondern auch rennen und tanzen. Sogar lesen konnte sie schon.

Eines Abends hatte ich ihr Tennyson vorgelesen, weil Klang
und Rhythmus seiner Gedichte etwas Beruhigendes hatten. (Ich
musste andauernd etwas Neues suchen; Renesmee bekam nicht
gern dasselbe zweimal vorgelesen, wie es bei anderen Kindern
angeblich der Fall war, und für Bilderbücher fehlte ihr die Geduld.) Sie fasste mir an die Wange, das Bild in ihrem Kopf zeigte
uns beide, nur dass sie das Buch hielt. Lächelnd gab ich es ihr.

»Hier ist Musik«, las sie, ohne zu stocken, »die lieblich ist und
weicher fällt als windverwehte Rosenblätter auf das Gras oder
als Tau der Nacht auf stilles Wasser, das sich hält in Schatten
zwischen Granitwänden auf schimmerndem Pass ...«

Mit eckigen Bewegungen nahm ich ihr das Buch wieder ab.

»Wenn du liest, wie willst du dann einschlafen?«, sagte ich
und konnte nur mit Mühe ein Zittern in der Stimme unterdrücken.

Nach Carlisles Berechnungen verlangsamte sich ihr Körper-
wachstum allmählich, doch ihr Verstand spurtete weiter. Selbst
mit diesem verlangsamten Wachstum war sie in weniger als vier
Jahren erwachsen.

Vier Jahre. Und in fünfzehn Jahren war sie eine alte Frau.

Nur fünfzehn Jahre leben.

Doch sie war kerngesund. Lebendig, aufgeweckt, strahlend und fröhlich. Es ging ihr so gut, dass es mir leichtfiel, nur den Augenblick mit ihr zu genießen und die Gedanken an die Zukunft zu verdrängen.

Carlisle und Edward besprachen die Zukunftsperspektiven leise aus allen möglichen Blickwinkeln, und ich versuchte nicht hinzuhören. Nur wenn Jacob dabei war, redeten sie nicht darüber, denn es gab ja eine sichere Möglichkeit, das Älterwerden zu stoppen, aber davon wäre Jacob ganz bestimmt nicht begeistert. Ich auch nicht. *Viel zu gefährlich!*, schrien meine Instinkte. Jacob und Renesmee schienen sich in so vielerlei Hinsicht ähnlich zu sein, beide Halbwesen, beide von zweierlei Art. Und alle Werwolflegenden behaupteten, Vampirgift sei der sichere Tod, nicht der Weg zur Unsterblichkeit ...

Carlisle und Edward hatten alles erforscht, was es aus der Ferne zu erforschen gab, und stellten sich jetzt darauf ein, die alten Legenden am Ort ihres Entstehens zu untersuchen. Unser Ausgangspunkt sollte Brasilien sein. Die Ticunas hatten Legenden über Kinder wie Renesmee ... Wenn es je andere Wesen wie sie gegeben hatte, dann fanden wir dort vielleicht auch etwas über die Lebensdauer halbsterblicher Kinder ...

Die einzige Frage war, wann wir aufbrechen sollten.

Ich war der Hemmschuh. Zu einem kleinen Teil deshalb, weil ich wegen Charlie bis nach den Ferien in der Nähe von Forks bleiben wollte. Aber vor allem war da eine andere Reise, die vorher stattfinden musste – so lagen die Prioritäten nun einmal. Und es war eine Reise, auf die ich allein gehen musste.

Das war der einzige Streit, den Edward und ich gehabt hatten, seit ich ein Vampir war. Die Auseinandersetzung drehte sich hauptsächlich um das »allein«. Aber es war, wie es war, und mein

Plan war der einzig vernünftige. Ich musste zu den Volturi, und ich musste ganz allein dorthin.

Obwohl ich von den alten Albträumen befreit war, von Träumen überhaupt, war es unmöglich, die Volturi zu vergessen. Und sie versäumten es auch nicht, unserem Gedächtnis auf die Sprünge zu helfen.

Bis zu dem Tag, an dem Aros Geschenk kam, hatte ich nicht gewusst, dass Alice den Volturi eine Heiratsanzeige geschickt hatte. Wir waren weit weg auf Esmes Insel, als sie plötzlich eine Vision von Volturi-Kriegern hatte, darunter Jane und Alec, die zerstörerischen, furchtbaren Zwillinge. Caius hatte vor, eine Jagdgesellschaft auszusenden, um zu sehen, ob ich entgegen ihrem Erlass immer noch ein Mensch war (da ich über die geheime Welt der Vampire Bescheid wusste, musste ich mich ihr entweder anschließen oder zum Schweigen gebracht werden ... für immer). Deshalb hatte Alice ihnen die Heiratsanzeige geschickt, denn sie sah, dass sie ihr Vorhaben verschieben würden, wenn sie die richtigen Schlüsse zogen. Aber letztlich würden sie kommen. Das stand außer Zweifel.

Das Geschenk selbst war auf den ersten Blick nicht bedrohlich. Extravagant, ja, und in seiner Extravaganz beinahe erschreckend. Die Drohung lag in dem Abschiedsgruß von Aros Glückwunschkarte; mit schwarzer Tinte hatte er auf ein schweres, quadratisches weißes Stück Papier eigenhändig geschrieben:

Ich kann es kaum erwarten, die neue Mrs Cullen persönlich zu sehen.

Das Geschenk lag in einer mit Schnitzereien verzierten antiken Holzschachtel mit Inkrustationen aus Gold und Perlmutt, verziert mit einem Regenbogen von Edelsteinen. Alice sagte, die Schachtel an sich sei schon von unschätzbarem Wert und würde so ziemlich jedes Schmuckstück in den Schatten stellen bis auf das, was darin lag.

»Ich habe mich schon immer gefragt, wohin die Kronjuwelen verschwunden sind, nachdem Johann Ohneland sie im dreizehnten Jahrhundert verpfändete«, sagte Carlisle. »Nun, es überrascht mich nicht, dass sich die Volturi einen Anteil gesichert haben.«

Die Kette war schlicht – ein dickes Seil aus Gold, beinahe geschuppt, wie eine glatte Schlange, die sich eng um die Kehle schmiegte. Ein einziger Edelstein hing an dem Seil: ein weißer Diamant, so groß wie ein Golfball.

Der Wink mit dem Zaunpfahl in Aros Schreiben interessierte mich mehr als der Schmuck. Die Volturi wollten sehen, dass ich unsterblich war, dass die Cullens den Befehl der Volturi befolgt hatten, und sie wollten es *bald* sehen. Ich konnte es nicht zulassen, dass sie nach Forks kamen. Es gab nur eine Möglichkeit, unser Leben hier zu schützen.

»Du fliegst nicht allein«, hatte Edward mit zusammengebissenen Zähnen gesagt, die Hände zu Fäusten geballt.

»Sie werden mir nichts tun«, sagte ich so beruhigend, wie ich konnte, und gab mir alle Mühe, meine Stimme überzeugt klingen zu lassen. »Dazu haben sie keinen Grund. Ich bin ein Vampir und fertig.«

»Nein. Das kommt überhaupt nicht in Frage.«

»Edward, nur so können wir Renesmee schützen.«

Und dem konnte er nicht widersprechen. Meine Logik war zwingend.

In der kurzen Zeit, in der ich Aro erlebt hatte, war mir klargeworden, dass er ein Sammler war – und seine kostbarsten

Schätze waren die *lebenden* Stücke. Schönheit, Talent und Vortrefflichkeit seiner unsterblichen Anhänger begehrte er mehr als alle Juwelen in den Schatzkammern. Es war schon verhängnisvoll genug, dass er begonnen hatte, Alice' und Edwards Gaben zu begehren. Ich würde ihm keinen zusätzlichen Grund liefern, die Familie Cullen zu beneiden. Renesmee war schön, talentiert und außergewöhnlich – sie war einzigartig. Er durfte sie nicht zu sehen bekommen, nicht einmal in den Gedanken eines anderen.

Und ich war die Einzige, deren Gedanken er nicht hören konnte. Natürlich musste ich allein fliegen.

Alice hatte keine Probleme mit meiner Reise, aber sie machte sich Sorgen, weil ihre Visionen verschwommen waren. Sie sagte, manchmal sei das der Fall, wenn Entscheidungen von außen hineinspielen könnten, die noch nicht endgültig getroffen waren. Diese Ungewissheit nahm Edward, der sowieso schon unschlüssig war, stark gegen mein Vorhaben ein. Er wollte mich bis zu meinem Anschlussflug in London begleiten, doch ich wollte Renesmee auf keinen Fall ohne einen ihrer Eltern zurücklassen. Stattdessen sollte Carlisle mitkommen. Sowohl Edward als auch mich selbst beruhigte der Gedanke ein wenig, dass Carlisle nur wenige Stunden von mir entfernt sein würde.

Alice fahndete weiter nach der Zukunft, aber was sie fand, hatte nichts mit dem zu tun, wonach sie suchte. Ein neuer Trend auf dem Börsenmarkt; ein möglicher Versöhnungsbesuch von Irina, allerdings stand ihr Entschluss noch nicht fest; ein Schneesturm, der aber frühestens in sechs Wochen kommen würde; ein Anruf von Renée (ich übte meine »raue« Stimme und wurde von Tag zu Tag besser – für Renée war ich immer noch krank, aber auf dem Wege der Besserung).

Einen Tag nachdem Renesmee drei Monate alt wurde, kauften wir die Flugtickets. Es sollte nur eine kurze Reise werden, deshalb hatte ich Charlie gar nichts davon erzählt. Jacob wusste Bescheid und er sah die Sache genauso wie Edward. Heute jedoch ging der Streit um Brasilien. Jacob war wild entschlossen, uns zu begleiten.

Wir drei, Jacob, Renesmee und ich, waren zusammen auf der Jagd. Die Ernährung mit Tierblut gefiel Renesmee nicht besonders – deshalb durfte Jacob mitkommen. Jacob hatte einen Wettkampf daraus gemacht, und das war für sie ein größerer Anreiz als alles andere.

Renesmee war ganz unserer Meinung, dass man keine Jagd auf Menschen machen sollte, aber sie meinte, Spenderblut sei ein guter Kompromiss. Menschliches Essen sättigte sie und sie schien es gut zu vertragen, aber sie ließ jede Art von fester Nahrung nur märtyrerhaft über sich ergehen wie ich einst Blumenkohl und dicke Bohnen. Da war ihr sogar Tierblut noch lieber. Wettkämpfe machte sie für ihr Leben gern und mit der Aussicht, Jacob zu schlagen, war sie ganz wild auf die Jagd.

»Jacob«, sagte ich und versuchte ihm noch einmal ins Gewissen zu reden, während Renesmee auf der schmalen Lichtung vor uns herhüpfte und nach einem Geruch suchte, den sie mochte. »Du hast deine Verpflichtungen hier. Seth, Leah …«

Er schnaubte. »Ich bin nicht der Babysitter für mein Rudel. Und sie haben alle ihre Aufgaben in La Push.«

»So wie du zum Beispiel? Fliegst du jetzt offiziell von der Schule? Wenn du mit Renesmee mithalten willst, musst du mal ein bisschen fleißiger lernen.«

»Ich setze nur ein Schuljahr aus. Wenn alles … wieder in der Reihe ist, mache ich mit der Schule weiter.«

Als er das sagte, konnte ich mich nicht mehr auf den Streit konzentrieren und wir schauten beide automatisch zu Renesmee. Sie blickte hoch zu den Schneeflocken, die über ihr schwebten und die schmolzen, noch ehe sie auf dem vergilbten Gras der länglichen pfeilspitzenförmigen Wiese landen konnten, auf der wir standen. Renesmees elfenbeinfarbenes Rüschenkleid war genau eine Schattierung dunkler als der Schnee, und ihre rotbraunen Locken schimmerten, obwohl die Sonne hinter den Wolken versteckt war.

Renesmee ging kurz in die Hocke, dann sprang sie fünf Meter hoch in die Luft. Ihre kleinen Hände umschlossen eine Schneeflocke, dann landete sie leichtfüßig wieder auf dem Boden.

Sie drehte sich zu uns um mit ihrem bezaubernden Lächeln – wirklich, man konnte sich einfach nicht daran gewöhnen – und öffnete die Hände, um uns den vollkommenen sternförmigen Schneekristall zu zeigen, ehe er schmolz.

»Hübsch«, rief Jacob. »Aber ich glaube, du willst ablenken, Nessie.«

Sie rannte auf Jacob zu, er breitete die Arme aus, und genau in dem Moment sprang sie hinein. Sie hatten die Bewegung perfekt aufeinander abgestimmt. So machte sie das immer, wenn sie etwas sagen wollte. Sie sprach immer noch nicht gern laut.

Renesmee berührte Jacobs Gesicht und setzte eine herrlich finstere Miene auf, während wir alle den Geräuschen einer kleinen Wapitiherde lauschten, die tiefer in den Wald vordrang.

»Ich weiß, du hast gaaar keinen Durst, Nessie«, sagte Jacob mit leisem Sarkasmus, doch die Nachsicht überwog. »Du hast ja bloß Angst, dass ich wieder den größten fange!«

Sie sprang rückwärts aus Jacobs Armen, landete behände auf den Füßen und verdrehte die Augen – wenn sie das tat, sah sie Edward so ähnlich. Dann flitzte sie in den Wald.

»Ich mach schon«, sagte Jacob, als ich mich vorbeugte, um ihr hinterherzulaufen. Er riss sich das T-Shirt vom Leib, und als er ihr nachjagte, zitterte er schon. »Schummeln gilt nicht!«, rief er Renesmee hinterher.

Ich lächelte kopfschüttelnd, als ich sah, wie die Blätter hinter ihnen flatterten. Manchmal war Jacob mehr Kind als Renesmee.

Ich wartete, ließ den beiden Jägern einen kleinen Vorsprung. Es würde eine Kleinigkeit sein, sie aufzuspüren, und Renesmee würde sich freuen, wenn sie mich mit einer fetten Beute überraschen konnte. Wieder lächelte ich.

Die schmale Wiese war sehr still und sehr einsam. Der rieselnde Schnee über mir hatte nachgelassen, beinahe aufgehört. Alice hatte gesehen, dass er noch lange nicht liegen bleiben würde.

Normalerweise gingen Edward und ich immer gemeinsam auf die Jagd. Aber heute war Edward bei Carlisle geblieben, sie planten die Reise nach Rio, redeten hinter Jacobs Rücken … Ich runzelte die Stirn. Wenn ich wieder nach Hause kam, würde ich für Jacob Partei ergreifen. Er musste uns begleiten. Für ihn stand genauso viel auf dem Spiel wie für uns – sein ganzes Leben stand auf dem Spiel, genau wie meins.

Während ich mit den Gedanken in der nahen Zukunft weilte, glitt mein Blick routinemäßig über die Berge, ich hielt nach Beute Ausschau und nach Gefahr. Ich dachte nicht darüber nach, es war ein instinktives Bedürfnis.

Oder vielleicht gab es diesmal doch einen Grund, einen winzigen Auslöser, den meine messerscharfen Sinne wahrgenommen hatten, ehe er in mein Bewusstsein drang.

Als mein Blick über den Rand einer Klippe in der Ferne glitt, die sich in knalligem Graublau von dem grünschwarzen Wald abhob, erregte ein Silberschimmer – oder war es Gold? – meine Aufmerksamkeit.

Sofort konzentrierte sich mein Blick auf die Farbe, die dort nicht hingehörte, so weit weg im Dunst, dass selbst ein Adler sie nicht entdeckt hätte. Ich starrte.

Sie starrte zurück.

Es war eindeutig, dass sie ein Vampir war. Ihre Haut war marmorweiß und tausendmal glatter als die Haut eines Menschen. Selbst unter den Wolken glitzerte sie ein klein wenig. Hätte ihre Haut sie nicht verraten, hätte ich es an ihrer Reglosigkeit erkannt. Nur Vampire und Statuen konnten so bewegungslos verharren.

Ihre Haare waren von einem sehr, sehr hellen Blond, fast Silber. Das war der Glanz, der mir ins Auge gestochen hatte. Wie mit dem Lineal gezogen gingen sie ihr bis zum Kinn, in der Mitte streng gescheitelt.

Ich kannte sie nicht. Ich war mir ganz sicher, dass ich sie noch nie gesehen hatte, auch nicht als Mensch. Keines der Gesichter in meiner trüben Erinnerung stimmte mit diesem überein. Doch ich erkannte sie sofort an ihren dunkelgoldenen Augen.

Irina hatte sich nun doch entschlossen zu kommen.

Einen Augenblick lang starrte ich sie an und sie starrte zurück. Ich fragte mich, ob auch sie sofort begriffen hatte, wer ich war. Ich hob die Hand halb, um zu winken, doch da verzog sie ganz leicht die Lippen, auf einmal sah sie feindselig aus.

Ich hörte Renesmees Siegesschrei aus dem Wald, hörte Jacobs johlendes Echo und sah, wie Irina den Kopf ruckartig zu dem Geräusch bewegte, als das Echo wenige Sekunden später bei ihr ankam. Sie wandte den Blick leicht nach rechts, und ich wusste, was sie sah. Einen gigantischen rostbraunen Werwolf, vielleicht den, der ihren Laurent getötet hatte. Wie lange beobachtete sie uns schon? Lange genug, um unser freundschaftliches Miteinander zu sehen, da war ich mir sicher.

Ihr Gesicht zuckte vor Schmerz.

Instinktiv hob ich die Hände zu einer Geste der Entschuldigung. Sie wandte sich wieder zu mir und zog die Oberlippe über die Zähne. Sie knurrte mit geöffnetem Mund.

Als das leise Geräusch zu mir drang, hatte sie sich schon umgedreht und war in den Wald verschwunden.

»Mist!«, stöhnte ich.

Ich raste in den Wald zu Renesmee und Jacob, ich wollte sie in Sichtweite haben. Ich wusste nicht, in welche Richtung Irina verschwunden war, und ich wusste auch nicht genau, wie wütend sie war. Vampire waren in der Regel rachsüchtig, und das war nicht leicht zu unterdrücken.

Ich rannte so schnell ich konnte und war in zwei Sekunden bei ihnen.

»Meiner ist größer«, hörte ich Renesmee rufen, als ich durch die dichten Dornensträucher auf die kleine Lichtung stürmte, wo sie standen.

Als Jacob mein Gesicht sah, legte er die Ohren an; er duckte sich und bleckte die Zähne – seine Schnauze war noch blutig von der Jagd. Sein Blick durchkämmte den Wald. Ich hörte, wie ihm ein Knurren in der Kehle aufstieg.

Renesmee war ganz genauso wachsam wie Jacob. Sie warf den toten Hirsch zu Boden, sprang in meine Arme und legte neugierig die Hände an meine Wangen.

»Ich übertreibe bestimmt«, sagte ich schnell zu den beiden. »Es ist sicher in Ordnung. Wartet mal.«

Ich holte mein Handy heraus und drückte auf die Kurzwahltaste. Edward antwortete nach dem ersten Klingeln. Jacob und Renesmee hörten aufmerksam zu, als ich Edward alles erzählte.

»Komm her und bring Carlisle mit«, sagte ich mit meiner Glockenstimme, so schnell, dass ich nicht wusste, ob Jacob mitkam. »Ich hab Irina gesehen und sie mich auch, aber dann hat sie Jacob gesehen und ist wütend geworden und weggerannt – glaube ich. Sie ist nicht mehr aufgetaucht – jedenfalls noch nicht –, aber sie sah ziemlich aufgebracht aus, sie kommt bestimmt wieder. Wenn nicht, musst du mit Carlisle hinter ihr her und mit ihr reden. Ich komme mir so mies vor.«

Jacob grollte.

»In einer halben Minute sind wir da«, sagte Edward, und ich hörte den Wind zischen, als er losrannte.

Wir liefen zurück zu der schmalen Wiese und warteten schweigend; Jacob und ich lauschten, ob wir jemanden kommen hörten, den wir nicht kannten.

Doch als jemand kam, hörte es sich vertraut an. Und dann war Edward bei mir, Carlisle ein paar Sekunden später. Ich war überrascht, als ich hinter Carlisle das schwere Stapfen großer Pfoten hörte. Aber es war ja klar, dass Jacob, wenn Renesmee auch nur die kleinste Gefahr drohte, sofort Verstärkung rief.

»Sie war da oben auf der Klippe«, sagte ich und zeigte zu der Stelle. Falls Irina auf der Flucht war, hatte sie bereits einen ordentlichen Vorsprung. Würde sie stehen bleiben und Carlisle zuhören? So, wie sie vorhin ausgesehen hatte, bezweifelte ich es. »Vielleicht ist es besser, wenn du Emmett und Jasper anrufst, damit sie mitkommen. Sie schien … wirklich außer sich zu sein. Sie hat mich angeknurrt.«

»Was?«, sagte Edward wütend.

Carlisle legte ihm eine Hand auf den Arm. »Sie trauert noch immer. Ich werde ihr folgen.«

»Ich komme mit«, beharrte Edward.

Sie schauten sich lange an – vielleicht wog Carlisle Edwards Zorn gegen seine Fähigkeit ab, Gedanken zu lesen. Schließlich nickte er und sie machten sich auf die Suche nach Irinas Spur, ohne Jasper oder Emmett anzurufen.

Jacob schnaubte ungeduldig und stupste mir mit der Nase in den Rücken. Bestimmt wollte er Renesmee wieder nach Hause bringen, sicherheitshalber. Ich war einverstanden und wir liefen mit Seth und Leah an unserer Seite zurück.

Renesmee lag wohlig in meinen Armen, eine Hand hielt sie immer noch an mein Gesicht. Da die Jagd abgebrochen werden musste, würde sie mit Spenderblut über die Runden kommen müssen. Sie war ziemlich zufrieden.

DIE ZUKUNFT

Carlisle und Edward hatten Irina nicht einholen können, bis
ihre Spur sich im Puget Sound verlor. Sie waren ans andere Ufer
geschwommen, um zu sehen, ob ihre Spur sich dort wieder auf-
nehmen ließ, aber es gab auf der Ostseite im meilenweiten Umkreis keine Spur von ihr.

Es war alles meine Schuld. Sie war, wie Alice vorausgesehen
hatte, gekommen, um Frieden mit den Cullens zu schließen,
und dann hatte sie sich über meine Kameradschaft mit Jacob
aufgeregt. Hätte ich sie doch nur eher entdeckt, bevor Jacob
sich verwandelte. Oder wären wir doch woanders auf die Jagd
gegangen.

Jetzt konnten wir nicht mehr viel tun. Carlisle hatte Tanya angerufen und ihr die enttäuschenden Neuigkeiten übermittelt.
Tanya und Kate hatten Irina nicht mehr gesehen, seit sie sich
entschlossen hatten, zu meiner Hochzeit zu kommen; sie waren
beunruhigt darüber, dass Irina so nah an ihrem Zuhause gewesen und trotzdem nicht zurückgekehrt war; es war nicht leicht
für sie, ohne ihre Schwester zu sein, wenn auch nur vorübergehend. Womöglich kamen die traurigen Erinnerungen an den
Verlust der Mutter vor mehreren Jahrhunderten wieder hoch.

Alice konnte ein paar flüchtige Einblicke in Irinas nahe Zukunft erhaschen, allerdings nichts Konkretes. Soweit Alice sa-

gen konnte, würde Irina nicht nach Denali zurückkehren. Das Bild war verschwommen. Alice konnte nur sehen, dass Irina völlig außer sich war; verzweifelt wanderte sie in der verschneiten Wildnis umher – nach Norden? Nach Osten? Sie traf keine Entscheidungen, die über ihre ziellose Trauer hinausgereicht hätten.

Tage vergingen, und auch wenn ich natürlich nichts vergaß, so rückten Irina und ihr Kummer doch in den Hintergrund. Es gab jetzt Wichtigeres zu bedenken. Schon in wenigen Tagen musste ich nach Italien aufbrechen. Und wenn ich zurückkam, sollte es nach Südamerika gehen.

Wir hatten alles schon hundert Mal bis ins kleinste Detail besprochen. Bei den Ticunas wollten wir anfangen und vor Ort ihren Legenden nachspüren. Jetzt, da wir uns einig waren, dass Jacob uns begleiten sollte, spielte er bei unserem Vorhaben eine zentrale Rolle – die Menschen, die an Vampire glaubten, würden bestimmt nicht mit einem von uns über ihre Geschichten reden wollen. Für den Fall, dass wir bei den Ticunas nicht weiterkamen, gab es in der Gegend noch viele nah verwandte Stämme, bei denen wir weiterforschen konnten. Carlisle hatte ein paar alte Freunde am Amazonas; wenn wir sie fanden, konnten sie uns vielleicht auch Informationen liefern. Oder wenigstens Ideen, wo wir weiter nach Antworten suchen könnten. Die Amazonas-Vampire selbst hatten höchstwahrscheinlich nichts mit den Legenden von Vampirmischlingen zu tun, sie waren nämlich alle weiblich. Niemand wusste, wie lange unsere Forschungsreise dauern würde.

Von der längeren Reise hatte ich Charlie noch nicht erzählt, und während Edward und Carlisle weiter diskutierten, überlegte ich, was ich ihm sagen sollte. Wie konnte ich es ihm am besten beibringen?

Während ich überlegte, schaute ich Renesmee an. Sie hatte sich auf dem Sofa zusammengerollt und schlief tief und fest, ihr Atem ging langsam, ihre wirren Locken waren um ihr Gesicht herum ausgebreitet. Normalerweise nahmen Edward und ich sie mit in unser Häuschen und brachten sie dort zu Bett, aber heute Abend blieben wir noch bei der Familie, Edward und Carlisle waren in die Planungen vertieft.

Emmett und Jasper planten indessen mit Feuereifer die Jagdmöglichkeiten. Die Gegend am Amazonas bot eine interessante Abwechslung von unserer üblichen Beute. Jaguare und Panther zum Beispiel. Emmett hatte es sich in den Kopf gesetzt, unbedingt mit einer Anakonda zu kämpfen. Esme und Rosalie überlegten, was sie einpacken sollten. Jacob war mit Sams Rudel unterwegs, er bereitete alles für die Zeit seiner Abwesenheit vor.

Alice bewegte sich – für ihre Verhältnisse langsam – durch das große Zimmer, machte den ohnehin schon makellosen Raum sauber, zupfte an Esmes perfekt arrangierten Sträußen herum. Jetzt rückte sie Esmes Vasen auf der Konsole zurecht. An der Art, wie ihr Gesichtsausdruck wechselte – erst aufmerksam, dann ausdruckslos, dann wieder aufmerksam –, erkannte ich, dass sie in die Zukunft schaute. Erst dachte ich, sie versuchte an den blinden Flecken vorbeizusehen, die Jacob und Renesmee in ihren Visionen von Südamerika hervorriefen, aber da sagte Jasper: »Lass gut sein, Alice; sie geht uns nichts an.« Und schon schwebte eine Wolke aus Gleichmut durch den Raum, still und unsichtbar. Alice hatte sich also wieder Sorgen um Irina gemacht.

Sie streckte Jasper die Zunge heraus, dann nahm sie eine Kristallvase mit weißen und roten Rosen und wandte sich zur Küche. Eine der weißen Rosen war ein winziges bisschen welk, doch Alice schien auf äußerste Perfektion bedacht, als wollte sie sich so von ihren ausbleibenden Visionen ablenken.

Ich schaute wieder zu Renesmee, und deshalb sah ich es nicht, als die Vase Alice aus den Fingern glitt. Ich hörte nur die Luft an dem Kristall entlangzischen, blickte schnell hoch und sah gerade noch, wie die Vase am Rand des marmornen Küchenbodens in zehntausend Diamantscherben zersprang.

Als die Kristallsplitter mit einem misstönenden Klirren in alle Richtungen sprangen, waren alle vollkommen still, aller Augen waren auf Alice' Rücken gerichtet.

Mein erster, völlig widersinniger Gedanke war, dass Alice uns einen Streich spielte. Denn es war einfach ausgeschlossen, dass Alice die Vase aus Versehen fallen gelassen hatte. Ich selbst hätte quer durch den Raum flitzen und die Vase mühelos auffangen können, wäre ich nicht davon ausgegangen, dass Alice es tun würde. Und wie hatte sie ihr überhaupt aus den Fingern gleiten können? Aus ihren so sicheren Fingern …

Ich hatte noch nie gesehen, dass ein Vampir etwas versehentlich fallen gelassen hätte. Noch nie.

Und dann drehte Alice sich zu uns um, so schnell, dass die Bewegung unsichtbar war.

Ihr Blick war halb hier und halb in der Zukunft, die Augen weit aufgerissen, starr, sie füllten ihr schmales Gesicht aus, bis sie es zu überfluten schienen. Ihr in die Augen zu schauen, war, als säße man in einem Grab und schaute hinaus; ich fühlte mich begraben in dem Schrecken und der Verzweiflung ihres Blicks.

Ich hörte, wie Edward nach Luft schnappte; es war ein brüchiger, halb erstickter Laut.

»*Was ist?*«, knurrte Jasper und sprang mit einem unglaublich schnellen Satz zu ihr, wobei er das Kristall unter seinen Füßen zertrat. Er fasste sie an den Schultern und schüttelte sie heftig. Sie schien in seinen Händen leise zu klappern. »*Was ist, Alice?*«

Emmett tauchte am Rand meines Blickfeldes auf, er hatte die

Zähne gebleckt und schaute schnell zum Fenster, als rechnete er mit einem Angriff.

Von Esme, Carlisle und Rosalie kam nur Schweigen, sie waren genauso erstarrt wie ich.

Jasper schüttelte Alice wieder. »Was *ist*?«

»Sie kommen hierher«, flüsterten Alice und Edward gleichzeitig, wie aus einem Mund. »Alle.«

Stille.

Ausnahmsweise einmal war ich die Erste, die begriff – weil irgendetwas in ihren Worten meine alte Vision wachrief. Es war nur die entfernte Erinnerung an einen Traum – schwach, durchscheinend, undeutlich, als spähte ich durch einen dichten Schleier ...

In meinem Kopf sah ich eine schwarze Linie auf mich zukommen, nur ein schwacher Abklatsch meines halb vergessenen Albtraums aus Menschenzeiten. Das Leuchten ihrer rubinroten Augen und das Glitzern ihrer spitzen feuchten Zähne konnte ich in dem verschleierten Bild nicht erkennen, doch ich wusste, wo es glitzern musste ...

Stärker als die bildhafte Erinnerung war die Erinnerung an das *Gefühl* – das schmerzhafte Bedürfnis, den Schatz hinter mir zu beschützen.

Ich hätte Renesmee am liebsten in die Arme gerissen, sie unter meiner Haut und meinem Haar versteckt, sie unsichtbar gemacht. Doch ich konnte mich noch nicht einmal umdrehen und sie anschauen. Ich kam mir vor, als wäre ich nicht aus Stein, sondern aus Eis. Zum ersten Mal in meinem Leben als Vampir war mir kalt.

Die Bestätigung meiner Ängste hörte ich kaum. Ich brauchte sie nicht. Ich wusste Bescheid.

»Die Volturi«, stöhnte Alice.

»Alle«, stöhnte Edward im selben Moment.

»Warum?«, flüsterte Alice zu sich selbst. »Wie?«

»Wann?«, flüsterte Edward.

»Warum?«, echote Esme.

»*Wann?*«, wiederholte Jasper mit einer Stimme wie splitterndes Eis.

Alice blinzelte nicht, es war, als wären ihre Augen von einem Schleier überzogen, sie wurden vollkommen ausdruckslos. Nur an ihrem Mund sah ich immer noch ihr Entsetzen.

»Nicht mehr lange«, sagten sie und Edward gleichzeitig. Dann sprach sie allein. »Es liegt Schnee im Wald und Schnee in der Stadt. Kaum mehr als ein Monat.«

»Warum?« Diesmal war es Carlisle, der fragte.

Esme antwortete. »Sie müssen einen Grund haben. Vielleicht wollen sie sehen …«

»Das hat nichts mit Bella zu tun«, sagte Alice dumpf. »Sie kommen alle – Aro, Caius, Marcus, alle Mitglieder der Wache, sogar die Ehefrauen.«

»Die Ehefrauen haben den Turm noch nie verlassen«, wiedersprach Jasper ihr tonlos. »Niemals. Nicht während des Aufstands im Süden. Nicht, als die Rumänen sie stürzen wollten. Nicht einmal, als sie die unsterblichen Kinder jagten. Nie.«

»Jetzt kommen sie«, flüsterte Edward.

»Doch *warum*?«, fragte Carlisle wieder. »Wir haben nichts getan! Und wenn doch, was könnten wir getan haben, um *das* zu verdienen?«

»Wir sind so viele«, sagte Edward düster. »Offenbar wollen sie sichergehen, dass …« Er konnte den Satz nicht beenden.

»Das beantwortet immer noch nicht die entscheidende Frage! Warum?«

Ich spürte, dass ich die Antwort auf Carlisles Frage kannte, und gleichzeitig kannte ich sie nicht. Renesmee war der Grund, da war ich mir sicher. Noch ehe ich wusste, dass ich sie in mir trug, hatte mein Unterbewusstsein mich gewarnt. Ich war auf seltsame Weise darauf vorbereitet. Als hätte ich immer gewusst, dass die Volturi kommen würden, um mir mein Glück zu rauben.

Aber das war immer noch keine Antwort auf die Frage.

»Sieh es dir noch einmal genau an, Alice«, bat Jasper. »Versuche herauszufinden, was der Auslöser war. Bitte.«

Alice schüttelte langsam den Kopf, sie ließ die Schultern hängen. »Es kam aus dem Nichts, Jasper. Ich habe nicht nach ihnen gesucht, nicht einmal nach uns. Ich habe nach Irina Ausschau gehalten. Sie war nicht dort, wo ich sie erwartete …« Alice verstummte, ihr Blick glitt wieder weg. Einen langen Augenblick starrte sie ins Leere.

Und dann riss sie den Kopf hoch, die Augen hart wie Kiesel. Ich hörte, wie Edward nach Luft schnappte.

»Sie hat sich entschlossen, zu ihnen zu gehen«, sagte Alice. »Irina hat sich entschlossen, zu den Volturi zu gehen. Und dann werden sie beschließen … Es ist, als ob sie auf sie warteten. Als hätten sie sich schon entschieden und warteten nur noch auf sie …«

Wieder wurde es still, während wir das verarbeiteten. Was konnte Irina den Volturi erzählen, das Alice' entsetzliche Vision zur Folge hätte?

»Können wir sie noch aufhalten?«, fragte Jasper.

»Das ist unmöglich. Sie ist schon fast dort.«

»Was macht sie?«, fragte Carlisle, aber ich hörte dem Gespräch schon nicht mehr zu. Ich dachte nur noch an das Bild, das sich in meinem Kopf zusammenfügte.

Ich sah Irina oben auf der Klippe, wie sie zu uns herüberschaute. Was hatte sie gesehen? Einen Vampir und einen Werwolf, die beste Freunde waren. Auf dieses Bild war ich fixiert gewesen, es war eine logische Erklärung für ihre Reaktion. Doch das war nicht alles, was sie gesehen hatte.

Sie hatte auch ein Kind gesehen. Ein außergewöhnlich schönes Kind, das sich im herabrieselnden Schnee aufspielte, sicher kein gewöhnliches Menschenkind ...

Irina ... die verwaisten Schwestern ... Carlisle hatte gesagt, dass Tanya, Kate und Irina sich absolut gesetzestreu verhielten, seit ihre Mutter der Rechtsprechung der Volturi zum Opfer gefallen war.

Noch vor einer halben Minute hatte Jasper es selbst gesagt: *Nicht einmal, als sie die unsterblichen Kinder jagten* ... Die unsterblichen Kinder – der unaussprechliche Fluch, das schreckliche Tabu ...

Konnte Irina mit ihrer Vergangenheit das, was sie auf der Wiese gesehen hatte, überhaupt anders deuten? Sie war nicht nah genug gewesen, um Renesmees Herz schlagen zu hören, um die Wärme zu spüren, die von ihrem Körper ausstrahlte. Renesmees rosige Wangen hätten aus ihrer Sicht auch ein Trick sein können.

Schließlich waren die Cullens ja mit den Werwölfen im Bunde. Aus Irinas Sicht hieß das vielleicht, dass wir vor nichts zurückschreckten ...

Irina, die in der verschneiten Wildnis die Hände rang – nicht aus Trauer um Laurent, wie ich gedacht hatte, sondern weil sie es als ihre Pflicht betrachtete, uns anzuzeigen, und weil sie wusste, was dann mit uns geschehen würde. Offensichtlich wog ihr Gewissen schwerer als eine jahrhundertelange Freundschaft.

Und die Reaktion der Volturi auf einen solchen Verstoß war so unzweifelhaft, es war bereits beschlossene Sache.

Ich drehte mich um und beugte mich über die schlafende Renesmee, bedeckte sie mit meinem Haar, begrub mein Gesicht in ihren Locken.

»Überlegt mal, was sie heute Nachmittag gesehen hat«, sagte ich leise und unterbrach Emmett, der gerade irgendetwas sagen wollte. »Wie sieht Renesmee wohl für jemanden aus, der seine Mutter wegen der unsterblichen Kinder verloren hat?«

Es wurde wieder ganz still, als die anderen meinem Gedankengang folgten.

»Wie ein unsterbliches Kind«, flüsterte Carlisle.

Ich merkte, wie Edward sich neben mich kniete und die Arme um uns beide schlang.

»Aber sie irrt sich«, sprach ich weiter. »Renesmee ist ja gar nicht wie diese anderen Kinder. Sie waren erstarrt, während Renesmee jeden Tag so viel wächst. Sie waren völlig unbezähmbar, aber Renesmee tut weder Charlie weh noch Sue, sie zeigt ihnen noch nicht mal irgendwas, was sie aufregen könnte. Sie hat sich im Griff. Sie ist jetzt schon intelligenter als die meisten Erwachsenen. Es gibt keinen Grund ...«

Ich plapperte weiter und wartete darauf, dass jemand erleichtert aufatmete, wartete darauf, dass die eisige Spannung im Zimmer sich löste, weil sie einsahen, dass ich Recht hatte. Doch es schien nur noch kälter zu werden. Schließlich verstummte meine zaghafte Stimme.

Eine lange Zeit sagte niemand etwas.

Dann flüsterte Edward in mein Haar. »Für ein solches Verbrechen führen sie keine Gerichtsverhandlung, Liebste«, sagte er ruhig. »Aro hat Irinas *Beweis* in ihren Gedanken gesehen. Sie kommen, um zu zerstören, nicht um zu diskutieren.«

»Aber sie irren sich doch«, sagte ich störrisch.

»Sie werden nicht darauf warten, dass wir ihnen das beweisen.«

Er sprach immer noch ruhig, sanft, samten … und doch waren Schmerz und Verzweiflung unüberhörbar. Seine Stimme klang wie Alice' Stimme vorhin – als käme sie aus einem Grab.

»Was können wir tun?«, fragte ich.

Renesmee war so warm und wundervoll in meinen Armen, sie träumte friedlich. Ich hatte mir solche Sorgen um ihr schnelles Altern gemacht – hatte Angst gehabt, dass sie kaum mehr als zehn Jahre leben würde … Diese Sorge kam mir jetzt absurd vor.

In kaum mehr als einem Monat …

Sollte es das gewesen sein? Ich hatte mehr Glück erfahren, als die meisten Menschen in einem ganzen Leben bekommen. Gab es irgendein Naturgesetz, dem zufolge Glück und Unglück auf der Welt gerecht verteilt werden müssen? Brachte mein Glück die Waage aus dem Gleichgewicht? Durfte ich nicht mehr als vier Monate haben?

Die Antwort auf meine rhetorische Frage kam von Emmett.

»Wir kämpfen«, sagte er ruhig.

»Wir können nicht gewinnen«, knurrte Jasper. Ich konnte mir vorstellen, wie sein Gesicht jetzt aussah, wie er den Körper schützend über Alice beugte.

»Nun ja, weglaufen können wir auch nicht. Dafür sorgt Demetri schon.« Emmett stieß einen angewiderten Laut aus, und ich wusste intuitiv, dass er sich nicht über den Tracker der Volturi ärgerte, sondern über die Vorstellung wegzulaufen. »Und ich bin mir nicht so sicher, dass wir nicht gewinnen können«, sagte er. »Es gibt verschiedene Möglichkeiten. Wir müssen ja nicht allein kämpfen.«

Ich riss den Kopf hoch. »Wir wollen die Quileute nicht auch noch zum Tode verurteilen, Emmett!«

»Reg dich ab, Bella.« Er sah genauso aus, wie wenn er sich vorstellte, gegen Anakondas zu kämpfen. Selbst mit der Vernichtung vor Augen blieb er kampfeslustig, freute sich auf jeden Wettkampf. »Ich habe nicht das Rudel gemeint. Aber sei mal realistisch – glaubst du, Jacob oder Sam würden auf eine solche Invasion nicht reagieren? Selbst wenn es nicht um Nessie ginge? Ganz zu schweigen davon, dass Aro dank Irina jetzt über unser Bündnis mit dem Rudel Bescheid weiß. Doch ich dachte an unsere anderen Freunde.«

»Andere Freunde, die wir auch nicht zum Tode verurteilen wollen«, flüsterte Carlisle.

»Hey, das überlassen wir ihnen«, sagte Emmett beschwichtigend. »Ich sage ja nicht, dass sie mit uns kämpfen müssen.« Während er sprach, sah ich, wie der Plan in seinem Kopf Gestalt annahm. »Wenn sie nur bei uns stehen würden, so lange, dass die Volturi einen Augenblick zögerten. Bella hat doch Recht. Wenn wir sie dazu bringen könnten, zu warten und zuzuhören. Obwohl es dann vielleicht keinen Grund mehr zum Kämpfen gibt …«

Die Andeutung eines Lächelns lag jetzt auf seinem Gesicht. Ich wunderte mich, dass ihm bis jetzt noch niemand eine reingehauen hatte. Ich hätte es mit Freuden getan.

»Ja«, sagte Esme lebhaft. »Das klingt vernünftig, Emmett. Für uns kommt es darauf an, dass die Volturi einen Moment innehalten. So lange, dass sie uns zuhören können.«

»Da brauchen wir aber ein gewaltiges Aufgebot an Zeugen«, sagte Rosalie schroff, ihre Stimme brüchig wie Glas.

Esme nickte, als hätte sie Rosalies Sarkasmus überhört. »So viel können wir von unseren Freunden wohl verlangen. Uns als Zeugen beizustehen.«

»Das würden wir für sie auch tun«, sagte Emmett.

»Wir müssen es nur richtig anstellen, sie zu fragen«, murmelte Alice. In ihrem Blick war wieder dunkle Leere. »Wir müssen es ihnen ganz vorsichtig zeigen.«

»Zeigen?«, fragte Jasper.

Alice und Edward schauten beide auf Renesmee. Dann wurden Alice' Augen glasig.

»Tanyas Familie«, sagte sie. »Siobhans Zirkel. Und Amuns. Einige der Nomaden – Garrett und Mary auf jeden Fall. Vielleicht Alistair.«

»Was ist mit Peter und Charlotte?«, fragte Jasper ein wenig ängstlich, als hoffte er, die Antwort würde nein lauten und sein ehemaliger Bruder könnte von dem drohenden Gemetzel verschont bleiben.

»Vielleicht.«

»Was ist mit den Amazonen?«, fragte Carlisle. »Kachiri, Zafrina und Senna?«

Erst schien Alice zu sehr in ihre Vision vertieft zu sein, um zu antworten, schließlich schauderte sie und ihr Blick glitt flimmernd zurück in die Gegenwart. Einen winzigen Moment schaute sie zu Carlisle, dann senkte sie den Blick.

»Ich kann nichts sehen.«

»Was war da?«, flüsterte Edward drängend. »Dort im Dschungel. Werden wir sie suchen?«

»Ich kann nichts sehen«, wiederholte Alice und wich seinem Blick aus. Verwirrung spiegelte sich in Edwards Gesicht. »Wir müssen uns aufteilen und uns beeilen – ehe der Schnee liegen bleibt. Wir müssen so viele wie möglich zusammentrommeln und sie ihnen zeigen.« Sie driftete wieder ab. »Eleazar fragen. Hier geht es um mehr als nur ein unsterbliches Kind.«

Wieder lag unheilvolles Schweigen im Raum, während Alice sich in ihre Vision vertiefte. Als es vorüber war, blinzelte sie langsam, ihr Blick war seltsam verschleiert, obwohl sie sich eindeutig in der Gegenwart befand.

»Es ist so viel. Wir müssen uns beeilen«, flüsterte sie.

»Alice?«, fragte Edward. »Das war zu schnell – ich habe nicht alles verstanden. Was war ...?«

»Ich kann nichts sehen!«, fauchte sie. »Jacob ist gleich hier!«

Rosalie machte einen Schritt zur Haustür. »Ich sorge dafür, dass ...«

»Nein, er soll reinkommen«, sagte Alice schnell und ihre Stimme wurde mit jedem Wort höher. Sie nahm Jasper bei der Hand und zog ihn zur Hintertür. »Wenn Nessie nicht in der Nähe ist, kann ich besser sehen. Ich muss weg. Komm, Jasper, wir dürfen keine Zeit verlieren.«

Wir alle hörten Jacob auf der Treppe. Alice zerrte ungeduldig an Jaspers Hand. Er folgte ihr schnell. Er sah genauso verwirrt aus wie Edward. Dann sausten sie zur Tür hinaus in die silbrige Nacht.

»Macht schnell!«, rief sie uns zu. »Ihr müsst sie alle finden!«

»Was finden?«, fragte Jacob und machte die Haustür hinter sich zu. »Wo ist Alice hin?«

Keiner antwortete, wir starrten nur vor uns hin.

Jacob schüttelte die nassen Haare aus und fuhr mit den Armen in sein T-Shirt, während er zu Renesmee schaute. »Hey, Bella! Ich dachte, ihr wärt inzwischen mal zu Hause ...«

Schließlich sah er mich an, blinzelte, dann schaute er sich um. Ich beobachtete ihn, während sich die Stimmung im Zimmer auf ihn übertrug. Mit großen Augen schaute er nach unten, auf den Wasserfleck am Boden, die verstreuten Rosen, die Kristallsplitter. Seine Finger zitterten.

»Was ist?«, fragte er tonlos. »Was ist passiert?«

Ich wusste nicht, wo ich anfangen sollte. Auch von den anderen fand keiner die richtigen Worte.

Mit drei langen Schritten kam Jacob ins Zimmer und sank neben Renesmee und mir auf die Knie. Ich spürte die zitternde Wärme, als seine Arme und Hände zuckten.

»Ist etwas mit ihr?«, fragte er und befühlte ihre Stirn, er legte den Kopf schief und lauschte auf ihren Herzschlag. »Mach mir nichts vor, Bella, bitte!«

»Renesmee fehlt überhaupt nichts«, stieß ich hervor, doch die Worte klangen nicht so, wie sie sollten.

»Wem dann?«

»Uns allen, Jacob«, flüsterte ich. Und dann klang auch meine Stimme so – als käme sie aus einem Grab. »Es ist aus. Wir sind alle zum Tode verurteilt.«

TREUEBRUCH

Die ganze Nacht saßen wir da, starr vor Kummer und Entsetzen, und Alice kam nicht zurück.

Wir waren alle an unsere Grenze geraten, völlig außer Gefecht gesetzt. Carlisle konnte kaum die Lippen bewegen, als er Jacob alles erzählte. Durch die Wiederholung schien es noch schlimmer zu werden, selbst Emmett stand jetzt stumm und starr da.

Erst als die Sonne aufging und ich wusste, dass Renesmee sich schon bald in meinen Armen bewegen würde, fragte ich mich, weshalb Alice wohl so lange wegblieb. Ich hätte gern mehr erfahren, ehe ich mich der Neugier meiner Tochter stellen musste. Hätte gern mehr Antworten gehabt. Einen winzigen Hoffnungsschimmer, damit ich lächeln und die schreckliche Wahrheit von ihr fernhalten könnte.

Meine Miene erstarrte immer wieder zu der Maske, die ich die ganze Nacht getragen hatte. Ich wusste gar nicht, ob ich überhaupt noch lächeln konnte.

Jacob lag schnarchend auf dem Boden in der Ecke, ein Fellberg, der im Schlaf unruhig zuckte. Sam wusste Bescheid – die Wölfe bereiteten sich vor auf das, was kommen mochte. Aber auch das konnte doch nichts daran ändern, dass die Wölfe mit dem Rest meiner Familie ums Leben kommen würden.

Die Sonne drang durch das hintere Fenster und ließ Edwards Haut funkeln. Seit Alice gegangen war, hatte ich den Blick nicht von seinem gelöst. Die ganze Nacht hatten wir uns angesehen und das betrachtet, was wir beide um keinen Preis verlieren wollten: einander. Ich sah mein Bild in seinen Augen gespiegelt, als die Sonne auch meine Haut berührte.

Fast unmerklich bewegte er die Augenbrauen, dann die Lippen.

»Alice«, sagte er.

Seine Stimme klang wie das Knacken von schmelzendem Eis. Wir alle tauten ein wenig auf, wurden ein wenig weicher. Kamen wieder in Bewegung.

»Sie ist schon lange fort«, murmelte Rosalie verwundert.

»Wo könnte sie sein?«, sagte Emmett und machte einen Schritt zur Tür.

Esme legte ihm eine Hand auf den Arm. »Wir wollen sie nicht stören …«

»So lange hat sie noch nie gebraucht«, sagte Edward. Neue Sorge zersplitterte die Maske, zu der seine Züge erstarrt waren. Jetzt kam Leben in sein Gesicht, die Augen waren auf einmal groß vor neuer Angst, noch mehr Panik. »Carlisle, du glaubst doch nicht – als Vorsichtsmaßnahme? Hätte Alice es sehen können, wenn sie jemanden nach ihr geschickt hätten?«

Aros Gesicht mit der durchscheinenden Haut kam mir in den Sinn. Aro, der in alle Winkel von Alice' Gehirn geschaut hatte, der genau wusste, wozu sie in der Lage war …

Emmett fluchte so laut, dass Jacob knurrend aufsprang. Im Garten knurrte sein Rudel zur Antwort. Alle handelten jetzt in Windeseile.

»Bleib bei Renesmee!«, schrie ich Jacob zu, als ich zur Tür hinausraste.

Ich war immer noch stärker als die anderen und nutzte meine Kraft, um vorzupreschen. Mit wenigen Sätzen hatte ich Esme überholt, mit ein paar weiteren Sätzen auch Rosalie. Ich raste durch den dichten Wald, bis ich direkt hinter Edward und Carlisle war.

»Ist es denkbar, dass sie sie überrascht haben?«, fragte Carlisle. Seine Stimme war so ruhig, als würde er still dastehen, anstatt mit Höchstgeschwindigkeit zu rennen.

»Ich wüsste nicht, wie«, antwortete Edward. »Doch Aro kennt sie besser als irgendjemand sonst. Besser als ich.«

»Ist das eine Falle?«, rief Emmett von hinten.

»Mag sein«, sagte Edward. »Es gibt keine Fährte außer der von Alice und Jasper. Wohin wollten sie?«

Die Spur von Alice und Jasper beschrieb einen weiten Bogen; sie verlief erst östlich um das Haus herum, kam im Norden am anderen Ufer des Flusses wieder heraus und verlief nach einigen Kilometern wieder in Richtung Westen. Wir überquerten nochmals den Fluss, sekundenschnell sprangen wir alle sechs hinüber. Edward lief vorneweg, aufs Äußerste konzentriert.

»Hast du das gerochen?«, rief Esme, kurz nachdem wir den Fluss zum zweiten Mal überquert hatten. Sie war am weitesten hinten, am äußersten linken Rand unserer Jagdgesellschaft. Sie zeigte in Richtung Südosten.

»Folgt der Hauptfährte – wir sind fast an der Grenze der Quileute«, befahl Edward knapp. »Bleibt zusammen. Findet heraus, ob sie sich nach Norden oder nach Süden gewandt haben.«

Ich kannte mich mit der vereinbarten Grenze nicht so gut aus wie die anderen, doch ich schnappte einen Hauch Wolf in der Brise auf, die von Osten her wehte. Edward und Carlisle liefen aus alter Gewohnheit etwas langsamer und ich sah, wie ihre

Köpfe hin und her gingen, als warteten sie darauf, dass die Fährte eine andere Richtung nahm.

Dann war der Wolfsgeruch auf einmal stärker und Edward hob ruckartig den Kopf. Ganz plötzlich blieb er stehen. Auch wir anderen verharrten.

»Sam?«, fragte Edward tonlos. »Was hat das zu bedeuten?«

Ein paar hundert Meter entfernt kam Sam in Menschengestalt zwischen den Bäumen hervor, er lief schnell auf uns zu, links und rechts von sich zwei große Wölfe – Paul und Jared. Es dauerte eine Weile, bis Sam bei uns war, sein menschliches Tempo machte mich ungeduldig. Ich wollte keine Zeit haben, darüber nachzudenken, was los war. Ich wollte in Bewegung sein, etwas tun. Ich wollte Alice in die Arme schließen, wollte Gewissheit haben, dass ihr nichts passiert war.

Ich sah, wie Edward kalkweiß wurde, als er Sams Gedanken las. Sam beachtete ihn nicht, er schaute direkt zu Carlisle und begann zu sprechen.

»Um kurz nach Mitternacht kamen Alice und Jasper hierher und baten um Erlaubnis, unser Land zu durchqueren bis zum Ozean. Ich gestattete es und begleitete sie persönlich bis zur Küste. Sie gingen sofort ins Wasser und kehrten nicht zurück. Auf dem Weg dorthin hatte Alice mich eindringlich gebeten, Jacob nichts zu erzählen, bis ich mit dir gesprochen hätte. Ich sollte hier warten, bis du kommst und sie suchst, und dir dann diese Nachricht überreichen. Sie sagte, ich solle auf sie hören, denn unser aller Leben hinge davon ab.«

Mit grimmiger Miene hielt Sam Carlisle ein gefaltetes Blatt Papier hin, das ganz mit kleiner schwarzer Schrift bedruckt war. Es war eine Seite aus einem Buch, mit meinen scharfen Augen las ich die gedruckten Worte, während Carlisle das Blatt auseinanderfaltete, um die andere Seite zu lesen. Die

Seite, die zu mir zeigte, war die Impressumsseite von *Der Kaufmann von Venedig*. Als Carlisle das Blatt schüttelte, schwebte eine Ahnung meines eigenen Geruchs zu mir herüber. Ich sah, dass die Seite aus einem meiner Bücher gerissen worden war. Ich hatte ein paar Sachen aus Charlies Haus in unser Häuschen mitgenommen, ein paar normale Kleidungsstücke, alle Briefe von meiner Mutter und meine Lieblingsbücher. Meine zerlesene Taschenbuchausgabe von Shakespeare hatte gestern Morgen noch im Regal des kleinen Wohnzimmers gestanden ...

»Alice hat sich entschlossen uns zu verlassen«, flüsterte Carlisle.

»Was?«, schrie Rosalie.

Carlisle drehte das Blatt um, so dass wir alle den Brief lesen konnten.

Sucht uns nicht. Es gilt, keine Zeit zu verlieren. Denkt daran: Tanya, Siobhan, Amun, Alistair, alle Nomaden, die Ihr ausfindig machen könnt. Peter und Charlotte werden wir unterwegs aufspüren. Es tut uns so leid, dass wir Euch auf diese Weise verlassen müssen, ohne Abschied, ohne Erklärung. Es ist der einzige Weg für uns.

Wir lieben Euch.

Wieder standen wir wie erstarrt, es war vollkommen still bis auf den Herzschlag der Wölfe, ihren Atem. Und ihre Gedanken. Edward war der Erste, der sich wieder rührte, er antwortete auf etwas, das er in Sams Kopf gehört hatte.

»Ja, so gefährlich ist die Lage.«

»So gefährlich, dass ihr eure Familie im Stich lassen würdet?«, fragte Sam laut, und der Vorwurf war unüberhörbar. Anscheinend hatte er die Botschaft nicht gelesen, bevor sie Carlisle überreicht hatte, dafür war er jetzt umso aufgebrachter. Er schien es zu bereuen, dass er auf Alice gehört hatte.

Edwards Miene war starr – auf Sam wirkte das vermutlich wütend oder überheblich, doch ich sah den Schmerz in seinen verhärteten Zügen.

»Wir wissen nicht, was sie gesehen hat«, sagte Edward. »Alice ist weder gefühllos noch feige. Sie hat nur mehr Informationen als wir.«

»*Wir* würden niemals ...«, setzte Sam an.

»Ihr seid auf andere Weise miteinander verbunden als wir«, sagte Edward schroff. »Bei uns behält jeder seinen freien Willen.«

Sam hob mit einem Ruck das Kinn und seine Augen waren plötzlich pechschwarz.

»Doch du solltest die Warnung beherzigen«, fuhr Edward fort. »Dies ist keine Sache, in die ihr euch einmischen wollt. Es steht euch immer noch frei, dem, was Alice sah, aus dem Weg zu gehen.«

Sam lächelte hart. »*Wir* laufen nicht weg.« Paul hinter ihm schnaubte.

»Lass nicht aus Stolz deine Familie abschlachten«, warf Carlisle leise ein.

Sam schaute Carlisle ein wenig freundlicher an. »Wie Edward ganz richtig bemerkte, haben wir nicht dieselbe Art von Freiheit wie ihr. Renesmee gehört jetzt genauso zu unserer Familie wie zu eurer. Jacob kann sie nicht im Stich lassen, und wir können ihn nicht im Stich lassen.« Sein Blick huschte zu Alice' Brief, und er presste die Lippen zu einem schmalen Strich zusammen.

»Du kennst sie nicht«, sagte Edward.

»Kennst du sie denn?«, fragte Sam unverblümt.

Carlisle legte Edward eine Hand auf die Schulter. »Wir haben viel zu tun, mein Sohn. Wie Alice sich auch entschieden hat, wir wären dumm, würden wir ihren Rat nicht befolgen. Komm, wir kehren nach Hause zurück und machen uns an die Arbeit.«

Edward nickte, sein Gesicht war immer noch starr. Hinter mir hörte ich Esme leise und ohne Tränen schluchzen.

Ich wusste nicht, wie man in diesem Körper weinte; ich wusste noch nicht, wie es sich anfühlte. Ich konnte nur vor mich hin starren. Alles kam mir unwirklich vor, als würde ich nach all diesen Monaten wieder träumen. Als befände ich mich mitten in einem Albtraum.

»Danke, Sam«, sagte Carlisle.

»Es tut mir leid«, antwortete Sam. »Wir hätten sie nicht passieren lassen sollen.«

»Ihr habt richtig gehandelt«, sagte Carlisle. »Alice kann tun, was sie will. Diese Freiheit würde ich ihr nicht absprechen.«

Ich hatte die Cullens immer als ein Ganzes gesehen, eine untrennbare Einheit. Jetzt fiel mir plötzlich ein, dass es nicht immer so gewesen war. Carlisle hatte Edward erschaffen, Esme, Rosalie und Emmett; Edward hatte mich erschaffen. Wir waren durch unser Blut und unser Gift miteinander verbunden. Ich hatte Alice und Jasper nie als getrennte Wesen betrachtet – als adoptiert. Doch in Wahrheit hatte Alice die Cullens adoptiert. Sie war plötzlich aufgetaucht mit ihrer ganz eigenen Vergangenheit und hatte Jasper mit seiner mitgebracht, und beide hatten sich in die Familie eingefügt, die schon bestand. Sowohl sie als auch Jasper hatten ein Leben außerhalb der Familie Cullen gekannt. Hatte sie sich wirklich dafür entschieden, ein neues Leben anzufangen, nachdem sie gesehen hatte, dass ihr Leben mit den Cullens vorbei war?

Dann waren wir also tatsächlich zum Tode verurteilt, oder? Es gab überhaupt keine Hoffnung mehr. Kein Strahl, kein Schimmer, der Alice überzeugt hätte, dass sie an unserer Seite eine Chance hatte.

Die freundliche Morgenluft wirkte auf einmal dichter, schwärzer, als hätte meine Verzweiflung sie getrübt.

»*Ich* werde nicht kampflos untergehen«, knurrte Emmett leise. »Alice hat uns gesagt, was wir tun sollen. Also tun wir es.«

Die anderen nickten entschlossen, und ich begriff, dass sie auf die Chance setzten, die Alice uns gegeben hatte, wie klein sie auch sein mochte. Dass sie nicht die Hoffnung aufgeben und auf den Tod warten würden.

Ja, wir würden alle kämpfen. Was blieb uns anderes übrig? Und offenbar würden wir andere mit hineinziehen, denn das hatte Alice gesagt, bevor sie uns verlassen hatte. Wie hätten wir ihre letzte Warnung nicht beherzigen können? Und auch die Wölfe würden an unserer Seite um Renesmee kämpfen.

Wir würden kämpfen, sie würden kämpfen, und wir würden alle sterben.

Ich empfand nicht solch eine Entschlossenheit wie die anderen. Alice wusste, wie die Chancen standen. Sie gab uns die einzige Chance, die sie sah, aber sie betrachtete sie als zu gering, um darauf zu setzen.

Als ich Sams kritischem Blick den Rücken kehrte und Carlisle nach Hause folgte, fühlte ich mich bereits besiegt.

Wir rannten jetzt mechanisch, nicht so gehetzt wie zuvor. Als wir beim Fluss ankamen, hob Esme den Kopf.

»Da war noch eine andere Spur. Sie war frisch.«

Sie machte eine Kopfbewegung nach vorn, zu der Stelle, wo sie auf dem Hinweg Edward gerufen hatte. Als wir noch rannten, um Alice zu *retten* …

»Sie muss älter sein. Das war nur Alice, ohne Jasper«, sagte Edward regungslos.

Esme runzelte die Stirn, sie nickte.

Ich ging ein wenig nach rechts und ließ mich ein Stück zurückfallen. Ich war mir sicher, dass Edward Recht hatte, aber trotzdem ... Wie war Alice überhaupt an die Seite aus meinem Buch gekommen, auf die sie ihre Nachricht geschrieben hatte?

»Bella?«, sagte Edward tonlos, als ich zögerte.

»Ich möchte der Spur folgen«, sagte ich und schnupperte den leichten Duft von Alice, der von der Fährte ihrer Flucht wegführte. Ich hatte noch nicht viel Erfahrung, aber für mich war der Geruch absolut identisch, nur ohne den Geruch von Jasper.

Der Blick von Edwards goldenen Augen war leer. »Sie führt vermutlich nur zurück zum Haus.«

»Dann treffen wir uns dort.«

Erst dachte ich, er würde mich allein gehen lassen, aber dann, als ich ein paar Schritte gemacht hatte, kam wieder Leben in seine Augen.

»Ich begleite dich«, sagte er ruhig. »Wir treffen uns zu Hause, Carlisle.«

Carlisle nickte und die anderen liefen weiter. Ich wartete, bis sie außer Sicht waren, dann schaute ich Edward fragend an.

»Ich konnte dich nicht fortgehen lassen«, erklärte er leise. »Der bloße Gedanke daran tat mir weh.«

Ich begriff ohne weitere Erklärungen. Ich stellte mir vor, ich wäre jetzt von ihm getrennt, und merkte, dass ich genauso empfinden würde, selbst wenn es nur eine Trennung für kurze Zeit wäre.

Wir hatten nur noch so wenig Zeit zusammen.

Ich reichte ihm meine Hand, er nahm sie.

»Komm, wir wollen uns beeilen«, sagte er. »Renesmee wird schon wach sein.«

Ich nickte und wir rannten wieder los.

Wahrscheinlich war es albern, aus purer Neugier Zeit zu vergeuden, die ich mit Renesmee hätte verbringen können. Doch Alice' Nachricht beschäftigte mich. Wenn sie nichts zum Schreiben dabeihatte, hätte sie ihre Botschaft in einen Felsen oder einen Baumstamm ritzen können. Sie hätte einen Block mit Klebezetteln aus irgendeinem der Häuser am Highway stehlen können. Wieso mein Buch? Wann hatte sie es sich besorgt?

Tatsächlich verlief die Spur über einen Umweg, der weit entfernt vom Haus der Cullens und von den Wölfen im nahe gelegenen Wald verlief, zurück zu unserem Häuschen. Edward zog die Brauen zusammen, als er sah, wohin die Spur führte.

Er versuchte eine Erklärung zu finden. »Hat sie Jasper warten lassen und ist allein hierhergelaufen?«

Jetzt waren wir fast beim Häuschen angekommen und ich hatte ein ungutes Gefühl. Es war schön, Edwards Hand in meiner zu haben, aber mein Instinkt sagte mir, dass ich jetzt allein sein musste. Es sah Alice so gar nicht ähnlich, die Seite herauszureißen und damit zurück zu Jasper zu laufen. Ich war mir sicher, dass sich dahinter eine Botschaft verbarg – eine Botschaft, die ich leider überhaupt nicht verstand. Doch es war mein Buch, also *musste* die Botschaft an mich gerichtet sein. Wäre es etwas, das sie Edward mitteilen wollte, hätte sie dann nicht eine Seite aus einem seiner Bücher gerissen …?

»Warte einen Moment«, sagte ich, als wir an der Tür waren, und riss mich los.

Er runzelte die Stirn. »Bella?«

»Bitte! Dreißig Sekunden?«

Ich wartete seine Antwort nicht ab. Ich flitzte zur Tür hinein und zog sie hinter mir zu. Dann lief ich geradewegs zum Bücherregal. Alice' Geruch war frisch – keinen Tag alt. Ein kleines, aber heißes Feuer brannte im Kamin. Ich hatte es nicht angezündet. Ich riss *Der Kaufmann von Venedig* aus dem Regal und schlug die Titelseite auf.

Dort, neben dem zerfledderten Rand von der herausgerissenen Seite, stand unter den Worten *Der Kaufmann von Venedig von William Shakespeare* etwas geschrieben.

Vernichte dies.

Darunter standen ein Name und eine Adresse in Seattle.

Als Edward zur Tür hereinkam, eher nach dreizehn als dreißig Sekunden, schaute ich zu, wie das Buch verbrannte.

»Was ist los, Bella?«

»Sie war hier. Sie hat eine Seite aus einem meiner Bücher gerissen und darauf ihre Nachricht geschrieben.«

»Warum?«

»Ich weiß nicht.«

»Warum verbrennst du es?«

»Ich ... ich ...« Ich runzelte die Stirn und versuchte so wütend und bekümmert wie möglich auszusehen. Ich wusste nicht, was Alice mir mitteilen wollte, nur dass sie sich sehr bemüht hatte, es vor allen außer mir zu verbergen. Vor der einzigen Person, deren Gedanken Edward nicht lesen konnte. Also wollte sie ihn im Ungewissen lassen, und dafür hatte sie bestimmt ihre Gründe. »Das kam mir angemessen vor.«

»Wir wissen nicht, was sie tut«, sagte er ruhig.

Ich starrte in die Flammen. Ich war die Einzige auf der Welt, die Edward anlügen konnte. Wollte Alice das von mir? Ihre letzte Bitte?

»Auf dem Flug nach Italien«, flüsterte ich – das war keine direkte Lüge –, »als wir auf dem Weg waren, dich zu retten ... da hat sie Jasper angelogen, damit er uns nicht hinterherkam. Sie wusste, dass er sterben würde, wenn er auf die Volturi träfe. Lieber wollte sie selbst sterben, als ihn in Gefahr zu bringen. Auch mich hätte sie eher geopfert. Und dich.«

Edward gab keine Antwort.

»Sie hat ihre Prioritäten«, sagte ich. Mein lebloses Herz tat mir weh, als ich merkte, dass meine Erklärung sich überhaupt nicht anfühlte wie eine Lüge.

»Das glaube ich nicht«, sagte Edward. Er sagte es nicht, als wollte er mich überzeugen – eher so, als wollte er sich selbst überzeugen. »Vielleicht war nur Jasper in Gefahr. Ihr Plan könnte für uns andere funktionieren, doch er wäre verloren gewesen, wenn er geblieben wäre. Vielleicht ...«

»Das hätte sie uns doch sagen können. Sie hätte ihn wegschicken können.«

»Doch wäre Jasper gegangen? Vielleicht belügt sie ihn auch jetzt wieder.«

»Vielleicht«, sagte ich. »Lass uns lieber nach Hause gehen. Wir haben keine Zeit.«

Edward nahm meine Hand und wir rannten.

Alice' Nachricht stimmte mich nicht gerade hoffnungsfroh. Wenn es irgendeinen Weg gäbe, das bevorstehende Blutbad zu verhindern, wäre sie geblieben. Eine andere Möglichkeit sah ich nicht. Also musste es etwas anderes sein, was sie mir damit gab. Keinen Fluchtweg. Aber was sonst könnte ich ihrer Meinung nach wollen? Vielleicht die Möglichkeit, *irgendetwas* zu retten? Gab es etwas, das ich noch retten konnte?

Carlisle und die anderen waren in unserer Abwesenheit nicht untätig gewesen. Nur fünf Minuten waren wir von ihnen getrennt gewesen und sie hatten schon die Abreise vorbereitet. Jacob war wieder ein Mensch, er saß in der Ecke und hatte Renesmee auf dem Schoß, beide schauten uns mit großen Augen zu.

Rosalie hatte ihr seidenes Wickelkleid gegen robuste Jeans, Laufschuhe und ein Button-down-Hemd aus dickem Stoff getauscht, wie Rucksacktouristen sie auf längeren Touren tragen. Esme war ähnlich gekleidet. Auf dem Couchtisch stand ein Globus, aber sie hatten ihn lange genug angeschaut, jetzt warteten sie nur noch auf uns.

Die Stimmung war jetzt etwas besser als vorher; sie waren froh, irgendetwas tun zu können. All ihre Hoffnungen waren an die Anweisungen geknüpft, die Alice uns gegeben hatte.

Ich schaute auf den Globus und fragte mich, wohin die Reise wohl als Erstes ging.

»Und wir sollen hierbleiben?«, fragte Edward und schaute Carlisle an. Das klang nicht begeistert.

»Alice hat gesagt, dass wir den anderen Renesmee zeigen müssen und dass wir es vorsichtig anstellen müssen«, sagte Carlisle. »Alle, die wir finden können, werden wir zu euch schicken – Edward, du bist am besten dafür geeignet, dieses spezielle Minenfeld zu bewachen.«

Edward nickte einmal kurz, immer noch nicht glücklich. »Ihr habt eine große Fläche abzudecken.«

»Wir werden uns aufteilen«, antwortete Emmett. »Rose und ich suchen nach den Nomaden.«

»Ihr werdet hier alle Hände voll zu tun haben«, sagte Carlisle. »Tanyas Familie wird morgen früh hier sein und sie haben keine Ahnung, warum. Zunächst einmal musst du sie überzeugen, nicht so zu reagieren wie Irina. Dann musst du herausfinden, was Alice mit ihrer Bemerkung über Eleazar gemeint hat. Und dann bleibt immer noch die Frage, ob sie bleiben werden, um uns als Zeugen zu dienen. Und wenn die anderen kommen, geht alles wieder von vorn los – falls wir überhaupt jemanden überreden können zu kommen«, sagte Carlisle und seufzte.

»Eure Aufgabe ist womöglich die schwerste. Wir kommen zurück und helfen euch, sobald wir können.«

Carlisle legte Edward einen Augenblick die Hand auf die Schulter und gab mir einen Kuss auf die Stirn. Esme umarmte uns beide und Emmett boxte uns gegen den Arm. Rosalie rang sich ein Lächeln für Edward und mich ab, pustete Renesmee einen Kuss zu und schnitt Jacob zum Abschied eine Grimasse.

»Viel Glück«, sagte Edward.

»Euch auch«, sagte Carlisle. »Wir können es alle gebrauchen.«

Ich sah zu, wie sie aufbrachen, wünschte mir ein wenig von der Hoffnung, die ihnen Kraft gab, und wäre liebend gern ein paar Sekunden allein mit dem Computer gewesen. Ich musste herausfinden, wer J. Jenks war und weshalb Alice solche Mühe darauf verwendet hatte, den Namen nur mir mitzuteilen.

Renesmee drehte sich in Jacobs Armen, um seine Wange zu berühren.

»Ich weiß nicht, ob Carlisles Freunde kommen. Ich hoffe es. Im Moment sind wir wohl ein bisschen in der Unterzahl«, sagte Jacob leise zu Renesmee.

Dann wusste sie also Bescheid. Renesmee verstand bereits viel zu gut, was vorging. Diese ganze Geschichte, dass der geprägte Werwolf dem Objekt seiner Prägung alles gibt, was es will, nervte mich langsam. Kam es jetzt nicht mehr darauf an, sie zu beschützen, als ihre Fragen zu beantworten?

Ich schaute ihr aufmerksam ins Gesicht. Sie sah nicht erschrocken aus, nur besorgt und sehr ernst, als sie sich auf ihre stille Weise mit Jacob unterhielt.

»Nein, wir können nicht helfen, wir müssen hierbleiben«, fuhr er fort. »Die Leute wollen *dich* sehen, nicht die Landschaft.«

Renesmee sah ihn stirnrunzelnd an.

»Nein, ich muss nirgends hin«, sagte er. Dann schaute er zu Edward und war bestürzt, als ihm bewusst wurde, dass er sich da möglicherweise irrte. »Oder?«

Edward zögerte.

»Spuck's schon aus«, sagte Jacob, und seine Stimme war rau vor Anspannung. Er stand kurz vor einem Zusammenbruch, genau wie wir alle.

»Die Vampire, die uns zu Hilfe kommen, sind nicht so wie wir«, sagte Edward. »Neben unserer Familie ist die von Tanya die einzige, die das menschliche Leben achtet, und selbst sie halten nicht viel von Werwölfen. Ich glaube, es wäre sicherer ...«

»Ich kann auf mich selbst aufpassen«, fiel Jacob ihm ins Wort.

»Sicherer für Renesmee«, fuhr Edward fort, »wenn die Entscheidung, unserer Geschichte Glauben zu schenken, nicht dadurch erschwert wird, dass sie mit Werwölfen in Verbindung gebracht wird.«

»Tolle Freunde. Die würden sich gegen euch wenden, nur weil du mit jemandem umgehst, der ihnen nicht passt?«

»Ich glaube, unter normalen Umständen würden sie weitgehend tolerant sein. Doch du musst verstehen – für sie alle ist es nicht einfach, Nessie zu akzeptieren. Weshalb es ihnen auch nur im mindesten erschweren?«

Carlisle hatte Jacob letzte Nacht die Gesetze erklärt, die unsterbliche Kinder betrafen. »Waren die unsterblichen Kinder wirklich so schlimm?«, fragte Jacob.

»Du kannst dir nicht vorstellen, welch tiefe Narben sie im kollektiven Gedächtnis der Vampire hinterlassen haben.«

»Edward ...« Es war immer noch merkwürdig zu hören, dass Jacob Edwards Namen ohne Bitterkeit aussprach.

»Ich weiß, Jake. Ich weiß, wie schwer es für dich ist, von ihr getrennt zu sein. Wir werden improvisieren – sehen, wie sie auf

Renesmee reagieren. Auf jeden Fall wird Nessie in den nächsten Wochen bisweilen inkognito sein müssen. Sie wird in unserem Häuschen bleiben müssen, bis sich der richtige Moment bietet, um sie vorzustellen. Solange du dich in sicherer Entfernung zum Haupthaus aufhältst ...«

»Das kriege ich schon hin. Dann habt ihr also morgen früh schon Gäste?«

»Ja. Unsere allerengsten Freunde. In diesem besonderen Fall wird es das Beste sein, wenn die Sache so schnell wie möglich ans Licht kommt. Du kannst hierbleiben. Tanya weiß von dir. Sie hat sogar Seth bereits kennengelernt.«

»Stimmt.«

»Du solltest Sam Bescheid sagen, was los ist. Schon bald könnten Fremde im Wald auftauchen.«

»Guter Hinweis. Obwohl ich ihm nach gestern Nacht etwas Ruhe schuldig bin.«

»Es empfiehlt sich immer, auf Alice zu hören.«

Jacob biss die Zähne zusammen, und ich sah ihm an, dass er über das, was Alice und Jasper getan hatten, genauso dachte wie Sam.

Während sie redeten, ging ich zu dem hinteren Fenster, ich versuchte geistesabwesend und besorgt auszusehen. Das fiel mir nicht schwer. Ich legte den Kopf an die Wand, die in einem Bogen vom Wohnzimmer zum Esszimmer führte, genau neben einem der Computertische. Während ich in den Wald schaute, ließ ich die Finger über die Tastatur gleiten, es sollte gedankenverloren wirken. Waren Vampire jemals gedankenverloren? Ich hatte nicht den Eindruck, dass irgendjemand besonders auf mich achtete, aber ich wollte mich lieber nicht vergewissern. Der Bildschirm leuchtete auf. Wieder strich ich mit den Fingern über die Tastatur. Dann trommelte ich leise mit den Fingern auf den Holztisch, damit es beiläufig wirkte. Noch einmal über die Tastatur.

Aus dem Augenwinkel schaute ich auf den Monitor.

Kein J. Jenks, aber einen Jason Jenks gab es. Ein Anwalt. Ich strich über die Tastatur und versuchte, einen Rhythmus beizubehalten, wie wenn man eine Katze auf dem Schoß streichelt, die man fast vergessen hat. Die Kanzlei von Jason Jenks hatte eine schicke Website, doch die Adresse auf der Homepage stimmte nicht. Seattle war richtig, aber eine andere Postleitzahl. Ich merkte mir die Telefonnummer und strich wieder rhythmisch über die Tastatur. Diesmal suchte ich nach der Adresse, fand jedoch nichts, als gäbe es keine. Ich hätte gern auf einem Stadtplan nachgesehen, doch das erschien mir zu gewagt. Noch einmal über die Tastatur streichen, um den Verlauf zu löschen ...

Ich schaute noch eine Weile aus dem Fenster und strich noch ein paarmal über das Holz des Tisches. Ich hörte leichte Schritte quer durch das Zimmer zu mir kommen, drehte mich um und hoffte, dass mein Gesichtsausdruck genauso war wie vorher.

Renesmee reckte sich zu mir, und ich breitete die Arme aus. Sie warf sich hinein, ein strenger Geruch nach Werwolf ging von ihr aus, und schmiegte ihren Kopf an meinen Hals.

Ich wusste nicht, ob ich das aushalten würde. Sosehr ich um mein Leben bangte, um Edwards und das der anderen, das war alles nichts im Vergleich zu der quälenden Sorge um meine Tochter. Es musste eine Möglichkeit geben, sie zu retten, und wenn es das Einzige war, was ich tun konnte.

Plötzlich wusste ich, dass es alles war, was ich noch wollte. Alles andere würde ich ertragen, aber nicht, dass ihr Leben verwirkt sein sollte. Das nicht.

Sie war das Einzige, was ich retten *musste*.

Hatte Alice gewusst, wie ich empfand?

Renesmee legte leicht die Hand an meine Wange.

Sie zeigte mir mein eigenes Gesicht, Edwards, Jacobs, Rosalies, Esmes, Carlisles, Alice', Jaspers, immer schneller klickte sie alle Gesichter der Familie durch. Seth und Leah. Charlie. Sue und Billy. Immer wieder. Sie war besorgt wie wir alle. Doch sie war nur besorgt. Soweit ich sehen konnte, hatte Jacob das Schlimmste von ihr ferngehalten. Dass wir keine Hoffnung hatten, dass wir in einem Monat alle sterben würden.

Sie entschied sich für Alice' Gesicht, sehnsüchtig und verwirrt. Wo war Alice?

»Ich weiß es nicht«, flüsterte ich. »Aber sie ist Alice. Sie tut schon das Richtige, wie immer.«

Jedenfalls das Richtige für Alice. Ich fand es schrecklich, so über sie zu denken, aber wie sollte man die Situation sonst verstehen?

»Ich vermisse sie auch.«

Ich merkte, wie mein Gesicht nach dem Ausdruck suchte, der zu dem Kummer in meinem Innern passte. Meine Augen fühlten sich merkwürdig und trocken an, ich musste blinzeln, weil es so unangenehm war. Ich biss mir auf die Lippe. Beim nächsten Atemzug stockte die Luft in meiner Kehle, als würde ich daran ersticken.

Renesmee wich zurück, um mich anzuschauen, und ich sah mein Gesicht in ihren Gedanken und Gefühlen gespiegelt. Ich sah so aus wie Esme heute Morgen.

So fühlte es sich also an, wenn man weinte.

Renesmees Augen glitzerten feucht, als sie mein Gesicht betrachtete. Sie streichelte mein Gesicht, zeigte mir nichts, versuchte nur mich zu trösten.

Ich hätte nie gedacht, dass sich das Mutter-Tochter-Verhältnis zwischen uns einmal umkehren würde, so wie es bei Renée und mir war. Aber ich hatte auch keine sehr genaue Vorstellung von der Zukunft gehabt.

Eine Träne stahl sich in Renesmees Augenwinkel. Ich küsste sie weg. Erstaunt fasste sie sich ans Auge und schaute auf ihre nasse Fingerspitze.

»Nicht weinen«, sagte ich. »Es wird alles gut. Dir wird nichts passieren. Ich werde einen Weg für dich finden.«

Wenn ich schon nichts anderes tun konnte, so konnte ich wenigstens meine Renesmee retten. Ich war jetzt überzeugt, dass Alice mir das geben wollte. Sie wusste Bescheid. Sie hatte mir einen Weg offengelassen.

Unwiderstehlich

Es gab so viel zu bedenken.

Wie sollte ich eine Gelegenheit finden, J. Jenks allein aufzuspüren, und weshalb wollte Alice, dass ich von ihm wusste?

Was konnte ich tun, um meine Tochter zu retten, falls Alice' Hinweis doch nichts mit Renesmee zu tun hatte?

Wie sollten Edward und ich Tanya und ihrer Familie am nächsten Morgen alles erklären? Wenn sie nun genauso reagierten wie Irina? Wenn es zu einem Kampf kam?

Ich wusste nicht, wie man kämpfte. Wie sollte ich es in nur einem Monat lernen? Konnten die anderen mir das in der kurzen Zeit überhaupt so beibringen, dass ich für irgendeinen der Volturi eine Gefahr darstellte? Oder war ich zu völliger Nutzlosigkeit verdammt? Nur eine weitere Neugeborene, die man leicht erledigen konnte?

So viele Antworten brauchte ich, aber ich hatte keine Gelegenheit, meine Fragen zu stellen.

Weil ich für Renesmee eine gewisse Normalität bewahren wollte, bestand ich darauf, sie zur Schlafenszeit zu unserem Häuschen zu bringen. Jacob fühlte sich jetzt wohler in Wolfsgestalt, er konnte den Stress leichter ertragen, wenn er kampfbereit war. Ich hätte mich auch gern so gefühlt, bereit. Er rannte in den Wald, er musste schon wieder Wache schieben.

Als Renesmee tief und fest schlief, legte ich sie in ihr Bettchen, dann ging ich ins Wohnzimmer, um Edward meine Fragen zu stellen. Jedenfalls die Fragen, die ich stellen konnte; das Schwierigste war, etwas vor ihm zu verbergen, selbst mit dem Vorteil, dass er meine Gedanken nicht lesen konnte.

Er stand mit dem Rücken zu mir und starrte ins Feuer.

»Edward, ich ...«

Er wirbelte herum und war im Bruchteil einer Sekunde bei mir. Ich sah nur noch seinen leidenschaftlichen Gesichtsausdruck, ehe er die Lippen auf meine presste und seine Arme sich wie Stahlträger um mich schlossen.

In dieser Nacht dachte ich nicht mehr an meine Fragen. Ich hatte die Gründe für seine Stimmung schnell erfasst, und noch schneller war ich in derselben Stimmung.

Ich hatte mir vorgestellt, dass ich Jahre brauchen würde, um die überwältigende Leidenschaft, die ich für ihn empfand, irgendwie in den Griff zu bekommen. Und danach wollte ich sie dann jahrhundertelang genießen. Wenn uns nur noch ein Monat blieb ... Ich wusste nicht, wie ich den Gedanken an das Ende ertragen sollte. Im Moment konnte ich mich nicht dagegen wehren, ich wollte einfach nur egoistisch sein. Ich wollte ihn nur so innig wie möglich lieben in der beschränkten Zeit, die ich hatte.

Es war schwer, mich von ihm loszureißen, als die Sonne aufging, aber wir hatten eine Aufgabe vor uns, eine Aufgabe, die vielleicht schwieriger war als alle Suchaktionen der anderen zusammen. Kaum dachte ich daran, was auf uns zukam, stand ich unter Spannung; es schien mir, als würden meine Nerven auf einer Folterbank gestreckt, sie wurden dünner und dünner.

»Könnten wir doch die notwendigen Informationen von Eleazar bekommen, ehe wir ihnen von Nessie erzählen«, murmelte Edward, als wir uns in der riesigen Kleiderkammer, die mich mehr an Alice erinnerte, als mir in diesem Moment lieb war, hastig anzogen. »Sicherheitshalber.«

»Doch er würde die Frage nicht verstehen, die er beantworten soll«, sagte ich. »Glaubst du, sie lassen uns die Zeit, alles zu erklären?«

»Ich weiß es nicht.«

Ich holte die immer noch schlafende Renesmee aus ihrem Bettchen und drückte sie an mich, ihre Locken waren an meinem Gesicht, aus dieser Nähe überlagerte ihr süßer Duft alle anderen Gerüche.

Heute hatte ich keine Sekunde zu verlieren. Ich brauchte Antworten, und ich wusste nicht genau, wie viel Zeit Edward und ich heute für uns allein haben würden. Wenn mit Tanyas Familie alles gut verlief, hatten wir hoffentlich für längere Zeit Unterstützung.

»Edward, bringst du mir bei, wie man kämpft?«, fragte ich ihn gespannt, als er mir die Tür aufhielt.

Er reagierte, wie ich erwartet hatte. Er erstarrte, dann schaute er mich mit einem tiefen Blick an, als sähe er mich zum ersten oder zum letzten Mal. Schließlich schaute er auf unsere Tochter, die in meinen Armen schlief.

»Sollte es zu einem Kampf kommen, wird niemand von uns viel ausrichten können«, sagte er ausweichend.

Ich blieb ganz ruhig. »Möchtest du nicht, dass ich in der Lage bin, mich zu verteidigen?«

Er schluckte krampfhaft und die Tür bebte, die Angeln drohten nachzugeben, als er fester drückte. Dann nickte er. »Wenn du es so sagst … dann sollten wir uns wohl so bald als möglich an die Arbeit machen.«

Ich nickte ebenfalls und wir gingen zum großen Haus. Wir hatten es nicht eilig.

Ich überlegte, ob ich irgendetwas tun könnte, das die Chancen zu unseren Gunsten verschob. Auf meine Art war ich auch ein klein wenig besonders – wenn man einen übernatürlich dicken Schädel als etwas Besonderes bezeichnen konnte. Konnte ich ihn irgendwie gewinnbringend einsetzen?

»Was würdest du als ihren größten Vorteil bezeichnen? Und haben sie überhaupt eine Schwäche?«

Edward brauchte nicht nachzufragen, er wusste auch so, dass ich die Volturi meinte.

»Alec und Jane sind ihre stärksten Angreifer«, sagte er ausdruckslos, als sprächen wir über ein Basketballteam. »Ihre Verteidiger bekommen selten einmal etwas zu tun.«

»Weil Jane jeden auf der Stelle verbrennen kann – jedenfalls geistig, ich weiß. Was kann Alec? Hast du nicht mal gesagt, er ist noch gefährlicher als Jane?«

»Ja. In gewisser Hinsicht ist er ihr Gegengift. Sie lässt ihr Gegenüber den schlimmstmöglichen Schmerz empfinden. Er dagegen sorgt dafür, dass sein Gegenüber nichts empfindet. Absolut nichts. Manchmal, wenn die Volturi gnädig gestimmt sind, lassen sie jemanden von Alec betäuben, ehe sie ihn vernichten. Wenn derjenige sich ergeben oder sie auf andere Weise für sich eingenommen hat.«

»Betäuben? Aber wie kann er dann gefährlicher sein als Jane?«

»Weil er sämtliche Sinne durchtrennt. Man empfindet keinen Schmerz mehr, doch man kann auch weder sehen noch hören noch riechen. Der Verlust aller Sinne. Man ist vollkommen allein in der Finsternis. Man könnte verbrannt werden, ohne es zu spüren.«

Ich schauderte. War dies das Beste, worauf wir hoffen durften? Es nicht zu sehen und zu spüren, wenn der Tod kam?

»Aber damit wär er nur genauso gefährlich wie Jane«, sprach Edward in demselben distanzierten Ton weiter. »Beide können uns außer Gefecht setzen, in hilflose Opfer verwandeln. Der Unterschied zwischen ihnen ist wie der Unterschied zwischen Aro und mir. Aro hörte immer nur die Gedanken einer einzigen Person. Und Jane kann nur der Person Schmerzen zufügen, auf die sie sich konzentriert. Ich kann alle gleichzeitig hören.«

Als ich begriff, worauf das hinauslief, wurde mir kalt. »Und Alec kann uns alle gleichzeitig außer Gefecht setzen?«, flüsterte ich.

»Ja«, sagte er. »Wenn er seine Gabe gegen uns einsetzt, werden wir alle blind und taub dastehen, bis sie uns töten – vielleicht werden sie uns einfach verbrennen, ohne sich die Mühe zu machen, uns erst auseinanderzureißen. Wir könnten natürlich versuchen zu kämpfen, aber es wäre wahrscheinlicher, dass wir uns gegenseitig verletzen als einen von ihnen.«

Einige Sekunden lang gingen wir schweigend nebeneinanderher.

In meinem Kopf nahm ein Gedanke Gestalt an. Nicht sehr vielversprechend, aber besser als nichts.

»Glaubst du, Alec ist ein guter Kämpfer?«, fragte ich. »Abgesehen von seiner Gabe, meine ich. Wenn er ohne seine Gabe kämpfen müsste. Ob er es wohl je versucht hat ...?«

Edward sah mich scharf an. »Woran denkst du?«

Ich sah stur geradeaus. »Tja, bei mir kann er seine Gabe wahrscheinlich nicht anwenden, oder? Wenn sie genauso funktioniert wie Aros und Janes und deine. Vielleicht ... wenn er sich nie richtig verteidigen musste ... und wenn ich ein paar Tricks lerne ...«

»Er ist seit Jahrhunderten bei den Volturi«, fiel Edward mir ins Wort, auf einmal lag Panik in seiner Stimme. Wahrscheinlich hatte er das gleiche Bild im Kopf wie ich: die Cullens, wie sie hilflos dastanden, vollkommen orientierungslose Säulen auf dem Schlachtfeld – alle außer mir. Ich war die Einzige, die überhaupt kämpfen *konnte.* »Ja, sicher bist du immun gegen seine Kräfte, doch du bist immer noch eine Neugeborene, Bella. Ich kann nicht in wenigen Wochen eine *so* gute Kämpferin aus dir machen. Gewiss ist er trainiert worden.«

»Vielleicht, vielleicht auch nicht. Es ist das Einzige, was ich tun kann, niemand sonst. Selbst wenn ich ihn nur für eine Weile ablenken könnte ...« Könnte ich mich lange genug gegen ihn behaupten, um den anderen eine Chance zu geben?

»Bella, bitte«, stieß Edward hervor. »Ich möchte nicht mehr darüber sprechen.«

»Sei vernünftig.«

»Ich werde versuchen dir so viel ich kann beizubringen, doch ich möchte nicht daran denken müssen, dass du dich für ein Ablenkungsmanöver opferst ...« Er gab einen erstickten Laut von sich und sprach nicht weiter.

Ich nickte. Also musste ich meine Pläne für mich behalten. Erst Alec und dann, sollte ich wundersamerweise gewinnen, Jane. Wenn ich nur ein Gleichgewicht herstellen, die dramatische Überlegenheit der Volturi zunichtemachen könnte. Vielleicht hatten wir dann eine Chance ... Meine Gedanken eilten mir voraus. Wenn ich es nur schaffte, sie abzulenken oder sogar zu schlagen. Im Ernst, weshalb hätte jemand wie Jane oder Alec lernen sollen zu kämpfen? Ich konnte mir nicht vorstellen, dass die verdrießliche kleine Jane ihren Vorteil aufgeben würde, um es zu lernen.

Wenn ich die beiden töten könnte, wäre so viel gewonnen.

»Ich muss alles lernen. Alles, was du mir innerhalb eines Monats einbläuen kannst«, murmelte ich.

Er tat so, als hätte ich nichts gesagt.

Wen danach? Besser mich für den Fall wappnen, damit ich, falls ich den Kampf mit Alec überlebte, keine Zeit mit Zaudern vergeudete. Ich versuchte mir einen weiteren Gegner vorzustellen, bei dem mir mein dicker Schädel einen Vorteil bringen könnte. Aber ich wusste nicht genug darüber, was die anderen konnten. Gegen Kämpfer wie den hünenhaften Felix hatte ich ganz offensichtlich keine Chance. Den könnte ich höchstens Emmett überlassen. Über die anderen Wachen der Volturi wusste ich nicht viel, abgesehen von Demetri ...

Ich ließ mir nichts anmerken, als ich über Demetri nachdachte. Zweifellos war er ein Kämpfer. Sonst hätte er nicht so lange überleben können, er war immer in der Speerspitze des Angriffs. Und er musste immer vorangehen, denn er war der Tracker der Volturi – der weltbeste Tracker, ohne Frage. Hätte es einen besseren gegeben, hätten die Volturi ihn ausgewechselt. Aro umgab sich nicht mit den Zweitbesten.

Wenn Demetri nicht wäre, könnten wir fliehen. Jedenfalls diejenigen von uns, die dann noch übrig waren. Meine Tochter, die warm in meinen Armen lag ... Jemand könnte mit ihr wegrennen. Jacob oder Rosalie, wenn es sie dann noch gab.

Und ... wenn Demetri nicht wäre, könnten Alice und Jasper für immer in Sicherheit sein. Hatte Alice das gesehen? Dass ein Teil unserer Familie fortbestehen konnte? Wenigstens die beiden. Konnte ich ihr das missgönnen?

»Demetri ...«, sagte ich.

»Demetri gehört mir«, sagte Edward mit harter, fester Stimme. Ich schaute schnell zu ihm und sah, dass seine Miene auf einmal grimmig war.

»Warum?«, flüsterte ich.

Er antwortete nicht gleich. Wir waren schon am Fluss, als er schließlich murmelte: »Für Alice. Es ist die einzige Möglichkeit, ihr für die letzten fünfzig Jahre zu danken.«

Also waren seine Gedanken mit meinen im Einklang.

Ich hörte das Stapfen von Jacobs schweren Pfoten auf dem gefrorenen Boden. Wenige Augenblicke später lief er neben mir her, er schaute zu Renesmee.

Ich nickte ihm kurz zu, dann fuhr ich mit den Fragen fort. Wir hatten so wenig Zeit.

»Edward, was glaubst du, warum Alice gesagt hat, wir sollen Eleazar nach den Volturi fragen? Ist er in letzter Zeit in Italien gewesen oder so? Was könnte er wissen?«

»Eleazar weiß alles, was die Volturi betrifft. Ich vergaß, dass du das nicht weißt. Er war früher einer von ihnen.«

Ich zischte unwillkürlich. Jacob neben mir knurrte.

»Was?«, sagte ich und stellte mir den schönen dunkelhaarigen Mann, der auf unserer Hochzeit gewesen war, im langen aschfarbenen Umhang vor.

Jetzt war Edwards Miene weicher – er lächelte leicht. »Eleazar ist von sehr sanftem Wesen. Er war nicht wirklich glücklich bei den Volturi, doch er achtet das Gesetz und die Notwendigkeit, dass es befolgt werden muss. Er glaubte, einer guten Sache zu dienen. Er bereut seine Zeit bei ihnen nicht. Doch als er Carmen traf, hatte er seinen Platz in der Welt gefunden. Sie sind sich sehr ähnlich, außergewöhnlich mitfühlend für Vampire.« Wieder lächelte er. »Sie lernten Tanya und ihre Schwestern kennen und blickten nie zurück. Diese Lebensform passt zu ihnen. Hätten sie Tanya nicht kennengelernt, hätten sie eines Tages gewiss selbst einen Weg gefunden, ohne menschliches Blut auszukommen.«

Die Bilder in meinem Kopf prallten zusammen. Ein mitfühlender Volturi-Krieger?

Nach einem Seitenblick zu Jacob beantwortete Edward dessen stumme Frage. »Nein, er war keiner ihrer Kämpfer. Aber er hat eine Gabe, die ihnen gelegen kam.«

Offenbar hatte Jacob die naheliegende Frage gestellt.

»Er hat einen Instinkt für die Gaben der anderen – die besonderen Talente, über die manche Vampire verfügen«, sagte Edward. »Er brauchte nur in die Nähe eines Vampirs zu kommen, schon konnte er Aro sagen, was der- oder diejenige konnte. Das war sehr hilfreich, wenn die Volturi eine Schlacht führten. Er konnte sie warnen, wenn ein Vampir im gegnerischen Zirkel eine Gabe hatte, die ihnen Schwierigkeiten bereiten könnte. Das kam selten vor; es gehört schon einiges dazu, will man die Volturi auch nur vorübergehend in Verlegenheit bringen. Häufiger kam es vor, dass Aro so Gelegenheit hatte, jemanden zu retten, der ihm nützlich sein konnte. Bis zu einem gewissen Grad funktioniert Eleazars Gabe sogar bei Menschen. Dann muss er sich jedoch wirklich konzentrieren, da die ruhenden Talente so verschwommen sind. Aro ließ ihn die Menschen prüfen, die sich den Volturi anschließen wollten, um herauszufinden, ob sie Potenzial hatten. Aro bedauerte es sehr, als er ging.«

»Sie haben ihn gehen lassen?«, fragte ich. »Einfach so?«

Jetzt war sein Lächeln düsterer, ein wenig gezwungen. »Die Volturi werden gemeinhin nicht als die Bösen betrachtet, so wie sie dir erscheinen. Sie sind die Grundlage unseres Friedens und unserer Zivilisation. Jedes Mitglied der Wache hat sich freiwillig dafür entschieden, ihnen zu dienen. Es ist eine sehr angesehene Aufgabe, sie alle sind stolz, dort zu sein, niemand wurde gezwungen.«

Finster schaute ich zu Boden.

»Nur Verbrecher unterstellen, die Volturi seien ruchlos und böse, Bella.«

»Wir sind aber keine Verbrecher.«

Jacob schnaubte zustimmend.

»Das können sie nicht wissen.«

»Meinst du wirklich, wir können sie dazu bringen, dass sie warten und uns anhören?«

Edward zögerte einen ganz kleinen Augenblick, dann zuckte er die Achseln. »Wenn wir genug Freunde finden, die uns beistehen. Vielleicht.«

Wenn. Plötzlich spürte ich, wie die Aufgabe drängte, die heute vor uns lag. Edward und ich wurden beide schneller, wir begannen zu rennen. Jacob hielt mit uns Schritt.

»Tanya dürfte bald kommen«, sagte Edward. »Wir müssen uns bereithalten.«

Aber wie sollten wir uns bereithalten? Wir planten und ordneten um, wir überlegten und verwarfen. Renesmee sofort ganz zeigen? Oder erst etwas versteckt? Jacob im Zimmer? Oder draußen? Er hatte sein Rudel angewiesen, in der Nähe zu bleiben, sich jedoch bedeckt zu halten. Sollte er es genauso machen?

Schließlich warteten Renesmee, Jacob – jetzt wieder in Menschengestalt – und ich nebenan im Esszimmer, wir saßen an dem großen glänzenden Tisch. Jacob gab mir Renesmee, er wollte Platz haben für den Fall, dass er sich schnell verwandeln musste.

Einerseits war ich froh, sie in den Armen zu haben, andererseits gab es mir das Gefühl, überflüssig zu sein. Es erinnerte mich daran, dass ich in einem Kampf mit ausgewachsenen Vampiren nur ein leichtes Opfer war; ich brauchte die Hände nicht frei zu haben.

Ich versuchte mich an Tanya, Kate, Carmen und Eleazar von der Hochzeit zu erinnern. Ihre Gesichter waren in meiner schwachen Erinnerung verwischt. Ich wusste nur noch, dass sie schön waren, zwei von ihnen blond, zwei dunkelhaarig. Ob ihre Augen freundlich gewesen waren, wusste ich nicht mehr.

Edward lehnte reglos an der hinteren Wand und starrte zur Haustür. Das Zimmer schien er gar nicht wahrzunehmen.

Wir hörten, wie die Autos auf der Schnellstraße vorbeirauschten, keines verlangsamte das Tempo.

Renesmee kuschelte sich an meinen Hals, ihre Hand lag an meiner Wange, aber ich hatte keine Bilder im Kopf. Sie konnte ihre Gefühle jetzt nicht ausdrücken.

»Und wenn sie mich nicht mögen?«, flüsterte sie, und wir schauten sie alle an.

»Aber natürlich werden sie dich ...«, setzte Jacob an, doch ich brachte ihn mit einem Blick zum Schweigen.

»Sie verstehen dich nicht, Renesmee, weil sie noch nie jemanden wie dich gesehen haben«, sagte ich, denn ich wollte ihr nichts versprechen, was sich möglicherweise als Lüge entpuppte. »Wir wollen dafür sorgen, dass sie verstehen.«

Sie seufzte, und in meinem Kopf blitzten rasend schnell alle unsere Gesichter auf. Vampire, Menschen, Werwölfe. Sie passte nirgends hinein.

»Du bist etwas Besonderes, das ist nichts Schlechtes.«

Sie schüttelte den Kopf. Sie dachte an unsere angestrengten Mienen und sagte: »Das ist meine Schuld.«

»Nein«, sagten Jacob, Edward und ich wie aus einem Mund, doch ehe wir weitere Erklärungen abgeben konnten, hörten wir das Geräusch, auf das wir gewartet hatten: einen langsamer werdenden Motor auf der Schnellstraße, Reifen, die vom Asphalt herunter- und auf den unbefestigten Weg fuhren.

Edward sauste um die Ecke und wartete an der Haustür. Renesmee verbarg das Gesicht in meinem Haar. Jacob und ich starrten uns über den Tisch hinweg an, beide verzweifelt.

Das Auto fuhr schnell durch den Wald, schneller, als Charlie oder Sue fuhren. Wir hörten, wie es auf den Rasen rollte und vor der Veranda hielt. Vier Türen gingen auf und wurden zugeschlagen. Kein Wort war zu hören, als sie zum Haus kamen. Edward machte die Tür auf, bevor jemand klopfen konnte.

»Edward!«, rief eine Frauenstimme überschwänglich.

»Hallo, Tanya. Kate, Eleazar, Carmen.«

Drei gemurmelte Begrüßungen.

»Carlisle sagte, er müsse uns umgehend sprechen«, sagte die erste Frau, Tanya. Ich hörte, dass sie immer noch draußen waren. Ich stellte mir vor, dass Edward im Eingang stand und den Durchgang versperrte. »Was ist los? Ärger mit den Werwölfen?«

Jacob verdrehte die Augen.

»Nein«, sagte Edward. »Unser Frieden mit den Werwölfen ist stabiler denn je.«

Eine Frau kicherte.

»Möchtest du uns nicht hereinbitten?«, fragte Tanya. Und ohne die Antwort abzuwarten, sagte sie: »Wo ist Carlisle?«

»Carlisle musste fort.«

Eine Weile sagte niemand etwas.

»Was ist los, Edward?«, wollte Tanya wissen.

»Ich bitte euch um einen kleinen Vertrauensvorschuss«, sagte er. »Ich muss etwas Schwieriges erklären, und es kommt darauf an, dass ihr vorurteilsfrei zuhört, bis ihr begreift.«

»Geht es Carlisle gut?«, fragte ein Mann besorgt. Eleazar.

»Keinem von uns geht es gut, Eleazar«, sagte Edward, dann tätschelte er etwas, vielleicht Eleazars Schulter. »Doch körperlich fehlt Carlisle nichts.«

»Körperlich?«, fragte Tanya scharf. »Was willst du damit sagen?«

»Ich will sagen, dass meine ganze Familie in höchster Gefahr schwebt. Doch bevor ich es erkläre, möchte ich euch ein Versprechen abnehmen. Hört alles an, was ich zu sagen habe, ehe ihr reagiert. Ich bitte euch, mich ausreden zu lassen.«

Ein längeres Schweigen folgte auf seine Bitte. In der angespannten Stille schauten Jacob und ich uns wortlos an. Seine dunkelroten Lippen wurden bleich.

»Wir hören zu«, sagte Tanya schließlich. »Wir werden alles anhören, ehe wir urteilen.«

»Ich danke dir, Tanya«, sagte Edward herzlich. »Wir würden euch nicht in diese Sache hineinziehen, hätten wir eine andere Wahl.«

Edward trat zur Seite. Wir hörten die Schritte von vier Personen hereinkommen.

Jemand schnupperte. »Wusste ich's doch, dass diese Werwölfe darin verwickelt sind«, murmelte Tanya.

»Ja, und sie sind auf unserer Seite. Wieder einmal.«

Die mahnende Erinnerung ließ Tanya verstummen.

»Wo ist deine Bella?«, fragte eine andere weibliche Stimme. »Wie geht es ihr?«

»Sie wird in Kürze zu uns stoßen. Sie ist wohlauf, danke. Sie macht sich erstaunlich gut als Unsterbliche.«

»Erzähl uns von der Gefahr, Edward«, sagte Tanya ruhig. »Wir werden dir zuhören und wir werden auf eurer Seite sein, wo wir hingehören.«

Edward holte tief Luft. »Ich möchte, dass ihr euch erst selbst überzeugt. Hört genau hin. Was hört ihr im anderen Zimmer?«

Es war still, dann machten sie einige Schritte in unsere Richtung.

»Bitte erst hinhören«, sagte Edward.

»Ein Werwolf, nehme ich an. Ich höre sein Herz«, sagte Tanya.

»Was noch?«, fragte Edward.

Es blieb einen Moment still.

»Was ist das für ein Pochen?«, fragte Kate oder Carmen. »Ist das … irgendein Vogel?«

»Nein, aber behaltet im Hinterkopf, was ihr gerade gehört habt. Und was riecht ihr? Abgesehen von dem Werwolf.«

»Ist da ein Mensch?«, flüsterte Eleazar.

»Nein«, widersprach Tanya. »Es ist kein Mensch … aber … menschlicher als die übrigen Gerüche hier. Was ist das, Edward? Ich glaube nicht, dass ich etwas Derartiges schon einmal gerochen habe.«

»Das hast du ganz sicher nicht, Tanya. Bitte, bitte denkt daran, dass dies etwas ganz Neues für euch ist. Werft vorgefasste Meinungen über Bord.«

»Ich habe dir versprochen, dass ich zuhören werde, Edward.«

»Nun gut. Bella? Bitte bring Renesmee zu uns.«

Meine Beine fühlten sich merkwürdig taub an, doch ich wusste, dass das Gefühl nur in meinem Kopf war. Ich zwang mich, nicht zu zögern, nicht zu trödeln, als ich aufstand und die wenigen Schritte bis in das andere Zimmer ging. Die Wärme von Jacobs Körper flammte hinter mir auf, er folgte mir auf dem Fuß.

Ich machte einen Schritt ins Wohnzimmer, dann erstarrte ich, weiter konnte ich einfach nicht gehen. Renesmee holte tief Luft, dann spähte sie unter meinem Haar hervor, ihre Schultern waren ganz steif, sie war auf eine Abfuhr gefasst.

Ich hatte gedacht, ich wäre auf die Reaktion der Denalis vorbereitet gewesen. Auf Anschuldigungen, Geschrei, angespannte Reglosigkeit.

Tanya jagte vier Schritte zurück, ihre rotblonden Locken zitterten, sie sah aus wie ein Mensch, der sich plötzlich einer Giftschlage gegenübersieht. Kate rannte zurück bis zur Haustür und lehnte sich an die Wand. Ein entsetztes Zischen kam durch ihre zusammengebissenen Zähne. Eleazar warf sich schützend vor Carmen.

»Oh, *bitte*«, sagte Jacob leise.

Edward legte den Arm um Renesmee und mich. »Ihr habt versprochen zuzuhören«, erinnerte er sie.

»Es gibt Dinge, die kann man nicht anhören!«, rief Tanya. »Wie konntest du nur, Edward? Weißt du nicht, was das bedeutet?«

»Wir müssen hier raus«, sagte Kate ängstlich, die Hand am Türgriff.

»Edward …« Eleazar schienen die Worte zu fehlen.

»Einen Moment«, sagte Edward, jetzt mir lauterer Stimme. »Erinnert euch daran, was ihr gehört habt, was ihr gerochen habt. Renesmee ist nicht das, wofür ihr sie haltet.«

»Es gibt keine Ausnahmen von der Regel, Edward«, fuhr Tanya ihn an.

»Tanya«, sagte Edward scharf, »du kannst ihren Herzschlag hören! Überlege doch einmal, was das heißt.«

»Ihren Herzschlag?«, sagte Carmen und spähte an Eleazars Schulter vorbei.

»Sie ist kein reines Vampirkind«, sagte Edward und wandte sich Carmen zu, die nicht so feindselig wirkte wie die anderen. »Sie ist halb Mensch.«

Die vier Vampire starrten ihn an, als spräche er eine Sprache, die sie nicht verstanden.

»Hört zu«, sagte Edward jetzt mit seiner einschmeichelnden Samtstimme. »Renesmee ist einzigartig. Ich bin ihr Vater. Nicht ihr Schöpfer – ihr biologischer Vater.«

Tanya schüttelte kaum sichtbar den Kopf. Sie schien es nicht zu merken.

»Edward, du kannst nicht erwarten …«, setzte Eleazar an.

»Gib mir eine andere Erklärung, Eleazar. Du spürst doch die Wärme ihres Körpers in der Luft. Blut fließt in ihren Adern, Eleazar. Du kannst es riechen.«

»Wie kann das sein?«, flüsterte Kate.

»Bella ist ihre biologische Mutter«, sagte Edward. »Sie hat Renesmee empfangen, getragen und geboren, als sie noch ein Mensch war. Es hätte sie beinahe umgebracht. Ich konnte kaum genügend Gift in ihr Herz stoßen, um sie zu retten.«

»So etwas habe ich noch nie gehört«, sagte Eleazar. Seine Haltung war immer noch starr, seine Miene kalt.

»Körperliche Verbindungen zwischen Vampiren und Menschen sind eher selten«, erwiderte Edward, ein Hauch schwarzer Humor in seinem Ton. »Noch seltener ist es, dass ein Mensch eine solche Liaison überlebt. So weit würdet ihr mir doch zustimmen, nicht?«

Kate und Tanya schauten ihn finster an.

»Komm schon, Eleazar. Gewiss siehst du die Ähnlichkeit.«

Es war Carmen, die Edward antwortete. Sie ging an Eleazar vorbei, achtete nicht auf seine halb ausgesprochene Warnung und kam vorsichtig auf mich zu. Sie beugte sich leicht herab und schaute Renesmee aufmerksam ins Gesicht.

»Du scheinst die Augen deiner Mutter zu haben«, sagte sie mit leiser, ruhiger Stimme, »doch das Gesicht deines Vaters.« Und dann, als könnte sie nicht anders, lächelte sie Renesmee an.

Renesmees Lächeln war umwerfend. Ohne den Blick von Carmen zu wenden, berührte sie mein Gesicht. Sie wollte gern Carmens Gesicht berühren und fragte sich, ob es erlaubt war.

»Hast du was dagegen, wenn Renesmee es dir selbst erzählt?«, fragte ich Carmen. Vor Aufregung brachte ich nur ein Flüstern zu Stande. »Sie hat eine besondere Gabe, Dinge zu erklären.«

Carmen lächelte Renesmee immer noch an. »Kannst du sprechen, Kleine?«

»Ja«, antwortete Renesmee mit ihrem trällernden, hellen Sopran. Alle bis auf Carmen zuckten bei dem Klang zusammen. »Aber ich kann dir mehr zeigen, als ich dir erzählen kann.«

Sie legte ihre kleine Hand an Carmens Wange.

Carmen fuhr zusammen, als hätte sie einen elektrischen Schlag bekommen. Im Nu war Eleazar bei ihr und legte die Hände auf ihre Schultern, als wollte er sie wegziehen.

»Warte«, sagte Carmen atemlos und schaute Renesmee unverwandt an.

Renesmee nahm sich viel Zeit, um Carmen alles zu »zeigen«. Edward schaute gespannt zu, und in diesem Moment hätte ich zu gern gehört, was er hören konnte. Jacob hinter mir trat ungeduldig auf der Stelle, und ich wusste, dass er dasselbe dachte.

»Was zeigt Nessie ihr?«, brummelte er.

»Alles«, sagte Edward leise.

Noch eine Weile verging, dann ließ Renesmee die Hand sinken. Sie lächelte die sprachlose Carmen gewinnend an.

»Sie ist wirklich deine Tochter, nicht wahr?«, flüsterte Carmen und schaute Edward mit ihren großen Topasaugen an. »Welch eine ausdrucksvolle Gabe! Sie kann nur von einem begnadeten Vater kommen.«

»Glaubst du, was sie dir zeigte?«, fragte Edward eindringlich.

»Ohne jeden Zweifel«, sagte Carmen nur.

Eleazars Gesicht war starr vor Entsetzen. »Carmen!«

Carmen nahm seine Hände in ihre und drückte sie. »Auch wenn es unglaublich scheint, Edward hat die reine Wahrheit gesagt. Lass es dir von dem Kind zeigen.«

Carmen schob Eleazar näher zu mir, dann nickte sie Renesmee zu. »Zeig es ihm, *mi querida*.«

Renesmee grinste voller Freude über Carmens Reaktion und berührte Eleazar leicht an der Stirn.

»*Ay caray!*«, stieß er hervor und riss sich von ihr los.

»Was hat sie getan?«, fragte Tanya und kam misstrauisch näher. Auch Kate wagte sich ein Stückchen vor.

»Sie will dir die Geschichte nur aus ihrer Sicht erzählen«, sagte Carmen beschwichtigend.

Renesmee runzelte ungeduldig die Stirn. »Bitte schau zu«, sagte sie zu Eleazar. Sie streckte die Hand aus, machte einige Zentimeter vor seinem Gesicht Halt und wartete.

Eleazar sah sie misstrauisch an, dann schaute er hilfesuchend zu Carmen. Sie nickte ihm aufmunternd zu. Eleazar atmete tief durch, dann beugte er sich vor, bis seine Stirn wieder ihre Hand berührte.

Wieder schauderte er, aber diesmal hielt er still, die Augen konzentriert geschlossen.

»Ah«, seufzte er, als er einige Minuten später die Augen wieder öffnete. »Jetzt verstehe ich.«

Renesmee lächelte ihn an. Er zögerte, dann lächelte er ein wenig widerstrebend zurück.

»Eleazar?«, fragte Tanya.

»Es ist alles wahr, Tanya. Sie ist kein unsterbliches Kind. Sie ist halb Mensch. Komm, sieh selbst.«

Schweigend und misstrauisch trat Tanya vor mich hin, dann Kate, und beide erschraken heftig, als Renesmee ihnen mit ihrer Berührung das erste Bild zeigte. Doch genau wie Carmen und Eleazar vor ihnen schienen sie anschließend völlig überzeugt zu sein.

Ich schaute schnell zu Edward, um zu sehen, ob es wirklich so leicht sein konnte. Seine goldenen Augen waren klar, ohne Schatten. Ich hatte mich also nicht getäuscht.

»Ich danke euch, dass ihr zugehört habt«, sagte er ruhig.

»Doch du sprachst von *höchster Gefahr*«, sagte Tanya. »Wenn sie, wie ich jetzt sehe, nicht direkt von diesem Kind ausgeht, dann sicher von den Volturi. Wie haben sie von ihr erfahren? Wann kommen sie?«

Es wunderte mich nicht, dass sie so schnell die richtigen Schlüsse zog. Was könnte für eine so starke Familie wie meine eine Bedrohung darstellen? Nur die Volturi.

»Als Bella Irina an jenem Tag in den Bergen sah«, erklärte Edward, »hatte sie Renesmee bei sich.« Kate zischte, ihre Augen wurden zu schmalen Schlitzen. »*Irina* hat das getan? Das hat sie dir angetan? Und Carlisle? *Irina?*«

»Nein«, flüsterte Tanya. »Das muss jemand anders …«

»Alice hat gesehen, wie sie zu ihnen ging«, sagte Edward. Ich fragte mich, ob die anderen merkten, dass er ein klein wenig zusammenzuckte, als er Alice' Namen aussprach.

»Wie konnte sie das tun?«, fragte Eleazar niemand Bestimmten.

»Stell dir vor, du hättest Renesmee nur aus der Ferne gesehen. Wenn du unsere Erklärung nicht abgewartet hättest.«

Tanyas Blick wurde hart. »Ganz gleich, was sie dachte … Ihr gehört zu unserer Familie.«

»An Irinas Entscheidung ist jetzt nicht mehr zu rütteln. Es ist zu spät. Alice gab uns einen Monat.«

Tanya und Eleazar legten den Kopf schräg. Kate runzelte die Stirn.

»So lange?«, fragte Eleazar.

»Sie kommen alle. Das braucht einige Vorbereitung.«

Eleazar schnappte nach Luft. »Die gesamte Wache?«

»Nicht nur die Wache«, sagte Edward, und sein Kiefer wurde hart. »Aro, Caius, Marcus. Sogar die Ehefrauen.«

Der Schreck stand ihnen allen ins Gesicht geschrieben.

»Ausgeschlossen«, sagte Eleazar tonlos.

»Das hätte ich vor zwei Tagen auch gesagt«, erwiderte Edward.

Eleazars Miene wurde finster, und als er sprach, klang es fast wie ein Knurren. »Aber das ist doch vollkommen abwegig. Weshalb sollten sie sich und ihre Frauen in Gefahr bringen?«

»Wenn man es so betrachtet, mag es abwegig sein. Aber Alice sagte, es stecke noch mehr dahinter als nur eine Strafe für das, was wir angeblich getan haben. Sie dachte, du könntest uns helfen.«

»Mehr als eine Strafe? Aber was sollte das sein?« Eleazar begann auf und ab zu gehen, er ging zur Tür und wieder zurück, als nähme er uns gar nicht mehr wahr, er legte die Stirn in Falten, während er zu Boden starrte.

»Wo sind die anderen, Edward? Carlisle und Alice und die Übrigen?«, fragte Tanya.

Edwards Zögern war kaum zu spüren. Er beantwortete nur einen Teil der Frage. »Sie halten nach Freunden Ausschau, die uns helfen könnten.«

Tanya beugte sich zu ihm und streckte die Hände aus. »Edward, wie viele Freunde ihr auch versammeln mögt, wir können euch nicht helfen zu *gewinnen*. Wir können nur mit euch zusammen sterben. Das musst du doch wissen. Mag natürlich sein, dass wir vier das verdient haben nach allem, was Irina getan hat, und nachdem wir euch in der Vergangenheit im Stich gelassen haben – auch damals um ihretwillen.«

Edward schüttelte schnell den Kopf. »Wir bitten euch nicht, mit uns zu kämpfen und zu sterben, Tanya. Du weißt, dass Carlisle niemals so etwas verlangen würde.«

»Was dann, Edward?«

»Wir suchen nur nach Zeugen. Wenn wir erreichen könnten, dass die Volturi innehalten, nur einen Augenblick. Wenn sie uns erklären lassen ...« Er berührte Renesmees Wange; sie fasste seine Hand und hielt sie an ihre Haut. »Es ist schwierig, unsere Geschichte anzuzweifeln, wenn man sie mit eigenen Augen sieht.«

Tanya nickte langsam. »Glaubst du, dass Renesmees Geschichte für die Volturi von Bedeutung ist?«

»Jedenfalls insofern, als sie ihre Zukunft erahnen lässt. Das Verbot wurde damals erlassen, um uns vor Entlarvung zu schützen, vor den Exzessen der Kinder, die nicht gezähmt werden konnten.«

»Ich bin überhaupt nicht gefährlich«, sagte Renesmee dazwischen. Ich lauschte ihrer hohen, klaren Stimme mit neuen Ohren, stellte mir vor, wie sie wohl auf andere wirkte. »Ich habe Opa und Sue und Billy noch nie wehgetan. Ich liebe die Menschen. Und Wolfsmenschen wie meinen Jacob.« Sie ließ Edwards Hand los, fasste hinter sich und griff nach Jacobs Arm.

Tanya und Kate tauschten einen schnellen Blick.

»Wäre Irina nicht so früh gekommen«, sagte Edward nachdenklich, »hätte all dies vermieden werden können. Renesmee wächst unvergleichlich rasch. Bis der Monat um ist, wird ihre Entwicklung wieder ein halbes Jahr weiter fortgeschritten sein.«

»Nun, das können wir ja in jedem Fall bezeugen«, sagte Carmen entschieden. »Wir können versichern, dass wir sie wachsen sahen. Wie können die Volturi einen solchen Beweis missachten?«

»Ja, wie können sie?«, murmelte Eleazar, aber er schaute nicht auf und ging weiter auf und ab, als hörte er überhaupt nicht zu.

»Ja, wir werden eure Zeugen sein«, sagte Tanya. »Das auf jeden Fall. Wir werden überlegen, was wir darüber hinaus tun können.«

»Tanya«, widersprach Edward, der in ihren Gedanken mehr hörte, als in ihren Worten lag. »Wir erwarten nicht, dass ihr an unserer Seite kämpft.«

»Wenn die Volturi nicht anhören, was wir zu bezeugen haben, können wir nicht einfach tatenlos dabeistehen«, beharrte Tanya. »Ich kann hier natürlich nur für mich selbst sprechen.«

Kate schnaubte. »Hast du so wenig Vertrauen zu mir, Schwester?«

Tanya lächelte breit. »Schließlich ist es ein Selbstmordkommando.«

Kate grinste, dann zuckte sie lässig die Schultern. »Ich bin dabei.«

»Auch ich werde mein Möglichstes tun, um das Kind zu beschützen«, sagte Carmen. Und als könnte sie nicht widerstehen, streckte sie die Arme nach Renesmee aus. »Darf ich dich halten, *bebé linda*?«

Renesmee ließ sich nur zu gern von Carmen nehmen, ihrer neuen Freundin. Carmen drückte sie fest an sich und sprach leise auf Spanisch mit ihr.

Es war genau wie mit Charlie und davor mit allen Cullens. Renesmee war unwiderstehlich. Was hatte sie nur an sich, das alle so anzog, dass sie sogar ihr Leben aufs Spiel setzten, um sie zu verteidigen?

Ganz kurz dachte ich, unser Vorhaben könnte glücken. Vielleicht konnte Renesmee tatsächlich das Unmögliche vollbringen und unsere Feinde ebenso für sich einnehmen wie zuvor unsere Freunde.

Doch da fiel mir ein, dass Alice uns verlassen hatte, und so schnell, wie meine Hoffnung gekommen war, schwand sie dahin.

DIE GABE

»Was spielen die Werwölfe dabei für eine Rolle?«, fragte Tanya mit einem Seitenblick zu Jacob.

Ehe Edward antworten konnte, sagte Jacob: »Wenn die Volturi sich nicht anhören, was wir über Nessie zu sagen haben, ich meine Renesmee«, korrigierte er sich, als ihm einfiel, dass Tanya den albernen Spitznamen nicht kannte, »dann werden sie schon sehen, was sie davon haben.«

»Sehr mutig, Kleiner, doch nicht einmal erfahrenere Kämpfer als du könnten die Volturi aufhalten.«

»Du weißt ja gar nicht, was wir draufhaben.«

Tanya zuckte die Achseln. »Es ist dein Leben, du kannst damit natürlich machen, was du willst.«

Jacobs Blick schweifte nervös zu Renesmee – sie lag immer noch in Carmens Armen, Kate war über sie gebeugt – und man sah ihm an, dass er sich nach ihr sehnte.

»Sie ist etwas Besonderes, die Kleine«, sagte Tanya nachdenklich. »Fast unwiderstehlich.«

»Eine sehr begabte Familie«, murmelte Eleazar, während er auf und ab ging. Er lief jetzt schneller, sauste von der Tür zu Carmen und wieder zurück. »Ein Gedankenleser als Vater, ein Schutzschild als Mutter und dazu der Zauber, mit dem dieses außergewöhnliche Kind uns verhext hat. Ich frage mich, ob es

einen Namen für das gibt, was sie macht, oder ob das bei Halb-
vampiren normal ist. Wenn man so etwas überhaupt als normal
betrachten kann! Ein Halbvampir, fürwahr!«

»Entschuldige«, sagte Edward verblüfft. Er hielt Eleazar an
der Schulter fest, als er gerade wieder zur Tür gehen wollte.
»Wie hast du meine Frau gerade genannt?«

Eleazar sah Edward neugierig an, einen Augenblick lang vergaß er sein manisches Hin- und Hergehen. »Einen Schutzschild, das vermute ich zumindest. Sie wehrt mich gerade ab,
deshalb kann ich es nicht genau sagen.«

Ich starrte Eleazar an und zog irritiert die Augenbrauen zusammen. Schutzschild? Und wie meinte er das, ich würde ihn
abwehren? Ich stand einfach nur neben ihm, von Verteidigungshaltung keine Spur.

»Einen Schutzschild?«, wiederholte Edward perplex.

»Komm schon, Edward! Wenn ich keinen Einblick in ihre
Gedanken bekomme, bezweifle ich, dass du es kannst. Kannst
du in diesem Moment ihre Gedanken hören?«, sagte Eleazar.

»Nein«, murmelte Edward. »Aber das konnte ich noch nie.
Nicht einmal, als sie noch ein Mensch war.«

»Noch nie?« Eleazar schloss die Augen. »Interessant. Das
wäre ein Hinweis auf ein recht starkes verborgenes Talent, wenn
es sich bereits vor der Verwandlung so deutlich zeigte. Ich kann
ihren Schild nicht durchdringen, ich bekomme keinen Eindruck.
Und doch muss sie immer noch unerfahren sein – sie ist erst wenige Monate alt.« Er sah Edward mit einem fast verzweifelten
Blick an. »Und offenbar ist sie sich überhaupt nicht bewusst, was
sie da tut. Völlig nichtsahnend. Absurd. Aro hat mich quer durch
die ganze Welt geschickt, um solche Besonderheiten aufzutrei-
ben, und du stolperst einfach so darüber und merkst nicht einmal, was du besitzt.« Eleazar schüttelte fassungslos den Kopf.

Ich runzelte die Stirn. »Wovon redest du? Wie kann ich ein *Schutzschild* sein? Was soll das überhaupt heißen?« Ich sah nur eine alberne mittelalterliche Ritterrüstung vor mir.

Eleazar neigte den Kopf zur Seite und sah mich prüfend an. »Wir sind das in der Wache damals wohl allzu formal angegangen. In Wahrheit ist das Kategorisieren von Talenten eine subjektive, planlose Angelegenheit; jedes Talent ist einzigartig, es gibt nie zweimal dasselbe. Doch du, Bella, bist recht einfach zu klassifizieren. Talente, die rein auf Verteidigung zielen, die eine bestimmte Seite des Betreffenden schützen, werden immer als Schutzschilde bezeichnet. Hast du deine Fähigkeiten jemals bewusst ausprobiert? Hast du außer mir und Edward schon einmal jemanden abgewehrt?«

Obwohl mein neues Gehirn so schnell arbeitete, dauerte es ein paar Sekunden, ehe ich eine Antwort im Kopf hatte.

»Es funktioniert nur bei bestimmten Sachen«, erklärte ich. »Mein Kopf ist sozusagen … geschützt. Aber Jasper kann trotzdem meine Stimmung beeinflussen und Alice kann in meine Zukunft sehen.«

»Eine rein geistige Verteidigung«, sagte Eleazar und nickte. »Eingeschränkt, aber stark.«

»Aro konnte sie nicht hören«, fiel Edward ein. »Obgleich sie zu dem Zeitpunkt noch ein Mensch war.«

Eleazar machte große Augen.

»Jane hat versucht mir wehzutun, aber sie hat es nicht geschafft«, sagte ich. »Edward glaubt, dass Demetri mich nicht aufspüren kann und dass Alec mir auch nichts anhaben kann. Ist das gut?«

Eleazar nickte, immer noch staunend. »Sehr gut.«

»Ein Schutzschild!«, sagte Edward, und er klang höchst zufrieden. »So habe ich es noch nie betrachtet. Ich habe erst einen einzigen Vampir mit einem solchen Talent kennengelernt, Renata, und ihr Talent ist ganz anders gelagert.«

Eleazar hatte sich ein wenig erholt. »Ja, es gibt kein Talent, das sich zweimal auf genau dieselbe Weise zeigt, denn jeder von uns *denkt* ein wenig anders.«

»Wer ist Renata? Und was kann sie?«, fragte ich. Auch Renesmee war interessiert, sie beugte sich auf Carmens Arm vor, so dass sie an Kate vorbeischauen konnte.

»Renata ist Aros persönliche Leibwache«, erklärte Eleazar. »Ein sehr praktischer Schutzschild und äußerst stark dazu.«

Ich erinnerte mich dunkel an eine kleine Gruppe von Vampiren, die in dem grauenhaften Turm dicht bei Aro gehockt hatten, einige waren männlich gewesen, andere weiblich. Die Gesichter der Frauen konnte ich in der dunklen, grauenhaften Erinnerung nicht mehr vor mir sehen. Eine davon musste Renata gewesen sein.

»Ich frage mich ...«, sagte Eleazar nachdenklich. »Weißt du, Renata ist ein mächtiger Schild gegen einen körperlichen Angriff. Wenn sich ihr jemand nähert – oder Aro, denn bei Gefahr ist sie immer bei ihm –, dann wird derjenige ... abgelenkt. Sie ist von einer Kraft umgeben, die abstoßend wirkt, wenn auch kaum merklich. Auf einmal stellt man fest, dass man in eine andere Richtung geht als ursprünglich geplant, und man hat nur noch eine verschwommene Erinnerung daran, weshalb man eigentlich zu ihr gehen wollte. Ihr Schild hat eine Reichweite von mehreren Metern. Sie kann auch Caius und Marcus beschützen, wenn es nötig ist, doch Aro hat oberste Priorität.

Was sie tut, ist jedoch eigentlich nichts Körperliches. Wie die allermeisten unserer Gaben spielt sich auch diese im Kopf ab. Wenn sie versuchen würde, *dich* abzuwehren, wer würde da wohl gewinnen?« Er schüttelte den Kopf. »Ich habe noch nie gehört, dass jemand Aros oder Janes Gabe hätte standhalten können.«

»Momma, du bist etwas Besonderes«, sagte Renesmee nüchtern, als ginge es um die Farbe meiner Kleider.

Ich war ganz durcheinander. Kannte ich mein Talent nicht schon? Ich hatte diese Superselbstbeherrschung, dank deren ich das grausame Jahr als Neugeborene überspringen konnte. Vampire hatten doch immer nur höchstens *ein* besonderes Talent, oder?

Oder hatte Edward am Anfang doch Recht gehabt? Bevor Carlisle vermutet hatte, dass meine Selbstbeherrschung so etwas wie ein Talent sein könnte, hatte Edward gedacht, sie sei einzig auf gute Vorbereitung zurückzuführen – auf die richtige Einstellung und die richtige Konzentration.

Wer von beiden hatte Recht? Oder konnte ich noch mehr? Gab es eine Bezeichnung, eine Kategorie für das, was ich war?

»Kannst du es übertragen?«, fragte Kate interessiert.

»Übertragen?«, fragte ich.

»Es von dir wegschieben«, erklärte Kate. »Jemand anderen abschirmen.«

»Keine Ahnung. Das hab ich noch nie versucht. Ich wusste nicht, dass das geht.«

»Ach, vielleicht kannst du es auch gar nicht«, sagte Kate schnell. »Ich übe weiß Gott schon seit Jahrhunderten, und alles, was ich zu Stande bringe, ist, meine Haut unter Strom zu setzen.«

Ich starrte sie verblüfft an.

»Kate hat ein Angriffstalent«, sagte Edward. »So ähnlich wie Jane.«

Automatisch zuckte ich vor Kate zurück, und sie lachte.

»Ich bin nicht sadistisch veranlagt«, versicherte sie. »Aber in einem Kampf kann es manchmal sehr praktisch sein.«

Ich ließ Kates Worte auf mich wirken, begann Schlussfolgerungen zu ziehen. *Jemand anderen abschirmen*, hatte sie gesagt. Als gäbe es eine Möglichkeit, eine andere Person in meinen merkwürdigen, sonderbar stillen Kopf aufzunehmen.

Ich dachte an Edward, wie er sich bei den Volturi auf dem Steinboden des mittelalterlichen Schlossturms gekrümmt hatte. Obwohl es eine menschliche Erinnerung war, war sie schärfer und schmerzhafter als die meisten anderen – als wäre sie in mein Hirngewebe eingebrannt.

Wenn ich nun verhindern könnte, dass so etwas je wieder geschähe? Wenn ich ihn beschützen könnte? Ihn und Renesmee? Wenn es nur den leisesten Hoffnungsschimmer gäbe, dass das möglich war?

»Du musst mir beibringen, wie das geht!«, sagte ich und packte Kate spontan am Arm. »Du musst es mir zeigen!«

Kate zuckte zusammen. »Vielleicht – wenn du aufhören könntest, meinen Arm zu zerquetschen.«

»Huch! Entschuldigung!«

»Dein Schutzschild funktioniert ziemlich gut«, sagte Kate. »Als du mich eben angefasst hast, hättest du einen Schlag im Arm bekommen müssen. Hast du gar nichts gemerkt?«

»Das war wirklich unnötig, Kate. Sie wollte dir nicht wehtun«, sagte Edward leise. Keiner von uns achtete auf ihn.

»Nein, ich hab nichts gemerkt. Hast du das mit dem Strom gemacht?«

»Ja. Hmm. Mir ist noch nie jemand begegnet, der es nicht gespürt hat, unsterblich oder nicht.«

»Du hast gesagt, du überträgst ihn? Auf deine Haut?«

Kate nickte. »Am Anfang war er nur in meinen Händen. So ähnlich wie bei Aro.«

»Oder Renesmee«, warf Edward ein.

»Aber nach langer Übung kann ich den Strom jetzt über meinen ganzen Körper laufen lassen. Zur Verteidigung ist das sehr gut. Wenn jemand versucht mich anzufassen, fällt er um wie ein Mensch, der mit einer Elektroschockpistole beschossen wurde. Er ist nur eine Sekunde k. o., aber das genügt.«

Ich hörte Kate nur mit halbem Ohr zu, meine Gedanken kreisten immer schneller um die Vorstellung, dass ich meine kleine Familie womöglich beschützen könnte, wenn ich nur schnell genug lernte. Ich hoffte inständig, dass ich diese Übertragung auch beherrschte, so wie mir ja anscheinend alles zuflog, was man als Vampir können musste. Mein Menschenleben hatte mich nicht darauf vorbereitet, dass ich irgendetwas wie von selbst konnte, und ich mochte nicht so recht daran glauben, dass das anhielt.

Ich merkte, dass ich mir noch nie etwas so sehr gewünscht hatte: meine Lieben beschützen zu können.

Ich war so in Gedanken versunken, dass ich den stummen Austausch zwischen Edward und Eleazar erst bemerkte, als er in ein Gespräch überging.

»Aber fällt dir irgendeine Ausnahme ein?«, fragte Edward.

Ich schaute zu ihnen und versuchte aus der Bemerkung schlau zu werden, und da fiel mir auf, dass auch alle anderen die beiden anstarrten. Sie steckten konzentriert die Köpfe zusammen, Edwards Miene war hart vor Misstrauen, Eleazars unglücklich und widerstrebend.

»So möchte ich nicht über sie denken«, sagte Eleazar grimmig. Ich wunderte mich über den plötzlichen Stimmungsumschwung.

»Wenn du Recht hast ...«, setzte Eleazar erneut an.

Edward fiel ihm ins Wort. »Es war dein Gedanke, nicht meiner.«

»Wenn *ich* Recht habe … ich vermag mir nicht einmal vorzustellen, was das bedeuten würde. Es würde die ganze Welt verändern, die wir geschaffen haben. Es würde die Bedeutung meines Lebens verändern. Das, woran ich Anteil hatte.«

»Deine Absichten waren immer die besten, Eleazar.«

»Würde das überhaupt eine Rolle spielen? Was habe ich getan? Wie viele Leben …«

Tanya legte Eleazar besänftigend eine Hand auf die Schulter. »Was haben wir verpasst, mein Freund? Ich möchte es wissen, damit ich dir diese Gedanken ausreden kann. Du hast niemals etwas getan, wofür du dich jetzt derart geißeln musst.«

»Ach nein?«, murmelte Eleazar. Dann tauchte er unter ihrer Hand weg und begann wieder auf und ab zu laufen, jetzt noch schneller als zuvor.

Tanya sah ihm eine halbe Sekunde lang zu, dann richtete sie den Blick auf Edward. »Erklär du es uns.«

Edward nickte, sein nervöser Blick folgte Eleazar, während er sprach. »Er hat versucht zu begreifen, warum so viele der Volturi kommen, um uns zu strafen. Es passt nicht zu ihnen. Sicher sind wir der größte ausgewachsene Zirkel, mit dem sie je zu tun hatten, doch in der Vergangenheit haben sich schon andere Zirkel zum Schutz zusammengeschlossen, und trotz ihrer zahlenmäßigen Stärke stellten sie nie eine große Bedrohung für die Volturi dar. Zwar sind wir enger miteinander verbunden als die meisten anderen, und das mag eine Rolle spielen, aber keine so große.

Eleazar hat sich an andere Fälle erinnert, in denen Zirkel für das eine oder andere bestraft wurden, und dabei fiel ihm ein Muster auf. Ein Muster, das die anderen Wachen niemals bemerkt hätten, da Eleazar derjenige war, der Aro die betreffende Information immer persönlich überbracht hat. Ein Muster, das sich etwa alle zweihundert Jahre wiederholte.«

»Was war das für ein Muster?«, fragte Carmen, auch sie schaute jetzt Eleazar an.

»Es kommt nicht häufig vor, dass Aro eine Strafexpedition begleitet«, sagte Edward. »Doch wenn er in der Vergangenheit etwas Bestimmtes wollte, dauerte es nie lange, bis der Beweis für ein unverzeihliches Verbrechen auftauchte, das dieser oder jener Zirkel begangen haben soll. Dann beschlossen die Ältesten, die Wache zu begleiten und zuzuschauen, wie sie Recht sprach. Wenn der Zirkel dann fast zerstört war, verschonte Aro einen Einzigen, dessen Gedanken, wie er behauptete, besonders reuevoll waren. Und jedes Mal stellte sich heraus, dass dieser Vampir eine Gabe hatte, die Aro bewunderte. Derjenige bekam dann eine Stellung in der Wache. Die betreffenden Vampire konnten stets schnell gewonnen werden, es war eine so große Ehre. Ausnahmen gab es nicht.«

»Es muss einem wohl zu Kopf steigen, erwählt zu werden«, vermutete Kate.

»Ha!«, fauchte Eleazar, immer noch in Bewegung.

»Da gibt es jemanden in der Wache«, sagte Edward, um Eleazars wütende Reaktion zu erklären. »Sie heißt Chelsea. Sie kann emotionale Bindungen beeinflussen. Sie kann diese Bindungen sowohl lockern als auch festigen. Sie bringt jeden dazu, dass er sich an die Volturi gebunden fühlt, dazugehören und ihnen gefallen will …«

Eleazar blieb unvermittelt stehen. »Wir sahen alle ein, weshalb Chelsea wichtig war. Wenn wir in einem Kampf die Zusammengehörigkeitsgefühle zwischen verbündeten Zirkeln zerschlagen konnten, war es viel leichter, sie zu besiegen. Wenn wir die unschuldigen Mitglieder eines Zirkels von den schuldigen loslösen konnten, dann konnten wir ohne unnötige Brutalität Gerechtigkeit üben – so war es möglich, die Schuldigen ungehindert zu bestrafen und die Unschuldigen zu verschonen. Ansonsten hätten wir unmöglich verhindern können, dass der Zirkel als Ganzes kämpfte. Chelsea zerschlug die Bindungen, die sie zusammenhielten. Mir erschien es als große Güte, ein Beweis für Aros Gnade. Ich hatte zwar den Verdacht, dass Chelsea unser eigenes Band enger knüpfte. Doch auch das erschien mir richtig. So waren wir erfolgreicher. Es half uns beim Zusammenleben.«

Das erklärte für mich die alten Erinnerungen. Ich hatte damals nicht verstanden, weshalb die Wachen ihrem Meister so bereitwillig gehorchten, fast mit der Hingabe von Liebenden.

»Wie stark ist ihre Gabe?«, fragte Tanya mit einem nervösen Unterton. Schnell ließ sie den Blick über ihre Familie schweifen, einen nach dem anderen.

Eleazar zuckte die Achseln. »Ich konnte mit Carmen fortgehen.« Dann schüttelte er den Kopf. »Doch alles, was schwächer ist als das Band zwischen Liebenden, ist gefährdet. Jedenfalls in einem gewöhnlichen Zirkel. Die Bindungen dort sind jedoch nicht so stark wie in unserer Familie. Durch den Verzicht auf Menschenblut sind wir zivilisierter – wir können wahre Liebesbande eingehen. Ich bezweifle, dass sie unser Zugehörigkeitsgefühl kappen könnte, Tanya.«

Tanya nickte, sie wirkte beruhigt, während Eleazar mit seiner Analyse fortfuhr.

»Ich kann mir nur einen Grund denken, weshalb Aro selbst kommen will und so viele mitbringt: Er ist nicht darauf aus zu strafen, sondern jemanden anzuwerben«, sagte Eleazar. »Er muss dabei sein, um die Lage zu überwachen. Doch er braucht die gesamte Wache zum Schutz vor einem so großen, begabten Zirkel. Aber dann wären die anderen Ältesten schutzlos in Volterra. Zu riskant – jemand könnte versuchen das auszunutzen.

Deshalb kommen sie alle zusammen. Wie sonst könnte er sicherstellen, dass er die Gaben bekommt, auf die er es abgesehen hat? Anscheinend will er denjenigen unbedingt haben«, sagte Eleazar nachdenklich.

Edwards Stimme war nur ein Hauchen. »Nach allem, was ich im letzten Frühling in seinen Gedanken gesehen habe, hat Aro noch nie etwas so sehr gewollt, wie er Alice will.«

Ich merkte, wie mir der Mund aufklappte, als ich an die albtraumhaften Bilder dachte, die ich vor langer Zeit im Kopf gehabt hatte: Edward und Alice in schwarzen Umhängen, mit blutroten Augen, ihre Gesichter kalt und unnahbar, dicht beieinander wie Schatten, Aros Hände auf ihren ... Hatte Alice dieses Bild vor Augen gehabt? Hatte sie gesehen, wie Chelsea versuchte, ihr die Liebe zu uns zu nehmen, um sie an Aro und Caius und Marcus zu binden?

»Ist Alice deshalb gegangen?«, fragte ich, und bei ihrem Namen versagte mir die Stimme.

Edward legte mir die Hand an die Wange. »So wird es sein. Um zu verhindern, dass Aro das bekommt, was er am meisten haben will. Um ihre Macht nicht in seine Hände legen zu müssen.«

Ich hörte Tanya und Kate verstört miteinander reden. Mir fiel ein, dass sie von Alice' Verschwinden noch gar nichts wussten.

»Dich will er auch«, flüsterte ich.

Edward zuckte mit den Schultern, seine Miene war auf einmal ein wenig zu beherrscht. »Bei weitem nicht so sehr. Ich kann ihm im Grunde nicht mehr geben, als er bereits hat. Und natürlich müsste er einen Weg finden, mir seinen Willen aufzuzwingen. Er kennt mich und er weiß, wie unwahrscheinlich das ist«, sagte er sarkastisch und zog eine Augenbraue hoch.

Mit gerunzelter Stirn sah Eleazar Edwards gleichmütige Reaktion. »Er kennt auch deine Schwächen«, betonte Eleazar, und dann schaute er zu mir.

»Das müssen wir nicht jetzt besprechen«, sagte Edward schnell.

Eleazar überging den Wink und fuhr fort: »Ungeachtet dessen wird er auch Bella haben wollen. Eine Gabe, die ihm sogar in Gestalt eines Menschen trotzen konnte, muss ihn fasziniert haben.«

Edward fühlte sich bei diesem Thema sichtlich unwohl. Auch mir gefiel es nicht. Wenn Aro irgendetwas von mir wollte – ganz egal, was –, dann musste er nur Edward bedrohen, schon würde ich nachgeben. Und umgekehrt genauso.

War der Tod unsere kleinere Sorge? Mussten wir in Wirklichkeit Gefangenschaft fürchten?

Edward wechselte das Thema. »Ich glaube, die Volturi haben nur darauf gewartet – auf irgendeinen Vorwand. Sie konnten nicht wissen, in welcher Form er sich ihnen bieten würde, doch der Plan lag schon bereit. Deshalb sah Alice die Entscheidung der Volturi bereits, ehe Irina sie auslöste. Die Entscheidung war schon getroffen, sie warteten nur auf eine vorgeschobene Rechtfertigung.«

»Wenn die Volturi das Vertrauen missbrauchen, das alle Unsterblichen in sie setzen …«, murmelte Carmen.

»Spielt das eine Rolle?«, fragte Eleazar. »Wer würde das glauben? Und selbst wenn andere überzeugt werden könnten, dass die Volturi ihre Macht ausnutzen, was würde es bewirken? Niemand kann sich gegen sie wehren.«

»Obwohl einige von uns offenbar verrückt genug sind, es zu versuchen«, sagte Kate leise.

Edward schüttelte den Kopf. »Ihr seid nur als Zeugen hier, Kate. Was immer Aro im Sinn hat, ich glaube nicht, dass er dafür den guten Ruf der Volturi riskieren will. Sollten wir seinen Vorwurf gegen uns entkräften können, wird er gezwungen sein, in Frieden abzureisen.«

»Natürlich«, murmelte Tanya.

Niemand sah überzeugt aus. Einige lange Minuten sagte keiner etwas.

Dann hörte ich das Geräusch von Autoreifen, die vom Asphalt des Highways auf die unbefestigte Auffahrt der Cullens fuhren.

»Oh, Mist, Charlie«, sagte ich. »Vielleicht können die Denalis eine Weile nach oben gehen, bis ...«

»Nein«, sagte Edward, und seine Stimme klang weit weg. Er schaute in die Ferne, starrte ausdruckslos zur Tür. »Das ist nicht dein Vater.« Jetzt sah er mich langsam an. »Alice hat schließlich doch Peter und Charlotte geschickt. Nun denn, alles bereit für die nächste Runde.«

BESUCH

In dem riesigen Haus der Cullens waren so viele Gäste; man hätte es kaum für möglich gehalten, dass es bequem sein könnte. Es ging nur, weil die Besucher alle nicht schliefen. Die Mahlzeiten waren jedoch etwas heikel. Unsere Gäste hielten sich so weit wie möglich an die Regeln. Sie machten einen großen Bogen um Forks und La Push und jagten nur außerhalb des Staates Washington; Edward war ein liebenswürdiger Gastgeber, er verlieh seine Autos, ohne auch nur mit der Wimper zu zucken. Mir war bei diesem Kompromiss sehr unwohl zu Mute, wenn ich mir auch einzureden versuchte, dass sie sowieso irgendwo auf der Welt jagen würden.

Jacob regte sich noch mehr auf. Die Werwölfe existierten, um den Verlust von Menschenleben zu verhindern, und wir duldeten wildes Morden nur knapp hinter den Grenzen ihres Territoriums. Doch unter den gegebenen Umständen und weil Renesmee in akuter Gefahr war, hielt er den Mund und starrte lieber wütend zu Boden als auf die Vampire.

Ich wunderte mich, wie selbstverständlich die anderen Vampire Jacob akzeptierten; die Probleme, die Edward prophezeit hatte, blieben aus. Jacob schien für sie mehr oder weniger unsichtbar zu sein, sie betrachteten ihn nicht direkt als ebenbürtig, aber auch nicht als potenzielle Beute. Sie behandelten ihn so, wie Leute, die keine besonderen Tierfreunde sind, die Haustiere ihrer Bekannten behandeln.

Leah, Seth, Quil und Embry sollten fürs Erste zusammen mit Sam laufen. Jacob hätte sich gern zu ihnen gesellt, aber er konnte sich einfach nicht von Renesmee trennen, und Renesmee war vollauf damit beschäftigt, die seltsame Freundesschar von Carlisle in ihren Bann zu ziehen.

Sechs Mal hatte der Denali-Clan die Vorstellung der Kleinen schon über sich ergehen lassen müssen. Erst Peter und Charlotte, die Alice und Jasper ohne irgendeine Erklärung zu uns geschickt hatten; wie die meisten, die Alice kannten, vertrauten sie ihren Anweisungen blind. Alice hatte ihnen nicht verraten, welche Richtung sie und Jasper einschlugen. Sie hatte keine Zusagen gemacht, dass sie sich irgendwann wiedersehen würden.

Weder Peter noch Charlotte hatten jemals ein unsterbliches Kind gesehen. Zwar kannten sie die Gesetze, doch sie reagierten nicht so heftig wie die Denali-Vampire. Sie waren so neugierig, dass sie sich von Renesmee alles »zeigen« ließen. Und damit war alles klar. Jetzt stellten sie sich genauso bereitwillig als Zeugen zur Verfügung wie die Denalis.

Carlisle hatte Freunde aus Irland und Ägypten geschickt.

Zuerst kam der Clan der irischen Vampire, und sie ließen sich erstaunlich leicht überzeugen. Siobhan – eine Frau mit großer Ausstrahlung, deren gewaltiger Körper, der sich geschmeidig schwankend bewegte, eine faszinierende Wirkung hatte – war die Anführerin, doch sie und ihr Gefährte Liam mit seinem harten Gesicht waren schon lange daran gewöhnt, dem Urteil der Jüngsten im Zirkel zu vertrauen. Die kleine Maggie mit den federnden roten Locken war körperlich nicht so imposant wie die beiden anderen, doch sie hatte die Gabe, eine Lüge sofort als solche zu erkennen, und ihr Urteil wurde nie angezweifelt.

Maggie erklärte, dass Edward die Wahrheit sagte, deshalb glaubten Siobhan und Liam unsere Geschichte, auch ohne Renesmee zu berühren.

Mit Amun und den anderen ägyptischen Vampiren war das eine ganz andere Sache. Selbst nachdem sich zwei der jüngeren Mitglieder seines Zirkels, Benjamin und Tia, von Renesmees Erklärung überzeugt hatten, weigerte Amun sich noch, sie zu berühren, und befahl seinem Zirkel, wieder abzureisen. Benjamin – ein seltsam fröhlicher Vampir, der fast noch wie ein Junge aussah und ebenso selbstsicher wie sorglos wirkte – überredete Amun mit ein paar subtilen Drohungen zum Bleiben, andernfalls würde er ihr Bündnis lösen. Amun blieb, weigerte sich jedoch weiterhin, Renesmee zu berühren, und verbot es auch seiner Gefährtin Kebi. Sie waren ein ungleiches Grüppchen, obwohl die Ägypter sich mit ihrem nachtschwarzen Haar und ihrer olivfarbenen Blässe alle so ähnlich sahen, dass man sie leicht für Blutsverwandte hätte halten können. Amun war der Älteste und der Anführer. Kebi folgte Amun beständig wie ein Schatten, ich hörte sie nie ein einziges Wort sagen. Auch Tia, Benjamins Gefährtin, war eine stille Frau, doch wenn sie sprach, spürte man ihr großes Verständnis und ihre Ernsthaftigkeit. Trotzdem war es Benjamin, um den sie alle zu kreisen schienen wie um einen Magneten, den die anderen für ihr Gleichgewicht brauchten. Ich sah, wie Eleazar den Jungen mit großen Augen anstarrte, und nahm an, dass Benjamin die Gabe hatte, die anderen anzuziehen.

»Das ist es nicht«, sagte Edward in der Nacht, als wir allein waren. »Seine Gabe ist so einzigartig, dass Amun furchtbare Angst hat, ihn zu verlieren. Ähnlich wie wir Renesmee vor Aro geheim halten wollten« – er seufzte –, »wollte Amun Benjamin vor Aro geheim halten. Amun hat Benjamin in dem Wissen erschaffen, dass er etwas Besonderes sein würde.«

»Was kann er?«

»Etwas, was Eleazar nie zuvor gesehen hat. Etwas, wovon ich nie je gehört habe. Etwas, wogegen nicht einmal dein Schutzschild etwas ausrichten könnte.« Er lächelte mich mit seinem schiefen Lächeln an. »Er kann tatsächlich die Elemente beeinflussen – Erde, Luft, Wasser und Feuer. Echte physikalische Manipulation, keine Sinnestäuschung. Benjamin experimentiert immer noch damit herum, und Amun versucht ihn zu einer Waffe zu formen. Doch du siehst, wie unabhängig Benjamin ist. Er wird sich nicht benutzen lassen.«

»Du kannst ihn gut leiden«, schloss ich aus seinem Ton.

»Er hat ein sehr deutliches Gespür für Richtig und Falsch. Seine Haltung gefällt mir.«

Amuns Haltung war eine andere, und er und Kebi blieben für sich, während Benjamin und Tia auf dem besten Wege waren, enge Freundschaft sowohl mit den Denalis als auch mit dem irischen Zirkel zu schließen. Wir hofften, dass sich die Spannungen mit Amun nach Carlisles Rückkehr geben würden.

Emmett und Rose schickten einzelne Vampire – alle Nomadenfreunde von Carlisle, die sie aufspüren konnten.

Als Erstes kam Garrett, ein großer, schlanker Vampir mit lebhaften rubinroten Augen und langem sandfarbenen Haar, das er mit einem Lederband zurückhielt – man sah ihm sofort an, dass er ein Abenteurer war. Wir hätten ihm jede beliebige Herausforderung stellen können; er hätte sie angenommen, nur um sich auszuprobieren. Er fand schnell Zugang zu den Denali-Schwestern und stellte ihnen endlos Fragen über ihre ungewöhnliche Lebensform. Ich fragte mich, ob er womöglich auch die »vegetarische« Lebensweise ausprobieren würde, nur um zu sehen, ob er es durchhielt.

Außerdem kamen Mary und Randall – sie waren Freunde,

wenn sie auch nicht zusammen reisten. Sie hörten sich Renesmees Geschichte an und blieben ebenfalls als Zeugen. Wie die Denalis überlegten sie, was sie tun sollten, falls die Volturi sich unsere Erklärungen nicht anhörten. Alle drei Nomaden konnten sich vorstellen, an unserer Seite zu kämpfen.

Jacob wurde natürlich mit jedem Neuzugang missmutiger. Soweit es ging, blieb er auf Abstand, und als es nicht mehr ging, sagte er grummelnd zu Renesmee, wenn er die Namen der Blutsauger alle auf die Reihe kriegen sollte, müsste ihm jemand eine Liste machen.

Nach einer Woche kamen Carlisle und Esme zurück, Emmett und Rosalie nur wenige Tage später, und als sie wieder da waren, ging es uns allen besser.

Carlisle brachte noch einen weiteren Freund mit, wenn auch *Freund* vielleicht nicht der richtige Ausdruck war. Alistair war ein eigenbrötlerischer englischer Vampir, der Carlisle als seinen engsten Bekannten bezeichnete, obwohl er kaum mehr als einen Besuch in hundert Jahren ertrug. Alistair war sehr viel lieber allein unterwegs, und Carlisle musste ihn an einige Gefälligkeiten erinnern, die er Alistair in der Vergangenheit erwiesen hatte, um ihn zum Kommen zu bewegen. Alistair mied jede Gesellschaft, und es war deutlich, dass er in den versammelten Zirkeln keine Freunde hatte.

Der grüblerische Alistair glaubte Carlisle, was er über Renesmees Herkunft sagte, weigerte sich jedoch, ebenso wie Amun, sie zu berühren. Edward erzählte Carlisle, Esme und mir, Alistair fürchte sich, hier zu sein, noch mehr aber würde er sich fürchten, wenn er nicht wüsste, wie die Sache ausging. Er hegte ein tiefes Misstrauen gegen jede Art von Autorität und daher ein natürliches Misstrauen gegen die Volturi. Was jetzt passierte, schien all seine Befürchtungen zu bestätigen.

»Jetzt wissen sie natürlich, dass ich hier war«, grummelte er auf dem Dachboden vor sich hin, dorthin zog er sich am liebsten zum Schmollen zurück. »Jetzt kann ich es vor Aro nicht mehr verheimlichen. Jahrhunderte auf der Flucht bedeutet das. Jeder, mit dem Carlisle in den letzten zehn Jahren gesprochen hat, steht auf ihrer Liste. Ich fasse es nicht, wie ich mich da hineinziehen lassen konnte. Feine Art, seine Freunde zu behandeln.«

Doch auch wenn er Recht hatte, was die Verfolgung durch die Volturi anging, so hatte er wenigstens deutlich mehr Hoffnung, ihnen zu entkommen, als wir Übrigen. Alistair war ein Tracker, wenngleich nicht annähernd so exakt und erfolgreich wie Demetri. Alistair fühlte sich nur auf unbegreifliche Weise von dem angezogen, was er gerade suchte. Diese Anziehungskraft reichte aus, um ihm zu verraten, wohin er laufen musste – in die entgegengesetzte Richtung von Demetri.

Dann kamen noch zwei unerwartete Freunde an – unerwartet, weil weder Carlisle noch Rosalie die Amazonen erreicht hatten.

»Carlisle«, sagte die größere der beiden sehr großen, wilden Frauen zur Begrüßung. Beide sahen sie aus, als hätte man sie gestreckt – lange Arme und Beine, lange Finger, lange schwarze Zöpfe und lange Gesichter mit langen Nasen. Sie trugen nur Tierhäute am Leib – Westen und enge Hosen, die an den Seiten mit Lederbändern geschnürt waren. Nicht nur ihre ausgefallene Kleidung verlieh ihnen den Eindruck von Wildheit, sondern alles an ihnen, von den ruhelosen blutroten Augen bis zu den schnellen, hektischen Bewegungen. Ich hatte noch nie so unzivilisierte Vampire gesehen.

Doch Alice hatte sie geschickt, und das waren, gelinde gesagt, interessante Neuigkeiten. Wieso war Alice in Südamerika? Nur weil sie gesehen hatte, dass niemand sonst die Amazonen erreichen konnte?

»Zafrina und Senna! Doch wo ist Kachiri?«, sagte Carlisle. »Ich dachte, ihr drei wäret unzertrennlich.«

»Alice sagte uns, wir müssten uns trennen«, antwortete Zafrina mit einer rauen, tiefen Stimme, die zu ihrer wilden Erscheinung passte. »Es ist unangenehm, getrennt zu sein, aber Alice hat uns versichert, dass wir hier gebraucht werden, während sie Kachiri woanders brauche. Mehr hat sie uns nicht verraten, außer dass die Sache sehr eilig sei …?« Zafrina schloss mit einer Frage, und zittrig wie jedes Mal ging ich mit Renesmee zu ihnen, um sie zu begrüßen. Egal, wie oft ich es jetzt schon gemacht hatte, meine Nervosität legte sich nicht.

Trotz ihres grimmigen Aussehens hörten sie sich unsere Geschichte ganz ruhig an, und dann ließen sie es zu, dass Renesmee ihnen den Beweis lieferte. Sie waren genauso angetan von Renesmee wie alle anderen Vampire, und doch machte ich mir Sorgen, als ich sah, wie schnell und ruckartig sie sich in ihrer Nähe bewegten. Senna war immer in Zafrinas Nähe, ohne ein Wort zu sagen, aber es war anders als bei Amun und Kebi. Kebis Verhalten hatte etwas Unterwürfiges, während Senna und Zafrina eher wirkten wie zwei Teile eines Organismus – und Zafrina war eben zufällig der Teil mit dem Mund.

Eigenartigerweise hatten die Neuigkeiten über Alice etwas Beruhigendes. Ganz offensichtlich verfolgte sie, während sie versuchte, Aro nicht in die Fänge zu geraten, irgendeine undurchsichtige Mission.

Edward war begeistert, die Amazonen bei uns zu haben, denn Zafrina war unglaublich begabt; ihr Talent konnte eine höchst gefährliche Angriffswaffe darstellen. Edward bat Zafrina zwar nicht, an unserer Seite zu kämpfen, aber falls die Volturi nicht innehielten, wenn sie unsere Zeugen sahen, dann würden sie vielleicht innehalten, weil sie etwas anderes sahen.

»Es ist eine ganz einfache Illusion«, erklärte Edward, als sich herausstellte, dass es bei mir mal wieder nicht wirkte. Zafrina reagierte fasziniert und belustigt auf meine Unempfänglichkeit – so etwas war ihr noch nicht untergekommen – und sie hörte ungeduldig zu, als Edward erklärte, was mir entging. Edwards Blick verschwamm leicht, als er sagte: »Sie kann die meisten dazu bringen, das zu sehen, was sie will – das und nichts anderes. In diesem Moment beispielsweise hat es für mich den Anschein, als befände ich mich allein mitten in einem Regenwald. Es ist so deutlich, dass ich es vielleicht glauben könnte, wäre da nicht der Umstand, dass ich dich immer noch in meinen Armen spüre.«

Zafrina verzog die Lippen zu dem für sie typischen harten Lächeln. Einen Moment darauf war Edwards Blick wieder klar und er grinste zurück.

»Beeindruckend«, sagte er.

Renesmee war fasziniert von dem Gespräch, sie streckte furchtlos die Hand nach Zafrina aus. »Darf ich mal sehen?«

»Was möchtest du denn sehen?«, fragte Zafrina.

»Was du Daddy gezeigt hast.«

Zafrina nickte, und ich schaute ängstlich zu, wie Renesmees Blick sich im Nichts verlor. Kurz darauf strahlte sie ihr unwiderstehliches Lächeln.

»Mehr«, verlangte sie.

Von da an war es schwer, Renesmee von Zafrina und ihren *schönen Bildern* fernzuhalten. Ich machte mir Sorgen, denn ich war mir sicher, dass Zafrina auch Bilder heraufbeschwören konnte, die alles andere als schön waren. Aber in Renesmees Gedanken konnte ich Zafrinas Visionen selbst sehen – sie waren so deutlich wie Renesmees Erinnerungen, als wären sie echt – und beurteilen, ob sie für sie geeignet waren oder nicht.

Zwar fiel es mir schwer, Renesmee loszulassen, doch es hatte natürlich seine Vorteile, dass Zafrina sie bei Laune hielt. Ich brauchte meine Hände. Ich musste noch so viel lernen, sowohl körperlich als auch geistig, und die Zeit war allzu knapp.

Mein erster Versuch, das Kämpfen zu erlernen, ging daneben. Binnen zwei Sekunden lag ich am Boden und Edward hielt mich fest. Doch anstatt zu warten, bis ich mich freikämpfte – was ich bestimmt geschafft hätte –, sprang er auf und lief davon. Ich wusste sofort, dass etwas nicht stimmte; er war wie erstarrt und schaute stumm über die Wiese, auf der wir trainierten.

»Es tut mir leid, Bella«, sagte er.

»Alles okay«, sagte ich. »Komm, wir machen weiter.«

»Ich kann nicht.«

»Wie meinst du das, du kannst nicht? Wir haben doch gerade erst angefangen.«

Er gab keine Antwort.

»Ich weiß ja, dass ich nicht gut bin, aber wenn du mir nicht hilfst, kann ich auch nicht besser werden.«

Er sagte nichts. Ich machte einen spielerischen Satz auf ihn zu. Er verteidigte sich überhaupt nicht und wir fielen beide zu Boden. Er war reglos, als ich meine Lippen an seine Halsschlagader presste.

»Gewonnen«, verkündete ich.

Er kniff die Augen zusammen, sagte jedoch nichts.

»Edward? Was ist los? Warum willst du es mir nicht beibringen?«

Eine ganze Minute verging, bis er wieder sprach.

»Ich … ertrage das einfach nicht. Emmett und Rosalie wissen genauso viel wie ich. Tanya und Eleazar wissen vermutlich noch mehr. Frag jemand anderen.«

»Das ist unfair! Du kannst das so gut. Du hast doch auch Jasper geholfen – du hast mit ihm und mit allen anderen gekämpft. Wieso nicht mit mir? Was hab ich falsch gemacht?«

Er seufzte verzweifelt. Seine Augen waren dunkel, kaum ein Goldschimmer erhellte das Schwarz.

»Dich so anzusehen, als Zielscheibe, all die verschiedenen Arten zu sehen, wie ich dich töten könnte ...« Er schauderte. »Dadurch wird es für mich zu real. Wir haben so wenig Zeit, dass es nicht sehr viel ausmacht, wer dich unterrichtet. Die Grundbegriffe kann dir jeder beibringen.«

Ich sah ihn wütend an.

Er berührte meinen Schmollmund und lächelte. »Außerdem ist es unnötig. Die Volturi werden innehalten. Wir werden sie dazu bringen zu verstehen.«

»Aber wenn nicht! Ich *muss* es lernen!«

»Suche dir einen anderen Lehrer.«

Das war nicht unser letztes Gespräch über dieses Thema, aber er wich niemals auch nur ein Jota von seiner Entscheidung ab.

Emmett half nur zu gern aus, allerdings hatte ich den Eindruck, dass er sich beim Training mit mir zu einem Gutteil für die vielen verlorenen Wettkämpfe im Armdrücken rächen wollte. Könnten Vampire blaue Flecken bekommen, wäre ich von Kopf bis Fuß damit übersät gewesen. Rose, Tanya und Eleazar waren geduldiger und unterstützten mich ebenfalls. Ihr Unterricht erinnerte mich an Jaspers Kampftraining im letzten Juni, auch wenn die Erinnerungen daran verschwommen waren. Einige unserer Gäste fanden mein Training unterhaltsam, und manche boten sogar ihre Hilfe an. Garrett, der Nomade, sprang ein paarmal ein – er war ein erstaunlich guter Lehrer; überhaupt kam er so gut mit anderen zurecht, dass ich mich fragte, weshalb er sich nie einem Zirkel angeschlossen hatte. Einmal kämpfte ich sogar mit Zafrina, während Renesmee auf Jacobs Arm war und zuschaute. Zafrina brachte mir einige Tricks bei, aber ich bat sie kein zweites Mal, mich zu unterrichten. Ich mochte Zafrina sehr und wusste, dass sie mir nicht richtig wehtun würde, aber um die Wahrheit zu sagen, hatte ich eine Heidenangst vor der wilden Frau.

Ich lernte viel in dieser Zeit, fühlte mich aber immer noch als absolute Anfängerin. Ich hatte keine Ahnung, wie viele Sekunden ich gegen Alec und Jane überleben würde. Ich konnte nur beten, dass die Zeit reichte, um den anderen zu helfen.

Jede Minute, die ich nicht entweder mit Renesmee verbrachte oder beim Kampftraining war, war ich mit Kate im Garten und übte meinen inneren Schutzschild aus meinem Gehirn hinauszuschieben und jemand anderen damit zu beschützen. Edward ermutigte mich. Ich wusste, dass er hoffte, ich könnte einen Weg finden, meinen Beitrag zu leisten, ohne in der Schusslinie zu stehen.

Wenn es nur nicht so schwer gewesen wäre. Es gab nichts Greifbares, nichts, womit ich hätte arbeiten können. Ich hatte nur das glühende Verlangen, mich nützlich zu machen, Edward, Renesmee und möglichst viele weitere Familienmitglieder zu beschützen. Immer wieder versuchte ich den nebulösen Schild aus mir herauszuzwingen, mit schwachem, sporadischem Erfolg. Es fühlte sich an, als wollte ich ein unsichtbares Gummiband in die Länge ziehen – einen Ring, der sich jederzeit von etwas Fassbarem in Rauch verwandeln konnte.

Edward war der Einzige, der sich als Versuchskaninchen zur Verfügung stellte; einen Stromschlag nach dem anderen nahm er hin, während ich mich vergeblich mit dem abmühte, was in meinem Kopf war. Wir übten mehrere Stunden am Stück, und ich hatte das Gefühl, als müsste ich vor Anstrengung schweißgebadet sein, aber natürlich ließ mich mein vollkommener Körper nicht im Stich. Es war eine rein geistige Erschöpfung.

Es war kaum auszuhalten, dass ausgerechnet Edward so leiden musste; ich schlang die Arme um ihn – was natürlich überhaupt nichts nützte –, während er bei Kates »kleinen« Stromschlägen am ganzen Körper zuckte. Ich gab mir unendliche Mühe, meinen Schutzschild auf ihn auszudehnen; ab und zu klappte es, aber dann entglitt er mir immer wieder.

Die Übungen waren mir zuwider, und ich wünschte, Zafrina würde sie mit mir machen statt Kate. Dann hätte Edward sich nur Zafrinas Trugbilder anschauen müssen, so lange, bis ich sie für ihn abschalten konnte. Doch Kate war davon überzeugt, dass ich eine stärkere Motivation brauchte – und damit meinte sie meinen Widerwillen, wenn ich Edward leiden sah. Allmählich kamen mir Zweifel an ihrer Behauptung, sie sei nicht sadistisch. Ich hatte den Eindruck, dass sie Spaß an der Sache hatte.

»Hey«, sagte Edward gutgelaunt, er gab sich alle Mühe, den Schmerz zu verbergen. Er wollte ja, dass ich es weiter versuchte. »Der letzte hat kaum wehgetan. Gut gemacht, Bella.«

Ich holte tief Luft und versuchte mir vor Augen zu führen, was ich richtig gemacht hatte. Ich prüfte das Gummi, zog es in die Länge und zwang es dazu, sich nicht aufzulösen.

»Noch mal, Kate«, grunzte ich.

Kate legte ihre Hand auf Edwards Schulter.

Er seufzte erleichtert. »Nichts.«

Sie zog eine Augenbraue hoch. »Das war gar nicht mal so schwach.«

»Gut«, schnaubte ich.

»Halt dich bereit«, sagte sie und fasste Edward wieder an.

Diesmal bebte er und zischte leise.

»Entschuldige, es tut mir so leid!«, rief ich und biss mir auf die Lippe. Warum kriegte ich das nicht hin?

»Du machst das ganz ausgezeichnet, Bella«, sagte Edward

und zog mich fest an sich. »Du übst erst seit einigen Tagen, und schon jetzt gelingt es dir bisweilen, deinen Schutzschild zu übertragen. Kate, sage ihr, wie gut sie es macht.«

Kate schürzte die Lippen. »Ich weiß nicht recht. Offenbar hat sie ein Riesentalent, und wir sind gerade erst dabei, es zu entdecken. Ich bin überzeugt, dass sie es besser kann. Ihr fehlt der richtige Anreiz.«

Ich starrte sie ungläubig an und fletschte automatisch die Zähne. Wie konnte sie denken, ich wäre nicht richtig motiviert, wenn sie Edward vor meinen Augen Elektroschocks verpasste?

Ich hörte Gemurmel unter den Zuschauern, die mit der Zeit immer mehr geworden waren – anfangs waren nur Eleazar, Carmen und Tanya gekommen, später dann auch Garrett, Benjamin und Tia, Siobhan und Maggie, und jetzt spähte sogar Alistair aus einem Fester im zweiten Stock herunter. Die Zuschauer waren Edwards Meinung; sie fanden, dass ich Fortschritte gemacht hatte.

»Kate …«, sagte Edward warnend, als ihr eine neue Strategie in den Sinn kam, aber sie setzte sich schon in Bewegung. Sie flitzte um die Biegung des Flusses, wo Zafrina, Senna und Renesmee langsam spazieren gingen, Renesmee ging an Zafrinas Hand, während sie Bilder austauschten. Jacob folgte ihnen in einigen Metern Abstand.

»Nessie«, sagte Kate – die Neuankömmlinge hatten den ärgerlichen Spitznamen schnell übernommen, »kommst du mal bitte und hilfst deiner Mutter?«

»Nein«, fauchte ich.

Edward nahm mich beruhigend in den Arm. Ich schüttelte ihn ab, genau in dem Moment, als Renesmee durch den Garten zu mir gesaust kam, gefolgt von Kate, Zafrina und Senna.

»Das kommt überhaupt nicht in Frage, Kate«, zischte ich.

Renesmee wollte zu mir, und ich breitete unwillkürlich die Arme aus. Sie schmiegte sich an mich, legte den Kopf in die Mulde unter meiner Schulter.

»Aber Momma, ich *möchte* helfen«, sagte sie entschieden. Sie legte mir eine Hand an den Hals und unterstrich ihren Wunsch mit Bildern von sich und mir zusammen, wir beide als Team.

»Nein«, sagte ich und wich schnell zurück. Kate hatte einen gezielten Schritt auf mich zu gemacht, sie streckte die Hand nach uns aus.

»Bleib uns vom Leib, Kate«, warnte ich sie.

»Nein.« Sie ging weiter auf mich zu. Sie lächelte wie ein Jäger, der die Beute in die Enge treibt.

Ich schob Renesmee auf meinen Rücken und wich weiter zurück, während Kate auf mich zukam. Jetzt hatte ich die Hände frei, und wenn Kate *ihre* Hände gern behalten wollte, dann blieb sie mir besser fern.

Kate verstand das vermutlich nicht, weil sie Mutterliebe nie selbst gespürt hatte. Sie hatte wohl nicht gemerkt, wie weit sie meine Grenze bereits überschritten hatte. Ich war so wütend, dass ich alles leicht rotstichig sah und meine Zunge wie brennendes Eisen schmeckte. Die Kraft, die ich normalerweise im Zaum hielt, strömte durch meine Muskeln, und ich wusste, dass ich ihren diamantharten Körper zerbröseln könnte, wenn sie mich dazu trieb.

Die Wut ließ mich alles viel schärfer empfinden. Sogar die Dehnbarkeit meines Schutzschilds empfand ich jetzt deutlicher – ich spürte, dass er nicht so sehr ein Band war, sondern vielmehr eine zusammenhängende Schicht, ein dünner Film, der mich von Kopf bis Fuß überzog. Während die Wut durch meinen Körper strömte, konnte ich diese Schutzschicht besser erspüren, bekam sie besser zu fassen. Ich dehnte sie um meinen

Körper und darüber hinaus, wickelte Renesmee ganz hinein, für den Fall, dass Kate mich erwischte.

Kate machte noch einen wohlberechneten Schritt auf mich zu, und ein böses Knurren fuhr mir durch die Kehle und die zusammengebissenen Zähne.

»Nimm dich in Acht, Kate«, sagte Edward warnend.

Kate ging noch einen Schritt weiter, dann machte sie einen Fehler, den sogar jemand so Unerfahrenes wie ich bemerkte. Nur ein kleines Stück von mir entfernt wandte sie den Blick ab, sie schaute von mir zu Edward.

Renesmee war auf meinem Rücken in Sicherheit, ich setzte zum Sprung an.

»Hörst du irgendetwas von Nessie?«, fragte Kate ihn ruhig und gelassen.

»Nein, gar nichts«, antwortete er. »Jetzt lass Bella ein wenig Zeit, sich zu beruhigen, Kate. Du solltest sie nicht so reizen. Auch wenn man es ihr nicht anmerkt, sie ist erst wenige Monate alt.«

»Wir haben keine Zeit, es auf die sanfte Tour zu versuchen, Edward. Wir müssen sie anstacheln. Wir haben nur ein paar Wochen Zeit, und sie hat das Zeug dazu, uns zu …«

»Halte dich einen Moment zurück, Kate.«

Kate runzelte die Stirn, nahm Edwards Warnung jedoch ernster als meine.

Renesmee hatte die Hand an meinem Hals, sie ließ Kates Angriff Revue passieren und zeigte mir, dass Kate nichts Böses im Sinn hatte, dass Daddy dabei war …

Das konnte mich nicht besänftigen. Noch immer schimmerte alles, was ich sah, blutrot. Doch ich hatte mich besser in der Gewalt und ich sah ein, dass Kate Recht hatte. Die Wut half mir. Unter Druck konnte ich schneller lernen.

Aber das hieß noch lange nicht, dass es mir Spaß machte.

»Kate«, knurrte ich. Ich legte Edward eine Hand auf den Rücken. Ich spürte meinen Schild immer noch wie eine starke, dehnbare Schicht um Renesmee und mich. Ich dehnte sie noch weiter, bis sie auch Edward umschloss. Nichts deutete auf eine Schwachstelle in dem elastischen Stoff hin, es schien kein Riss zu drohen. Ich keuchte vor Anstrengung, und als ich sprach, klang es eher atemlos als zornig. »Noch mal«, sagte ich zu Kate. »Nur Edward.«

Sie verdrehte die Augen, huschte jedoch zu Edward und legte ihm eine Hand auf die Schulter.

»Nichts«, sagte Edward. Ich hörte das Lächeln in seiner Stimme.

»Und jetzt?«, fragte Kate.

»Immer noch nichts.«

»Und jetzt?« Diesmal hörte ich die Anstrengung in ihrer Stimme.

»Überhaupt nichts.«

Kate grunzte und trat einen Schritt zurück.

»Kannst du das sehen?«, fragte Zafrina mit ihrer tiefen, wilden Stimme und schaute uns drei intensiv an. Sie hatte einen merkwürdigen Akzent, an ganz unerwarteten Stellen ging ihre Stimme nach oben.

»Ich sehe nichts, was ich nicht sehen sollte«, sagte Edward.

»Und du, Renesmee?«, fragte Zafrina.

Renesmee lächelte Zafrina an und schüttelte den Kopf.

Meine Wut war fast ganz verebbt, ich biss die Zähne zusammen und keuchte noch schneller, als ich versuchte, den Schild weiter zu dehnen; je länger ich ihn hielt, desto schwerer schien er zu werden. Der Druck wurde stärker, er wollte sich zurückziehen.

»Keine Panik«, sagte Zafrina zu der kleinen Gruppe, die mich beobachtete. »Ich möchte nur sehen, wie weit sie es ausdehnen kann.«

Alle schnappten erschrocken nach Luft – Eleazar, Carmen, Tanya, Garrett, Benjamin, Tia, Siobhan, Maggie –, alle außer Senna, die auf das, was Zafrina im Schilde führte, anscheinend gefasst gewesen war. Die anderen starrten ins Leere, ihre Gesichter waren angespannt.

»Hebt die Hand, wenn ihr wieder richtig sehen könnt«, wies Zafrina sie an. »Jetzt los, Bella. Probier mal aus, wie viele du abschirmen kannst.«

Ich schnaubte verärgert. Nach Edward und Renesmee stand Kate am nächsten bei mir, und selbst sie war drei Meter entfernt. Ich spannte den Kiefer an und schob, versuchte den widerspenstigen elastischen Schutz weiter von mir wegzustoßen. Zentimeter um Zentimeter schob ich ihn weiter zu Kate und kämpfte gegen den Druck, der mit jedem Stückchen, das ich eroberte, heftiger wurde. Während ich mich abmühte, sah ich nur Kates gespannten Blick, und ich stöhnte leise, als sie blinzelte und ihr Blick wieder lebendig wurde. Sie hob die Hand.

»Faszinierend!«, murmelte Edward leise. »Es ist wie ein Einwegspiegel. Ich höre alles, was sie denken, doch sie können mich nicht erreichen. Und ich höre Renesmee, was ich nicht konnte, als ich außen vor war. Garantiert könnte Kate mir jetzt einen Schlag versetzen, da auch sie unter dem Schild ist. Dich kann ich aber noch immer nicht hören ... hmmm. Wie kann das sein? Ich frage mich, ob ...«

So murmelte er weiter vor sich hin, doch ich konnte ihm nicht zuhören. Ich knirschte mit den Zähnen und mühte mich, den Schild bis zu Garrett auszudehnen, der Kate am nächsten war. Er hob die Hand.

»Sehr gut«, sagte Zafrina. »Und jetzt ...«

Doch sie hatte mich zu früh gelobt; auf einmal merkte ich, dass mein Schild zurückflutschte wie ein Gummiband, das man zu weit gedehnt hat, er sprang in seine ursprüngliche Form zurück. Renesmee erlebte zum ersten Mal die Blindheit, die Zafrina für die anderen heraufbeschworen hatte, sie zitterte auf meinem Rücken. Erschöpft kämpfte ich gegen den Zug des Gummis an, nahm Renesmee wieder mit unter den Schutzschild.

»Kann ich kurz eine Pause machen?«, sagte ich keuchend. Zum allerersten Mal, seit ich ein Vampir war, hatte ich das Bedürfnis, mich auszuruhen. Es war zermürbend, so erschöpft und gleichzeitig so stark zu sein.

»Selbstverständlich«, sagte Zafrina, und die Zuschauer entspannten sich, als sie ihnen die Sicht zurückgab.

»Kate«, rief Garrett, als die anderen sich murmelnd zurückzogen. Die Erfahrung, blind zu sein, hatte sie verstört; Vampire waren es nicht gewohnt, sich angreifbar zu fühlen. Der große Garrett mit dem sandfarbenen Haar war der einzige Vampir ohne besondere Talente, der regelmäßig zu meinen Übungsstunden kam. Ich fragte mich, was den Abenteurer so anzog.

»Lass das lieber, Garrett«, warnte Edward ihn.

Garrett ignorierte die Warnung und ging weiter auf Kate zu, die Lippen erwartungsvoll vorgeschoben. »Man sagt, du könntest einen Vampir auf den Rücken werfen.«

»Ja«, sagte sie. Sie lächelte schelmisch und zappelte mit den Fingern. »Neugierig?«

Garrett zuckte die Achseln. »So was hab ich noch nie gesehen. Mir kommt es ein bisschen übertrieben vor ...«

»Mag sein«, sagte Kate, ihr Gesicht war plötzlich ernst. »Mag sein, dass es nur bei den Schwachen oder bei den Jungen wirkt, ich bin mir nicht sicher. Doch du siehst stark aus. Vielleicht kannst du meiner Gabe widerstehen.« Sie streckte die Hand nach ihm aus, die Handfläche nach oben – eine deutliche Aufforderung. Ihre Lippen zuckten, und ich war mir sicher, dass sie ihn mit ihrer ernsten Miene nur provozieren wollte.

Garrett grinste über die Herausforderung. Selbstbewusst berührte er ihre Handfläche mit dem Zeigefinger.

Und dann schnappte er nach Luft, seine Knie gaben nach und er kippte der Länge nach hintenüber. Mit einem lauten Krachen stieß sein Kopf gegen ein Stück Granit. Es sah entsetzlich aus. Alles in mir wehrte sich dagegen, einen Unsterblichen derart außer Gefecht gesetzt zu sehen; das durfte einfach nicht sein.

»Ich sagte es dir ja«, murmelte Edward.

Garretts Lider flatterten einige Sekunden, dann riss er die Augen weit auf. Er starrte die feixende Kate an und ein verwundertes Lächeln glitt über sein Gesicht.

»Wow«, sagte er.

»Hat dir das gefallen?«, fragte sie skeptisch.

»Ich bin doch nicht verrückt«, sagte er lachend und rappelte sich kopfschüttelnd auf. »Aber das war schon was!«

»So sagt man.«

Edward verdrehte die Augen.

Dann kam eine leise Unruhe von der Wiese vor dem Haus. Überraschtes Stimmengewirr, darüber Carlisles Stimme.

»Hat Alice euch geschickt?«, fragte er jemanden, und es klang unsicher, ein wenig angespannt.

Noch mehr unerwartete Gäste?

Edward flitzte ins Haus, die meisten anderen folgten ihm. Ich ging langsamer hinterher, Renesmee immer noch auf meinem Rücken. Ich wollte Carlisle einen Augenblick Zeit lassen, damit er die Gäste begrüßen und sie einstimmen konnte.

Ich nahm Renesmee auf den Arm, lief vorsichtig ums Haus herum, ging durch die Küchentür hinein und lauschte.

»Niemand hat uns geschickt«, sagte eine tiefe Flüsterstimme auf Carlisles Frage. Sofort fühlte ich mich an die alten Stimmen von Aro und Caius erinnert, und ich erstarrte, wo ich stand.

Ich wusste, dass es im Wohnzimmer voll war – fast alle waren hineingegangen, um die Neuankömmlinge zu sehen –, doch es war kaum etwas zu hören. Flaches Atmen, mehr nicht.

Carlisle klang wachsam, als er fragte: »Was führt euch dann hierher?«

»Weltenreisen«, antwortete eine andere Stimme, ebenso zart wie die erste. »Wir haben gehört, dass die Volturi gegen euch vorrücken wollen. Und es gibt Gerüchte, dass ihr nicht allein dastehen werdet. Es sieht so aus, als wären die Gerüchte wahr. Das hier ist eine eindrucksvolle Versammlung.«

»Wir haben nicht vor, die Volturi herauszufordern«, sagte Carlisle angestrengt. »Es hat ein Missverständnis gegeben, das ist alles. Ein sehr ernstes Missverständnis, gewiss, doch wir hoffen es aufklären zu können. Was ihr hier seht, sind Zeugen. Wir möchten nur, dass die Volturi uns zuhören. Wir haben nicht ...«

»Es kümmert uns nicht, was ihr ihrer Meinung nach getan habt«, unterbrach ihn die erste Stimme. »Und es kümmert uns auch nicht, ob ihr gegen das Gesetz verstoßen habt.«

»Selbst wenn es ungeheuerlich sein sollte«, fügte die erste Stimme hinzu.

»Wir warten seit eineinhalb Jahrtausenden darauf, dass jemand den Abschaum aus Italien herausfordert«, sagte die erste Stimme. »Wenn auch nur die geringste Chance besteht, dass sie stürzen, wollen wir dabei sein.«

»Oder sogar dabei helfen, sie zu besiegen«, fügte die zweite Stimme hinzu. Sie waren perfekt aufeinander eingespielt, ihre

Stimmen waren so ähnlich, dass es für weniger empfindsame Ohren so geklungen hätte, als gäbe es nur einen Sprecher. »Falls wir glauben, ihr habt eine Chance, zu gewinnen.«

»Bella?«, rief Edward laut. »Bitte bring Renesmee her. Vielleicht sollten wir unsere rumänischen Gäste auf die Probe stellen.«

Es war gut zu wissen, dass wahrscheinlich die Hälfte der Vampire im Wohnzimmer Renesmee zu Hilfe kommen würde, falls die Rumänen sich über sie aufregten. Ihre Stimmen gefielen mir nicht und auch nicht die düstere Drohung, die in ihren Worten lag. Als ich ins Zimmer kam, sah ich, dass ich damit nicht allein war. Die meisten der reglosen Vampire sahen feindselig aus, und einige – Carmen, Tanya, Zafrina und Senna – gingen zwischen den Neuen und Renesmee unauffällig in Verteidigungsstellung.

Die Vampire an der Tür waren klein und dünn, der eine war dunkelhaarig, der andere so aschblond, dass es aussah wie hellgrau. Ihre Haut wirkte pudrig wie die der Volturi, wenn es auch nicht ganz so ausgeprägt war. Ich war mir nicht ganz sicher, denn ich hatte die Volturi bisher nur mit Menschenaugen gesehen; deshalb konnte ich es nicht richtig vergleichen. Ihre scharfen Augen waren von einem tiefen Burgunderrot, ohne milchige Trübung. Sie trugen ganz einfache schwarze Kleider, die als modern durchgehen könnten, aber ältere Schnitte ahnen ließen.

Der Dunkelhaarige grinste, als ich mich zeigte. »Na, na, Carlisle. Du warst also doch ungezogen, was?«

»Sie ist nicht das, was du denkst, Stefan.«

»Und wenn es so wäre, so kümmert es uns nicht«, antwortete der Blonde. »Wie gesagt.«

»Dann seid ihr herzlich eingeladen hierzubleiben, Wladimir, aber wir haben ganz bestimmt nicht vor, die Volturi herauszufordern, wie gesagt.«

»Dann drücken wir einfach die Daumen«, sagte Stefan.

»Und hoffen, dass wir Glück haben«, fügte Wladimir hinzu.

Am Ende hatten wir siebzehn Zeugen zusammen: die Iren, Siobhan, Liam und Maggie; die Ägypter, Amun, Kebi, Benjamin und Tia; die Amazonen, Zafrina und Senna; die Rumänen, Wladimir und Stefan; und die Nomaden, Charlotte und Peter, Garrett, Alistair, Mary und Randall – sie alle ergänzten unsere elfköpfige Familie. Tanya, Kate, Eleazar und Carmen bestanden darauf, zur Familie gezählt zu werden.

Mit Ausnahme der Volturi war es wahrscheinlich die größte friedliche Versammlung ausgewachsener Vampire in der Geschichte der Unsterblichen.

Wir schöpften alle ein wenig Hoffnung. Selbst ich konnte mich nicht dagegen wehren. Renesmee hatte in der kurzen Zeit so viele für sich eingenommen. Die Volturi brauchten nur den Bruchteil einer Sekunde zuzuhören …

Die beiden letzten überlebenden Rumänen – die ganz in dem Groll auf diejenigen lebten, die ihr Reich vor fünfzehnhundert Jahren gestürzt hatten – ließen sich durch nichts erschrecken. Sie wollten Renesmee nicht berühren, zeigten jedoch keinerlei Abneigung gegen sie. Unser Bündnis mit den Werwölfen schien sie seltsamerweise zu begeistern. Sie schauten zu, wie ich mit Zafrina und Kate übte, meinen Schutzschild auszudehnen, schauten zu, wie Edward unausgesprochene Fragen beantwortete, wie Benjamin mit seinen bloßen Gedanken Geysire aus dem Fluss zog oder heftige Windböen aus der unbewegten Luft, und ihre Augen leuchteten voller Hoffnung, dass die Volturi endlich ihren Meister finden würden.

Wir hofften nicht auf dasselbe, aber wir hofften alle.

FÄLSCHUNG

»Charlie, du weißt doch, ›nur das, was du unbedingt wissen musst‹. Ich weiß, es ist über eine Woche her, dass du Renesmee gesehen hast, aber ein Besuch passt jetzt gerade nicht so gut. Was hältst du davon, wenn ich mit Renesmee bei dir vorbeikomme?«

Charlie blieb so lange still, dass ich mich fragte, ob er die Verstellung in meiner Stimme bemerkt hatte.

Aber dann murmelte er: »Nur das, was ich unbedingt wissen muss, schon klar«, und ich begriff, dass er nur aus Skepsis gegenüber dem Übernatürlichen so lange zu einer Antwort gebraucht hatte.

»Na gut«, sagte er. »Kannst du heute mit ihr kommen? Sue bringt was zum Mittagessen mit. Sie ist über meine Kochkünste genauso entsetzt wie du damals, als du herkamst.«

Charlie lachte, dann seufzte er bei der Erinnerung an die alten Zeiten.

»Heute passt optimal.« Je eher, desto besser. Ich schob das schon zu lange vor mir her.

»Kommt Jake auch mit?«

Auch wenn Charlie nichts über die Prägung von Werwölfen wusste, so konnte es ihm doch nicht entgangen sein, wie Jacob und Renesmee aneinander hingen.

»Wahrscheinlich.« Es war undenkbar, dass Jacob sich einen Tag mit Renesmee und ganz ohne Blutsauger entgehen ließ.

»Vielleicht sollte ich Billy dazu einladen«, sagte Charlie nachdenklich. »Aber ... hmmm. Vielleicht ein andermal.«

Ich hörte ihm nur halb zu – gerade genug, um das merkwürdige Widerstreben zu bemerken, als er von Billy sprach, aber nicht genug, um mir Sorgen zu machen, was *das* jetzt sollte. Charlie und Billy waren schließlich erwachsene Menschen; wenn sie irgendwelche Probleme miteinander hatten, konnten sie die allein lösen. Ich hatte so viel Wichtigeres um die Ohren.

»Bis gleich«, sagte ich und legte auf.

Dass ich zu ihm fuhr, lag nicht nur daran, dass ich meinen Vater vor der skurrilen Ansammlung von siebenundzwanzig Vampiren schützen wollte – die zwar alle geschworen hatten, im Umkreis von fünfhundert Kilometern niemanden umzubringen, aber trotzdem ... Es war keine Frage, dass besser kein Mensch in ihre Nähe kam. Diese Ausrede hatte ich für Edward gebraucht: dass ich mit Renesmee zu Charlie fahren wollte, damit er nicht herkam. Es war ein guter Grund, um das Haus zu verlassen, aber es war nicht der wahre Grund.

»Warum können wir nicht deinen Ferrari nehmen?«, meckerte Jacob, als er in die Garage kam. Ich saß schon mit Renesmee in Edwards Volvo.

Edward hatte endlich mein *Danach*-Auto enthüllt; wie er schon vermutet hatte, konnte ich nicht die angemessene Begeisterung aufbringen. Klar, es war schön und es war schnell, aber ich rannte eben lieber.

»Zu auffällig«, sagte ich. »Wir könnten zu Fuß gehen, aber dann würde Charlie ausflippen.«

Jacob grummelte, setzte sich jedoch auf den Beifahrersitz. Renesmee kletterte von meinem Schoß auf seinen.

»Wie geht es dir?«, fragte ich, als ich aus der Garage heraus-fuhr.

»Was glaubst du, wie es mir geht?«, fragte Jacob schneidend. »Diese stinkenden Blutsauger stehen mir bis hier.« Er sah mei-nen Gesichtsausdruck, und ehe ich antworten konnte, sagte er: »Ja, ich weiß, ich weiß. Sie sind die Guten, sie sind hier, um uns zu helfen, sie werden uns alle retten. Und so weiter und so fort. Du kannst sagen, was du willst, für mich sind Dracula I und Dra-cula II die absoluten Megamonster.«

Ich musste grinsen. Meine Lieblingsgäste waren die Rumä-nen auch nicht gerade. »Da kann ich dir nicht widersprechen.«

Renesmee schüttelte den Kopf, sagte jedoch nichts; im Ge-gensatz zu allen anderen fand sie die Rumänen eigenartig faszi-nierend. Da sie sich von ihr nicht anfassen ließen, machte sie sich die Mühe, laut zu ihnen zu sprechen. Sie fragte sie nach ihrer ungewöhnlichen Haut, und obwohl ich Angst hatte, sie könnten gekränkt sein, war ich ganz froh über diese Frage, denn ich war selbst neugierig.

Sie hatten sich über die Frage nicht aufgeregt. Ihre Antwort klang höchstens ein wenig kläglich.

»Wir haben sehr lange still gesessen, Kind«, sagte Wladimir, und Stefan nickte, ohne Wladimirs Satz zu vollenden, wie er es sonst oft tat. »Wir dachten über unsere Göttlichkeit nach. Es schien uns ein Zeichen unserer Macht, dass alles wie von selbst zu uns kam. Beute, Unterhändler und solche, die sich um unsere Gunst bemühten. Wir saßen auf unserem Thron und hielten uns für Götter. Lange Zeit bemerkten wir nicht, dass wir uns veränderten – dass wir beinahe versteinerten. Den einen Gefal-len taten uns die Volturi wohl, als sie unsere Schlösser anzünde-ten. Stefan und ich versteinerten jedenfalls nicht weiter. Jetzt sind die Augen der Volturi von einer Staubschicht getrübt, während unsere klar sind. Damit sind wir bestimmt im Vorteil, wenn wir sie ihnen ausstechen.«

Von da an versuchte ich Renesmee von ihnen fernzuhalten.

»Wie lange können wir bei Charlie bleiben?«, fragte Jacob in meine Gedanken hinein. Ich merkte, wie er entspannte, als wir uns von dem Haus und all seinen neuen Bewohnern entfernten. Es freute mich, dass ich für ihn nicht richtig als Vampir zählte. Ich war immer noch Bella.

»Eine ganze Weile, ehrlich gesagt.«

Mein Ton ließ ihn aufhorchen.

»Geht's hier noch um irgendwas anderes als um einen Besuch bei deinem Vater?«

»Jake, du weißt doch, dass du deine Gedanken ziemlich gut im Griff hast, wenn Edward in der Nähe ist?«

Er zog eine Augenbraue hoch. »Ja?«

Ich nickte nur und warf einen Blick zu Renesmee. Sie schaute aus dem Fenster, und ich wusste nicht, ob unser Gespräch sie überhaupt interessierte, aber ich wollte lieber kein Risiko eingehen.

Jacob wartete darauf, dass ich noch mehr sagte, dann schob er die Unterlippe vor und dachte über meine wenigen Worte nach.

Während wir schweigend weiterfuhren, blinzelte ich durch die lästigen Kontaktlinsen in den kalten Regen; noch ein paar Grad kälter, dann hätte es geschneit. Meine Augen sahen nicht mehr ganz so gruselig aus wie am Anfang – nicht länger leuchtend blutrot, eher von einem matten Rotorange. Nicht mehr lange, dann waren sie bernsteinfarben und ich brauchte keine Kontaktlinsen mehr. Hoffentlich regte Charlie sich über die Veränderung nicht zu sehr auf.

Als wir bei Charlie ankamen, grübelte Jacob immer noch über unser abgebrochenes Gespräch nach. Wir sagten nichts, als wir in raschem Menschentempo durch den Regen gingen. Charlie erwartete uns schon, er öffnete die Tür, ehe ich klopfen konnte.

»Hallo, ihr drei! Es kommt mir vor, als hätten wir uns Jahre nicht gesehen! Hey, Nessie! Komm zu Opa! Du bist ja mindestens zehn Zentimeter gewachsen. Und dünn bist du.« Er sah mich böse an. »Kriegst du etwa nicht genug zu essen?«

»Das ist nur der Wachstumsschub«, murmelte ich. »Hallo, Sue«, rief ich über Charlies Schulter. Ein Geruch von Huhn, Tomaten, Knoblauch und Käse strömte aus der Küche; vermutlich roch das für alle außer mir lecker. Es roch auch nach frischer Kiefer und Staub.

Renesmee ließ ihre Grübchen sehen. Vor Charlie sprach sie nie.

»Na, dann kommt mal rein in die gute Stube. Wo ist mein Schwiegersohn?«

»Freunde unterhalten«, sagte Jacob und schnaubte. »Du kannst von Glück sagen, dass du nicht eingeweiht bist, Charlie. Mehr sag ich dazu nicht.«

Charlie zuckte zusammen, und ich versetzte Jacob einen leichten Stoß in die Nierengegend.

»Aua!«, jammerte Jacob leise; nun ja, ich *dachte*, es wäre ein leichter Stoß gewesen.

»Charlie, ich muss ein paar Besorgungen machen.«

Jacob schaute mich kurz an, sagte jedoch nichts.

»Hängst du mit deinen Weihnachtseinkäufen hinterher, Bella? Es sind nur noch ein paar Tage, vergiss das nicht.«

»Ja, Weihnachtseinkäufe«, sagte ich lahm. Das erklärte den Staub. Charlie hatte die alte Dekoration aufgehängt.

»Keine Sorge, Nessie«, flüsterte er Renesmee ins Ohr. »Falls deine Mom die Sache vermasselt, springe ich ein.«

Ich verdrehte die Augen, aber in Wahrheit hatte ich völlig vergessen, dass so bald Weihnachten war.

»Das Essen steht auf dem Tisch«, rief Sue aus der Küche. »Kommt her!«

»Bis später, Dad«, sagte ich und tauschte einen schnellen Blick mit Jacob. Selbst wenn er in Edwards Gegenwart hieran denken musste, so gab es wenigstens nicht viel, was er hätte verraten können.

Die Straßen waren dunkel und glitschig, aber ich hatte keine Angst mehr vor dem Autofahren. Meine Reflexe waren gut genug und ich achtete kaum auf die Straße. Das größte Problem bestand darin, nicht so schnell zu fahren, dass es jemandem auffiel. Ich wollte die Aufgabe schnell erledigen, wollte das Rätsel lösen, um weiterüben zu können. Üben, die einen zu beschützen, die anderen zu töten.

Ich beherrschte meinen Schutzschild immer besser. Kate brauchte mich nicht mehr anzustacheln – jetzt, da ich wusste, dass meine Wut der Schlüssel war, konnte ich sie jederzeit hervorrufen –, deshalb arbeitete ich meistens mit Zafrina. Sie war zufrieden mit der Ausdehnung, die ich erreicht hatte; ich konnte ein Gebiet von etwa drei Quadratmetern über eine Minute lang abdecken, auch wenn es mich sehr anstrengte. Heute Morgen hatte sie herausfinden wollen, ob ich den Schild ganz aus meinen Gedanken herausschieben konnte. Ich wusste nicht, wozu das gut sein sollte, aber Zafrina war der Meinung, es könnte mich stärken, so wie es gut sei, nicht nur die Armmuskeln zu kräftigen, sondern auch die im Bauch und im Rücken. Wenn alle Muskeln stärker waren, konnte man am Ende mehr Gewicht heben.

Ich war darin nicht besonders geschickt. Ich erhaschte nur einen ganz kurzen Blick auf den Dschungelfluss, den sie mir zeigen wollte.

Doch es gab weitere Dinge, die vorbereitet werden mussten,

und weil wir nur noch zwei Wochen Zeit hatten, befürchtete ich, das Wichtigste aus den Augen zu verlieren. Heute wollte ich das Versäumte nachholen.

Ich hatte die entsprechenden Stadtpläne im Kopf und fand mühelos die Adresse, die es im Internet nicht gab, die von J. Jenks. Danach würde ich Jason Jenks an der anderen Adresse aufsuchen, die Alice mir nicht gegeben hatte.

Dies keine schöne Gegend zu nennen, wäre stark untertrieben. Selbst das unauffälligste Auto aus der Garage der Cullens wäre auf dieser Straße unerhört. Hier hätte mein alter Chevy solide gewirkt. Wäre ich noch ein Mensch gewesen, hätte ich die Autotüren verriegelt und wäre so schnell wie möglich weitergefahren. Jetzt dagegen spürte ich eine leichte Faszination. Ich versuchte mir vorzustellen, was Alice in dieser Gegend gemacht haben könnte, aber es fiel mir nichts ein.

Die Häuser – alle zweistöckig, alle schmal, alle ein wenig schief, als würden sie sich unter dem trommelnden Regen neigen – waren größtenteils alt und in mehrere Wohnungen aufgeteilt. Die abblätternde Farbe war undefinierbar. Alles war zu einem Grauton verblichen. Einige Gebäude hatten Geschäfte im Erdgeschoss: eine schmuddelige Bar mit schwarz gestrichenen Fenstern, ein Esoterikladen mit blinkenden Neonhänden und Tarotkarten an der Tür, ein Tattoostudio und ein Kindergarten, dessen zerbrochene Fensterscheibe mit Isolierband zusammengehalten wurde. Nirgends in den Räumen brannte Licht, obwohl es draußen so düster war, dass die Menschen eigentlich Licht brauchen müssten. Ich hörte leises Gemurmel in der Ferne, wahrscheinlich ein Fernseher.

Es waren nur wenige Leute unterwegs, zwei schlurften in entgegengesetzte Richtungen durch den Regen, einer saß im niedrigen Eingang eines zugenagelten Billiganwalt-Büros, las eine nasse Zeitung und pfiff vor sich hin. Es klang viel zu fröhlich für die Umgebung.

Der unbekümmert pfeifende Mann irritierte mich, und ich merkte nicht gleich, dass er sich genau dort befand, wo ich hinwollte. Das baufällige Haus selbst hatte keine Hausnummer, ich erkannte es nur an der Nummer des Tattoostudios daneben.

Ich hielt am Straßenrand und ließ den Motor weiterlaufen. Irgendwie musste ich in diese Bruchbude gelangen, aber wie stellte ich das an, ohne dass der Typ mich bemerkte? Ich könnte in der nächsten Seitenstraße parken und von hinten reingehen ... Aber dort waren vielleicht noch mehr Leute. Oder über das Dach? War es dafür dunkel genug?

»Hey, Lady«, rief der Typ.

Ich ließ das Fenster herunter, als könnte ich ihn nicht hören.

Der Typ legte seine Zeitung beiseite, und jetzt, da ich ihn sehen konnte, überraschte mich seine Kleidung. Unter dem langen abgerissenen Mantel war er ein bisschen zu gut angezogen. Kein Wind wehte den Duft seiner Kleider herüber, doch der Glanz seines dunkelroten Hemdes ließ auf Seide schließen. Seine krausen schwarzen Haare waren zerzaust, aber seine dunkle Haut war glatt und ebenmäßig, die Zähne weiß und makellos. Ein Widerspruch.

»Es ist vielleicht besser, wenn Sie den Wagen nicht hier stehenlassen, junge Dame«, sagte er. »Sonst ist er möglicherweise nicht mehr da, wenn Sie wiederkommen.«

»Danke für die Warnung«, sagte ich.

Ich stellte den Motor ab und stieg aus. Vielleicht konnte ich die nötigen Informationen von meinem pfeifenden Freund schneller bekommen, als wenn ich in das Haus einbrach. Ich spannte meinen großen grauen Regenschirm auf – nicht dass es mich ernsthaft kümmerte, ob das lange Pulloverkleid aus Kaschmir, das ich trug, nass wurde. Aber so würde ein Mensch sich verhalten.

Der Mann blinzelte mich durch den Regen an, dann machte er große Augen. Er schluckte, und ich hörte sein Herz schneller schlagen, als ich auf ihn zuging.

»Ich suche jemanden«, begann ich.

»Ich bin jemand«, sagte er lächelnd. »Was kann ich für Sie tun, schöne Frau?«

»Sind Sie J. Jenks?«, fragte ich.

»Ach so«, sagte er. Sein erwartungsvoller Ausdruck schwand, er schien zu verstehen. Er stand auf und sah mich mit schmalen Augen an. »Was wollen Sie von J?«

»Das ist meine Angelegenheit.« Außerdem hatte ich keine Ahnung. »Sind Sie J?«

»Nein.«

Wir sahen uns lange an, er musterte mein perlgraues maßgeschneidertes Etuikleid von oben bis unten. Schließlich blieb sein Blick an meinem Gesicht hängen. »Sie sehen nicht aus wie die üblichen Klienten.«

»Wahrscheinlich gehöre ich auch nicht zu den üblichen Klienten«, gab ich zu. »Aber ich muss ihn so bald wie möglich sehen.«

»Ich weiß nicht, was ich jetzt machen soll«, gestand er.

»Warum verraten Sie mir nicht erst mal, wie Sie heißen?«

Er grinste. »Max.«

»Freut mich, Sie kennenzulernen, Max. Und warum verraten Sie mir jetzt nicht einfach, was Sie für die üblichen Klienten machen?«

Sein Grinsen verwandelte sich in ein Stirnrunzeln. »Na ja, Js übliche Klienten sehen überhaupt nicht so aus wie Sie.

Solche wie Sie kommen normalerweise nicht in den Laden hier. Die fahren direkt zu seiner schicken Kanzlei im Wolkenkratzer.«

Ich nannte die andere Adresse, die ich hatte, und ließ es wie eine Frage klingen.

»Ja, genau da«, sagte er, jetzt wieder argwöhnisch. »Wieso sind Sie nicht dahin gegangen?«

»Ich habe diese Adresse bekommen – aus sehr zuverlässiger Quelle.«

»Wenn Sie etwas Gutes im Schilde führen würden, wären Sie nicht hier.«

Ich schürzte die Lippen, ich konnte noch nie gut bluffen, aber Alice ließ mir keine große Wahl. »Vielleicht führe ich ja nichts Gutes im Schilde.«

Max' Gesicht nahm einen entschuldigenden Ausdruck an. »Hören Sie …«

»Bella.«

»Gut. Bella. Hören Sie, ich brauche diesen Job. J bezahlt mich ziemlich anständig dafür, dass ich die meiste Zeit hier nur rumhänge. Ich würde Ihnen ja gern helfen, wirklich, aber – und das ist jetzt natürlich rein theoretisch, okay? Jedenfalls nicht offiziell, ganz wie Sie wollen – aber wenn ich jemanden reinlasse, der ihn in Schwierigkeiten bringen könnte, bin ich meinen Job los. Verstehen Sie, wo das Problem liegt?«

Ich überlegte kurz und nagte an der Unterlippe. »Haben Sie noch nie so jemanden wie mich hier gesehen? Na ja, zumindest entfernt ähnlich. Meine Schwester ist ein ganzes Stück kleiner als ich und hat schwarze, stachelige Haare.«

»J kennt Ihre Schwester?«

»Ich glaub schon.«

Darüber dachte Max eine Weile nach. Ich lächelte ihn an und

sein Atem geriet ins Stocken. »Ich hab's. Ich ruf J an und beschreib Sie ihm. Dann soll er selbst entscheiden.«

Was wusste J. Jenks? Würde die Beschreibung meines Aussehens ihm irgendetwas sagen? Das war ein beunruhigender Gedanke.

»Ich heiße Cullen mit Nachnamen«, sagte ich und fragte mich, ob ich damit zu viel verriet. Allmählich wurde ich wütend auf Alice. Musste sie mich derart im Ungewissen lassen? Sie hätte mir nicht ein oder zwei zusätzliche Hinweise geben können ...?

»Cullen, alles klar.«

Ich sah zu, wie er wählte, und merkte mir die Nummer. Wenn ich hier nicht ans Ziel kam, konnte ich J. Jenks immer noch selbst anrufen.

»Hi, J, hier ist Max. Ich weiß, dass ich dich nur im Notfall unter dieser Nummer anrufen soll ...«

Gibt es einen Notfall?, hörte ich undeutlich am anderen Ende.

»Na ja, nicht direkt. Hier ist so ein Mädchen, das unbedingt zu dir will ...«

Ich seh nicht so recht, was daran ein Notfall sein soll. Warum hältst du dich nicht an den normalen Ablauf?

»Ich halte mich nicht an den normalen Ablauf, weil sie nicht so aussieht wie eine normale ...«

Ist sie ein Bulle?

»Nein ...«

Man kann nie wissen. Sieht sie aus wie eine von Kubarews ...?

»Nein. Jetzt lass mich mal ausreden, ja? Sie sagt, du kennst ihre Schwester oder so.«

Unwahrscheinlich. Wie sieht sie aus?

»Sie sieht aus wie ...« Er ließ den Blick genüsslich von meinem Gesicht bis zu meinen Schuhen wandern. »Tja, sie sieht aus wie ein verdammtes Topmodel, so sieht sie aus.« Ich lächelte und er blinzelte mir zu, dann fuhr er fort: »Wahnsinnskörper, bleich wie ein Laken, dunkelbraune Haare fast bis zur Taille, könnte mal ein bisschen Schlaf gebrauchen – kommt dir das irgendwie bekannt vor?«

Nein. Und es gefällt mir gar nicht, dass du dich durch deine Schwäche für schöne Frauen ablenken ...

»Ja, ich steh eben auf schöne Frauen, ist das so schlimm? Tut mir leid, dass ich dich gestört hab. Vergiss es einfach.«

»Den Namen«, flüsterte ich.

»Ach ja. Warte mal«, sagte Max. »Sie sagt, sie heißt Bella Cullen. Sagt dir das was?«

Einen Augenblick blieb es totenstill, dann brüllte die Stimme am anderen Ende plötzlich los, schrie einen Schwall von Worten, wie man sie außerhalb einer Fernfahrerraststätte nur selten zu hören bekommt. Von einem Moment auf den anderen sah Max völlig anders aus, mit der Flachserei war Schluss, seine Lippen wurden blass.

»Weil du nicht gefragt hast«, schrie Max zurück, es klang panisch.

Wieder blieb es still, während J sich fasste.

Schön und bleich?, fragte er, jetzt ein kleines bisschen ruhiger.

»Hab ich doch gesagt, oder?«

Schön und bleich? Was wusste dieser Mann über Vampire? War er selbst einer von uns? Auf eine solche Begegnung war ich nicht vorbereitet. Ich knirschte mit den Zähnen. Wo hatte Alice mich da reingeritten?

Max wartete eine weitere Flut von Beleidigungen und Anweisungen ab, dann sah er mich beinahe ängstlich an. »Aber die Klienten von hier triffst du doch immer nur donnerstags – okay, okay! Wird gemacht.« Er beendete das Gespräch.

»Er will mich sehen?«, fragte ich strahlend.

Max sah mich finster an. »Sie hätten mir ruhig sagen können, dass Sie eine Top-Klientin sind.«

»Das wusste ich nicht.«

»Ich dachte, Sie wären vielleicht ein Bulle«, gab er zu. »Ich meine, nicht dass Sie so aussähen. Aber Sie benehmen sich irgendwie merkwürdig, schöne Frau.«

Ich zuckte die Achseln.

»Drogenkartell?«, riet er.

»Wer, ich?«, fragte ich.

»Ja. Oder Ihr Freund oder so.«

»Nee, damit kann ich nicht dienen. Ich halte nichts von Drogen und mein Mann auch nicht. *Keine Macht den Drogen* und so.«

Max fluchte leise. »Verheiratet. Keine Chance.«

Ich lächelte.

»Mafia?«

»Nein.«

»Diamantenschmuggel?«

»Bitte! Sind das die Leute, mit denen Sie normalerweise zu tun haben, Max? Vielleicht sollten Sie sich einen neuen Job suchen.«

Ich musste zugeben, dass ich meinen Spaß an der Sache hatte. Abgesehen von Charlie und Sue hatte ich noch nicht viel mit Menschen zu tun gehabt. Es war lustig zu sehen, wie er sich abstrampelte. Außerdem freute ich mich darüber, dass es mir gar nicht schwerfiel, ihn nicht umzubringen.

»Sie haben sicher irgendein großes Ding laufen. Groß *und* übel«, sagte er nachdenklich.

»Nein, überhaupt nicht.«

»Das sagen sie alle. Aber wer braucht sonst schon neue Papiere? Oder kann Js Preise bezahlen, sollte ich besser sagen. Na ja, geht mich ja auch nichts an«, sagte er, dann murmelte er wieder *verheiratet* vor sich hin.

Er gab mir eine völlig andere Adresse zusammen mit einer groben Wegbeschreibung, dann sah er mir ebenso argwöhnisch wie bedauernd nach, als ich davonfuhr.

Inzwischen war ich auf fast alles gefasst. Irgendeine James-Bond-Schurken-mäßige Hightech-Behausung hätte gut gepasst. Deshalb dachte ich, Max hätte mir eine falsche Adresse gegeben, um mich auf die Probe zu stellen. Oder vielleicht lag die Behausung unter der Erde, unter dieser öden Einkaufsmeile, die sich in dem netten Familienviertel an einen bewaldeten Hügel schmiegte.

Ich fuhr auf einen freien Parkplatz und blickte auf ein geschmackvolles, dezentes Schild mit der Aufschrift JASON SCOTT, RECHTSANWALT.

Innen war die Kanzlei beige mit selleriegrünen Akzenten, harmlos und unauffällig. Nirgends roch es nach Vampir, und meine Nervosität legte sich ein wenig. Ein Aquarium war in die Wand eingelassen und am Empfangsschalter saß ein hübsches Blondchen.

»Guten Tag«, sagte die Frau. »Was kann ich für Sie tun?«

»Ich möchte zu Mr Scott.«

»Haben Sie einen Termin?«

»Nicht direkt.«

Sie lächelte leicht überheblich. »Dann kann es eine Weile dauern. Nehmen Sie doch noch eine Weile Platz, während ich ...«

April!, krächzte die herrische Stimme eines Mannes aus dem Telefon auf ihrem Tisch. *Ich erwarte Mrs Cullen sofort.*

Ich lächelte und zeigte auf mich.

Schick Sie sofort rein. Verstanden? Es ist mir egal, ob es gerade passt.

In seiner Stimme lag noch etwas anderes als Ungeduld. Stress. Furcht.

»Sie ist gerade gekommen«, sagte April, sobald sie etwas sagen konnte.

Was? Dann schick sie rein! Worauf wartest du?

»Sofort, Mr Scott!« Schnell stand sie auf und wedelte mit den Händen, als sie mich durch einen kleinen Flur führte; sie fragte mich, ob ich Kaffee oder Tee oder etwas anderes wollte.

»Bitte sehr«, sagte sie, als sie mich durch die Tür in ein hypermodernes Büro führte, mit Schreibtisch aus massivem Holz, Waschtisch und allem Drum und Dran.

»Mach die Tür hinter dir zu«, befahl eine kratzige Tenorstimme.

Während April sich schnell zurückzog, betrachtete ich den Mann hinter dem Schreibtisch. Er war klein, hatte eine Glatze und einen Bauch, ich schätzte ihn auf Mitte fünfzig. Er trug einen roten Seidenschal zu einem blauweiß gestreiften Hemd, sein marineblaues Jackett hing über der Stuhllehne. Er zitterte, sein Gesicht hatte eine ungesunde breiige Farbe, und Schweißperlen standen ihm auf der Stirn; ich stellte mir vor, wie sich unter dem Rettungsring ein Magengeschwür versteckte.

J riss sich zusammen und erhob sich schwankend von seinem Stuhl. Er streckte mir über den Schreibtisch hinweg die Hand hin.

»Mrs Cullen. Was für eine Freude, Sie zu sehen.«

Ich ging auf ihn zu und schüttelte ihm einmal schnell die Hand. Er zuckte kurz vor der Kälte zurück, wirkte aber nicht sonderlich überrascht.

»Mr Jenks. Oder soll ich lieber Scott sagen?«

Er zuckte wieder zusammen. »Ganz wie Sie möchten.«

»Wie wär's, wenn Sie mich Bella nennen und ich sage J?«

»Wie alte Freunde«, stimmte er zu und tupfte sich mit einem Seidentaschentuch über die Stirn. Er bot mir einen Stuhl an, dann setzte er sich. »Darf ich fragen, ob ich heute endlich Mr Jaspers reizende Frau kennenlerne?«

Ich überlegte einen Moment. Der Mann kannte also Jasper, nicht Alice. Kannte ihn und hatte offenbar Angst vor ihm. »Seine Schwägerin.«

Er schob die Lippen vor, als versuchte er genauso verzweifelt die Situation zu verstehen wie ich.

»Ich hoffe, Mr Jasper geht es gut?«, fragte er vorsichtig.

»Bestimmt geht es ihm ausgezeichnet. Augenblicklich befindet er sich auf einer längeren Urlaubsreise.«

Das schien für J einiges zu erklären. Er nickte und legte die Finger aneinander. »Ah ja. Sie hätten gleich in meine Hauptkanzlei kommen sollen. Meine Mitarbeiter dort hätten Sie direkt zu mir gelassen – das wäre gastfreundlicher gewesen.«

Ich nickte nur. Ich verstand immer noch nicht, weshalb Alice mir die Adresse in dem miesen Viertel gegeben hatte.

»Nun ja, jetzt sind Sie ja hier. Was kann ich für Sie tun?«

»Papiere«, sagte ich und versuchte es so klingen zu lassen, als wüsste ich, wovon ich sprach.

»Selbstverständlich«, sagte J sofort. »Sprechen wir von Geburtsurkunden, Sterbeurkunden, Führerscheinen, Pässen, Sozialversicherungskarten …?«

Ich holte einmal tief Luft und lächelte. Ich verdankte Max eine ganze Menge.

Und dann schwand mein Lächeln. Alice hatte mich aus einem bestimmten Grund hierhergeschickt, und ich war mir sicher, dass es darum ging, Renesmee zu beschützen. Alice' letztes Geschenk für mich. Das Einzige, was ich wirklich brauchte.

Einen Fälscher brauchte Renesmee nur, wenn sie auf der Flucht war. Und auf der Flucht war sie nur, wenn wir verloren. Würden Edward und ich mit ihr zusammen fliehen, brauchte sie die Dokumente nicht schon jetzt. Ich war mir sicher, dass Edward Möglichkeiten hatte, einen Pass zu beschaffen oder selbst zu machen, und bestimmt wusste er auch, wie man ohne Pass fliehen konnte. Wir könnten Tausende von Kilometern mit ihr rennen. Wir könnten mit ihr über den Ozean schwimmen. Wenn wir da wären, um sie zu retten.

Und dann die ganze Geheimniskrämerei, um es von Edward fernzuhalten. Weil alles, was Edward wusste, mit großer Wahrscheinlichkeit auch Aro erfahren würde. Wenn wir verloren, dann würde sich Aro, bevor er Edward vernichtete, ganz sicher die Informationen besorgen, die er unbedingt haben wollte.

Es war so, wie ich befürchtet hatte. Wir konnten nicht gewinnen. Aber offenbar hatten wir gute Chancen, zuvor Demetri zu töten, so dass Renesmee weglaufen konnte.

Mein regloses Herz fühlte sich in meiner Brust an wie ein Felsbrocken – ein erdrückendes Gewicht. All meine Hoffnungen schwanden wie Nebel in der Sonne. In meinen Augen stach es.

Wem sollte ich das aufbürden? Charlie? Aber er war nur ein wehrloser Mensch. Und wie sollte ich Renesmee zu ihm bringen? Er würde bei dem Kampf nicht in der Nähe sein. Blieb also nur einer. Es hatte eigentlich nie einen anderen gegeben.

Das alles überlegte ich so schnell, dass J mein Zögern nicht bemerkte.

»Zwei Geburtsurkunden, zwei Pässe, ein Führerschein«, sagte ich leise, angespannt.

Falls er eine Veränderung an mir bemerkte, so ließ er es nicht anmerken.

»Die Namen?«

»Jacob … Wolfe. Und … Vanessa Wolfe.« Nessie war ein glaubhafter Spitzname für Vanessa. Vom Nachnamen würde Jacob begeistert sein.

Schnell kratzte Js Stift über einen Notizblock. »Zweite Vornamen?«

»Suchen Sie sich was aus.«

»Wie Sie wünschen. Alter?«

»Der Mann siebenundzwanzig, das Mädchen fünf.« Jacob kriegte das schon hin. Er war so ein Riesenkerl. Und so, wie Renesmee wuchs, gab ich lieber ein höheres Alter an. Er könnte ihr Stiefvater sein …

»Wenn Sie fertige Dokumente möchten, brauche ich Fotos«, sagte J in meine Gedanken hinein. »Mr Jasper stellt sie immer lieber selbst fertig.«

Das erklärte auch, weshalb J nicht wusste, wie Alice aussah.

»Warten Sie«, sagte ich.

So ein Glück. Ich hatte mehrere Familienfotos in der Brieftasche; eines davon war optimal: Jacob mit Renesmee auf dem Arm auf der Verandatreppe, erst vor einem Monat aufgenommen. Alice hatte es mir gegeben, wenige Tage bevor … Ach so. Dann war das vielleicht gar kein Glück. Alice wusste, dass ich dieses Foto hatte. Vielleicht hatte sie sogar schon, bevor sie es mir gab, eine dunkle Ahnung gehabt, dass ich es brauchen könnte.

»Bitte sehr.«

J betrachtete das Foto einen Augenblick. »Ihre Tochter sieht Ihnen sehr ähnlich.«

Ich erstarrte. »Ihrem Vater sieht sie ähnlicher.«

»Der nicht dieser Mann ist.« Er berührte Jacobs Gesicht.

Ich machte die Augen schmal, und wieder perlte der Schweiß auf Js glänzendem Kopf.

»Nein. Er ist ein enger Freund der Familie.«

»Verzeihen Sie«, murmelte er, dann kratzte der Stift erneut über das Blatt. »Wie bald benötigen Sie die Dokumente?«

»Kann ich sie in einer Woche haben?«

»Das ist ein Eilauftrag. Das kostet das Doppelte – doch verzeihen Sie. Ich vergaß, mit wem ich rede.«

Keine Frage, er kannte Jasper.

»Nennen Sie einfach irgendeine Summe.«

Er schien es nicht aussprechen zu wollen, obwohl er, nachdem er mit Jasper zu tun gehabt hatte, bestimmt wusste, dass Geld keine Rolle spielte. Abgesehen von den dicken Konten, die es überall auf der Welt unter den verschiedenen Namen der Cullens gab, war auch im Haus selbst genügend Bargeld verteilt, mit dem man zweifellos einen Kleinstaat zehn Jahre lang finanzieren könnte; so ähnlich wie man bei Charlie ganz hinten in jeder Schublade Hunderte von Angelhaken finden konnte. Den kleinen Stapel, den ich mir zur Vorbereitung auf den heutigen Tag genommen hatte, würde wahrscheinlich niemand vermissen.

J schrieb die Summe unten auf den Block.

Ich nickte ruhig. Ich hatte mehr als das dabei. Wieder öffnete ich meine Handtasche und zählte den Betrag ab – ich hatte alles mit Büroklammern zu 5000-Dollar-Päckchen zusammengeheftet, es ging also ganz schnell.

»Bitte sehr.«

»Ach, Bella, Sie brauchen mir wirklich nicht jetzt schon die gesamte Summe zu geben. Es ist üblich, dass Sie die Hälfte erst bei Lieferung zahlen.«

Ich lächelte den nervösen Mann an. »Aber ich vertraue Ihnen, J. Und außerdem gebe ich Ihnen eine Prämie – das Gleiche noch mal, wenn ich die Dokumente bekomme.«

»Das ist wirklich nicht nötig.«

»Machen Sie sich darüber keine Sorgen.« Ich konnte es ja sowieso nicht mitnehmen. »Also nächste Woche, selbe Zeit, selber Ort?«

Er sah mich gequält an. »Offen gesagt, mache ich solche Transaktionen lieber an Orten, die nichts mit meinen anderen Geschäften zu tun haben.«

»Natürlich. Bestimmt mache ich das nicht so, wie Sie es erwarten.«

»Ich habe es mir abgewöhnt, bei der Familie Cullen Erwartungen zu haben.« Er verzog das Gesicht, hatte sich aber schnell wieder im Griff. »Sollen wir uns heute in einer Woche um acht im Pacifico treffen? Das ist in der Union Lake Street, das Essen ist erstklassig.«

»Ausgezeichnet.« Nicht, dass ich mit ihm zusammen zu Abend essen würde. Das würde ihm auch bestimmt nicht gefallen.

Ich stand auf und schüttelte ihm die Hand. Diesmal zuckte er nicht zusammen. Aber er schien sich schon wieder Sorgen zu machen. Sein Mund war verkniffen, sein Rücken angespannt.

»Ist die Zeit für Sie zu knapp?«, fragte ich.

»Bitte?« Er hob den Blick, auf diese Frage war er nicht gefasst gewesen. »Zu knapp? O nein. Keine Sorge. Ich werde Ihre Dokumente ganz sicher rechtzeitig fertig haben.«

Schade, dass Edward jetzt nicht hier war, dann hätte ich gewusst, worüber J sich Sorgen machte. Ich seufzte. Vor Edward Geheimnisse zu haben, war schon schlimm genug; von ihm getrennt zu sein, war kaum auszuhalten.

»Dann bis nächste Woche.«

ERKLÄRUNGEN

Noch ehe ich aus dem Auto gestiegen war, hörte ich die Musik. Seit der Nacht, in der Alice verschwunden war, hatte Edward sein Klavier nicht angerührt. Jetzt, als ich die Tür zuschlug, hörte ich, wie das Lied in mein Wiegenlied überging. Edwards Willkommensgruß.

Vorsichtig hob ich Renesmee aus dem Auto, sie schlief tief und fest, schließlich waren wir den ganzen Tag unterwegs gewesen. Jacob hatten wir bei Charlie gelassen; er hatte gesagt, er wolle mit Sue zurückfahren. Ich fragte mich, ob er versuchte, seinen Kopf mit so vielen Belanglosigkeiten zu füllen, dass er das Bild verdrängte, wie ich ausgesehen hatte, als ich bei Charlie zur Tür hinausgegangen war.

Während ich jetzt langsam zum Haus der Cullens ging, fiel mir auf, dass die hoffnungsfrohe Stimmung, die das Haus beinahe wie eine sichtbare Aura umgab, heute Morgen auch meine gewesen war. Jetzt kam sie mir fremd vor. Als ich hörte, wie Edward für mich spielte, hätte ich am liebsten wieder geweint. Aber ich riss mich zusammen. Ich wollte nicht, dass er Verdacht schöpfte. Wenn ich es irgend verhindern konnte, wollte ich in seinen Gedanken keine Anhaltspunkte für Aro hinterlassen.

Edward wandte den Kopf und lächelte, als ich hereinkam, ohne sein Spiel zu unterbrechen.

»Willkommen zu Hause«, sagte er, als wäre es ein ganz gewöhnlicher Tag. Als wären nicht zwölf weitere Vampire im Raum, die mit verschiedenen Dingen beschäftigt waren, und weitere zwölf, die irgendwo verstreut waren. »Hattest du einen schönen Tag bei Charlie?«

»Ja. Tut mir leid, dass ich so lange weg war. Ich bin losgegangen und hab etwas für Renesmee zu Weihnachten gekauft. Ich weiß, dass es kein großes Fest wird, aber ...« Ich zuckte die Schultern.

Seine Mundwinkel verzogen sich nach unten. Er hörte auf zu spielen und drehte sich auf der Bank so herum, dass er mir ganz zugewandt war. Er legte mir eine Hand an die Taille und zog mich näher heran. »Ich habe noch nicht viel darüber nachgedacht. Wenn du ein großes Fest daraus machen möchtest ...«

»Nein«, unterbrach ich ihn. Es graute mir bei der Vorstellung, mehr Frohsinn als absolut nötig heucheln zu müssen. »Ich möchte es nur nicht verstreichen lassen, ohne ihr etwas zu schenken.«

»Darf ich es sehen?«

»Wenn du möchtest. Es ist nur eine Kleinigkeit.«

Renesmee schlief weiter tief und fest, sie schnarchte leise an meinem Hals. Ich beneidete sie. Zu gern wäre ich der Wirklichkeit entflohen, wenn auch nur für einige Stunden.

Vorsichtig nahm ich das kleine samtene Schmucksäckchen aus meiner Handtasche und achtete darauf, sie nur einen kleinen Spalt zu öffnen, damit Edward das restliche Bargeld darin nicht sah.

»Das stach mir im Schaufenster eines Antiquitätenladens ins Auge, an dem ich vorbeikam.«

Ich schüttete ihm das kleine goldene Medaillon in die Hand. Es war rund, und am Rand waren ringsherum zarte Ranken eingraviert. Edward öffnete den winzigen Verschluss und schaute hinein. Man konnte ein kleines Bild hineintun und auf der gegenüberliegenden Seite war etwas auf Französisch eingraviert.

»Weißt du, was das heißt?«, sagte er in verändertem Ton, gedämpfter als zuvor.

»Der Mann in dem Laden hat mir gesagt, es heißt so was wie *Mehr als mein Leben*. Stimmt das?«

»Ja, da hat er Recht.«

Er schaute mich an, der Blick seiner Topasaugen war prüfend. Ich erwiderte seinen Blick ganz kurz, dann tat ich so, als sei ich vom Fernsehen abgelenkt.

»Hoffentlich gefällt es ihr«, murmelte ich.

»Gewiss gefällt es ihr«, sagte er leichthin, lässig, und in diesem Moment war ich mir sicher, dass er wusste, dass ich etwas vor ihm verbarg. Ich war mir aber auch sicher, dass er nichts Genaues wusste.

»Komm, wir bringen sie nach Hause«, schlug er vor, stand auf und legte mir einen Arm um die Schultern.

Ich zögerte.

»Was ist?«, fragte er.

»Ich möchte noch ein bisschen mit Emmett üben ...« Dieser wichtige Auftrag hatte mich einen ganzen Tag gekostet, ich hatte das Gefühl hinterherzuhinken.

Emmett, der mit Rose auf dem Sofa saß, natürlich mit der Fernbedienung in der Hand, schaute auf und grinste erfreut. »Ausgezeichnet. Der Wald muss mal wieder durchforstet werden.«

Edward sah erst Emmett, dann mich finster an.

»Dafür ist morgen noch genügend Zeit«, sagte er.

»Sei nicht albern«, widersprach ich. »So was wie ›genügend Zeit‹ gibt es nicht mehr. Damit ist Schluss. Ich muss noch so viel lernen, und ...«

Er schnitt mir das Wort ab. »Morgen.«

Und so, wie er dabei guckte, wagten weder Emmett noch ich zu widersprechen.

Es überraschte mich, wie schwer es mir fiel, mich wieder auf die tägliche Routine einzulassen, die doch schließlich noch ganz neu für mich war. Aber dadurch, dass mir das kleine bisschen Hoffnung geraubt worden war, das ich gehabt hatte, erschien mir jetzt fast alles unmöglich.

Ich versuchte mich auf das Positive zu konzentrieren. Meine Tochter hatte gute Chancen, das, was auf uns zukam, zu überleben, und Jacob ebenfalls. Wenn es für die beiden eine Zukunft gab, war das doch schon so etwas wie ein Sieg, oder? Offenbar würde unsere kleine Truppe sich ganz wacker schlagen, wenn Jacob und Renesmee überhaupt die Gelegenheit zur Flucht bekamen. Ja, Alice' Strategie war nur dann logisch, wenn wir einen richtig guten Kampf lieferten. Und das war auch eine Art Sieg, wenn man bedachte, dass die Volturi in Jahrtausenden noch nie einen ernsthaften Gegner gehabt hatten.

Es bedeutete nicht das Ende der Welt. Nur das Ende der Cullens. Das Ende von Edward, mein Ende.

Mir war es lieber so – jedenfalls was das Letzte betraf. Ich wollte nicht noch einmal ohne Edward leben; wenn er von dieser Welt ging, würde ich ihm nachfolgen.

Hin und wieder fragte ich mich müßig, ob uns auf der anderen Seite irgendetwas erwartete. Ich wusste, dass Edward nicht recht daran glaubte, Carlisle aber wohl. Ich selbst konnte es mir nicht vorstellen. Andererseits konnte ich mir nicht vorstellen, dass es Edward nicht irgendwie, irgendwo noch geben würde. Wenn wir an irgendeinem Ort zusammen sein könnten, wäre das ein glückliches Ende.

Und so verliefen meine Tage nach demselben Muster wie vorher, nur dass es jetzt sehr viel härter für mich war.

Am ersten Weihnachtstag fuhren wir alle zu Charlie: Edward, Renesmee, Jacob und ich. Jacobs Rudel war auch da, außerdem Sam, Emily und Sue. Es tat so gut, dass die riesigen, warmen Wolfsmenschen dabei waren und sich in die Ecken von Charlies kleinen Zimmern zwängten, um den spärlich geschmückten Baum herum – man konnte genau sehen, wo ihm die Lust vergangen war und er aufgehört hatte – und seine Möbel in Beschlag nahmen. Die Werwölfe waren immer euphorisch, wenn ein Kampf bevorstand, wie selbstmörderisch er auch sein mochte. Sie waren wie elektrisiert und sorgten damit für eine angenehme Stimmung, hinter der ich meine Mutlosigkeit verbergen konnte. Edward war, wie immer, ein besserer Schauspieler als ich.

Renesmee trug das Medaillon, das ich ihr am Morgen geschenkt hatte, und in der Jackentasche hatte sie den MP3-Player von Edward – ein winziges Gerät, auf das fünftausend Songs passten, Edwards Lieblingsstücke waren schon drauf. Um das Handgelenk trug sie ein kompliziert geflochtenes Freundschaftsband der Quileute. Edward hatte mit den Zähnen geknirscht, als er es gesehen hatte, aber mich störte es nicht.

Bald, so bald würde ich sie Jacob übergeben, damit er sie in Sicherheit brachte. Wie konnte ich mich an einem Symbol der Verbundenheit stören, auf die ich so zählte?

Edward hatte den Tag gerettet, indem er auch für Charlie ein Geschenk bestellt hatte. Gestern war es angekommen – per Nachtexpress – und Charlie wälzte den ganzen Vormittag das dicke Handbuch zu seinem neuen Fischortungsgerät.

So, wie die Werwölfe reinhauten, musste Sues Festessen gelungen sein. Ich fragte mich, wie das Treffen wohl auf einen Außenstehenden wirken würde. Spielten wir unsere Rollen überzeugend genug? Hätte ein Fremder uns für eine fröhliche Runde gehalten, Freunde, die entspannt den Festtag genossen?

Ich glaube, Edward und Jacob waren beide genauso erleichtert wie ich, als es Zeit zum Aufbruch war. Es war merkwürdig, solch eine Energie auf das Menschentheater zu verwenden, wenn es so viel Wichtigeres zu tun gab. Ich konnte mich kaum konzentrieren. Aber möglicherweise sah ich Charlie heute zum letzten Mal. Vielleicht war es gut, dass ich zu betäubt war, um das richtig zu begreifen.

Meine Mutter hatte ich seit der Hochzeit nicht gesehen, aber ich musste eigentlich nur froh darüber sein, dass wir uns seit zwei Jahren allmählich voneinander entfernt hatten. Sie war zu zerbrechlich für meine Welt. Ich wollte nicht, dass sie eine Rolle darin spielte. Charlie war stärker.

Vielleicht war er sogar stark genug, um jetzt Abschied zu nehmen, aber ich war es nicht.

Es war sehr still im Auto; der Regen draußen war nur ein Dunst, an der Grenze zwischen Wasser und Eis. Renesmee saß auf meinem Schoß und spielte mit ihrem Medaillon, sie klappte es immer wieder auf und zu. Ich schaute sie an und stellte mir vor, was ich zu Jacob sagen würde, wenn ich meine Worte nicht aus Edwards Kopf heraushalten müsste.

Wenn die Gefahr je vorüber sein sollte, bring sie zu Charlie. Eines Tages musst du ihm die ganze Geschichte erzählen. Sag ihm, wie lieb ich ihn hatte, dass ich es nicht ertragen konnte, ihn zu verlassen, selbst als mein menschliches Leben vorbei war. Sag ihm, dass er der allerbeste Vater war. Sag ihm, er soll Renée all meine Liebe übermitteln, all meine Hoffnungen, dass sie ein glückliches Leben hat …

Ich musste Jacob die Dokumente geben, bevor es zu spät war.

Dann würde ich ihm auch einen Brief an Charlie geben. Und einen für Renesmee. Etwas, das sie lesen konnte, wenn ich ihr nicht mehr selbst sagen konnte, dass ich sie lieb hatte.

Von außen sah das Haus der Cullens aus wie immer, als wir auf die Wiese fuhren, aber von drinnen hörte ich eine leise Unruhe. Viele Stimmen, die leise murmelten und knurrten. Es hörte sich heftig an, und es klang nach einer Auseinandersetzung. Die Stimmen von Carlisle und Amun hörte ich häufiger heraus als die der anderen.

Edward parkte vor dem Haus, anstatt in die Garage zu fahren. Bevor wir ausstiegen, tauschten wir einen unsicheren Blick.

Jacobs Haltung veränderte sich; seine Miene wurde ernst und vorsichtig. Ich vermutete, dass er sich jetzt auf seine Rolle als Leitwolf besann. Offenbar war etwas passiert, und er wartete nur auf die Informationen, die Sam und er brauchten.

»Alistair ist fort«, murmelte Edward, als wir die Verandatreppe hochrannten.

Im Wohnzimmer war der Konflikt sofort offensichtlich. An den Wänden stand ein Kreis von Zuschauern, alle Vampire, die sich uns angeschlossen hatten, bis auf Alistair und die drei, die miteinander stritten. Esme, Kebi und Tia waren den drei Vampiren in der Mitte des Raumes am nächsten; mitten im Zimmer stand Amun und zischte Carlisle und Benjamin an.

Edwards Kinn wurde hart, schnell ging er zu Esme und zog mich an der Hand mit. Ich drückte Renesmee fest an die Brust.

»Amun, wenn du gehen willst, wird dich niemand zum Bleiben zwingen«, sagte Carlisle ruhig.

»Du stiehlst mir meinen halben Zirkel, Carlisle!«, schrie Amun und zeigte mit dem Finger auf Benjamin. »Hast du mich deshalb hierherbestellt? Um mich zu *bestehlen*?«

Carlisle seufzte und Benjamin verdrehte die Augen.

»Ja, Carlisle hat einen Streit mit den Volturi provoziert und seine ganze Familie in Gefahr gebracht, nur um mich hier in den Tod zu locken«, sagte Benjamin sarkastisch. »Sei vernünftig, Amun. Ich bin hier, weil ich das Richtige tun will – ich trete keinem anderen Zirkel bei. Du kannst natürlich tun, was du willst, wie Carlisle bereits sagte.«

»Das nimmt kein gutes Ende«, brummte Amun. »Alistair war der einzig Vernünftige hier. Wir sollten alle die Beine in die Hand nehmen.«

»Überleg mal, wen du vernünftig nennst«, murmelte Tia leise.

»Wir werden alle abgeschlachtet!«

»Es wird nicht zu einem Kampf kommen«, sagte Carlisle mit fester Stimme.

»Sagst du!«

»Wenn doch, kannst du immer noch die Seite wechseln, Amun. Die Volturi wüssten deine Hilfe gewiss zu schätzen.«

Amun grinste höhnisch. »Vielleicht ist das ja die Lösung.«

Carlisles Antwort war sanft und ernsthaft. »Ich würde es dir nicht zum Vorwurf machen, Amun. Wir sind schon lange Freunde, doch ich würde dich nie bitten, für mich in den Tod zu gehen.«

Jetzt sprach Amun beherrschter. »Aber du ziehst meinen Benjamin mit ins Verderben.«

Carlisle legte Amun eine Hand auf die Schulter, Amun schüttelte sie ab.

»Ich bleibe, Carlisle, aber es könnte zu deinem Schaden sein. Wenn es der einzige Weg ist zu überleben, werde ich mich ihnen anschließen. Ihr seid Narren, wenn ihr glaubt, ihr könntet den Volturi trotzen.« Er schaute unwillig, dann seufzte er, blickte schnell zu Renesmee und mir und fügte verzweifelt hinzu: »Ich werde bezeugen, dass das Kind gewachsen ist. Das ist nichts als die Wahrheit. Jeder kann das sehen.«

»Mehr verlangen wir nicht.«

Amun verzog das Gesicht. »Aber es sieht so aus, als würdet ihr mehr bekommen.« Er wandte sich zu Benjamin. »Ich gab dir das Leben. Du wirfst es weg.«

Ich hatte Benjamins Gesicht noch nie so kalt gesehen; ein eigenartiger Kontrast zu seinen jungenhaften Zügen. »Schade nur, dass du dabei nicht meinen Willen gegen deinen eigenen austauschen konntest, vielleicht wärest du dann mit mir zufrieden.«

Amuns Augen wurden schmal. Er machte eine abrupte Handbewegung zu Kebi, und sie marschierten an uns vorbei aus dem Zimmer.

»Er wird nicht fortgehen«, sagte Edward leise zu mir. »Doch er wird jetzt noch mehr Abstand halten als zuvor. Er hat nicht geblufft, als er davon sprach, sich den Volturi anzuschließen.«

»Warum ist Alistair gegangen?«, flüsterte ich.

»Niemand kann es mit Gewissheit sagen, er hat keine Nachricht hinterlassen. Aus seinem Gemurmel wurde deutlich, dass er einen Kampf für unvermeidlich hält. Trotz seines Gebarens hat er Carlisle zu gern, um zu den Volturi zu halten. Ich nehme an, er hielt die Gefahr einfach für zu groß.« Edward zuckte die Schultern.

Obwohl es ein Gespräch zwischen Edward und mir war, hatten es natürlich alle mit angehört. Eleazar antwortete auf Edwards Bemerkung, als wäre sie für alle bestimmt gewesen.

»So, wie sein Gemurmel sich anhörte, war es ein wenig mehr als das. Wir sprachen nicht viel über die Sache mit den Volturi, doch Alistair hatte Sorge, dass die Volturi uns nicht zuhören würden, ganz gleich, wie deutlich wir eure Unschuld beweisen können. Er glaubt, sie würden sicher irgendeinen Vorwand finden, um ihre Ziele hier zu erreichen.«

Die Vampire schauten einander voller Unbehagen an. Die Vorstellung, dass die Volturi ihr eigenes unantastbares Gesetz eigennützig manipulieren könnten, gefiel ihnen nicht besonders. Nur die Rumänen blieben entspannt, sie lächelten ironisch. Es schien sie zu amüsieren, dass die anderen von ihren Erzfeinden eine gute Meinung haben wollten.

Jetzt brachen viele leise Diskussionen gleichzeitig los, aber ich hörte den Rumänen zu. Vielleicht weil der blonde Wladimir immer wieder zu mir herüberschaute.

»Ich hoffe inständig, dass Alistair Recht hat«, sagte Stefan leise zu Wladimir. »Ganz gleich, wie es ausgeht, die Angelegenheit wird sich herumsprechen. Es wird Zeit, dass die Welt die Volturi endlich so sieht, wie sie sind. Wenn alle diesen Unsinn glauben, dass sie allein unsere Lebensweise beschützen, wird man sie niemals stürzen.«

»Als wir an der Macht waren, haben wir wenigstens keinen Hehl daraus gemacht, was wir waren«, sagte Wladimir.

Stefan nickte. »Wir spielten nie die Retter oder nannten uns Heilige.«

»Ich finde, die Zeit ist reif für einen Kampf«, sagte Wladimir. »Wie kannst du glauben, es könnte jemals eine bessere Streitmacht geben, der wir uns anschließen können? Noch eine so gute Gelegenheit?«

»Nichts ist unmöglich. Vielleicht wird eines Tages ...«

»Wir haben *fünfzehnhundert* Jahre lang gewartet, Stefan. Und sie sind mit den Jahren nur noch stärker geworden.« Wladimir hielt inne und schaute wieder zu mir. Es schien ihn nicht zu überraschen, dass ich ihn auch anschaute. »Wenn die Volturi diese Auseinandersetzung gewinnen, werden sie gestärkt daraus hervorgehen. Mit jeder Eroberung erlangen sie mehr Macht. Bedenke, was allein diese Neugeborene ihnen geben könnte« – er machte mit dem Kinn eine Bewegung in meine Richtung –, »und sie entdeckt ihre Gaben gerade erst. Oder der Erderschütterer.« Wladimir nickte zu Benjamin, der sich versteifte. Jetzt hörten fast alle den Rumänen zu. »Sie haben ja ihre Hexenzwillinge, da brauchen sie die Illusionistin nicht und auch nicht die mit den Feuerfingern.« Sein Blick schweifte zu Zafrina, dann zu Kate.

Stefan schaute Edward an. »Und auch der Gedankenleser ist nicht unbedingt nötig. Doch ich verstehe, was du meinst. Sie gewinnen wirklich viel im Falle eines Sieges.«

»Mehr, als wir sie gewinnen lassen dürfen, stimmst du mir zu?«

Stefan seufzte. »Ich glaube, ich muss dir zustimmen. Und das bedeutet ...«

»Dass wir uns ihnen widersetzen müssen, solange es noch Hoffnung gibt.«

»Wenn wir sie wenigstens lähmen könnten, sie bloßstellen ...«

»Dann werden eines Tages andere die Arbeit für uns vollenden.«

»Und sie werden unsere Rache zu spüren bekommen. Endlich.«

Sie schauten sich einen Moment in die Augen, dann murmelten sie wie aus einem Mund: »Es ist der einzige Weg.«

»Also kämpfen wir«, sagte Stefan.

Zwar waren sie hin- und hergerissen zwischen Selbsterhaltung und Rache, doch das Lächeln, das sie tauschten, war voller Erwartung.

»Wir kämpfen«, stimmte Wladimir zu.

Das war vermutlich gut so; denn genau wie Alistair hielt ich einen Kampf für unausweichlich. Da war es auf jeden Fall hilfreich, wenn zwei weitere Vampire auf unserer Seite kämpften. Trotzdem ließ mich die Entscheidung der Rumänen schaudern.

»Auch wir werden kämpfen«, sagte Tia, und ihre Stimme klang ernster denn je. »Wir glauben, dass die Volturi ihre Befugnisse überschreiten werden. Wir verspüren nicht den Wunsch, zu ihnen zu gehören.« Ihr Blick ruhte auf ihrem Gefährten.

Benjamin grinste und warf den Rumänen einen spitzbübischen Blick zu. »Offenbar bin ich sehr begehrt. Es sieht ganz so aus, als müsste ich mir das Recht auf Freiheit erkämpfen.«

»Es ist nicht das erste Mal, dass ich kämpfen muss, um mich gegen die Herrschaft eines Königs zu verwahren«, spottete Garrett. Er ging zu Benjamin und klopfte ihm auf den Rücken. »Auf die Befreiung von der Unterdrückung!«

»Wir halten zu Carlisle«, sagte Tanya. »Und wir kämpfen an seiner Seite.«

Durch die Erklärung der Rumänen fühlten sich jetzt offenbar alle zu einem Bekenntnis genötigt.

»Wir haben uns noch nicht entschieden«, sagte Peter. Er schaute zu seiner winzigen Gefährtin; Charlotte hatte den Mund missmutig verzogen. Es sah so aus, als hätte sie sich bereits entschieden. Ich fragte mich, wofür.

»Das gilt auch für mich«, sagte Randall.

»Und mich«, fügte Mary hinzu.

»Die Rudel kämpfen mit den Cullens«, sagte Jacob plötzlich. »Wir haben keine Angst vor Vampiren«, fügte er feixend hinzu.

»Kinder«, murmelte Peter.

»Babys«, verbesserte Randall.

Jacob grinste spöttisch.

»Also, ich bin auch dabei«, sagte Maggie und schüttelte Siobhans Hand ab, die sie zurückhielt. »Ich weiß, dass die Wahrheit auf Carlisles Seite ist. Das kann ich nicht einfach abtun.«

Besorgt schaute Siobhan die Jüngste aus ihrem Zirkel an. »Carlisle«, sagte sie, als wären sie allein, sie ging über den plötzlich so offiziellen Charakter der Versammlung, die überraschenden Bekenntnisse, einfach hinweg. »Ich möchte nicht, dass es zu einem Kampf kommt.«

»Ich auch nicht, Siobhan. Es ist das Letzte, was ich will, das weißt du.« Er lächelte halb. »Vielleicht solltest du dich darauf konzentrieren, dass es friedlich bleibt.«

»Du weißt, dass das nichts nützen wird«, sagte sie.

Ich erinnerte mich an das Gespräch zwischen Rose und Carlisle über die Anführerin der irischen Vampire; Carlisle glaubte, dass Siobhan ein verborgenes, aber mächtiges Talent hatte, die Dinge in ihrem Sinne zu beeinflussen – doch Siobhan selbst glaubte nicht daran.

»Es kann nicht schaden«, sagte Carlisle.

Siobhan verdrehte die Augen. »Soll ich mir den Ausgang vorstellen, den ich mir wünsche?«, fragte sie sarkastisch.

Jetzt grinste Carlisle regelrecht. »Wenn es dir nichts ausmacht.«

»Dann braucht mein Zirkel sich ja nicht zu erklären, oder?«, konterte sie. »Da es gar nicht zu einem Kampf kommen kann.« Sie legte die Hand auf Maggies Schulter und zog das Mädchen näher zu sich heran. Liam, Siobhans Gefährte, stand stumm und ausdruckslos dabei.

Fast alle anderen wirkten verwirrt über Carlisles und Siobhans scherzhaften Wortwechsel, doch sie sagten nichts dazu.

Das war für diese Nacht das Ende der dramatischen Bekenntnisse. Langsam löste sich die Gruppe auf, einige gingen auf die

Jagd, andere vertrieben sich die Zeit mit Carlisles Büchern, Fernsehern oder Computern.

Edward, Renesmee und ich gingen auf die Jagd. Jacob begleitete uns.

»Blöde Blutsauger«, murmelte er vor sich hin, als wir hinausgingen. »Halten sich für was Besseres.« Er schnaubte verächtlich.

»Sie werden erschüttert sein, wenn die *Babys* ihnen ihr kostbares Leben retten, nicht wahr?«, sagte Edward.

Jake lächelte und boxte ihm in die Schulter. »Und wie.«

Das war nicht unser letzter Jagdausflug. Wir wollten alle noch einmal auf die Jagd gehen, kurz bevor die Volturi kamen. Weil wir nicht genau wussten, wann es so weit war, wollten wir sicherheitshalber ein paar Nächte auf der großen Lichtung verbringen, die Alice gesehen hatte. Wir wussten nur, dass sie kommen würden, wenn der Schnee liegen blieb. Wir wollten nicht, dass die Volturi zu nahe an die Stadt herankamen, und Demetri würde sie dorthin führen, wo wir uns aufhielten. Ich fragte mich, auf wen er sich wohl konzentrierte, vermutlich auf Edward, da er mich nicht aufspüren konnte.

Während der Jagd dachte ich über Demetri nach, ich achtete kaum auf meine Beute oder auf die schwebenden Schneeflocken, die jetzt endlich da waren, jedoch dahinschmolzen, noch ehe sie den steinigen Boden berührten. Ob Demetri merkte, dass er mich nicht finden konnte? Was würde er daraus schließen? Und was würde Aro daraus schließen? Oder irrte Edward sich? Meine Abwehrkraft wirkte nicht auf alles, es gab Möglichkeiten, meinen Schutzschild zu umgehen. Was außerhalb meines Gehirns lag, war verwundbar – offen für die Talente von Jasper, Alice und Benjamin. Vielleicht funktionierte ja auch Demetris Talent ein wenig anders.

Und da ließ ein Gedanke mich plötzlich stutzen. Der halb ausgesaugte Wapiti glitt mir aus den Händen und fiel auf den steinigen Boden. Wenige Zentimeter von dem warmen Körper entfernt verdampften Schneeflocken leise zischend. Ich starrte auf meine blutigen Hände.

Edward sah, dass etwas los war, und kam sofort zu mir, seinen eigenen Wapiti ließ er unberührt liegen.

»Was hast du?«, fragte er leise und schaute sich im Wald um auf der Suche nach etwas, das meine Reaktion ausgelöst haben könnte.

»Renesmee«, stieß ich hervor.

»Sie ist dort in den Wald gelaufen«, versicherte er mir. »Ich höre ihre und Jacobs Gedanken. Es geht ihr gut.«

»Das hab ich nicht gemeint«, sagte ich. »Ich hab an meinen Schild gedacht – glaubst du wirklich, dass er etwas taugt, dass er uns irgendwie helfen wird? Ich weiß, dass die anderen hoffen, ich könnte Zafrina und Benjamin schützen, auch wenn ich den Schild immer nur ein paar Sekunden lang halten kann. Aber wenn das nun ein Fehler ist? Wenn euer Vertrauen in mich dazu führt, dass wir es nicht schaffen?«

Meine Stimme klang fast hysterisch, obwohl ich mich so weit im Griff hatte, dass ich leise sprach. Ich wollte Renesmee nicht aufregen.

»Bella, wie kommst du auf einmal darauf? Natürlich ist es wundervoll, dass du dich schützen kannst, doch du bist nicht dafür verantwortlich, irgendjemanden zu retten. Quäle dich nicht unnötig.«

»Aber wenn ich nun überhaupt nichts schützen kann?«, flüsterte ich keuchend. »Was ich mache, funktioniert nicht immer, es ist so wechselhaft! Es hat weder Hand noch Fuß. Vielleicht kann es gar nichts gegen Alec ausrichten.«

»Schsch«, machte er beruhigend. »Nicht in Panik geraten. Und sorge dich nicht wegen Alec. Sein Talent funktioniert genauso wie das von Jane oder Zafrina. Es ist nur eine Illusion – er kann ebenso wenig in deinen Kopf eindringen wie ich.«

»Aber Renesmee kann es!«, zischte ich verzweifelt. »Es kam mir so natürlich vor, dass ich es bisher gar nicht in Frage gestellt hab. Es ist eben Teil ihrer Persönlichkeit. Aber sie pflanzt mir ihre Gedanken einfach in den Kopf, genau wie allen anderen. Mein Schild hat Löcher, Edward!«

Ich starrte ihn niedergeschmettert an und wartete darauf, dass er meine schreckliche Entdeckung bestätigte. Er hatte die Lippen vorgeschoben, als wollte er mir etwas sagen und wüsste noch nicht genau, wie. Er sah ganz gelassen aus.

»Dir ist das schon lange klar, oder?«, sagte ich und kam mir vor wie ein Idiot, weil ich etwas so Offensichtliches monatelang übersehen hatte.

Er nickte, und ein schwaches Lächeln zog seinen Mund an einer Seite hoch. »Seit sie dich das erste Mal berührt hat.«

Ich seufzte über meine eigene Dummheit, doch seine Ruhe besänftigte mich ein wenig. »Und das macht dir keine Sorgen? Meinst du nicht, dass es ein Problem ist?«

»Ich habe zwei Theorien, von denen eine wahrscheinlicher ist als die andere.«

»Dann erzähl mir zuerst die unwahrscheinlichere.«

»Nun ja, Renesmee ist deine Tochter«, betonte er. »Genetisch ist sie zur Hälfte wie du. Ich habe dich immer damit aufgezogen, dass dein Gehirn auf einer anderen Frequenz läuft als unsere Gehirne. Vielleicht läuft ihres auf derselben wie deins.«

Das überzeugte mich nicht. »Aber du hörst ihre Gedanken doch sehr gut. *Alle* hören ihre Gedanken. Und wenn Alec nun auch auf einer anderen Frequenz läuft? Wenn ...«

Er legte mir einen Finger auf die Lippen. »Darüber habe ich auch nachgedacht. Und deshalb halte ich die zweite Theorie für weitaus wahrscheinlicher.«

Ich biss die Zähne zusammen und wartete.

»Weißt du noch, was Carlisle über sie sagte, gleich nachdem sie dir ihre erste Erinnerung zeigte?«

Natürlich wusste ich das noch. »Er hat gesagt: ›Es ist eine interessante Verdrehung. Als würde sie genau das Gegenteil von dem machen, was du kannst.‹«

»Ja. Und das brachte mich ins Grübeln. Vielleicht hat sie auch dein Talent übernommen und umgedreht.«

Ich dachte darüber nach.

»Du lässt niemanden herein«, begann er.

»Und jeder lässt sie herein?«, vollendete ich den Satz zögernd.

»Das ist meine Theorie«, sagte er. »Und wenn Renesmee in deinen Kopf gelangt, dann bezweifle ich, dass es einen Schild auf der Welt gibt, der sie abhalten kann. Das wird uns helfen. Nach allem, was ich gesehen habe, kann niemand, der sich ihre Gedanken einmal zeigen lässt, deren Wahrheit anzweifeln. Und ich glaube, wenn sie nur nah genug an sie herankommt, kann niemand sie daran hindern, ihre Gedanken zu zeigen. Sollte Aro ihr gestatten zu erklären …«

Ich schauderte bei der Vorstellung, Renesmee so nah an Aros gierigen milchigen Augen zu wissen.

»Nun ja«, sagte er und rieb meine angespannten Schultern. »Wenigstens kann nichts ihn davon abhalten, die Wahrheit zu sehen.«

»Aber reicht die Wahrheit aus, um ihn aufzuhalten?«, sagte ich leise.

Darauf wusste Edward keine Antwort.

DEADLINE

»Musst du los?«, fragte Edward in lockerem Ton. Er sah beherrscht aus. Er drückte Renesmee ein wenig fester an seine Brust.

»Ja, noch ein paar letzte Besorgungen ...«, antwortete ich ebenso beiläufig.

Er lächelte mein Lieblingslächeln. »Komm schnell zu mir zurück.«

»Immer.«

Ich nahm wieder seinen Volvo und fragte mich, ob er nach meiner letzten Tour wohl auf den Kilometerzähler geschaut hatte. Wie viel hatte er sich zusammengereimt? Dass ich ein Geheimnis hatte, wusste er auf jeden Fall. Hatte er den Grund erraten, weshalb ich ihn nicht einweihte? Weil Aro womöglich schon bald alles wusste, was Edward wusste? Ich war mir fast sicher, dass er zu diesem Schluss gekommen war, das würde auch erklären, weshalb er nicht in mich gedrungen war. Bestimmt versuchte er, nicht so viel darüber nachzugrübeln, damit es nicht in seinen Gedanken auftauchte. Hatte er auch eine Verbindung zu meinem sonderbaren Verhalten am Morgen nach Alice' Verschwinden hergestellt, als ich mein Buch ins Feuer geworfen hatte? Ich wusste nicht, ob er diesen Gedankensprung hatte machen können.

Es war ein düsterer Nachmittag, fast als würde es schon dämmern. Ich raste durch die Dunkelheit, den Blick auf die schweren Wolken gerichtet. Ob es heute noch Schnee gab? Genug, um den Boden zu bedecken und die Szene aus Alice' Vision heraufzubeschwören? Edward ging davon aus, dass uns noch zwei Tage blieben. Dann würden wir uns auf die Lichtung begeben und die Volturi zu dem von uns gewählten Platz locken.

Während ich durch den dunkler werdenden Wald fuhr, dachte ich über meine letzte Fahrt nach Seattle nach. Ich meinte jetzt den Grund dafür zu kennen, dass Alice mich zu dem heruntergekommenen Treffpunkt geschickt hatte, an dem J. Jenks seine zwielichtigeren Klienten bezog. Wäre ich zu einem der anderen, weniger verdächtigen Büros gegangen, hätte ich dann überhaupt erfahren, wonach ich fragen musste? Hätte ich ihn als den ordentlichen Anwalt Jason Jenks oder Jason Scott kennengelernt, hätte ich dann je J. Jenks ausfindig gemacht, den Beschaffer falscher Papiere? Ich hatte den Weg gehen müssen, der mir verriet, dass ich nichts Gutes im Schilde führte. Das war der Schlüssel.

Es war stockdunkel, als ich den Wagen ein paar Minuten zu früh auf dem Parkplatz vor dem Restaurant abstellte, ohne die eilfertigen Hoteldiener zu beachten. Ich setzte die Kontaktlinsen ein, dann ging ich ins Restaurant, um dort auf J zu warten. Zwar hätte ich diese ebenso deprimierende wie unvermeidliche Sache gern schnell hinter mich gebracht, um zurück zu meiner Familie zu können, doch J schien darauf bedacht zu sein, sich durch seinen schlechten Umgang nicht beeinflussen zu lassen; ich hatte das Gefühl, eine Übergabe auf dem dunklen Parkplatz würde ihm gegen den Strich gehen.

Ich nannte dem devoten Oberkellner den Namen *Jenks*, und er führte mich eine Treppe hinauf zu einem kleinen separaten Raum, in dem ein Kaminfeuer knisterte. Er nahm mir den wadenlangen elfenbeinfarbenen Trenchcoat ab, den ich angezogen hatte, um zu verbergen, dass ich das trug, was Alice als angemessene Kleidung bezeichnet hätte, und er hielt die Luft an, als er mein Cocktailkleid aus austerngrauem Satin sah. Ich konnte nicht anders, als mich ein wenig geschmeichelt zu fühlen; ich hatte mich immer noch nicht daran gewöhnt, dass mich irgendjemand außer Edward schön fand. Der Oberkellner stammelte unartikulierte Komplimente und zog sich schwankend zurück.

Ich stand am Feuer und wartete, ich hielt die Hände nah an die Flammen, um sie vor dem unvermeidlichen Händedruck ein wenig anzuwärmen. Auch wenn J offensichtlich kapiert hatte, dass mit den Cullens etwas nicht stimmte, war es doch eine gute Übung in menschlichem Verhalten.

Ganz kurz überlegte ich, was es für ein Gefühl wäre, die Hand ins Feuer zu halten. Was es für ein Gefühl wäre zu brennen ...

Js Ankunft bereitete meinen morbiden Gedanken ein Ende. Der Oberkellner nahm auch ihm den Mantel ab, und ich sah, dass ich nicht die Einzige war, die sich für diesen Anlass in Schale geworfen hatte.

»Entschuldigen Sie meine Verspätung«, sagte J, sobald wir allein waren.

»Nein, Sie sind auf die Minute pünktlich.«

Er gab mir die Hand, und ich merkte, dass sie immer noch deutlich wärmer war als meine. Es schien ihn nicht zu stören.

»Sie sehen umwerfend aus, wenn ich das so sagen darf, Mrs Cullen.«

»Danke sehr. Bitte nennen Sie mich doch Bella.«

»Ich muss sagen, es ist ganz anders, für Sie zu arbeiten als für Mr Jasper. Längst nicht so ... beunruhigend.« Er lächelte zögernd.

»Wirklich? Ich finde immer, dass Jasper so eine beruhigende Ausstrahlung hat.«

Er zog die Augenbrauen zusammen. »Tatsächlich?«, murmelte er höflich, ganz offenbar war er anderer Meinung. Wie merkwürdig. Was hatte Jasper diesem Mann getan?

»Kennen Sie Jasper schon lange?«

Er seufzte, er schien sich nicht wohl in seiner Haut zu fühlen. »Ich arbeite seit über zwanzig Jahren für Mr Jasper, und mein alter Partner kannte ihn davor schon fünfzehn Jahre … Er verändert sich nicht.« J zuckte kaum merklich zusammen.

»Ja, das ist komisch bei ihm.«

J schüttelte den Kopf, als wollte er die verstörenden Gedanken vertreiben. »Möchten Sie sich nicht setzen, Bella?«

»Ehrlich gesagt bin ich ein wenig in Eile. Ich habe einen weiten Heimweg vor mir.« Während ich das sagte, holte ich den dicken weißen Umschlag mit der Prämie aus der Handtasche und reichte ihn J.

»Ach so«, sagte er, und das klang ein kleines bisschen enttäuscht. Er steckte den Umschlag in die Innentasche seines Jacketts, ohne das Geld nachzuzählen. »Ich hatte gehofft, wir könnten noch kurz miteinander reden.«

»Worüber?«, fragte ich neugierig.

»Warten Sie, ich möchte Ihnen erst die Ware geben. Ich möchte sichergehen, dass Sie zufrieden sind.«

Er drehte sich um, legte seinen Aktenkoffer auf den Tisch und klickte die Schnappverschlüsse auf. Er holte einen DIN-A4-großen braunen Briefumschlag heraus.

Obwohl ich keine Ahnung hatte, worauf ich achten musste, öffnete ich den Umschlag und schaute mir den Inhalt flüchtig an. J hatte Jacobs Foto gespiegelt und die Farbe verändert, damit man nicht sofort sah, dass er in seinem Pass und seinem

Führerschein dasselbe Bild hatte. Beide sahen für mich völlig in Ordnung aus, aber das hieß nicht viel. Ich warf einen ganz kurzen Blick auf das Foto in Vanessa Wolfes Pass, dann schaute ich schnell wieder weg, weil ich einen Kloß im Hals hatte.

»Vielen Dank«, sagte ich.

Er verengte die Augen ein wenig, und ich spürte seine Enttäuschung darüber, dass ich die Dokumente nicht gründlicher prüfte. »Ich kann Ihnen versichern, dass jedes Teil vollkommen ist. Alles wird der gründlichsten Prüfung durch Spezialisten standhalten.«

»Das glaube ich Ihnen. Ich weiß wirklich zu schätzen, was Sie für mich getan haben, J.«

»Es war mir ein Vergnügen, Bella. Sie können sich in Zukunft immer gern an mich wenden, wenn die Familie Cullen irgendetwas benötigt.« Er deutete es noch nicht einmal richtig an, aber für mich klang es wie eine Einladung, Jasper als Kontaktperson zu ersetzen.

»Sie wollten noch etwas besprechen?«

»Ähm, ja. Es ist ein wenig delikat ...« Mit fragender Miene winkte er mich zum Kamin. Ich setzte mich auf den steinernen Rand, und er setzte sich neben mich. Er fing schon wieder zu schwitzen an, zog ein blaues Seidentaschentuch aus der Tasche und tupfte sich die Stirn ab.

»Sie sind die Schwester von Mr Jaspers Frau? Oder sind Sie mit seinem Bruder verheiratet?«, fragte er.

»Letzteres«, sagte ich und fragte mich, worauf er hinauswollte.

»Dann sind Sie also Mr Edwards Frau?«

»Ja.«

Er lächelte entschuldigend. »Ich habe all die Namen viele Male gesehen, wissen Sie. Nachträglich meinen Glückwunsch.

Es freut mich, dass Mr Edward nach all den Jahren so eine reizende Partnerin gefunden hat.«

»Vielen Dank.«

Er schwieg eine Weile und trocknete wieder seine Stirn. »Sie können sich vielleicht vorstellen, dass ich im Lauf der Jahre einen gesunden Respekt vor Mr Jasper und der ganzen Familie entwickelt habe.«

Ich nickte vorsichtig.

Er holte tief Luft, dann atmete er aus, ohne etwas zu sagen.

»J, bitte sagen Sie, was Sie auf dem Herzen haben.«

Er holte wieder Luft, dann murmelte er schnell und undeutlich: »Wenn Sie mir nur versichern könnten, dass Sie nicht vorhaben, das kleine Mädchen von seinem Vater zu entführen, dann würde ich heute Nacht besser schlafen.«

»Oh«, sagte ich verdutzt. Es dauerte einen Moment, bis ich begriff, welche falschen Schlüsse er gezogen hatte. »Oh nein. So ist es überhaupt nicht.« Ich lächelte schwach und versuchte ihn zu beruhigen. »Ich muss sie nur in Sicherheit bringen, falls meinem Mann und mir etwas zustößt, und das bereite ich jetzt vor.«

Er machte die Augen schmal. »Rechnen Sie denn damit, dass etwas passiert?« Er wurde rot und entschuldigte sich. »Nicht, dass es mich etwas anginge.«

Ich sah, wie sich die Röte unter seiner zarten Haut ausbreitete, und war – wie so oft – froh darüber, dass ich nicht wie die anderen Neugeborenen war. J schien, abgesehen von seinen kriminellen Neigungen, eigentlich ganz nett zu sein, und es wäre schade um ihn gewesen.

»Man kann nie wissen«, sagte ich und seufzte.

Er runzelte die Stirn. »Dann wünsche ich Ihnen alles Gute. Und bitte nehmen Sie mir die Frage nicht übel, aber sollte Mr

Jasper kommen und wissen wollen, was für Namen ich für die Papiere gewählt habe ...«

»Dann sagen Sie es ihm natürlich sofort. Es wäre mir sehr lieb, wenn Mr Jasper über unsere Transaktion voll im Bilde wäre.«

Meine offensichtliche Aufrichtigkeit schien ihn ein wenig zu beruhigen.

»Sehr gut«, sagte er. »Und ich kann Sie nicht überreden, zum Abendessen zu bleiben?«

»Es tut mir leid. Ich habe im Augenblick wirklich keine Zeit.«

»Dann wünsche ich Ihnen noch einmal alles Gute, Glück und Gesundheit. Wenn die Familie Cullen irgendetwas benötigen sollte, zögern Sie bitte nicht, mich anzurufen, Bella.«

»Vielen Dank, J.«

Dann ging ich mit meiner verbotenen Ware, und als ich mich kurz umblickte, sah ich, dass J mir mit einer Mischung aus Angst und Bedauern hinterherstarrte.

Die Rückfahrt dauerte nicht so lange wie die Hinfahrt. Es war schwarze Nacht, deshalb schaltete ich die Scheinwerfer aus und gab Vollgas. Als ich beim Haus ankam, waren die meisten Autos weg, darunter Alice' Porsche und mein Ferrari. Die normalen Vampire entfernten sich so weit wie möglich, um ihren Durst zu stillen. Ich versuchte nicht an ihre nächtliche Jagd zu denken, beim Gedanken an ihre Opfer sträubte sich alles in mir.

Nur Kate und Garrett waren im Wohnzimmer, sie stritten scherzhaft über den Nährwert von Tierblut. Ich schloss daraus, dass Garrett die »vegetarische« Variante der Jagd ausprobiert und wenig Gefallen daran gefunden hatte.

Edward hatte Renesmee schon zum Schlafen nach Hause gebracht. Jacob war bestimmt im Wald nah bei unserem Häuschen. Der Rest meiner Familie war offenbar auch auf der Jagd. Vielleicht waren sie mit den anderen Denalis unterwegs.

Das bedeutete, dass ich das Haus praktisch für mich hatte, und diese Tatsache würde ich ausnutzen.

Ich roch, dass ich seit langem die Erste war, die das Zimmer von Alice und Jasper betrat, vielleicht die Erste seit jener Nacht, in der sie uns verlassen hatten. Leise durchwühlte ich ihr riesiges Ankleidezimmer, bis ich die richtige Tasche gefunden hatte. Sie musste Alice gehören, es war ein kleiner schwarzer Lederrucksack, so einer, wie man ihn für gewöhnlich als Handtasche benutzt, so klein, dass selbst Renesmee ihn tragen konnte, ohne dass es komisch aussah. Dann plünderte ich die Portokasse, ich nahm etwa doppelt so viel, wie eine amerikanische Durchschnittsfamilie im Jahr hatte, und stopfte es in den Rucksack. Ich ging davon aus, dass mein Diebstahl in diesem Zimmer am wenigsten auffallen würde, weil es alle zu traurig machte, hierherzukommen. Den Briefumschlag mit den gefälschten Papieren legte ich oben auf das Geld. Dann setzte ich mich auf die Kante von Alice' und Jaspers Bett und schaute auf das armselige Bündel, das alles darstellte, was ich meiner Tochter und meinem besten Freund mitgeben konnte, damit sie ihr Leben retteten. Ich ließ mich an den Bettpfosten sinken, ich kam mir hilflos vor.

Aber was konnte ich sonst noch tun?

Einige Minuten saß ich mit gesenktem Kopf da, bis mir die Ahnung einer guten Idee kam.

Wenn …

Wenn ich davon ausging, dass Jacob und Renesmee fliehen konnten, dann bedeutete das, dass Demetri tot sein musste. Damit hätten alle Überlebenden ein wenig Zeit gewonnen, inklusive Alice und Jasper.

Weshalb konnten Alice und Jasper dann nicht Jacob und Renesmee helfen? Wenn sie wieder zusammen wären, hätte Renesmee den bestmöglichen Schutz. Nichts sprach dagegen, außer der Tatsache, dass Jake und Renesmee beide blinde Flecken für Alice waren. Wie würde sie anfangen nach den beiden zu suchen?

Ich überlegte einen Augenblick, dann ging ich aus dem Zimmer und durch den Flur zu Carlisles und Esmes Suite. Wie üblich war Esmes Schreibtisch mit Plänen und Entwürfen bedeckt, alle ordentlich gestapelt. Auf dem Tisch waren viele kleine Ablagefächer, in einem davon war eine Schachtel mit Briefpapier. Ich nahm mir ein Blatt und einen Stift.

Dann starrte ich geschlagene fünf Minuten auf das leere elfenbeinfarbene Blatt und konzentrierte mich auf meinen Entschluss. Jacob und Renesmee konnte Alice vielleicht nicht sehen, aber sie konnte mich sehen. Ich stellte mir vor, wie sie diese Szene sah, und hoffte verzweifelt, dass sie nicht zu beschäftigt war, um darauf zu achten.

Langsam und ganz bewusst schrieb ich die Worte RIO DE JANEIRO in Großbuchstaben quer über das Blatt.

Rio schien mir am besten als Fluchtort für die beiden geeignet: Es war weit weg; soweit wir wussten, befanden sich Alice und Jasper bereits in Südamerika, und außerdem hatten sich unsere alten Probleme ja nicht in Luft aufgelöst, nur weil wir jetzt neue Sorgen hatten. Da war immer noch das Rätsel um Renesmees Zukunft, die Tatsache, dass sie so erschreckend schnell älter wurde. Wir hatten ja sowieso geplant in der Gegend zu suchen. Jetzt würde es Jacobs und hoffentlich Alice' Aufgabe sein, die Legenden aufzuspüren.

Wieder senkte ich den Kopf, ich musste plötzlich ein Schluchzen unterdrücken und biss die Zähne zusammen. Es war besser, dass Renesmee weiterlebte, wenn auch ohne mich. Aber ich vermisste sie jetzt schon so sehr, dass es kaum auszuhalten war.

Ich holte tief Luft und legte den Zettel unten in den Rucksack, wo Jacob ihn schon finden würde.

Ich drückte die Daumen, dass Jake – da seine Schule bestimmt kein Portugiesisch im Angebot hatte – wenigstens Spanisch gewählt hatte.

Jetzt konnten wir nur noch warten.

Zwei Tage lang standen Edward und Carlisle auf der Lichtung, auf der Alice die Volturi hatte ankommen sehen. Es war dasselbe Schlachtfeld, auf dem Victorias Neugeborene im letzten Sommer angegriffen hatten. Ich fragte mich, ob es sich für Carlisle wie eine Wiederholung anfühlte, ein Déjà-vu. Für mich würde es völlig neu sein. Diesmal würden Edward und ich gemeinsam unserer Familie beistehen.

Wir mussten davon ausgehen, dass die Volturi entweder Edward oder Carlisle aufzuspüren versuchten. Ich fragte mich, ob sie sich wohl darüber wunderten, dass ihre Opfer nicht flohen. Ob das ihren Argwohn erregte? Ich konnte mir nicht vorstellen, dass die Volturi sich jemals hatten in Acht nehmen müssen.

Obwohl ich für Demetri – hoffentlich – unsichtbar war, blieb ich bei Edward. Natürlich. Uns blieben nur noch wenige Stunden zusammen.

Es hatte keine dramatische Abschiedsszene zwischen Edward und mir gegeben, und ich wollte auch keine. Sobald ich es aussprechen würde, wäre es endgültig. Das wäre so, als würde man das Wort ENDE auf die letzte Seite eines Manuskripts schreiben. Also nahmen wir keinen Abschied, und wir blieben sehr nah beisammen, immer in Berührung. Welches Ende wir auch finden würden, wir würden es gemeinsam finden.

Ein paar Meter weit im schützenden Wald bauten wir ein Zelt für Renesmee auf, und dann gab es noch ein Déjà-vu, als wir wieder mit Jacob zusammen in der Kälte zelteten. Es war fast unvorstellbar, was sich seit letztem Juni alles verändert hatte. Noch vor sieben Monaten schien unsere Dreiecksbeziehung unmöglich, ein dreifaches Leid, unvermeidlich. Jetzt war alles im Gleichgewicht. Welch grausame Ironie des Schicksals, dass die Puzzleteile sich gerade rechtzeitig zusammengefügt hatten, nur um allesamt zerstört zu werden.

Am Silvesterabend begann es wieder zu schneien. Diesmal zerfielen die winzigen Flocken nicht auf dem steinigen Boden der Lichtung. Während Renesmee und Jacob schliefen – Jacob schnarchte so laut, es war erstaunlich, dass Renesmee nicht davon aufwachte –, überzog der Schnee die Erde erst mit einer dünnen Schicht, dann wuchs er immer höher. Als die Sonne aufging, war die Szene aus Alice' Vision vollkommen. Edward und ich hielten uns an der Hand, während wir über das glitzerweiße Feld schauten, keiner von uns sagte ein Wort.

Bis zum frühen Morgen hatten sich auch die anderen versammelt, ihre Augen waren stumme Zeugen ihrer Vorbereitungen – manche hellgolden, andere blutrot. Bald darauf hörten wir, wie sich die Wölfe im Wald regten. Jacob tauchte aus dem Zelt auf und gesellte sich zu ihnen, Renesmee ließ er weiterschlafen.

Edward und Carlisle stellten die anderen in einer lockeren Schlachtordnung auf, die Zeugen wie Säulen an den Rand.

Ich schaute aus einiger Entfernung zu, ich wartete am Zelt darauf, dass Renesmee aufwachte. Dann half ich ihr beim Anziehen der Kleider, die ich zwei Tage zuvor sorgfältig ausgewählt hatte. Kleider, die ein bisschen rüschig und mädchenhaft aussahen, die jedoch so robust waren, dass man sie nicht so schnell abnutzte – selbst wenn man damit auf dem Rücken eines riesigen Werwolfs durch mehrere Staaten ritt. Über der Jacke trug sie den schwarzen Lederrucksack mit den Papieren, dem

Geld, dem Hinweis und meinen Briefen an sie und Jacob, Charlie und Renée. Sie war so stark, dass ihr das Gewicht nichts ausmachte.

Mit großen Augen sah sie, wie ich litt. Doch sie hatte sich schon so viel zusammengereimt, dass sie mich nicht fragte, was ich tat.

»Ich hab dich lieb«, sagte ich. »Mehr als alles auf der Welt.«

»Ich hab dich auch lieb, Momma«, sagte sie. Sie berührte das Medaillon, das sie um den Hals trug und in dem ein kleines Foto von ihr, Edward und mir steckte. »Wir bleiben immer zusammen.«

»In unseren Herzen bleiben wir immer zusammen«, verbesserte ich sie flüsternd, leise wie ein Atemhauch. »Doch wenn heute die Zeit gekommen ist, musst du mich verlassen.«

Ihre Augen weiteten sich und sie legte die Hand an meine Wange. Das stumme *Nein* war lauter, als wenn sie es geschrien hätte.

Ich versuchte zu schlucken, meine Kehle fühlte sich geschwollen an. »Wirst du das für mich tun? Bitte?«

Sie presste die Finger fester an mein Gesicht. *Warum?*

»Das kann ich dir nicht sagen«, flüsterte ich. »Aber du wirst es bald verstehen. Das verspreche ich dir.«

In meinem Kopf sah ich Jacobs Gesicht.

Ich nickte. Dann nahm ich ihre Hand von meinem Gesicht. »Denk nicht daran«, flüsterte ich ihr ins Ohr. »Sag Jacob nichts davon, bis ich dir sage, du sollst wegrennen, ja?«

Das verstand sie. Auch sie nickte.

Ich holte eine letzte Kleinigkeit aus der Tasche.

Als ich die Sachen für Renesmee eingepackt hatte, war mir auf einmal etwas Funkelndes ins Auge gestochen. Ein zufälliger Sonnenstrahl war durch das Dachfenster gefallen und hatte die

Edelsteine auf dem wertvollen antiken Kästchen erleuchtet, das ich weit oben in einem Regal versteckt hatte. Ich hatte einen Moment überlegt, und dann die Schultern gezuckt. Nach allem, was ich aus Alice' Hinweisen geschlossen hatte, konnte ich nicht davon ausgehen, dass die bevorstehende Begegnung friedlich verlaufen würde. Aber warum sollte man nicht so freundlich wie möglich beginnen? Das konnte ja nicht schaden. Also hatte ich vielleicht doch noch einen Rest Hoffnung – blinde, sinnlose Hoffnung –, denn ich war auf die Leiter gestiegen und hatte das Hochzeitsgeschenk, das Aro mir geschickt hatte, aus dem Regal geholt.

Jetzt legte ich mir das goldene Seil um den Hals und spürte, wie sich das Gewicht des gewaltigen Diamanten in die Mulde meiner Kehle drückte.

»Schön«, flüsterte Renesmee. Dann schlang sie die Arme wie einen Schraubstock um meinen Hals. Ich drückte sie an die Brust. So mit ihr verschlungen, trug ich sie aus dem Zelt hinaus auf die Lichtung.

Edward hob eine Braue, als ich näher kam, sagte jedoch nichts über unsere Accessoires. Er hielt uns nur lange umschlungen und ließ uns dann mit einem tiefen Seufzer los. Nirgends in seinen Augen konnte ich einen Abschiedsgruß erkennen. Vielleicht hatte er doch mehr Hoffnung, dass es noch etwas nach diesem Leben geben könnte, als er zugab.

Wir nahmen unsere Plätze ein, Renesmee kletterte behände auf meinen Rücken, so dass ich die Hände frei hatte. Ich stand ein Stück hinter der Frontlinie, die aus Carlisle, Edward, Emmett, Rosalie, Tanya, Kate und Eleazar bestand. Dicht neben mir waren Benjamin und Zafrina; meine Aufgabe bestand darin, sie so lange wie möglich abzuschirmen. Sie waren unsere besten Angreifer. Wenn die Volturi diejenigen wären, die nichts sehen könnten, und sei es auch nur für einige Augenblicke, könnte das alles ändern.

Zafrina sah grimmig aus, unbeugsam, Senna an ihrer Seite fast ihr Spiegelbild. Benjamin saß auf dem Boden, die Hände in die Erde gedrückt, er murmelte leise etwas von Verwerfungslinien. In der vergangenen Nacht hatte er an der einen Seite der Wiese haufenweise Felsbrocken zu natürlich aussehenden, jetzt schneebedeckten Stapeln aufgetürmt. Damit konnte man keinen Vampir wirklich verletzen, aber hoffentlich ablenken.

Die Zeugen fanden sich links und rechts von uns zusammen, einige standen näher bei uns als andere – diejenigen, die sich zu uns bekannt hatten, waren am nächsten. Ich sah, dass Siobhan sich die Schläfen rieb, sie hatte die Augen konzentriert geschlossen; tat sie es Carlisle zuliebe? Versuchte sie eine friedliche Lösung herbeizuwünschen?

Im Wald hinter uns hielten sich die Wölfe unsichtbar und leise bereit; wir hörten nur ihr schweres Hecheln und ihren Herzschlag.

Die Wolken zogen weiter und zerstreuten das Licht, so dass man nicht hätte sagen können, ob es Morgen oder Nachmittag war. Edward nahm alles genau in Augenschein, und ich war mir sicher, dass er dieses Bild jetzt zum zweiten Mal sah – zum ersten Mal hatte er es in Alice' Vision gesehen. Genau so würde es aussehen, wenn die Volturi kamen. Jetzt blieben uns nur noch Minuten, vielleicht Sekunden.

Wir alle, Familie und Verbündete, wappneten uns.

Aus dem Wald kam der riesige rostrote Leitwolf und trat an meine Seite; es war wohl doch zu schwer für ihn, sich von Renesmee fernzuhalten, wenn sie in so unmittelbarer Gefahr schwebte.

Renesmee streckte die Hand aus und vergrub die Finger im

Fell seiner kräftigen Schulter, ihr Körper entspannte sich ein wenig. Mit Jacob in der Nähe war sie ruhiger. Auch mir ging es jetzt ein kleines bisschen besser. Solange Jacob bei Renesmee war, hatte sie es gut.

Ohne einen Blick nach hinten zu riskieren, streckte Edward die Hand zu mir aus. Ich reckte den Arm nach vorn, und er drückte meine Finger.

Noch eine Minute verging und ich merkte, dass ich auf das Geräusch ihrer Ankunft lauschte.

Und dann erstarrte Edward und zischte leise zwischen zusammengebissenen Zähnen. Er richtete den Blick auf den Wald im Norden.

Wir folgten seinem Blick und warteten, während die letzten Sekunden verrannen.

BLUTRAUSCH

Sie kamen prunkvoll, mit seltsamer Schönheit.

Sie kamen in einer strengen Formation. Obwohl sie sich gemeinsam bewegten, war es kein Marsch; in vollkommenem Gleichklang nahten sie aus dem Wald heran – eine dunkle, lückenlose Masse, die einige Zentimeter über dem weißen Schnee zu schweben schien, so sanft rückten sie vor.

Der äußere Rand war grau, mit jeder Reihe wurde die Farbe dunkler, bis zum tiefschwarzen Herzen der Formation. Alle Gesichter waren von Kapuzen verdeckt, umschattet. Das schwache Schlurfen ihrer Füße war gleichmäßig wie Musik, ein komplizierter Rhythmus, der nie holperte.

Auf irgendein für mich unsichtbares Zeichen hin – oder vielleicht gab es gar kein Zeichen, nur jahrtausendelange Übung – öffnete sich die Formation. Die Bewegung war zu steif, zu zackig, um dem Aufspringen einer Blüte zu ähneln, obwohl die Farbe daran erinnerte; es war das Öffnen eines Fächers, anmutig und doch eckig. Die grau gewandeten Gestalten wanderten weiter nach außen, während die dunkleren in der Mitte vorwärtsdrängten, jede Bewegung genau berechnet.

Sie schritten langsam und doch gezielt voran, ohne Hast, ohne Anspannung, ohne Angst. Es war der Gang der Unbesiegbaren.

Das war beinahe mein alter Albtraum. Das Einzige, was fehlte, war das hämische Verlangen, das ich in den Gesichtern in meinem Traum gesehen hatte – das rachsüchtige Lächeln. Bis jetzt waren die Volturi zu diszipliniert, um irgendwelche Gefühle zu zeigen. Sie wirkten nicht überrascht oder erschrocken über die Versammlung von Vampiren, die sie erwartete – eine Versammlung, die auf einmal vergleichsweise planlos und unvorbereitet aussah. Und sie wirkten auch nicht erstaunt über den riesigen Wolf in unserer Mitte.

Ich konnte nicht anders, als sie zu zählen. Zweiunddreißig waren es. Selbst wenn man die beiden schwebenden, verloren wirkenden schwarz gewandeten Gestalten ganz hinten nicht mitzählte, die vermutlich ihre Frauen waren – ihre geschützte Position legte nahe, dass sie nicht in den Angriff verwickelt werden sollten –, so waren wir immer noch in der Unterzahl. Wir waren neunzehn, die bereit waren zu kämpfen, und weitere sieben, die zuschauen würden, wie wir vernichtet wurden. Selbst wenn man die zehn Wölfe mitzählte, waren sie noch überlegen.

»Die Rotjacken kommen, die Rotjacken kommen«, murmelte Garrett rätselhaft vor sich hin, dann kicherte er kurz. Er schlich sich einen Schritt näher an Kate heran.

»Sie sind tatsächlich gekommen«, flüsterte Wladimir Stefan zu.

»Die Frauen«, zischte Stefan zurück. »Die komplette Wache. Alle zusammen. Es ist gut, dass wir es nicht mit Volterra versucht haben.«

Und dann, als wären es noch nicht genug, drangen weitere Vampire auf die Lichtung, während die Volturi langsam und majestätisch vorwärtsschritten.

Die Gesichter in diesem scheinbar endlosen Strom von Vampiren waren das genaue Gegenteil der ausdruckslosen Disziplin der Volturi – sie zeigten ein Kaleidoskop von Gefühlen. Erst war da der Schreck, sogar ein wenig Sorge, als sie die unerwartete Macht sahen, die sie erwartete. Doch die Sorge legte sich bald; sie fühlten sich in ihrer Übermacht sicher, in ihrer Position hinter der unaufhaltsamen Macht der Volturi. Jetzt sahen ihre Gesichter wieder so aus wie vorher, ehe wir sie überrascht hatten.

Es war ein Leichtes, zu begreifen, wie sie dachten – ihre Mienen waren so offensichtlich. Es war eine wütende, aufgehetzte Meute, die nur auf die Vollstreckung des Urteils wartete. Erst als ich diese Gesichter sah, verstand ich die Einstellung der Vampire gegenüber den unsterblichen Kindern.

Es war eindeutig, dass dieser zusammengewürfelte Haufen – insgesamt über vierzig Vampire – das war, was sich die Volturi unter Zeugen vorstellten. Nach unserem Tod würden sie herumerzählen, die Volturi seien ganz unvoreingenommen gewesen. Die meisten sahen aus, als hofften sie auf eine Gelegenheit, mehr als nur Zeugen zu sein – sie wollten helfen zu zerreißen und zu verbrennen.

Wir hatten nicht die geringste Chance. Selbst wenn wir die Vorteile der Volturi irgendwie ausgleichen könnten, so könnten sie uns immer noch zerstören. Selbst wenn wir Demetri töteten, so vielen konnte Jacob nicht entkommen.

Ich spürte, dass alle um mich herum zu derselben Einschätzung kamen. Schwer lag die Verzweiflung in der Luft und drückte mich nieder wie nie zuvor.

Einer der gegnerischen Vampire schien zu keiner Gruppe zu gehören; ich erkannte Irina, die zögernd zwischen den beiden Seiten schwankte, ihr Gesichtsausdruck unterschied sich von dem aller anderen. Ihr entsetzter Blick war auf Tanya in der ersten Reihe geheftet. Edward knurrte, leise und doch inbrünstig.

»Alistair hatte Recht«, sagte er leise zu Carlisle.

Ich sah, wie Carlisle Edward fragend ansah.

»Alistair hatte Recht?«, flüsterte Tanya.

»Sie – Caius und Aro – kommen, um zu zerstören und anzuwerben«, flüsterte Edward fast lautlos, so dass nur wir seine Worte hören konnten. »Sie haben sich viele unterschiedliche Strategien zurechtgelegt. Hätte sich Irinas Anschuldigung als falsch erwiesen, hätten sie einen anderen Grund zum Angriff finden müssen. Doch jetzt sehen sie Renesmee und sind zuversichtlich, was ihr Vorgehen betrifft. Wir könnten immer noch versuchen, uns gegen die anderen Anklagepunkte zu verteidigen, die sie ausgeheckt haben, doch erst müssen sie stehen bleiben, um die Wahrheit über Renesmee zu erfahren.« Dann, noch leiser: »Was sie nicht vorhaben.«

Jacob gab ein merkwürdiges kleines Schnauben von sich.

Und dann, zwei Sekunden später, blieb die Prozession überraschenderweise doch stehen. Die leise Melodie der vollkommen synchronen Bewegungen verstummte. Die makellose Disziplin war ungebrochen; die Volturi erstarrten alle gleichzeitig zu vollkommener Reglosigkeit. Sie standen etwa hundert Meter von uns entfernt.

Hinter mir hörte ich links und rechts das Klopfen großer Herzen, näher als zuvor. Ich riskierte Blicke nach beiden Seiten, um zu sehen, was die Volturi aufgehalten hatte.

Die Wölfe waren zu uns gestoßen.

Auf beiden Seiten unserer ungleichmäßigen Linie hatten sich die Wölfe aufgestellt. Es waren mehr als zehn Wölfe, das sah ich sofort, als ich den Bruchteil einer Sekunde hinschaute, ich sah die bekannten Wölfe und andere, die ich nie zuvor gesehen hatte. Sechzehn waren es, die sich gleichmäßig um uns herum verteilt hatten – siebzehn insgesamt, wenn man Jacob mitzählte. An ihrer Größe und ihren überdimensionalen Pfoten konnte man erkennen, dass die Neuen alle sehr, sehr jung waren. Das hätte ich wohl voraussehen müssen. Wenn so viele Vampire die Gegend belagerten, war eine Explosion der Werwolfbevölkerung unvermeidlich.

Noch mehr Kinder, die sterben mussten. Ich fragte mich, weshalb Sam das zugelassen hatte, und dann begriff ich, dass er keine Wahl gehabt hatte. Wenn sich auch nur einige der Wölfe auf unsere Seite stellten, würden die Volturi die übrigen garantiert ausfindig machen. Sie setzten mit diesem Kampf ihre ganze Gattung aufs Spiel.

Und wir würden verlieren.

Auf einmal war ich wütend. Mehr als wütend, ich war außer mir vor Zorn. Meine hoffnungslose Verzweiflung war wie weggeblasen. Ein schwaches rötliches Glühen erleuchtete die dunklen Gestalten vor mir, und ich wollte nur noch meine Zähne in sie hineinschlagen, ihnen die Gliedmaßen herausreißen und sie auf den Scheiterhaufen werfen. In meiner rasenden Wut wäre ich um den Scheiterhaufen herumgetanzt, wo sie lebendig schmorten; ich hätte gelacht, während ihre Asche glühte. Automatisch fletschte ich die Zähne und ein leises, wütendes Knurren stieg mir aus der Magengrube hoch bis in die Kehle. Ich merkte, dass ich die Mundwinkel zu einem Lächeln verzogen hatte.

Zafrina und Senna neben mir erwiderten mein gedämpftes Knurren. Edward drückte warnend meine Hand.

Die meisten der umschatteten Gesichter der Volturi waren noch immer ausdruckslos. Nur zwei Augenpaare ließen überhaupt eine Gefühlsregung erkennen. Genau in der Mitte waren Aro und Caius, die sich an den Händen berührten, stehen geblieben, um die Lage zu beurteilen. Und mit ihnen war die gesamte Wache stehen geblieben und wartete auf den Befehl zu töten. Aro und Caius schauten sich nicht an, doch man sah, dass sie sich verständigten. Marcus schien, obwohl er Aros andere Hand berührte, an der Unterhaltung nicht teilzuhaben. Seine Miene war nicht so stumpfsinnig wie die der Wachen, doch fast ebenso ausdruckslos. Genau wie damals, als ich ihn zum ersten Mal gesehen hatte, wirkte er unendlich gelangweilt.

Die Zeugen der Volturi beugten sich zu uns, den Blick wütend auf Renesmee und mich gerichtet, doch sie hielten sich am Rand des Waldes, so dass ein breiter Streifen zwischen ihnen und den Volturi-Kriegern blieb. Einzig Irina war dicht hinter den Volturi, nur wenige Schritte von den Frauen der Ältesten – beide blond mit pudriger Haut und trüben Augen – und ihren beiden massigen Leibwächtern entfernt.

Direkt hinter Aro stand eine Frau in einem der dunkleren Umhänge. Ich war mir nicht ganz sicher, aber es sah so aus, als ob sie seinen Rücken berührte. War sie der andere Schutzschild, Renata? Genau wie Eleazar fragte ich mich, ob sie *mich* wohl abwehren könnte.

Aber ich würde mein Leben nicht vergeuden, indem ich versuchte zu Caius oder Aro zu gelangen. Ich hatte wichtigere Ziele.

Ich ließ meinen Blick über die Reihe wandern und fand sofort die beiden winzigen, dunkelgrauen Umhänge nah am Zentrum der Gruppierung. Alec und Jane, mit Abstand die kleinsten Mitglieder der Wache, standen direkt neben Marcus, auf der anderen Seite waren sie von Demetri flankiert. Ihre reizenden Gesichter waren sanft, verrieten nichts; ihre Umhänge waren die dunkelsten, abgesehen von den pechschwarzen der Ältesten. Die Hexenzwillinge hatte Wladimir sie genannt. Ihre Kräfte waren die Eckpfeiler des Angriffs der Volturi. Die Juwelen in Aros Sammlung.

Meine Muskeln spannten sich an und Gift sammelte sich in meinem Mund.

Aro und Caius schauten mit ihren milchig roten Augen kurz über unsere Reihe. Ich sah die Enttäuschung in Aros Gesicht, als sein Blick immer wieder über unsere Gesichter wanderte, auf der Suche nach dem einen, das fehlte. Vor Verdruss wurden seine Lippen schmal.

In diesem Moment war ich heilfroh, dass Alice geflüchtet war.

Als noch immer nichts geschah, merkte ich, wie Edwards Atem schneller ging.

»Edward?«, fragte Carlisle leise, nervös.

»Sie wissen nicht recht, wie sie vorgehen sollen. Sie wägen ihre Möglichkeiten ab, wählen ihre Hauptziele aus – ich natürlich, du, Eleazar, Tanya. Marcus prüft, wie stark unsere Bande sind, er sucht nach Schwachpunkten. Die Anwesenheit der Rumänen verunsichert sie. Sie machen sich Sorgen wegen der Gesichter, die sie nicht kennen – besonders Zafrina und Senna –, und natürlich wegen der Wölfe. Sie waren noch nie in der Unterzahl. Deshalb halten sie inne.«

»Unterzahl?«, flüsterte Tanya ungläubig.

»Sie zählen ihre Zeugen nicht mit«, sagte Edward leise. »Sie sind für die Wache unbedeutend, belanglos. Aro hat nur gern Zuschauer.«

»Soll ich sprechen?«, fragte Carlisle.

Edward zögerte, dann nickte er. »Eine weitere Gelegenheit wird sich dir nicht bieten.«

Carlisle straffte die Schultern und trat einige Schritte vor unsere Verteidigungslinie. Ich fand es schrecklich, ihn so allein zu sehen, so ungeschützt.

Er breitete die Arme aus und hob die Hände wie zum Gruß. »Aro, mein alter Freund. Es ist Jahrhunderte her, dass wir uns gesehen haben.«

Lange Zeit war es totenstill auf der weißen Lichtung. Ich

spürte die Anspannung, die von Edward ausging, als er auf Aros Reaktion lauschte. Der Druck wurde mit jeder Sekunde stärker.

Und dann trat Aro aus dem Herzen der Volturi-Formation vor. Renata, sein Schutzschild, ging mit ihm, als wären ihre Fingerspitzen an seinen Umhang genäht. Zum ersten Mal tat sich etwas bei den Volturi. Ein Grollen ging durch die Reihen, die Mienen wurden finster, Zähne wurden gefletscht. Einige Wachen duckten sich angriffslustig.

Aro sah sie mit erhobener Hand an. »Frieden.«

Er trat noch ein paar Schritte weiter vor, dann legte er den Kopf schräg. Seine milchigen Augen glänzten vor Neugier.

»Schöne Worte, Carlisle«, flüsterte er mit seiner dünnen Stimme. »Doch sie scheinen unpassend angesichts der Armee, die du versammelt hast, um mich und meine Lieben zu töten.«

Carlisle schüttelte den Kopf und streckte die rechte Hand aus, obwohl fast hundert Meter zwischen ihnen lagen. »Du brauchst nur meine Hand zu berühren, um zu sehen, dass das niemals in meiner Absicht lag.«

Aro kniff die durchdringenden Augen zusammen. »Doch was für eine Rolle kann deine Absicht überhaupt spielen, lieber Carlisle, im Angesicht dessen, was du getan hast?« Er runzelte die Stirn und sein Gesicht wurde von Trauer überschattet – ob sie echt war oder nicht, konnte ich nicht erkennen.

»Ich habe das Verbrechen nicht begangen, für das du mich strafen willst.«

»Dann tritt beiseite und lass uns die Verantwortlichen strafen. Wahrhaftig, Carlisle, nichts würde mich mehr freuen, als dein Leben heute zu verschonen.«

»Niemand hat das Gesetz gebrochen, Aro. Lass mich erklären.« Wieder hielt Carlisle ihm die Hand hin.

Bevor Aro antworten konnte, trat Caius schnell an Aros Seite.

»So viele unnötige Regeln, so viele überflüssige Gesetze habt ihr euch erschaffen, Carlisle«, zischte der weißhaarige Vampir. »Wie kannst du die Überschreitung des einen verteidigen, das wirklich zählt?«

»Das Gesetz wurde nicht gebrochen. Wenn ihr uns zuhören würdet …«

»Wir sehen das Kind, Carlisle«, fauchte Caius. »Halte uns nicht zum Narren.«

»Sie ist *keine* Unsterbliche. Sie ist kein Vampir. Ich kann es leicht beweisen, wenn ihr nur einen Augenblick …«

Caius schnitt ihm das Wort ab. »Wenn sie nicht eine der Verbotenen ist, warum habt ihr dann ein ganzes Heer aufgestellt, um sie zu beschützen?«

»Das sind Zeugen, Caius, wie auch ihr sie mitgebracht habt.« Carlisle zeigte auf die wütende Horde am Waldrand; einige knurrten zur Antwort. »Jeder unserer Freunde kann euch die Wahrheit über das Kind erzählen. Oder schau sie einfach nur an, Caius. Sieh die menschliche Röte in ihren Wangen.«

»Täuschungsmanöver!«, sagte Caius barsch. »Wo ist die Informantin? Sie soll vortreten!« Er reckte den Hals, bis er Irina hinter den Ehefrauen entdeckte. »Du! Komm her!«

Irina starrte ihn verständnislos an, sie sah aus wie jemand, der dabei ist, aus einem schrecklichen Albtraum zu erwachen. Caius schnippte ungeduldig mit den Fingern. Einer der riesigen Leibwächter der Ehefrauen ging zu Irina und stieß sie unsanft in den Rücken. Irina blinzelte zweimal, dann lief sie benommen auf Caius zu. Einige Meter vor ihm blieb sie stehen, sie schaute zu ihren Schwestern.

Caius ging zu ihr und schlug ihr ins Gesicht.

Es konnte nicht wehtun, aber es hatte etwas furchtbar Demütigendes. Als würde man einen Hund treten. Tanya und Kate zischten gleichzeitig.

Irinas Körper war starr, jetzt endlich richtete sie den Blick auf Caius. Er zeigte mit einem Krallenfinger auf Renesmee, die sich an meinen Rücken klammerte, eine Hand immer noch fest in Jacobs Fell. Vor Wut sah ich Caius jetzt flammend rot. Ein wildes Knurren kam aus Jacobs Brust.

»Ist dies das Kind, das du sahst?«, fuhr Caius sie an. »Das Kind, das offensichtlich mehr als menschlich war?«

Irina schaute uns prüfend an; zum ersten Mal, seit sie auf die Lichtung gekommen war, nahm sie Renesmee wahr. Sie legte den Kopf schräg und sah auf einmal verwirrt aus.

»Und?«, fauchte Caius.

»Ich … ich bin mir nicht sicher«, sagte sie, es klang ratlos.

Caius' Hand zuckte, als hätte er sie am liebsten erneut geschlagen. »Wie meinst du das?«, flüsterte er eisig.

»Sie sieht nicht genauso aus, aber ich glaube, es ist dasselbe Kind. Ich meine, sie hat sich verändert. Dieses Kind ist größer als das Kind, das ich gesehen habe, aber …«

Caius fauchte wütend, mit gebleckten Zähnen, und Irina sprach nicht zu Ende. Aro flitzte zu Caius hinüber und legte ihm beschwichtigend die Hand auf die Schulter.

»Halte dich zurück, Bruder. Wir haben Zeit, alles zu klären. Kein Grund zur Hast.«

Missmutig drehte Caius Irina den Rücken zu.

»Nun, Schätzchen«, sagte Aro mit warmer, zuckersüßer Stimme. »Zeige mir, was du versuchst zu sagen.« Er hielt der verwirrten Irina die Hand hin.

Unsicher nahm sie seine Hand. Er hielt sie nur wenige Sekunden.

»Siehst du, Caius?«, sagte er. »Es ist ganz einfach, das zu bekommen, was wir brauchen.«

Caius gab keine Antwort. Aus dem Augenwinkel schaute Aro kurz zu seinem Publikum, dem Pöbel, dann wandte er sich wieder zu Carlisle.

»Anscheinend haben wir es mit einem Rätsel zu tun. Das Kind ist offensichtlich gewachsen. Doch Irinas erste Erinnerung zeugt eindeutig von einem unsterblichen Kind. Eigenartig.«

»Genau das versuche ich zu erklären«, sagte Carlisle, und sein veränderter Tonfall ließ ahnen, dass er erleichtert war. Das war die Atempause, an die wir unsere vagen Hoffnungen geknüpft hatten.

Ich empfand keine Erleichterung. Ich wartete, beinahe gefühllos vor Zorn, auf die verschiedenen Strategien, von denen Edward gesprochen hatte.

Wieder streckte Carlisle die Hand aus.

Aro zögerte kurz. »Ich hätte die Erklärung lieber von jemandem, der mehr an dieser Geschichte beteiligt ist, mein Freund. Gehe ich recht in der Annahme, dass diese Übertretung nicht dein Werk war?«

»Es gab keine Übertretung.«

»Wie dem auch sei, ich werde die Wahrheit in allen Einzelheiten erfahren.« Aros zarte Stimme wurde härter. »Und am besten kann sie mir dein begabter Sohn selbst liefern.« Er neigte den Kopf in Edwards Richtung. »Da sich das Kind an seine neugeborene Gefährtin klammert, gehe ich davon aus, dass Edward in die Geschichte verwickelt ist.«

Natürlich wollte er Edward. Wenn er in Edwards Kopf schaute, kannte er *alle* unsere Gedanken. Alle, bis auf meine.

Edward drehte sich schnell um und gab mir und Renesmee einen Kuss auf die Stirn, ohne mich anzuschauen. Dann ging

er über das verschneite Feld und schlug Carlisle im Vorbeige-
hen leicht auf die Schulter. Ich hörte ein leises Wimmern hinter
mir – Esme konnte ihr Entsetzen nicht unterdrücken.

Der rote Schleier, von dem die Armee der Volturi für mich
umgeben war, loderte heller denn je. Es war mir unerträglich zu
sehen, wie Edward das verlassene weiße Feld allein überquerte –
doch ebenso unerträglich wäre es, wenn Renesmee unseren Feinden auch nur einen Schritt näher käme. Ich war hin- und hergerissen, ich war so erstarrt, dass es sich anfühlte, als würden
meine Knochen dem Druck nicht standhalten.

Als Edward mehr als die Hälfte des Weges hinter sich hatte,
als er ihnen näher war als uns, sah ich Jane lächeln.

Dieses selbstgefällige kleine Lächeln gab den Ausschlag.
Meine Wut erreichte ihren Höhepunkt, sie war noch heftiger
als der Blutrausch, den ich vorhin verspürt hatte, als die Wölfe
sich diesem verlorenen Kampf verschrieben hatten. Der Geschmack des Wahnsinns lag mir auf der Zunge – ich spürte, wie
er mich durchströmte, eine Flutwelle reiner Kraft. Meine Muskeln wurden hart und ich handelte ganz unwillkürlich. Ich warf
meinen Schild mit der gesamten Kraft meines Geistes, schleuderte ihn wie einen Speer über die gewaltige Spanne des Feldes –
zehnmal weiter, als ich es je zuvor geschafft hatte. Ich schnaufte
vor Anstrengung.

In einer Blase reiner Energie trat der Schild heraus, ein
Rauchpilz aus flüssigem Stahl. Er pulsierte wie etwas Lebendiges – ich spürte ihn von der Spitze bis zu den Rändern.

Diesmal schnappte der dehnbare Stoff nicht zurück; in diesem Augenblick ungebrochener Kraft spürte ich, dass ich das
Zurückziehen zuvor selbst verursacht hatte – ich hatte mich zum
eigenen Schutz an diesen unsichtbaren Teil meiner selbst ge-
klammert, hatte ihn unbewusst nicht hergeben wollen. Jetzt ließ

ich ihn los, mühelos sauste mein Schild gut fünfzig Meter weit und beanspruchte nur einen Bruchteil meiner Konzentration. Er dehnte sich wie ein Muskel und gehorchte meinem Willen. Ich schob ihn, formte ihn zu einem länglichen, spitzen Oval. Alles unter diesem dehnbaren Eisenschild war plötzlich Teil meiner selbst – ich spürte die Lebenskraft von allem, was er umgab, wie leuchtende Feuerpunkte, wie grelle Funken um mich herum. Ich warf den Schild über die ganze Länge des Feldes und atmete erleichtert auf, als ich merkte, dass Edwards strahlendes Licht in meinem Schutz war. Da hielt ich inne und spannte den neuen Muskel an, bis er sich ganz um Edward schmiegte, eine dünne und doch unzerstörbare Schicht zwischen seinem Körper und unseren Feinden.

Kaum eine Sekunde war vergangen. Edward ging immer noch auf Aro zu. Alles hatte sich völlig verändert, doch außer mir hatte niemand diese Explosion bemerkt. Ein verblüfftes Lachen entfuhr mir. Ich merkte, dass die anderen zu mir hinsahen; Jacob schaute mich mit seinen großen schwarzen Augen an, als hätte ich den Verstand verloren.

Ein paar Schritte von Aro entfernt blieb Edward stehen, und mit einem gewissen Unmut musste ich einsehen, dass ich diesen Austausch nicht verhindern durfte, auch wenn ich es sicherlich konnte. Darum war es uns ja bei unseren ganzen Vorbereitungen gegangen: Aro unsere Version der Geschichte zu erzählen. Obwohl es fast körperlich wehtat, zog ich meinen Schild widerstrebend zurück, so dass Edward ungeschützt war. Jetzt war mir nicht mehr nach Lachen zu Mute. Ich konzentrierte mich mit aller Kraft auf Edward, damit ich ihn augenblicklich wieder beschützen konnte, falls etwas schiefging.

Edward reckte hochmütig das Kinn und hielt Aro die Hand hin, als würde er ihm eine große Ehre erweisen. Aro schien über diese Haltung entzückt zu sein, aber sein Entzücken wurde nicht von allen geteilt. Renata in seinem Schatten zuckte nervös. Caius' Miene war so finster, dass es aussah, als würde seine papierne, durchscheinende Haut sich nie wieder glätten. Die kleine Jane zeigte die Zähne und Alec neben ihr kniff konzentriert die Augen zusammen. Ich nahm an, dass er, ebenso wie ich, bereit war jederzeit einzuschreiten.

Ohne zu zögern, ging Aro auf Edward zu – und was hatte er auch zu befürchten? Die aufragenden Schatten der helleren grauen Umhänge – der bulligen Kämpfer wie Felix – waren nur wenige Meter entfernt. Mit einem einzigen Blick könnte Jane Edward zu Boden schleudern und er würde sich vor Schmerzen krümmen. Alec könnte ihn blind und taub machen, noch ehe er einen Schritt auf Aro zugehen könnte. Niemand wusste, dass es in meiner Macht stand, sie aufzuhalten, nicht einmal Edward.

Mit einem sorglosen Lächeln nahm Aro Edwards Hand. Sofort schloss er die Augen, dann zog er die Schultern hoch, als ihn die Wucht der Neuigkeiten traf, die er erfuhr.

Jeder geheime Gedanke, jede Strategie, jede Erkenntnis – alles, was Edward im Laufe des letzten Monats aus den Gedanken der anderen erfahren hatte – gehörte jetzt Aro. Und noch weiter zurück – jede Vision von Alice, alle stillen Momente mit unserer Familie, alle Bilder in Renesmees Kopf, jeder Kuss, jede Berührung zwischen Edward und mir … Auch all das gehörte jetzt Aro.

Ich zischte vor Wut, und der Schutzschild tobte mit mir, veränderte seine Form und schloss sich um uns herum.

»Nicht aufregen, Bella«, flüsterte Zafrina mir zu.

Ich biss die Zähne zusammen.

Aro war immer noch ganz auf Edwards Erinnerungen konzentriert. Auch Edward neigte jetzt den Kopf, seine Nacken-

muskeln wurden hart, als er noch einmal durchlebte, was Aro
ihm jetzt wegnahm und wie er darauf reagierte.

Dieser wechselseitige und doch ungleiche Austausch dauerte
so lange, dass selbst die Wachen unruhig wurden. Leises Gemurmel lief durch die Reihe, bis Caius barsch befahl still zu sein.
Jane drängte nach vorn, als könnte sie nicht anders, und Renatas
Gesicht war schmerzverzerrt. Ich betrachtete kurz diesen anderen, mächtigen Schild, der jetzt so beunruhigt und schwach
schien; obwohl Renata für Aro wichtig war, merkte ich, dass sie
nicht zu den Kriegern gehörte. Ihre Aufgabe war es nicht, zu
kämpfen, sondern zu beschützen. Sie hatte nichts Blutrünstiges
an sich. Ich wusste, dass ich sie trotz meiner Unerfahrenheit
vernichten würde, wenn wir gegeneinander kämpfen müssten.

Als Aro sich aufrichtete, konzentrierte ich mich wieder; er riss
die Augen auf, sein Blick war ehrfürchtig und wachsam. Er ließ
Edwards Hand nicht los.

Edwards Muskeln entspannten sich ein ganz kleines bisschen.

»Verstehst du es jetzt?«, fragte Edward, seine Samtstimme
war ruhig.

»Ja, ich verstehe, allerdings«, sagte Aro, und erstaunlicherweise klang er fast belustigt. »Ich bezweifle, dass es je zwei gab,
ob Götter oder Sterbliche, die so klar gesehen haben.«

Ich sah in den beherrschten Gesichtern der Wachen, dass sie
ebenso ungläubig waren wie ich.

»Du hast mir viel Stoff zum Nachdenken gegeben, junger
Freund«, fuhr Aro fort. »Weit mehr, als ich erwartet habe.«
Noch immer ließ er Edwards Hand nicht los; Edwards Haltung
war gespannt, er lauschte.

Er gab keine Antwort.

»Darf ich sie kennenlernen?«, fragte Aro – fast flehend – mit
plötzlich eifrigem Interesse. »In all den Jahrhunderten meines

Daseins hätte ich mir nie träumen lassen, dass es so etwas gibt. Was für eine Bereicherung unserer Geschichte!«

»Was gibt es, Aro?«, sagte Caius schroff, ehe Edward antworten konnte. Schon bei der bloßen Frage nahm ich Renesmee in die Arme und drückte sie schützend an meine Brust.

»Etwas, das du dir nie hättest träumen lassen, mein praktischer Freund. Lass dir einen Moment Zeit zum Nachdenken, denn das Gesetz, das wir vollstrecken wollten, kann hier nicht zur Anwendung kommen.«

Als Caius das hörte, zischte er überrascht.

»Frieden, Bruder«, warnte Aro beschwichtigend.

Das hätten gute Neuigkeiten sein müssen – auf diese Worte hatten wir gehofft, auf diese Atempause, die wir eigentlich gar nicht für möglich gehalten hätten. Aro hatte sich die Wahrheit angehört. Aro hatte zugegeben, dass das Gesetz nicht gebrochen worden war.

Doch mein Blick war auf Edward geheftet, und ich sah, wie sein Rücken sich versteifte. Ich dachte noch einmal an Aros Bemerkung, Caius solle *nachdenken*, und hörte den Doppelsinn heraus.

»Wirst du mir deine Tochter vorstellen?«, fragte Aro Edward wieder.

Caius war nicht der Einzige, der bei dieser Enthüllung zischte.

Edward nickte widerstrebend. Aber schließlich hatte Renesmee schon so viele für sich eingenommen. Aro war der Anführer der Ältesten. Wenn wir ihn auf unserer Seite hatten, konnten die anderen dann noch gegen uns vorgehen?

Noch immer hielt Aro Edwards Hand fest, und jetzt beantwortete er eine Frage, die wir anderen nicht gehört hatten.

»Ich meine, ein Kompromiss in diesem einen Punkt dürfte

unter den gegebenen Umständen annehmbar sein. Wir treffen uns in der Mitte.«

Aro ließ Edwards Hand los. Edward wandte sich wieder zu uns, und Aro begleitete ihn; er legte ihm einen Arm lässig um die Schultern, als wären sie die besten Freunde – die ganze Zeit berührte er Edward. Sie kamen über das Feld zu uns herüber. Die gesamte Wache schickte sich an, hinter ihnen herzumarschieren. Aro hob lässig eine Hand, ohne sie anzusehen.

»Bleibt stehen, ihr Lieben. Sie wollen uns fürwahr nichts Böses, wenn wir friedlich sind.«

Jetzt reagierte die Wache deutlicher als zuvor, sie zischten und fauchten protestierend, blieben jedoch, wo sie waren. Renata, die mehr an Aro klebte denn je, wimmerte ängstlich.

»Meister«, flüsterte sie.

»Keine Sorge, meine Liebe«, antwortete er. »Es ist alles gut.«

»Vielleicht solltest du einige Mitglieder deiner Wache mitnehmen«, schlug Edward vor. »Dann werden sie sich wohler fühlen.«

Aro nickte, als sei das ein weiser Gedanke, auf den er auch selbst hätte kommen können. Er schnippte zweimal mit den Fingern. »Felix, Demetri.«

Augenblicklich waren die beiden Vampire an seiner Seite, sie sahen genauso aus wie bei unserer letzten Begegnung. Beide waren groß und dunkelhaarig, Demetri hart und schlank wie die Klinge eines Schwerts, Felix ungeschlacht wie eine Nagelkeule.

In der Mitte des schneebedeckten Feldes blieben die fünf stehen.

»Bella«, rief Edward. »Bring Renesmee her ... und einige Freunde.«

Ich holte tief Luft. Alles in mir sträubte sich. Die Vorstellung, Renesmee mitten auf das Kampffeld zu führen ... Doch ich vertraute Edward. Wenn Aro etwas Heimtückisches im Schilde führte, dann wüsste Edward es.

Aro hatte drei Beschützer an seiner Seite, also beschloss ich zwei mitzunehmen. Ich brauchte nur eine Sekunde, um sie auszuwählen.

»Jacob? Emmett?«, sagte ich leise. Emmett, weil er für sein Leben gern mitkommen wollte. Jacob, weil er es nicht ertragen würde zurückzubleiben.

Beide nickten. Emmett grinste.

Ich überquerte das Feld mit den beiden an meiner Seite. In den Reihen der Wachen hörte ich es wieder grummeln, als sie sahen, wen ich mitbrachte – natürlich trauten sie dem Werwolf nicht über den Weg. Aro hob die Hand und wischte ihren Protest beiseite.

»Interessante Gesellschaft, in der du dich bewegst«, sagte Demetri leise zu Edward.

Edward gab keine Antwort, doch Jacob knurrte leise.

Ein paar Meter von Aro entfernt blieben wir stehen. Edward tauchte unter Aros Arm hindurch, er kam schnell zu uns und nahm meine Hand.

Einen Augenblick sahen wir uns stumm an. Dann begrüßte Felix mich leise.

»Schön, dich wiederzusehen, Bella.« Er grinste selbstgefällig, während er aus den Augenwinkeln jedes kleinste Zucken von Jacob verfolgte.

Ich lächelte den hünenhaften Vampir ironisch an. »Hallo, Felix.«

Felix kicherte. »Du siehst gut aus. Die Unsterblichkeit steht dir.«

»Vielen Dank.«

»Gern. Zu schade …«

Er ließ die Bemerkung in der Luft hängen, aber ich brauchte nicht Edwards Gabe, um den Satz zu Ende zu führen. *Zu schade, dass wir euch gleich umbringen müssen.*

»Ja, zu schade, nicht wahr?«, murmelte ich.

Felix blinzelte.

Aro schenkte unserem Wortwechsel keine Beachtung. Er neigte den Kopf fasziniert zu einer Seite. »Ich höre ihr seltsames Herz«, sagte er, und seine Stimme klang fast melodisch. »Ich rieche ihren seltsamen Duft.« Dann richtete er seine verschleierten Augen auf mich. »Wahrhaftig, junge Bella, die Unsterblichkeit steht dir ganz ausgezeichnet«, sagte er. »Es ist, als wärest du für dieses Leben bestimmt.«

Ich dankte ihm mit einem kurzen Nicken für das zweifelhafte Kompliment.

»Hat mein Geschenk dir gefallen?«, fragte er mit Blick auf den Klunker um meinen Hals.

»Es ist wunderschön und sehr, sehr großzügig von dir. Vielen Dank. Ich hätte wohl eine Dankeskarte schicken sollen.«

Aro lachte erheitert. »Es ist nur eine Kleinigkeit, die bei mir herumlag. Ich dachte mir, es würde zu deinem neuen Gesicht passen, und so ist es.«

Ich hörte ein leises Zischen aus der Mitte der Volturi-Reihe. Ich schaute über Aros Schulter.

Hmm. Jane war offenbar gar nicht froh darüber, dass Aro mir ein Geschenk gemacht hatte.

Aro räusperte sich, um meine Aufmerksamkeit wieder auf sich zu lenken. »Darf ich deine Tochter begrüßen, reizende Bella?«, fragte er honigsüß.

Darauf hatten wir gehofft, sagte ich mir. Ich unterdrückte den Drang, Renesmee zu schnappen und wegzulaufen, und trat stattdessen zwei Schritte vor. Mein Schild flatterte hinter mir her wie ein Cape und schützte den Rest meiner Familie, während Renesmee ungeschützt war. Es fühlte sich falsch an, grässlich.

Strahlend kam Aro auf uns zu.

»Sie ist hinreißend«, murmelte er. »Ganz wie du und Edward.« Dann, lauter: »Hallo, Renesmee.«

Renesmee schaute schnell zu mir. Ich nickte.

»Hallo, Aro«, sagte sie förmlich mit ihrer hohen, klingenden Stimme.

Aro sah verwirrt aus.

»Was ist mit ihr?«, zischte Caius von hinten. Offenbar machte es ihn wütend, dass er fragen musste.

»Halb sterblich, halb unsterblich«, verkündete Aro ihm und den übrigen Wachen, ohne den verzückten Blick von Renesmee zu wenden. »Empfangen und ausgetragen von dieser Neugeborenen, als sie noch ein Mensch war.«

»Unmöglich«, sagte Caius verächtlich.

»Glaubst du etwa, sie haben mich zum Narren gehalten, Bruder?« Aro sah sehr amüsiert aus, aber Caius zuckte zusammen. »Soll auch der Herzschlag, den du hörst, Schwindel sein?«

Caius machte ein böses Gesicht, er sah so verstimmt aus, als wären Aros sanfte Fragen Hiebe gewesen.

»Immer mit der Ruhe, Bruder«, mahnte Aro, während er Renesmee weiter anlächelte. »Ich weiß, wie gern du Gerechtigkeit übst, doch es wäre keine Gerechtigkeit, nur ihrer Herkunft wegen gegen diese einzigartige Kleine vorzugehen. Und es gibt so viel zu lernen, so viel zu lernen! Ich weiß, du teilst meine Leidenschaft für das Sammeln von Geschichten nicht, doch sei nachsichtig mit mir, Bruder, wenn ich ein Kapitel hinzufügen möchte, das mich verblüfft, weil es so abwegig ist. Wir kamen in der Erwartung treuloser Freunde und wollten Gerechtigkeit üben, doch sieh, was wir stattdessen gewonnen haben! Eine neue, leuchtende Erkenntnis unser selbst und unserer Möglichkeiten.«

Einladend hielt er Renesmee die Hand hin. Doch sie wollte etwas anderes. Sie lehnte sich von mir weg und reckte sich, um mit den Fingerspitzen Aros Gesicht zu berühren.

Aro reagierte auf Renesmees Bilderreigen nicht erschrocken wie fast alle anderen; der Strom der Gedanken und Erinnerungen eines anderen war ihm ebenso wenig fremd wie Edward.

Sein Lächeln wurde breiter, und er seufzte zufrieden. »Hervorragend«, flüsterte er.

Renesmee ließ sich entspannt in meine Arme zurücksinken, ihr kleines Gesicht wirkte sehr ernst.

»Bitte?«, sagte sie zu ihm.

Sein Lächeln wurde sanft. »Natürlich liegt mir nichts ferner, als deinen Lieben etwas anzutun, kostbare Renesmee.«

Aros Stimme war so tröstlich und liebevoll, dass ich mich einen Augenblick einwickeln ließ. Doch dann hörte ich, wie Edward mit den Zähnen knirschte und wie Maggie weit hinter uns zischte, als sie die Lüge hörte.

»Ich frage mich«, sagte Aro gedankenverloren, er schien die Reaktion auf seine letzten Worte gar nicht bemerkt zu haben. Sein Blick schweifte überraschenderweise zu Jacob, und während die anderen Volturi den riesigen Wolf mit Abscheu betrachteten, lag in Aros Blick eine Sehnsucht, die ich nicht begriff.

»So funktioniert es nicht«, sagte Edward, und die wohlbedachte Sachlichkeit wich einem plötzlich schroffen Ton.

»Nur so ein Gedanke«, sagte Aro und nahm Jacob unverhohlen in Augenschein, bevor er den Blick langsam über die beiden Werwolfreihen hinter uns schweifen ließ. Was auch immer Renesmee ihm gezeigt haben mochte, es machte die Wölfe in seinen Augen plötzlich interessant.

»Sie *gehören* nicht zu uns, Aro. Sie hören nicht auf unser Kommando. Sie sind aus freien Stücken hier.«

Jacob knurrte drohend.

»Doch sie scheinen dir sehr zugetan zu sein«, sagte Aro. »Und deiner jungen Gefährtin und deiner ... Familie. Geradezu *ergeben*.« Seine Stimme streichelte das Wort sanft.

»Sie haben es sich zur Aufgabe gemacht, Menschenleben zu schützen, Aro. Deshalb können sie mit uns zusammenleben, aber wohl kaum mit euch. Es sei denn, ihr wollt eure Lebensweise neu überdenken.«

Aro lachte fröhlich. »Nur so ein Gedanke«, sagte er wieder. »Du weißt ja, wie das ist. Keiner von uns kann seine unbewussten Wünsche gänzlich beherrschen.«

Edward verzog das Gesicht. »Ich weiß in der Tat, wie das ist. Und ich kenne auch den Unterschied zwischen unbewussten und gezielten Gedanken. Das könnte niemals funktionieren, Aro.«

Jacob wandte den gewaltigen Kopf zu Edward und ein schwaches Winseln entfuhr ihm.

»Er ist fasziniert von der Vorstellung, er könnte ... Wachhunde haben«, murmelte Edward.

Einen Augenblick blieb es totenstill, dann erfüllte wütendes Knurren des gesamten Rudels die große Lichtung.

Bis jemand sie mit einem scharfen Bellen zur Ordnung rief – Sam, wie ich annahm –, und der Widerspruch in unheilvoller Stille endete.

»Das dürfte meine Frage beantworten«, sagte Aro und lachte wieder. »Diese Gruppe hat sich für eine Seite entschieden.«

Edward zischte und beugte sich vor. Ich fasste ihn am Arm und fragte mich, was genau in Aros Gedanken so eine heftige Reaktion bei ihm auslösen mochte, während Felix und Demetri sich gleichzeitig duckten. Aro beschwichtigte sie mit einem Wink. Alle nahmen wieder ihre vorherige Haltung ein, auch Edward.

»So viel zu besprechen«, sagte Aro, jetzt klang er plötzlich wie ein vielbeschäftigter Geschäftsmann. »So viel zu entscheiden. Wenn ihr und euer pelziger Beschützer mich jetzt bitte entschuldigen wollt, liebe Familie Cullen, ich habe mich mit meinen Brüdern zu beraten.«

WINKELZÜGE

Aro ging nicht zu seiner Wache zurück, die gespannt auf der nördlichen Seite der Lichtung wartete, stattdessen winkte er sie zu sich.

Sofort trat Edward den Rückzug an, er fasste mich und Emmett am Arm. Schnell liefen wir zurück, ohne die näher kommende Bedrohung aus den Augen zu lassen. Jacob lief am langsamsten, das Schulterfell gesträubt, die Zähne in Aros Richtung gefletscht. Renesmee packte ihn am Schwanzende, während wir zurückwichen, sie hielt ihn wie an der Leine, damit er bei uns blieb. Im selben Moment, als wir bei unserer Familie waren, war Aro wieder von dunklen Umhängen umgeben.

Jetzt lagen nur fünfzig Meter zwischen ihnen und uns – eine Entfernung, die jeder von uns im Bruchteil einer Sekunde überbrücken könnte.

Sofort begann Caius mit Aro zu streiten.

»Wie kannst du diese Schmach ertragen? Warum stehen wir hier ohnmächtig im Angesicht eines so unerhörten Verbrechens, mit lächerlichen Mitteln verbrämt?« Er hielt die Arme steif am Körper, die Hände zu Klauen verkrallt. Ich fragte mich, weshalb er Aro nicht einfach berührte, um ihm seine Meinung mitzuteilen. Waren wir jetzt Zeugen einer Spaltung in ihren Reihen? War es denkbar, dass wir ein solches Glück hatten?

»Weil es wahr ist«, antwortete Aro ruhig. »Jedes Wort. Sieh nur, wie viele Zeugen bereit sind, sich dafür zu verbürgen, dass sie dieses wundersame Kind in der kurzen Zeit, seit sie es kennen, wachsen und reifen sahen. Dass sie das warme Blut gespürt haben, das durch seine Adern fließt.« Aro machte eine Geste von Amun auf der einen Seite bis zu Siobhan auf der anderen.

Caius reagierte merkwürdig auf Aros beschwichtigende Worte, bei dem Wort *Zeugen* zuckte er kaum merklich zusammen. Wut stand ihm ins Gesicht geschrieben, im nächsten Moment wich sie kaltem Kalkül. Er schaute zu den Zeugen der Volturi mit einem Ausdruck, der leichte ... Nervosität verriet.

Auch ich schaute zu der wütenden Meute und sah sofort, dass diese Beschreibung nicht länger zutraf. Die Sensationsgier war allgemeiner Verunsicherung gewichen. Gewisper ging durch die Menge, als sie versuchten aus den Ereignissen schlau zu werden.

Caius runzelte die Stirn, tief in Gedanken. Seine grübelnde Miene schürte meine schwelende Wut, gleichzeitig bereitete sie mir Sorgen. Wenn die Wache nun wieder auf irgendein unsichtbares Zeichen reagierte, ebenso wie beim Anmarsch? Ängstlich untersuchte ich meinen Schutzschild; er fühlte sich immer noch undurchdringlich an. Ich formte ihn jetzt zu einer flachen weiten Kuppel, die sich über unsere ganze Gruppe wölbte.

Ich spürte deutliche Lichtstrahlen dort, wo meine Familie und meine Freunde standen – jeder mit einem ganz eigenen Charakter, den ich, so glaubte ich, mit einiger Übung wiedererkennen würde. Edwards kannte ich schon – sein Licht strahlte am hellsten. Der leere Raum zwischen den Leuchtpunkten machte mir Sorgen; mein Schild stellte kein greifbares Hindernis dar, und sollte einer der begabten Volturi mit daruntergelangen, würde er niemanden mehr schützen außer mir. Ich merkte, wie sich Falten auf meiner Stirn bildeten, während ich die dehnbare Waffe vorsichtig enger zog. Carlisle stand am weitesten vorn; Zentimeter für Zentimeter saugte ich den Schild zurück und versuchte ihn so eng wie möglich um Carlisles Körper zu schmiegen.

Mein Schild machte bereitwillig mit. Er legte sich um Carlisle; wenn Carlisle sich zur Seite neigte, um näher an Tanya zu rücken, dehnte der Schild sich mit ihm, er blieb immer bei seinem Lichtschein.

Fasziniert zog ich weitere Fäden des Stoffs stramm, spannte ihn um all die Lichtgestalten unserer Freunde und Verbündeten. Der Schild blieb bei ihnen, passte sich ihren Bewegungen an.

Nur eine Sekunde war vergangen, Caius dachte immer noch nach.

»Die Werwölfe«, murmelte er schließlich.

In plötzlicher Panik merkte ich, dass die meisten Werwölfe ohne Schutz waren. Ich wollte meinen Schild bis zu ihnen ausdehnen, als ich feststellte, dass ich ihre Lichter seltsamerweise bereits spürte. Neugierig zog ich den Schild enger, bis Amun und Kebi am äußersten Rand unserer Gruppe zusammen mit den Wölfen draußen standen. Als sie auf der anderen Seite waren, erloschen ihre Lichter. Es gab sie nicht mehr für meinen neuen Sinn. Die Wölfe dagegen waren immer noch leuchtende Flammen – genauer gesagt, die Hälfte von ihnen. Hmm … Ich erweiterte den Schild ein wenig, und sobald Sam unter meinem Schutz war, verwandelten sich alle Wölfe wieder in leuchtende Lichter.

Sie waren enger miteinander verbunden, als ich angenommen hatte. War der Leitwolf unter meinem Schild, waren auch die Übrigen geschützt.

»Ah, Bruder …«, sagte Aro mit gequältem Blick zu Caius.

»Wirst du dieses Bündnis auch verteidigen, Aro?«, wollte

Caius wissen. »Von Anbeginn der Zeiten waren die Kinder des Mondes unsere erbitterten Feinde. Fast bis zur Ausrottung haben wir sie in Europa und Asien gejagt. Und Carlisle ermutigt so enge Beziehungen mit dieser abscheulichen Plage – ohne Zweifel ein Versuch, uns zu stürzen. Damit er seine verdrehte Lebensform besser schützen kann.«

Edward räusperte sich laut und Caius sah ihn wütend an. Aro bedeckte das Gesicht mit seiner dünnen, zarten Hand, als schämte er sich für den anderen Ältesten.

»Caius, es ist mitten am Tag«, sagte Edward. Er zeigte zu Jacob. »Dies sind eindeutig keine Kinder des Mondes. Sie sind in keiner Weise mit euren Feinden auf der anderen Seite der Welt verwandt.«

»Ihr züchtet hier Mutanten«, fauchte Caius.

Edward spannte den Kiefer an und löste ihn wieder, dann sagte er gelassen: »Sie sind nicht einmal Werwölfe. Aro kann dir alles darüber erzählen, wenn du mir nicht glaubst.«

Keine Werwölfe? Ich warf Jacob einen verwirrten Blick zu. Er hob die gewaltigen Schultern und ließ sie wieder sinken. Er wusste auch nicht, wovon Edward sprach.

»Lieber Caius, ich hätte dich davor gewarnt, darauf herumzureiten, hättest du mir deine Gedanken vorher anvertraut«, murmelte Aro. »Auch wenn die Wesen sich für Werwölfe halten, so sind sie doch keine. Eine präzisere Bezeichnung für sie wäre Gestaltwandler. Die Wahl der Wolfsgestalt war reiner Zufall. Es hätte ebenso gut ein Bär, ein Falke oder Panther sein können, als sich die erste Verwandlung vollzog. Diese Wesen haben tatsächlich nichts mit den Kindern des Mondes gemein. Sie haben diese Gabe lediglich von ihren Vätern ererbt. Es ist genetisch angelegt – sie verbreiten ihre Art nicht, indem sie andere anstecken, wie echte Werwölfe es tun.«

Caius schaute Aro verärgert an, mehr noch – vielleicht warf er ihm Verrat vor.

»Sie kennen unser Geheimnis«, sagte er rundheraus.

Edward sah so aus, als wollte er auf diese Anschuldigung etwas erwidern, doch Aro kam ihm zuvor. »Sie sind Wesen derselben übernatürlichen Welt, Bruder. Vielleicht noch mehr auf Geheimhaltung angewiesen als wir; sie können uns kaum bloßstellen. Vorsicht, Caius. Fadenscheinige Unterstellungen bringen uns nicht weiter.«

Caius atmete tief durch und nickte. Sie tauschten einen langen, vielsagenden Blick.

Ich glaubte den Auftrag hinter Aros sorgfältig gewählten Worten zu verstehen. Falsche Anschuldigungen halfen nicht, die Zeugen auf beiden Seiten zu gewinnen; Aro ermahnte Caius, zur nächsten Strategie überzugehen. Ich fragte mich, ob der Grund hinter der offensichtlichen Spannung zwischen den beiden Ältesten – und Caius' Widerstreben, seine Gedanken durch eine Berührung mitzuteilen – darin lag, dass Caius nicht so sehr auf Zurschaustellung aus war wie Aro. Ob für Caius das bevorstehende Gemetzel so viel wichtiger war als ein makelloser Ruf.

»Ich möchte mit der Informantin sprechen«, verkündete Caius unvermittelt und schaute jetzt Irina wütend an.

Irina hatte nicht auf die Unterhaltung zwischen Caius und Aro geachtet, ihr Gesicht war qualvoll verzerrt, der Blick ruhte auf den Schwestern, die sich zum Sterben aufgestellt hatten. Ihr war sehr wohl bewusst, dass sie mit ihrer Anschuldigung einen großen Fehler begangen hatte, das sah man ihr an.

»Irina«, brüllte Caius, offenbar verärgert darüber, dass er sie direkt ansprechen musste.

Sie blickte auf, erschrocken und sofort verängstigt.

Caius schnippte mit den Fingern.

Zögernd trat sie vom Rand der Volturi-Formation vor und stand jetzt wieder vor Caius.

»Du hast mit deinen Anschuldigungen also ganz falsch gelegen«, begann Caius.

Tanya und Kate beugten sich besorgt vor.

»Es tut mir leid«, flüsterte Irina. »Ich hätte mich dessen versichern sollen, was ich sah. Doch ich hatte keine Ahnung ...« Sie zeigte hilflos in unsere Richtung.

»Lieber Caius, kannst du erwarten, dass sie so etwas Merkwürdiges und Unglaubliches sofort begreift?«, fragte Aro. »Jeder von uns wäre zu demselben Schluss gelangt.«

Caius wedelte mit der Hand, um Aro zum Schweigen zu bringen.

»Wir alle wissen, dass du einen Fehler gemacht hast«, sagte er schroff. »Ich wollte über deine Beweggründe sprechen.«

Irina wartete unruhig darauf, dass er weitersprach, dann sagte sie: »Meine Beweggründe?«

»Ja, weshalb du ihnen überhaupt nachspioniert hast.«

Bei dem Wort *nachspioniert* zuckte Irina zusammen.

»Du warst verärgert über die Cullens, nicht wahr?«

Sie schaute Carlisle kläglich an. »Ja«, gab sie zu.

»Weil ...?«, half Caius nach.

»Weil die Werwölfe meinen Freund getötet hatten«, flüsterte sie. »Und die Cullens wollten es nicht zulassen, dass ich ihn rächte.«

»Die Gestaltwandler«, verbesserte Aro ruhig.

»Das heißt also, dass die Cullens sich mit den *Gestaltwandlern* gegen ihresgleichen verbündet haben – mehr noch, gegen die Freundin eines Freundes«, fasste Caius zusammen.

Ich hörte, wie Edward einen leisen angewiderten Laut ausstieß. Caius hakte alle Punkte auf seiner Liste ab, er suchte nach einer Anschuldigung, die traf.

Irinas Schultern wurden steif. »So habe ich es gesehen.«

Caius wartete wieder, dann sagte er: »Wenn du eine förmliche Anklage gegen die Gestaltwandler vorbringen möchtest – und gegen die Cullens, die ihr Handeln unterstützten –, dann wäre jetzt der richtige Zeitpunkt.« Er lächelte ein gemeines kleines Lächeln und wartete darauf, dass Irina ihm den nächsten Vorwand lieferte.

Vielleicht verstand Caius nichts von wahren Familienbanden, Banden, die auf Liebe gründeten, nicht auf Liebe zur Macht. Vielleicht hatte er auch die Stärke von Rachegefühlen überschätzt.

Irina hob das Kinn und straffte die Schultern.

»Nein, ich habe nichts gegen die Wölfe vorzubringen und auch nichts gegen die Cullens. Ihr kamt heute hierher, um ein unsterbliches Kind zu vernichten. Doch es gibt kein unsterbliches Kind. Das war mein Fehler, und ich übernehme die volle Verantwortung dafür. Doch die Cullens sind unschuldig und für euch gibt es jetzt keinen Grund mehr, hier zu sein. Es tut mir so leid«, sagte sie zu uns, dann wandte sie sich zu den Zeugen der Volturi. »Es hat kein Verbrechen gegeben. Ihr habt keinen triftigen Grund mehr, hier zu sein.«

Während sie sprach, hob Caius die Hand, darin hielt er einen merkwürdigen, kunstvoll verzierten Metallgegenstand.

Das war ein Zeichen. Die Antwort kam so schnell, dass wir alle fassungslos zuschauten, wie es geschah. Bevor jemand hätte einschreiten können, war es schon vorbei.

Drei der Volturi-Krieger sprangen vor und verdeckten Irina vollkommen mit ihren grauen Umhängen. Im selben Moment schallte ein furchtbares metallisches Kreischen über die Lichtung. Caius schwebte in die Mitte des grauen Wirrwarrs, und das entsetzliche Kreischen explodierte in einem aufsteigenden Regen von Funken und züngelnden Flammen. Die Krieger sprangen von dem plötzlichen Inferno zurück und nahmen sofort wieder ihre Position in der geraden Linie der Wachen ein.

Caius stand allein neben den flackernden Überresten Irinas, der Metallgegenstand in seiner Hand warf immer noch einen dicken Flammenstrahl auf den Scheiterhaufen.

Mit einem leisen Klicken verschwand das Feuer, das aus Caius' Hand schoss. Die Zeugen hinter den Volturi keuchten erschrocken.

Wir waren zu entsetzt, um irgendeinen Laut von uns zu geben. Zu wissen, dass der Tod schnell und erbarmungslos kam, war eine Sache, es mit anzusehen, eine ganz andere.

Caius lächelte kalt. »*Jetzt* hat sie die volle Verantwortung für ihr Handeln übernommen.«

Sein Blick huschte zu unserer Verteidigungslinie und blieb kurz an Tanya und Kate hängen, die beide erstarrt dastanden.

In diesem Augenblick begriff ich, dass Caius die Stärke wahrer Familienbande nicht im Geringsten unterschätzt hatte. Das war genau der Trick. Nicht auf Irinas Anklage hatte er spekuliert, sondern auf ihren Ungehorsam. So hatte er einen Vorwand, sie zu zerstören, die Gewalt zu entfachen, die jetzt die Luft erfüllte wie ein dichter, entflammbarer Nebel. Er hatte das Spiel absichtlich verloren.

Der angestrengte Frieden dieses Gipfeltreffens schwankte bereits mehr als ein Elefant auf dem Drahtseil. Wenn der Kampf einmal losging, gab es keine Möglichkeit mehr, ihn zu stoppen. Er würde eskalieren, bis es eine Seite nicht mehr gab. Unsere Seite. Das wusste Caius.

Und Edward wusste es auch.

»Haltet sie auf!«, schrie Edward und versuchte Tanya am Arm zu packen, als sie mit einem wahnsinnigen Wutschrei auf den lächelnden Caius zustürmen wollte. Als sie Edward abschüttelte, hatte Carlisle sie schon mit festem Griff um die Mitte gefasst.

»Du kannst ihr nicht mehr helfen«, sagte er eindringlich, als sie sich wehrte. »Tu jetzt nicht das, was er will!«

Kate war schwerer zu halten. Mit einem wortlosen Schrei machte sie den ersten Schritt zu einem Angriff, der mit dem Tod aller enden würde. Rosalie war ihr am nächsten, doch bevor sie Kate in den Schwitzkasten nehmen konnte, versetzte die ihr einen so heftigen Stromschlag, dass Rose zu Boden ging. Emmett packte Kate am Arm und warf sie nieder, dann taumelte er rückwärts, seine Knie gaben nach. Kate kam wieder auf die Füße; niemand schien sie aufhalten zu können.

Garrett warf sich auf sie und schlug sie erneut zu Boden. Er umfasste ihre Arme und hielt sie fest umschlungen. Ich sah, wie sein Körper zuckte, als sie ihm einen elektrischen Schlag versetzte. Er verdrehte die Augen, ließ jedoch nicht los.

»Zafrina!«, rief Edward.

Kates Blick war auf einmal leer, ihr Schreien wurde zu einem Stöhnen. Tanya hörte auf sich zu wehren.

»Gib mir meine Sicht wieder«, zischte Tanya.

Verzweifelt, doch so behutsam wie möglich zog ich meinen Schild noch fester um die Leuchtpunkte meiner Freunde, löste ihn vorsichtig von Kate und versuchte ihn gleichzeitig um Garrett zu lassen, so dass er eine dünne Haut zwischen den beiden darstellte.

Dann war Garrett wieder bereit und drückte Kate in den Schnee.

»Wenn ich dich loslasse, schlägst du mich dann wieder nieder, Katie?«, flüsterte er.

Zur Antwort knurrte sie, sie schlug immer noch blind um sich.

»Hört mir zu, Tanya, Kate«, flüsterte Carlisle leise und doch eindringlich. »Rache hilft ihr jetzt nicht mehr. Irina würde nicht wollen, dass ihr euer Leben auf diese Weise wegwerft. Überlegt euch, was ihr tut. Wenn ihr sie angreift, werden wir alle sterben.«

Tanya zog die Schultern hoch, voller Trauer, Halt suchend lehnte sie sich an Carlisle. Kate war endlich ruhig. Carlisle und Garrett redeten den Schwestern weiter zu, ihre Worte waren zu nachdrücklich, um tröstlich zu klingen.

Jetzt achtete ich wieder auf die Blicke, die in diesem chaotischen Moment schwer auf uns lagen. Aus den Augenwinkeln sah ich, dass auch Edward und alle anderen außer Carlisle und Garrett wieder auf der Hut waren.

Am durchdringendsten war Caius' Blick; wütend und fassungslos starrte er auf Kate und Garrett im Schnee. Auch Aro schaute ungläubig zu den beiden. Er wusste, wozu Kate im Stande war. Er hatte ihre Kräfte durch Edwards Erinnerungen gespürt.

Begriff er, was in diesem Moment geschah – sah er, dass mein Schild an Kraft und Raffinesse weit über das hinausgewachsen war, was Edward kannte? Oder dachte er, Garrett hätte sich selbst eine Art Immunität angeeignet?

Die Wachen der Volturi standen jetzt nicht mehr stramm – in geduckter Haltung warteten sie auf unseren Angriff, bereit zum Gegenschlag.

Hinter ihnen schauten dreiundvierzig Zeugen zu, sie sahen ganz anders aus als zu Beginn. Sie wirkten nicht mehr verwirrt, sondern misstrauisch. Die rasend schnelle Vernichtung Irinas hatte sie alle erschüttert. Was hatte sie verbrochen?

Ohne den Blitzangriff, mit dem Caius gerechnet hatte und der alle von seiner übereilten Tat abgelenkt hätte, mussten sich die Zeugen der Volturi fragen, was hier vorging. Ich sah, wie Aro sich schnell umschaute, und ganz kurz verriet ihn der Verdruss auf seinem Gesicht. Er hatte sich keinen Gefallen damit getan, so viele Zuschauer mitzubringen.

Ich hörte, wie Stefan und Wladimir voller Schadenfreude über Aros unglückliche Lage sprachen.

Aro war offenbar sehr darauf bedacht, als der Gute dazustehen, wie die Rumänen es ausgedrückt hatten. Doch ich glaubte nicht daran, dass die Volturi uns in Ruhe lassen würden, nur um ihren guten Ruf zu retten. Wenn sie mit uns fertig waren, würden sie einfach ihre Zeugen niedermetzeln. Plötzlich empfand ich Mitleid mit den vielen Fremden, die uns beim Sterben zusehen sollten. Demetri würde sie jagen, bis auch sie ausgelöscht waren.

Für Jacob und Renesmee, für Alice und Jasper, für Alistair und für diese Fremden, die nicht gewusst hatten, welchen Preis sie für den heutigen Tag zahlen sollten, musste Demetri sterben.

Aro berührte Caius leicht an der Schulter. »Irina wurde dafür bestraft, dass sie gegen dieses Kind falsch ausgesagt hat.« Das sollte also die offizielle Begründung sein. Er fuhr fort: »Vielleicht sollten wir jetzt zu der aktuellen Angelegenheit zurückkehren?«

Caius straffte sich, seine Miene wurde undurchdringlich. Er starrte vor sich hin, ohne etwas zu sehen. Sein Gesicht erinnerte mich auf eigenartige Weise an jemanden, der gerade degradiert worden ist.

Aro schwebte nach vorn, und Renata, Felix und Demetri folgten ihm automatisch.

»Nur der Vollständigkeit halber«, sagte er, »würde ich gern mit einigen eurer Zeugen sprechen. Reine Routine.« Er machte eine wegwerfende Handbewegung.

Da passierten zwei Dinge gleichzeitig. Caius richtete den Blick auf Aro und das kleine gemeine Lächeln kehrte zurück. Und Edward zischte, er ballte die Hände so fest zu Fäusten, dass es aussah, als würden seine Knöchel durch die diamantharte Haut brechen.

Ich hätte ihn am liebsten gefragt, was los war, aber Aro war so nah, dass er den leisesten Atemhauch gehört hätte. Ich sah, wie Carlisle Edward besorgt anschaute, dann wurde seine Miene ebenfalls hart.

Während Caius mit haltlosen Anschuldigungen versucht hatte, einen Kampf zu provozieren, hatte Aro offenbar eine weit wirkungsvollere Taktik.

Aro schwebte durch den Schnee bis zum westlichen Ende unserer Linie. Etwa zehn Meter vor Amun und Kebi blieb er stehen. Die Wölfe, die ganz in der Nähe waren, sträubten wütend das Fell, hielten jedoch ihre Stellung.

»Ah, Amun, mein Nachbar im Süden!«, sagte Aro herzlich. »Du hast mich so lange nicht mehr besucht.«

Amun war regungslos vor Angst, Kebi neben ihm eine Statue. »Zeit bedeutet wenig, ich merke nie, wie sie vergeht«, sagte Amun mit unbewegten Lippen.

»Wie wahr«, sagte Aro. »Doch vielleicht gab es einen anderen Grund für dein Fernbleiben?«

Amun sagte nichts.

»Es kann furchtbar zeitraubend sein, Neuzugänge in einen Zirkel einzugliedern. Ich kenne das gut! Ich bin froh, dass ich andere habe, die sich dieser undankbaren Aufgabe annehmen. Es freut mich, dass deine Neuzugänge sich so gut eingefügt haben. Ich hätte sie zu gern kennengelernt. Gewiss hattest du vor, mich in Bälde zu besuchen.«

»Natürlich«, sagte Amun so ausdruckslos, dass man unmöglich sagen konnte, ob Angst oder Sarkasmus in seiner Bemerkung lag.

»Nun ja, jetzt sind wir ja alle beisammen. Ist das nicht wundervoll?«

Amun nickte mit leerer Miene.

»Doch der Grund für deine Anwesenheit hier ist leider weniger erfreulich. Carlisle hat dich gebeten, als Zeuge aufzutreten?«

»Ja.«

»Und was kannst du für ihn bezeugen?«

Amun sprach immer noch kalt, ohne jedes Gefühl. »Ich habe das fragliche Kind beobachtet. Beinahe sofort war deutlich, dass sie kein unsterbliches Kind ist ...«

»Vielleicht sollten wir unsere Begrifflichkeiten klären«, unterbrach Aro ihn, »jetzt, da es neue Klassifizierungen zu geben scheint. Mit einem unsterblichen Kind meinst du natürlich ein Menschenkind, das gebissen und in einen Vampir verwandelt wurde.«

»Ja, das habe ich gemeint.«

»Was hast du sonst noch an dem Kind beobachtet?«

»Dasselbe, was du sicherlich in Edwards Gedanken gesehen hast. Dass das Kind biologisch gezeugt wurde. Dass es wächst. Dass es lernt.«

»Ja, ja«, sagte Aro, und eine Spur Ungeduld mischte sich in seinen so liebenswürdigen Ton. »Doch was genau ist dir in deinen wenigen Wochen hier aufgefallen?«

Amun runzelte die Stirn. »Dass sie ... schnell wächst.«

Aro lächelte. »Und glaubst du, dass sie das Recht haben sollte zu leben?«

Ein Zischen entfuhr mir, und nicht nur mir. Die Hälfte der Vampire auf unserer Seite stimmte in meinen Protest ein. Es klang wie leise zischelnde Wut, die in der Luft lag. Auf der anderen Seite der Wiese stießen einige der Volturi-Zeugen denselben Laut aus. Edward trat einen Schritt zurück und umfasste beschwichtigend mein Handgelenk.

Aro drehte sich nicht nach dem Geräusch um, doch Amun schaute sich unbehaglich um.

»Ich bin nicht gekommen, um zu urteilen«, antwortete er ausweichend.

Aro lachte leicht. »Nur deine Meinung.«

Amun hob das Kinn. »Ich kann keine Gefahr in dem Kind sehen. Sie lernt noch schneller, als sie wächst.«

Aro nickte nachdenklich. Nach einer Weile drehte er sich um. »Aro?«, rief Amun.

Aro wirbelte herum. »Ja, mein Freund?«

»Ich habe bezeugt, was ich gesehen habe. Jetzt habe ich hier nichts mehr verloren. Meine Gefährtin und ich möchten dich bitten, uns jetzt gehen zu lassen.«

Aro lächelte herzlich. »Natürlich. Ich bin so froh, dass wir ein wenig plaudern konnten. Und ich bin sicher, dass wir uns bald wiedersehen werden.«

Amuns Lippen waren ein schmaler Strich, als er zur Antwort auf die kaum verhohlene Drohung den Kopf kurz neigte. Er berührte Kebi am Arm, dann rannten die beiden schnell zur Südseite der Wiese und verschwanden im Wald. Sie würden bestimmt sehr lange nicht stehen bleiben.

Aro glitt an unserer Reihe entlang nach Osten, seine Wachen blieben ihm gespannt auf den Fersen. Vor Siobhans imposanter Gestalt blieb er stehen.

»Hallo, liebe Siobhan. Du bist schön wie eh und je.«

Siobhan neigte den Kopf und wartete.

»Und du?«, fragte er. »Würdest du meine Frage genauso beantworten wie Amun?«

»Ja«, sagte Siobhan. »Doch ich würde vielleicht noch ein wenig mehr hinzufügen. Renesmee versteht die Grenzen. Sie stellt keine Gefahr für die Menschen dar – sie fügt sich besser ein als wir. Keine Gefahr der Enthüllung geht von ihr aus.«

»Kannst du dir keine denken?«, fragte Aro nüchtern.

Edward knurrte, ein leiser reißender Laut aus der Tiefe seiner Kehle.

Caius' trübe blutrote Augen begannen zu leuchten.

Renata streckte schützend eine Hand nach ihrem Meister aus.

Und Garrett ließ Kate los, um einen Schritt vorzutreten, und kümmerte sich nicht darum, dass sie jetzt ihn zurückhalten wollte.

Siobhan antwortete langsam: »Ich glaube, ich kann dir nicht folgen.«

Aro schwebte leicht, wie beiläufig, zu den übrigen Wachen zurück. Renata, Felix und Demetri waren ihm näher als sein eigener Schatten.

»Kein Gesetz wurde gebrochen«, sagte Aro begütigend, doch wir hörten alle, dass jetzt eine Einschränkung kommen würde. Ich unterdrückte die Wut, die sich in meiner Kehle nach oben krallte und mit einem trotzigen Fauchen entweichen wollte. Ich schleuderte die Wut in meinen Schild, machte ihn dicker, damit ich alle schützen konnte.

»Kein Gesetz gebrochen«, wiederholte Aro. »Doch folgt daraus auch, dass keine Gefahr besteht? Nein.« Er schüttelte sanft den Kopf. »Das ist eine ganz andere Frage.«

Es kam keine Reaktion, nur dass sich unsere Nerven noch mehr anspannten als ohnehin schon und dass Maggie, die sich am Rand unserer Kampftruppe befand, vor Wut langsam den Kopf schüttelte.

Aro ging nachdenklich auf und ab, er schien eher zu schweben, als den Boden mit den Füßen zu berühren. Mir fiel auf, dass er mit jedem Schritt näher in den Schutz seiner Wache trat.

»Sie ist einzigartig ... ganz und gar, absolut einzigartig. Was für ein Verlust wäre es, etwas so Liebreizendes zu vernichten. Zumal wir so viel lernen können ...« Er seufzte, als spräche er nur widerwillig weiter. »Doch sie ist eine Gefahr, eine Gefahr, über die wir nicht einfach hinweggehen können.«

Niemand erwiderte etwas auf diese Behauptung. Es war totenstill, als er in einem Monolog fortfuhr, der so klang, als spräche er nur zu sich selbst.

»Welch eine Ironie, dass wir mit dem Fortschritt der Menschen, ihrem Wissenschaftsglauben, der immer weiterwächst und die Welt beherrscht, vor Entdeckung immer sicherer werden. Doch während wir durch ihren Unglauben an das Übernatürliche immer ungezügelter werden, werden sie mit ihren Technologien so stark, dass sie, wenn sie wollten, tatsächlich eine Bedrohung für uns darstellen und sogar einige von uns vernichten könnten.

Tausende und Abertausende Jahre lang war unser Geheimnis eher eine Frage der Bequemlichkeit als der Sicherheit. Dieses letzte rohe, wütende Jahrhundert hat Waffen von solcher Gewalt hervorgebracht, dass sie sogar für Unsterbliche eine Gefahr darstellen. Unser Status als purer Mythos schützt uns vor diesen schwachen Wesen, die wir jagen. Dieses erstaunliche Kind« – er ließ die Hand sinken, als wollte er sie auf Renesmee legen, obwohl er jetzt vierzig Meter von ihr entfernt war, er war beinahe wieder Teil der Volturi-Formation –, »wenn wir nur ihre Möglichkeiten abschätzen könnten, wenn wir mit *vollkommener Si-*

cherheit sagen könnten, dass sie für immer in der Dunkelheit verborgen bleibt, die uns schützt. Doch wir wissen nichts darüber, was einmal aus ihr wird! Ihre eigenen Eltern werden von Ängsten um ihre Zukunft geplagt. Wir können nicht wissen, wozu sie heranwachsen wird.« Er machte eine Pause, schaute erst zu unseren Zeugen und dann, vielsagend, zu seinen eigenen. Er ließ seine Stimme so klingen, als sei er von seinen eigenen Worten zerrissen.

Ohne den Blick von seinen Zeugen zu wenden, sprach er weiter. »Nur was wir wissen, ist sicher. Nur was wir wissen, können wir hinnehmen. Das Unbekannte ist … eine Schwachstelle.«

Caius' boshaftes Lächeln wurde breiter.

»Das ist reine Spekulation, Aro«, sagte Carlisle tonlos.

»Frieden, Freund.« Aro lächelte, und seine Miene war freundlich, seine Stimme sanft wie immer. »Wir wollen nichts übereilen. Wir wollen die Sache nur von allen Seiten beleuchten.«

»Dürfte ich eine Seite vorbringen, die wir auch bedenken sollten?«, bat Garrett ruhig und trat noch einen Schritt vor.

»Nomade«, sagte Aro und nickte.

Garrett schob das Kinn vor. Er schaute auf die dicht gedrängte Menge am anderen Ende der Wiese, und er sprach direkt zu den Zeugen der Volturi.

»Wie die anderen kam ich auf Carlisles Bitte als Zeuge hierher«, sagte er. »Was das Mädchen betrifft, ist das sicher nicht länger notwendig. Wir sehen alle, was sie ist. Ich bin geblieben, um etwas anderes zu bezeugen. Ihr.« Er zeigte mit dem Finger auf die misstrauischen Vampire. »Zwei von euch kenne ich – Makenna, Charles –, und ich sehe, dass viele von euch Übrigen auch Wanderer sind, Vagabunden wie ich. Niemandem Rechenschaft schuldig. Denkt genau über das nach, was ich euch jetzt erzähle.

Diese Ältesten sind *nicht* hierhergekommen, um Gerechtigkeit zu üben, wie sie euch gesagt haben. Wir hatten das bereits vermutet, und jetzt hat es sich bestätigt. Sie kamen, zwar irregeleitet, doch mit einem eigentlich berechtigten Grund für ihr Handeln. Und nun seht, wie sie lauter fadenscheinige Entschuldigungen suchen, um ihre wahre Mission weiterzuverfolgen. Seht, wie sie krampfhaft nach einer Rechtfertigung für ihr eigentliches Ziel suchen – diese Familie zu zerstören.« Er zeigte auf Carlisle und Tanya.

»Die Volturi wollen das auslöschen, was sie als Konkurrenz begreifen. Vielleicht schaut ihr wie ich voller Staunen auf die goldenen Augen dieses Zirkels. Sie sind schwer zu verstehen, das ist wahr. Doch die Ältesten sehen noch etwas anderes als ihre merkwürdige Lebensweise. Sie sehen *Macht*.

Ich habe die Bande in dieser Familie erlebt – ich sage, *Familie*, nicht *Zirkel*. Diese merkwürdigen Goldäugigen verleugnen ihre ureigene Natur. Doch haben sie dafür nicht vielleicht etwas gefunden, was mehr wert ist als die bloße Befriedigung eines Verlangens? Ich habe sie in meiner Zeit hier ein wenig erforscht, und es scheint mir, dass der friedliche Charakter dieses verzichtreichen Lebens Bestandteil der innigen Familienbande ist, dass er sie erst möglich macht. Hier gibt es keine Aggression, wie wir sie alle von den großen Zirkeln im Süden kennen, die mit ihren wilden Fehden so schnell größer wurden und dann ebenso schnell wieder schrumpften. Es gibt kein Herrschaftsstreben. Und Aro weiß das besser als ich.«

Ich beobachtete Aros Gesicht, während Garrett ihn verurteilte, wartete gespannt auf eine Reaktion. Doch Aros Miene verriet nur höfliche Belustigung, als warte er darauf, dass ein trotziges Kind endlich merkt, dass niemand sein Theater beachtet.

»Als Carlisle uns erzählte, was uns erwartet, versicherte er uns allen, er habe uns nicht gerufen, damit wir kämpfen. Diese Zeugen« – Garrett zeigte auf Siobhan und Liam – »erboten sich auszusagen und so den Angriff der Volturi aufzuhalten, damit Carlisle Gelegenheit bekam, seinen Fall darzulegen. Doch einige von uns fragten sich« – sein Blick huschte zu Eleazar –, »ob die Tatsache, dass Carlisle die Wahrheit auf seiner Seite hat, überhaupt ausreichen würde, um diese selbsternannte Gerechtigkeit aufzuhalten. Sind die Volturi hier, um unser aller Geheimnis zu hüten oder um ihre eigene Macht zu sichern? Kamen sie, ein gesetzwidriges Geschöpf zu zerstören oder eine andere Lebensform? Waren sie zufrieden, als die vermeintliche Gefahr sich als bloßes Missverständnis entpuppte? Oder wollten sie die Sache auch ohne den Vorwand des Gesetzes vorantreiben?

Wir haben die Antwort auf all diese Fragen. Wir hörten sie in Aros Lügen – wir haben unter uns jemanden mit der Gabe, so etwas mit Gewissheit zu erkennen – und wir sehen sie jetzt in Caius' begierigem Lächeln. Ihre Wache ist nur eine blindwütige Waffe, ein Werkzeug für das Machtstreben ihrer Meister.

Also gibt es jetzt weitere Fragen, Fragen, die *ihr* beantworten müsst. Wer regiert euch, Nomaden? Gehorcht ihr noch einem anderen Willen als eurem eigenen? Könnt ihr euren Weg frei wählen oder werden die Volturi entscheiden, wie ihr zukünftig lebt?

Ich kam, um zu bezeugen. Ich blieb, um zu kämpfen. Der Tod dieses Kindes kümmert die Volturi nicht. Sie wollen den Tod unseres freien Willens.«

Dann wandte er sich um und schaute die Ältesten an. »Also kommt, sage ich! Wir wollen keine verlogenen Rechtfertigungen mehr hören. Seid mit euren Absichten so ehrlich wie wir mit unseren. Wir werden unsere Freiheit verteidigen. Ihr werdet sie angreifen oder auch nicht. Entscheidet euch jetzt, auf dass die Zeugen sehen, worum es hier wirklich geht.«

Noch einmal schaute er die Zeugen der Volturi an, jeden einzelnen bedachte er mit einem prüfenden Blick. Die Kraft seiner Worte spiegelte sich in ihren Mienen. »Ihr könnt euch überlegen, ob ihr euch uns anschließen wollt. Wenn ihr glaubt, die Volturi lassen euch am Leben, damit ihr von diesen Ereignissen hier erzählen könnt, dann habt ihr euch getäuscht. Vielleicht werden wir alle vernichtet« – er zuckte die Achseln –, »aber wer weiß, vielleicht auch nicht. Vielleicht sind wir auch gleichrangiger, als sie ahnen. Vielleicht haben die Volturi endlich ihren Meister gefunden. Doch eins kann ich euch versprechen – wenn wir untergehen, werdet ihr mit untergehen.«

Am Ende seiner feurigen Rede trat er wieder an Kates Seite, dann kauerte er sich halb hin, in Angriffsstellung.

Aro lächelte. »Eine sehr hübsche Rede, mein revolutionärer Freund.«

Garrett blieb angriffsbereit. »Revolutionär?«, knurrte er. »Gegen wen revoltiere ich denn, bitte schön? Bist du mein König? Möchtest du, dass ich dich auch Meister nenne wie deine unterwürfigen Wachen?«

»Frieden, Garrett«, sagte Aro nachsichtig. »Ich wollte nur auf die Zeit deiner Geburt anspielen. Immer noch der alte Patriot, wie ich sehe.«

Garrett schaute ihn wütend an.

»Befragen wir doch unsere Zeugen«, schlug Aro vor. »Hören wir uns ihre Gedanken an, ehe wir unsere Entscheidung treffen. Sagt uns, Freunde« – und er wandte uns beiläufig den Rücken zu und ging einige Schritte auf die Menge nervöser Beobachter zu, die sich jetzt noch näher am Waldrand hielten –, »was haltet ihr von alldem? Ich kann euch versichern, dass das Kind nicht das ist, was wir befürchteten. Sollen wir das Risiko eingehen und das Kind am Leben lassen? Sollen wir unsere Welt in Gefahr bringen, um diese Familie unversehrt zu lassen? Oder hat der ernsthafte Garrett Recht? Werdet ihr euch in einem Kampf gegen unser plötzliches Machtstreben auf ihre Seite schlagen?«

Die Zeugen begegneten seinem Blick mit vorsichtigen Mienen. Eine kleine schwarzhaarige Frau schaute kurz zu dem dunkelblonden Mann an ihrer Seite.

»Ist das die einzige Alternative?«, fragte sie unvermittelt und schaute nun zu Aro. »Entweder sind wir deiner Meinung oder wir kämpfen gegen dich?«

»Natürlich nicht, reizende Makenna«, sagte Aro, scheinbar entsetzt darüber, dass jemand zu diesem Schluss gelangen könnte. »Du kannst natürlich auch in Frieden gehen, wie Amun, selbst wenn du den Beschluss des Rats nicht billigen solltest.«

Wieder schaute Makenna zu ihrem Gefährten, und der nickte kaum merklich.

»Wir sind nicht hergekommen, um zu kämpfen.« Sie hielt kurz inne, atmete auf dann sagte sie: »Wir kamen als Zeugen. Und wir können bezeugen, dass diese verurteilte Familie unschuldig ist. Garretts Behauptungen entsprechen sämtlich der Wahrheit.«

»Ah«, sagte Aro betrübt. »Es tut mir leid, dass du uns so siehst. Doch das liegt in der Natur unserer Arbeit.«

»Es geht nicht um das, was ich sehe, sondern um das, was ich fühle«, sagte Makennas blonder Gefährte mit hoher, nervöser Stimme. Er schaute kurz zu Garrett. »Garrett sagte, sie haben die Möglichkeit, Lügen zu erkennen. Auch ich weiß, wann ich die Wahrheit höre und wann nicht.« Mit ängstlichem Blick rückte er enger an seine Gefährtin heran und wartete auf Aros Reaktion.

»Du brauchst uns nicht zu fürchten, Freund Charles. Zweifellos glaubt der Patriot ernsthaft, was er sagt.« Aro kicherte leise und Charles kniff die Augen zusammen.

»Das ist es, was wir bezeugen können«, sagte Makenna. »Jetzt gehen wir.«

Sie und Charles zogen sich langsam zurück, und sie drehten sich erst um, als sie für uns unsichtbar im Wald verschwunden waren. Ein anderer Fremder begann sich auf dieselbe Weise zurückzuziehen, drei weitere huschten hinter ihm her.

Abschätzend sah ich die verbliebenen siebenunddreißig Vampire an. Einige von ihnen schienen zu verwirrt zu sein, um eine Entscheidung zu treffen. Doch die meisten waren sich nur allzu bewusst, welche Richtung die Begegnung genommen hatte. Vermutlich verzichteten sie lieber auf einen Vorsprung, damit sie wenigstens genau wussten, wer hinter ihnen her war.

Ich war mir sicher, dass Aro dasselbe sah wie ich. Er drehte sich um und ging mit gemessenen Schritten zurück zu seiner Wache. Er blieb vor ihnen stehen und sprach mit klarer Stimme zu ihnen.

»Wir sind in der Unterzahl, meine Lieben«, sagte er. »Auf Hilfe von außen können wir nicht hoffen. Sollen wir diese Frage unentschieden lassen, um uns zu retten?«

»Nein, Meister«, flüsterten sie wie aus einem Mund.

»Ist der Schutz unserer Welt es vielleicht wert, dass wir einige aus unseren Reihen verlieren?«

»Ja«, hauchten sie. »Wir fürchten uns nicht.«

Aro lächelte und wandte sich zu seinen schwarz gewandeten Kameraden.

»Brüder«, sagte Aro düster. »Hier gibt es viel zu bedenken.«

»Lasst uns Rat halten«, sagte Caius eifrig.

»Lasst uns Rat halten«, wiederholte Marcus in gleichgültigem Ton.

Aro kehrte uns wieder den Rücken zu, er sah die anderen Ältesten an. Sie verbanden sich zu einem schwarz gewandeten Dreieck.

Kaum war Aros Aufmerksamkeit bei dem stummen Rat, verschwanden zwei weitere ihrer Zeugen leise in den Wald. Ich hoffte für sie, dass sie schnell waren.

Jetzt war es so weit. Vorsichtig löste ich Renesmees Arme von meinem Hals.

»Weißt du noch, was ich dir gesagt habe?«

Tränen traten ihr in die Augen, aber sie nickte. »Ich hab dich lieb«, flüsterte sie.

Edward starrte uns an, die Topasaugen weit aufgerissen. Jacob schaute aus dem Augenwinkel zu uns.

»Ich hab dich auch lieb«, sagte ich, dann berührte ich ihr Medaillon. »Ich liebe dich mehr als mein Leben.« Ich küsste sie auf die Stirn.

Jacob winselte unruhig.

Ich reckte mich auf die Zehenspitzen und flüsterte ihm ins Ohr: »Warte, bis sie ganz abgelenkt sind, dann renn mit ihr weg. Lauf so weit wie irgend möglich. Wenn du so weit weg bist, wie du es zu Fuß schaffen kannst, hat sie alles, was ihr braucht, um auf dem Luftweg weiterzureisen.«

Edward und Jacob sahen sich in ihrem namenlosen Entsetzen ähnlich, obwohl der eine ein Vampir war und der andere ein Wolf.

Renesmee reckte sich nach Edward, und er nahm sie in die Arme. Sie drückten sich ganz fest.

»Das hast du vor mir geheim gehalten?«, flüsterte er über Renesmees Kopf hinweg.

»Vor Aro«, flüsterte ich zurück.

»Alice?«

Ich nickte.

Er verzog das Gesicht vor Schmerz, als er begriff. Hatte ich auch so ausgesehen, als ich mir auf Alice' Hinweise endlich einen Reim gemacht hatte?

Jacob knurrte, ein leise schabendes Geräusch, gleichmäßig wie ein Schnurren. Seine Nackenhaare waren gesträubt, die Zähne gebleckt.

Edward küsste Renesmee auf die Stirn und auf beide Wangen, dann setzte er sie auf Jacobs Schultern. Sie kletterte geschickt auf seinen Rücken, hielt sich an seinem Fell fest und setzte sich bequem in die Mulde zwischen seinen gewaltigen Schulterblättern.

Jacob drehte sich zu mir um, seine ausdrucksstarken Augen voller Kummer, das grollende Knurren schabte immer noch durch seine Brust.

»Du bist der Einzige, dem wir sie je anvertrauen würden«, murmelte ich. »Wenn du sie nicht so sehr lieben würdest, könnte ich das nicht ertragen. Ich weiß, dass du sie beschützen kannst, Jacob.«

Er winselte wieder, dann senkte er den Kopf und stieß mir damit gegen die Schulter.

»Ich weiß«, flüsterte ich. »Ich liebe dich auch, Jake. Du wirst immer mein bester Freund sein.«

Eine Träne, so groß wie ein Baseball, kullerte aus seinem Auge in das rostrote Fell.

Edward lehnte den Kopf an die Schulter, auf die er Renesmee gesetzt hatte. »Lebe wohl, Jacob, mein Bruder ... mein Sohn.«

Den anderen entging die Abschiedsszene nicht. Sie hatten den Blick auf das stumme schwarze Dreieck geheftet, doch ich merkte, dass sie uns zuhörten.

»Gibt es denn gar keine Hoffnung?«, flüsterte Carlisle. In

seiner Stimme lag keine Angst. Nur Entschlossenheit und die Bereitschaft, alles hinzunehmen.

»Natürlich gibt es Hoffnung«, murmelte ich. *Es könnte immerhin so sein*, sagte ich mir. »Ich kenne nur mein eigenes Los.«

Edward nahm meine Hand. Er wusste, dass ich ihn damit einschloss. Wenn ich von meinem Los sprach, stand es außer Frage, dass ich uns beide meinte. Wir waren zwei Hälften eines Ganzen.

Ich hörte, wie Esme hinter mir unregelmäßig atmete. Sie ging an uns vorbei, berührte im Vorübergehen unsere Gesichter, dann blieb sie neben Carlisle stehen und nahm seine Hand.

Plötzlich waren überall um uns herum geflüsterte Abschiedsworte und Liebesschwüre.

»Wenn wir das überleben«, sagte Garrett leise zu Kate, »gehe ich überall mit dir hin.«

»Jetzt sagt er mir das«, murmelte sie.

Rosalie und Emmett tauschten einen schnellen, leidenschaftlichen Kuss.

Tia liebkoste Benjamins Gesicht. Er lächelte froh zurück, nahm ihre Hand und legte sie an seine Wange.

Ich sah nicht all die Gesichter voller Liebe und Trauer. Ich wurde durch einen plötzlichen zuckenden Druck gegen meinen Schild abgelenkt. Ich konnte nicht sagen, woher er kam, doch es fühlte sich an, als zielte er auf die äußeren Ränder unserer Gruppe, insbesondere auf Siobhan und Liam. Der Druck richtete keinen Schaden an, und dann war er wieder verschwunden.

An den stummen, reglosen Gestalten der beratschlagenden Ältesten hatte sich nichts verändert. Doch vielleicht hatte es ein Zeichen gegeben, das mir entgangen war.

»Macht euch bereit«, flüsterte ich den anderen zu. »Es geht los.«

Macht

»Chelsea versucht unsere Bande zu brechen«, flüsterte Edward. »Doch sie kann sie nicht finden. Sie kann uns hier überhaupt nicht spüren ...« Er schaute mich an. »Ist das dein Werk?«

Ich lächelte ihn grimmig an. »Ich überspanne *alles*.«

Plötzlich machte Edward einen Satz zur Seite und streckte die Hand nach Carlisle aus. Gleichzeitig spürte ich einen viel heftigeren Stoß gegen den Schild an der Stelle, wo er sich schützend um Carlisles Licht schmiegte. Es tat nicht weh, aber angenehm war es auch nicht.

»Carlisle? Ist alles in Ordnung?«, sagte Edward panisch.

»Ja. Warum?«

»Jane«, sagte Edward.

In dem Moment, als er ihren Namen aussprach, stach sie ein Dutzend Mal in einer einzigen Sekunde zu, spitze Attacken über den gesamten dehnbaren Schild verteilt, immer dort, wo die zwölf Leuchtflecken waren. Ich spannte mich an, überprüfte den Schild. Jane hatte ihn offenbar nicht durchstochen. Ich schaute mich schnell um, niemandem war etwas passiert.

»Unglaublich«, sagte Edward.

»Warum warten sie nicht bis zur Entscheidung?«, zischte Tanya.

»Übliches Prozedere«, sagte Edward kurz angebunden. »Sie

setzen die Angeklagten immer außer Gefecht, damit sie nicht fliehen können.«

Ich schaute zu Jane hinüber, die uns erbost und fassungslos anstarrte. Ganz bestimmt war ihr außer mir noch nie jemand begegnet, der ihren wütenden Angriffen standhalten konnte.

Was ich dann tat, war wahrscheinlich ziemlich unreif. Aber ich nahm an, dass Aro nur etwa eine halbe Sekunde brauchen würde, um darauf zu kommen – wenn er nicht bereits darauf gekommen war –, dass mein Schild sehr viel stärker war, als Edward gewusst hatte; ich hatte sowieso schon eine Zielscheibe auf der Stirn und es war zwecklos, das Ausmaß meines Talents geheim zu halten. Also grinste ich Jane direkt ins Gesicht, breit und selbstgefällig.

Ihre Augen wurden schmal und ich spürte einen weiteren Stoß, diesmal genau auf mich gerichtet.

Ich lächelte noch breiter, zeigte die Zähne.

Jane stieß ein hohes kreischendes Fauchen aus. Alle fuhren zusammen, selbst die disziplinierten Wachen. Alle außer den Ältesten, die noch nicht einmal von ihrer Besprechung aufblickten. Janes Zwilling hielt sie am Arm fest, als sie zum Sprung ansetzte.

Die Rumänen kicherten in düsterer Erwartung.

»Ich habe dir ja gesagt, unsere Zeit ist gekommen«, sagte Wladimir zu Stefan.

»Sieh nur das Gesicht der Hexe«, gluckste Stefan.

Alec klopfte seiner Schwester beruhigend auf die Schulter, dann nahm er sie unter seinen Arm. Er wandte uns das Gesicht zu, ganz sanft sah er aus, wie ein Engel.

Ich wartete auf einen Druck, ein Zeichen seines Angriffs, aber ich spürte nichts. Er starrte weiter in unsere Richtung, unerschütterlich sein hübsches Gesicht. Griff er jetzt an? Konnte er meinen Schild durchdringen? War ich die Einzige, die ihn noch sehen konnte? Ich griff nach Edwards Hand.

»Alles in Ordnung bei dir?«, stieß ich hervor.

»Ja«, flüsterte er.

»Versucht Alec es?«

Edward nickte. »Seine Gabe wirkt langsamer als Janes. Schleichend. In wenigen Sekunden wird sie uns erreichen.«

Da sah ich es, als ich eine Ahnung hatte, wonach ich Ausschau halten musste.

Ein merkwürdiger klarer Dunstschleier sickerte über den Schnee, fast unsichtbar auf dem Weiß. Ich fühlte mich an eine Luftspiegelung erinnert – die Sicht leicht verzerrt, die Andeutung eines Schimmers. Ich schob meinen Schild von Carlisle und den anderen an der vordersten Linie weg, etwas weiter nach vorn, aus Angst, sie könnten dem schleichenden Nebel sonst zu nah sein, wenn er zuschlug. Wenn er sich nun direkt durch meinen nicht zu fassenden Schild stahl? Sollten wir dann wegrennen?

Ein leises Grummeln drang durch den Boden unter uns, und eine Windbö verwehte den Schnee zwischen uns und den Volturi. Auch Benjamin hatte die schleichende Bedrohung kommen sehen und versuchte den Nebel von uns wegzublasen. Durch den Schnee konnte man leicht sehen, in welche Richtung Benjamin den Wind blies, doch der Nebel blieb davon unberührt. Es war so harmlos, als würde man durch einen Schatten hindurchblasen; der Schatten veränderte sich nicht im Geringsten.

Das Dreieck der Ältesten brach schließlich auseinander, als sich mitten auf der Lichtung mit einem qualvollen Stöhnen eine tiefe, schmale, gezackte Kluft auftat. Die Erde unter meinen Füßen bebte kurz. Die Schneewehen stürzten in das Loch, doch der Nebel tanzte einfach darüber hinweg, von der Schwerkraft ebenso unberührt wie vom Wind.

Mit weit aufgerissenen Augen starrten Aro und Caius auf die klaffende Erde. Marcus schaute ungerührt in dieselbe Richtung.

Sie sagten nichts, auch sie warteten, während der Nebel auf uns zukam. Der Wind heulte lauter, konnte die Richtung des Nebels jedoch nicht verändern. Jetzt lächelte Jane.

Und dann traf der Nebel auf eine Wand.

Ich schmeckte ihn, sobald er meinen Schild berührte – er hatte ein schweres, widerlich süßes Aroma. Das Gefühl auf der Zunge erinnerte mich dunkel an eine lokale Betäubung.

Der Nebel ringelte sich empor, versuchte eine Lücke zu finden, eine Schwachstelle. Vergebens. Die suchenden Dunstfinger schlängelten sich nach oben und rundherum, versuchten einzudringen und ließen dabei die erstaunliche Größe des schützenden Schirms erkennen.

Auf beiden Seiten von Benjamins Schlucht ertönten Laute des Erstaunens.

»Gut gemacht, Bella!«, lobte Benjamin leise.

Jetzt konnte ich wieder lächeln.

Ich sah Alecs zusammengekniffene Augen, zum ersten Mal Zweifel in seinem Blick, als der Nebel harmlos um den Rand meines Schildes herumwirbelte.

Und da wusste ich, dass ich es konnte. Damit stand ich natürlich ganz oben auf der Abschussliste, aber solange ich durchhielt, waren wir den Volturi mehr als ebenbürtig. Wir hatten immer noch Benjamin und Zafrina, während die Volturi ganz ohne übernatürliche Hilfe auskommen mussten. Solange ich durchhielt.

»Ich muss mich konzentrieren«, flüsterte ich Edward zu.

»Wenn es zum richtigen Kampf kommt, wird es schwerer, den Schild um die richtigen Leute zu halten.«

»Ich werde sie von dir fernhalten.«

»Nein. Du *musst* zu Demetri gelangen. Zafrina wird sie mir vom Leib halten.«

Zafrina nickte ernst. »Niemand wird sie anfassen«, versprach sie Edward.

»Ich würde mir Jane und Alec selbst vorknöpfen, aber hier kann ich mehr ausrichten.«

»Jane gehört mir«, zischte Kate. »Jemand muss es ihr mal mit gleicher Münze heimzahlen.«

»Und Alec schuldet mir viele Leben, doch ich werde mich mit seinem bescheiden«, knurrte Wladimir von der anderen Seite. »Er gehört mir.«

»Ich will nur Caius«, sagte Tanya tonlos.

Jetzt begannen auch die anderen, die Gegner unter sich aufzuteilen, doch sie wurden bald unterbrochen.

Aro, der ruhig auf Alecs nutzlosen Nebel starrte, sagte endlich etwas.

»Ehe wir abstimmen«, setzte er an.

Ich schüttelte wütend den Kopf. Ich war dieses Theater so leid. Jetzt erwachte wieder die Mordlust in mir, und ich bedauerte es, dass ich den anderen mehr damit helfen konnte, mich herauszuhalten. Ich *wollte* kämpfen.

»Möchte ich euch erinnern«, fuhr Aro fort, »dass es, wie die Entscheidung des Rats auch ausfallen mag, keine Gewalt geben muss.«

Edward stieß ein düsteres Lachen aus.

Aro sah ihn betrübt an. »Um jeden von euch wird es äußerst schade sein. Doch vor allem um dich, junger Edward, und deine neugeborene Gefährtin. Die Volturi würden nur zu gern einige von euch in ihren Reihen begrüßen. Bella, Benjamin, Zafrina, Kate. Viele Möglichkeiten liegen vor euch. Bedenkt sie.«

Kraftlos flatterte Chelseas Versuch, uns ins Wanken zu bringen, gegen meinen Schild. Aros Blick glitt über unsere harten Mienen, er suchte nach Anzeichen für ein Zögern. So, wie es aussah, fand er keines.

Ich wusste, wie gern er Edward und mich behalten, uns versklaven wollte, wie er es auch mit Alice vorgehabt hatte. Doch dieser Kampf war zu groß. Wenn ich überlebte, konnte er nicht gewinnen. Ich war so mächtig, dass er mich unmöglich am Leben lassen konnte, und darüber war ich heilfroh.

»Dann lasst uns abstimmen«, sagte er widerstrebend.

Caius sprach mit eifriger Hast. »Das Kind ist eine unbekannte Größe. Es gibt keinen Grund, die Existenz eines solchen Risikos zuzulassen. Es muss vernichtet werden, zusammen mit allen, die es beschützen.« Er lächelte in freudiger Erwartung.

Als ich sein fieses Grinsen sah, hätte ich am liebsten herausfordernd geschrien, aber ich hielt mich zurück.

Marcus hob den gleichgültigen Blick, er schien durch uns hindurchzusehen, als er seine Stimme abgab.

»Ich sehe keine unmittelbare Gefahr. Vorerst kann das Kind uns nichts anhaben. Wir können die Angelegenheit jederzeit neu bewerten. Lasst uns friedlich abziehen.« Seine Stimme war noch schwächer als das feine Seufzen seiner Brüder.

Keine der Wachen gab die Angriffsstellung auf, als sie seinen Widerspruch vernahmen. Caius' freudiges Grinsen blieb gleich. Es war, als hätte Marcus gar nichts gesagt.

»Dann muss ich das entscheidende Urteil sprechen, wie es scheint«, sagte Aro nachdenklich.

Plötzlich erstarrte Edward neben mir. »Ja!«, zischte er.

Ich riskierte einen kurzen Blick zu ihm. Sein Gesicht leuchtete mit einem Ausdruck des Triumphs, den ich nicht verstand – er sah aus wie ein Racheengel, der die Welt in Flammen aufgehen sieht. Schön und erschreckend.

Eine leise Antwort kam von den Wachen, ein unruhiges Murmeln.

»Aro?«, rief Edward, schrie es fast, unverhohlene Genugtuung in der Stimme.

Aro zögerte einen Augenblick, prüfte misstrauisch die neue Stimmung, bevor er antwortete. »Ja, Edward? Hast du noch etwas …?«

»Vielleicht«, sagte Edward freundlich und hielt seine rätselhafte Erregung zurück. »Könnte ich zunächst einen Punkt klären?«

»Gewiss«, sagte Aro und zog die Augenbrauen hoch, jetzt ließ er nichts als höfliches Interesse erkennen. Ich knirschte mit den Zähnen; nie war Aro so gefährlich, wie wenn er gütig war.

»Die Gefahr durch meine Tochter, die du voraussiehst – entstammt sie einzig deiner Unsicherheit, ihre weitere Entwicklung vorauszusehen? Ist das der entscheidende Punkt?«

»Ja, Freund Edward«, sagte Aro. »Wenn wir überzeugt sein könnten … wenn wir *sicher wüssten*, dass sie, wenn sie heranwächst, vor der Welt der Menschen verborgen bleiben kann – unser Geheimnis nicht gefährden würde …« Er ließ den Satz in der Luft hängen und zuckte die Achseln.

»Wenn wir uns also sicher sein könnten«, sagte Edward, »was genau aus ihr wird … dann gäbe es keinen Grund für ein Urteil des Rats?«

»Wenn es eine Möglichkeit gäbe, *vollkommen sicher* zu sein«, stimmte Aro zu, und seine zarte Stimme klang jetzt ein wenig schriller. Er wusste nicht, worauf Edward hinauswollte. Und ich wusste es auch nicht. »Dann, ja, dann gäbe es keinen Grund, darüber zu beraten.«

»Und wir würden in Frieden scheiden, als gute Freunde wie ehedem?«, fragte Edward mit leiser Ironie.

Noch schriller die Stimme. »Natürlich, mein junger Freund. Nichts würde mir mehr Freude bereiten.«

Edward kicherte frohlockend. »Dann habe ich noch etwas zu sagen.«

Aros Augen wurden schmal. »Sie ist vollkommen einzigartig. Alles, was ihre Zukunft angeht, können wir nur erraten.«

»Nicht vollkommen einzigartig«, widersprach Edward. »Selten, gewiss, doch nicht einmalig.«

Ich kämpfte gegen den Schreck an, die plötzlich aufkeimende Hoffnung, die mich abzulenken drohte. Der widerliche Nebel wirbelte immer noch um die Ränder meines Schilds. Und als ich mich mühsam konzentrierte, spürte ich wieder den stechenden Druck gegen meinen schützenden Griff.

»Aro, könntest du Jane bitten, meine Frau nicht mehr anzugreifen?«, fragte Edward höflich. »Wir sind immer noch bei der Beweisaufnahme.«

Aro hob eine Hand. »Bitte, meine Lieben. Hören wir ihn erst einmal an.«

Der Druck verschwand. Jane schaute mich mit gefletschten Zähnen an; ich konnte nicht anders, als sie anzugrinsen.

»Komm doch zu uns, Alice«, sagte Edward laut.

»Alice«, flüsterte Esme bestürzt.

Alice!

Alice, Alice, Alice!

»Alice!«, »Alice!«, murmelten andere Stimmen um mich herum.

»Alice«, hauchte Aro.

Erleichterung und überwältigende Freude durchströmten mich. Es bedurfte meiner gesammelten Willenskraft, um den

Schild dort zu lassen, wo er war. Alecs Nebel versuchte es immer noch, suchte nach einer Schwachstelle ... Jane würde es schnell herausbekommen, falls ich Löcher ließ.

Und dann hörte ich sie durch den Wald rennen, fliegen, sie kamen, so schnell sie konnten, zu uns, ohne das Bemühen, leise zu sein, denn das hätte sie nur aufgehalten.

Beide Seiten waren regungslos vor Spannung. Die Zeugen der Volturi wirkten unwillig ob der erneuten Verwirrung.

Dann tänzelte Alice von Südwesten her auf die Lichtung, und das Glück, ihr Gesicht wiederzusehen, warf mich fast um. Jasper kam nur ein kleines Stück hinter ihr, sein Blick war grimmig. Dicht hinter ihnen liefen drei Fremde; zuerst eine große, muskulöse Frau mit wildem dunklem Haar – das musste Kachiri sein. Sie hatte die gleichen länglichen Gliedmaßen und Gesichtszüge wie die anderen Amazonen, noch ausgeprägter als diese.

Die Zweite war eine kleine olivfarbene Vampirfrau mit einem langen schwarzen Zopf, der ihr beim Laufen auf den Rücken schlug. Der Blick ihrer tiefburgunderfarbenen Augen huschte nervös über die beiden feindlichen Gruppen.

Und schließlich kam ein junger Mann ... nicht ganz so schnell und nicht ganz so fließend in seinen Bewegungen. Seine Haut war von einem unglaublich satten dunklen Braun. Mit misstrauischem Blick schaute er auf die Versammlung, seine Augen hatten die Farbe von warmem Teakholz. Seine Haare waren schwarz und auch er trug einen Zopf wie die Frau, wenn auch nicht ganz so lang. Er war wunderschön.

Als er näher kam, schickte ein neues Geräusch Schockwellen durch die Menge der Zuschauer – das Geräusch eines zweiten Herzschlags, beschleunigt durch die Anstrengung.

Alice hüpfte leichtfüßig über die Ausläufer des letzten Nebels, der an meinem Schild leckte, und blieb elegant neben Edward stehen. Ich berührte ihren Arm, und das Gleiche taten Edward, Esme und Carlisle. Für einen weiteren Willkommensgruß war keine Zeit. Jasper und die anderen folgten ihr durch den Schild.

Die gesamte Wache schaute erwartungsvoll zu, als die Nachzügler ohne Schwierigkeiten die unsichtbare Grenze überschritten. Die Kräftigen unter ihnen wie Felix richteten ihren jetzt plötzlich wieder hoffnungsvollen Blick auf mich. Sie waren sich nicht sicher gewesen, was mein Schild abhielt, aber jetzt sahen sie, dass er einen körperlichen Angriff nicht abwehren konnte. Sobald Aro den Befehl gab, würde ein Überraschungsangriff erfolgen, mit mir als einzigem Ziel. Ich überlegte, wie viele Zafrina wohl blenden konnte und wie sehr es die Volturi bremsen würde. Reichte es, damit Kate und Wladimir Jane und Alec aus dem Verkehr ziehen konnten? Das war meine einzige Hoffnung.

Obwohl Edward ganz von dem Coup gefangen schien, den er inszeniert hatte, erstarrte er vor Wut über ihre Gedanken. Er riss sich zusammen und sprach wieder zu Aro.

»Alice hat sich in diesen letzten drei Wochen auf die Suche nach ihren eigenen Zeugen begeben«, sagte er. »Und sie kehrt nicht mit leeren Händen zurück. Alice, möchtest du uns die Zeugen vorstellen, die du mitgebracht hast?«

Caius knurrte. »Die Zeit für Zeugen ist vorbei! Gib deine Stimme ab, Aro!«

Aro hob einen Finger, um seinen Bruder zum Schweigen zu bringen, den Blick auf Alice' Gesicht geheftet.

Alice trat leichtfüßig nach vorn und stellte die Fremden vor. »Dies sind Huilen und ihr Neffe Nahuel.«

Ihre Stimme zu hören ... das war, als wäre sie nie weg gewesen.

Caius' Blick wurde hart, als Alice das Verwandtschaftsverhältnis zwischen den Neuankömmlingen erwähnte. Die Zeugen der Volturi zischten untereinander. Die Welt der Vampire veränderte sich, das war für alle zu spüren.

»Sprich, Huilen«, befahl Aro. »Lege das Zeugnis ab, für das du hergebracht wurdest.«

Die schlanke Frau schaute unsicher zu Alice. Alice nickte aufmunternd, und Kachiri legte der kleinen Vampirfrau eine schmale Hand auf die Schulter.

»Ich bin Huilen«, verkündete die Frau; sie sprach deutlich, doch mit merkwürdigem Akzent. Als sie weiterredete, begriff ich, dass sie sich gut darauf vorbereitet hatte, ihre Geschichte zu erzählen, dass sie geübt hatte. Sie floss dahin wie ein Kinderreim, den sie auswendig kannte. »Vor eineinhalb Jahrhunderten lebte ich bei meinem Volk, den Mapuche. Meine Schwester hieß Pire. Wegen ihrer hellen Haut hatten unsere Eltern sie nach dem Schnee auf den Bergen benannt. Und sie war sehr schön – zu schön. Eines Tages kam sie heimlich zu mir und erzählte mir von dem Engel, der sie im Wald gefunden und sie nachts besucht hatte. Ich warnte sie.« Huilen schüttelte traurig den Kopf. »Als wären die blauen Flecken auf ihrer Haut nicht Warnung genug. Ich wusste, dass es der Lobishomen aus unseren Legenden war, doch sie wollte nicht hören. Sie war wie verhext.

Als sie sich sicher war, dass das Kind des dunklen Engels in ihr wuchs, sagte sie es mir. Sie wollte weglaufen, und ich versuchte nicht, sie davon abzubringen – ich wusste, dass sogar unsere Eltern überzeugt wären, dass das Kind getötet werden müsste und Pire mit ihm. Ich ging mit ihr in den tiefsten Teil des Waldes. Sie suchte nach ihrem Teufelsengel, fand jedoch nichts. Ich kümmerte mich um sie, jagte für sie, als ihre Kräfte nachließen. Sie aß die Tiere roh und trank ihr Blut. Das gab mir Gewissheit darüber, was sie im Leib trug. Ich hoffte, ihr Leben retten zu können, ehe ich das Monster tötete.

Doch sie liebte das Kind in ihrem Leib. Sie nannte ihn Nahuel, nach der Dschungelkatze, als er stark wurde und ihr die Knochen brach – und sie ihn immer noch liebte.

Ich konnte sie nicht retten. Das Kind riss sich aus ihrem Leib und sie starb schnell, die ganze Zeit bat sie mich, für ihren Nahuel zu sorgen. Ihr letzter Wille – und ich sagte zu.

Doch als ich versuchte ihn von ihrem Körper zu heben, biss er mich. Ich kroch davon in den Dschungel, um zu sterben. Ich kam nicht weit – der Schmerz war zu schlimm. Aber er fand mich, das neugeborene Kind kämpfte sich durchs Unterholz bis zu mir und wartete auf mich. Als der Schmerz vorüber war, fand ich ihn schlafend an meine Seite geschmiegt.

Ich sorgte für ihn, bis er selbst auf die Jagd gehen konnte. Wir jagten in den Dörfern um unseren Wald und blieben dabei für uns. Wir waren noch nie so weit von zu Hause weg, doch Nahuel wollte das Kind hier sehen.«

Huilen senkte den Kopf, als sie geendet hatte, und trat zurück, so dass sie teilweise hinter Kachiri verschwand.

Aro hatte die Lippen geschürzt. Er starrte auf den dunkelhäutigen Jungen.

»Nahuel, du bist hundertfünfzig Jahre alt?«, fragte er.

»Vielleicht zehn Jahre mehr oder weniger«, antwortete er mit einer klaren, wundervoll warmen Stimme. Sein Akzent war kaum hörbar. »Wir machen keine Aufzeichnungen.«

»Und du wurdest in welchem Alter erwachsen?«

»Etwa sieben Jahre nach meiner Geburt, mehr oder weniger, da war ich ausgewachsen.«

»Und seither hast du dich nicht verändert?«

Nahuel zuckte die Achseln. »Nicht dass ich wüsste.«

Ich merkte, wie Jacob erzitterte. Ich wollte darüber jetzt noch nicht nachdenken. Ich wollte warten, bis die Gefahr vorüber war und ich mich auf anderes konzentrieren konnte.

»Und deine Ernährung?«, fragte Aro drängend, gegen seinen Willen interessiert.

»Vor allem Blut, doch auch ein wenig menschliche Nahrung. Ich kann mich von beidem ernähren.«

»Du konntest eine Unsterbliche erschaffen?« Als Aro auf Huilen zeigte, klang seine Stimme eindringlich. Ich konzentrierte mich wieder auf meinen Schild, vielleicht suchte er nach einem neuen Vorwand.

»Ja, aber die anderen können das nicht.«

Aro hob die Augenbrauen. »Die anderen?«

»Meine Schwestern.« Nahuel zuckte wieder die Achseln.

Aro sah ihn mit wildem Blick an, dann hatte er sich sofort wieder in der Gewalt.

»Vielleicht möchtest du uns den Rest der Geschichte erzählen, da es offenbar noch mehr zu berichten gibt.«

Nahuel runzelte die Stirn.

»Einige Jahre nach dem Tod meiner Mutter machte mein Vater sich auf die Suche nach mir.« Er verzog leicht das Gesicht. »Er freute sich, mich zu finden.« Es war ihm anzumerken, dass die Freude nicht auf Gegenseitigkeit beruhte. »Er hatte zwei Töchter, jedoch keine Söhne. Er erwartete, dass ich mich ihm anschloss, wie meine Schwestern es getan hatten. Er wunderte sich, dass ich nicht allein war. Meine Schwestern sind nicht giftig, doch ob es am Geschlecht liegt oder nur Zufall ist ... wer weiß? Ich hatte mit Huilen meine Familie bereits gefunden und war nicht daran *interessiert*« – er dehnte das Wort –, »mich zu verändern. Ich treffe ihn hin und wieder. Ich habe noch eine weitere Schwester, sie wurde vor etwa zehn Jahren erwachsen.«

»Wie heißt dein Vater?«, fragte Caius mit zusammengebissenen Zähnen.

»Joham«, antwortete Nahuel. »Er betrachtet sich als Wissen-
schaftler. Er glaubt daran, eine neue Superrasse zu erschaffen.«
Der Abscheu in seiner Stimme war deutlich.

Caius schaute mich an. »Deine Tochter, ist sie giftig?«, fragte
er schroff.

»Nein«, sagte ich. Nahuels Kopf fuhr bei Caius' Frage hoch,
und seine teakfarbenen Augen bohrten sich in mein Gesicht.

Caius schaute zur Bestätigung zu Aro, aber Aro war in seine
eigenen Gedanken versunken. Er schob die Lippen vor und
starrte Carlisle an, dann Edward, schließlich blieb sein Blick an
mir hängen.

Caius knurrte. »Wir kümmern uns um die Verirrung hier,
dann machen wir uns auf nach Süden«, drängte er Aro.

Aro schaute mir einen langen, intensiven Moment in die Augen. Ich hatte keine Ahnung, wonach er suchte oder was er fand,
doch nachdem er mich auf diese Weise gemustert hatte, veränderte sich etwas in seinem Gesicht, an seinem Mund und seinen
Augen, und ich wusste, dass er seine Entscheidung getroffen
hatte.

»Bruder«, sagte er sanft zu Caius. »Es scheint keine Gefahr
zu geben. Es ist eine ungewöhnliche Entwicklung, doch ich sehe
keine Bedrohung. Diese Halbvampirkinder sind uns offenbar
sehr ähnlich.«

»Ist das dein Urteil?«, fragte Caius.

»So ist es.«

Caius schaute ihn zornig an. »Und dieser Joham? Dieser Unsterbliche, der so gern herumexperimentiert?«

»Mit *ihm* sollten wir vielleicht sprechen«, stimmte Aro zu.

»Haltet Joham auf, wenn ihr wollt«, sagte Nahuel gleichgültig. »Doch lasst meine Schwestern in Ruhe. Sie sind unschuldig.«

Aro nickte, er sah ernst aus. Dann wandte er sich mit warmem Lächeln wieder zu seiner Wache.

»Meine Lieben«, rief er. »Heute wird nicht gekämpft.«

Die Wachen nickten alle gleichzeitig und gaben ihre Angriffshaltung auf. Der Nebel zerstreute sich rasch, doch ich ließ meinen Schild, wo er war. Vielleicht war auch das nur ein Trick.

Als Aro sich wieder zu uns umdrehte, schaute ich sie der Reihe nach genau an. Aros Gesicht war gütig wie immer, doch im Gegensatz zu vorher ahnte ich eine seltsame Leere hinter der Fassade. Als hätten seine Intrigen ein Ende. Caius war natürlich erbost, aber seine Wut hatte sich nach innen gekehrt, er war resigniert. Marcus sah … gelangweilt aus, es gab keinen anderen Ausdruck dafür. Die Wache war wieder ungerührt und beherrscht; es gab keine Individuen unter ihnen, nur das Ganze. Sie standen in ihrer Formation, bereit zum Rückzug. Die Zeugen der Volturi waren immer noch auf der Hut, einer nach dem anderen gingen sie fort und liefen in den Wald. Als ihre Zahl schwand, beeilten sich die übrigen. Schon bald waren sie alle weg.

Aro streckte die Hände aus, beinahe entschuldigend. Hinter ihm zog sich der größte Teil der Wache zusammen mit Caius, Marcus und den stillen, geheimnisvollen Ehefrauen schnell zurück, ihre Formation noch einmal in perfekter Aufstellung. Nur die drei, die seine persönlichen Beschützer zu sein schienen, blieben noch bei ihm.

»Ich bin so froh, dass dies ohne Gewalt gelöst werden konnte«, sagte er honigsüß. »Mein Freund Carlisle – wie sehr es mich freut, dich wieder Freund nennen zu dürfen! Ich hoffe, du nimmst es mir nicht übel. Ich weiß, dass du die schwere Bürde kennst, die unsere Pflicht uns auferlegt.«

»Gehe in Frieden, Aro«, sagte Carlisle steif. »Bitte vergiss nicht, dass wir hier noch immer unsere Anonymität zu schützen haben, und sorge dafür, dass deine Wachen nicht in dieser Gegend jagen.«

»Natürlich, Carlisle«, versicherte Aro ihm. »Es tut mir leid, dass ich dein Missfallen erregt habe, mein lieber Freund. Vielleicht kannst du mir mit der Zeit vergeben.«

»Vielleicht, mit der Zeit, wenn du dich wieder als Freund erweist.«

Aro neigte den Kopf zum Zeichen der Reue und schwebte erst ein Stück zurück, bevor er sich umdrehte. Stumm schauten wir zu, wie die letzten vier Volturi im Wald verschwanden.

Es war sehr still. Ich ließ meinen Schild nicht los.

»Ist es wirklich vorbei?«, flüsterte ich Edward zu.

Er strahlte. »Ja. Sie haben aufgegeben. Wie alle Tyrannen sind sie unter ihrer Großtuerei Feiglinge.« Er kicherte.

Alice stimmte in sein Lachen ein. »Im Ernst, Leute. Sie kommen nicht zurück. Wir können alle aufatmen.«

Noch einen Augenblick blieb es still.

»So ein verdammtes Glück«, murmelte Stefan.

Und da begriffen wir es erst so richtig.

Jubelschreie ertönten. Ohrenbetäubendes Johlen erfüllte die Luft. Maggie schlug Siobhan auf den Rücken. Rosalie und Emmett küssten sich wieder – länger und glühender als zuvor. Benjamin und Tia lagen sich in den Armen, ebenso Carmen und Eleazar. Esme hielt Alice und Jasper fest umschlungen. Carlisle dankte den Südamerikanern herzlich, die uns alle gerettet hatten. Kachiri stand sehr nah bei Zafrina und Senna, ihre Fingerspitzen verschränkt. Garrett hob Kate hoch und wirbelte sie im Kreis herum.

Stefan spuckte in den Schnee. Wladimir biss verdrießlich die Zähne zusammen.

Und ich kletterte halb auf den riesigen rostroten Wolf, um meine Tochter von seinem Rücken zu zerren und sie an die Brust zu drücken. Im selben Moment hatte Edward die Arme um uns geschlungen.

»Nessie, Nessie, Nessie«, sagte ich zärtlich.

Jacob lachte sein lautes, kläffendes Lachen und stieß mir mit der Nase an den Hinterkopf.

»Halt die Klappe«, murmelte ich.

»Kann ich jetzt bei euch bleiben?«, fragte Nessie.

»Für immer«, versprach ich.

Die Ewigkeit gehörte uns. Und Nessie würde gesund und munter sein. Genau wie der Halbmensch Nahuel würde sie in hundertfünfzig Jahren immer noch jung sein. Und wir würden alle zusammen sein.

Das Glück explodierte in meinem Innern – so stark, so heftig, dass ich mir nicht sicher war, ob ich es überleben würde.

»Für immer«, sagte Edward mir ins Ohr.

Ich konnte nichts mehr sagen. Ich hob den Kopf und küsste ihn mit einer Leidenschaft, die einen Waldbrand hätte entfachen können.

Ich hätte es nicht bemerkt.

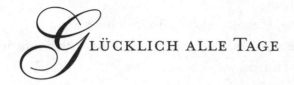

GLÜCKLICH ALLE TAGE

»Am Ende kam Verschiedenes zusammen, doch im Grunde war es ... Bella«, erklärte Edward. Unsere Familie und die beiden letzten Gäste saßen im Wohnzimmer der Cullens, während der Wald vor den hohen Fenstern schwarz wurde.

Wladimir und Stefan hatten sich verzogen, noch ehe der Jubel vorbei war. Sie waren furchtbar enttäuscht darüber, wie die Sache schließlich ausgegangen war, doch Edward sagte, sie hätten sich an der Feigheit der Volturi so sehr ergötzt, dass es die Enttäuschung beinahe wettmachte.

Benjamin und Tia folgten schon bald Amun und Kebi, um ihnen zu erzählen, wie es geendet hatte; ich war mir sicher, dass wir sie wiedersehen würden – jedenfalls Benjamin und Tia. Von den Nomaden blieb keiner. Peter und Charlotte sprachen noch kurz mit Jasper, dann waren auch sie verschwunden.

Auch die wiedervereinigten Amazonen hatten es eilig, nach Hause zu kommen – es war ihnen schwergefallen, so lange fern von ihrem geliebten Regenwald zu sein –, doch sie drängten nicht so sehr zum Aufbruch wie einige andere.

»Das Kind muss mich besuchen, du musst sie vorbeibringen«, hatte Zafrina verlangt. »Versprich es mir.«

Nessie hatte ihre Hand an meinen Hals gelegt, auch sie bat mich.

»Natürlich, Zafrina«, sagte ich.

»Wir werden dicke Freunde, kleine Nessie«, verkündete die wilde Frau, bevor sie mit ihren Schwestern verschwand.

Als Nächstes zog der irische Zirkel ab.

»Gut gemacht, Siobhan«, sagte Carlisle beim Abschied.

»Ah, die Macht des Wunschdenkens«, antwortete sie sarkastisch und verdrehte die Augen. Dann wurde sie ernst. »Natürlich ist es noch nicht vorbei. Die Volturi werden nicht vergeben, was hier geschehen ist.«

Darauf antwortete Edward. »Sie sind schwer angeschlagen; ihr Vertrauen ist erschüttert. Doch ja, gewiss werden sie sich eines Tages von dem Schlag erholen. Und dann ...« Seine Augen wurden schmal. »Ich nehme an, dass sie versuchen werden, sich uns einzeln vorzuknöpfen.«

»Alice wird uns warnen, wenn sie zuschlagen wollen«, sagte Siobhan mit fester Stimme. »Und wir werden uns wieder versammeln. Vielleicht ist unsere Welt eines Tages bereit, ganz ohne die Volturi auszukommen.«

»Die Zeit mag kommen«, sagte Carlisle. »Und wenn sie kommt, werden wir zusammenhalten.«

»Ja, mein Freund«, sagte Siobhan. »Und wie können wir scheitern, wenn *ich* das Gegenteil will?« Sie lachte schallend.

»Genau«, sagte Carlisle. Er und Siobhan umarmten sich, dann schüttelte er Liam die Hand. »Versuche Alistair zu finden und erzähle ihm, was geschehen ist. Ich möchte ja nicht, dass er sich die nächsten zehn Jahre unter einem Felsen versteckt.«

Siobhan lachte wieder. Maggie umarmte Nessie und mich, dann war der irische Zirkel verschwunden.

Die Denalis gingen als Letzte, und Garrett begleitete sie – und so würde es auch in Zukunft sein, da war ich mir ziemlich sicher. Die Feierstimmung war zu viel für Tanya und Kate. Sie brauchten Zeit, ihre verlorene Schwester zu betrauern.

Huilen und Nahuel waren die beiden, die blieben, obwohl ich erwartet hatte, dass sie zusammen mit den Amazonen abreisen würden. Carlisle war wie gebannt in einem Gespräch mit Huilen, Nahuel saß dicht neben ihr und lauschte, während Edward uns den Rest der Geschichte erzählte, den nur er kannte.

»Alice lieferte Aro die Entschuldigung, die er benötigte, um sich dem Kampf zu entziehen. Hätte er nicht solche Angst vor Bella gehabt, hätte er den ursprünglichen Plan vermutlich bis zum Ende verfolgt.«

»Angst?«, sagte ich skeptisch. »Vor *mir*?«

Er lächelte mich an mit einem Blick, den ich nicht ganz deuten konnte – zärtlich, aber auch ehrfürchtig und sogar verärgert. »Wann wirst du dich jemals klar sehen?«, sagte er leise. Dann sprach er lauter, zu den anderen ebenso wie zu mir. »Die Volturi haben seit zweitausendfünfhundert Jahren keinen fairen Kampf ausgetragen. Und nie, niemals haben sie gekämpft, wenn sie im Nachteil waren. Besonders seit Jane und Alec bei ihnen sind, konnten sie immer ungehindert morden. Ihr hättet sehen sollen, wie wir auf sie wirkten! Für gewöhnlich schneidet Alec den Opfern alle Sinne und Gefühle ab, während die Ältesten ihren vermeintlichen Rat abhalten. So kann niemand fliehen, wenn das Urteil verkündet wird. Doch da standen wir und warteten, zahlenmäßig überlegen und mit reichen Talenten bestückt, während ihre eigenen Talente von Bella außer Kraft gesetzt wurden. Aro wusste, dass sie mit Zafrina gegen sich die Blinden sein würden, wenn die Schlacht losging. Gewiss hätten wir schwere Verluste hinnehmen müssen, doch ihnen war klar, dass auch sie schwere Verluste hätten hinnehmen müssen. Es lag sogar im Bereich des Möglichen, dass sie verloren hätten. Mit dieser Möglichkeit mussten sie sich noch nie auseinandersetzen. Und sie sind heute nicht besonders gut damit umgegangen.«

»Gar nicht so leicht, zuversichtlich zu sein, wenn man von Wölfen umgeben ist, die so groß sind wie Pferde«, sagte Emmett lachend und boxte Jacob gegen den Arm.

Jacob grinste ihn an.

»Die Wölfe haben sie als Erstes aufgehalten«, sagte ich.

»Genau«, sagte Jacob.

»Unbedingt«, stimmte Edward zu. »Dergleichen hatten sie noch nie gesehen. Die wirklichen Kinder des Mondes tauchen nur selten in Rudeln auf und sie können sich nicht sonderlich gut beherrschen. Sechzehn gigantische disziplinierte Wölfe waren eine Überraschung, auf die sie nicht vorbereitet waren. Caius hat fürchterliche Angst vor Werwölfen. Vor ein paar tausend Jahren verlor er einmal beinahe einen Kampf gegen einen Werwolf, das hat er nie verwunden.«

»Dann gibt es also echte Werwölfe?«, fragte ich. »Mit Vollmond und Silberkugel und allem Drum und Dran?«

Jacob schnaubte. »Echte Werwölfe. Bin ich etwa eine Erfindung?«

»Du weißt schon, was ich meine.«

»Vollmond: ja«, sagte Edward. »Silberkugel: nein – das war nur wieder ein Märchen, um den Menschen das Gefühl zu geben, sie hätten eine ehrliche Chance. Es gibt nicht mehr besonders viele Werwölfe. Caius hat sie fast ausrotten lassen.«

»Und du hast das nie erwähnt, weil ...?«

»Es hat sich nie ergeben.«

Ich verdrehte die Augen. Alice lachte, beugte sich vor – Edward hielt sie mit dem anderen Arm fest umschlungen – und zwinkerte mir zu.

Ich sah sie wütend an.

Natürlich liebte ich sie wie verrückt. Aber jetzt, da ich endlich begriff, dass sie wieder zu Hause war, dass ihre Flucht nur ein Trick gewesen war, weil Edward glauben sollte, sie hätte uns im Stich gelassen, wurde ich allmählich ziemlich ärgerlich auf sie. Alice hatte einiges zu erklären.

Sie seufzte. »Also red es dir schon von der Seele, Bella.«

»Wie konntest du mir das antun, Alice?«

»Es war notwendig.«

»Notwendig!«, platzte ich heraus. »Du hast mich vollkommen davon überzeugt, dass wir alle sterben mussten! Die letzten Wochen war ich völlig fertig.«

»Es hätte so kommen können«, sagte sie ruhig. »Und in dem Fall hättest du darauf vorbereitet sein müssen, Nessie zu retten.«

Instinktiv nahm ich Nessie, die auf meinem Schoß schlief, fester in die Arme.

»Aber du wusstest, dass es auch anders kommen konnte«, warf ich ihr vor. »Du wusstest, dass es Hoffnung gab. Ist es dir mal in den Sinn gekommen, dass du mir auch einfach alles hättest erzählen können? Ich weiß, dass Edward wegen Aro glauben musste, es gäbe keinen Ausweg, aber *mir* hättest du es sagen können.«

Sie sah mich einen Augenblick lang abwägend an. »Ich glaube nicht«, sagte sie dann. »Du bist einfach keine so gute Schauspielerin.«

»Es ging also um meine schauspielerischen Fähigkeiten?«

»Ach, komm mal ein bisschen runter, Bella. Hast du überhaupt eine Ahnung, wie kompliziert es war, das alles zu arrangieren? Ich konnte ja noch nicht mal sichergehen, dass es jemanden wie Nahuel überhaupt gab – ich wusste nur, dass ich nach etwas suchen musste, was ich nicht sehen konnte! Versuch dir vorzustellen, nach einem blinden Fleck zu suchen – nicht gerade die einfachste Übung. Außerdem mussten wir euch noch Zeugen schicken, als hätten wir es nicht so schon eilig genug gehabt. Und die ganze Zeit musste ich die Augen offen halten für den Fall, dass du mir weitere Anweisungen gibst. Irgendwann musst du mir mal verraten, was es genau mit Rio auf sich hat. Und davor musste ich noch versuchen, jeden möglichen Trick der Volturi zu sehen und euch die wenigen Hinweise zu geben, die ich euch geben konnte, damit ihr euch auf ihre Taktik vorbereiten konntet, und ich hatte nur ein paar Stunden Zeit, um alle Möglichkeiten auszumachen. Und vor allem musste ich dafür sorgen, dass ihr alle glaubt, ich würde euch im Regen stehenlassen, denn Aro musste überzeugt sein, dass ihr nichts mehr in der Hinterhand habt, sonst hätte er niemals einen solchen Fehler begangen. Und wenn du denkst, ich wäre mir nicht wie ein Miststück …«

»Ja, ja, schon gut«, fiel ich ihr ins Wort. »Entschuldige! Ich weiß, dass es für dich genauso hart war. Es ist nur … Also, ich hab dich so wahnsinnig vermisst, Alice. Tu mir das nicht noch mal an.«

Alice' trällerndes Lachen schallte durch das Zimmer, und wir lächelten alle, als wir diese Musik wieder hörten. »Ich hab dich auch vermisst, Bella. Also verzeih mir und versuch dich darüber zu freuen, dass du die Superheldin des Tages bist.«

Jetzt lachten alle und ich verbarg das Gesicht verlegen in Nessies Haar.

Edward analysierte weiter das Hin und Her von Absicht und Widerstand auf der Wiese heute, er behauptete, mein Schild habe die Volturi dazu gebracht, mit eingezogenem Schwanz den Rückzug anzutreten. Ich fühlte mich unwohl, weil alle mich so komisch ansahen. Sogar Edward. Es war, als wäre ich seit heute

Morgen dreißig Meter gewachsen. Ich versuchte die beeindruckten Blicke nicht zu beachten und schaute die meiste Zeit auf Nessies schlafendes Gesicht und Jacobs unveränderte Miene. Für ihn würde ich immer nur Bella sein, und das tat gut. Am schwersten ließ sich der Blick übersehen, der mich am meisten verwirrte.

Dieser Halbvampir Nahuel kannte mich ja gar nicht. Nach allem, was er wusste, lief ich den ganzen Tag herum und schlug angreifende Vampire in die Flucht, und die Szene auf der Wiese war gar nichts Ungewöhnliches. Doch der Junge ließ mich nicht aus den Augen. Oder vielleicht schaute er Nessie an. Auch das war beunruhigend.

Es konnte ihm nicht entgangen sein, dass Nessie das einzige weibliche Wesen seiner Art war, das nicht seine Halbschwester war.

Auf diese Idee war Jacob offensichtlich noch nicht gekommen. Und ich hoffte auch, dass er so bald nicht darauf kommen würde. Ich hatte fürs Erste genug Kämpfe erlebt.

Schließlich hatte Edward alle Fragen beantwortet, und es entwickelten sich mehrere kleinere Gespräche.

Ich war eigenartig erschöpft. Nicht müde natürlich, einfach so, als wäre der Tag lang genug gewesen. Ich wollte ein wenig Ruhe, ein wenig Normalität. Ich wollte Nessie in ihr Bett bringen, ich wollte die Wände meines kleinen Häuschens um mich herum.

Ich schaute Edward an und hatte ganz kurz das Gefühl, als könnte ich seine Gedanken lesen. Ich sah, dass er genau das Gleiche empfand. Auch er hatte das Bedürfnis nach Ruhe.

»Sollen wir Nessie …«

»Das halte ich auch für eine gute Idee«, sagte er sofort. »Gewiss hat sie letzte Nacht nicht gut geschlafen, bei dem lauten Schnarchen.« Er grinste Jacob an.

Jacob verdrehte die Augen, dann gähnte er. »Ist eine ganze Weile her, seit ich in einem Bett geschlafen hab. Garantiert würde mein Dad sich ein Loch in den Bauch freuen, wenn er mich wieder bei sich hätte.«

Ich berührte seine Wange. »Ich danke dir, Jacob.«

»Jederzeit, Bella. Aber das weißt du ja.«

Er stand auf, reckte sich, küsste erst Nessie auf den Kopf und dann mich. Schließlich boxte er Edward gegen die Schulter. »Bis morgen. Jetzt wird's bestimmt ganz schön langweilig, was?«

»Das hoffe ich inständig«, sagte Edward.

Als Jacob gegangen war, standen wir auf; ich verlagerte das Gewicht ganz vorsichtig, um Nessie nicht ruckartig zu bewegen. Ich war so dankbar zu sehen, dass sie richtig schlafen konnte. So eine schwere Last hatte auf ihren kleinen Schultern gelegen. Jetzt war es Zeit, dass sie wieder Kind sein konnte, sicher und behütet. Noch ein paar Jahre Kindheit.

Die Vorstellung von Frieden und Geborgenheit erinnerte mich an jemanden, der solche Gefühle nicht immer hatte.

»Du, Jasper?«, sagte ich, als wir uns zur Tür wandten.

Jasper war zwischen Alice und Esme eingezwängt, er schien in diesem Augenblick mehr im Mittelpunkt der Familie zu stehen als gewöhnlich. »Ja, Bella?«

»Ich bin einfach neugierig – aber warum hat J. Jenks so eine Heidenangst, wenn er nur deinen Namen hört?«

Jasper kicherte. »Ich habe die Erfahrung gemacht, dass für manche Geschäftsbeziehungen Angst einen besseren Anreiz darstellt als finanzieller Gewinn.«

Ich runzelte die Stirn und nahm mir vor, dass ich von nun an diese Geschäftsbeziehung übernehmen und J damit den Herzinfarkt ersparen würde, der ihm andernfalls drohte.

Wir wurden geküsst und umarmt und sagten unserer Familie gute Nacht. Der einzige Misston kam wieder von Nahuel, der uns so aufmerksam nachschaute, als wäre er am liebsten mitgekommen.

Als wir erst mal über den Fluss waren, liefen wir kaum schneller als Menschen, Hand in Hand, ohne Hast. Ich war es leid, eine Deadline vor Augen zu haben, und ich wollte mir einfach Zeit lassen. Edward empfand wohl genauso.

»Ich muss schon sagen, dass ich von Jacob jetzt gerade tief beeindruckt bin«, sagte Edward.

»Die Wölfe haben eine ganz schöne Wirkung, was?«

»Das habe ich nicht gemeint. Nicht ein einziges Mal hat er heute daran gedacht, dass Nessie Nahuel zufolge bereits in sechseinhalb Jahren erwachsen sein wird.«

Ich dachte kurz darüber nach. »So sieht er sie nicht. Er hat es nicht eilig, dass sie heranwächst. Er will nur, dass sie glücklich ist.«

»Ich weiß. Wie ich schon sagte, beeindruckend. Es geht mir gegen den Strich, das zu sagen, aber sie könnte eine schlechtere Wahl treffen.«

Ich runzelte die Stirn. »Darüber werde ich mir die nächsten sechseinhalb Jahre lang keine Gedanken machen.«

Edward lachte, dann seufzte er. »Es sieht allerdings so aus, als hätte er es mit einem Nebenbuhler zu tun, wenn es so weit ist.«

Mein Stirnrunzeln vertiefte sich. »Das ist mir auch aufgefallen. Ich bin Nahuel für den heutigen Tag dankbar, aber es war ein bisschen merkwürdig, wie er die ganze Zeit gestarrt hat. Es ist mir egal, dass sie der einzige Halbvampir ist, mit dem er nicht verwandt ist.«

»Ach, aber er hat gar nicht sie angestarrt – er hat dich angestarrt.«

Den Eindruck hatte ich auch gehabt – aber das verstand ich noch weniger. »Warum sollte er?«

»Weil du lebst«, sagte er ruhig.

»Jetzt verstehe ich gar nichts mehr.«

»Sein Leben lang«, erklärte er, »und er ist fünfzig Jahre älter als ich …«

»Tattergreis«, warf ich ein.

Er achtete nicht darauf. »Er hat sich selbst immer als Geschöpf des Bösen betrachtet, als geborenen Mörder. Auch seine Schwestern haben allesamt ihre Mütter getötet, doch sie dachten sich nichts dabei. Joham erzog sie dazu, die Menschen als Tiere zu betrachten, während sie selbst Götter seien. Doch Nahuel wurde von Huilen erzogen, und Huilen liebte ihre Schwester über alles. Das hat seine ganze Weltsicht geprägt. Und in gewisser Weise hat er sich selbst verabscheut.«

»Wie traurig«, sagte ich leise.

»Und dann sah er uns drei – und begriff zum ersten Mal, dass er nicht von Natur aus schlecht ist, nur weil er halb unsterblich ist. Er schaut mich an und sieht … wie sein Vater hätte sein sollen.«

»Du bist wirklich ziemlich ideal in jeder Hinsicht«, stimmte ich zu.

Er schnaubte, dann war er wieder ernst. »Er schaut dich an und sieht das Leben, das seine Mutter hätte haben sollen.«

»Armer Nahuel«, murmelte ich, dann seufzte ich, weil ich wusste, dass ich jetzt nie wieder schlecht von ihm denken konnte, obwohl sein Blick mir ziemlich unangenehm gewesen war.

»Sei nicht traurig seinetwegen. Heute hat er endlich angefangen sich zu vergeben.«

Ich lächelte über Nahuels Glück und dann dachte ich, dass der heutige Tag dem Glück gehörte. Obwohl Irinas Opfer einen dunklen Schatten auf das strahlende Licht warf und den Augenblick trübte, war die Freude nicht zu leugnen. Das Leben, für das ich gekämpft hatte, war wieder außer Gefahr. Meine Familie war vereint. Vor meiner Tochter lag eine endlose wundervolle Zukunft. Morgen würde ich meinen Vater besuchen, er würde sehen, dass in meinem Blick jetzt keine Angst mehr lag, sondern Glück, und das würde auch ihn glücklich machen. Plötzlich war ich mir sicher, dass ich ihn nicht allein antreffen würde. In den letzten Wochen war ich nicht ganz so aufmerksam gewesen wie sonst, aber in diesem Moment war es, als hätte ich es die ganze Zeit gewusst. Sue würde bei Charlie sein – die Werwolfmutter mit dem Vampirvater – und er war nicht mehr allein. Als mir das klarwurde, breitete sich ein Lächeln auf meinem Gesicht aus.

Doch das Wichtigste in dieser Flutwelle des Glücks war das, was ich am sichersten wusste: Ich war mit Edward zusammen. Für immer.

Nicht, dass ich die letzten Wochen gern noch einmal durchlebt hätte, aber ich musste zugeben, dass ich durch sie das, was ich hatte, mehr denn je zu schätzen wusste.

Unser Häuschen war ein Ort vollkommenen Friedens in der silberblauen Nacht. Wir trugen Nessie in ihr Bett und deckten sie sanft zu. Sie lächelte im Schlaf.

Ich nahm Aros Kette ab und warf sie lässig in eine Ecke des Zimmers. Nessie konnte damit spielen, wenn sie wollte, sie mochte alles, was glitzerte.

Edward und ich gingen langsam in unser Zimmer, wir hatten uns an den Händen gefasst und schwenkten die Arme.

»Eine Nacht zum Feiern«, flüsterte er und hob mein Kinn, so dass meine Lippen an seinen waren.

»Warte«, sagte ich und entzog mich ihm.

Er sah mich verwirrt an. Im Allgemeinen entzog ich mich

nicht. Na gut, nicht nur im Allgemeinen. Das hier war eine Premiere.

»Ich will etwas ausprobieren«, sagte ich und lächelte ein wenig über seinen verunsicherten Gesichtsausdruck.

Ich legte meine Hände links und rechts an sein Gesicht und schloss die Augen, um mich besser konzentrieren zu können.

Als Zafrina versucht hatte, es mir beizubringen, hatte es nicht besonders gut geklappt, aber jetzt kannte ich meinen Schild besser. Ich hatte begriffen, was es war, das sich gegen die Trennung von mir wehrte, der automatische Instinkt, das Ich vor allem anderen zu schützen.

Es war immer noch viel schwieriger, als andere zusammen mit mir selbst abzuschirmen. Ich merkte, wie die dehnbare Schicht wieder zurücksprang, weil mein Schild mich schützen wollte. Ich musste mich anstrengen, um ihn ganz von mir wegzuschieben, es nahm meine ganze Konzentration in Anspruch.

»Bella!«, flüsterte Edward erschrocken.

Da wusste ich, dass es funktionierte, also konzentrierte ich mich noch mehr, förderte die besonderen Erinnerungen zu Tage, die ich mir für diesen Augenblick aufgespart hatte, ließ sie in meinen Kopf strömen und hoffentlich auch in seinen.

Einige der Erinnerungen waren undeutlich – schwache menschliche Erinnerungen, mit schlechten Augen gesehen und mit schwachen Ohren gehört: das erste Mal, als ich sein Gesicht gesehen hatte ... wie es sich anfühlte, als er mich auf der Wiese in den Armen gehalten hatte ... der Klang seiner Stimme durch die Dunkelheit meines schwindenden Bewusstseins, als er mich vor James rettete ... sein Gesicht, als er unter einem Blumendach wartete, um mich zu heiraten ... jeder kostbare Moment auf der Insel ... seine kalten Hände, die unser Baby durch meine Haut hindurch berührten ...

Und die scharfen Erinnerungen, die ich ganz genau abrufen konnte: sein Gesicht, als ich zum ersten Mal in meinem neuen Leben die Augen aufschlug, zum endlosen Beginn der Unsterblichkeit … der erste Kuss … die erste Nacht …

Seine Lippen, die plötzlich leidenschaftlich auf meinen lagen, rissen mich aus der Konzentration.

Keuchend verlor ich den Halt des widerspenstigen Gewichts, das ich von mir weghielt. Es flutschte zurück wie ein überdehntes Gummiband und verdeckte meine Gedanken wieder.

»Huch, jetzt ist es mir entglitten!« Ich seufzte.

»Ich habe dich gehört!«, flüsterte er. »Wie? Wie hast du das gemacht?«

»Es war Zafrinas Idee. Wir haben es ein paarmal geübt.«

Er war ganz benommen. Er blinzelte zweimal und schüttelte den Kopf.

»Jetzt weißt du es«, sagte ich leichthin und zuckte die Schultern. »Niemand hat je einen anderen so sehr geliebt, wie ich dich liebe.«

»Du hast beinahe Recht.« Er lächelte, seine Augen waren immer noch etwas weiter geöffnet als sonst. »Ich kenne nur eine Ausnahme.«

»Lügner.«

Er küsste mich wieder, dann brach er abrupt ab.

»Kannst du das noch mal machen?«, fragte er.

Ich verzog das Gesicht. »Es ist sehr schwierig.«

Er wartete, er sah sehr gespannt aus.

»Aber wenn ich nur das kleinste bisschen abgelenkt werde, verliere ich es sofort«, warnte ich ihn.

»Ich werde brav sein«, versprach er.

Ich schob die Lippen vor und kniff die Augen zusammen. Dann lächelte ich.

Ich legte ihm wieder die Hände ans Gesicht und schob den Schild aus meinen Gedanken, dann machte ich da weiter, wo ich aufgehört hatte – bei der kristallklaren Erinnerung an die erste Nacht in meinem neuen Leben ... bis ins kleinste Detail.

»Zum Teufel damit«, sagte er und wanderte mit gierigen Küssen an meinem Hals herunter.

»Wir haben noch genug Zeit, um daran zu arbeiten«, erinnerte ich ihn.

»Für immer und ewig und allezeit«, murmelte er.

»Das klingt wie Musik in meinen Ohren.«

Glückselig setzten wir unsere Reise in den kleinen, aber vollkommenen Teil unserer Ewigkeit fort.

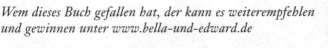

VAMPIRINDEX

Alphabetisch nach Zirkeln geordnet

* Vampir besitzt eine messbare übernatürliche Gabe
– verbundene Paare (der Ältere zuerst)
~~durchgestrichen~~ vor Beginn dieses Buchs verstorben

DER ÄGYPTISCHE ZIRKEL
Amun – Kebi
Benjamin* – Tia

ZIRKEL DER AMAZONEN
Kachiri
Senna
Zafrina*

ZIRKEL DER CULLENS
Carlisle – Esme
Edward* – Bella*
Jasper* – Alice*
Renesmee*
Rosalie – Emmett

ZIRKEL DER DENALIS
Eleazar* – Carmen
Irina – ~~Laurent~~
Kate*
~~Sasha~~

Tanya
~~Vasilii~~

*D*ER IRISCHE *Z*IRKEL
Maggie*
Siobhan* – Liam

*D*ER RUMÄNISCHE *Z*IRKEL
Stefan
Wladimir

*Z*IRKEL DER *V*OLTURI
Aro* – Sulpicia
Caius – Athenodora
Marcus* – ~~Didyme~~*

*W*ACHE DER *V*OLTURI (nicht vollständig)
Alec*
Chelsea* – Afton*
Corin*
Demetri*
Felix
Heidi*
Jane*
Renata*
Santiago

*A*MERIKANISCHE *N*OMADEN (nicht vollständig)
Garrett
~~James~~* – ~~Victoria~~*
Mary
Peter – Charlotte
Randall

*E*UROPÄISCHE *N*OMADEN (nicht vollständig)
Alistair*
Charles* – Makenna

DANKSAGUNGEN

Wie immer ein Riesendank an:

Meine phantastische Familie für ihre unvergleichliche Liebe und Unterstützung.

Meine schöne, begabte Publicity-Managerin Elizabeth Eulberg, die aus dem Lehmklumpen der schüchternen Steph STEPHENIE MEYER erschuf.

Das gesamte Team von Little, Brown Books for Young Readers für fünf Jahre voller Begeisterung, Vertrauen, Unterstützung und unglaublich harter Arbeit.

All diejenigen, die so coole Websites für die Fangemeinde einrichten und verwalten; ihr verblüfft mich immer wieder.

Meine genialen, tollen Fans mit eurem unvergleichlich guten Geschmack für Literatur, Musik und Filme – so viel Liebe habe ich gar nicht verdient.

Die Buchhandlungen, die diese Reihe mit ihren Empfehlungen zum Erfolg geführt haben; alle Autoren haben euch und eurer Leidenschaft für Literatur viel zu verdanken.

Die vielen Bands und Musiker, die mich beim Schreiben motivieren; hatte ich Muse schon erwähnt? Ach ja? Wie schade. Muse, Muse, Muse ...

Neuer Dank an:

Die beste Band, die es gar nicht gibt: Nic and the Jens mit Shelly C. (Nicole Driggs, Jennifer Hancock, Jennifer Longman und Shelly Colvin). Danke euch, dass ihr mich unter eure Fittiche genommen habt. Ohne euch würde ich überhaupt nicht vor die Tür kommen.

Meine fernen Freunde Cool Meghan Hibbett und Kimberly »Shazzer« Suchy, die dafür sorgen, dass ich nicht den Verstand verliere.

Shannon Hale, die mich unterstützt und alles versteht und meinem Zombiehumor Nahrung gibt.

Makenna Jewell Lewis dafür, dass ich ihren Namen verwenden durfte, und ihrer Mutter Heather für ihre Unterstützung des Arizona Ballet.

Die neuen Namen auf meiner Liste inspirierender Musik: Interpol, Motion City Soundtrack und Spoon.

Romantisch ...

Stephenie Meyer
Band 1
Bis(s) zum Morgengrauen
512 Seiten
Gebunden, mit Schutzumschlag
ISBN 978-3-551-58149-5

Es gab drei Dinge, deren ich mir absolut sicher war:
Erstens, Edward war ein Vampir.
Zweitens, ein Teil von ihm - und ich wusste nicht, wie mächtig
dieser Teil war - dürstete nach meinem Blut.
Und drittens, ich war bedingungslos und unwiderruflich in ihn
verliebt.

Bella und Edward - die Geschichte einer berauschenden,
berückenden, betörenden Liebe, einer Liebe gegen jede
Vernunft.

Leidenschaftlich

Gefährlich ...

Stephenie Meyer
Band 3
Bis(s) zum Abendrot
624 Seiten
Gebunden, mit Schutzumschlag
ISBN 978-3-551-58166-2

Bellas Leben ist in Gefahr. Seattle wird von rätselhaften Mordfäl-
len erschüttert, ein offensichtlich blutrünstiger Vampir sinnt auf
Rache. Und seine Spuren führen zu Bella.
Aber damit nicht genug: Nachdem sie wieder mit Edward zusammen ist, muss sie sich zwischen ihrer Liebe zu ihm und ihrer
Freundschaft mit Jacob entscheiden – wohl wissend, dass sie damit den uralten Kampf zwischen Vampiren und Werwölfen neu
entfachen könnte ...

Der Tag der Entscheidung rückt immer näher – was wird Bella
wählen: Leben oder Tod?

Das Fremde in mir

Stephenie Meyer
Seelen
864 Seiten
Gebunden, mit Schutzumschlag
ISBN 978-3-551-58190-7

Planet Erde, irgendwann in der Zukunft. Fast die gesamte Menschheit ist von sogenannten Seelen besetzt – nur wenige leisten noch Widerstand. Eine von ihnen ist Melanie. Als sie gefasst wird, wehrt sie sich mit aller Kraft dagegen, aus ihrem Körper verdrängt zu werden und teilt ihn notgedrungen mit der Seele Wanda. Verzweifelt kämpft sie darum, ihren Geliebten Jared wiederzufinden, der sich mit anderen Rebellen in der Wüste versteckt hält – und auch Wanda sehnt sich mehr und mehr nach Jared, den sie nie getroffen hat. Bis sie sich in Ian verliebt ...
Der ungewöhnliche Kampf zweier Frauen, die sich einen Körper teilen müssen, eine hinreißende Liebesgeschichte und die wohl erste Dreiecksgeschichte mit nur zwei Körpern.